En sus zapatos

books4pocket

Jennifer Weiner

En sus zapatos

Traducción de Marta Torent López de Lamadrid

EDICIONES URANO

Argentina - Chile - Colombia - España
Estados Unidos - México - Uruguay - Venezuela

Título original: *In Her Shoes*

Aribau, 142, pral. – 08036 Barcelona
www.edicionesurano.com
www.books4pocket.com

1ª edición en books4pocket abril 2009

Diseño de la colección: Opalworks
Imagen de portada: Honi Werner
Diseño de portada: Opalworks

Impreso por Novoprint, S.A.
Energía 53
Sant Andreu de la Barca (Barcelona)

Fotocomposición: books4pocket

ISBN: 978-84-92516-55-1
Depósito legal: B-8.932-2009

Impreso en España – *Printed in Spain*

A Molly Beth

PRIMERA PARTE

En sus zapatos

1

—Nena —susurró el tío (¿Ted? ¿Tad?, algo así), y apretó los labios sobre un lado de su cuello, empujándole la cara contra la pared del retrete.

«Esto es ridículo», pensó Maggie notando cómo él le levantaba el vestido hasta la cadera. Pero durante la última hora y media se había tomado cinco vodkas con tónica y a estas alturas no estaba precisamente para calificar nada. Ni siquiera estaba segura de poder pronunciar esa palabra.

—¡Me pones a cien! —exclamó Ted, o Tad, al descubrir el liguero que Maggie se había comprado para la ocasión.

—Quiero este liguero en color rojo —había dicho Maggie.

—Fuego —había puntualizado la dependienta de Victoria's Secret.

—Pues fuego —replicó Maggie—. Y pequeño —añadió—. Si hay, superpequeño. —Le dirigió a la dependienta una fugaz mirada de desdén para dejarle claro que, aunque no pudiera distinguir el rojo del fuego, eso a ella, Maggie Feller, le daba igual. Que es posible que no hubiera acabado la carrera ni tuviera un gran trabajo, o que, de acuerdo, desde el jueves pasado no tuviera ninguno; que su experiencia en la gran pantalla se redujera a los tres segundos en que se vislumbraba un centímetro de su cadera izquierda en el penúltimo vídeo de Will Smith. Y que tal vez se limitara a ir de aquí para allá, mientras que algunas personas, como su hermana Rose, por ejemplo, pasaban volando por las mejores universidades y aterrizaban directamente en alguna escuela de derecho, y luego en los bufetes y en los lujosos pisos de Rittenhouse Square como si una mano mágica las hubiese guiado, pero aun así ella, Maggie, tenía algo que valía la pena, algo extraordinario y preciado que muy pocas mujeres poseían y muchos codiciaban: un cuerpo de vértigo. Cuarenta y ocho kilos repartidos en un metro y sesenta y siete centímetros, todo ello bronceado, tonificado, depilado, hidratado, desodorizado, perfumado, *perfecto*.

Llevaba una margarita tatuada donde termina la espalda, las palabras «NACIDA PARA MATAR» tatuadas alrededor del tobillo izquierdo, y un vistoso corazón rojo en el bíceps derecho en el que ponía «MADRE». (Había pensado en añadir la fecha en que falleció su madre, pero por alguna razón ese tatuaje le había dolido más que los otros dos juntos.) Maggie tenía también una copa 85 de pecho. Pechos que le regaló un novio casado y que eran de solución salina y plástico, pero eso no importaba. «Son una inversión de futuro», había afirmado Maggie, pese a que su padre parecía dolido y confuso, su monstruastra, Sydelle, había inflado las aletas de la nariz, y Rose, su hermana mayor, había preguntado con esa irritable voz que hacía que diera la impresión de que tenía setenta años: «¿Exactamente qué tipo de futuro tienes en mente?» Maggie no escuchaba. No le importaba. En este momento tenía veintiocho años, estaba en su décima reunión de ex alumnos de secundaria y era la chica más guapa que había en la sala.

Todos los ojos se habían posado en ella al entrar en el Cherry Hill Hilton con su ceñido vestido tubo de cóctel negro y los zapatos de tacón de aguja de Christian Louboutin que el fin de semana anterior le había birlado a su hermana del armario. Es posible que Rose hubiese engordado hasta convertirse en una foca —era mayor que ella en más de un aspecto—, pero al menos seguía teniendo el mismo número de pie. Maggie podía sentir el calor de las miradas mientras sonreía, andando con pasos cortos hacia el bar, meneando las caderas al ritmo de la música, con las pulseras que tintineban en sus muñecas, y dejaba que sus antiguos compañeros vieran bien lo que se habían perdido: la chica a la que habían ignorado, de la que se habían reído o a la que habían llamado subnormal, la misma que se arrastraba por los pasillos del colegio, perdida dentro de la enorme chaqueta militar de su padre, pegándose a las taquillas. Pues bien, Maggie había prosperado. «Deja que miren, deja que se les caiga la baba»; Marissa Nussbaum, Kim Pratt, y sobre todo la zorra de Samantha Bailey con su pelo oxigenado y los siete kilos que se le habían puesto en las caderas desde el bachillerato. Estaban todas las animadoras de eventos deportivos, las que se habían burlado de ella, la habían ignorado o no se habían fijado en ella. Ahora podía dejar que se recrearan viéndola... o, mejor aún, que fueran sus maridos, gruñones y con entradas, los que se recrearan.

—¡Oh, Dios! —exclamó Ted el Renacuajo, desabrochándose los pantalones.

En el váter de al lado vaciaron la cisterna.

Maggie se tambaleó sobre sus tacones mientras Ted-látigo-Tad apuntaba y fallaba, y volvía a apuntar, golpeándole muslos y nalgas. Era como ser intimidada por una serpiente ciega, dijo para sí, y resopló, ruido que, evidentemente, Ted confundió con un suspiro de placer.

—¡Oh, sí, nena! Te gusta así, ¿eh? —dijo, y empezó a embestirla aún más fuerte. Maggie ahogó un bostezo y se miró el cuerpo, constatando con placer que sus muslos (firmes tras horas en la cinta de correr, suaves como la seda tras depilarse con cera), por muy violentas que fueran las embestidas de Ted, no temblaban. Y su pedicura era perfecta. No había estado segura de este tono concreto de rojo —se había temido que no fuera suficientemente oscuro—, pero la elección había sido acertada, pensó, mientras se miraba los brillantes dedos de los pies.

—¡La hostia! —chilló Ted. Su tono era una mezcla de éxtasis y frustración, como el de un hombre que ha tenido una visión religiosa y no sabe con seguridad lo que significa. Maggie lo había conocido en el bar, una media hora después de llegar, y era justo lo que buscaba: alto, rubio, de complexión fuerte, ni gordo ni calvo como todos los chicos que habían sido unos dioses del rugby y reyes del baile de fin de curso en bachillerato. También era espabilado. Le había dado al camarero una propina de cinco dólares por cada ronda, aunque había barra libre y no tenía por qué hacerlo, y le había dicho a ella lo que quería oír.

—¿A qué te dedicas? —le había preguntado él, y ella le había sonreído.

—Soy artista —había respondido. Lo que era cierto. Desde hacía seis meses era la cantante suplente de un grupo llamado *Whiskered Biscuit*, que hacía *playbacks* de los clásicos de música *trash-metal* de los setenta. Hasta el momento habían firmado un solo contrato, ya que la demanda de actuaciones de *trash-metal* en «MacArthur Park» no era abrumadora, y Maggie sabía que estaba en el grupo únicamente porque el cantante principal tenía la esperanza de que ella se acostara con él. Pero algo es algo; un diminuto logro en su sueño de ser famosa, de ser una estrella.

—Nunca coincidí contigo en ninguna clase —comentó él, paseando su dedo índice por la muñeca de Maggie—. Estoy seguro de que, si no, me acordaría de ti. —Maggie bajó la vista mientras jugueteaba con uno de sus rizos cobrizos, debatiéndose entre acariciarle la pantorrilla con la sandalia o soltarse el pelo dejando que cayera sobre sus hombros como una cascada. No, no había estado con él en clase. Había estado en las clases «especiales», las clases de «recuperación», las clases de los tontos, de los fracasados, y cuyos libros de texto tenían letras grandes y eran distintos —ligeramente más grandes y más delgados— de cualquiera de los que llevaban los demás niños. Aunque los envolvieras con papel de estraza y los escondieras en la mochila, los otros niños se daban cuenta. Pues bien, que se jodan. Que se jodan todos. Que se jodan las guapas de las *animadoras,* y los tíos que no habían tenido reparos en tontear con ella en el asiento trasero de los coches de sus padres, pero que el lunes siguiente ni siquiera la saludaban por los pasillos.

—¡Jesús! —volvió a gritar Ted. Maggie abrió la boca para decirle que se contuviera, cuando devolvió todo sobre el suelo (un vómito claro de vodka y tónica, eso es lo que vio con la sensación de que estaba muy lejos, además de unos cuantos tallarines putrefactos). Había comido pasta; ¿cuándo? ¿Anoche? Estaba tratando de recordar cuándo había comido por última vez cuando él la agarró por las caderas y le dio bruscamente la vuelta, quedando ella frente a la puerta, proceso durante el cual se dio un golpe en la cadera con el portarrollos—. ¡Ohhh! —anunció Ted, eyaculando sobre su espalda.

Maggie se volvió para mirarlo, moviéndose con la mayor rapidez posible sobre el charco de vodka y tallarines que había en el suelo.

—¡En el vestido no! —exclamó. Y Ted seguía ahí, de pie, parpadeando, con los pantalones bajados hasta las rodillas y la mano todavía en su pene. Le sonrió tontamente.

—¡Ha sido genial! —comentó él, y le observó la cara—. ¿Cómo me has dicho que te llamabas?

A veinticinco kilómetros de distancia, Rose Feller tenía un secreto, un secreto que en ese momento estaba echado boca arriba y roncando, un secreto que de algún modo se las había ingeniado para desajustarle la sábana bien remetida de la cama y tirar con los pies tres almohadas al suelo.

Rose se apoyó en los codos y examinó a su amante con el resplandor de las luces de la calle que se filtraban a través de las cortinas; se sonrió, con una sonrisa dulce y secreta, una sonrisa que ninguno de sus colegas del bufete Lewis, Dommel, and Fenick habría reconocido. Esto era lo que siempre había deseado, lo que había estado soñando en secreto durante toda su vida: un hombre que la mirara como si fuese la única mujer que hubiese en la habitación, en el mundo, la única mujer que existiese. Y era tan guapo, incluso era más atractivo desnudo que con ropa. Se preguntó si podía hacerle una foto. Pero el ruido lo despertaría. ¿Y a quién iba a enseñársela?

En vez de eso Rose dejó que sus ojos recorrieran ese cuerpo: sus fuertes piernas, sus anchos hombros, su boca entreabierta, ideal para roncar. Rose se puso de lado, de espaldas a él, se tapó con el edredón hasta la barbilla y sonrió recordando.

Habían trabajado hasta tarde en el caso Veeder, que era tan aburrido que Rose podría haberse puesto a llorar, sólo que su socio en el caso era Jim Danvers y ella estaba tan enamorada de él que se habría pasado una semana revisando documentos, si con eso hubiese estado suficientemente cerca de él para oler su traje de buena lana y el aroma de su colonia.

Dieron las ocho de la tarde y luego las nueve, y al fin metieron la última hoja en la valija de mensajería y él la miró con su sonrisa de galán, y le preguntó: «¿Te apetece ir a cenar algo?»

Fueron al bar que había en el sótano de Le Bec-Fin, donde un vaso de vino se convirtió en una botella, donde la gente fue desapareciendo y las velas apagándose hasta que llegó la medianoche y se quedaron solos, y se les acabó la conversación. Mientras Rose intentaba pensar en alguna cosa que decir —quizás algo sobre deportes—, Jim la cogió de la mano y susurró: «¿Eres consciente de lo guapa que eres?» Rose sacudió la cabeza, porque lo cierto era que no tenía ni idea. Nadie le había dicho nunca que fuese guapa, excepto su padre, en una ocasión, pero eso realmente no contaba. Cuando se miraba en el espejo veía a una chica normal, sin nada especial, un ratón de biblioteca con ropa de buen gusto, talla 44, cabello castaño y ojos castaños, cejas gruesas y rectas, y una mandíbula ligeramente salida hacia delante como diciendo: «¿Y a ti qué te pasa?»

Sin embargo, siempre había abrigado la secreta esperanza de que algún día alguien le dijera que era guapa, un hombre que le soltara la cola de caballo, le sacara las gafas y la mirara como si fuese Helena de Troya. Era una de las razones principales por las que nunca había llevado lentillas. Así que se inclinó hacia delante, cada una de sus fibras le temblaba, miró fijamente a Jim, esperando que le dijera más palabras de ésas que siempre había querido oír. Pero Jim Danvers simplemente la cogió de la mano, pagó la cuenta, salieron apresurados por la puerta y fueron a casa de Rose, donde él le quitó los zapatos, le sacó la falda, la besó desde el cuello hasta el ombligo y se pasó tres cuartos de hora haciéndole cosas que sólo había soñado (y visto una vez en *Sexo en Nueva York*).

Se estremeció con delicia, tapándose con el edredón hasta la barbilla y recordándose a sí misma que podría tener problemas. Dormir con un colega iba en contra de su código ético personal (un código fácil de mantener, admitió, porque nunca ninguno de sus colegas había querido acostarse con ella). Sin embargo, el problema radicaba en que las relaciones entre socios y asociados estaban explícitamente prohibidas por las normas de la empresa. Si alguien los descubría, los dos podían ser expedientados. Él estaría metido en un buen lío. Y a ella lo más probable es que la echaran. Y tendría que buscarse otro trabajo, y volver a empezar de cero: otra ronda de entrevistas, aburridas mañanas enteras repitiendo las mismas respuestas a las mismas preguntas: «¿Ha tenido siempre claro que quería ser abogado? ¿Qué especialidades de la abogacía le atraen más? ¿Qué especialidad se ve a sí misma ejerciendo? ¿Cree que encajaría bien en la empresa?»

Jim no se había comportado así. Fue él quien la entrevistó cuando llegó a Lewis, Dommel, and Fenick. Era una preciosa tarde de septiembre de hacía tres meses, y ella entró en la sala de reuniones, enfundada en su traje de chaqueta azul marino para entrevistas, abrazando contra el pecho un dossier lleno de recortes de prensa sobre la empresa. Después de haber estado cinco años en Dillert McKeen, necesitaba un cambio: una empresa un poco más pequeña en la que se le atribuyeran más responsabilidades. Ésta era su tercera entrevista de la semana, y los pies, con unos zapatos de aguja de Ferragamo, le dolían horrores, pero le bastó mirar a Jim Danvers para dejar de pensar en sus pies y en otras empresas. Se había imaginado un socio del montón, cuarentón, calvo, con gafas, y especialmente condescendiente con las posibles colegas femeninas. Y ahí estaba Jim, de pie frente a la ventana, y cuando se volvió para saludarla, la luz del crepúsculo convirtió su pelo rubio en una corona dorada. No era para nada del montón, y tampoco era un cuarentón: debía de tener unos treinta y cinco años, dijo Rose para sí, un socio jovencito, cinco años mayor que ella, y era guapísimo. ¡Qué mandíbula! ¡Qué ojos! ¡Y qué aroma de *aftershave* tan enloquecedor dejaba a su paso! Era el tipo de tío que jamás había estado al alcance de Rose ni en bachillerato ni en la Escuela de Derecho, porque siempre había trabajado arduamente para sacar unas notas estratosféricas. Pero cuando sonrió, ella detectó un destello plateado en sus dientes. Un corrector dental, constató alegre, con el corazón latiendo. De modo que tal vez no fuese perfecto. Tal vez hubiese esperanzas.

—¿Señorita Feller? —le preguntó él, y ella asintió incapaz de hablar. Él sonrió, atravesó la habitación con tres largos pasos y puso la mano de Rose entre las suyas.

Fue entonces cuando la vida empezó para ella; él tenía el sol a la espalda, sus manos envolvían las de Rose y le enviaban descargas eléctricas directamente entre las piernas. Había sentido algo que sólo había conocido en los libros, algo en lo que ni siquiera sabía si creía: pasión. Una pasión tan ardiente y humeante como cualquiera de sus novelas románticas Harlequin, una pasión que le cortaba la respiración. Observó la piel suave del cuello de Jim Danvers y quiso lamerla, allí mismo, en la sala de reuniones.

—Soy Jim Danvers —anunció.

Ella se aclaró la garganta. Habló con un hilo de voz áspero y sensual:

—Yo soy Rose. —¡Mierda! ¿Cómo se apellidaba?—. Feller. Rose Feller. Encantada.

Todo había empezado muy despacio entre ellos: una mirada que había durado un segundo más de la cuenta mientras esperaban el ascensor, una mano que se quedaba apoyada en su cintura, la forma en que sus ojos la buscaban entre la gente cuando los asociados y los socios coincidían en una reunión; mientras tanto, ella se había dedicado a recoger todos los cotilleos que pudo. «Soltero», le comentó su secretaria. «Soltero empedernido», le dijo un becario. «Todo un rompecorazones —le susurró una asociada que llevaba un año en la empresa mientras se repintaba los labios frente al espejo del cuarto de baño de señoras—. Y, por lo que sé, de los buenos.» Rose se había ruborizado, se había lavado las manos y se había ido corriendo. No quería que Jim tuviera una reputación. No quería que se hablara de él en los lavabos. Quería que fuera sólo suyo. Quería que le dijera una y otra vez lo guapa que era.

En el piso de arriba vaciaron la cisterna del váter. Jim gruñó dormido. Se giró y ella notó cómo su pie le rozaba la espinilla. ¡Oh, Dios! Rose se pasó un pie por la pantorrilla. Malas noticias. Había tenido la intención de afeitarse las piernas, llevaba algún tiempo intentando depilarse, había prometido que se las afeitaría antes de ir a clase de aeróbic, pero llevaba tres semanas sin ir y cada día se había puesto medias para ir al despacho, y...

Jim volvió a girarse, empujando a Rose al mismísimo borde de la cama. Observó con tristeza su salón, que bien podría tener un letrero que dijera: «SOLTERA, SOLA, FINES DE LOS 90». En el suelo había restos de ropa de ambos junto a unas mancuernas de dos kilos y medio de color amarillo chillón colocadas al lado de una casete de Tae-Bo* aún en su envoltorio de plástico original. La cinta de correr que

---

**Tae-Bo:* Ejercicio resultante de la fusión de un arte marcial ancestral y un deporte contemporáneo. *(N. de la T.)*

se había comprado una Nochevieja de hacía tres años con el objetivo de ponerse en forma estaba cubierta con la ropa que tenía que llevar a la tintorería. Había una cubitera con media botella de ponche de granadillas en la mesa de centro, cuatro cajas de zapatos de Saks apiladas junto al armario, y media docena de novelas románticas al lado de su cama. «¡Menudo desastre!», pensó Rose, preguntándose qué podía hacer antes de que amaneciera para que pareciera que el piso lo habitaba alguien con una vida interesante. ¿No habría una tienda abierta las veinticuatro horas del día que vendiera cojines y estantes? ¿Y sería demasiado tarde para hacer algo respecto a sus piernas?

Con el mayor sigilo posible cogió el teléfono inalámbrico y fue lentamente hasta el baño. Amy descolgó al primer tono.

—¿Qué pasa? —le preguntó. Rose pudo oír a lo lejos a Whitney Houston aullando, lo que significaba que su mejor amiga estaba viendo *Esperando un respiro* por enésima vez. Amy no era negra, pero eso no impedía que lo siguiera intentando.

—No te lo vas a creer —susurró Rose.

—¿Te has acostado con alguien?

—¡Amy!

—¿Sí o no? ¿Por qué ibas a llamarme a estas horas si no?

—Pues la verdad —respondió Rose, que encendió la luz y escudriñó su resplandeciente rostro en el espejo—, la verdad es que sí. Y ha sido... —Hizo una pausa y dio un pequeño salto—. ¡Ha sido magnífico!

Amy gritó:

—¡Así se hace! ¿Y quién es el afortunado?

—Jim —dijo Rose en voz baja. Amy gritó aún más fuerte—. ¡Y ha sido increíble! Ha sido... No sé, es tan...

Sonó el aviso de una llamada en espera. Rose miró el teléfono sin dar crédito.

—Veo que estás muy solicitada —comentó Amy—. ¡Llámame luego!

Rose cogió la llamada y consultó su reloj. ¿Quién podía llamarla casi a la una de la madrugada?

—¿Diga? —Se oía música fuerte, voces; era un bar, una fiesta. Se repanchingó contra la puerta del baño. Maggie. ¡Menuda sorpresa!

La voz que había al otro lado era joven, masculina y desconocida.

—¿Eres Rose Feller?

—Sí, ¿con quién hablo, por favor?

—Mmm... Verás, me llamo Todd.

—Todd —repitió Rose.

—Sí. Y, mmm... Bueno, creo que estoy aquí con tu hermana... Maggie ¿verdad?

Rose oyó a lo lejos el grito ebrio de su hermana: «¡Hermanita!» Rose frunció las cejas y cogió el champú —«una fórmula especial para cabellos finos, lacios y sin cuerpo»— para meterlo debajo del lavabo, pensando en que si Jim se daba una ducha, no hacía falta que se encontrara con la prueba de sus problemáticos rizos.

—Está... Mmm, creo que está mareada. Ha bebido mucho —prosiguió Todd— y estaba..., en fin..., no sé qué más estaba haciendo, la verdad, pero me la he encontrado en el baño y, bueno, hemos estado por aquí un rato y luego se ha puesto a vomitar, y ahora, mmm... está como gritando mucho. Pero me ha dicho que te llamara —añadió—, antes de vomitar.

Rose oyó a su hermana chillando: «¡Soy la reina del mambo!»

—¡Qué detalle de su parte! —exclamó, deshaciéndose de la receta de su pomada para las espinillas y de un envoltorio de medias además del champú—. ¿Y por qué no la llevas a casa y ya está?

—La verdad es que no quiero involucrarme...

—Dime una cosa, Todd —empezó diciendo Rose con amabilidad, con el tono de voz que había aprendido en la Escuela de Derecho, el que se imaginaba usando para sonsacar a los testigos lo que necesitaba saber—, cuando dices que mi hermana y tú estabais por ahí, en el baño, ¿qué hacíais exactamente?

Al otro lado del teléfono hubo silencio.

—Muy bien, no hace falta que me des detalles —aseguró Rose—, pero deduzco que mi hermana y tú ya estáis, usaré la misma palabra que tú, «involucrados». Así que ¿por qué no te comportas como un caballero y la acompañas a casa?

—Mira, creo que necesita ayuda y de verdad que yo... He cogido el coche de mi hermano y tengo que ir a devolvérselo...

—Todd...

—Bueno, ¿hay, tal vez, alguien más a quien pueda llamar? —preguntó el chico—. ¿A vuestros padres? ¿A vuestra madre o algo?

A Rose se le cayó el mundo encima. Cerró los ojos.

—¿Dónde estáis?

—En el Cherry Hill Hilton. En la fiesta de secundaria. —Clic. Todd ya no estaba.

Rose se apoyó en la puerta del cuarto de baño. Aquí estaba su vida real, la verdad de quién era, arrollándola como un autobús sin frenos. Ésta era la verdad: no era la clase de persona de la que Jim podía enamorarse. No era lo que aparentaba: una chica alegre y sin complicaciones, una chica normal con una vida feliz y ordenada, una chica que llevaba zapatos buenos y no tenía en la mente nada más estresante que si esta semana reponían tal o cual película. La verdad estaba en la casete de gimnasia que no tenía tiempo de abrir, menos aún de escuchar; la verdad eran sus piernas sin depilar y su fea ropa interior. La verdad era, por encima de todo, su hermana, su impresionante, desastrosa, fantásticamente infeliz y asombrosamente irresponsable hermana. Pero ¿por qué esta noche? ¿Por qué Maggie no podía dejar que disfrutara esta noche?

—Joder —protestó en voz baja—. Joder, joder, joder. —Y entonces Rose caminó despacio hasta la habitación buscando a tientas sus gafas, sus pantalones de chándal, sus botas y las llaves del coche. Garabateó a toda prisa una nota para Jim («Urgencia familiar, vuelvo enseguida») y corrió hacia el ascensor resignada por tener que coger el coche en plena noche y sacarle de nuevo a su hermana las castañas del fuego.

El hotel tenía todavía un cartel colgado en la puerta principal en el que ponía: «¡BIENVENIDOS! CLASE DEL 89». Rose cruzó el vestíbulo pisando con fuerza —era todo de mármol falso y moqueta de color carmín— y entró en la sala desierta, que olía a tabaco y a cerveza. Había mesas con manteles baratos de papel rojos y blancos que tenían crisantemos de plástico como centros de mesa. En la esquina, un chico y una chica se dirigían hacia la salida, apoyándose borrachos en la pared. Rose les echó un vistazo. No era Maggie. Anduvo hasta la barra, donde había un hombre, que llevaba una camisa blanca manchada y recogía vasos, y donde estaba su hermana con un diminuto vestido inapropiado para noviembre —mejor dicho, para cualquier aparición en público— desplomada en un taburete.

Rose se detuvo unos instantes para planear la estrategia. Desde lejos Maggie tenía buen aspecto. Su embadurnada cara, y el tufo a alcohol y a bar que la rodeaba como una densa nube, no se notaban hasta que uno se acercaba.

El camarero miró a Rose compasivamente.

—Lleva aquí media hora —comentó—. He estado vigilándola. No le he dado más que agua.

«Genial —dijo Rose para sí—. ¿Y dónde estabas cuando probablemente se la tiraban en el baño?»

—Gracias —dijo en cambio, y sacudió el hombro de su hermana. Sin suavidad—. ¿Maggie?

Maggie abrió un ojo y arrugó el entrecejo.

—Déjmesoola —dijo.

Rose agarró a su hermana de los tirantes de su vestido negro y tiró de ella. El trasero de Maggie se levantó un palmo del asiento.

—Se acabó la fiesta.

Maggie se puso de pie tambaleándose y le dio una fuerte patada a Rose en la espinilla con una sandalia plateada. ¡Pero si eran las sandalias de tacón de aguja de Christian Louboutin!, constató Rose al mirar hacia abajo. Unas sandalias plateadas que había ansiado desde hacía tres meses, comprado hacía sólo dos semanas, y que creía que estaban aún en su caja. Y ahora una de ellas tenía una mancha de un residuo pegajoso de Dios sabe qué.

—¡Eh! ¡Eso es mío! —exclamó Rose, y tiró del vestido de su hermana. «Maggie —pensó, sintiendo cómo la rabia de siempre hervía en sus venas—. Maggie lo coge todo.»

—¡Queee teee jooodan! —rebuznó Maggie, y giró su cuerpo a un lado y otro intentando que Rose la soltara.

—¡No me lo puedo creer! —gritó Rose, sujetando los tirantes de Maggie cuando ésta se movió violentamente y le propinó otra patada en la espinilla con los zapatos (sus zapatos). «Me insulta y me injuria», dijo para sí, y se imaginó los moretones que tendría al día siguiente—. ¡Ni siquiera me los he puesto!

—¡Ahí, ahí! —gritó el camarero, claramente deseando que aquello se convirtiera en una pelea de hermanas.

Rose lo ignoró, sacó a su hermana del bar medio a rastras, medio a hombros, y la metió en el asiento delantero de su coche.

—Si te entran ganas de vomitar —advirtió Rose mientras le ponía con brusquedad el cinturón—, avísame antes.

—Te mandaré un telegrama —musitó Maggie cogiendo su bolso para sacar el mechero.

—¡Ah, no! —ordenó Rose—. Ni se te ocurra fumar aquí dentro.

Encendió las luces, giró el volante hacia la derecha y se dispuso a salir del desierto aparcamiento para coger la carretera en dirección a Ben Franklin Bridge y a Bella Vista, donde estaba el último de una larga serie de pisos de Maggie.

—Por aquí, no —dijo Maggie.

—Está bien —repuso Rose frustrada. Sus manos agarraron el volante con fuerza—. ¿Adónde quieres ir entonces?

—Llévame a casa de Sydelle —mascculló Maggie.

—¿Por qué?

—Tú llévame, ¿vale? ¡Dios! Yo no necesito hacer tantas preguntas.

—¡Por supuesto que no! —espetó Rose—. Porque yo soy tu taxista personal. No hace falta que me des explicaciones. Sólo tienes que llamarme y allí estaré.

—¡Si serás cabrona! —la insultó Maggie. Apoyó la cabeza en el respaldo de su asiento, moviéndola hacia delante y hacia atrás cada vez que Rose daba un volantazo.

—¿Sabías que se puede ir a una fiesta de secundaria sin acabar bebiendo tanto vodka como para no darte cuenta de que has vomitado en el lavabo de señoras? —dijo Rose en su tono más amable.

—¿Eres del plan nacional antidrogas o qué? —preguntó Maggie.

—Podrías —prosiguió Rose— simplemente ir a una fiesta, ponerte al día de lo que hacen tus viejos amigos, bailar, cenar, beber con moderación, llevar ropa que tú misma te hubieras comprado en lugar de cogerla de mi armario...

Maggie abrió los ojos y miró fijamente a su hermana, reparando en el gran clip de plástico blanco que llevaba en el pelo.

—¡Eh! ¡Ha vuelto 1994 con su estilo de pelo! —exclamó.

—¿Qué?

—¿Acaso no sabes que ya no se llevan esos clips?

—Pues dime tú lo que llevan las chicas realmente modernas cuando tienen que salir de madrugada para recoger a sus hermanas borrachas —contestó Rose—. Me encantaría saberlo. ¿Ya han sacado Nicky y Paris Hilton una línea para nosotras?

—Paso —susurró Maggie, y miró por la ventanilla.

—¿Eres feliz así? —continuó Rose—. Bebiendo todas las noches, saliendo con Dios sabe quién...

Maggie bajó la ventanilla y la ignoró.

—Podrías acabar tus estudios —sugirió Rose—. Tener un trabajo mejor.

—¿Y ser como tú? —comentó Maggie—. ¡Qué divertido! Sin encamarte en... ¿cuánto tiempo, Rose? ¿Tres años? ¿Cuatro? ¿Cuándo fue la última vez que un chico se fijó en ti?

—Muchos se fijarían en mí, si me pusiera tu ropa —replicó Rose.

—Como que te cabría —le soltó Maggie—. Tu pierna no cabría en este vestido.

—¡Claro, es verdad! —exclamó Rose—. Me había olvidado de que tener una talla cero es lo más importante del mundo. Porque salta a la vista que tienes éxito y eres feliz. —Tocó el claxon más rato del necesario para conseguir que el coche de delante avanzara—. Tienes problemas —concluyó Rose—. Necesitas ayuda.

Maggie echó la cabeza hacia atrás y soltó una carcajada.

—Y tú eres perfecta, ¿verdad?

Rose cabeceó, pensando en qué decir para que su hermana cerrara el pico, pero cuando había decidido su línea de ataque, la cabeza de Maggie estaba recostada sobre la ventanilla y tenía los ojos cerrados.

Chanel, el golden retriever —el perro de Sydelle la monstruastra—, saltaba como un loco en círculos de lado a lado del jardín a medida que Rose recorría el camino de acceso. Mientras sostenía a Maggie de los tirantes y la obligaba a mantenerse de pie, se encendió una luz en una habitación del piso de arriba y otra en el recibidor.

—Levanta —le ordenó.

Maggie se tambaleó y avanzó haciendo eses por el camino hasta que llegó a la puerta principal de la moderna casa de extraña construcción a la que su padre y su madrastra llamaban hogar. Los setos, siguiendo las instrucciones de Sydelle, habían sido podados en espiral, y en el felpudo de la entrada podía leerse: «¡Bienvenidos, amigos!» Rose siempre había creído que la alfombra ya venía con la casa, porque su madrastra no era especialmente hospitalaria ni simpática. Maggie titubeó y se inclinó hacia delante. Rose pensó que iba a devolver, hasta que vio a Maggie levantando una baldosa y cogiendo una llave.

—Ya puedes irte —dijo Maggie, apoyándose en la puerta y tratando de meter la llave en la cerradura. Se despidió con la mano sin volverse—. Gracias por traerme; y ahora, piérdete.

La puerta se abrió de golpe y apareció Sydelle Levine Feller, con la boca fruncida, el cinturón de la bata bien apretado alrededor de la cintura de su cuerpo de metro cincuenta y dos de estatura, y la cara brillante por la crema facial. A pesar de las horas de ejercicio, de los miles de dólares gastados en inyecciones de Botox y de la raya de los ojos recientemente tatuada, Sydelle Levine Feller no era una mujer guapa. Por una parte, tenía unos diminutos e inexpresivos ojos castaños. Por otra, las aletas de su nariz eran enormes y se inflaban al respirar, la típica cosa que Rose siempre se había imaginado que los cirujanos no podían corregir, porque seguro que Sydelle se había dado cuenta de que en cada orificio le cabía un salami entero.

—Está borracha —constató Sydelle ensanchando las aletas—. ¡Menuda novedad! —Como siempre, dirigía sus comentarios más hirientes al aire, a medio palmo hacia la izquierda del rostro de su interlocutor, como si estuviera dirigiendo su observación a algún espectador invisible que, indudablemente, entendía su punto de vista. Rose recordaba docenas, no, cientos de esos maliciosos comentarios pasando por su propio oído izquierdo como una bala... Y por el de Maggie. «Maggie, tendrías que estudiar más.» «Rose, no deberías comer tanto.»

—No perdonas ni una, ¿eh, Sydelle? —le dijo Maggie. A Rose se le escapó un resoplido, y durante unos instantes las dos volvieron a ser un equipo, unidas frente a un tremendo enemigo común.

—Sydelle, necesito hablar con mi padre —solicitó Rose.

—Y yo —anunció Maggie— necesito ir al baño.

Rose levantó la mirada y vio el destello de las gafas de su padre a través de la ventana de su habitación. Su esbelta y ligeramente encorvada silueta flotaba dentro de un pantalón de pijama y una vieja camiseta, y su fino pelo gris se amontonaba sobre su calva. «¿Cuándo ha envejecido tanto?», dijo Rose para sí. Parecía un fantasma. Desde que se habían casado, Sydelle había ganado viveza —su pintalabios era cada vez más llamativo y sus reflejos en el pelo más dorados—, y su padre se había decolorado como una fotografía expuesta al sol.

—¡Hola, papá! —exclamó. Su padre la oyó y se dispuso a abrir la ventana.

—Cariño, ya me ocupo yo —chilló Sydelle en dirección a la ventana del dormitorio. Sus palabras eran dulces. Su tono era frío. Michael Feller no llegó a abrir la ventana, y Rose se imaginó que su rostro se contraería en su habitual expresión de tristeza y derrota. Al cabo de un instante, la luz se apagó y su padre desapareció de su vista.

—Mierda —musitó Rose, aunque no estaba sorprendida—. ¡Papá! —volvió a gritar con impotencia.

Sydelle sacudió la cabeza.

—No —dijo—. No, no y no.

—Parece que no sepas decir otra palabra —apuntó Maggie, y Rose se echó a reír antes de fijar de nuevo su atención en su madrastra. Recordó el primer día que Sydelle apareció en su casa. Su padre llevaba dos meses saliendo con ella y se vistió para la ocasión. Rose lo recordó estirándose las mangas de su *blazer* y reajustándose el nudo de la corbata. «Tiene muchas ganas de conoceros», les comentó a Rose y a Maggie, que por aquel entonces tenían doce y diez años respectivamente. Rose recordó que Sydelle le había parecido la mujer con más encanto que había visto nunca. Llevaba pulseras de oro, pendientes de oro, y brillantes sandalias doradas. Su pelo tenía mechas de color ceniza y caoba, y sus cejas depiladas se habían convertido en dos delgados paréntesis dorados. Incluso su pintalabios tenía un tono dorado. Rose se deslumbró. Fue más tarde cuando descubrió los rasgos menos atractivos de Sydelle: la forma en que su boca se fruncía naturalmente, cómo sus ojos tenían el color de un charco fangoso, y esas aletas de la nariz, que parecían dos enormes túneles en el centro de la cara.

En la cena, Sydelle había apartado de su alcance la cesta del pan.

—Las chicas no tomaremos pan —había dicho con una sonrisa tonta, y Rose había creído que se trataba de un guiño cómplice—. ¡Las chicas tenemos que cuidar la línea! —Con la mantequilla usó el mismo truco, y cuando Rose cometió el error de querer servirse más patatas, Sydelle frunció la boca.

—El estómago tarda veinte minutos en enviarle un mensaje al cerebro diciéndole que está lleno —la sermoneó—. ¿Por qué no esperas un rato para ver si realmente te apetecen más patatas? —Su padre y Maggie tomaron helado de postre. Rose, un plato de uvas. Y Sydelle, nada—. No me gustan los dulces —declaró. Toda la actuación le dio a Rose ganas de vomitar... de vomitar y de ir después a la nevera para servirse un bol de helado; que, si no recordaba mal, era justo lo que había hecho.

Ahora miró fijamente a Sydelle, implorante, deseando con desesperación acabar con esto, dejar a Maggie y volver corriendo con Jim... si es que aún estaba allí.

—Lo siento mucho —comentó Sydelle en un tono que indicaba que no lo lamentaba en absoluto—. Si ha bebido, no puede entrar.

—Bueno, pues yo no he bebido. Déjame hablar con mi padre.

Sydelle cabeceó otra vez.

—Maggie no es responsabilidad tuya —le dijo, repitiendo como un loro unas palabras que, sin duda, había sacado de alguna intragable novela rosa o, lo que era más probable, de un panfleto rosa; porque Sydelle no era una gran lectora.

—Déjame hablar con él —insistió Rose, aunque sabía que era inútil.

Sydelle se movió de tal modo que bloqueó la puerta, como si Rose y Maggie fueran a intentar colarse. Y Maggie no mejoraba la situación:

—¡Vaya, Sydelle! —graznó, y apartó a su hermana a un lado—. ¡Estás estupenda! —Escudriñó el rostro de su madrastra—. Te has hecho algo nuevo, ¿verdad? ¿Un arreglo en la barbilla? ¿Un implante en las mejillas? ¿Un tratamiento con Botox? ¿Cuál es tu secreto?

—Maggie —susurró Rose, agarrando a su hermana por los hombros y suplicándole de manera telepática que se callara. Cosa que Maggie no hizo.

—¡Menuda forma de gastar nuestra herencia! —gritó.

Al fin, Sydelle las miró directamente a la cara en lugar de mirar el espacio que había entre las dos hermanas. Rose casi podía oír lo que pensaba, que su hija, la tan alabada Marcia, jamás se comportaría así. Marcia —o Mi Marcia, como solía llamarla— tenía dieciocho años y estaba en su primer año de universidad en Siracusa cuando Sydelle y su padre se casaron. Mi Marcia, como Sydelle no se cansaba nunca de repetirles a Rose y a Maggie, tenía una perfecta talla 38. Mi Marcia había sido miembro de la Sociedad de Honor Nacional y del Cortejo de Bienvenida. Mi Marcia había formado parte del mejor club femenino de estudiantes de Siracusa, se había licenciado con honores, y había estado tres años trabajando de ayudante de uno de los mejores decoradores de interiores de Nueva York antes de casarse con un archimillonario dueño de una puntocom, y refugiarse elegantemente en la maternidad y en una casa de siete dormitorios digna de ver en Short Hills.

—Tenéis que iros —advirtió Sydelle, y cerró la puerta dejando a Maggie y Rose en el frío exterior.

Maggie alzó la vista y miró hacia la ventana de la habitación, quizá con la esperanza de que su padre les lanzara su billetero. Finalmente, se volvió en dirección al camino de acceso deteniéndose sólo para arrancar del suelo uno de los recortados setos de Sydelle y tirarlo en los escalones de la puerta, donde aterrizó y lo llenó todo de tierra. Cuando Rose lo vio, Maggie se sacó los tacones de aguja que le había robado a su hermana y los lanzó al césped.

—Ahí los tienes —dijo.

Rose cerró los puños. Tendría que estar en su piso, en la cama con Jim. Y en lugar de eso estaba ahí, en plena noche, en medio de un césped helado de Nueva Jersey, procurando ayudar a su hermana que ni siquiera quería que la ayudaran.

Maggie atravesó el jardín descalza y empezó a andar cojeando calle abajo.

—¿Adónde te crees que vas? —inquirió Rose.

—A algún sitio. A cualquier sitio —contestó Maggie—. No te preocupes por mí, estaré bien. —Casi había llegado a la esquina cuando Rose le dio alcance.

—¡Vamos! —le ordenó con brusquedad—. Te vendrás a mi casa. —Aunque las palabras habían salido de su boca, sus alarmas internas emitían agudos sonidos de advertencia. Invitar a Maggie a dormir era como meter un huracán en casa, algo que ya había sufrido hacía cinco años cuando Maggie estuvo tres horribles semanas viviendo con ella. Tener a Maggie en casa significaba que el dinero volaba junto con tu mejor barra de labios, tus pendientes favoritos y tus zapatos más caros. Perdías de vista tu coche durante varios días, y cuando reaparecía tenía el depósito de gasolina vacío y los ceniceros llenos. Las llaves de casa se esfumaban y tu ropa se descolgaba de las perchas, y nunca más volvías a verla. Maggie en casa equivalía a desorden y confusión, a escenas dramáticas, lágrimas y peleas y sentimientos heridos. Significaba el fin de toda la paz y la tranquilidad que Rose hubiera sido tan tonta de desear. Y lo más probable, pensó con un escalofrío, es que podía significar el fin de Jim—. ¡Vamos! —le insistió a Maggie.

Maggie cabeceó de un lado a otro, un no exagerado e infantil.

Rose suspiró.

—Será sólo una noche —aseguró. Pero cuando Maggie notó la mano de Rose sobre su hombro, se giró.

—No, no lo será —repuso.

—¿Cómo?

—No será sólo una noche, porque me han vuelto a desahuciar, ¿entiendes?

—¿Qué ha pasado? —preguntó Rose, controlándose para no añadir «esta vez».

—Estoy hecha un lío —murmuró Maggie.

«Hecha un lío», Rose había aprendido hacía tiempo que era la expresión que usaba Maggie para las formas en que el mundo la confundía, las formas en que sus problemas de aprendizaje la paralizaban e incapacitaban. Los números la confundían, las divisiones, las instrucciones y cuadrar un talonario eran cosas del todo imposibles. Si le pedías que copiara una receta, no sabía hacerlo. Si le pedías que fuera del punto A al punto B, Maggie solía acabar en el punto K, donde, inevitablemente, encontraría un bar, y cuando Rose fuese a buscarla estaría rodeada de unos cuantos chicos.

—Está bien —concedió Rose—. Ya lo solucionaremos mañana.

Maggie se rodeó a sí misma con los brazos y permaneció de pie, esquelética y temblando. «Tendría que haber sido actriz», pensó Rose. Era una pena que todas sus dotes melodramáticas no se invirtieran en nada mejor que en robar dinero, zapatos, y en hospedarse temporalmente en casa de la familia.

—Estaré bien —le aseguró Maggie—. Me quedaré aquí hasta que amanezca y luego... —gimoteó. Se le puso la piel de gallina—. Ya encontraré algún sitio adonde ir.

—Venga —volvió a decir Rose.

—Pero si no me quieres —insistió Maggie con tristeza—. ¡Nadie me quiere!

—Sube al coche. —Rose se volvió en dirección al camino de acceso, y no se sorprendió lo más mínimo cuando, al cabo de un momento, Maggie la siguió. Había cosas en la vida con las que uno tenía que contar siempre, y Maggie con necesidad de ayuda, Maggie con necesidad de dinero, Maggie simplemente *con necesidad de,* era una de ellas.

Durante el trayecto de veinte minutos a Filadelfia, Maggie estuvo callada mientras Rose trataba de decidir cómo iba a evitar que su hermana se diera cuenta de que había un hombre desnudo en su cama.

—Quédate en el sofá —le susurró una vez que llegaron a su piso, recogiendo rápidamente el traje de Jim del suelo. A Maggie no se le escapó el movimiento.

—¡Dios mío! —dijo arrastrando las palabras—. Pero ¡qué tenemos aquí! —Y hundió el brazo en el bulto de ropa que Rose tenía en las manos, y segundos después emergió triunfal con el billetero de Jim. Rose quiso recuperarlo, pero Maggie se lo quitó de un tirón. «Ya empezamos», dijo Rose para sí.

—Devuélvemelo —musitó. Maggie abrió el billetero.

—James R. Danvers —leyó en voz alta—. Sociedad Hill Towers, Filadelfia, Daños corporales. Muy bonito.

—¡Chsss...! —susurró Rose, que lanzó asustada una mirada hacia la pared detrás de la cual James R. Danvers supuestamente dormitaba.

—Mil novecientos sesenta y cuatro —leyó Maggie con voz estentórea. Rose casi oía cómo le rechinaban los engranajes a su hermana mientras se esforzaba por contar—. ¿Tiene treinta y cinco años? —inquirió al fin. Rose le quitó el billetero de las manos.

—¡Vete a dormir! —le ordenó en voz baja.

Maggie eligió una camiseta entre las prendas de ropa que cubrían la cinta de correr de Rose y se sacó el vestido por la cabeza.

—No me lo digas —le advirtió.

—Estás demasiado delgada —soltó Rose, impresionada por lo mucho que sobresalían las clavículas de Maggie y por lo marcadas que tenía las vértebras, cuyo patetismo era superado por sus ridículos pechos falsos.

—Y tú no has usado los remos que te compré para hacer abdominales —repuso Maggie, poniéndose la camiseta por la cabeza y repanchigándose en el sofá.

Rose abrió la boca y la volvió a cerrar. «Haz que se duerma», se dijo.

—Parece mono tu novio —concluyó Maggie, y bostezó—. ¿Podrías traerme un vaso de agua y un par de Advils, por favor?

Rose rechinó los dientes, pero le fue a buscar las pastillas y el agua, y observó cómo Maggie las engullía, se bebía el agua de un trago y cerraba los ojos sin siquiera un «gracias». En su habitación, Jim seguía echado de lado, roncando ligeramente. Rose apoyó una mano en su brazo con suavidad.

—¿Jim? —le llamó en voz baja. No se movió. Rose pensó en meterse en la cama con él, taparse con el edredón hasta la cabeza y esperar a que amaneciera. Miró de nuevo hacia la puerta y luego a Jim, y se dio cuenta de que no podía hacerlo. No podía dormir con un hombre desnudo estando su hermana en la habitación contigua. Su misión era, siempre lo había sido, ser un ejemplo para Maggie. Tener un amante que más o menos era su jefe no decía mucho a su favor. ¿Y si quería otro revolcón? Maggie los oiría o, peor aún, entraría y miraría. Y se reiría.

En vez de eso Rose cogió otra manta de debajo de la cama, una almohada del suelo y se fue de puntillas hasta el salón, donde se acomodó en el sillón pensando que en los anales de la historia del romanticismo éste sería probablemente el peor final para una noche como la suya. Cerró los ojos y escuchó la respiración de Maggie como había hecho siempre durante los años en que habían compartido habitación. Luego cambió de lado, intentando estirarse lo máximo posible. ¿Por qué no podía tener al menos el sofá? ¿Por qué había invitado a Maggie? Justo entonces Maggie empezó a hablar.

—¿Te acuerdas de Honey Bun?

Rose cerró los ojos en la oscuridad.

—Sí —respondió—, me acuerdo.

Honey Bun había llegado a sus vidas una primavera, cuando Rose tenía ocho años y Maggie seis. Su madre, Caroline, las había despertado un jueves por la mañana temprano.

—¡Chsss..., no digáis nada! —les había susurrado, dándoles prisa para que se pusieran sus mejores vestidos y encima un jersey y un abrigo—. ¡Es una sorpresa especial! —Se despidieron de su padre, que todavía se estaba tomando el café mientras leía la sección de economía, cruzaron la cocina, cuyas encimeras estaban llenas de tabletas de chocolate y el fregadero repleto de platos sucios, y se metieron en la ranchera. En vez de girar por la entrada de la escuela, como hacía casi cada mañana, Caroline la pasó de largo y siguió recto.

—Mamá, ¡te has pasado la calle! —le advirtió Rose.

—Hoy no hay cole, cariño —le explicó su madre alegremente, mirándola de reojo—. ¡Hoy es un día especial!

—¡Yupi! —exclamó Maggie, que iba sentada en el codiciado asiento delantero.

—¿Por qué? —quiso saber Rose, que había esperado con ansia que llegara ese día porque era el Día de la Biblioteca y podría elegir más libros.

—Porque ha sucedido algo muy emocionante —contestó su madre. Rose recordaba a la perfección qué aspecto tenía su madre aquel día, el brillo que había en sus ojos castaños y la bufanda de seda turquesa que se había puesto alrededor del cuello. Caroline empezó a hablar muy deprisa, atropelladamente, mirando a Rose de refilón para darle la gran noticia:

—Se trata de caramelos —anunció—, más bien de tofes. Bueno, no es como el tofe. Es mejor. Sabe a gloria. ¿Habéis tomado eso alguna vez, niñas?

Rose y Maggie sacudieron la cabeza.

—Estaba leyendo en *Newsweek* un artículo acerca de una mujer que hace pasteles de queso —divagó Caroline, cogiendo una curva a toda velocidad y dando bandazos hasta detenerse en un semáforo en rojo—. Y todos sus amigos se deshacían en elogios con esos pasteles. Primero logró venderlos en un supermercado del barrio, después consiguió un distribuidor, y ahora sus pasteles de queso se venden en once estados. ¡Once!

Un coro de bocinazos sonó detrás de ellas.

—Mamá —advirtió Rose—, está en verde.

—Sí, ya voy —repuso Caroline, que apretó el acelerador—. Y anoche me dije: «Bien, no puedes hacer pasteles de queso, pero sí de café con leche». Mi madre hacía los mejores tofes del mundo, con nueces y malvavisco. Así que la llamé para preguntarle la receta, y he estado toda la noche despierta haciendo una bandeja tras otra. He tenido que ir dos veces al súper a comprar ingredientes, pero ¡mirad! —Dio un volantazo y se detuvo en una gasolinera. Rose reparó en que su madre tenía las uñas rotas y sucias, como si hubiese trabajado con barro—. ¡Venga! ¡Probadlo! —Introdujo la mano en el bolso y extrajo dos cuadrados envueltos en papel de parafina. «Tofe R y M», rezaban. A Rose le pareció que estaba escrito con lápiz de ojos.

—He tenido que improvisar, evidentemente, la presentación será distinta, pero probadlo y decidme si no es el mejor tofe que habéis tomado en vuestra vida.

Rose y Maggie desenvolvieron el caramelo.

—¡Está buenísimo! —exclamó Maggie con la boca llena.

—¡Ohhh, qué bueno! —dijo Rose, tragando con esfuerzo el trozo de tofe que se le había quedado atascado en la garganta.

—¡R y M de Rose y Maggie! —aclaró su madre, que reanudó la marcha.

—¿Y por qué no puede ser M y R? —quiso saber Maggie.

—¿Adónde vamos? —preguntó Rose.

—A Lord and Taylor —dijo su madre contenta—. Había pensado en ir a supermercados, claro, pero he decidido que éste es realmente un producto para gourmets y no un artículo de tienda de comestibles, y debería venderse en boutiques y en grandes almacenes.

—¿Sabe papá algo de esto? —inquirió Rose.

—Le daremos una sorpresa —contestó Caroline—. Sacaos los jerseys y comprobad que tengáis la cara limpia. ¡Vamos a vender, chicas!

Rose se puso de costado y recordó cómo había sido el resto del día: la amable sonrisa del director cuando su madre había puesto la bolsa encima del mostrador de bisutería y había sacado dos docenas de cuadrados de «Tofe R y M» envuelto en papel de parafina (en dos de los cuales ponía «M y R», porque Maggie lo había cambiado en el coche). Cómo su madre las había llevado a toda prisa al departamento de ropa infantil y les había comprado manguitos de piel de conejo. Cómo habían comido en el salón de té de Lord and Taylor, sándwiches (sin cortezas) de crema, queso y aceitunas, diminutos pepinillos apenas más grandes que el dedo meñique de Rose, y rodajas de bizcocho con fresas y nata. ¡Qué guapa estaba su madre! Las mejillas de un rosa resplandeciente, los ojos brillantes, las manos, que aleteaban como pájaros, olvidándose de su propia comida mientras hablaba de sus ideas comerciales, de sus planes de marketing, de cómo el «Tofe R y M» sería tan famoso como Keebler o Nabisco. «Empezaremos de cero, niñas, pero desde algún sitio hay que empezar», les había dicho. Maggie asintió y le dijo a Caroline lo bueno que era el tofe, y pidió más sándwiches y pastel, y Rose permaneció ahí sentada, intentando acabarse lo que le quedaba en el plato y preguntándose si habría sido la única que se había fijado en las enarcadas cejas del director y en su excesivamente educada sonrisa cuando todos esos dulces habían caído como una cascada sobre el mostrador.

Después de comer recorrieron el centro comercial.

—Os compraré un regalo a cada una —anunció su madre—. Lo que queráis. ¡Cualquier cosa que queráis! —Rose pidió un libro de Nancy Drew. Maggie quiso un perrito. Su madre no dudó en comprárselo.

—¡Pues claro, un perrito! —había concedido alzando la voz. Rose se fijó en que había compradores mirándolas fijamente a las tres (dos niñas con vestidos de fiesta y una mujer con una falda estampada de amapolas, y una bufanda turquesa, alta y guapa, que llevaba seis bolsas y hablaba a voces)—. ¡Hace tiempo que tendríamos que haber comprado uno!

—Papá es alérgico a los perros —apuntó Rose. O bien su madre no la oyó, o bien decidió no hacerle caso. Cogió a sus hijas de las manos y corrieron hacia la tienda de mascotas, donde Maggie eligió un pequeño cocker spaniel al que llamó *Honey Bun*.

—Mamá estaba loca, pero era divertida, ¿verdad? —preguntó Maggie con voz ronca.

—Sí que lo era, sí —contestó Rose, recordando cómo habían regresado a casa, cargadas con las bolsas de lo que habían comprado y la caja de cartón en la que iba *Honey Bun*, y se habían encontrado a su padre sentado en el sofá, aún con el traje y la corbata del trabajo, esperando.

—Niñas, a vuestros cuartos —les había ordenado, y había agarrado a Caroline de la mano para llevarla a la cocina. Rose y Maggie, llevando a *Honey Bun*, subieron en silencio por la escalera, pero incluso a través de la puerta cerrada de la habitación pudieron oír cómo su madre fue levantando la voz paulatinamente. «Michael, ha sido una buena idea, una idea comercial legítima, no tiene por qué salir mal, y sólo les he comprado a las niñas un par de regalos, soy su madre, puedo hacer lo que me dé la gana, puedo no llevarlas al colegio de vez en cuando, no importa, ha sido un día muy bonito, Michael, un día especial, un día que recordarán siempre, y siento haberme olvidado de llamar a la escuela, pero no tendrías que haberte preocupado, estaban conmigo y SOY SU MADRE SOY SU MADRE SOY SU MADRE...»

—¡Oh, no! —susurró Maggie mientras el perro empezaba a aullar—. ¿Se están peleando? ¿Ha sido culpa nuestra?

—¡Chsss...! —dijo Rose. Cogió al cachorro en brazos. Maggie se metió el dedo pulgar en la boca, se apoyó en su hermana, y ambas escucharon los gritos de su madre, ahora acentuados por el ruido de cosas que tiraba y se rompían, y por el murmullo de su padre, que daba la impresión de que no consistía más que en una sola palabra: «Por favor».

—¿Durante cuánto tiempo tuvimos a *Honey Bun*? —preguntó Maggie. Rose se volvió en la butaca y trató de recordar.

—Creo que un día —respondió. Ahora empezaba a acordarse. A la mañana siguiente se había levantado temprano para sacar al perro de paseo. El pasillo estaba a oscuras; la puerta del cuarto de sus padres estaba cerrada. Vio a su padre sentado frente a la mesa de la cocina, solo.

—Tu madre está descansando —anunció—. ¿Puedes ocuparte tú del perro, y hacer tu desayuno y el de Maggie?

—¡Claro! —repuso Rose. Miró a su padre con detenimiento—. ¿Mamá... está bien?

Su padre suspiró y dobló el periódico.

—Está bien, Rose. Está descansando. Intenta no hacer ruido y dejarla descansar. Cuida de tu hermana.

—Lo haré —prometió Rose. Cuando esa tarde volvió a casa al salir de la escuela, el perro ya no estaba. La puerta de la habitación de sus padres seguía cerrada. Y aquí estaba, veintidós años después, cumpliendo todavía su promesa, cuidando todavía de su hermana.

—Estaban realmente buenos los tofes, ¿verdad? —preguntó Maggie. En la oscuridad sonaba como su yo de seis años (feliz y esperanzada, una niña alegre que quería creer todo cuanto su madre le decía).

—Eran deliciosos —contestó Rose—. Buenas noches, Maggie —le dijo en un tono que esperaba que le dejara claro a su hermana que no tenía ganas de seguir hablando.

Cuando a la mañana siguiente Jim Danvers abrió los ojos, estaba solo en la cama. Se desperezó, se rascó y luego se levantó, se puso una toalla alrededor de la cintura y se fue en busca de Rose.

La puerta del cuarto de baño estaba cerrada y oyó que el agua corría. Llamó a la puerta con suavidad, con dulzura, incluso seductoramente, imaginándose a Rose en la ducha, su piel tibia y humeante, sus pechos desnudos cubiertos de gotas de agua...

La puerta se abrió de golpe y apareció una chica que no era Rose.

—Hlaqueres... —dijo Jim esforzándose por pronunciar una combinación entre «hola» y «¿quién eres?».

La desconocida era delgada, tenía el pelo largo de color cobrizo anudado encima de la cabeza, un delicado rostro en forma de corazón y gruesos labios rosáceos. Llevaba las uñas de los pies pintadas, sus bronceadas piernas se prolongaban hacia la barbilla, y sus duros pezones (no pudo evitar fijarse) se marcaban contra la parte delantera de su desgastada camiseta. La chica lo miró arqueando las cejas, somnolienta.

—Pero ¿hablas inglés? —inquirió. Tenía los ojos grandes y castaños, rodeados de restos de pintura y máscara de pestañas corrida tras el sueño (una mirada penetrante y atenta, unos ojos del mismo color que los de Rose, pero en cierto modo muy diferentes).

Jim lo intentó de nuevo.

—Hola —saludó—, ¿está, mmm..., Rose por aquí?

La desconocida señaló en dirección a la cocina con el pulgar.

—Está ahí —dijo. Se apoyó en la pared. Jim cayó en la cuenta de que él no llevaba más que una toalla. La chica levantó una pierna, apoyó la planta del pie en la pared y lo observó de arriba abajo, lentamente.

—¿Eres la compañera de piso de Rose? —quiso adivinar, incapaz de recordar si Rose le había mencionado que compartía piso.

La chica negó con la cabeza, y entonces Rose apareció por la esquina, vestida, con zapatos y los labios pintados, y dos tazas de café en las manos.

—¡Oh! —exclamó, y frenó tan en seco que el café se derramó y le salpicó las muñecas y la parte delantera de la blusa—. ¡Oh! ¿Ya os habéis encontrado?

En silencio, Jim sacudió la cabeza. La chica que estaba de pie no dijo nada... se limitó a mirarlo con fijeza y a esbozar una irónica sonrisa de esfinge.

—Maggie, éste es Jim —los presentó Rose—. Jim, ésta es Maggie Feller. Mi hermana.

—Hola —dijo Jim, y sacudió levemente la cabeza mientras se sujetaba la toalla.

Maggie también asintió. Estuvieron ahí unos pocos segundos, los tres, Jim sintiéndose ridículo con la toalla, Rose con el café que le goteaba de las mangas, y Maggie mirando a uno y otra.

—Vino ayer por la noche —explicó Rose—. Tenía la fiesta de secundaria y...

—No creo que le interesen los detalles —la interrumpió Maggie—. Se puede imaginar el resto. La típica historia de Hollywood como todo el mundo.

—Lo siento —se disculpó Rose.

Maggie resopló, dio media vuelta y regresó airosa al salón. Rose suspiró.

—Lo siento —repitió—, lo suyo es puro drama.

Jim asintió.

—¡Eh! —exclamó en voz baja—. Quiero que me lo cuentes todo. Dame sólo un minuto... —dijo, y entró en el cuarto de baño.

—¡Oh! —exclamó Rose—. ¡Oh, lo siento!

—No te preocupes —susurró él, acercándose a su mejilla y rozando la suave piel de su cuello con su barbilla sin afeitar. Ella se estremeció y el café que quedaba en las tazas tembló.

Cuando Jim y Rose se fueron media hora después, Maggie había vuelto al sofá. Un pie descalzo y una pantorrilla, suave y desnuda, se asomaban por entre las sábanas. Rose estaba convencida de que no dormía. Estaba segura de que esto —la bronceada curva de la pierna de su hermana, las uñas escarlata— estaba planeado. Empujó a Jim hacia la puerta, pensando que eso era lo que ella habría deseado: interpretar el clásico despertar seductor de Hollywood, con restos de maquillaje, incitante y encantador, con un lento parpadeo de pestañas y una sonrisa de satisfacción. Y ahora era Maggie la del maquillaje, la sexy y fascinante, mientras que ella iba y venía como Betty Crocker, ofreciendo café a la gente.

—¿Trabajas hoy? —le preguntó Jim. Ella asintió—. ¿En fin de semana? —musitó—. Ya me había olvidado de lo que es ser un asociado. —Le dio un beso de despedida en la puerta principal (un beso rápido y casto) y buscó en su cartera el *ticket* del aparcamiento—. ¡Vaya! —exclamó enarcando las cejas—. Juraría que llevaba cien dólares encima.

«Maggie —dijo Rose para sí mientras sacaba veinte dólares de su monedero—. Maggie, Maggie, Maggie, siempre me hace pagar a mí.»

2

Por la mañana. Ella Hirsch estaba sola tumbada en medio de su cama y comprobó sus diversos dolores, molestias y achaques. Empezó por su defectuoso tobillo izquierdo, pasó al runruneo de su cadera derecha, se detuvo en los intestinos, que estaban vacíos y rugían a la vez, y siguió subiendo, pasando por sus pechos cada año más pequeños y sus ojos (la operación de cataratas del mes pasado había sido un éxito), hasta llegar al pelo largo (cosa que no estaba de moda) y teñido de un cálido color cobrizo, su única presunción.

«No está mal, no está mal», pensó Ella mientras sacaba primero la pierna izquierda y luego la derecha de la cama, y apoyaba suavemente los pies en el frío suelo embaldosado. Ira, su marido, nunca había querido poner baldosas —«¡Son demasiado duras! —había dicho—. ¡Demasiado frías!»—, de manera que habían puesto moqueta de pared a pared. Beige. El día en que Ira murió, Ella hizo una llamada y al cabo de dos semanas la moqueta ya no estaba, y volvía a tener sus baldosas, de mármol color crema, que le parecían agradables al tacto.

Ella se puso las manos sobre las piernas, se balanceó hacia delante y hacia atrás un par de veces, y se levantó de la cama *queen size* con un leve gruñido (su segunda adquisición tras la muerte de Ira). Era el lunes después del día de Acción de Gracias, y Golden Acres, «una comunidad de jubilados dinámicos», estaba más tranquila que de costumbre, porque la mayoría de esos ancianos dinámicos había pasado el día anterior con sus hijos y nietos. También Ella lo había celebrado a su forma; comiéndose un sándwich de pavo para cenar.

Estiró el edredón y pensó en el día que la esperaba: el desayuno, y la poesía que tenía que acabar, después cogería el tranvía hasta la parada del autobús y volvería a cogerlo para su visita semanal voluntaria a la perrera. Luego regresaría a casa a comer y dormiría una siesta, y tal vez leyese un par de horas: estaba a media lectura de un libro intragable de relatos cortos de Margaret Atwood. La cena se servía pronto —«el último turno es a las cuatro y media», le había oído bromear a alguien, y era gracioso porque era cierto—, y luego proyectaban una película en el Club. Otro día vacío que llenaría lo máximo posible.

Había cometido un error trasladándose aquí. Venir a Florida había sido idea de Ira. «Será un nuevo comienzo», le había asegurado mientras desplegaba los prospectos sobre la mesa de la cocina, con las luces reflejadas en su calva, su reloj de oro y su anillo de boda. Ella apenas si había echado un vistazo a las satinadas fotografías de playas arenosas, con oleaje y palmeras, edificios blancos con ascensores y rampas para sillas de ruedas, y duchas con barras incorporadas de acero inoxidable a las que poder asirse. Pensó que Golden Acres, o cualquiera de la docena de comunidades similares que había, sería un buen escondite. Ya no habría viejos amigos ni vecinos parándola en correos o en la tienda de comestibles y poniendo, con la mejor intención, una mano en su antebrazo para decirle: «¿Qué tal lo lleváis? ¿Cuánto tiempo ha pasado ya?» Incluso se había alegrado, incluso se había sentido esperanzada al hacer las maletas en Michigan.

No tenía ni idea, le habría sido imposible adivinarlo, jamás se hubiese imaginado que en una comunidad de jubilados todo giraba en torno a los hijos. Eso no lo ponían en los folletos, pensó amargamente; cómo en cada salón en el que había estado todas las superficies habidas y por haber estaban repletas de fotos de los hijos, los nietos y los bisnietos. Cómo cada conversación acababa derivando en ese preciadísimo tema. «A mi hija le encantaba esa película. Mi hijo se ha comprado un coche igual que éste. Mi nieta se ha matriculado en la universidad. Mi nieto dice que ese senador es un ladrón.»

Ella no trataba mucho con el resto de mujeres. Se mantenía ocupada. La perrera, el hospital, el Comedor Móvil, colocaba libros en la biblioteca, ponía los precios a los artículos en el rastrillo, escribía una columna para el semanario de Golden Acres.

Aquella mañana, se sentó frente a la mesa de la cocina con una taza de té caliente delante y la luz del sol proyectándose en el suelo de mármol, y cogió su libreta y su pluma. Terminaría la poesía que había empezado la semana pasada. No es que fuera una gran poetisa, pero Lewis Feldman, el editor de *Golden Acres Gazette*, había recurrido a ella desesperado después de que el poeta que solía escribir para dicha publicación se rompiera la cadera. Había de plazo hasta el miércoles, y quería tener el martes libre para poder repasar el texto.

«Tal vez sea vieja —era el título que se le había ocurrido—. Tal vez sea vieja —empezaba la poesía—, tal vez mis pasos sean más lentos, tal vez mi pelo se haya vuelto gris, tal vez tenga que dormir siesta casi a diario...»

Esto era todo lo que había escrito. Tomó un sorbo de té mientras pensaba. Tal vez sea vieja... ¿qué más?

«PERO NO SOY INVISIBLE», anotó con grandes letras mayúsculas. Y lo tachó. No era verdad. Sí que sentía que al cumplir los sesenta, en cierto modo se había prescindido de ella, y que era invisible desde hacía dieciocho años. La gente real —la gente joven— la ignoraba. Pero era muy difícil encontrar una palabra que rimara con «invisible».

Decidió volver a «invisible» y escribió debajo: «pero existo». «Existo» sería más fácil de rimar... ¿con qué rimaba? «¿Me gusta el pisto?» «¿Cojo el tranvía y listos?» «¿Aunque los kilos de más no estén bien vistos?»

¡Sí! «Vistos» quedaba bien. Los que vivían en Golden Acres se sentirían identificados. Especialmente, pensó sonriendo, su medio amiga Dora, que hacía de voluntaria con ella en el rastrillo. Dora siempre llevaba ropa con cintura de goma y pedía nata con el postre. «Me he pasado setenta años vigilando lo que como —decía cogiendo una cucharada llena de dulce de leche caliente o pastel de queso—. Pero mi Morti ya no está, así que, ¿qué importa ahora?»

«Existo. Aunque los kilos de más no estén bien vistos, sigo aquí —escribió Ella—. Tengo oídos para escuchar los sonidos de la vida que me rodea...»

Lo que era verdad, dijo para sí. Aunque, para ser honrada, los sonidos de la vida en Golden Acres eran el constante zumbido del tráfico, el ocasional aullido de la sirena de la ambulancia, y la gente que buscaba camorra con los demás porque se habían dejado la ropa dentro de la secadora comunitaria que había al final del pasillo, o habían tirado botellas de plástico en el contenedor de reciclaje destinado sólo a cristales. Eso no era precisamente material poético.

«El agradable rugido del mar —escribió en su lugar—. El sonido de la risa de los niños. La música del sol y las sonrisas.»

Sí, eso estaba mejor. Lo del mar era incluso posible, pues Golden Acres estaba a menos de dos kilómetros de la costa. El tranvía llegaba a la playa. Y lo de «la música del sol y las sonrisas»... A Lewis le gustaría. Antes de Golden Acres, Lewis había dirigido una cadena de ferreterías en Utica, Nueva York. Dirigir un periódico —«periodiquear» decía él— le gustaba mucho más. Cada vez que lo veía llevaba un grasiento lápiz rojo detrás de la oreja, como si en cualquier momento lo fueran a llamar para que garabateara un titular o repasara algún texto.

Ella cerró su libreta y tomó un sorbo de té. Eran las ocho y media y ya empezaba a hacer calor. Se levantó de la silla pensando sólo en el atareado día que la esperaba, y en la semana que le seguiría. Pero mientras andaba pudo oír exactamente aquello sobre lo que acababa de escribir: el sonido de las risas de los niños. Por sus voces, se trataba de chicos. Podía oír sus gritos y sus sandalias azotando el suelo mientras corrían de un lado a otro del pasillo, frente a su puerta; lo más probable es que estuvieran persiguiendo a las diminutas y veloces lagartijas que tomaban sol en los alféizares. Eran los nietos de Mavis Gold, pensó. Mavis había comentado que esperaba una visita.

—¡He pillado una! ¡He pillado una! —gritó uno de los chicos emocionado. Ella cerró los ojos. Debería salir y decirles que no temieran, que las lagartijas tenían más miedo de las torpes y sudorosas palmas de sus manos y dedos de niño que ellos de las lagartijas. Debería ir a decirles que pararan de chillar antes de que el señor Boehr del 6-B saliera y empezara a gritarles porque tenía insomnio.

Sin embargo, apartó la vista de la ventana antes de descorrer las cortinas y contemplar a los chicos. Los niños hacen daño... aunque ya habían pasado más de cincuenta años desde que su hija fuera una niña, y más de veinte desde la última vez que vio a sus nietas.

Ella apretó los labios con fuerza y anduvo con resolución hasta el cuarto de baño. Hoy no se torturaría. No pensaría en la hija que ya no estaba ni en las nietas que nunca conocería, en la vida que le había sido arrebatada, que le había sido escrupulosa y completamente extirpada como un tumor, sin dejarle siquiera una cicatriz con la que alimentar el recuerdo.

3

Rose Feller estaba cada vez más convencida de que su jefe había perdido la razón.

Naturalmente, sabía que todo el mundo pensaba que su jefe o jefa estaban locos. Todos sus amigos —bueno, Amy— se quejaban de lo típico: de las peticiones absurdas, del trato desconsiderado, de las palmadas del jefe borracho en el trasero durante los picnics de la empresa.

Pero ahora, desfilando hacia la sala de juntas para el curso de *coaching* que Don Dommel había instaurado como un ritual de las tardes de los viernes para estimular al personal, Rose volvió a considerar la posibilidad de que uno de los socios fundadores de su empresa no fuera sólo excéntrico o raro, o cualquiera de esos diplomáticos adjetivos que se reservaban para los poderosos, sino que estuviera realmente loco.

—¡Chicos! —gritó el obseso de la programación, golpeando con un puño un gráfico PowerPoint de las horas facturables de la empresa—. ¡TENEMOS que hacerlo MEJOR que esto! ¡ESTO —prosiguió— está BIEN, pero no MUY BIEN! Y con el talento que hay aquí, ¡incluso MUY BIEN no es suficiente! ¡Tenemos que SALIR de la mediocridad y BRINCAR hasta la excelencia!

—¿Qué...? —musitó el asociado que había a la derecha de Rose. Tenía rizos pelirrojos y su piel, blanca como la leche desnatada, era un rasgo distintivo en este sitio, el claro signo de que estaba cubriendo el mínimo de horas facturables, es decir, que no salía mucho. Simon Nosequé, dijo Rose para sí.

Rose se encogió de hombros y se hundió en su silla. De todas formas, ¿cuántos bufetes impartían cursos de *coaching*?, pensó. ¿Cuántos asociados habían recibido *skateboards* hechos a medida con las palabras «LA LEY DE DOMMEL» pintadas en la tabla en lugar del habitual pago de las vacaciones acumuladas durante el año anterior? ¿Cuántos socios pronunciaban discursos semanales que constaban casi exclusivamente de metáforas deportivas, seguidos de una exagerada interpretación de *I believe I can fly*? ¿Cuántos bufetes tenían temas musicales? No muchos, pensó Rose.

—¿Tenemos que dar brincos sobre un *skateboard*? —insistió Simon Nosequé. Rose volvió a encogerse de hombros, esperando, como todas las semanas, que Dommel no clavara peligrosamente los ojos en ella. Rose sabía que Don Dommel había sido siempre muy deportista. Había hecho *footing* en los setenta, había sufrido sus efectos en los ochenta, e incluso había terminado unos cuantos triatlones antes de zambullirse de lleno en el desafiante nuevo mundo de los deportes de riesgo, arrastrando a su bufete consigo. Después de cumplir los cincuenta, decidió en algún momento dado que, fuese lo duro que fuese, el ejercicio convencional no era suficiente. Don Dommel no sólo quería estar en forma, quería estar activo y a la moda, quería ser original, el mejor. Don Dommel quería ser un abogado de 53 años subido a un *skateboard*. Al parecer, Don Dommel no veía contradicción alguna entre estas dos cosas.

Compró dos *skateboards* hechos a medida y dio con un niño medio vagabundo que vivía en Love Park, y que fue su entrenador (técnicamente el chico hacía de ordenanza, pero nadie lo vio nunca asomarse por el despacho). Hizo construir una rampa de madera en el garaje del bufete donde pasaba cada mediodía, incluso después de haberse roto la muñeca, de haberse magullado la espalda y de sufrir una cojera que le obligó a hacer eses por los pasillos del despacho como un inexperto *drag queen*.

Y tampoco tuvo suficiente con querer convertirse en un guerrero urbano. Don Dommel tuvo que extender su estilo a la empresa entera. Un viernes Rose llegó a la oficina y se encontró un jersey de nailon dentro de su buzón, con su apellido en la espalda encima de las palabras: «¡Puedo volar!»

—Por favor —le había dicho Rose a su secretaria—, pero si apenas puedo andar si antes no me tomo un café.

Pero los jerseys no eran opcionales. Un *e-mail* general les hizo saber que todos los asociados tenían que llevarlos puestos cada viernes. Una semana más tarde, después de que Rose se pusiera el jersey a regañadientes, colocó su taza en la máquina de café y se encontró que, al igual que las expendedoras de agua y refrescos, ésta sólo suministraba Gatorade («rehidrata, repone, reactiva»), que, la última vez que Rose lo había comprobado, era descafeinado. Es decir, que no le serviría de nada.

De modo que ahora estaba miserablemente sentada en medio de la tercera fila, con su «jersey volador» puesto encima de la chaqueta del traje, mientras tomaba sorbos de una bebida isotónica caliente y deseaba con desesperación beberse un café.

—Esto roza lo ridículo —murmuró. Una vez más Dommel hacía caso omiso del tema anunciado para la tarde («Testimonios eficaces», recordó Rose) en favor de un vídeo de los rasgos más destacables de Tony Hawk, el rey del *skateboard*.

—¡Psst! —susurró Simon mientras Dommel atormentaba a un amedrentado abogado que llevaba solamente un año en la empresa. (¡TÚ! ¿CREES QUE PUEDES BRINCAR ALTO?)

Rose lo miró fijamente.

—¿Psst? ¿En serio has dicho «psst»? ¿Qué es esto? ¿Una novela policíaca o qué?

Simon enarcó las cejas con excesivo disimulo y abrió una bolsa de papel marrón. Rose recibió un impacto olfativo con el aroma del café. Se le hizo la boca agua.

—¿Quieres un poco? —le preguntó él.

Rose titubeó, miró a su alrededor, sopesó qué reglas del protocolo violaría tomando un sorbo de un café ajeno y decidió que, si no se metía en el cuerpo un poco de cafeína, estaría histérica y no haría nada útil en lo que quedaba de jornada. Inclinó la cabeza y tomó un trago.

—Gracias —dijo en voz baja. Él asintió y justo entonces la frenética mirada de Dommel recayó sobre él.

—¡TÚ! —chilló Dommel—. ¿CUÁL ES TU SUEÑO?

—Medir dos metros diez —contestó Simon sin dudar. Se oyó un murmullo de risas en el fondo de la sala—. Y jugar en los Sixers. —Las carcajadas aumentaron. Don Dommel permaneció en el estrado con aspecto turbado, como si los abogados asociados que tenía como público se hubiesen convertido en asnos—. Puede que no como centro, me encantaría ser defensa —continuó Simon—, pero como eso no ocurrirá... —Hizo un alto y miró a Don Dommel—: Me conformaría con ser un buen abogado.

Rose soltó una risilla. Don Dommel abrió la boca, volvió a cerrarla y cruzó el estrado con paso vacilante.

—¡ÉSE...! —exclamó al fin—. ¡ÉSE es el ESPÍRITU que me gusta! ¡Quiero que CADA UNO DE VOSOTROS VUELVA a su mesa y PIENSE en este tipo de ACTITUD VENCEDORA! —concluyó Dommel. Rose se había sacado el jersey que llevaba encima de la americana y ya lo había apretujado y metido en su bolso antes de que él acabase de hablar.

—Ten —dijo Simon ofreciéndole a Rose su taza de café—. Quédatelo, si quieres, tengo más en mi despacho.

—¡Ah..., gracias! —repuso Rose cogiendo la taza y escudriñando todavía la multitud de cuerpos en busca de Jim. Lo alcanzó en la mesa de recepción.

—¿Se puede saber de qué caray iba todo esto? —inquirió.

—¿Por qué no vienes a mi despacho y te lo explico todo? —propuso él para que pudiese oírlo cualquiera que estuviese cerca, pero con una pícara sonrisa dirigida únicamente a ella. Cerró la puerta y se apresuró a abrazarla.

—¡Hmmm...! Detecto olor a café negro —comentó al besarla.

—¡No me delates! —suplicó Rose devolviéndole el beso.

—Ni se me ocurriría —susurró él, y la agarró de las caderas («¡Oh, Dios! —dijo Rose para sí—. ¡No dejes que se haga daño!») para llevarla en volandas hasta su mesa—. Conmigo —añadió, besándola en el cuello—, tus secretos —ahora sus labios descendían por su escote y sus manos se entretenían con los botones— están a salvo.

4

A las once en punto de la mañana del lunes siguiente, Maggie Feller abrió los ojos y estiró los brazos por encima de la cabeza. Rose se había ido. Maggie anduvo hasta el cuarto de baño, donde se bebió casi un litro de agua, y continuó con su meticulosa inspección del piso, empezando por el botiquín, cuyos estantes estaban tan ordenados que daba la impresión de que su hermana esperaba que sobreviniera una horrible emergencia médica en Filadelfia y que la llamasen solamente a ella para hacer de Florence Nightingale con la población de la ciudad entera.

Había frascos de analgésicos, cajas de antiácidos, un frasco gigante de Pepto-Bismol, una caja grande de tiritas y un botiquín de primeros auxilios de la Cruz Roja. Había Midol, Advil y Nuprin, NyQuil y DayQuil, jarabe para la tos, tabletas para el resfriado y tampones. Esto era una chica que hacía buen uso de los cupones de la cadena de farmacias CVS, pensó Maggie mientras se fijaba en las vendas y en las multivitaminas, en las pastillas de calcio y el hilo dental, el alcohol para fricciones y el peróxido de hidrógeno, peróxido de benceno reforzado (de venta con receta), y cuatro cepillos de dientes por abrir. ¿Dónde estaba el lápiz de ojos? ¿Dónde estaban el colorete y el corrector que tantísima falta le hacían a su hermana? Maggie no había visto ningún producto cosmético salvo una sola barra de labios a medio usar. Había un desmaquillador y un tubo de crema hidratante de Pond's, pero no maquillaje. ¿Qué se había pensado Rose? ¿Que alguien se colaría en su casa en plena noche, la maniataría, la maquillaría y luego se iría?

Además, ni siquiera había un miserable condón o una crema espermicida, aunque había un paquete sin abrir de Monistat, de forma que si de alguna manera su célibe hermana pillaba hongos por culpa de una taza de un váter o algo así, estaría preparada. «Seguro que estaba de oferta», dijo Maggie soltando una risotada y cogiendo un frasco de Midol.

En el baño tampoco había una báscula. Lo que no era de extrañar habida cuenta de la historia de Rose y las básculas de los cuartos de baño. Cuando eran adolescentes, Sydelle pegó a la pared de su lavabo un gráfico plastificado. Cada sábado por la mañana Rose se subía a la báscula con los ojos cerrados y la cara impasible mientras Sydelle anotaba el peso, y luego se sentaba en el váter para interrogar a Rose sobre lo que había comido esa semana. Maggie recordaba incluso ahora la empalagosa voz de su madrastra: «¿Comiste una ensalada? Está bien, ¿y qué tipo de aliño llevaba? ¿Era bajo en calorías? ¿Seguro? Rose, hago esto sólo para ayudarte. Lo hago por tu bien».

Sí, claro, dijo Maggie para sí. Como si Sydelle se hubiera preocupado alguna vez por alguien que no fuera ella misma y su propia hija. En el dormitorio, Maggie se puso unos pantalones de chándal de su hermana y siguió con su inventario, recopilando lo que ella llamaba Información.

—Eres una chica muy lista —solía decirle la señora Fried, su antigua profesora de primaria. La señora Fried, con sus rizos grises y sus impresionantes delanteras, con sus gafas con cadena de cuentas y sus chalecos de punto, le había enseñado a Maggie desde segundo curso hasta sexto lo que se conocía con el eufemismo de «enriquecimiento» (y que los alumnos llamaban «educación especial»). Era una especie de abuelita cariñosa que se había convertido en la aliada de Maggie, especialmente durante sus primeros meses en la nueva escuela, en un nuevo estado.

—Lo que en parte te hace tan lista es que siempre puedes pensar en otras formas de hacer las cosas. Por ejemplo, si no sabes el significado de una palabra, ¿qué tienes que hacer?

—¿Adivinarlo? —sugirió Maggie.

La señora Fried sonrió.

—Digamos que deducirlo a través del contexto. Se trata de encontrar soluciones. Soluciones que te sirvan. —Maggie había asentido, sintiéndose contenta y halagada, algo que no solía sentir en clase—. A ver, imagínate que tienes que ir al veterinario, a un concierto, y hay un gran atasco. ¿Te irías a casa? ¿Te perderías el concierto? No —había contestado la propia señora Fried antes de que Maggie tuviera la oportunidad de preguntarle quién tocaba en ese imaginario concierto para poder calibrar hasta qué punto valía la pena esforzarse—, buscarías otro modo de llegar. Y eres bastante lista como para hacerlo realmente bien.

Además de deducir el significado de las palabras a través del contexto, las estrategias alternativas de la señora Fried enseñaron a Maggie a sumar en lugar de multiplicar, a diseccionar un párrafo para conocer su significado, marcando el sujeto con un círculo y subrayando los verbos. Desde que acabó la escuela, Maggie había aprendido por su cuenta algunas estrategias más, como la Información, que podía definirse como saber cosas de las personas, que éstas no querían o no se imaginaban que uno supiera. La Información siempre era útil, y normalmente resultaba fácil conseguirla. Con el paso de los años Maggie había inspeccionado en secreto extractos de tarjetas de crédito y diarios, extractos de cuentas bancarias y fotografías viejas. En secundaria, descubrió un maltrecho ejemplar de *Forever* entre el colchón y el somier de Rose. Rose se pasó casi un curso entero cediéndole su paga a su hermana antes de que decidiera que le daba igual si Maggie le contaba a su padre que había marcado las páginas que tenían escenas de sexo.

Maggie husmeó en el escritorio de su hermana. Estaban las facturas del gas, de la luz, del teléfono y del canal satélite, todas perfectamente enganchadas con un clip, los sobres de respuesta comercial ya tenían puestos los sellos y las direcciones. Había un recibo de Tower Records, lo que le daba a entender que Rose había comprado (y lo que era peor, pagándolo íntegramente) un cedé con los grandes éxitos de George Michael. Maggie se lo puso en el bolsillo, convencida de que le sería útil, aunque no supiera a ciencia cierta de qué manera. Un recibo de Saks por un par de zapatos. Trescientos doce dólares. ¡Genial! Un horario de las clases del gimnasio, caducado desde hacía seis meses. ¡Menuda sorpresa! Maggie cerró el cajón y pasó a lo que estaba segura de que era la faceta más deprimente de Rose, su armario ropero.

Echó un vistazo a las perchas, sacudiendo la cabeza al ver la ropa oscura que iba del negro al marrón, con algún jersey gris puesto ahí para despistar. Bazofia, bazofia y más bazofia. Los aburridos trajes de chaqueta en fila, los ñoños *twinsets*, media docena de faldas diseñadas para que a Rose le llegaran justo por debajo de la rodilla, como si las hubiese escogido para que sus piernas parecieran lo más gordas posibles. Maggie podía haberle ayudado. Pero Rose no quería que la ayudaran. Rose creía que su vida era estupenda. Rose creía que los problemas los tenían los demás.

Hubo una época, cuando eran pequeñas, en la que la gente pensaba que eran mellizas, con sus coletas iguales, los ojos castaños idénticos y la manera desafiante en que sus mandíbulas salían hacia delante. Pues bien, eso ya no era así, porque Rose era tal vez tres o cuatro centímetros más alta y unos veinte a veinticinco kilos más gorda, puede que más (Maggie adivinaba un ligero pliegue debajo de su barbilla, el comienzo de la espantosa papada). Tenía en su armario blusas de Lane Bryant, que Maggie no quería siquiera tocar, aunque sabía que la gordura no era contagiosa. Y a Rose no le importaba. Solía llevar el pelo, que le llegaba por los hombros, recogido en un desaliñado moño o en una cola de caballo, o, peor aún, sujeto con una de esas horquillas de plástico que hacía cinco años que el resto del planeta había acordado tácitamente dejar de usar. Maggie ni siquiera sabía dónde las compraba Rose todavía —a lo mejor en las tiendas de todo a un dólar—, pero la verdad es que nunca se quedaba sin, aunque cada vez que iba a verla ella insistía en que tirara unas cuantas a la basura.

Maggie inspiró profundamente, apartando a un lado la última chaqueta, y empezó con lo que se había reservado para el postre: los zapatos de su hermana. Como siempre, lo que vio la deslumbró y le dio náuseas, igual que un niño pequeño que se ha hinchado de caramelos en la fiesta de Halloween. Rose, gorda, vaga, la anticuada Rose, la que nunca se molestaba en exfoliarse, ponerse crema o arreglarse las uñas, de alguna forma había logrado adquirir docenas de pares de los más absolutamente perfectos zapatos del mundo. Había manoletinas, zapatos de tacón de aguja y mary janes de tacón alto, mocasines de ante tan suaves como la mantequilla y que a uno le daban ganas de frotarlos contra las mejillas, y un par de sandalias de Chanel, que se reducían a poco más que una delgada suela de cuero y a tiras y cintas doradas. Había unas botas negras brillantes de caña alta de Gucci, botas de media caña de color canela de Stephane Kelian, y un par de botas de *cowboy* rojas con pimientos jalapeños labrados a mano adornando los laterales. Había zapatillas de Hush Puppies de color frambuesa y lima; zapatos planos de Sigerson Morrison y escarpines de Manolo Blahnik. Había mocasines de Steve Madden y, aun en su caja de Saks, unos zapatos sobrealzados de Prada blancos con margaritas blancas y amarillas adornando las punteras. Maggie contuvo el aliento y se los puso. Como siempre —igual que todos los zapatos de Rose— le iban perfectos.

No era justo, dijo para sí, andando majestuosamente hasta la cocina con los zapatos de Prada. De cualquier forma, ¿adónde iba a ir Rose con un par de zapatos como ésos? ¿Para qué los quería? Arqueó el entrecejo y abrió un armario. Harina integral de trigo. Cereales All-Bran. Pasas de Corinto y arroz integral. ¡Por Dios!, pensó y arrugó la nariz. ¿Acaso era la Semana Nacional del Colon Saludable? No había Fritos ni Cheetos, ni Doritos... Ninguno de los vitales productos del grupo de alimentación Ito. Examinó el congelador, descartando las hamburguesas vegetarianas y las tarrinas de medio litro de sorbetes de fruta completamente natural puestas en fila, hasta que dio en el blanco: una tarrina gigante de helado de dulce de leche neoyorquino con pepitas de Ben and Jerry aún dentro de la bolsa de papel marrón. El helado siempre había sido la debilidad de su hermana, dijo Maggie para sí mientras cogía una cuchara y se disponía a volver al sofá, en frente del cual había una mesa de centro con una sección del periódico encima y un bolígrafo rojo al lado. Maggie la consultó. Eran los anuncios por palabras, que su hermana mayor había tenido el detalle de dejarle.

Bueno, pensó, esto era una tormenta pasajera. Ésa era una de las cosas que la señora Fried solía decir. Cada vez que algo iba mal en clase —cuando se derramaba un bote de pintura o se perdía un libro—, la señora Fried entrelazaba las manos delante del pecho y sacudía la cabeza hasta que la cadena de sus gafas castañeteaba y decía: «¡No pasa nada, tormenta pasajera!»

Pero ni siquiera la señora Fried pudo haber predicho esto, pensó Maggie, mientras comía helado con una mano y con la otra marcaba anuncios con círculos. Ni siquiera la señora Fried pudo haber previsto el repentino hundimiento de Maggie Feller; Maggie todavía tenía la sensación de que en algún momento entre los catorce y los dieciséis años se había caído por un precipicio y desde entonces no había hecho más que caer.

Primaria y el principio de secundaria le habían ido bien, recordó, comiendo con más rapidez el frío y cremoso helado (sin darse cuenta de que se le había caído accidentalmente una nuez recubierta de chocolate en el zapato). Había tenido que asistir tres días a la semana a las clases de «enriquecimiento» durante el recreo, pero eso tampoco le había importado mucho, porque seguía siendo la chica más guapa y divertida de la clase, la que iba mejor vestida y llevaba los mejores disfraces, hechos por ella misma, en la fiesta de Halloween, y a la que se le ocurrían las ideas más originales para hacer cosas en el patio. Y después de que muriera su madre y se trasladaran a Nueva Jersey, cuando su padre trabajaba por las tardes y Sydelle se ausentaba para acudir como voluntaria a algún comité, y Rose, evidentemente, estaba ocupada en el club de ajedrez o en algún equipo de debate, ella había tenido acceso a la casa entera y al mueble bar, que no estaba cerrado con llave. Había sido popular. Era Rose la empollona, la estúpida, la perdedora, la que había ido por ahí con unas gafas tan grandes que le tapaban la mitad de la cara, y con caspa sobre los hombros, era de Rose de quien las demás niñas se reían.

Si cerraba los ojos, aún recordaba una tarde en el recreo.

Ella estaba en cuarto y Rose en sexto. Maggie se disponía a jugar a la rayuela con Marissa Nussbaum y Kim Pratt cuando Rose, absorta en la lectura de un libro, pasó justo por en medio de un juego de balón prisionero.*

—¡Eh, aparta! —le gritó uno de los mayores, un chico de sexto, y Rose alzó la cabeza y miró desconcertada. «Muévete, Rose», deseó Maggie con todas sus fuerzas mientras Kim y Marissa ahogaban una risita. Rose continuó andando sin apartarse cuando otro de los mayores cogió la pelota y se la tiró tan fuerte como pudo, dando un resoplido por el esfuerzo. Había apuntado a su cuerpo, pero falló y golpeó a Rose en la cabeza. Sus gafas salieron volando. Los libros se le cayeron de las manos y ella se tambaleó, tropezó y cayó de bruces.

A Maggie se le encogió el corazón. Se quedó petrificada, se quedó tan inmóvil como el grupo de chicos de sexto, que se miraron unos a otros con inquietud, como si trataran de decidir si esto tenía gracia o si realmente le habían hecho daño a esa niña y podían meterse en un lío. Y entonces uno de ellos —lo más probable es que fuese Sean Perigini, el chico más alto del curso— empezó a reírse. Y luego se echaron todos a reír, todos los del grupo, y también todos los niños que habían estado mirando, mientras Rose, por supuesto, se ponía a llorar, se limpiaba los mocos de la cara con la palma de una mano, que sangraba a causa de la caída, y después empezaba a buscar a tientas sus gafas.

Maggie se había quedado ahí, de pie; una parte de ella sabía que no tenía que dejarles hacer eso, pero la otra pensó con crueldad: «Que aprenda. Es una colgada. Ella se lo ha busca-

*Balón prisionero: juego que consiste en golpear a los jugadores del equipo contrario con el balón sin que éstos lo cojan. *(N. de la T.)*

do». Además, no era Maggie la que solucionaba las cosas. Era Rose. De modo que permaneció de pie, mirando, durante un tiempo que se le hizo interminable, hasta que Rose encontró las gafas. Maggie vio, mientras Rose se levantaba vacilante, que uno de los cristales se le había roto; recogió sus libros y... ¡Oh, no! A su hermana se le había hecho un siete en los pantalones, y cuando Maggie, y todos los demás, vieron su ropa interior de Holly Hobbie, empezaron a señalar y se rieron a carcajadas. «¡Dios mío, ¿por qué se habrá puesto hoy esas braguitas?», dijo Maggie para sí, sintiendo náuseas.

—¡Me las pagarás! —le gritó Rose a Sean Perigini, sujetando sus gafas rotas y probablemente ignorando que todo el mundo podía verle la ropa interior. Las risas aumentaron. Rose recorrió el patio con la mirada, más allá del juego de pelota, de los niños que estaban en los columpios y en las barras, de los mayores, los de quinto y sexto curso que chillaban en corro mientras se reían de ella, hasta que, al fin, localizó a Maggie, de pie entre Kim y Marissa, en la pequeña zona de hierba que había junto al parterre de flores que, por un acuerdo tácito, estaba reservado a las chicas más populares. Rose miró a Maggie de reojo, y pudo ver el odio y la humillación en los ojos de su hermana con tanta claridad como si ésta hubiese cruzado el patio para gritarle en la cara.

«Debería ayudarla», le susurró de nuevo una voz en su interior. Pero Maggie siguió ahí, de pie, mirando, escuchando al resto de los niños reírse, pensando que en cierta manera éste era el lado oscuro de haber sido la más guapa.

Ya estaba a salvo, pensó Maggie furiosa mientras Rose se enjugaba la cara, recogía los libros y, haciendo caso omiso de las burlas y las risas, y de las palabras «¡Hol-ly Hob-bie!» que algunas de las niñas de quinto ya habían empezado a corear, caminaba lentamente hacia el interior de la escuela. Maggie jamás cometería el error de interponerse en un juego de balón prisionero, y desde luego jamás se pondría unas braguitas con personajes de dibujos animados. Ya estaba a salvo, pensó, mientras Rose empujaba las puertas de doble cristal y entraba; seguro que iría al despacho del director. «¿Crees que tu hermana se encuentra bien?», le había preguntado Kim, y Maggie había sacudido la cabeza con desdén. «Creo que es adoptada», había contestado, y Kim y Marissa habían soltado una risilla, y Maggie también se había reído, aunque la risa le había partido el alma.

Y, entonces, con la rapidez de una pelota que volara por el aire y le golpeara la cabeza por sorpresa, todo cambió. ¿Cuándo, exactamente? A los catorce años, en la recta final de octavo, en el intervalo entre el segundo ciclo de secundaria, cuando ella era la reina, y bachillerato, cuando todo se vino abajo.

Todo empezó con el test de evaluación. «¡No hay por qué preocuparse!», les había dicho la sustituta de la señora Fried en el segundo ciclo de secundaria con una voz de fingida alegría. La nueva profesora de «enriquecimiento» era fea, llevaba una careta de maquillaje encima y tenía una verruga junto a la nariz. Le había asegurado a Maggie que le daría un modelo del test por anticipado. «¡Todo irá bien!» Pero Maggie clavó la vista en la hoja con casillas en blanco que se suponía que tenía que rellenar con su lápiz del número dos, y se le cayó el alma a los pies, sabiendo que aquello no iría bien. «Eres lista», le había dicho la señora Fried un centenar de veces. Pero la señora Fried no estaba ahí, estaba en primaria. Secundaria era diferente. Y ese test. «¡Es sólo para nuestros archivos! ¡Los resultados serán confidenciales!», le había hecho dar un paso en falso y todo se había venido abajo. No tendría que haber visto la nota, pero su profesora había dejado la lista encima de la mesa, y Maggie miró a hurtadillas, primero intentando leer las palabras al revés y luego, simplemente, cogiendo el papel y girándolo para poder leer. Las palabras fueron un mazazo para ella. «Disléxica —ponía—. Disfunción de aprendizaje.» Ya podrían haber puesto: «Estás acabada», pensó Maggie, porque eso era lo que en realidad querían decir esas palabras.

—Bueno, Maggie, no nos pongamos histéricas —le había dicho Sydelle aquella noche después de que la profesora la hubiese llamado para compartir con ella los resultados «confidenciales»—. ¡Te buscaremos un profesor particular!

—No necesito un profesor particular —había contestado Maggie, furiosa, con un nudo en la garganta.

Rose, que estaba sentada en un rincón del salón, todo de un blanco radiante, había levantado la vista de *La colina de Watership*.

—Pues a lo mejor te iría bien.

—¡Cállate! —había exclamado Maggie, pronunciando las palabras prohibidas—. No soy estúpida, Rose, ¡así que cállate!

—Maggie —había intervenido su padre—, nadie dice que lo seas...

—Ese test dice que soy estúpida —insistió Maggie—. ¿Y sabes una cosa? Me da igual. Pero ¿por qué tenías que decírselo? —preguntó Maggie señalando a Sydelle con el dedo—. ¿Y a ella? —prosiguió Maggie, señalando a Rose—. ¡No es de su incumbencia!

—Todos queremos ayudarte —le había asegurado su padre, y Maggie había espetado que no necesitaba ayuda, que la traía sin cuidado lo que dijera el estúpido test, que era tan lista como le había dicho siempre la señora Fried. Y no, no necesitaba un profesor particular, no quería ir a un colegio privado, tenía amigas, y no como otras, ¿querían nombres?, tenía amigas y no era estúpida dijera lo que dijera el test, y aunque lo fuera, prefería ser estúpida que fea como la cuatro ojos que había en la esquina; aunque fuera estúpida, no pasaba nada, no era una foca, todo iría bien.

Pero no fue bien. Cuando empezó bachillerato, a sus amigas las pusieron en las clases de los que sacaban buenas notas, y a ella la enviaron a las de recuperación, donde no había ninguna simpática señora Fried para decirle que no era imbécil ni retrasada, que lo único que pasaba era que su cerebro funcionaba un poco distinto y que se inventarían trucos para que aprobara. Le tocaron unas profesoras mediocres, profesoras mayores y quemadas que lo único que querían era que las dejaran en paz, como la señorita Cavetti, que llevaba la peluca torcida y demasiado perfume, o la señorita Leary, que les ponía deberes de lectura durante la clase y luego se pasaba el resto del tiempo llenando álbumes de fotos con un sinfín de fotografías de sus nietos.

Maggie lo entendió enseguida: a los peores profesores les tocaban los peores alumnos como castigo por ser malos profesores. Y a los peores alumnos les tocaban los peores profesores como castigo por ser pobres o idiotas. Conceptos que en esta absurda ciudad a menudo se interpretaban como sinónimos. Pues bien, pensó Maggie, si la consideraban digna de castigo, se comportaría como tal. Dejó de llevar los libros a clase y en su lugar empezó a llevar un *kit* de cosméticos del tamaño de una caja de herramientas. Se despintaba las uñas durante las clases y se las pintaba de un tono distinto durante los exámenes sorpresa, tras haber contestado todas las preguntas con la misma letra: *A* para un grupo y *B* para el otro. Los exámenes tipo test eran lo único que se les ocurría a los profesores. «Maggie, por favor, sal a la pizarra», le pedía con apatía una estúpida profesora. Maggie cabeceaba sin alzar la vista de su espejo para maquillarse. «Lo siento, no puedo. Se me están secando las uñas», decía ella mientras agitaba los dedos.

Tendría que haberlo suspendido todo, tendría que haber repetido todos los cursos. Pero los profesores la fueron aprobando, probablemente porque no debían de querer volver a verla al año siguiente. Y, con cada curso que pasaba, sus amigas estaban más y más lejos de ella. Lo intentó durante una época, y Kim y Marissa lo intentaron también, pero al final la distancia fue demasiado grande. Ellas jugaban a hockey sobre hierba, formaban parte de la asociación de alumnos, asistían a clases de preparación para los exámenes de selectividad, visitaban universidades, y ella se había quedado a la zaga.

Justo antes de empezar bachillerato, Maggie decidió que si las chicas la ignoraban, los chicos no lo harían, de ninguna manera. Empezó a llevar el pelo recogido y el escote más marcado con ayuda de sujetadores de aros con encaje que se adivinaban a través de sus blusas. El primer día de colegio se presentó con unos tejanos bajos de cintura que apenas se apoyaban en sus caderas, botas negras de piel de tacón alto y un top de encaje sin tirantes de una tienda de ropa de segunda mano debajo de la chaqueta militar que le había quitado a su padre. Pintalabios, laca de uñas, suficiente sombra de ojos como para poder pintar una pared, un brazo repleto de pulseras de plástico negras y grandes lazos de tela colgándole del pelo. Había copiado a Madonna, a la que idolatraba, Madonna, cuyos vídeos empezaban entonces a emitirse en el canal MTV. Maggie devoraba toda la información que encontraba sobre la cantante, todas las entrevistas de las revistas, los perfiles que se daban de ella en los periódicos, y se maravillaba por las coincidencias. Las dos eran huérfanas de madre. Las dos eran guapas, las dos eran unas talentosas bailarinas que habían estudiado zapateado y jazz desde pequeñas. Las dos eran más listas que el hambre y les sobraba *sex-appeal*. Maggie estaba rodeada de moscardones que le compraban los paquetes de tabaco, la invitaban a fiestas sin padres, se ocupaban de llenarle la copa, la cogían de la mano y la conducían a una habitación libre o al asiento trasero de un coche cuando se hacía tarde.

Tardó cierto tiempo en caer en la cuenta de que ya no la llamaban por teléfono ni le pedían bailar, y ni siquiera le decían hola en los pasillos. Lloró por ello —de madrugada, cuando Rose dormía, cuando nadie podía oírla—, pero tomó la decisión de no llorar más. Ninguno se merecía esas lágrimas. Y al cabo de diez años todos lo lamentarían, cuando ella fuese famosa y ellos un cero a la izquierda, y estuvieran atrapados en esta pequeña ciudad de mierda, y fueran gordos y feos, y pasaran desapercibidos y no tuvieran nada especial.

De modo que así transcurrió el bachillerato. Revoloteando como perro apaleado en torno de los que eran populares, aferrándose todavía a los recuerdos de los tiempos en que la habían querido y adulado. Los fines de semana había fiestas en casa de quienquiera que tuviera a sus padres fuera: cerveza, vino, porros o pitillos, luego todos se emborrachaban, y, finalmente, ella también creyó que sería más fácil estando borracha, que sería más fácil si veía un tanto borrosos los contornos de las cosas y podía imaginarse que veía lo que quería ver.

Y Rose... bueno, no es que hubiese sufrido una metamorfosis kafkiana, quitándose las gafas y dándose un tijeretazo en el pelo, ni el capitán del equipo de fútbol americano se enamoró de ella en el baile de fin de curso. Pero sí cambió un poco. Dejó de tener caspa, en parte gracias al truco, no precisamente sutil, de Maggie de colocar grandes frascos de Head and Shoulders en la ducha. Todavía llevaba gafas y se vestía como las empollonas, pero en algún momento dado había hecho amistad con una chica —con Amy, que, en opinión de Maggie, era tan rara como Rose—, y no parecía molestarla el hecho de que las chicas guapas todavía se rieran de ella o la ignoraran o, en algunas ocasiones, todavía se refiriesen a ella como Holly Hobbie. Rose estaba en las clases de los mejores, sacaba todo sobresalientes. Maggie hubiese seguido considerando todo eso indicios del fracaso social de su hermana..., sólo que sus virtudes habían empezado a tener importancia.

—¡A Princeton! —había exclamado Sydelle una y otra vez cuando Rose estaba en el último curso escolar, y había llegado por correo una carta que decía que la aceptaban en la universidad—. ¡Vaya, Rose, esto sí que es un éxito! —La verdad es que hizo la comida favorita de Rose para cenar (pollo frito, galletas y miel) y no dijo ni mu cuando Rose se sirvió por segunda vez.

—Maggie, ¡deberías sentirte muy orgullosa de tu hermana! —había comentado. Maggie se limitó a poner los ojos en blanco, en un mudo «paso». Ni que Princeton fuera algo del otro jueves. Ni que Rose fuera la única persona del mundo que hubiese triunfado pese a no tener madre. Pues bien, ella también era huérfana de madre, ¿y acaso la valoraban más por eso? No, no lo hacían. Sólo le hacían preguntas. Los vecinos. Los profesores. Todos los que conocían a su hermana. «¿Nos sorprenderás gratamente?» Bueno, por supuesto que no, no lo haría, pensó Maggie haciendo con fuerza un círculo rojo alrededor de un anuncio que pedía camareras para un «bullicioso y exitoso restaurante del centro de la ciudad». Ella tenía el cuerpo y Rose el cerebro; y ahora daba la impresión de que era más importante lo segundo.

De manera que Rose se licenció en Princeton mientras que Maggie pasó unos cuantos aburridos semestres estudiando en una facultad local. Rose había ido a la Escuela de Derecho, y Maggie había trabajado de camarera en una pizzería, había sido canguro y asistenta, había dejado la escuela de formación de camareros cuando el profesor intentó meterle la lengua en la oreja después de una lección de martinis. Rose era fea, y gorda, y sosa, y hasta esta mañana Maggie no había conocido a ningún novio suyo excepto a uno, en la universidad, que le duró unos diez minutos. Y, sin embargo, era ella la que tenía un piso fantástico (bueno, un piso que podría haber sido fantástico si Maggie lo hubiese decorado), la que tenía dinero y amigos, a la que la gente miraba con respeto. Y el tío éste, Jim Lo-que-sea, era atractivo, tenía cierto aspecto de intelectual, y Maggie apostaba a que, encima, era rico.

No era justo, pensó Maggie, taconeando hasta la cocina. No era justo que su madre hubiera muerto. No era justo que, en cierta manera, ella hubiese apurado su puñado de años buenos en secundaria y ahora viviese a la sombra de su hermana, condenada a ver cómo Rose conseguía todo lo que quería, mientras que ella no lograba nada. Estrujó la tarrina vacía de helado, recolocó el periódico y se disponía a tirar ambos cuando vio algo que captó su atención. Era la palabra mágica: *audiciones*. Maggie dejó caer la tarrina y volcó su atención en el periódico. «MTV anuncia audiciones para un videoclip», leyó. La emoción creció en ella junto con el pánico: ¿y si no había llegado a tiempo? Escudriñó la noticia lo más rápido que pudo. «1 de diciembre. Convocatoria abierta. Nueva York.» ¡Podría ir! Le diría a Rose que tenía una entrevista de trabajo, lo que técnicamente era verdad, y conseguiría que le prestase dinero para el billete de autocar, y ropa. Necesitaría un atuendo. Tendría que comprarse algo; eso estaba claro. No tenía nada que fuera ni remotamente adecuado. Maggie dobló el periódico con cuidado y fue corriendo al armario de su hermana para ver los zapatos que se llevaría a la Gran Manzana.

5

Lewis Feldman condujo a la señora Sobel a su despacho —un pequeño cuarto reformado con las palabras *Golden Acres Gazette* estarcidas en el cristal— y cerró la puerta al entrar.

—Gracias por venir —le dijo, sacándose de detrás de la oreja el grasiento lápiz rojo que usaba para las correcciones y dejándolo encima de su mesa. La señora Sobel se sentó en una silla, cruzó los pies y juntó las manos sobre el regazo. Era una mujer menuda con el pelo azul, un cárdigan de lana azul y venas azules que latían en sus manos. Él le ofreció lo que esperó que fuese una sonrisa reconfortante. Ella asintió vacilante.

—Deje que empiece diciéndole lo mucho que agradezco su colaboración —comentó él—. Estábamos en un verdadero aprieto. —Lo que era cierto; desde que el anterior crítico gastronómico de la *Gazette,* el Gourmet Itinerante, sufrió un ataque al corazón que hizo que su cara aterrizase en una tortilla de jamón y queso, Lewis había tenido que reciclar viejas críticas, y los vecinos habían empezado a inquietarse, por no decir que se habían empezado a cansar de leer una y otra vez la crítica del restaurante Rascal House.

—Para ser la primera vez, lo ha hecho muy bien —reconoció, desplegando el rasgado papel sobre la mesa para que la señora Sobel pudiera ver cómo había quedado el escrito corregido. «Un restaurante italiano que seduce las papilas gustativas», rezaba el título debajo de una ilustración de un pajarillo que guiñaba un ojo, con una caricatura de un gusano al que sujetaba con el pico—. Tengo sólo unas cuantas sugerencias que hacerle —dijo Lewis, y la señora Sobel volvió a asentir tímidamente. Lewis hizo de tripas corazón (dirigir las ferreterías no había sido ni mucho menos tan difícil como tener cada dos semanas en sus manos los frágiles egos de mujeres jubiladas) y empezó a leer:

—«El restaurante italiano Mangiamo's está ubicado en el centro comercial de Powerline Road, cerca de donde estaba el Marshall's y enfrente de la tienda de yogures helados. No parece difícil llegar hasta ahí, pero mi marido, Irving, tuvo muchos problemas para girar a la izquierda.»

La señora Sobel asintió de nuevo, esta vez con un poco más de seguridad. Lewis siguió leyendo.

—«El restaurante tiene moqueta roja y manteles blancos con pequeñas velas encima. El aire acondicionado está muy fuerte, de modo que, si van a Mangiamo's, les aconsejo que se lleven un jersey. La sopa minestrone no es como la que yo hago. Tiene alubias, que ni a Irving ni a mí nos gustan. La ensalada César estaba bien, pero le ponen anchoas, así que, si es usted alérgico al pescado, pida mejor la ensalada de la casa.»

Ahora la señora Sobel se inclinó hacia delante ansiosamente, asintiendo, repitiendo las palabras con un susurro imperceptible.

—«De segundo, Irving pidió pollo con parmesano, aunque el queso no le sienta nada bien. Yo tomé espaguetis con albóndigas porque pensé que se las comería Irving. Y así fue, le costaba masticar el pollo y se comió mis albóndigas, que estaban tiernas.»

Lewis miró a la señora Sobel, que seguía inclinada hacia delante y a la que le brillaban los ojos.

—¿Lo ve? A esto me refiero —comentó, preguntándose si Ben Bradlee y William Shawn alguna vez habían tenido problemas como éste—, a que lo que intentamos es ser objetivos.

—Objetivos —repitió la señora Sobel.

—Intentamos dar cuatro datos de cómo se come en Mangiamo's.

Ella volvió a asentir; el entusiasmo de su mirada dio paso al desconcierto.

—Por ejemplo, cuando habla del giro a la izquierda y de lo mucho que a Irving le costó tomar la curva, o de que no hacen la sopa como la hace usted... —«Ten cuidado», dijo Lewis para sí, cogiendo el lápiz con tranquilidad y escondiéndolo otra vez detrás de la oreja—. No sé, son cosas interesantes, y están muy bien escritas, pero tal vez no sean muy útiles para quienes lean esto y lo usen para decidir si quieren ir al restaurante.

Ahora la señora Sobel se incorporó, un tembloroso palillo lleno de indignación.

—¡Pero si lo que he puesto es verdad! —objetó.

—Por supuesto que es verdad —quiso tranquilizarla Lewis—. Sólo me pregunto si es útil. Por ejemplo, lo del aire acondicionado y lo de aconsejarle a la gente que se lleve un jersey: eso me parece un detalle muy, muy útil. Pero la parte de la sopa... no a todos los lectores les será útil situar la sopa del restaurante en el contexto de la suya propia —dijo, y sonrió con la esperanza de que la sonrisa obrara efecto. Pensó que probablemente lo hiciera. Sharla, su mujer (fallecida hacía dos años, que en paz descanse), siempre le había dicho que con su sonrisa podría conseguir cuanto quisiera. Sabía que no era guapo. Tenía un espejo, y aunque sus ojos ya no eran los de antaño, creía que seguía pareciéndose más a Walter Matthau que a Paul Newman. Tenía arrugas hasta en los lóbulos. Pero su sonrisa seguía funcionando—; aunque estoy convencido de que su sopa eclipsaría a todas las demás.

La señora Sobel resopló, pero parecía decididamente menos ofendida.

—¿Por qué no se lleva esto a casa, le vuelve a echar un vistazo y, cuando escriba, intenta preguntarse si resulta útil? —Reflexionó unos instantes y eligió un nombre al azar—. Imagínese que el señor y la señora Rabinowitz tienen que decidir si ir o no a cenar allí.

—¡Oh! Los Rabinowitz nunca irían a ese restaurante —replicó la señora Sobel—. Él es muy vulgar. —Y entonces, mientras Lewis permanecía sentado frente a su mesa, estupefacto, ella cogió su bolso, su cárdigan y la copia de su crítica y se dirigió resueltamente hacia la puerta, cruzándose con Ella Hirsch, que se disponía a entrar.

Ella, percibió Lewis con gran alivio, ni vacilaba ni asentía. No era ni mucho menos tan anciana ni frágil como la señora Sobel. Tenía los ojos de color castaño claro, y un pelo rojizo que llevaba recogido en una trenza, y no la había visto ni una sola vez con los pantalones de poliéster por los que se decantaba la mayoría de las residentes de Golden Acres.

—¿Cómo estás? —preguntó ella.

Lewis hizo un gesto negativo con la cabeza.

—Para serte sincero, no lo sé con certeza —le respondió.

—Eso no suena muy halagüeño —repuso ella, entregándole su poesía perfectamente escrita a máquina. ¿Se habría siquiera enamorado de Ella, aunque no fuera la mejor redactora de *Golden Acres Gazette*? Probablemente sí, decidió Lewis. Sólo que no creía que ella estuviera interesada en él. Las veces en que la había invitado a un café para hablar de ideas para los artículos le había parecido que estaba encantada de reunirse con él, tanto como de despedirse cuando se había terminado el café.

—Gracias —comentó él, dejando los papeles en la bandeja—. ¿Qué tienes pensado hacer este fin de semana? —inquirió con fingida indiferencia.

—Mañana por la noche tenemos lo del día de la sopa y luego tengo que leerles un par de libros a los invidentes —contestó Ella. Lo había hecho educadamente, pensó Lewis, pero seguía rechazándolo. ¿Habría leído aquel libro que hacía un par de años todas las mujeres se habían pasado unas a otras en la piscina, el que decía que el que la sigue la consigue y a causa del cual la señora Asher, de ochenta y seis años, se había obsesionado con él, un pseudoeditor, tras afirmar que ella no era como todas las demás y que, como tal, estaba obligada a cortar todas sus conversaciones telefónicas con los hombres?

—Está bien, gracias por la poesía. Como siempre, eres la única que cumple los plazos —dijo Lewis. Ella esbozó una sonrisa y se dirigió hacia la puerta. Quizá fuera por su aspecto, pensó él con tristeza. Sharla le había regalado un calendario con la imagen de un bulldog en uno de sus aniversarios que celebraron en Florida, y él la había acusado de quererle insinuar algo. Su mujer le había dado un sonoro beso en la mejilla y le había dicho que, aunque su carrera de modelo no hubiese prosperado, lo quería igualmente.

Lewis sacudió la cabeza, esperando apartar así los recuerdos y cogió la poesía de Ella. «Tal vez sea vieja», leyó, y sonrió al ver la línea que ponía «PERO NO SOY INVISIBLE»; y decidió que, tratándose de Ella, bien valía la pena volver a intentarlo.

6

Rose Feller se apoyó en la mesa.

—¿Seguimos el procedimiento habitual, letrado? —preguntó. El abogado de la parte contraria (un hombre de rostro pálido vestido con un desafortunado traje gris verdoso) asintió, aunque Rose se hubiese apostado algo a que, igual que ella, ignoraba qué eran realmente los «procedimientos habituales». Pero todos los actos de conciliación a los que había asistido se iniciaban con el abogado de la acusación diciendo «los procedimientos habituales»; por eso ella también lo decía.

—Muy bien, si estamos todos listos, empezaremos —anunció con una seguridad más simulada que sentida, como si hubiese estado en un montón de conciliaciones y no sólo en un par—. Me llamo Rose Feller y soy abogada de Lewis, Dommel, and Fenick. Hoy represento a Veeder Trucking Company y a Stanley Willet, jefe de administración de Veeder, aquí presente y sentado a mi izquierda. Hoy declara Wayne LeGros... —Hizo una pausa y miró al testigo, al otro lado de la mesa, buscando la confirmación de que había pronunciado su apellido correctamente. Wayne LeGros apartó la vista—. Wayne LeGros —prosiguió ella, pensando que, si lo pronunciaba mal él hablaría— es el presidente de Construcciones Majestic. Señor LeGros, ¿podría empezar dándonos su nombre y dirección?

Wayne LeGros, que era bajo, estaba en la cincuentena, tenía el pelo gris oscuro cortado al uno y llevaba un grueso anillo en uno de sus gordos dedos, tragó saliva.

—Wayne LeGros —contestó en voz alta—. Vivo en el número quinientos trece de Tasker Street. En Filadelfia.

—Gracias —repuso Rose. En realidad, sentía cierta lástima por el tipo. Ella nunca había sido interrogada, excepto en la Escuela de Derecho, en un simulacro de juicio, pero no le cabía duda de que no debía de ser agradable—. ¿Qué cargo tiene usted?

—Soy el presidente de Majestic —respondió el señor LeGros, locuaz.

—Gracias —repitió Rose—. Bueno, seguro que su abogado le ha explicado que hoy estamos aquí para obtener información. Mi cliente sostiene que le debe usted... —Echó un rápido vistazo a sus notas—. Ocho mil dólares por el alquiler de maquinaria.

—De camiones de volteo —apuntó LeGros.

—Exacto —afirmó Rose—. ¿Podría decirnos cuántos camiones se alquilaron?

LeGros cerró los ojos.

—Tres.

Rose deslizó un trozo de papel por la mesa.

—Ésta es una copia del contrato de alquiler que firmó usted con Veeder. El secretario ya lo ha registrado como la Prueba quince-A del demandante. —El secretario asintió—. ¿Le importaría leer en voz alta las partes que he subrayado?

LeGros inspiró profundamente y echó un vistazo al documento.

—Dice que Majestic se compromete a pagar a Veeder dos mil dólares a la semana por tres camiones de volteo.

—¿Es ésta su firma?

LeGros se tomó un minuto para examinar la fotocopia.

—Sí —dijo al fin—. Es mi firma. —Se detectaba un ligero malhumor en su tono de voz; se había sacado el grueso anillo del dedo y estaba jugueteando con él sobre la mesa de la sala de juntas.

—Gracias —repuso Rose—. Dígame una cosa, ¿se concluyeron las obras de Ryland?

—¿Del colegio? Sí.

—¿Y Construcciones Majestic cobró por el trabajo realizado?

LeGros asintió. Su abogado lo miró con las cejas arqueadas.

—Sí —contestó LeGros.

Rose deslizó otra hoja de papel por la mesa.

—Ésta es la Prueba dieciséis-A, una copia de su factura a la junta del Colegio Ryland, donde pone «pagado». ¿Lo tiene adeudado en la cuenta?

—Sí.

—Entonces, ¿le pagaron por el trabajo que realizó en la obra?

De nuevo asintió con la cabeza. Otra sospechosa mirada de su abogado. Otro «sí». Durante la siguiente media hora, Rose mostró concienzudamente a LeGros un montón de facturas selladas y notificaciones de una agencia de cobro. Aquello no era como los *thrillers* de Grisham, pensó Rose a medida que avanzaba, pero con suerte todo saldría adelante.

—¿De modo que el trabajo de Ryland se concluyó y usted pagó a sus subcontratistas? —resumió Rose.

—Sí.

—Excepto a Veeder.

—Ellos han recibido su merecido —musitó él—. Por otras cosas.

—¿Cómo ha dicho? —preguntó Rose con educación.

—Por otras cosas —repitió LeGros. Bajó la cabeza. Dio vueltas al anillo—. Cosas que debían a otras empresas. Cosas que le debían a mi proveedora —explicó recalcando cada una de las sílabas—. ¿Por qué no le pregunta a él por mi proveedora?

—Por supuesto que lo haré —prometió Rose—. Pero en este momento es usted el que declara. Es usted quien ha de darnos su versión.

LeGros volvió a bajar la vista, que clavó en el anillo, en sus manos.

—Dígame cómo se llama su proveedora —aguijoneó Rose con tranquilidad.

—Lori Kimmel —susurró LeGros.

—¿Y dónde vive?

Él miró fijamente hacia abajo, irritado.

—En el mismo sitio que yo. En la quinta planta de Tasker Street.

Rose sintió cómo se le aceleraba el pulso.

—Y ella es su...

—Una buena amiga —confesó LeGros con una expresión que decía: «¿Y qué importa?»—. Pregúntele a él —insistió, señalando con el pulgar a Stanley Willet—. Pregúntele —repitió—. Él lo sabe todo de ella.

El abogado de LeGros apoyó una mano en su antebrazo, pero LeGros no se calló.

—¡Pregúntele por las horas extra que ella hacía! ¡Pregúntele por qué no cobraba nunca! ¡Pregúntele por qué cuando ella se fue de la empresa él le dijo que le pagaría las vacaciones y las bajas por enfermedad, y nunca lo hizo!

—¿Podríamos hacer un pequeño descanso? —preguntó el abogado de LeGros. Rose asintió. El secretario enarcó las cejas.

—¡Claro! —exclamó Rose—. Un cuarto de hora. —Condujo a Willet a su despacho mientras LeGros y su abogado se quedaban en el pasillo.

—¿De qué va todo esto?

Willet se encogió de hombros.

—El nombre me suena. Podría hacer unas cuantas llamadas...

Rose hizo un gesto con la cabeza en dirección al teléfono.

—Marque el nueve —ordenó—. Vuelvo enseguida. —Se fue corriendo al cuarto de baño. Las conciliaciones la ponían nerviosa, y cuando se encontraba en este estado le entraban ganas de hacer pipí, y...

—¿Señorita Feller? —Era el abogado de LeGros—. ¿Podríamos hablar un momento? —La condujo hasta la sala de juntas—. Verá —anunció—, nos gustaría pactar.

—¿Qué ha pasado?

El abogado sacudió la cabeza.

—Seguro que usted misma podrá deducirlo. La novia de LeGros trabajó para su cliente. Supongo que ella se fue de la empresa sin avisar y se imaginó que tenía derecho a todas sus vacaciones y sus bajas por enfermedad. La compañía le dijo que se olvidase del tema, y creo que mi cliente decidió cobrarle a Veeder lo que ella aseguraba que le debían.

—¿Y usted no estaba al corriente?

El abogado se encogió de hombros.

—Me dieron este caso hace sólo un par de semanas.

—Entonces, su cliente... —Rose dejó que su voz se fuese apagando, insinuante.

—Pagará lo que debe. En su totalidad.

—Más intereses. Llevamos tres años con esto —apuntó Rose.

El abogado de LeGros dio un respingo.

—Un año de intereses —repuso—. Y le extenderemos un cheque ahora mismo.

—Deje que se lo explique a mi cliente —pidió Rose—. Le recomendaré que acepte. —El corazón le latía deprisa, la sangre le hervía en las venas. ¡Eureka! Tenía ganas de dar saltos de alegría; pero en lugar de eso fue a reunirse con Stan Will, que estaba contemplando sus diplomas.

—Quieren pactar —dijo ella.

—Está bien —replicó él sin volverse. Rose se tragó su decepción. Evidentemente, no iba a alegrarse tanto como ella. Para él ocho mil dólares eran calderilla. ¡Pero aun así! ¡Se moría de ganas de contarle a Jim lo bien que lo había hecho! Le explicó los términos del acuerdo—. Están dispuestos a extendernos un cheque hoy mismo, lo que significa que usted no malgastará el tiempo persiguiéndolos para que le paguen. Yo le recomiendo que aceptemos.

—Muy bien —concedió él, con los ojos todavía clavados en los cuadros y en las frases en latín de sus diplomas—. ¡Redáctelo y envíelo! —Finalmente, se volvió hacia ella—. No está mal lo que tiene aquí. —Esbozó una débil sonrisa—. Ahóguelos con el papeleo, ¿entendido?

—Entendido —contestó Rose, y se le cayó el alma a los pies. ¡Había estado brillante! Bueno, tal vez no brillante como para caerse de espaldas, pero sí había sido bastante competente. Sumamente competente. ¡Maldita sea! Se había hecho con todos los informes, con todas y cada una de las facturas, y también con cualquier trozo de papel que corroborara la versión de su cliente. Acompañó a Stan Willet al ascensor, regresó corriendo a su despacho y seguidamente marcó la extensión de Jim.

—Han pactado —comentó alegremente—. Ocho mil dólares más un año de intereses.

—Buen trabajo —repuso él visiblemente contento. Contento y distraído. Podía oír el clic del ratón a lo lejos—. ¿Podrías escribirme un memorándum?

Aquello fue como un jarro de agua fría para Rose.

—Por supuesto —respondió—. Esta tarde lo tendrás.

Jim habló con más suavidad.

—Felicidades —dijo—. Seguro que has estado magnífica.

—Los he ahogado con documentos —explicó Rose. Podía oír la respiración de Jim y el sonido de voces a lo lejos—. ¿Qué pasa?

—Nada. —Rose colgó el auricular sin despedirse. Al momento apareció un mensaje en su pantalla. Era de Jim. Lo abrió.

«Siento no haber podido hablar más —decía; y el corazón le brincó cuando a continuación leyó—: ¿Puedo pasar a verte esta noche?»

Ella escribió: «¡SÍ!» Y luego se reclinó en la silla, sonriendo, contenta, pensando que, al fin, todo estaba en orden en su mundo. Era un éxito profesional. Era viernes y esa noche no estaría sola. Tenía un hombre que la quería. Es verdad, también tenía a su hermana pequeña instalada en su sofá, pero eso no sería eterno, pensó, y empezó a escribir el memorándum.

La euforia le duró hasta las cuatro de la tarde; la felicidad hasta las seis, y cuando cerca de las nueve de la noche Jim todavía no se había presentado, el humor de Rose estaba poco más o menos por los suelos. Fue hasta el cuarto de baño, donde su siempre solícita hermana pequeña había pegado un artículo de la revista de modas *Allure* en el espejo. «¡Las mejores cejas de la estación!», rezaba el titular. Y había unas pinzas en el lavabo.

—¡Está bien, me doy por aludida! —dijo Rose para sí. Al menos de esta forma, si Jim llegaba, cuando llegara se la encontraría esperándolo con las cejas perfectamente depiladas. Rose se examinó frente al espejo y decidió que su vida sería más fácil si hubiese nacido distinta a como era. No muy distinta, sólo una versión mejor, más guapa, más refinada y un tanto más delgada de la persona que era. La cuestión era, cómo no, que en realidad no tenía ni idea de cómo dejar de ser lo que era. Y no era porque no lo intentara.

Cuando Rose tenía trece años, Maggie y ella se trasladaron a casa de Sydelle. «¡Es lo más lógico! —dijo Sydelle con dulzura—. ¡Tengo espacio de sobras!» La casa era una monstruosidad de cuatro dormitorios, moderna, pintada de un aburrido color blanco brillante, y que desentonaba en una calle llena de casas de estilo colonial, como una nave espacial que por accidente hubiese aterrizado en un callejón sin salida. La casa de Sydelle —Rose nunca pensó en ella de otra manera— tenía unas ventanas enormes, extraños rincones y habitaciones de formas raras (un comedor que era casi un rectángulo, un cuarto que no llegaba a ser un cuadrado). Las habitaciones estaban llenas de mesas de cristal, muebles de cristal y metal con esquinas puntiagudas y de espejos por todas partes, incluida una pared-espejo en la cocina que reflejaba cualquier huella aislada que hubiese, cualquier vaho, y cualquier mordisco o bocado que cada cual hubiese dado en la cocina. Además, había básculas digitales en todos los cuartos de baño, incluido el cuarto de aseo del piso de abajo, y un abanico de imanes en la nevera con eslóganes relacionados con los regímenes alimenticios. El que mejor recordaba Rose era uno con un dibujo de una vaca que mascaba hierba con satisfacción debajo de la leyenda: «¡Menuda vaca! ¿Ya estás comiendo otra vez?» Daba la impresión de que todas las superficies resplandecientes y reflectantes, todos los imanes y básculas se habían compinchado con Sydelle para hacerle llegar a Rose el mensaje de que algo fallaba en ella, de que no era femenina ni suficientemente guapa, y de que estaba demasiado gorda.

La semana del traslado Rose le había pedido dinero a su padre.

—¿Necesitas algo en especial? —le preguntó él, mirándola preocupado. Rose nunca le pedía dinero, aparte de los cinco dólares de paga que recibía cada semana. Era Maggie la que normalmente le atracaba: le pedía muñecas Barbie, una fiambrera nueva, marcadores mágicos perfumados, banderitas señalizadoras fosforitas y un póster de Rick Springfielf para la pared.

—Material escolar —contestó Rose. Su padre le dio un billete de diez dólares. Se fue al *drugstore* y se compró un pequeño cuaderno de notas de tapa violeta. Durante el resto del curso lo usó para escribir precisas anotaciones de lo que hacían las mujeres. Era su plan secreto. Sabía que Sydelle estaría encantada de explicarle lo que las mujeres hacían y dejaban de hacer, lo que decían, llevaban y, lo más importante, lo que comían, pero Rose quería descubrirlo por sí misma. Retrocediendo en el pasado, se imaginó que debería haber tenido una ligera idea, que en algún momento de su infancia debería haber absorbido por ciencia infusa la información pertinente, y el hecho de que no fuera así y de que Sydelle creyera que podía ir haciendo comentarios sobre los cuidados de la piel y la importancia de contar las calorías, era un ataque contra su madre fallecida. Lo que, naturalmente, contribuyó a que Rose tomara la decisión de descifrarlo por sí misma.

«¡Las uñas redondeadas, no cuadradas!», escribió... o «¡Nada de bromas!» Convenció a su padre de que le regalara una suscripción de un año a las revistas *Seventeen* y *Young*

Miss, y ahorró sus pagas para comprarse un libro en rústica titulado *Cómo ser popular*, que había visto anunciado en las contracubiertas de ambas revistas. Se estudió esas páginas con el esmero de un talmudista que estudia los textos sagrados. Observaba a sus profesoras, a sus vecinas, a su hermana, incluso a las señoras con redecilla en el pelo que iban a la cafetería, e intentaba comprender cómo debían ser las niñas y las mujeres. Era como un problema de matemáticas, decía para sí, y en cuanto lo hubiera resuelto, en cuanto resolviera la ecuación de zapatos más ropa más peluquería más el tipo de personalidad adecuada (y, evidentemente, en cuanto averiguara cómo aproximarse al tipo de personalidad adecuada), conseguiría gustarle a la gente. Sería popular, como Maggie.

Naturalmente, fue un desastre, pensó mientras limpiaba su aliento del espejo y se acercaba con las pinzas. Todos sus planes y todas las notas que había tomado no le habían servido para nada. La popularidad era un código impenetrable. Daba igual cuántas páginas hubiese escrito, daba igual la cantidad de veces que se hubiese visualizado sentada al lado de Missy Fox y Gail Wylie en el bar de la escuela, con el bolso colgado del respaldo de la silla, y una Coca-Cola *light* y bolsas con zanahorias delante; todo daba igual, porque nunca le funcionó.

Durante el bachillerato dejó de preocuparse por la ropa y el maquillaje, el pelo y las uñas. Dejó de leer las secciones de belleza y los artículos de sus revistas que lo dictaban todo, desde cómo hablar con un chico hasta el ángulo preciso del arco de una ceja. Renunció a la esperanza de que algún día sería guapa o popular, y centró los residuos de su obsesión por la moda en los zapatos. Los zapatos, pensó, no podían llevarse incorrectamente. No había variables con los zapatos, no había cuellos que colocar hacia arriba o hacia abajo, no había puños que doblar o dejar sin doblar ni joyas o peinados que realzaran o estropearan el atuendo (en el caso de Rose la mayoría de las veces lo estropeaban). Los zapatos eran zapatos, y aunque los combinara con ropa inadecuada, jamás podría quedar mal calzada. Sus pies siempre tendrían buen aspecto. Sería popular por una parte de su cuerpo, de los tobillos hacia abajo, aunque de los tobillos hacia arriba fuese una perdedora.

De modo que era lógico que, cumplidos los treinta, no tuviera prácticamente ni idea de todo lo relacionado con el estilo, a excepción hecha de la diferencia (de relativo mérito) entre el nobuk y el ante o del tipo de tacones de esa temporada. Rose suspiró y echó un vistazo a sus cejas. Estaban torcidas. «¡Mierda!», exclamó dejando las pinzas. Sonó el timbre.

—¡Ya voy! —gritó Maggie.

—¡Oh, no! —dijo Rose. Salió corriendo del baño y le dio un empujón a su hermana para adelantarse a ella; Maggie se lo devolvió.

—¡Pero bueno! ¿Se puede saber qué te pasa? —inquirió Maggie, frotándose el hombro.

—¡Que te apartes! —le ordenó Rose mientras buscaba el monedero, del que extrajo un fajo de billetes que le ofreció a su hermana—. ¡Lárgate! ¡Vete al cine!

—Son casi las diez —señaló Maggie.

—¡Pues busca una sesión nocturna! —repuso Rose, que abrió la puerta. Y ahí estaba Jim, oliendo ligeramente a colonia y más intensamente a *scotch*, con una docena de rosas en las manos.

—Hola, chicas —saludó.

—¡Oooh, qué bonitas! —dijo Maggie cogiendo el ramo—. Rose, ponlas en un jarrón —ordenó y se las dio a su hermana—. ¿Te guardo el abrigo? —le preguntó a Jim.

¡Dios! Rose rechinó los dientes y caminó hasta la cocina. Cuando entró en el salón, Maggie y Jim estaban sentados uno al lado del otro en el sofá. Maggie no daba muestra alguna de irse..., y Rose cayó en la cuenta de que el dinero que le había dado había desaparecido por arte de magia.

—Bueno, Jim —dijo Maggie enérgicamente, inclinándose hacia él y enseñando su generoso escote—, ¿qué tal va todo?

—Maggie —intervino Rose, que se mantuvo en equilibrio sobre el brazo del sofá, el único sitio libre que quedaba—, ¿no ibas a salir?

Su hermana le dedicó una diabólica sonrisa.

—No, Rose —le contestó—. Esta noche me quedo en casa.

7

El lunes por la mañana Maggie bajó del autocar, se colgó la mochila de un hombro y se abrió paso resueltamente por Port Authority. Eran las nueve y media, y las audiciones habían empezado a las nueve; tendría que haber llegado antes, sólo que le había costado decidirse entre unas botas de piel de color tostado de Nine West (con tejanos pirata) o los Mary Janes de Stuart Weitzman (con falda tubo y medias de malla).

Dobló la esquina de la calle Cuarenta y dos, y se le cayó el alma a los pies. Debía de haber unas mil personas frente a las ventanas del estudio del canal MTV, sin dejar un solo centímetro libre en la acera, atestando la estrecha franja de hierba que había en medio de Broadway.

Maggie detuvo a una chica con sombrero de *cowboy*.

—¿Estás aquí para las audiciones?

La joven puso cara de decepción.

—Estaba. Pero sólo han cogido a los primeros tres mil y le han dicho al resto que se vaya a casa.

Maggie se desmoralizó aún más. Esto no iba bien. ¡No iba nada bien! Apretó el paso entre la multitud tanto como se lo permitieron sus tacones altos y, finalmente, localizó a una mujer de expresión aguileña con un *walkie-talkie* y una chaqueta con el logo amarillo «MTV» en la espalda. «Tranquila», dijo Maggie para sí, y le dio una palmada a la mujer en el hombro.

—He venido para la audición —anunció.

La mujer cabeceó.

—Lo siento, cariño —dijo, sin levantar la mirada de su carpeta de mini-clip—. Las puertas ya se han cerrado.

Maggie metió la mano en su mochila, cogió el frasco de Midol que había birlado y lo agitó delante de la mujer.

—Estoy enferma —declaró.

La mujer alzó la vista y arqueó las cejas. Maggie tapó la etiqueta con los dedos, pero no lo suficientemente rápido.

—¿Midol?

—Tengo calambres debilitantes —mintió Maggie—. Seguro que estarás familiarizada con lo que dice la ley sobre las personas con discapacidades.

Ahora la mujer la miraba con curiosidad.

—Nadie puede discriminarme sólo porque tenga el útero mal —añadió Maggie.

—¿Hablas en serio? —gruñó la mujer... Pero Maggie percibió que estaba más distraída que enfadada.

—Mira, sólo quiero una oportunidad —suplicó—. ¡He venido desde Filadelfia!

—Aquí hay gente que ha venido desde Idaho.

Poniendo los ojos en blanco, Maggie exclamó:

—¡Idaho! Pero ¿tienen televisión ahí? Mira —prosiguió—, me he preparado mucho para venir aquí.

La mujer enarcó las cejas.

—Tal vez te interese saber —siguió hablando Maggie— que me he depilado una parte muy íntima de mi anatomía con el logo de MTV.

Durante unos segundos que se hicieron eternos, Maggie creyó que la mujer iba realmente a pedirle que lo quería ver. No obstante, se rió, garabateó algo en su carpeta de mini-clip y le indicó a Maggie:

—Me llamo Robin. Sígueme.

Cuando la mujer se volvió, Maggie dio brincos de alegría, taconeó y soltó un grito de felicidad. ¡Lo había conseguido! Bueno, había conseguido una parte, pensó, corriendo detrás de Robin. Ahora era sólo cuestión de meterse al jurado en el bolsillo.

En el interior, los pasillos aún estaban más repletos que las aceras. Había chicos con trencitas y vistosos pañuelos estampados, y tejanos largos hasta el suelo que hablaban entre sí en voz baja, chicas espectaculares con minifaldas y tops minúsculos, que se emperifollaban frente a sus espejos de mano. Maggie dedujo enseguida que la mayoría de ellas acababa de rebasar la veintena, y cuando rellenó el cuestionario que Robin le había dado se quitó cinco años.

—¿De dónde eres? —le preguntó la chica que tenía delante, una chica alta y delgada que iba vestida como Ginger Spice.

—De Filadelfia —respondió Maggie, pensando que no pasaría nada por ser amable—. Me llamo Maggie.

—Y yo Kristy. ¿Estás nerviosa? —quiso saber la chica.

Maggie firmó el cuestionario con afectación.

—No mucho. Ni siquiera sé lo que querrán que hagamos.

—Hablar delante de una cámara durante treinta segundos —repuso Kristy, y suspiró—. ¡Ojalá tuviéramos que hacer otra cosa! Llevo bailando desde los cuatro años. He hecho zapateado y jazz, sé cantar, me he aprendido un monólogo de memoria...

Maggie tragó con dificultad. Ella también había ido a clases de baile —durante doce años—, pero no había estudiado interpretación, y lo único que se había aprendido para la ocasión era la dirección de Rose para que MTV supiera adónde enviar las flores cuando hubiese ganado. Kristy se pasó la mano por el pelo.

—No sé qué hacer —susurró, recogiéndose el pelo encima de la cabeza y luego dejando que cayera de nuevo sobre sus hombros—. ¿Me lo recojo o me lo dejo suelto?

Maggie examinó a Kristy.

—¿Qué tal una trenza? Toma —le dijo y rebuscó en su mochila su cepillo, su laca, unas horquillas y unas gomas de pelo. La cola avanzó un poco. Para cuando le llegó el turno a Maggie, ya habían pasado tres horas y había peinado a Kristy, le había retocado el maquillaje, le había puesto purpurina dorada en los ojos a una chica de dieciocho años llamada Kara, y le había prestado a Latisha, que iba detrás de ella en la cola, las botas de Nine West de Rose.

—¡El siguiente! —gritó el tipo de aspecto aburrido que había tras la cámara.

Maggie respiró hondo, no estaba nerviosa, no sintió más que una seguridad absoluta, una tremenda alegría al entrar en el diminuto cubículo de alfombra azul debajo del círculo de luz candente. Detrás del cámara, Robin sonrió y levantó el pulgar hacia arriba.

—Dinos cómo te llamas, por favor —pidió ella.

Maggie sonrió.

—Maggie May Feller —respondió con voz grave y clara. ¡Dios! Podía verse en el monitor que había encima de su cabeza. Echó una mirada fugaz, ¡y ahí estaba! ¡En la tele! ¡Estaba magnífica!

—¿Maggie May? —inquirió Robin.

—Mi madre me puso el nombre por la canción —explicó Maggie—. Supongo que siempre supo que mi destino era el estrellato musical.

Robin repasó el cuestionario de Maggie.

—Aquí pone que has trabajado de camarera.

—Así es —afirmó Maggie, lamiéndose los labios—. Y creo que eso me ha dado la experiencia necesaria para trabajar con estrellas del rock.

—¿A qué te refieres? —le preguntó Robin.

—Bueno, cuando te has manejado con miembros de una misma organización de estudiantes que se pelean por cosas absurdas ya puedes con todo —aseguró Maggie—. Y, como camarera, ves a toda clase de gente. A chicas que están a régimen y tienen alergias de todo tipo. —Alzó la voz hasta hablar como una irritable soprano—. «¿Esto lleva cacahuetes?» Y no pasa nada, pero es que lo preguntan siempre. Incluso cuando piden té helado. Te encuentras con exigentes vegetarianos ovolácteos, con vegetarianos, con los que hacen la dieta de la Zona, con diabéticos, macrobióticos, diabéticos que siguen la dieta de la Zona para macrobióticos que tienen la presión alta y no pueden tomar sal... —Ahora hablaba deprisa, yéndose por las ramas, ignoró los focos, se olvidó del concurso, incluso se olvidó de Robin y del chico con gorra de béisbol. Sólo estaban ella y la cámara, como siempre había estado escrito—. Después de haberle tenido que tirar un café con hielo a un chico en los pantalones, porque intentaba meterme la propina dentro del escote, no sé, es imposible que te entre el tembleque por estar con Kid Rock.

—¿Qué tipo de música te gusta? —le preguntó Robin.

—Me gusta todo —respondió Maggie. Se pasó la lengua por los labios y se sacudió el pelo—. Mi ídolo es Madonna, excepto con todo eso del yoga. Eso me espanta. Además, yo también canto, en un grupo llamado Whiskered Biscuit...

El chico de la cámara empezó a reírse.

—¿Por casualidad no conoceréis nuestra canción «Chúpame la piel rosa», el *single* que dentro de poco será un *hit*? —les preguntó Maggie.

—¿Podrías cantarnos un trozo? —le preguntó el cámara.

Maggie sonrió. Esto era, al fin, lo que había estado esperando. Extrajo el cepillo de la mochila, que usó a modo de micrófono, se sacudió el pelo y aulló: «¡Chúpame la piel rosa! ¡Sírvete una copa! No me cuentes tus problemas, ¿qué soy, tu jodido loquero?» Se preguntó momentáneamente si era apropiado decir «jodido» en la tele, pero concluyó que el daño ya estaba hecho.

—¿Hay algo más que deberíamos saber de ti, Maggie? —quiso saber Robin.

—Solamente que no me importaría aparecer en *prime time* —explicó Maggie—. Y si Carson Daly vuelve a estar soltero algún día, ya sabéis cómo localizarme. —Le lanzó un beso a la cámara y sacó la lengua en un gesto burlón para mostrar su *piercing*.

—¡Así se hace! —le susurró Kristy. Latisha aplaudió y Kara señaló con el pulgar hacia arriba; Robin emergió del cubículo, se acercó a la cola, le dio un golpecito a Maggie en el hombro, sonrió abiertamente y la arrastró por el pasillo hasta donde había un grupo de otras doce personas esperando.

—¡Enhorabuena! —exclamó—. Pasas a la semifinal.

—¿Dónde dices que estás? —le preguntó Rose.

—¡En Nueva York! —gritó Maggie por el móvil—. El canal MTV ha convocado unas audiciones para un videoclip, ¡y adivina quién ha pasado a la semifinal!

Al otro lado de la línea hubo silencio.

—¿No me dijiste que tenías una entrevista de trabajo? —inquirió entonces Rose.

Maggie se ruborizó.

—¿Y qué te crees que es esto?

—Una carrera de patos salvajes —contestó Rose.

—¡Dios mío! ¡Podrías alegrarte por mí al menos! —La chica que estaba a su lado, un marimacho de 1,83 m de estatura enfundada en un peto de cuero, la miró frunciendo las cejas. Maggie le devolvió la mirada y se fue a una esquina de la sala de espera.

—Me alegraré cuando trabajes.

—¡Pero si voy a trabajar!

—Ya, ¿estás segura de que MTV te va a contratar? ¿Cuánto te pagarán?

—Mucho —repuso Maggie, malhumorada. La verdad era que no sabía con certeza cuánto se cobraba por ese trabajo..., pero tenía que ser un montón. Aquello era la tele, ¿no?—. Más que a ti. ¿Sabes lo que creo? Que estás celosa.

Rose suspiró.

—No estoy celosa. Sólo quiero que te olvides de esta absurda historia de la fama y que busques un trabajo en lugar de malgastar tu dinero en Nueva York.

—¿Para ser como tú? —añadió Maggie—. No, gracias. —Metió el teléfono en el bolso y clavó furiosamente la vista en el suelo. ¡Joder con Rose! En buena hora se le había ocurrido pensar que su hermana se alegraría por ella o que le impresionaría oír cómo había logrado colarse en las audiciones y meterse a todos en el bolsillo. Muy bien, dijo para sí, buscando el pintalabios en el bolso, ¡pues su mierda de hermanita mayor se iba a enterar! Bordaría la audición, conseguiría el trabajo, y la próxima vez que Rose la viera, sería en la pequeña pantalla, en la mismísima tele y el doble de guapa.

—¿Magie Feller?

Maggie respiró hondo, se dio un último retoque con la barra de labios y se dispuso de nuevo a alcanzar su sueño. Esta vez la condujeron a una habitación más grande, donde había tres deslumbrantes focos colgados de un armazón de acero inoxidable iluminándola directamente. Robin levantó la vista de su carpeta y sonrió a Maggie, señalando un monitor.

—¿Has leído alguna vez de un teleprompter? —le preguntó Robin.

Maggie sacudió la cabeza.

—Verás, es muy fácil —dijo, y le hizo una demostración. Anduvo hasta una cinta adhesiva que había en el suelo y se puso de cara a la pantalla—. ¡Y a continuación... —leyó con entusiasmo en voz alta—, tenemos el prometedor nuevo debut de las Spice Girls! Y no se les ocurra cambiar de canal, ¡porque dentro de una hora podrán ver a Britney Spears!

Maggie se quedó inmóvil mirando fijamente el monitor. Las palabras se deslizaron por la pantalla y luego rebobinaron y volvieron a subir con tal rapidez que Maggie se mareó al instante. Sabía leer. Leía sin problemas. Pero no tan deprisa como otras personas. ¡Y no con las palabras bailando de esta forma!

Se dio cuenta de que Robin la miraba.

—¿Va todo bien?

—¡Oh, sí! —exclamó Maggie. Se acercó a la cinta adhesiva con las piernas temblando. «Y a continuación», dijo en voz baja. Se sacudió el pelo y se lamió los labios. Los focos la iluminaron, le quemaban con la crueldad del fuego. Notó que el cuero cabelludo le sudaba.

—¡Cuando quieras! —exclamó el cámara.

—¡Y a continuación! —dijo Maggie con una seguridad que no sentía. Las palabras empezaron a rodar por la pantalla—. Tenemos... —Clavó la vista en el monitor. Las palabras volvían a escurrirse—. ¡El vídeo debut de las Spice Girls! Y...

—¡Oh, mierda! «Debü», susurró—. ¡Debü! —exclamó en voz alta, y se preguntó quizá por enésima vez en su vida por qué las palabras no se escribían como se pronunciaban. El cámara se reía, aunque sin delicadeza. Maggie escudriñó la pantalla, rezando con todas sus fuerzas, «por favor, sólo déjame leer bien esto». Una be. Algo con be y con i griega. Pero ¿qué? ¿Boyz II Men?, conjeturó—. Sí, ¡Motown Philly ha vuelto! Y...

El cámara la miraba fijamente con curiosidad. Robin también.

—¿Estás bien? —le preguntó—. ¿Ves bien la pantalla? ¿Quieres volverlo a intentar?

—¡Y a continuación...! —repitió Maggie gritando demasiado. «Por favor, Señor —rezó con ahínco—. Nunca te pediré nada más, sólo deja que pueda leer esto.» Clavó los ojos en la pantalla, esforzándose al máximo, pero las bes se convertían en des y las enes se ponían boca arriba—. Tenemos un montón de buena música, justo después del anuncio que viene ahora... —Y ahora las palabras se habían desintegrado, eran incomprensibles jeroglíficos, y Robin y el cámara la estaban mirando con una expresión que pudo leer perfectamente: «Lo sentimos».

—¡Y a continuación, tenemos la misma mierda que vieron ayer! —Maggie gruñó mientras se volvía (la miserable de Rose se había salido con la suya) y andaba con torpeza hacia la puerta, cubriéndose los ojos. Corrió por la sala de espera, casi chocando contra *miss* peto, y llegó a empujones hasta el vestíbulo, pero no antes de escuchar por última vez la voz de Robin, diciendo:

—¡El siguiente! ¡Deprisa, chicos, que aún quedáis muchos por entrar!

8

Lewis Feldman estaba de pie en el rellano, con un ramo de tulipanes en una mano, una caja de bombones en la otra, y hecho un auténtico flan. ¿Nunca resultarían más fáciles estas cosas?, se preguntó, respirando profundamente y clavando la mirada en la puerta de Ella Hirsch.

«Lo peor que puede ocurrir es que te diga que no», se recordó a sí mismo. Se pasó los tulipanes a la mano izquierda y los bombones a la derecha, y se miró los pantalones, que pese al esmero con que los había lavado y planchado, estaban arrugados y tenían una sospechosa mancha debajo de uno de los bolsillos, como si se hubiese reventado un bolígrafo (que, pensó Lewis disgustado, probablemente era justo lo que debía de haber sucedido).

Un «no» no lo hundiría, se dijo para sí. Si el amago de infarto de miocardio que había tenido hacía tres años no había acabado con él, desde luego tampoco iba a hacerlo el rechazo de Ella. Además, había más peces en el mar, peces que habían saltado fuera del agua y se habían subido al barco antes incluso de que hubiera pensado en ponerle cebo al anzuelo. Pero a él no le había interesado Lois Ziff, que había ido a verlo dos semanas después del funeral por Sharla con un pudin y un botón de la blusa desabrochado, regalándole la visión de medio palmo de arrugado escote. Tampoco le había interesado Bonnie Begelman, que el mes pasado deslizó un sobre por debajo de su puerta con dos entradas para el cine y una nota en la que decía que estaría encantada de salir con él «cuando estés preparado». Durante los días siguientes a la muerte de Sharla, durante las semanas en que tuvo que soportar visitas diarias de lo que acabó denominando la Brigada de las Cacerolas (docenas de mujeres con rostros de preocupación y *tupperwares*), y aunque ella le había dado su consentimiento, no pensó que algún día estaría preparado.

—Tienes que encontrar a alguien —le había dicho Sharla. Estaba en el hospital por última vez, y ambos lo sabían, a pesar de que nunca mencionaron esa certeza. Él la cogía de la mano, la que no llevaba el suero intravenoso, y se inclinó hacia delante para apartarle su fino pelo de la frente.

—Sharla, no quiero hablar de esto —había protestado él. Ella había sacudido la cabeza y lo había mirado con fijeza, sus ojos azules tenían un brillo que le resultaba familiar, un brillo que no había vuelto a ver desde el día en que al llegar a casa se la había encontrado sentada en el sofá, en silencio. Él la había mirado y lo supo, incluso antes de que ella levantara la cabeza, incluso antes de que le dijera: «Ha vuelto. El cáncer ha vuelto».

—No quiero que estés solo —insistió ella—. No quiero que te conviertas en uno de esos viudos antipáticos. Tomarás demasiado bicarbonato.

—¿Es eso lo único que te preocupa? —bromeó él—. ¿El bicarbonato?

—Esos viudos se vuelven desagradables —dijo ella. Se le estaban cerrando los ojos. Él le acercó la paja a los labios para que pudiera beber—. Se vuelven santurrones y excéntricos. No quiero que te ocurra lo mismo. —Se le apagaba la voz—. Quiero que encuentres a alguien.

—¿Has pensado en alguien ya? —inquirió él—. ¿En alguien en concreto?

Ella no respondió. Él pensó que se había dormido —tenía los párpados cerrados, su delgado pecho subía y bajaba lentamente debajo del vendaje recién cambiado—, pero le dijo algo más:

—Quiero que seas feliz —le había dicho, espirando una bocanada con cada palabra. Él había desviado la vista por temor a mirarla, a ella, a su mujer, la mujer que había amado y con la que había vivido durante cincuenta y tres años, y ponerse a llorar, incapaz de parar. De modo que se sentó junto a su lecho, la cogió de la mano y le susurró al oído lo mucho que la quería. Cuando murió pensó que jamás querría volver a mirar a una mujer, y sus vecinas, con sus pudins y sus escotes, no le atraían. No le habían atraído hasta ahora.

No era que Ella le recordara a Sharla, al menos no físicamente. Sharla era menuda y con la edad se había encogido aún más. Sus ojos eran redondos y azules, y tenía el pelo rubio y muy corto, una nariz demasiado grande, y un trasero también demasiado grande que la había desesperado, y le encantaban las barras de labios de color coral y la bisutería: collares de cuentas de cristal pintado y largos pendientes que chispeaban y relumbraban cuando se movía. Le recordaba un pájaro diminuto y exótico de plumaje iridiscente, y piar agudo y suave. Ella era diferente. Era más alta, de bellos rasgos —nariz afilada, mandíbula angulosa— y con largos rizos cobrizos que cubrían su cabeza, aunque el resto de mujeres de Golden Acres llevara el pelo corto. Ella le recordaba un poco a Katharine Hepburn, una Katharine Hepburn judía, no tan majestuosa ni impresionante, una Hepburn impregnada de cierta melancolía secreta.

—Hepburn —murmuró Lewis. Cabeceó, sintiéndose estúpido y empezó a subir la escalera. ¡Ojalá no llevara la camisa arrugada! ¡Ojalá llevara sombrero!

—¡Vaya, hola!

Tal fue el sobresalto de Lewis que pegó literalmente un brinco y se quedó mirando a esa mujer, cuya cara no reconoció.

—Soy Mavis Gold —aclaró la mujer—. ¿Adónde va tan elegante?

—Mmm... bueno...

Mavis Gold palmoteó y sus brazos bronceados zangolotearon en un gesto de celebración.

—¡Ella! —susurró. Un susurro tan alto que seguramente lo oyeron hasta los coches de la carretera, pensó Lewis. La mujer acarició un tulipán con la yema de un dedo en señal de reconocimiento—. Son preciosas. ¡Es usted todo un caballero! —Mavis le sonrió, le dio un beso en la mejilla y le limpió con el pulgar la marca del pintalabios—. ¡Suerte!

Él asintió, respiró hondo, se cambió los regalos de mano por última vez y golpeó la puerta con el picaporte. Trató de escuchar una radio o la televisión, pero sólo oyó los pies de Ella caminando ligeros por el suelo.

Abrió la puerta y lo miró con cara de desconcierto.

—¿Lewis?

Él asintió, repentinamente cohibido. Ella llevaba unos tejanos azules, de esos que llegan sólo hasta la mitad de la pantorrilla, una blusa blanca suelta, e iba sin zapatos. Sus pies descalzos largos y pálidos, eran preciosos, con las uñas pintadas de un color nacarado. Sus pies le dieron ganas de besarla; sin embargo, tragó con dificultad.

—Hola —saludó él. ¡Bueno, algo es algo!

En la frente de Ella apareció una arruga.

—¿Era demasiado larga la poesía?

—No, no, la poesía estaba bien. He venido porque... verás, me preguntaba si... —«¡Venga, hombre!», se dijo para sí.

Había estado en una guerra; había enterrado a su mujer y había visto cómo su hijo se había convertido en un republicano y llevaba una enorme pegatina de Rush Limbaugh (uno de los conductores radiofónicos más importantes de Estados Unidos) en el cristal trasero de su furgoneta. Había sobrevivido a cosas peores que ésta—. ¿Te gustaría cenar conmigo?

Supo que sacudiría la cabeza incluso antes de que sucediera.

—Me... me temo que no.

—¿Por qué no? —Habló más alto de lo que le hubiese gustado.

Ella suspiró. Lewis sacó ventaja de ese momentáneo silencio.

—¿Te importa que entre? —le preguntó.

Con aspecto contrariado, Ella abrió la puerta y lo dejó pasar. Su apartamento no estaba abarrotado como tendían a estarlo tantas otras habitaciones diminutas de Golden Acres, donde los residentes trataban de embutir las pertenencias de toda una vida en un espacio en el que nunca cabía gran cosa. El apartamento de Ella estaba embaldosado, tenía las paredes pintadas de color crema, y la clase de sofá blanco que, Lewis sabía por experiencia propia, era mucho mejor en la teoría que en la práctica, especialmente si uno tenía nietos y a esos nietos les gustaba el zumo de uva.

Se sentó en un extremo del sofá. Ella se sentó en el otro, con aspecto aturdido y escondiendo los pies debajo del mueble.

—Lewis —empezó ella.

Él se levantó.

—Por favor, no te vayas. Deja que te explique —le pidió Ella.

—Si no me iba, voy a buscar un jarrón —anunció él.

—Espera —dijo ella, asustada por la idea de que él rebuscara en sus cosas—, lo haré yo. —Se precipitó a la cocina y extrajo un jarrón de un armario. Lewis lo llenó de agua, metió los tulipanes dentro, volvió al salón y lo colocó encima de la mesa de centro.

—Bueno —comentó—, que sepas que, si me dices que no, cada vez que veas las flores te sentirás culpable.

Durante unos segundos dio la impresión de que Ella iba a sonreír... pero, tal como Lewis se había imaginado, no lo hizo.

—La cuestión es que... —empezó diciendo ella.

—Espera —le interrumpió él. Abrió la caja de bombones—. Tú primero —le ofreció.

Ella apartó la caja.

—De verdad, no puedo...

Lewis se puso las gafas y desdobló la leyenda de los bombones.

—Los corazones de chocolate negro llevan licor de cereza —informó—. Y esos redondos son almendrados.

—Lewis —intervino ella con seriedad—, eres una gran persona...

—¿Pero? —dijo él—. Porque sé que ahora viene un pero. —Se levantó de nuevo, fue hasta la cocina y puso agua a hervir—. ¿Dónde tienes la vajilla buena? —preguntó.

—¡Oh! —exclamó ella apresurándose a reunirse con él.

—No te preocupes —la tranquilizó él—, sólo voy a hacer té.

Ella lo miró, y a continuación miró la tetera.

—Está bien —consintió, y de un estante sacó dos tazas que hacían publicidad de la Biblioteca Municipal del Condado de Broward. Lewis puso las bolsas de té en las tazas, localizó el azucarero (lleno de azucarillos de Sweet'n Low) y lo puso en la mesa junto con un *tetrabrik* de leche sin lactosa.

—¿Eres siempre tan apañado? —le preguntó Ella.

—Antes no lo era —confesó. Abrió la nevera y encontró un limón en el cajón de las verduras, que cortó mientras hablaba—. Pero entonces mi mujer enfermó; ella sabía... Vaya, que sabía. Y me enseñó.

—¿La echas de menos? —inquirió ella.

—Cada día —contestó—. La echo de menos cada día, la verdad. —Puso la taza de Ella encima de un platillo y la llevó hasta la mesa—. ¿Y tú?

—Bueno, nunca conocí a tu mujer, así que no puedo decir que la eche de menos...

—¡Has hecho una broma! —Lewis aplaudió, se sentó a su lado y examinó la mesa—. Creo que aún falta algo —dijo. Abrió el congelador—. ¿Puedo?

Ella asintió, parecía ligeramente desconcertada. Lewis estuvo inspeccionando hasta que dio con un objeto cuya forma le resultaba familiar y que reconoció al instante: era un bizcocho con pasas congelado de Sara Lee. Había sido uno de los favoritos de Sharla. Más de una vez se había levantado Lewis en plena noche y se la había encontrado delante de la pequeña pantalla viendo anuncios de telepromoción y engullendo un buen trozo descongelado de bizcocho. Normalmente, esas noches señalaban el final de una de las dos dietas anuales que hacía de pomelo y atún, y después Sharla volvía a la cama con una sonrisa de culpabilidad y la boca con sabor a mantequilla. «Bésame —le susurraba a Lewis, sacándose el camisón por la cabeza—. Tengo que quemar parte de esas asquerosas calorías.»

Le pasó el bizcocho a Ella.

—¿Te apetece?

Ella asintió y metió el bizcocho en el microondas. Lewis tomó un sorbo de té y la observó mientras se movía. Sus caderas eran originales, pensó, y se sonrió por haberse fijado en algo así. La última vez que le había ido a ver Adam, uno de sus nietos, le había contado que sabía si los pechos de una mujer eran de verdad o no sólo mirándolos, y Lewis decidió que tenía el mismo talento para las caderas.

—¿Por qué sonríes?

Él se encogió levemente de hombros.

—Pensaba en mi nieto.

El rostro de Ella se ensombreció por completo. No tardó en volver a poner buena cara, fue tan rápido que él no estuvo seguro de haber visto lo que creía que había visto: desesperación. Quiso acercarse a ella y cogerla de las manos, cogerla de las manos y pedirle que le contara qué era lo que la preocupaba, qué le dolía tanto para estar así. En realidad, empezó a extender los brazos hacia ella cuando notó que tenía la vista clavada en algo, como si hubiera visto un gusano dentro del bizcocho.

—¿Qué?

Ella señaló los puños de su camisa. Lewis miró hacia abajo. A uno de los puños le faltaba un botón, y el otro estaba terriblemente raído y se había oscurecido un poco.

—¿Se te ha quemado? —inquirió Ella.

—Pues me imagino que sí —contestó Lewis—. No se me da muy bien la plancha.

—¡Oh! —exclamó Ella—. Yo podría... —Cerró la boca de golpe y se pasó la mano por el pelo; parecía confusa. Lewis vio el cielo abierto, supo que ésa era su oportunidad y se aferró a ella con todas sus fuerzas.

—¿Darme algunas clases? —preguntó él con humildad. «Perdóname, Sharla», pensó, y se imaginó a sí mismo escondiendo todas las notas que su mujer le había dejado, las cajas y tambores meticulosamente etiquetados para ropa de «color» y ropa «blanca».

Ella titubeó.

—Bueno... —dijo. El microondas sonó. Lewis sacó el bizcocho. Le sirvió un trozo a Ella y luegó cortó otro para él.

—Sé que es un abuso —reconoció él— y que estás muy ocupada. Pero desde que mi mujer murió, ando un poco perdido. La semana pasada incluso me planteé si no sería más fácil simplemente comprarme ropa nueva más o menos cada mes...

—¡Vale, vale! —exclamó Ella—. Te ayudaré. —Lewis supo que su consentimiento había llegado a un punto muerto, que tras esa mirada se estaba librando una batalla, que su sentido del deber y la compasión luchaba contra su feroz deseo de estar sola—. Deja que coja la agenda.

Su agenda resultó ser un asombroso bloc de planificación de cinco dedos de grosor, un laberinto prácticamente ilegible de garabatos y flechas, y números de teléfono y papeles enganchados.

—A ver... —dijo Ella, escudriñando todas las hojas—. El miércoles voy al hospital...

—¿Por qué? Qué pasa?

—Acuno a bebés —contestó Ella—. El jueves es el día de la sopa y luego tengo que ir al hospicio, el viernes está el Comedor Móvil...

—¿Y el sábado? —preguntó Lewis—. No es que quiera asustarte, pero casi no me quedan calzoncillos.

Ella emitió un sonido gutural que sonó casi como una carcajada.

—El sábado —accedió.

—Bien —afirmó él—. ¿A las cinco? Y cuando acabemos te llevaré a cenar.

Salió por la puerta antes de que ella pudiera pensar en objetar nada, y mientras se alejaba del apartamento, silbando, no le sorprendió nada ver a Mavis Gold, que aseguró que se dirigía al lavadero, a pesar de que ahí no había ni rastro de ropa sucia.

—¿Qué tal ha ido? —susurró la mujer. Él hizo un gesto con el pulgar hacia arriba, y ella sonrió y palmoteó. Después él corrió a casa para manchar con tinta sus pantalones y sacarle unos cuantos botones a su camisa favorita.

9

—Muy bien —dijo Rose sentada frente a su ordenador—. El nombre ya está. La dirección..., puedes usar la mía. —Sus dedos volaban por el teclado—. ¿Objetivos profesionales?

—Trabajar —respondió Maggie, que estaba repanchingada en el sofá con la cara enterrada debajo de un centímetro de lo que, según le había contado a su hermana, era una mascarilla de barro para reducir los poros.

—¿Qué te parece si ponemos que estudias nuevas ofertas? —inquirió Rose.

—Lo que tú quieras —contestó Maggie, encendiendo la tele. Era sábado por la mañana, cinco días después de la ignominiosa audición, y MTV presentaba a la ganadora de la convocatoria para videoclips (una sexy morenaza con un *piercing* en la ceja. «¡Y a continuación el debut del último vídeo de las Spice Girls!», parloteó la chica. Maggie cambió rápidamente de canal).

—¡Oye —dijo Rose—, que intento ayudarte! ¿Te importaría estar atenta, por favor?

Maggie resopló y apagó el televisor.

—Experiencias laborales —continuó Rose.

—¿Qué?

—Ya sabes, los trabajos que hayas tenido. Maggie, ¿no habías hecho nunca un currículum?

—¡Oh, sí! —exclamó Maggie—. Constantemente. Tantos como veces vas tú al gimnasio.

—Dime, trabajos anteriores —repitió Rose.

Maggie lanzó una mirada anhelante a los cigarrillos que tenía en el bolso, pero sabía que si encendía uno Rose aprovecharía para darle una charla sobre el cáncer de pulmón, o echarle una de esas broncas de en-mi-casa-mando-yo.

—Está bien —accedió, y cerró los ojos—. T. J. Maxx —empezó—. Estuve seis semanas. Desde octubre hasta justo antes del día de Acción de Gracias. —Suspiró. La verdad es que el trabajo le había gustado. Y, además, lo hacía bien. Cuando estuvo en los probadores no sólo les daba a las clientas las fichas y les indicaba dónde cambiarse. Les llevaba la ropa, las acompañaba al probador, abría las puertas y colgaba cuidadosamente cada prenda, como hacían en los almacenes selectos y en las boutiques del centro de la ciudad. Y cuando las mujeres salían para verse y estudiarse desde todos los ángulos frente a los espejos, apretándose un cinturón o sacándose una camisa del interior de los pantalones, Maggie estaba ahí, hacía sugerencias, les decía honradamente (pero con tacto) cuándo algo no las favorecía, corría hasta los percheros para encontrar otra talla u otro color, u otra prenda distinta, algo totalmente diferente, algo que jamás se hubiesen imaginado llevando, pero que ella había intuido. «¡Eres una joya!», recordó que le había dicho una de las clientas, una mujer alta, elegante y morena, a la que todo le hubiese sentado de maravilla, pero que estaba especialmente guapa con un conjunto que había ideado Maggie: un escueto vestido negro con un bolso de piel negro perfecto y unas manoletinas negras con una tira en el talón, además de un cinturón de eslabones dorados que había rescatado de la sección en liquidación. «¡Le diré a tu jefe lo mucho que me has ayudado!»

—¿Y qué pasó? —le preguntó Rose.

Maggie seguía con los ojos cerrados.

—Que me fui —murmuró. En realidad, lo que había pasado era lo que habitualmente pasaba con sus trabajos (todo iba bien hasta que tropezaba con algo). Siempre había algo. En este caso, fue la caja registradora. Había pasado por el lector de barras un cupón del diez por ciento de descuento, pero el lector no lo leyó. «¿Y por qué no lo haces a mano?», le había pedido la clienta. Maggie la había mirado contrariada y consultó el total. Ciento cuarenta y dos dólares. O sea, que el diez por ciento era... Se mordió el labio. «¡Catorce dólares!», exclamó la mujer. «¿A qué esperas?» En ese momento, Maggie se enderezó lentamente, avisó al encargado y se dirigió a la siguiente clienta de la cola con una dulce sonrisa.

—¿En qué puedo ayudarla?

—¡Eh! —protestó la mujer del diez por ciento—. ¡Que yo aún no estoy!

Maggie la ignoró, la siguiente clienta amontonó sus jerseys y sus tejanos en la cinta, y Maggie abrió una bolsa de plástico. Sabía lo que iba a pasar. La mujer le diría que era una estúpida. Y de ninguna manera toleraría una cosa así. Ni siquiera quería estar presente. Su talento estaba siendo desperdiciado en esa caja, hacía mejor uso de su tiempo en los probadores, donde realmente podía ayudar a la gente en lugar de pasar el género por el lector como un robot.

El encargado vino corriendo, las llaves de las cajas registradores tintineaban contra su pecho.

—¿Qué problema hay?

La mujer del diez por ciento señaló con un dedo a Maggie.

—No me ha hecho el descuento.

—Maggie, ¿qué ha pasado?

—Que el lector no ha leído el código —susurró Maggie.

—Bueno, es el diez por ciento —concluyó el encargado—. ¡Son catorce dólares!

—Lo siento —se disculpó Maggie en voz baja, mirando fijamente al suelo mientras la clienta hacía una mueca de disgusto. Al acabar su turno, cuando el encargado le había empezado a decir algo acerca de que había una calculadora disponible o de que siempre podía pedir ayuda, Maggie se había quitado el delantal de poliéster, había tirado al suelo la placa con su nombre y había salido por la puerta.

—De acuerdo —comentó Rose—, pero, si te preguntan, di que no lo encontrabas suficientemente motivador.

—Vale —aceptó Maggie, y clavó los ojos en el techo como si lo más destacable de sus experiencias laborales estuviera grabado ahí, como una chapucera versión menor de la Capilla Sixtina—. Antes de T. J. Maxx estuve en Gap, y antes de eso en Pomodoro Pizza, y antes en el Starbucks de Walnut Street, y luego estuve en Limited; no, espera, lo he dicho mal. Primero estuve en Urban Outfitters y luego en Limited, y...

Rose tecleaba como una loca.

—En Banana Republic —prosiguió Maggie—, en la sección de accesorios Macy's, en la de perfumería, en Cinnabon, en Chik-fil-A, en Baskin Robbins...

—¿Y qué hay del restaurante aquel? ¿De CANAL HOUSE?

Maggie dio un respingo. Ese trabajo le había ido bien hasta que Conrad, el *maître* de los domingos, la tomó con ella. «MargarET, los saleros no están llenos.» «MargarET, necesito que le eches una mano al camarero.» Le había dicho mil veces que su nombre ni siquiera era Margaret —que era Maggie a secas—, pero él la ignoró durante todo un mes hasta que ella planeó una venganza. Una madrugada de mayo, ella y su entonces medio novio se subieron al tejado y arrancaron la *C* del rótulo del restaurante, lo que conllevó que docenas de mujeres se presentaran en corpiño el Día de la Madre en

ANAL HOUSE para tomar un almuerzo liviano a media mañana.

—Me fui —dijo Maggie. «Antes que me echaran», pensó.

—Ya está —repuso Rose, mirando la pantalla—. Tendremos que corregirlo.

—Como quieras —concedió Maggie, y se fue taconeando al cuarto de baño, donde se quitó el barro de la cara. ¡Así que su historial laboral no era el mejor del mundo!, pensó furiosa. ¡Y no era porque no trabajara duro! ¡O porque no lo intentara!

Su hermana llamó a la puerta.

—Maggie, ¿te falta mucho? Me tengo que duchar.

Maggie se lavó la cara, volvió al salón y puso otra vez la tele antes de sentarse frente al ordenador. Mientras Rose se daba una ducha, Maggie archivó su currículum, abrió una ventana nueva y empezó a escribir una lista para su hermana. *Ejercicio regular (aeróbic y pesas)*, escribió. *Hacerse limpiezas de cutis frecuentes. Seguir la dieta de Jenny Craig (¡han sacado una especial!)*, tecleó con una sonrisa irónica, y luego añadió un *link* muy útil de un artículo sobre la intervención quirúrgica de Carnie Wilson para adelgazar. Se puso un cigarrillo en la boca y salió por la puerta a paso ligero, dejando la lista impresa en la silla de Rose y el artículo («¡Estrella del cine reduce su peso a la mitad!») en su pantalla, para que fuese lo primero que viese su hermana cuando volviera de trabajar.

—¡Cuando te vayas cierra con llave! —gritó Rose desde su cuarto. Maggie hizo caso omiso. Si era tan lista, que cerrara ella su propia puerta, pensó, y salió al rellano.

—Así que eres abogada, ¿no? —El tipo de la barba miró a Rose con los ojos entornados—. ¡A ver...! ¿Qué son seis abogados en el fondo del mar?

Rose se encogió levemente de hombros y miró anhelosa hacia la puerta del piso de Amy, deseando que Jim entrara pronto por ella.

—¡Un buen comienzo! —gritó el chico de la barba.

Rose parpadeó.

—No lo pillo —dijo.

Él la miró fijamente, sin saber si bromeaba o no.

—No lo entiendo. No sé... ¿por qué tienen que estar en el fondo del mar? ¿Están haciendo *snorkel* o algo parecido?

Ahora sí que el tipo parecía decididamente incómodo. Rose arrugó la frente.

—Espera un momento... ¿están en el fondo del mar porque se han ahogado?

—Bueno, sí —respondió él, sacando la etiqueta de la cerveza con una uña.

—Bien —dijo Rose silabeando—. Entonces, tenemos seis abogados muertos y ahogados en el fondo del mar... —Hizo una pausa y miró al chico expectante.

—Era sólo un chiste —comentó él.

—Pues no entiendo dónde está la gracia —repuso ella.

Él retrocedió unos pasos.

—¡Espera! —exclamó Rose—. ¡Espera! ¡Tienes que acabar de explicármelo!

—Mmm... Estaré en el... —dijo él. Se escabulló hacia la mesa de bebidas. Amy le lanzó una mirada pícara desde el otro extremo de la habitación y sacudió la cabeza. «¡Cómo te pasas!», musitó Amy, agitando el dedo índice. Rose se encogió de hombros. Normalmente no era tan cruel, pero el retraso de Jim junto con el hecho de que Maggie llevaba tres semanas, que prometían ser más, viviendo en su casa, la habían vuelto antipática.

Rose clavó la vista en su mejor amiga y pensó que al menos una de ellas dos había cambiado desde los míseros años de secundaria. En noveno, Amy había alcanzado el metro ochenta de estatura, pesando unos 50 kilos, y los chicos de la clase la llamaban Ichabod Crane, o Ick a secas. Pero se había acostumbrado a su aspecto larguirucho. Ahora lucía las huesudas muñecas como costosas pulseras, y exhibía los finos huesos de la cara y las caderas como extraordinarias piezas de arte. Durante el bachillerato había llevado rizos, pero tras graduarse se había dado un tijeretazo y se había teñido el pelo de color caoba. Vestía tops negros y vaqueros pirata, y estaba magnífica. Exótica, misteriosa y sexy, incluso cuando abría la boca y afloraba su tosco y originario acento de chica de Jersey. Amy siempre tenía por lo menos media docena de novios, los antiguos más los potenciales haciendo cola para tener el privilegio de comprarle su *pizza* favorita y escuchar su análisis sobre el estado de la música hip-hop estadounidense.

Además, Amy era ingeniera química, una profesión que solía provocar al menos unas cuantas preguntas de interés por parte de los desconocidos con los que se topaba en las fiestas, mientras que Rose era abogada, lo que normalmente producía dos reacciones: la primera, representada por don Bromas sobre Abogados, y la segunda (estaba bastante segura de ello) no tardaría en ponerla de manifiesto el tipo con gafas alto y pálido que se había acomodado junto a ella en el sofá, interrumpiéndola en su momento íntimo y especial con un bol de ganchitos de queso.

—Amy me ha dicho que eres abogada —empezó diciendo—. Verás, tengo un pequeño problema legal.

«¡Desde luego que sí!», pensó Rose, que contuvo una sonrisa. Miró el reloj. Eran casi las once. ¿Dónde estaba Jim?

—Hay un árbol —continuó el sujeto— que crece en mi propiedad, ¿no? Pero casi todas las hojas caen en el jardín de mi vecino...

«Sí, sí sí —se dijo Rose para sí—. Y los dos sois demasiado vagos para recoger las malditas hojas. O el vecino ha podado el árbol sin tu consentimiento y en lugar de hablar del árbol como personas normales o, Dios no lo quiera, de contratar un abogado por vuestra cuenta, me queréis cargar a mí con el muerto.»

—Perdona —musitó Rose, que interrumpió al tipo en pleno relato, se escabulló y esquivó a la gente hasta que dio con Amy en la cocina, apoyada contra la nevera, dando vueltas con los dedos a una copa de vino, con la cabeza inclinada hacia atrás y riéndose por lo que sea que hubiese dicho el chico que tenía delante.

—Mira, Dan. —Amy arrastraba las palabras—. Ésta es mi amiga Rose.

Dan era alto, moreno y guapísimo.

—Encantado de conocerte —comentó. Rose esbozó una sonrisa y agarró con fuerza el bolso (y con él, el móvil). Necesitaba hablar con Jim. Era la única persona que podía tranquilizarla, hacerle sonreír y convencerla de que la vida no era absurda, y de que el mundo no estaba lleno de idiotas que escupían bromas, ni de litigantes propietarios de árboles. ¿Dónde estaba?

Se alejó de Dan y metió la mano en el bolso, pero Amy estaba justo detrás de ella.

—Olvídalo —dijo Amy con firmeza—. No lo persigas. No es propio de una dama, ¿recuerdas? A los hombres les gusta cazar, no ser cazados. —Le quitó a Rose el teléfono de la mano y lo sustituyó por una espumadera—. Gambas rebozadas —anunció, señalando hacia el fogón y una cazuela de agua hirviendo.

—De todas formas, ¿qué tienes en contra de Jim? —inquirió Rose.

Amy miró al techo y luego a Rose.

—No se trata de él, sino de ti. Estoy preocupada por ti.

—¿Por qué?

—Porque te veo más involucrada en esto que a él. No quiero que te hagan daño.

Rose abrió la boca, pero la cerró rápidamente. ¿Cómo iba a convencer a Amy de que Jim estaba tan involucrado en esto como ella, si ni siquiera estaba allí? Y había algo más, algo que le rondaba el pensamiento, algo acerca de la noche en que había llegado tarde con un montón de flores y oliendo a *scotch*, y a rosas, y ligeramente a algo más. ¿Perfume?, pensó y entonces detuvo la idea ahí mismo, y construyó un muro alrededor de ella, un muro compuesto sobre todo por la palabra *NO*.

—Además, ¿no es tu jefe?

—No, exactamente —respondió Rose. Jim no era más jefe suyo que cualquier otro socio. Lo que significaba que sí era una especie de jefe. Rose tragó saliva, arrinconó ese pensamiento en su habitual escondite y puso a cocer una tanda de gambas. Cuando Amy se volvió, Rose cogió el bolso de nuevo, se precipitó por un pasillo revestido de máscaras africanas, se metió en el cuarto de baño de la planta baja y llamó al despacho de Jim. Sin respuesta. Llamó a casa. Tal vez lo había entendido mal y había pasado por casa de Rose en lugar de ir directamente a la de Amy.

—¿Diga?

¡Maldita sea! Era Maggie.

—Hola —saludó Rose—. Soy yo. ¿Ha llamado Jim?

—Nones —contestó Maggie.

—Bueno, si llama, dile... dile que lo veré después.

—Yo no creo que esté aquí. Estoy a punto de salir —explicó Maggie.

—¡Oh! —exclamó Rose. Le hubiese gustado hacerle un montón de preguntas: ¿Adónde vas? ¿Con quién? ¿Con qué dinero? Se mordió la lengua. Si le preguntaba, Maggie no haría más que ponerse furiosa, y tener a Maggie enfadada recorriendo la ciudad era como darle una pistola cargada a un niño de dos años.

—Cierra con llave al salir —le pidió.

—De acuerdo.

—Y, por favor, quítate mis zapatos —ordenó Rose.

Hubo un silencio.

—No llevo tus zapatos puestos —repuso Maggie.

«Claro, porque te los acabas de quitar», dijo Rose para sí.

—Pásatelo bien —le deseó en cambio. Maggie prometió que eso haría. Rose se mojó la cara y las mejillas con agua fría, y se miró en el espejo. Se le había corrido la máscara de pestañas. El pintalabios había desaparecido. Y estaba atrapada en una fiesta, sola, hirviendo gambas rebozadas. ¿Dónde estaba él?

Abrió la puerta y trató de esquivar a Amy, que estaba de pie en la puerta con sus largos brazos cruzados delante de su huesudo pecho.

—¿Le has llamado? —quiso saber Amy.

—¿A quién? —replicó Rose.

Amy se echó a reír.

—Eres tan asquerosamente mentirosa como cuando estabas colada por Hal Lindquist. —Cogió una servilleta de cóctel y le limpió a Rose el rimel que tenía debajo de los ojos.

—¡Yo nunca estuve colada por Hal Lindquist!

—Ya, seguro. Sólo te dedicaste a escribir cada día lo que llevaba puesto en tu carpeta de mates porque querías que las generaciones futuras supieran lo que Hal Lindquist había llevado en 1984.

Rose sonrió.

—Dime, ¿con cuál de estos tíos sales?

Amy hizo una mueca de disgusto.

—No me preguntes. Se suponía que con Trevor.

Rose se esforzó por recordar lo que Amy le había contado de Trevor.

—¿Ha venido?

—Pues no, la verdad es que no —contestó Amy—. A ver qué te parece esto: estamos cenando...

—¿Dónde? —preguntó Rose para hacerse su debida composición de lugar.

—En Tangerine. Es muy bonito. Y estamos sentados, con luces tenues, las velas encendidas; yo no me he tirado el cuscús por encima..., y va y me explica por qué cortó con su última novia. Evidentemente, porque él tenía determinadas apetencias.

—¿Cuáles?

—La mierda —dijo Amy de lo más seria.

—¿Cómo?

—Lo que oyes. Disfrutar con actos de defecación.

—Me tomas el pelo —dijo Rose boquiabierta.

—Te juro que no —repuso Amy impasible—. Así que ahí estaba yo sentada, totalmente horrorizada. Ni que decir tiene que ya no pude probar bocado y que me pasé el resto de la cena tratando de no tirarme un pedo para que no pensara que estaba flirteando con él...

Rose se empezó a reír.

—Venga —la animó Amy, poniéndose la servilleta en el bolsillo y dándole a Rose una cerveza—, ¿por qué no te quedas?, quédate.

Rose volvió a la cocina, calentó salsa de alcachofas, rellenó la cesta de galletas saladas y entabló conversación con otro pretendiente de Amy, aunque cuando terminaron de hablar no podía recordar ni una sola palabra de lo que cualquiera de los dos hubiera dicho. Añoraba a Jim, que, a la vista estaba, no la añoraba.

10

Jim Danvers abrió los ojos y pensó lo mismo que pensaba todas las mañanas: hoy me portaré bien. «No me dejes caer en la tentación», repetía mientras arrastraba la cuchilla de afeitar por la mandíbula, mirándose fijamente en el espejo del baño, con seriedad. «Aléjate de mí, Satanás», dijo mientras se ponía los pantalones.

El problema era que Satanás estaba en todas partes. La tentación acechaba en cada esquina. Estaba aquí, apoyada contra la fachada de un edificio, esperando el autobús. Jim aminoró la marcha del Lexus y examinó a la rubia de tejanos ajustados, preguntándose cómo sería el cuerpo que había debajo de ese voluminoso abrigo, preguntándose cómo se movería en la cama, cómo olería, cómo sonaría y qué le llevaría averiguarlo.

«Para —se ordenó a sí mismo—. Para ya», y encendió la radio. El locutor Howard Stern inundó el asiento delantero, su tono era socarrón, estaba al tanto, era consciente. «¿Son auténticas, cariño?», le preguntó a la estrella en ciernes. «Son de auténtica silicona», se rió ella tontamente. Jim tragó con dificultad y cambió a la emisora de música clásica. Era tan injusto. Desde que a la edad de doce años, durante la tercera noche de un viaje de acampada con los boy scouts, una polución nocturna le anunciara mientras dormía la llegada de la pubertad, había soñado con mujeres con reconcentrada ferocidad, el anhelo abstracto de un hombre hambriento perdido en una isla con números atrasados de la revista *Bon Appétit.* Rubias, morenas y pelirrojas, chicas esbeltas de pechos pequeños y también alegres bajitas curvilíneas, negras de grandes pechos, hispanas, asiáticas, blancas, jóvenes, mayores y medianas, incluso una encantadora chica (que Dios me ayude) con la pierna vendada en la que había puesto los ojos en el telemaratón de Jerry Lewis. (En el mundo de sus fantasías, Jim Danvers era un jefe que daba las mismas oportunidades a todos.)

Oportunidades que, sin embargo, él nunca aprovechó. Ni a los doce años, cuando era bajo, rechoncho y con frecuencia se quedaba sin aliento. Ni a los catorce, cuando seguía siendo bajo y ya no era rechoncho, sino gordo, y tenía la cara acribillada de lo que el doctor Guberman juró que era el peor caso de acné quístico que hubiera visto nunca. A los dieciséis se estiró quince centímetros, pero el daño ya estaba hecho y, por desgracia, el apodo Ballena Gorda lo acompañó hasta la universidad. Lo que siguió fue el clásico círculo vicioso: era infeliz porque estaba gordo. Comía para ahogar sus penas, alimentando su dolor con *pizza* y cerveza, lo que le engordaba aún más, lo que ahuyentaba aún más a las mujeres. Perdió su virginidad en el último curso de la universidad con una prostituta que lo había mirado de arriba abajo mascando chicle meditabunda antes de insistir en que prefería estar encima. «No es por criticar, cariño —le había dicho—, pero creo que lo que tenemos aquí es un caso de fuerza mayor».

La Escuela de Derecho podría haber sido diferente, pensó mientras escuchaba los relajantes compases de Bach. Había crecido todavía más, y tras los bochornosos diez minutos con la prostituta empezó a hacer *jogging,* siguiendo la ruta de

Rocky por las calles de Filadelfia (aunque estaba bastante convencido de que, incluso al principio, Rocky podía correr más de tres manzanas sin tener que parar y recuperar el aliento). Adelgazó. Se le despejó la piel, quedando únicamente un desvanecido mapa de curiosas cicatrices, y se había arreglado los dientes. Lo que permaneció fue una paralizante timidez, una paralizadora falta de autoestima. A partir de los veinte años, cuando fue escalando puestos con absoluta regularidad en Lewis, Dommel, and Fenick, cada vez que oía que varias mujeres se reían, daba por sentado que se reían de él o por algo relacionado con él.

Y luego, de alguna manera, todo había cambiado. Recordó la noche en que lo habían hecho socio y se reunió con tres de sus colegas recientemente ascendidos en un bar irlandés de Walnut Street. «Es la noche de las niñeras», había comentado uno de ellos guiñándole un ojo con complicidad. Jim no había entendido qué quería decir eso, pero enseguida lo descubrió. El bar estaba atestado de muchachas de servir irlandesas, de suecas de ojos azules, chicas finlandesas con trenzas. Media docena de acentos cantarines que sonaban por todo el bar de latón y caoba. Jim estaba aturdido sin poder pronunciar palabra ni moverse. Permaneció paralizado en una esquina, bebió champán y cerveza ligera y cerveza doble de malta hasta mucho rato después de que sus colegas se hubieran ido a casa, mirando con impotencia a las chicas que se reían y se quejaban de sus trabajos. Al ir hacia el lavabo de señores, chocó de frente contra una pelirroja con pecas y titilantes ojos azules. «¡Tranquilo! —había exclamado ella riéndose mientras él susurraba una disculpa. Se llamaba Maeve, se enteró mientras ella lo conducía a su mesa—. ¡Eres socio! —había repetido ella, y sus amigas la miraban con aprobación—. ¡Felicidades!» Y de alguna manera había acabado en su cama, donde pasó seis deliciosas horas saboreando sus pecas y llenando sus manos con el crepitante fuego de su pelo.

Desde entonces se había vuelto un macho cabrío. La verdad es que no había otra palabra. No era un Don Juan o un Romeo; no era un semental o un gallito. Era un macho cabrío que vivía todas y cada una de las fantasías de su frustrada adolescencia en una ciudad que parecía repentinamente llena de chicas generosas de veintitantos años, todas ellas tan ansiosas como él de tener encuentros amorosos sin compromisos. Había vuelto una especie de esquina mágica en donde lo que era (y lo que cobraba) había superado en cierto modo a su aspecto físico. O eso, o su aspecto había mejorado. O, para las mujeres, la palabra «socio» sonaba igual que «sácate la ropa interior». No podía explicarlo, pero de pronto había niñeras, estudiantes y secretarias, camareras y *baby-sitters*, y ni siquiera necesitaba ir a los bares para encontrarlas. ¿Por qué en el mismo despacho había cierta becaria a la que le encantaría quedarse hasta tarde, entrar en el despacho de Jim, cerrar la puerta y quitarse todo excepto un sostén lila y un par de sandalias que llevaba atadas a la pierna, y...?

«Para», dijo Jim para sí. Era indecente. Era vergonzoso. Tenía que acabarse. Tenía 35 años y era socio. Durante el último año y medio había devorado todo y más en el bufé libre de carne, y tendría que haber tenido suficiente. «Piensa en los riesgos», se reprendía. ¡Enfermedades! ¡Corazones rotos! ¡Padres y novios enfadados! Los tres chicos a los que habían nombrado socios a la vez que a él ya estaban casados y dos de ellos eran padres, y aunque nunca se había dicho nada de modo explícito, estaba claro que habían escogido el estilo de vida que los directores de la empresa aprobaban.

Ser hogareño y echar alguna que otra cana al aire, así era como había que comportarse, y no viviendo esos salvajes fines de semana junto a chicas de cuyos apellidos no siempre se acordaba. Lo cierto era que la actitud de sus colegas había empezado a pasar del respeto a la diversión. Pronto lo mirarían sólo divertidamente, y después eso se convertiría en divertida repugnancia.

Y estaba Rose. Jim notaba que se calmaba en cuanto pensaba en ella. Rose no era la chica más guapa con la que había estado, ni la más sexy. Tendía a vestirse como una bibliotecaria reprimida, y su concepto de lencería sexy era que sus braguitas de algodón fueran a juego con su sujetador de algodón, pero aun así había algo en ella que subía por el ardiente cableado que tenía debajo del cinturón y le llegaba directamente al corazón. ¡Su forma de mirarlo! Como si él fuera uno de los protagonistas de carne y hueso de sus novelas románticas, como si hubiera atado su corcel blanco a un parquímetro y hubiese cruzado una espinosa espesura para rescatarla. Le sorprendía que la empresa entera no hubiese deducido lo que había entre ellos pese a la normativa referente a las relaciones entre socios y asociados. Aunque quizás estuviese ciego. Quizá todo el mundo se había dado cuenta ya. Y aquí estaba él, tentado mil veces al día a romperle el corazón.

La dulce Rose. Se merecía alguien mejor que él, pensó Jim, pilotando su Lexus hasta el aparcamiento de la empresa. Y por ella intentaría dar lo mejor de sí mismo. Ya había cambiado a su ardiente secretaria por otra de estilo maternal de unos sesenta y pico años que olía a pastillas Luden de limón para la tos, y llevaba tres semanas sin pisar un bar, cosa que no tenía precedentes. Ella le convenía, dijo para sí, mientras entraba en el ascensor que lo conduciría a su despacho. Rose era astuta, lista y bondadosa; era el tipo de chica con la que se imaginaba envejeciendo, pasando el resto de su vida. Y por ella iría por el buen camino, prometió mientras echaba una mirada al trío de parlanchinas secretarias que habían entrado con él en el ascensor antes de olfatear por última vez sus perfumes mezclados, tragar saliva y desviar la vista.

11

—¿Por qué tenemos que pasar otra vez por esto? —preguntó Maggie sentándose en el asiento del copiloto. Hacía la misma pregunta cada vez que iban a ver un partido de rugby jugado en casa. Llevaban casi veinte años yendo una vez al año, pensó Rose, y la respuesta siempre era la misma.

—Porque nuestro padre es un hombre estrecho de miras —contestó Rose, que empezó a conducir en dirección al veterinario—. ¿Te comportarás? Recuerda que jugamos contra el Tampa, pero que no estaremos en su campo. —Maggie se había ataviado para el partido con un peto negro, botas negras con gruesos tacones y una chaqueta de cuero con cuello imitación piel. Por su parte, Rose iba con tejanos y un jersey, además de un gorro, una bufanda, unos mitones y un enorme abrigo amarillo de plumón.

Maggie examinó la chaqueta de Rose.

—Pareces un colchón sobre el que se han meado —comentó.

—Gracias por la información —repuso Rose—. Abróchate el cinturón.

—Vale —dijo Maggie, extrayendo un frasco de uno de los minúsculos bolsillos de su chaqueta. Tomó un trago y lo inclinó hacia su hermana—. Licor de albaricoque —anunció.

—Estoy conduciendo —replicó Rose con seriedad.

—Y yo bebiendo —apuntó Maggie, y soltó una risilla. El sonido de la risa de su hermana le recordó a Rose todos los demás partidos de rugby a los que habían ido desde que su padre, en un gesto de padre partícipe ligeramente equivocado, comprara tres abonos para toda la temporada de 1981.

—Odiamos el rugby —había informado Maggie con la absoluta seguridad de una niña de diez años que se cree que lo sabe todo. Michael Feller se había puesto pálido.

—¡No lo odiamos! —había intervenido Rose, que no dudó en pellizcar a su hermana en el brazo.

—¡Ay! —exclamó Maggie.

—¿De verdad que no? —les preguntó su padre.

—Lo que pasa es que no nos gusta mucho verlo en la tele —explicó Rose—, ¡pero nos encantaría ir al campo! —Le había dado a su hermana otro pellizco para asegurarse de que no dijera lo contrario. Y eso es lo que ocurrió. Cada año iban los tres juntos (finalmente los cuatro, cuando Sydelle apareció en escena) a los partidos que los Eagles jugaban en casa. Maggie solía prepararse la ropa que se pondría con días de antelación, guantes adornados con piel sintética y sombreros con esponjosos pompones, y en cierta ocasión, si no recordaba mal, un par de botas en miniatura con borlas como las de las animadoras oficiales. Rose hacía sándwiches de mantequilla de cacahuete y mermelada, y los introducía en una fiambrera con un termo de chocolate caliente. Los días de más frío se llevaban mantas y se acurrucaban los tres juntos, relamiéndose la mantequilla de sus entumecidos dedos mientras su padre soltaba un improperio en cada placaje y cada vez que el balón pasaba a manos del equipo contrario, y luego miraba a sus hijas con cara de culpabilidad y decía: «Disculpad mi francés».

—Disculpad mi francés —murmuró Rose. Maggie la miró con curiosidad, tomó otro sorbo de su licor y se hundió aún más en su asiento.

Su padre y Sydelle las esperaban en la taquilla. Michael Feller llevaba tejanos, una sudadera de los Eagles y un abrigo de plumón con los colores del equipo, el plateado y el verde. El aspecto de Sydelle, como de costumbre, era de gélido descontento: llevaba la cara llena de maquillaje y un abrigo de visón hasta los tobillos.

—¡Maggie! ¡Rose! —gritó su padre, y les dio sus entradas.

—Chicas —dijo Sydelle besando el aire a medio palmo de distancia a la derecha de sus mejillas, para pintarse de nuevo los labios. Rose siguió a su madrastra mientras subían a sus sitios. Al escuchar el eco de los tacones de Sydelle contra el cemento, Rose se preguntó —y no era la primera vez— por qué demonios esta mujer había tenido que casarse con su padre. Sydelle Levine, cuyo marido, un corredor de Bolsa, había tenido la desfachatez de abandonarla por su secretaria, se había divorciado a los cuarenta y cinco años. Muy trillado, pero Sydelle había sobrevivido a la humillación, tal vez animada por las generosas asignaciones que su marido, gustoso, había accedido a pagarle (Rose creía que seguramente él había pensado que incluso un millón de dólares al año era poco en comparación con la felicidad de vivir lejos de Sydelle). Michael Feller era ocho años más joven que ella, un cuadro medio de un banco mediano. Vivía con holgura, pero nunca sería rico. Además, iba con equipaje: su mujer fallecida y sus hijas.

¿Qué pudo haberlos atraído? Rose había dedicado horas de su adolescencia a intentar averiguarlo durante los años siguientes al encuentro de Michael Feller y Sydelle Levine en el vestíbulo del Beth Shalom (Sydelle había acudido a una recaudación de fondos a quinientos dólares el cubierto, y Michael salía de una reunión de Padres-sin-Cónyuges).

«¡El sexo!», había concluido Maggie con risas entrecortadas. Y lo cierto era que, objetivamente hablando, su padre era guapo. Pero Rose no estaba segura. Creía que Sydelle había encontrado en su padre no sólo a un hombre guapo o a un buen partido, sino a su verdadero amor, su segunda oportunidad. Rose siempre había creído que Sydelle lo quería de verdad, al menos al principio. Y se hubiera apostado cualquier cosa a que su padre no buscaba más que una compañera de viaje, y, naturalmente, a la vista del éxito de Sydelle con Mi Marcia, una nueva madre para Maggie y Rose. Michael Feller ya había encontrado el amor de su vida, y lo había enterrado en Connecticut. Y cada semana que pasaba, Sydelle era más consciente de esa verdad, y se decepcionaba un poco más, y se portaba un poco peor con las hijas de Michael Feller.

«¡Qué pena!», se dijo Rose mientras se sentaba, se tapaba las orejas con el gorro y se cubría bien el cuello con la bufanda. Una pena que no tenía visos de cambiar. Lo de Sydelle y su padre era a largo plazo.

—¿Quieres un poco?

Sobresaltada, Rose dio un pequeño brinco en su asiento y volvió la cabeza hacia su hermana, que había puesto las piernas encima del asiento que tenía delante y agitaba el pequeño frasco de licor de albaricoque.

—No, gracias —contestó Rose, volviéndose a su padre—. ¿Qué tal va todo? —le preguntó.

—Bueno, ya sabes —le dijo—, el trabajo me mantiene ocupado. Mis quinientos bonos de Vanguard han sufrido un caída terrible. He... ¡TOMA YA, CABRÓN!

Rose se inclinó por delante de su hermana para hablar con Sydelle.

—¿Qué me cuentas? —inquirió, esforzándose como hacía en todos los partidos por ser simpática con su madrastra.

Sydelle sacudió el visón.

—Mi Marcia está cambiando la decoración.

—¡Genial! —exclamó Rose con fingido entusiasmo.

Sydelle asintió.

—Vamos a ir a un balneario —prosiguió—. En febrero —anunció, y lanzó una expresiva mirada hacia la barriga de Rose—. Ya sabes que cuando se casó, Mi Marcia se compró un vestido de Vera Wang de la talla treinta y seis, que...

«...que tuvo que estrecharse», dijo Rose para sí mientras Maggie decía lo mismo, pero en voz alta.

Sydelle entornó los ojos.

—No entiendo por qué tienes que ser tan desagradable.

Maggie la ignoró y alargó el brazo para coger los prismáticos de su padre cuando las animadoras salieron al campo. «Gordas, gordas, viejas, gordas —cantó Maggie avanzando hasta la barandilla—. Pelo mal teñido; ¡oh...! Feas delanteras, viejas, gordas, viejas...»

Michael Feller hizo un gesto con la mano al vendedor de cervezas. Sydelle agarró su mano y la devolvió a su regazo.

—¡Ornish! —susurró.

—¿Cómo dices? —preguntó Rose.

—Ornish —repitió Sydelle—. Estamos haciendo la dieta de plantas de Dean Ornish. —Volvió a mirar de reojo, esta vez hacia las piernas de Rose—. Podrías probarla.

«Esto es el infierno —pensó Rose con tristeza—. El infierno es un partido de los Eagles, donde en las gradas siempre te hielas, el equipo siempre pierde y mi familia está como una cabra.»

Su padre le dio un golpecito en el hombro y abrió el billetero.

—¿Vas a buscar chocolate caliente? —le ofreció.

Maggie se acercó.

—¿Vas a darme dinero a mí también? —preguntó. Después escudriñó el billetero—. ¿Quién es éste?

—¡Oh! —exclamó su padre visiblemente ruborizado—. Es un artículo que he recortado para dárselo a Rose...

—Papá —dijo Rose—. Éste es Lou Dobbs.

—Ya lo sé —repuso su padre.

—¿Llevas en la cartera una foto de Lou Dobbs?

—No es una foto —se defendió Michael Feller—, es un artículo sobre la preparación de la jubilación. Está muy bien.

—¿Y llevas fotos de nosotras? —inquirió Maggie cogiendo el billetero—. ¿O sólo de Lou Lo-que-sea? —Ojeó las fotografías. Rose también echó un vistazo. Había fotos de la escuela de Maggie y ella de cuando estaban en sexto y cuarto respectivamente. Una foto de Michael y Caroline el día de su boda, una inocente imagen de Caroline en la que se apartaba el velo de la frente, desplazando el labio inferior hacia delante y soplando, y de Michael, que la miraba. Rose reparó en que no había ninguna foto de Michael y Sydelle. Se preguntó si Sydelle lo sabría. A juzgar por su gélida expresión, por la forma en que miraba con fijeza al frente con sus diminutos ojos, Rose dedujo que la respuesta era afirmativa.

—¡Vamos, nenas! —le gritó a Rose al oído el tipo de la fila de atrás y después eructó. Rose se levantó y se dirigió hacia el ruidoso bar, azotado por el viento, donde se compró un vaso de aguado chocolate caliente y un perrito caliente dentro de un blandengue pan blanco que devoró en cuatro mordiscos gigantes. Después se apoyó en la barandilla, limpiando los restos del manjar de la bufanda y contando los minutos que faltaban para las ocho en punto, hora en la que se reuniría con Jim para cenar. «¡Paciencia!», dijo para sí. Compró tres vasos más de chocolate caliente y los llevó con cuidado hasta las gradas.

12

—¿Señora Lefkowitz? —Ella golpeó la puerta de aluminio con fuerza mientras sostenía con la cadera una bandeja de comida—. ¿Hola?

—¡Váyase al infierno! —balbució una voz desde el interior. Ella suspiró y siguió llamando.

—¡Es la hora de comer! —indicó lo más animada posible.

—¡Lárguese! —chilló la señora Lefkowitz. La señora Lefkowitz había sufrido un derrame cerebral y, por desgracia, su recuperación había coincidido con la semana en que Golden Acres había tenido el canal HBO gratis, que incluía un especial de las comedias de Margaret Cho. Desde entonces la señora Lefkowitz había llamado a Ella «Bruja», riéndose ruidosamente cada vez que lo decía.

—Traigo sopa —gritó Ella.

Al otro lado de la puerta hubo silencio.

—¿Crema de champiñones? —preguntó esperanzada la señora Lefkowitz.

—De guisantes —confesó Ella.

Otra pausa y luego la puerta se abrió de golpe, y ahí estaba la señora Lefkowitz, de metro cincuenta de estatura y pelo blanco enredado y desarreglado. Llevaba una sudadera rosa con pantalones a juego y unos patucos rosa y blanco, la clase de conjunto que uno le regalaría a un recién nacido, pensó Ella tratando de no sonreír mientras su última clienta del día del Comedor Móvil la miraba furiosa.

—No soporto la crema de guisantes —dijo la señora Lefkowitz. El lado izquierdo de su boca se inclinó ligeramente; tenía el brazo izquierdo doblado en un extraño ángulo y pegado a su cuerpo. Miró a Ella expectante—. ¿Tal vez usted podría hacerme crema de champiñones?

—¿Tiene champiñones? —inquirió Ella.

—¡Sí, claro! —contestó la señora Lefkowitz, que caminó hasta la cocina arrastrando los pies, su diminuta silueta nadando entre tanto punto rosa. Ella la siguió y dejó la bandeja encima de la mesa de la cocina—. Siento haberle gritado. Pensé que era otra persona.

¿Quién?, quiso preguntarle Ella. Por lo que sabía, era la única persona que veía a la señora Lefkowitz, aparte de sus médicos, y de la enfermera que iba a cuidarla a su casa tres veces a la semana.

—Mi hijo —declaró la señora Lefkowitz. Se volvió a Ella con una lata de Campbell's en la mano derecha.

—¿Y le dice usted a su hijo... —Ella era incapaz de repetirlo— que se... largue?

—Los jóvenes de hoy... —comentó con orgullo la señora Lefkowitz.

—A mí me parece que es bonito que venga a verla —dijo Ella, volcando la grisácea masa congelada en un cazo.

—Le dije que no viniera —espetó la señora Lefkowitz—, pero me dijo: «Mamá, has estado al borde de la muerte». Y yo le dije: «Tengo ochenta y siete años. ¿Al borde de qué te creías que estaba? ¿De inscribirme en el Club Med?»

—Pues está bien que venga.

—¡Tonterías! —exclamó la señora Lefkowitz—. Lo único que quiere es tomar el sol. Ahora no soy un estorbo —dijo con el labio que le caía temblando—. Adivine dónde está en este momento. En la playa. Probablemente viendo a las chicas en bikini y bebiendo una cerveza. ¡Ja! Se moría de ganas de largarse de aquí.

—Se tiene que estar bien en la playa —dijo Ella mientras revolvía la crema.

La señora Lefkowitz retiró una silla de la mesa, se sentó con cuidado y esperó a que Ella la acercara al borde de la mesa.

—Supongo que sí —repuso. Ella le puso el bol delante. La señora Lefkowitz hundió la cuchara y se la aproximó a los labios. Le temblaba la muñeca, y la mitad del contenido acabó encima de su sudadera—. ¡Mierda! —protestó, la voz apagada, trémula y derrotada.

—¿Tiene planes para cenar? —le preguntó Ella pasándole a la señora Lefkowitz una servilleta y vertiendo la crema en una taza grande.

—Le dije a mi hijo que cocinaría yo —respondió—. Pavo. Le gusta el pavo.

—Si quiere, puedo ayudarle —concedió Ella—. A lo mejor podríamos preparar una bandeja con un surtido de deliciosos sánwiches. Son fáciles de comer. —Se puso de pie mientras buscaba un bolígrafo y un trozo de papel para poder hacer una lista—. Podemos comprar pechugas, pavo y cecina... ensalada de col, y de patatas, si a su hijo le gusta...

La señora Lefkowitz sonrió con media boca.

—Solía comprarla con semillas de alcaravea, y cuando acabábamos de comer me encontraba un montoncito de semillas en un lado de su plato. Nunca se quejaba... las sacaba una a una y las apartaba.

—A mi hija le pasaba lo mismo con las pasas. Siempre las sacaba —contó Ella. La señora Lefkowitz la miró fijamente. La voz de Ella se desvaneció.

La señora Lefkowitz se llevó una cucharada de sopa a la boca como si no hubiese percibido el silencio de Ella.

—¿Así que nos vamos de compras? —le preguntó.

—¡Claro que sí! —contestó Ella, inclinándose para poner los platos en el lavavajillas, de espaldas a la señora Lefkowitz. Esta noche Lewis iría a recogerla. Se iban al cine. ¿Cuánto faltaría para que empezara a hacerle preguntas? «¿Tienes hijos? ¿Y nietos? ¿Dónde están? ¿Qué pasó? ¿No los ves? ¿Por qué no?»—. ¡Claro que sí!

13

—¡Por fin has vuelto! —exclamó Maggie.

Rose entró en el piso con sigilo. Había tenido un día horrible. Había estado trece horas trabajando, la puerta del despacho de Jim no se había abierto en toda la jornada, y no estaba de humor para las tonterías de Maggie.

Todas las luces del pequeño salón del piso estaban encendidas, olía como si algo se estuviese quemando en la cocina, y Maggie, vestida con unos arrugados pantalones cortos de pijama rojos y una camiseta en la que ponía «GATITA SEXY» con letras plateadas, estaba sentada en el sofá haciendo *zapping*. En el centro de la mesa había un bol de requemadas palomitas de maíz hechas en el microondas junto a un tazón de maíz congelado recalentado, dos troncos de apio y un tarro de mantequilla de cacahuete. Esto, en el mundo de Maggie, pasaba por una comida equilibrada.

—¿Qué tal va la búsqueda de trabajo? —le preguntó Rose, mientras colgaba su abrigo y se iba hacia el dormitorio, sobre cuya cama estaba volcado el contenido de su armario al completo—. ¿Qué es esto? ¿Qué ha pasado?

Maggie cayó pesadamente encima del montón de ropa.

—He decidio que había que arreglarte el armario.

Rose miró fijamente la confusión de blusas y chaquetas y pantalones, ahora tan desordenados como el equipaje de Maggie en el salón.

—¿Por qué haces esto? —repuso Rose—. ¡No toques mis cosas!

—Rose, intento ayudarte —se justificó Maggie, aparentemente ofendida—. He pensado que, con lo generosa que has sido conmigo, es lo mínimo que puedo hacer por ti. —Clavó la vista en el suelo—. Siento haberte hecho enfadar —se disculpó—. Sólo quería ayudarte.

Rose abrió la boca, pero volvió a cerrarla de nuevo. Esto formaba parte del don especial que tenía su hermana: justo cuando estabas a punto de matarla, de tirarla por la ventana o de pedirle que te devolviera el dinero, la ropa y los zapatos, te decía algo que te llegaba al corazón directo como una flecha.

—Está bien —murmuró—. Cuando acabes, ponlo todo en su sitio.

—Se supone que cada seis meses hay que revisar el armario entero —apuntó Maggie—. Lo he leído en *Vogue*. Y está claro que vas atrasada. He encontrado unos tejanos desgastados —añadió con un estremecimiento—. Pero no te preocupes. Los he tirado.

—Tendrías que habérselo dado a los pobres.

—Que uno sea pobre —declaró Maggie— no significa que tenga que llevar ropa anticuada. —Le acercó a su hermana el tazón con maíz—. ¿Quieres?

Rose cogió una cuchara y se sirvió.

—¿Y cómo sabes lo que me pongo y lo que no?

Maggie se encogió de hombros.

—Bueno, algunas cosas resultan obvias. Como esos pantalones de la talla cuarenta y dos de Ann Taylor.

Rose sabía cuáles eran. Los había comprado en rebajas y se había metido en ellos una vez hacía cuatro años después de una semana sin tomar nada más que café negro y las barritas adelgazantes Slim-Fast. Desde entonces habían estado colgados en su armario, como un reproche silencioso, un recordatorio de lo que podía lograr si se esforzaba y dejaba de comer patatas fritas, *pizza* y... en fin, casi todo lo que le gustaba.

—Quédatelos —le ofreció.

—Me van enormes, pero a lo mejor podría hacer que me los arreglaran —repuso Maggie dirigiendo otra vez su atención a la televisión.

—¿Cuándo lo guardarás todo? —quiso saber Rose, que se imaginó intentando dormir encima del desorden de ropa amontonada.

—¡Chsss! —exclamó Maggie, y levantó un dedo para señalar la pequeña pantalla, donde una placa de hierro sobre ruedas pintada de rojo amenazaba a un objeto azulado de cuyo centro salía una cuchilla rotatoria.

—¿Qué es esto?

—¡Una tele! —repuso Maggie mientras estiraba una pierna y la giraba hacia un lado y otro, inspeccionando su pantorrilla—. Es una caja con imágenes, y las imágenes cuentan historias estupendas.

Rose pensó en coger su monedero. «Mira, un talón —le diría, sujetando el objeto en cuestión lejos de las zarpas de su hermana—. Es dinero y se gana trabajando.» Maggie tomó un sorbo de la botella abierta de champán que tenía al lado. Rose abrió la boca para preguntarle de dónde la había sacado, pero entonces cayó en la cuenta de que era una botella que alguien le había dado cuando entró en el cuerpo de abogados y que desde entonces había estado descansando en un rincón de su nevera.

—¿Qué tal está el champán? —le preguntó.

Maggie tomó otro trago.

—Delicioso —contestó—. Y, ahora, presta atención. Mira y aprende. Este programa se llama *Robots de combate,* y estos chicos construyen robots...

—Bonito entretenimiento —comentó Rose, que siempre que podía intentaba alentar a Maggie a buscarse hombres decentes.

Maggie hizo un gesto de indiferencia con la mano.

—¡Son una verdadera pasada! Construyen los robots, los robots luchan entre sí y al ganador le dan... algo. No sé muy bien qué. Mira, mira, ése es mi favorito —dijo, señalando lo que parecía un camión de la basura en miniatura con una púa soldada en el centro—. Se llama Philiminator —añadió.

—¿Cómo? —se extrañó Rose.

—El tipo que lo hizo se llama Phil, por eso la máquina se llama así. —Efectivamente, la cámara se dirigió hacia un tipo pálido y larguirucho que llevaba una gorra de béisbol en la que ponía «Philiminator»—. Ha ganado tres asaltos —explicó Maggie mientras un segundo robot aparecía en escena. Éste era de color verde chillón y parecía un potente atrapapolvo. «Grendel», anunció el presentador.

—Vale —dijo Maggie—, tú vas con Grendel.

—¿Por qué? —inquirió Rose, pero el juego ya había empezado. Los dos robots comenzaron a perseguirse, moviéndose a toda velocidad por el suelo de cemento como pequeños perros rabiosos.

—¡Vamos, Philiminator! —gritó Maggie, que agitó la botella de champán con efusividad. Miró a su hermana.

—¡Eso es, Grendel! —exclamó Rose. El robot de Maggie se acercó como una bala. La púa que tenía en el centro subió y subió, y cayó como una guillotina, hiriendo de pleno a Grendel; Maggie palmoteó y siguió animando.

—¡Guau! ¡Casi! —chilló.

Los robots se movieron para volverse a quedar frente a frente.

—¡Vamos, Philiminator! ¡MACHÁCALO! —gritó Maggie.

Rose rompió a reír cuando una púa empezó a girar en una de las ruedas delanteras de Grendel.

—¡Oh, vigila que voy...!

Ahora Grendel se acercó a su contrincante. Philiminator levantó su púa y golpeó a Grendel en el centro.

—¡Sí! —se alegró Maggie.

Ahora los dos robots estaban bloqueados, unidos por las púas. Grendel giró a un lado y después al otro, pero no podía liberarse.

—Venga... Venga... —murmuró Rose. La rueda de Grendel dio vueltas, saltaban chispas del suelo. Philiminator levantó su púa para asestarle a Grendel un golpe mortal, pero éste huyó.

—¡VAMOS, GRENDEL! —gritó Rose poniéndose de pie—. ¡Sí, sí! —Maggie se enfurruñó mientras Grendel arremetía contra su contrincante, metiendo la púa por debajo del alto Philiminator y lanzándolo por los aires, de manera que cayó boca arriba.

—¡Nooo! —protestó Maggie mientras el robot de Rose atropellaba al suyo una y dos veces hasta que no quedó más que una amasijo de piezas rotas y aplastadas.

—¡Oh, sí! ¡OH, SÍ! —replicó Rose, que agitó un puño en el aire—. ¡Ahora empezamos a entendernos! —gritó, hablando como había oído que hablaban los tipos de la fila de atrás en los partidos de los Eagles después de un *touchdown* especialmente decisivo. Entonces se volvió hacia su hermana, convencida de que Maggie se estaría riendo de ella para mostrar con descaro lo patética que le resultaba su emoción. Pero Maggie no se reía. Maggie, con las mejillas sonrosadas, le sonreía con la mano extendida como diciendo «choca esos cinco», y se rió cuando le ofreció a su hermana la botella de champán. Rose titubeó, pero tomó un sorbo.

—¿Quieres que pidamos una *pizza*? —propuso Rose. Podía visualizar el resto de la noche: *pizza* en pijama y palomitas recién hechas, las dos juntas en el sofá debajo de una manta, viendo la tele.

Entonces sí que Maggie sonrió burlonamente... pero sólo un poco. Su voz fue casi amable:

—Ahora estás disfrutando realmente, ¿verdad? —le preguntó—. Deberías salir más.

—Salgo lo suficiente —repuso Rose—. Eres tú la que deberías estar más en casa.

—Paso mucho tiempo en casa —dijo Maggie, levantándose con garbo. Se fue hasta el dormitorio y volvió al cabo de unos minutos enfundada en unos tejanos desgastados, ceñidos y bajos de cintura, un top rojo que dejaba un hombro y un brazo completamente al descubierto, y las botas de *cowboy* con jalapeños de Rose. Las botas de *cowboy* rojas de piel labradas a mano que se había comprado un fin de semana en Nuevo México, adonde Rose había ido en cierta ocasión para asistir a un seminario que trataba sobre leyes de seguros—. No te importa, ¿verdad? —le preguntó Maggie mientras cogía el bolso y las llaves—. Las he visto en tu armario. ¡Parecían tan solas!

—¡Ya! —exclamó Rose. Miró fijamente a su hermana y se preguntó qué debía de sentirse al ir por la vida siendo tan delgada y tan guapa; cómo sería que los hombres la miraran a una con aprobación incondicional y la más absoluta de las lujurias—. Pásatelo bien.

—Siempre lo hago —repuso Maggie, y salió con paso decidido por la puerta, dejando a Rose con las palomitas, el champán sin efervescencia y el desorden de ropa esparcida por su cama. Ella devolvió la televisión a su habitual silencio y se dispuso a ordenar el desastre.

14

—¿En qué puedo ayudarla? —preguntó Ella. Era la tarde que dedicaba al rastrillo, donde pasaba unas cuantas horas agradables y casi sin interrupciones ordenando bolsas de ropa usada y poniendo etiquetas con precios a muebles y platos. Una mujer joven con unos ajustados pantalones de cuero de color naranja chillón y una camiseta manchada apareció por el pasillo decorado con guirnaldas en forma de piña, y cintas doradas y plateadas de cara a las fiestas.

—Sábanas —contestó la mujer, que se mordió el labio nerviosa. Ella pudo ver el leve remanente de un cardenal en la parte superior de una mejilla—. Busco sábanas.

—Pues hoy es su día de suerte —celebró Ella—. Da la casualidad de que ha llegado un envío de Bullock's. Los juegos no vienen completos, pero yo creo que están bien, aunque los colores son un poco... bueno, ahora lo podrá ver usted misma.

Se movió por la sala, andando enérgicamente con sus pantalones negros y una blusa blanca que llevaba una placa con su nombre prendida en la parte frontal.

—Aquí están —aseguró Ella, señalando las sábanas (unos doce paquetes en total, algunos para camas de matrimonio y otros para camas individuales). Eran de color turquesa y fucsia, pero estaban por estrenar—. ¿Cuántas necesita?

—Mmm..., dos individuales. —La mujer cogió los paquetes envueltos en plástico y les echó un vistazo—. ¿Las fundas de las almohadas van aparte?

—¡Oh, no! En absoluto —contestó Ella—. El juego entero son cinco dólares.

La mujer pareció aliviada, cogió dos fundas de almohada y anduvo hasta la caja registradora. Sacó del bolsillo un billete de cinco dólares y otros tres arrugados de un dólar. Cuando empezó a rebuscar monedas sueltas y a poner centavos meticulosamente en fila encima del mostrador, Ella introdujo las sábanas en una bolsa.

—Así está bien —dijo.

La mujer alzó la vista y la miró.

—¿Seguro?

—Sí, seguro —repitió Ella—. Cuídese y vuelva... No paran de llegarnos cosas nuevas.

La mujer sonrió —educadamente, pensó Ella— y se fue, golpeando con las chancletas la acera. Ella la observó de espaldas y deseó encontrar la manera de meterle unas cuantas toallas en la bolsa junto con las sábanas. Suspiró, y se sintió frustrada. Con Caroline le había pasado lo mismo: Ella siempre había querido hacer más, había querido solucionarle las cosas a su hija, estar encima de ella, con llamadas, con postales, con cartas, con dinero, ofreciéndole la promesa de vacaciones y viajes, diciéndole lo mismo de mil maneras distintas: «Déjame ayudarte». Pero Caroline no quiso que la ayudaran, porque aceptar ayuda equivalía a admitir que no podía hacer las cosas por sí misma. Por eso todo acabó como acabó.

La puerta se abrió y Lewis entró en el rastrillo con un montón de periódicos debajo del brazo.

—¡Has salido en la prensa! —exclamó. Ella esbozó una amplia sonrisa y echó un ligero vistazo a su poesía. «NO

SOY INVISIBLE», leyó. Invisible no, pensó con tristeza. Solamente condenada al fracaso.

Lewis la observaba atentamente.

—¿Todavía te apetece comer conmigo? —inquirió él, y después de que ella asintiera y cerrara la caja registradora, le ofreció su brazo. Salió al vaporoso ambiente, aún deseando haber hecho las cosas de otra forma. Deseando haber sido capaz de iniciar una conversación con esa mujer, de haberle preguntado quizá si necesitaba ayuda para después plantearse cómo hacerlo. Y, pensó, deseaba que Lewis no averiguara nunca qué clase de persona era en realidad. Nunca había hablado de sus hijos y, hasta ahora, él no le había preguntado... Pero pronto lo haría, algún día, y entonces ¿qué? ¿Qué le diría? ¿Qué podía decirle realmente, aparte de que hubo un tiempo en que fue madre, que ya no lo era y que la culpa había sido suya? Y él la miraría con fijeza, incapaz de entenderlo, y ella no podría explicarlo bien, aunque sabía que era verdad, que era la piedra que no podía tragarse, el río que no podía salvar. Era su culpa. No importaban sus esfuerzos por enmendarlo ni sus pequeños actos de bondad, lo arrastraría consigo hasta el día de su muerte.

15

—Tienes visita —anunció la secretaria de Rose. Rose levantó la vista del ordenador y vio a su hermana, espléndida con unos pantalones pirata de cuero negro, una torera tejana y las botas rojas de *cowboy*, entrando tranquilamente en su despacho.

—¡Buenas noticias! —exclamó Maggie con una sonrisa.

«Por favor, que tenga trabajo», suplicó Rose.

—¿Qué?

—¡He tenido una entrevista de trabajo! En este bar nuevo tan chulo que han abierto.

—¡Genial! —repuso Rose tratando de sonar tan entusiasmada como Maggie—. ¡Es estupendo! ¿Cuándo crees que te dirán algo?

—No estoy segura —contestó Maggie mientras sacaba y reordenaba libros y carpetas de la estantería de Rose—. Puede que después de las vacaciones.

—Pero ¿no es en vacaciones cuando se supone que los bares tienen más trabajo?

—¡Dios mío, Rose! ¡No lo sé! —Maggie cogió la pequeña réplica de plástico de Xena, la princesa guerrera (uno de los regalos de cumpleaños de Amy) y la puso boca abajo—. ¿Crees que podrías intentar alegrarte por mí?

—¡Por supuesto! —respondió Rose—. ¿Has hecho progresos guardando otra vez mi ropa en el armario? —Desde hacía algunas noches el montón de ropa había pasado de su cama al suelo, pero aún no había llegado al armario.

—He empezado a guardarla —dijo Maggie mientras se dejaba caer en la silla que había frente a la mesa de Rose—. ¡Ya lo haré! Tampoco es para tanto.

—No lo será para ti —protestó Rose.

—¿Y eso qué quiere decir?

Rose se puso de pie.

—Quiere decir que vives conmigo sin pagar alquiler, que no has encontrado trabajo...

—¡Ya te he dicho que he tenido una entrevista!

—Pues no tengo la sensación de que te estés esforzando mucho.

—¡Sí que me esfuerzo! —gritó Maggie—. Además, ¡y tú qué sabes!

—¡Chsss!

Maggie dio un portazo y miró indignada a su hermana.

—¡Sé que no puede ser tan difícil encontrar un trabajo! —comentó Rose—. ¡Está lleno de carteles en los que se solicitan empleados! En todas las tiendas, en todos los restaurantes...

—No quiero volver a trabajar en una tienda. Ni de camarera.

—Entonces, ¿qué quieres hacer? —quiso saber Rose—. ¿Sentarte como una princesita y esperar a que MTV te llame?

El rostro de Maggie se enrojeció como si le hubiesen dado una bofetada.

—¿Por qué eres tan cruel?

Rose se mordió los labios. Ya habían pasado antes por esto, bueno, Maggie había pasado por esto... con su padre, con novios bien intencionados, con algún que otro profesor o jefe preocupado. Distintos contrincantes, las mismas armas. Podía calcular el preciso instante en que Rose le pediría disculpas. Y un segundo antes de que Rose abriese la boca, en el momento en que empezaba a coger el aire con el que pronunciaría las palabras *lo siento,* Maggie volvió a hablar.

—Lo intento —dijo frotándose los ojos—. De verdad que lo intento. Para mí no es fácil, ¿sabes, Rose? No es tan fácil para todo el mundo como para ti.

—Lo sé —repuso Rose con suavidad—. Sé que te esfuerzas.

—Lo intento. Cada día —continuó Maggie—. No soy una gorrona. No me quedo sentada compadeciéndome. Salgo a buscar trabajo... cada... día. Soy consciente de que nunca seré abogada como tú... —Rose emitió un sonido de protesta. Maggie lloró un poco más fuerte—. Pero eso no significa que me quede quieta sin hacer nada. Lo intento, Rose, lo intento con todas mis fu-fu-fuerzas...

Rose cruzó la habitación para abrazarla. Maggie se apartó con brusquedad.

—Bueno —la tranquilizó Rose—, bueno, no te preocupes. Ya encontrarás trabajo...

—Siempre lo encuentro —dijo Maggie que pasó suavemente de una llorosa Renée Zellweger a una Sally Field poniendo a mal tiempo, buena cara. Se frotó los ojos, se sonó la nariz, enderezó la espalda y miró a su hermana.

—Lo siento. Lo siento mucho, muchísmo —se disculpó Rose, preguntándose, incluso mientras decía las palabras, por qué se disculpaba exactamente. Ya había pasado más de un mes. Maggie no mostraba indicios de irse. Su ropa y su neceser de tocador, los estuches de los discos compactos y los mecheros seguían esparcidos por todo el piso de Rose, que cada día parecía más pequeño, y la noche anterior Rose se había quemado un dedo tras meterlo en un cazo que pensaba que contenía caramelo, pero que resultó ser cera de Maggie para depilarse las cejas—. ¡Oye!, ¿has cenado ya? Podríamos salir y tal vez ir al cine...

Maggie se volvió a frotar los ojos y miró a su hermana con los ojos entornados.

—¿Sabes lo que deberíamos hacer? Salir, salir de verdad. Ir a un club o algo así.

—No sé —vaciló Rose—, en esos sitios siempre hay que hacer cola. Y están llenos de humo y ruido...

—Venga. Un día es un día. Te ayudaré a vestirte...

—¡Oh, estupendo! —repuso Rose a regañadientes—. Creo que el bufete ha organizado algo en uno de esos locales de Delaware Avenue.

—Ya, pero ¿qué? —inquirió Maggie.

Rose revolvió su correo hasta que dio con la invitación.

—«Un cóctel con motivo de las fiestas —leyó—. Canapés y juegos libres.» Podríamos ir.

—Será nuestra primera parada —anunció Maggie. Abrió la puerta y salió del despacho dando brincos—. ¡Vamos!

De vuelta en casa de Rose, Maggie sacó un jersey azul y una falda negra del montón de ropa que había junto a la cama.

—Vete a duchar —ordenó—. ¡Y no te olvides de hidratarte la piel!

Cuando Rose salió de la ducha, el *set* de maquillaje de Maggie estaba preparado y ya había alineado una fila de productos en la encimera del lavabo. Dos tipos de base de maquillaje, tres correctores distintos, media docena de sombras de ojos y colorete, brochas para las mejillas, pinceles para los ojos y la boca... Rose se sentó en la tapa del váter y los miró fijamente; se sentía mareada.

—¿De dónde ha salido todo este arsenal? —quiso saber.

—Pues de aquí y de allí —contestó Maggie sacando punta a un lápiz de ojos gris.

Rose examinó el *set* de nuevo.

—¿Y cuánto crees que te habrás gastado en total?

—Ni idea —respondió Maggie mientras extendía una leche limpiadora por las mejillas de su hermana con movimientos rápidos y seguros—. Pero costara lo que costara, ha valido la pena. ¡Tú espera!

Rose permaneció ahí sentada, quieta como un maniquí, durante los quince delicados minutos en que Maggie trabajó sus párpados. Empezó a inquietarse cuando Maggie mezcló las bases en el dorso de su mano, las aplicó con una esponja, retrocedió, observando, y luego se volvió a acercar para ponerle polvos y colorete con una brocha, y estaba muerta de aburrimiento cuando Maggie extrajo el rímel para dar volumen a las pestañas y el lápiz de labios, pero tuvo que reconocer que el resultado final fue... bueno, asombroso.

—¿Soy yo? —se extrañó Rose, mirándose con fijeza en el espejo, mirando los nuevos huecos que tenía debajo de los pómulos, y el aspecto velado y misterioso de sus ojos con esa cremosa sombra dorada que Maggie le había puesto.

—¿A que es genial? Te maquillaría todos los días —sugirió Maggie—. Pero antes tendrías que someterte a un buen tratamiento facial. *Necesitas* exfoliar la piel —comentó en el mismo tono en que alguien diría: «El edificio está en llamas. ¡Evacuen!» Cogió la falda negra y el top azul con una mano, y unas sandalias azules de tacón alto y tiras estrechas con la otra—. Ten, pruébate esto.

Rose se puso la falda y el escotado top retorciéndose. Las dos cosas eran más ajustadas que la ropa que normalmente llevaba, y el conjunto...

—No lo sé —objetó, obligándose a clavar la vista en su cuerpo sin que su cara la distrajera—. ¿No crees que voy un poco...? —Estuvo a punto de decir *hortera*. Con esos zapatos azules sus piernas parecían largas y elegantes, y su escote era realmente como el Gran Cañón. Maggie dio su aprobación.

—¡Estás impresionante! —le aseguró, y roció a su hermana con su preciado frasco de Coco. Al cabo de veinte minutos, Rose tenía el pelo recogido y los pendientes puestos, y salían por la puerta.

—Esta fiesta apesta —comentó Maggie sorbiendo su martini *rosso*.

Rose se estiró del top, aguzando los ojos para ver a la gente. Sin sus gafas no veía, pero, evidentemente, Maggie le había prohibido llevarlas. «¡Los tíos no se acercan a las chicas que llevan gafas!», le había advertido antes de pasarse cinco minutos dándole la lata a su hermana para que se sometiera de inmediato a los tratamientos con láser, como hacían las presentadoras de los informativos y las supermodelos.

Estaban en Dave and Buster's, un pretencioso salón recreativo para adultos ubicado a orillas del todo menos pintoresco río Delaware, donde el bufete, ciertamente, celebraba su Fiesta Semestral de Jóvenes Asociados. La placa de Rose, prendida cerca de su impresionante nuevo escote, rezaba: «SOY Rose Feller», y en paréntesis había añadido: «Derecho Procesal». En su placa original Maggie había puesto: «SOY bebedora», hasta que Rose se la había hecho quitar. Ahora ponía: «SOY Monique»; por lo que Rose había puesto los ojos en blanco, pero había concluido que no valía la pena discutir.

El lugar estaba atiborrado de abogados jóvenes, conectados a la red y tomando sorbos de cerveza microfermentada mientras contemplaban a Don Dommel y su protegido de rizos enseñar sus proezas en una empinada Rampa Virtual.

Junto a una de las paredes había un bufé; Rose divisó lo que parecía una bandeja con verduras y salsas, y una fuente de acero inoxidable con pequeños trozos fritos de algo, pero Maggie le impidió acercarse.

—¡Seamos sociables! —exclamó.

Ahora Maggie le dio un suave codazo a su hermana y señaló una silueta con forma de hombre, de pie junto a la mesa de futbolín.

—¿Quién es? —inquirió Maggie.

Rose aguzó la vista. Lo único que podía distinguir era el pelo rubio y unos hombros anchos.

—No estoy segura —contestó.

Maggie se sacudió el pelo. Ella, evidentemente, estaba impresionante. Llevaba unas sandalias rosas y unos pantalones de cuero negros, que Rose sabía con certeza que costaban doscientos dólares porque se había encontrado la factura en la encimera de la cocina, combinados con un brillante mini-top plateado con escote que dejaba su espalda al descubierto. Se había alisado el pelo —proceso en el que había invertido prácticamente una hora— y había adornado sus delgados brazos con un brazalete de plata de varios aros. Se había pintado los labios de color rosa pálido, se había puesto una gruesa capa de maquillaje, y había enmarcado sus ojos con un lápiz plateado. Parecía una visitante del futuro o, posiblemente, de un programa de televisión.

—Pues voy a hablar con él —anunció. Se pasó los dedos por el pelo, que colgaba tieso como una lustrosa cortina cobriza, le dedicó una mueca a Rose, le preguntó si tenía pintalabios en los dientes y se mezcló majestuosamente entre la gente. Rose se dio un último estirón a su top. Le dolían los pies, pero Maggie no había cedido en el tema de los zapatos.

—Para presumir hay que sufrir —había recitado, retrocediendo dos pasos y examinando a su hermana con detenimiento antes de preguntarse en voz alta si no tendría Rose unas medias reductoras que la estilizaran un poco.

Rose escudriñó la sala y vio a su hermana asaltar al ingenuo abogado mediante dos estrategias: la sacudida de pelo y el movimiento de las pulseras. Después se acercó tímidamente al bufé, le echó un vistazo, de refilón, sintiéndose culpable, y llenó un plato pequeño con salsa, galletas saladas, zanahorias mini, tacos de queso y una cucharada de eso que estaba frito y no sabía qué era. Encontró una mesa en una esquina, se sacó los zapatos sacudiendo los pies y empezó a comer.

Otra silueta con forma de hombre —éste era bajo, pálido y con pequeños rizos pelirrojos— se aproximó a ella.

—¿Rose Feller? —preguntó.

Rose tragó y asintió, leyendo la placa con su nombre.

—Simon Stein —se presentó el tipo—. Nos sentamos juntos en el curso de *coaching*.

—¡Ah...! —repuso Rose, que procuró asentir de tal modo que diera la impresión de que lo había reconocido.

—Te di café —añadió él.

—¡Ah..., sí! —recordó Rose—. ¡Me salvaste la vida! ¡Gracias!

Simon asintió con modestia.

—Tengo entendido que vamos a ser compañeros de viaje —comentó.

Rose lo miró fijamente. El único viaje que tenía pensado hacer era uno a la Escuela de Derecho de la Universidad de Chicago el lunes para captar personal. Solos ella y Jim.

—Voy en lugar de Jim Danvers —explicó Simon. A Rose se le cayó el alma a los pies.

—¡Oh! —exclamó.

—Tiene cosas que hacer y seguidamente me preguntó si quería ir.

—¡Oh! —repitió Rose.

—Escucha una cosa, ¿vives en el centro? Porque podría llevarte al aeropuerto.

—¡Oh! —dijo Rose por tercera vez, y añadió otra palabra para variar—: ¡Claro!

Simon se acercó a ella.

—¡Oye!, por casualidad no jugarás a sóftbol, ¿no?

Rose cabeceó. La única experiencia que había tenido con ese juego fue en la clase de gimnasia, en bachillerato, y tras seis semanas y docenas de intentos no consiguió batear ni siquiera una sola vez. La pelota le golpeó el pecho, y aquello de suave* no tuvo nada.

—Verás, es que tenemos un equipo. Movimiento Denegado —apuntó Simon como si no hubiera visto a Rose sacudiendo la cabeza—. Es mixto, pero no tenemos suficientes mujeres. Si no encontramos más, nos penalizarán.

—¡Cuánto lo siento! —se compadeció Rose.

—Es un juego fácil —insistió Simon. Rose se imaginó que seguramente sería especialista en Derecho Procesal. Los «procesalistas» tendían a ser muy tozudos—. Ejercicio sano, aire fresco...

—¿Tengo aspecto de necesitar que me dé el aire y de hacer ejercicio? —preguntó Rose, y se miró de arriba abajo con pesar—. No me contestes.

---

*Juego de palabras: el *softball* es una variante del béisbol. Se juega en un campo más pequeño, con una pelota *(ball)* más blanda *(soft)* y *soft* significa suave en inglés. *(N. de la T.)*

Simon Stein seguía en sus trece.

—Es divertido. Conocerás a un montón de gente.

Ella sacudió de nuevo la cabeza.

—De verdad, no insistas, porque soy un cero a la izquierda.

Una mujer se acercó y agarró a Simon por el brazo.

—Cariño, ¡ven a jugar a billar conmigo! —dijo con voz coqueta. Rose dio un respingo. Ésta era la chica a la que en secreto llamaba Noventa-y-cinco, porque 1995 era el año en que se había licenciado en Harvard, hecho que siempre se las ingeniaba para dejar caer en todas las conversaciones que Rose había mantenido con ella.

—Rose, te presento a Felice Russo —dijo Simon.

—En realidad, ya nos conocemos —repuso Rose. Felice alargó el brazo para alisarle a Simon el pelo, que, a juicio de Rose, no mejoraría por mucho que se lo alisara. Justo en ese momento apareció Maggie, sonrosada y con un cigarrillo encendido en la mano.

—Esta fiesta sigue apestando —observó, y miró a su alrededor—. Preséntame.

—Maggie, estos son Simon y Felice —dijo Rose—. Trabajamos juntos.

—¡Oh! —exclamó Maggie dando una gran calada—. ¡Genial!

—¡Me encanta tu pulsera! —comentó Felice, que señaló el brazalete de Maggie—. ¿Es indígena?

Maggie la miró con fijeza.

—¿Cómo? La compré en South Street.

—¡Oh! —replicó Felice—. Es que hay una pequeña boutique en Boston donde venden cosas de este estilo, y cuando estaba en la universidad me compré algunas piezas.

«Allá va», pensó Rose.

—Yo estuve una vez en Boston —explicó Maggie—. Tenía un amiga en Northeastern.

«Tres... dos... uno...»

—¿Ah, sí? —repuso Felice—. ¿En qué año fuiste? Porque yo estuve en Harvard...

Rose sonrió. ¿Eran imaginaciones suyas o Simon Stein también sonreía?

—¿Qué tal si nos sentamos? —propuso Simon, y los cuatro se trasladaron a una mesa de cóctel de patas alargadas. Felice seguía parloteando sobre cómo era Cambridge en invierno. Maggie se zampó su martini. Rose pensaba con anhelo en hacer otra escapada al bufé.

—Entonces, ¿pensarás en lo del sóftbol? —le preguntó Simon.

—Oh, mmm..., sí, claro —dijo Rose.

—Es muy divertido —insistió él.

—¿A que sí? —intervino Felice—. En la universidad solía jugar a *squash*. La verdad es que no muchas universidades tienen *squash*, pero por suerte Harvard sí tenía.

Ahora no eran imaginaciones suyas; Simon Stein estaba definitivamente boquiabierto.

—También salimos de juerga —apuntó Simon.

—¿En serio? —preguntó Rose educadamente—. ¿Adónde vais?

Mientras Simon repasaba la lista de bares en los que Movimiento Denegado había estado, de algún modo Maggie y Felice habían acabado hablando de televisión.

—¡Oh, *Los Simpson*! ¡Me encantan *Los Simpson*! ¿Sabes el capítulo que va de la madre de Homer —inquirió Felice inclinándose hacia delante como si revelase un importante secreto—, en el que ella tiene un permiso de conducir falso?

—No —negó Simon.

—No —negó Rose.

—No me gustan los dibujos animados —añadió Maggie.

Felice hizo caso omiso.

—La dirección del carné de conducir era Bow Street 44, ¡que es donde actualmente se edita la famosa revista humorística *The Harvard Lampoon*!

Maggie miró fijamente a Felice durante unos instantes, después se acercó a su hermana.

—Me parece que Felice estudió en Harvard —dijo a media voz.

Simon se puso a toser y tomó un gran sorbo de su cerveza.

—Perdonad un momento —musitó Rose, propinándole una patada a Maggie y arrastrándola hacia la puerta—. Eso no ha estado bien —la reprendió Rose.

—¡Oh, vamos! —replicó Maggie—. ¡Ni que esa tía fuese la simpatía en persona!

—No, no lo es —comentó Rose—. Es repugnante.

—¡Repugnante! —gritó Maggie. Tiró de su hermana hacia la salida—. Venga, larguémonos de esta pocilga.

—¿Nos vamos a casa? —preguntó Rose esperanzada.

Maggie sacudió la cabeza.

—A un sitio mucho mejor.

Más tarde —mucho, mucho más tarde—, las dos hermanas se sentaron una frente a otra en la Casa Internacional de Crepes.

Habían ido a una discoteca. Luego a un *after*. Y luego, a menos que Rose se equivocara por completo o sufriera algún tipo de alucinación provocada por el vodka, habían cantado en un karaoke. Sacudió la cabeza para despejarse, pero el recuerdo seguía ahí: de pie, en la plataforma, descalza, con la multitud coreando su nombre mientras interpretaba, aullando y sin afinar del todo, *Midnight Train to Georgia* y Maggie hacía cabriolas detrás, su aportación personal.

—*He's leaving*... —probó Rose.

—¡Todos juntos! ¡Todos juntos! ¡Todos juntos! —había gritado Maggie.

«¡Dios mío!», dijo Rose para sí mientras se repantigaba en la silla. Entonces había ocurrido. «Se acabó el vodka», pensó con firmeza, y se mordió el labio, recordando cuál era el principal motivo por el que se había emborrachado de esta manera. Jim, que había cancelado su viaje a Chicago, dejándola con Simon Stein. «Te veo más involucrada en esto que a él», le había dicho Amy, y la evidencia ponía ciertamente de manifiesto que Amy tenía razón. ¿Qué había hecho mal? ¿Cómo podía recuperarlo?

—¿Estáis listas, chicas? —preguntó la camarera de aspecto aburrido, con el bolígrafo preparado para escribir en la libreta.

Rose repasó la carta con los dedos como si estuviera escrita en braille.

—Crepes —contestó Rose al fin.

—¿De qué tipo? —inquirió la camarera.

—Ella lo tomará de nata —decidió Maggie, quitándole a Rose la carta de las manos—. Y yo, lo mismo. Y querríamos dos zumos de naranja grandes y una jarra de café, por favor.

La camarera se alejó.

—¡No tenía ni idea de que cantabas! —comentó Maggie mientras a Rose le daba hipo.

—Yo no canto —protestó Rose—. Litigo.

Maggie metió cuatro azucarillos de Sweet'n Low en la taza de café que la camarera le había puesto delante.

—¿Ha sido divertido o no?

—Divertido —repitió Rose, que aún tenía hipo. El rímel y la máscara de pestañas que, cuidadosamente, Maggie le había puesto la noche anterior se habían corrido. Parecía un mapache—. Entonces, ¿qué vas a hacer? —inquirió.

—¿Con respecto a qué? —quiso saber Maggie.

—A tu vida —fue la respuesta de Rose.

Maggie frunció las cejas.

—Ahora recuerdo por qué nunca salimos juntas. Te has bebido medio bar y no se te ocurre otra cosa que un meticuloso plan para mejorarme.

—Sólo quiero ayudarte —objetó Rose—. Necesitas ponerte metas.

La camarera apareció y dejó los platos, y una jarrita de jarabe de arce caliente.

—Espera —le pidió Rose a la camarera. La miró con los ojos entornados, estaba piripi—. ¿Necesitáis contratar gente?

—Me parece que sí —contestó la camarera—. Os traeré una solicitud de empleo con la nota.

—¿No crees que estás demasiado preparada para trabajar aquí? —se extrañó Maggie—. No sé, has terminado los estudios, estás licenciada... ¿estás segura de que quieres servir crepes?

—No lo he preguntado para mí, sino para ti —aclaró Rose.

—¡Oh! ¿Quieres verme sirviendo crepes? —se ofendió Maggie.

—Lo que quiero es que hagas algo —puntualizó Rose, que gesticuló con exageración de beoda—. Quiero que te pagues la factura del teléfono. Y, por qué no, que me des algo de dinero para la comida.

—Pero ¡si no como nada! —exclamó Maggie, lo que no era del todo cierto. No comía mucho: una magdalena con pepitas de chocolate por aquí, un poco de leche y unos cuantos cereales por allí. Tampoco supondría una gran diferencia. Además, ¡como si Rose no pudiera pagarlo! Había visto sus extractos bancarios, ordenados por orden cronológico en una carpeta de papel de manila con una etiqueta en la que ponía «Extractos bancarios». Podía imaginarse a Rose deambulando por la cocina y tomando notas con un diario amarillo. «¡Una cena oriental de pollo magro! ¡Medio vaso de zumo de naranja! ¡Dos paquetes de palomitas para microondas! ¡Tres cucharaditas de sal!»

Maggie sintió que se ruborizaba.

—Ya te daré dinero —consintió, furiosa, recalcando cada sílaba.

—Pero si no tienes —repuso Rose.

—Pues lo conseguiré —insistió Maggie.

—¿Cuándo? —preguntó Rose—. ¿Cuándo ocurrirá el milagro?

—He hecho una entrevista.

—Y está muy bien, pero no es un trabajo.

—Que te jodan. Me largo —soltó Maggie, tirando su servilleta.

—Siéntate —ordenó Rose, cansada— y tómate el desayuno. Voy al lavabo.

Rose abandonó la mesa. Maggie se quedó sentada, pinchando la comida, pero sin comer nada. Cuando llegó la camarera con la solicitud de empleo, Maggie cogió un bolígrafo del bolso de su hermana, además de veinte dólares de su monedero, y rellenó la hoja con el nombre de Rose, marcando todas las posibles casillas de «tiempo disponible» y añadiendo «hago de todo» en la parte de observaciones. Después le entregó la solicitud a la camarera, vertió mermelada de mora en las crepes de su hermana, sabiendo que a Rose no le gustaban las salsas de colores, y salió del restaurante taconeando.

Cuando Rose volvió a la mesa, miró el desastre desconcertada.

—Tu amiga se ha marchado —comentó la camarera.

Rose sacudió lentamente la cabeza.

—No es mi amiga, es mi hermana —corrigió. Pagó la cuenta, se puso la chaqueta, resintiéndose de sus pies llagados, y salió por la puerta cojeando.

16

—No me pongas más —dijo Ella, y puso una mano sobre su copa de vino. Era su primera cena juntos, su primera cita nocturna oficial, a la que ella, finalmente, había accedido después de semanas de esfuerzos por parte de Lewis, y había convenido en tomar a medias una botella de vino; pero había sido un error. Hacía años —puede que unos diez— que no bebía y, como era de suponer, se le había subido directamente a la cabeza.

Lewis dejó la botella y se limpió la boca.

—Odio las vacaciones —declaró con la misma naturalidad que si le hubiera dicho que nunca le habían gustado las alcachofas.

—¿Qué? —preguntó ella.

—Las vacaciones —prosiguió él—, que no las soporto. Hace años que no las soporto.

—¿Por qué?

Lewis se sirvió medio vaso más de vino.

—Porque mi hijo no viene a verme —se limitó a decir—. Lo que me convierte en un vejestorio como los demás.

—¿No viene nunca? —preguntó Ella dubitativa—. ¿Estás... Hay...?

—Pasa las vacaciones con sus suegros —comentó Lewis, y por la forma en que titubeaba al hablar Ella intuyó que el tema era delicado—. Vienen a verme en febrero, cuando los niños tienen vacaciones en la escuela.

—Bueno, debe de ser agradable —apuntó Ella.

—Mucho —afirmó Lewis—. No hago más que mimarlos. Y me encanta que vengan, pero aun así las vacaciones no son muy agradables. —Se encogió levemente de hombros, como dando a entender que tampoco era una tragedia, pero Ella sabía que tenía que resultar difícil estar solo.

—¿Y qué me dices de ti? —preguntó Lewis, cosa que ella ya intuía que haría; porque, con lo agradable que era él y lo bien que congeniaban, no podía evitar esta pregunta eternamente—. Háblame de tu familia.

Ella trató de relajarse, recordándose a sí misma que no tenía que tensar los hombros o cerrar los puños. Sabía que esto llegaría. Era lo lógico.

—Pues, verás —empezó—, mi marido, Ira, era profesor de universidad. Estaba especializado en historia económica. Vivíamos en Michigan. Murió hace quince años. De un derrame cerebral. —En Acres esto era un resumen aceptable sobre un cónyuge fallecido: el nombre, el rango, cuánto tiempo hacía que había muerto y por qué motivo, aunque a grandes rasgos (por ejemplo, las mujeres no dudaban en susurrar «cáncer», pero no había manera de que la palabra «próstata» saliera de sus labios).

—¿Fue un buen matrimonio? —quiso saber Lewis—. Sé que no es de mi incumbencia... —Su voz se apagó y miró a Ella esperanzado.

—Lo fue... —dijo ella, jugueteando con el cuchillo de la mantequilla—. Supongo que era un matrimonio como los de antes. Él trabajaba y yo me ocupaba de la casa. Cocinaba, limpiaba, recibía en casa...

—¿Cómo era Ira? ¿Qué le gustaba hacer?

Lo curioso era que Ella apenas sí lo recordaba. Y lo que finalmente le vino a la mente fue la palabra *bastante*. Ira había sido bastante agradable, bastante listo, había ganado también bastante dinero y se había preocupado bastante de ella y de Caroline. Había sido un poco tacaño (austero decía él) y más que un poco vanidoso (Ella no podía sino estremecerse al recordar el peluquín que había guardado mucho más tiempo del admisible), pero en general había sido... bastante.

—Era agradable —contestó, sabiendo que, en el mejor de los casos, aquélla era una respuesta neutra—. Cuidó bien de nosotras —añadió, consciente de lo anticuado que sonaba eso—. Era un buen padre —concluyó, aunque no era del todo cierto. Ira, con sus libros de economía y su olor a polvo de tiza, se había sentido más que confuso ante Caroline (la guapa, frágil, extraña y furiosa Caroline, que en su primer día de guardería había insistido en ponerse su tutú, y a la edad de ocho años había anunciado que no contestaría a nadie que no se dirigiera a ella como Princesa Arce Magnolia). Ira se la llevó a pescar y a jugar a la pelota, y probablemente, en secreto, deseó que su único vástago hubiese sido un chico, o al menos una chica más normal.

—Entonces, ¿tienes hijos? —le preguntó Lewis.

Ella respiró profundamente.

—Tuve una hija, Caroline. Murió. —Ahora se había saltado el protocolo. Había dado un nombre y había dicho que se había muerto, pero nada más: ni a qué se dedicaba Caroline, ni cuándo había muerto ni por qué.

Lewis puso suavemente su mano encima de la de Ella.

—Lo siento —se lamentó—. No puedo ni imaginarme por lo que habrás tenido que pasar.

Ella no dijo nada, porque no había palabras para describirlo. Ser la madre de una hija muerta era peor que todo lo que decían los clichés. Era lo peor que había. Era tan terrible que sólo recordaba la muerte de Caroline con instantes e imágenes, que ni siquiera eran muchos, un puñado de recuerdos, cada uno más doloroso que el anterior. Recordaba el largo féretro de elegante caoba, frío y sólido al tacto. Podía ver los rostros de las hijas de Caroline, con vestidos de color azul marino, el pelo castaño oscuro recogido en colas de caballo idénticas, y cómo la mayor de ellas había cogido de la mano a la pequeña al acercarse al ataúd, y cómo la pequeña lloraba y la mayor no. «Dile adiós a mamá», recordó Ella que le había dicho la hermana mayor con su voz ronca, y la pequeña se limitó a sacudir la cabeza, y llorar. Se recordaba a sí misma ahí, de pie, sintiéndose completamente vacía, como si una mano gigante le hubiese arrancado todo lo que había en su interior —sus entrañas, su corazón—, dejándola igual por fuera, pero sin ser en absoluto la misma. Recordaba a Ira, que la guiaba por los sitios como si estuviese inválida o ciega, que la agarraba por el codo, ayudándola a subirse al coche, a bajar, a subir la escalera del tanatorio pasando por delante de Maggie y Rose. «Se han quedado sin madre», había pensado, y la idea la había golpeado como una bomba que estallara en su cerebro. Había perdido a su hija, lo que era terrible y una tragedia, pero esas niñas habían perdido a una madre. Y, con toda certeza, eso era peor.

—Tendríamos que irnos de aquí —le había dicho a Ira aquella noche, después de que éste la hubiese acomodado en la silla de su habitación del hotel—. Venderemos la casa y alquilaremos un piso...

Él se había quedado de pie junto a la cama, limpiándose las gafas con el extremo de la corbata, y la miró compasivamente.

—¿No crees que eso sería como cerrar la puerta del granero después de que el caballo haya salido?

—¿El granero? —había gritado ella—. ¿El caballo? ¡Ira, nuestra hija ha muerto! ¡Nuestras nietas se han quedado sin madre! ¡Tenemos que ayudar! ¡Tenemos que quedarnos aquí!

Él la había mirado con fijeza... y luego, con el único momento de presciencia que había visto en él en esos casi treinta años de matrimonio, había dicho:

—A lo mejor Michael no querrá tenernos por aquí.

—¿Ella? —preguntó Lewis.

Tragó saliva, recordando cómo había llovido la noche en que había recibido la llamada telefónica y cómo, días más tarde, de vuelta en casa, había desmontado el aparato: había desatornillado el auricular, sacado el cable en espiral que unía el auricular al teléfono en sí, arrancado el teclado, desatornillado la base y arrancado alambres y circuitos, rompiendo pieza a pieza el teléfono que le había dado tan horribles noticias, y luego había clavado la vista en él, jadeando, pensando irracionalmente: «Ya no puede hacerme daño, ya no puede hacerme daño». Podría explicarle cómo esto la había tranqulizado durante unos cinco minutos, hasta que se encontró a sí misma en el polvoriento escritorio del sótano de Ira, con su martillo en la mano, aplastando cada una de las piezas en mil brillantes fragmentos; y cómo había deseado aplastar sus propias manos como castigo por haberse creído lo que había querido creer: que Caroline le había dicho la verdad, que se tomaba la medicación, que todo iba bien.

Lewis la miraba:

—¿Estás bien?

Ella inspiró hondo.

—Sí, estoy bien —contestó con un hilo de voz— no te preocupes.

Lewis la observó, después se puso de pie y ayudó a Ella a levantarse. Cuando Ella se levantó, él colocó con suavidad una mano sobre su codo y la condujo hacia la puerta.

—Demos un paseo —sugirió.

17

Maggie Feller pasó la tarde del domingo en la fortaleza blanca de Sydelle, recopilando Información.

El teléfono irrumpió en su resaca, despertándola. «¡Rose, el teléfono!», se había quejado, sólo que Rose no contestaba. Y el monstruo de Sydelle siguió llamando hasta que, finalmente, Maggie descolgó y accedió a pasarse por ahí, y sacar las cosas de su habitación.

—Nos falta espacio —aseguró Sydelle.

«Eso no te lo crees ni tú —dijo Maggie para sí—. Tienes sitio de sobras.»

—¿Y dónde pretendes que lo meta todo? —preguntó Maggie en cambio.

Sydelle había suspirado. Era como si Maggie la estuviese viendo: sus finos labios apretados hasta adquirir el grosor de una hoja de papel, las aletas de la nariz infladas, mechones de su pelo recién teñido de color rubio ceniza que se movían tiesos mientras sacudía la cabeza.

—Pues puedes bajarlo al sótano —fue la respuesta de Sydelle, cuyo tono indicaba que esto había sido una concesión; algo semejante a si le hubiese dicho a su caprichosa hijastra que podía construir una montaña rusa en el jardín de casa.

—Eso es muy generoso por tu parte —comentó Maggie con sarcasmo—. Iré esta tarde.

—Estaremos en el taller de cocina macrobiótica —había dicho Sydelle. ¡Ni que Maggie lo hubiese preguntado! Se dio una ducha caliente, cogió sin permiso las llaves del coche de Rose y viajó a Nueva Jersey.

La casa estaba vacía, exceptuando al idiota de *Chanel*, el perro (al que Rose había apodado *Piérdete*), que para variar ladró como si ella fuese un ladrón, y luego intentó copular encaramado a su pierna. Maggie sacó al perro fuera y estuvo media hora trasladando cajas al sótano, con lo que le quedaba otra hora entera para Informarse.

Empezó con el escritorio de Sydelle, pero no encontró nada interesante: algunas facturas, un montón de papeles y sobres para cartas, una cartulina con fotos tamaño carné de Mi Marcia vestida de novia, y una foto enmarcada, veinte por veinticinco, de Jason y Alexander, los gemelos de Mi Marcia; de modo que se dirigió a un terreno de inspección más fructífero, el vestidor contiguo a la alcoba principal, que previamente ya le había proporcionado uno de sus trofeos estrella: un joyero de madera tallada. La caja había estado vacía, a excepción de un par de pendientes de aro, de oro, y una pulsera de estrechos eslabones de oro que cascabeleaban. ¿Serían de su madre? Tal vez, pensó Maggie. No podían ser de Sydelle, porque sabía dónde guardaba Sydelle sus cosas. Había considerado la idea de llevarse la pulsera, pero había decidido no hacerlo. Quizá su padre miraba esas cosas, y si no estaban, se daría cuenta, y a Maggie no le gustaba la imagen de su padre abriendo el joyero y encontrándoselo vacío.

Empezó por el primer estante. Había un montón de viejas devoluciones de impuestos atadas con una goma que cogió, ojeó y devolvió a su sitio. Los premios que ganó Mi Marcia cuando era animadora, los jerseys de Sydelle. Maggie se puso de puntillas, llegando a las filas de camisetas de verano de su padre y pasando las yemas de los dedos por la superficie del estante, hasta que éstas se detuvieron al tocar lo que parecía una caja de zapatos.

Maggie bajó la caja del estante; era rosa, estaba vieja y sus esquinas, peladas. Sacó el polvo de la tapa, sacó la caja del vestidor y se sentó en la cama. No era de Sydelle, porque Sydelle etiquetaba sus cajas de zapatos con una descripción de los zapatos que contenían (la mayoría de ellos carísimos y con punteras dolorosamente puntiagudas). Además, Sydelle tenía un 36 pequeño, y en esta caja, a juzgar por lo que decía la etiqueta, había habido unas zapatillas de ballet de Capezio, color rosa, del número 34, talla de niña. Era calzado infantil. Maggie abrió la caja.

Cartas. Estaba llena de cartas; había al menos dos docenas. En realidad, eran postales con sobres de colores, y la primera que sacó iba dirigida a ella, señorita Maggie Feller, a su antiguo piso, el apartamento de dos habitaciones donde habían vivido hasta que se trasladaron con su padre a casa de Sydelle. En el matasellos ponía 4 de agosto de 1980, por lo que había sido enviada justo alrededor de su octavo cumpleaños (que, si mal no recordaba, había sido un gran acontecimiento en la bolera del barrio, con *pizza* y helado posterior). Había un marbete en la esquina superior izquierda con las señas del remitente. Ponía que la postal era de alguien llamado Ella Hirsch.

Hirsch, pensó Maggie, notando cómo su pulso se aceleraba ante este posible misterio. Hirsch era el apellido de soltera de su madre.

Abrió el sobre por una esquina sin problemas; tras casi veinte años la goma se soltó con facilidad. Era una tarjeta de cumpleaños, una tarjeta para niños con un pastel de cumpleaños rosa recubierto con azúcar glas y velas amarillas en la parte de delante. «¡FELICIDADES!», ponía. Y, dentro, debajo de las palabras «¡QUE TENGAS UN FELIZ DIA!», leyó: «Querida Maggie, espero que estés bien. Te echo mucho de menos y me encantaría tener noticias tuyas». A continuación había un número de teléfono y una firma: «Tu abuela», con las palabras Ella Hirsch escritas debajo entre paréntesis. Y un billete de diez dólares, que Maggie se metió en el bolsillo.

«¡Qué raro!», pensó Maggie, que se puso de pie y se asomó por la ventana del dormitorio para examinar la calle por si había algún rastro del coche de Sydelle. Maggie sabía que tenía una abuela; tenía vagos recuerdos de haber estado sentada en el regazo de alguien, oliendo a perfume de flores y notando una mejilla suave contra la suya propia mientras su madre le hacía una foto. Recordaba vagamente a esa misma mujer, su abuela, en el funeral por su madre. Lo que había pasado con la fotografía no era ningún misterio: después de irse a vivir con Sydelle, cualquier objeto que hiciera referencia a su madre había desaparecido. Pero ¿qué habría sido de la abuela? Recordaba que hacía años, en su primer cumpleaños en Nueva Jersey, le había preguntado a su padre: «¿Dónde está la abuela Ella? ¿Me ha mandado algún regalo?» El rostro de su padre se había ensombrecido. «Lo siento —se había lamentado, o al menos eso es lo que Maggie entendió que había dicho—. No ha podido venir.» Y después, al año siguiente, recordó que hizo la misma pregunta y obtuvo una respuesta diferente. «La abuela Ella está en un hogar.»

«Bueno, como nosotros», repuso Maggie, sin entender dónde estaba el problema.

Pero Rose sí que lo había entendido. «No está en este tipo de hogar —explicó mirando a su padre, que asintió con la cabeza—. Está en un hogar para ancianos.» Y ahí se había acabado todo. Pero, aun así, estuviese o no en un geriátrico, su abuela les había mandado estas postales; de modo que ¿por qué Maggie y Rose no las recibieron nunca?

Se preguntó si las postales serían todas iguales y eligió otra del montón; ésta era de 1982 e iba dirigida a la señorita Rose Feller. Le deseaba a Rose un feliz *Janucá* y firmaba de la misma manera: «Te quiero, te echo de menos, espero que estés bien, con amor, tu abuela (Ella)». Y, de nuevo, un billete, ésta vez de veinte dólares, que se unieron a los diez del bolsillo de Maggie.

«Tu abuela. Ella», dijo Maggie para sí. ¿Qué había pasado? Su madre había fallecido y se había celebrado un funeral. Seguro que la abuela había estado allí. Después, al cabo de un mes de la muerte de su madre, se habían trasladado de Connecticut a Nueva Jersey, y por mucho que Maggie buscara en su memoria, no recordaba haberla vuelto a ver o a escuchar nunca más.

Todavía tenía los ojos cerrados cuando oyó que la verja del garaje se ponía en funcionamiento, seguido de unos portazos en el coche. Agregó la postal para Rose junto con el dinero que se había echado a su bolsillo y se puso de pie de un salto.

—¿Maggie? —gritó Sydelle, taconeando sobre el suelo de la cocina.

—Ya casi estoy —chilló Maggie. Volvió a poner la caja en el estante y bajó al piso de abajo, donde su padre y Sydelle descargaban bolsas de comida llenas de diversos brotes y semillas.

—Quédate a cenar —le ofreció su padre, dándole un beso en la mejilla mientras ella se enfundaba el abrigo—. Vamos a hacer... —Hizo una pausa y lanzó una mirada a una de las bolsas.

—Quinoa —intervino Sydelle, pronunciando la palabra con afectado acento latinoamericano.

—No, gracias —repuso Maggie, abrochándose despacio los botones y observando cómo su padre guardaba las provisiones. Costaba creer que antes hubiese sido guapo. Pero había visto fotos suyas de cuando era joven, antes de que sus entradas hubiesen llegado hasta el centro de la cabeza y su rostro se hubiese convertido en un montón de arrugas y resignación. Y, en algunas ocasiones, cuando estaba de espaldas o se movía de un modo determinado, reparaba en la forma de sus hombros y su cara, y veía a alguien que había sido lo bastante atractivo para que una mujer tan guapa como su madre lo quisiera. Quería preguntarle a su padre acerca de las postales, sólo que no delante de Sydelle, porque sabía que ésta se las arreglaría para, en vez de hablar de la misteriosa abuela, preguntarle, en primer lugar, qué hacía exactamente hurgando en su vestidor.

—¡Oye, papá! —empezó diciendo. Sydelle pasó como un rayo por su lado en dirección a la despensa con latas de la misma clase de sopa ultrasosa, sin conservantes ni colorantes, sin sal ni sabor que había encontrado en la cocina de Rose—. ¿Quieres comer conmigo algún día de esta semana?

—¡Pues claro! —respondió su padre en el mismo instante en que Sydelle preguntó:

—¿Qué tal va la búsqueda de empleo, Maggie?

—¡Fenomenal! —contestó ella enérgicamente. «Zorra», pensó.

Sydelle logró estirar los labios pintados de color coral y esbozar una falsa sonrisa de alegría.

—Me alegra oír eso —afirmó, y se puso de espaldas a Maggie antes de volver a la despensa—. Ya sabes que sólo queremos lo mejor para ti, Maggie, y que hemos estado preocupados...

Maggie cogió el bolso.

—Mmm... ¡Me tengo que ir! —anunció—. Tengo que hacer cosas y gente a la que ir a ver.

—¡Llámame! —le pidió su padre. Maggie hizo un breve y distraído gesto con la mano y se subió al coche de Rose, donde extrajo la postal y el dinero del bolsillo, y los examinó para asegurarse de que seguían ahí, que no se lo había inventado, que significaban lo que creía que significaban. Su abuela. Rose sabría qué hacer al respecto. Sin embargo, cuando Maggie llegó a casa, Rose estaba haciendo las maletas.

—Me voy al despacho para acabar un informe. Volveré tarde, y mañana me voy a primera hora. Tengo un viaje de trabajo —anunció con su estilo mandón y engreído, yendo de un lado a otro con sus trajes de chaqueta y su ordenador portátil. Bueno, cuando Rose volviese a casa, pensarían juntas y resolverían el Misterio de la Abuela Perdida.

18

El lunes por la mañana, Simon Stein apareció en el vestíbulo del edificio donde Rose tenía su apartamento, vestido con unos pantalones caqui y unos mocasines, un polo de Lewis, Dommel, and Fenick con el logo de la empresa pegado al pecho y una gorra de béisbol de Lewis, Dommel, and Fenick en la cabeza. Rose se apresuró a salir del ascensor y pasó ante él de largo.

—¡Eh! —exclamó Simon, que saludó con la mano.

—¡Oh! —repuso Rose, deslizando los dedos por su pelo húmedo—. Hola.

Había empezado el día con mal pie. Cuando se había agachado para coger tampones de debajo del lavabo, se había encontrado una caja vacía que únicamente contenía envoltorios de plástico y los restos, que tintineaban, de un solitario aplicador de tampón. «¡Maggie! —había gritado. Y Maggie, que estaba dormida, había rebuscado en su bolso y le había lanzado a Rose un tampón regular como premio de consolación—. ¿Dónde está mi caja de súpers?», había inquirido Rose. Maggie se había limitado a encogerse de hombros. Rose tendría que comprar más en el aeropuerto, eso suponiendo que pudiese librarse de Simon Stein el rato suficiente y...

—... muchísimo este viaje —decía Simon mientras cogía la autopista.

—¿Perdona?

—Decía que me apetece muchísimo este viaje —comentó—. ¿Y a ti?

—¡Oh! Sí, supongo que sí —afirmó Rose. En realidad, no le apetecía nada. Llevaba semanas soñando con estar mano a mano con Jim en una ciudad donde nadie los conociera, lejos de todos los compañeros de trabajo. Organizarían una cena romántica en algún sitio... o quizá simplemente cenarían en la habitación. No saldrían. Recuperarían el tiempo perdido. Y, sin embargo, ahí estaba atascada con Simon Stein, el Niño Prodigio.

—¿Crees que nos han elegido a nosotros porque somos un buen ejemplo de lo que es un asociado joven, o porque querían deshacerse de nosotros? —preguntó ella.

—¡Oh! —contestó Simon, metiendo el coche en el aparcamiento de larga estancia—. A mí me han elegido porque soy un buen ejemplo, pero a ti sólo para perderte de vista.

—¿Qué?

—Era una broma —le aclaró él y le dedicó una sonrisa pícara. «Repugnante», pensó Rose. Los hombres no deberían parecer pícaros.

Llegaron a la puerta de embarque cuarenta y cinco minutos antes de embarcar. «Perfecto», dijo Rose para sí, y dejó sus cosas en una silla.

—¡Oye, voy un momento al quiosco! —anunció, y le alivió que Simon asintiera y abriera un ejemplar de la revista de deportes *ESPN: The Magazine*. Sabía que era ridículo, pero nunca había sido una de esas mujeres que en el supermercado pudiese, simplemente, tirar una caja de Kotex Super Plus encima de la lechuga y las pechugas de pavo, y quedarse de pie, impávida, mientras un adolescente pasaba sus productos por el lector. La verdad es que no. Tenía que comprar los tampones en la misma cadena de tiendas CVS, y merodeaba por los pasillos hasta estar segura de que no tenía que hacer cola y de que la cajera era mujer. Sabía que no era para tanto (además, Amy y Maggie ya se lo habían dicho), pero por alguna razón le daba vergüenza comprar tampones. A lo mejor era porque cuando tuvo la menstruación por primera vez su padre había alucinado tanto que la había dejado tres horas dentro del cuarto de baño, sangrando sobre papel de váter doblado, hasta que Sydelle volvió de su clase de jazz con una caja de compresas. Recordaba que Maggie había esperado paciente al otro lado de la puerta, sonsacándole información a Rose.

—¿Qué está pasando ahí dentro? —le había preguntado.

—Que ya soy mujer —había contestado Rose, sentada en el borde la bañera—. ¡Mira por dónde!

—¡Oh! —había exclamado Maggie—. Pues felicidades. —Y Rose recordaba que Maggie había intentado pasarle la revista *People* por debajo de la puerta y, además, había hecho un pastel con una gruesa capa de chocolate por encima, donde había escrito «Felizidades Rose». Lo cierto es que su padre había quedado demasiado afectado para probar bocado, y Sydelle había emitido desagradables gruñidos acerca de las calorías y la falta de ortografía, pero había sido bonito.

Ya en el avión, metió la bolsa en el compartimento superior, se abrochó el cinturón y miró por la ventanilla mientras mordisqueaba su surtido de frutos secos e intentaba ignorar el rugido de sus tripas, pensando que si no hubiese estado tan ocupada tratando de redactar su informe para dejar a Jim lo más patidifuso posible, o yendo de aquí para allá jugando a adivina-qué-te-ha-cogido-Maggie-ahora, habría tenido tiempo para comprarse una rosca de pan. Simon, entretanto, había alargado el brazo por debajo del asiento y había sacado una bolsita de nailon en forma de caja. Abrió la cremallera con solemnidad.

—Toma —le ofreció.

Rose miró a su izquierda y vio a Simon con un panecillo de semillas.

—Tiene nueve tipos de granos —comentó—. Es de Le Bus. El mío tiene once.

—¿Por si acaso nueve no son suficientes? —inquirió Rose. Miró a Simon con curiosidad, después aceptó el panecillo, que todavía estaba caliente y, a decir verdad, delicioso. Al cabo de un minuto, Simon le dio un toque en el brazo para ofrecerle un trozo de queso.

—Pero ¿esto qué es? —preguntó Rose finalmente—. ¿Te hace tu madre la comida o qué?

Simon sacudió la cabeza.

—Las comidas de mi madre no tenían nada que ver con esto. A mi madre no le gusta madrugar; así que cada mañana, a ver cómo te lo explico, bajaba tambaleándose por la escalera...

—¿Tambaleándose? —se extrañó Rose, que se preparó para manifestar la compasión oportuna, si Simon empezaba a contarle alguna historia triste sobre los problemas de su madre con la bebida.

—La verdad es que no es garbosa ni en la mejor de las situaciones, pero menos aún cuando está medio dormida; de modo que bajaba por la escalera tambaleándose, cogía el paquete de pan de molde blanco de tamaño económico, cualquier embutido que hubiese encontrado a buen precio y una tarrina de margarina de dos kilos y medio. —Rose podía casi visualizar a su madre con un guiñapo de camisón y descalza, de pie delante de la encimera de la cocina, llevando a cabo tan detestable ritual—. Depositaba con fuerza una rebanada de pan sobre la encimera y después lo untaba con margarina, o lo intentaba, porque la margarina estaba fría y normalmente no era fácil de untar, y el pan se rompía; así que tenía los bocadillos con pegotes de margarina y las lonchas de embutido que les metía dentro. —Simon representó el movimiento de meter el embutido—. Ponía encima la otra rebanada de pan e introducía el sándwich en una bolsita, que luego metía dentro de una bolsa de papel marrón con alguna pieza de fruta estropeada y un puñado de cacahuetes con cáscara. Y ésa era mi comida. Eso —concluyó mientras sacaba de su bolsa un bizcocho pequeño de chocolate y nueces, y le ofrecía a Rose la mitad— explica que yo sea como soy.

—¿Qué quieres decir?

—Que cuando creces en una familia en la que a nadie le preocupa la alimentación, o acabas despreocupándote tú también, o probablemente te preocupas demasiado. —Se dio unas suaves palmaditas en la barriga—. Adivina por cuál de las dos opciones me decanté yo. Y tus comidas de la escuela, ¿cómo eran?

—Depende —respondió Rose.

—¿De qué?

Rose se mordió el labio. Para ella había tres tipos de comidas escolares. Las comidas estrella de su madre eran magníficas: sándwiches con las cortezas impecablemente cortadas, las zanahorias peladas y cortadas en bastoncillos de idéntico tamaño, la manzana lavada, una servilleta de papel doblada en el fondo de la bolsa, que en algunas ocasiones contenía cincuenta centavos para un helado y una nota que decía: «Disfruta por mí». Después estaban las comidas regulares. El pan tenía cortezas. Las zanahorias no estaban peladas; un día su madre le había puesto una zanahoria entera en la fiambrera, todavía con las hojas verdes en el extremo. Se olvidaba de las servilletas, del dinero para el batido y a veces hasta del sándwich. Rose recordaba que hubo una vez en que Maggie la sorprendió frente a su taquilla, desesperada. «Mira», le había dicho, enseñándole a Rose su fiambrera, que no contenía nada excepto, de forma inexplicable, el talonario de su madre. Rose había mirado en su fiambrera y se había encontrado un guante de piel arrugado.

—Llevábamos la comida, casi siempre —le contó Rose a Simon. Y era cierto. Su madre le había preparado las comidas durante dos años; algunas fueron buenas y otras no tanto, y luego vino la tercera categoría: diez años de *pizza* recocinada y carne misteriosa, y Sydelle que le ofrecía alimentos sin grasa y lechuga desmenuzada, que Rose solía rechazar.

Simon suspiró.

—Habría matado a alguien por comer caliente. Cambiando de tema —dijo, y se le iluminó la cara—, ¿crees que nos lo pasaremos bien?

—¿Recuerdas cómo eras en tu primer año de universidad? —inquirió Rose.

Simon reflexionó.

—Insufrible —fue su respuesta.

—Ya. Yo también. De manera que creo que podemos esperar casi con toda seguridad que la inmensa mayoría de estos chicos sean tan impresentables como lo éramos nosotros.

—Entiendo —apuntó Simon. Cogió su maletín y extrajo varias revistas—. ¿Quieres alguna?

Rose pensó en quedarse un ejemplar de *Cook's Illustrated*, pero eligió otra llamada *The Green Bag*.

—¿De qué va ésta?

—Es una divertida revista sobre abogacía —contestó Simon.

—¡Eso sí que tiene gracia! —exclamó Rose. Se volvió a la ventana, cerró los ojos esperando que Simon la dejara tranquila y se sintió aliviada cuando vio que así fue.

* * *

La primera aspirante miró sorprendida a Rose y a Simon, y repitió la última pregunta que éste le había hecho. «¿Mis objetivos?», preguntó. Era asquerosamente joven, tenía cara de niña, llevaba un traje de chaqueta negro, y miraba a Rose y a Simon intentando, probablemente, aparentar seguridad, aunque lo único que parecía era miope.

—Dentro de cinco años quiero estar donde estáis vosotros.

Sólo que con mayor protección femenina, dijo Rose para sí. Desde hacía diez minutos tenía la inequívoca sensación de que el tampón que se había puesto en el aeropuerto no cumplía su cometido.

—Explícanos por qué te interesa entrar en Lewis, Dommel, and Fenick —inquirió Simon.

—Bueno —empezó diciendo con seguridad—, estoy muy impresionada con el compromiso contraído por vuestra empresa con obras sociales...

Simon le lanzó una mirada a Rose y anotó un signo más en el papel que usaban para hacer una evaluación.

—... y me merecen mucho respeto unos socios que entienden que es necesario un equilibrio entre la vida laboral y la vida familiar...

Simon escribió el segundo signo más.

—Y —concluyó la joven— creo que me encantaría trabajar en Boston.

Rose y Simon se miraron; signo de interrogación. *¿Boston?*

La candidata los miró fijamente, insegura.

—¡Se pueden hacer tantas cosas allí! ¡Tiene tanta historia!

—Tienes razón —comentó Simon—, pero lo cierto es que estamos en Filadelfia.

La chica se quedó atónita.

—¡Oh! —exclamó.

—Pero Filadelfia también es una ciudad muy interesante —intervino Rose, pensando que eso era algo que ella también habría hecho como estudiante (hubiese programado tantas entrevistas que todas las empresas habrían acabado formando una indistinta gran familia feliz comprometida con causas *pro bono*).

—Háblanos de ti —le pidió Rose al chico pelirrojo que estaba sentado frente a ella.

Él suspiró.

—Bueno —dijo—, me casé el año pasado.

—Eso es fantástico —celebró Simon.

—Sí —afirmó el joven con amargura—, pero anoche mi mujer me dijo que me abandona por nuestro profesor de Derecho Penal.

—¡Dios mío! —murmuró Rose.

—«Me está ayudando a hacer el trabajo», me dijo. ¡Está bien!, no sospeché nada. ¿Habríais sospechado vosotros? —quiso saber, mirando a Simon y Rose con indignación.

—Mmm... —dudó Simon—. La verdad es que no estoy casado.

El estudiante de derecho se repanchingó.

—Mirad, tenéis mi currículum —les dijo—. Si estáis interesados, ya sabéis dónde encontrarme.

—Sí —susurró Simon mientras el joven abandonaba la sala y entraba la siguiente aspirante—, en los arbustos que hay delante de la casa del profesor, con los ojos fuera de las órbitas y un frasco de mayonesa en el que hacer pis.

* * *

—Empecé la carrera de derecho por asco —empezó a decir la morena de labios finos—. ¿Os acordáis del caso del McNugget caliente?

—No —contestó Rose.

—La verdad es que no —admitió Simon.

La alumna de derecho sacudió la cabeza y los miró fijamente con desdén.

—Una mujer va en coche por un McDonald's Auto y pide McNuggets. Le dan los McNuggets recién salidos de la freidora. Están calientes. La mujer le da un mordisco a uno, se quema el labio, demanda a McDonald's por no haberle informado de que los McNuggets quemaban peligrosamente y gana cientos de miles de dólares. Me dio asco. —Los miró a ambos indignada para recalcar su repugnancia—. Son este tipo de indemnizaciones las que producen el cáncer de litigaciones que infecta a Estados Unidos.

—Sí, mi tío tuvo eso —apuntó Simon apesadumbrado—, cáncer de litigaciones. De todos modos, no se puede hacer gran cosa.

La chica los miró indignada.

—¡Hablo en serio! —exclamó—. Los pleitos frívolos son un gran problema para la abogacía. —Simon asintió atentamente y Rose reprimió un bostezo mientras la joven se pasó un cuarto de hora proporcionándoles ejemplos pertinentes, casos, sentencias y notas a pie de página, hasta que de pronto se levantó y se alisó la falda.

—Que tengáis un buen día —deseó y desfiló hacia la puerta.

Rose y Simon se miraron, y se echaron a reír.

—¡Dios santo! —exclamó Rose.

—Creo que ya tenemos una ganadora —conjeturó Simon—. El McNugget caliente. La llamaremos así, ¿vale?

—No lo sé —dudó Rose—. ¿Y qué me dices del chico que escupía mientras hablaba? ¿O de miss Boston?

—Me moría de ganas de decirle que Boston no le gustaría, porque no es una ciudad muy universitaria, pero tampoco me parecía que fueran a gustarle los *golpecitos en la espalda* —comentó—. Y ahora siento que no he hecho del todo bien mi trabajo porque no le hemos preguntado a ninguno qué opinan de los deportes alternativos. —Cabeceó fingiendo desesperación—. No creo que podamos volver a Filadelfia.

—El chico de la ex mujer tenía aspecto de guardar una tabla de *snowboard* en el garaje.

—Sí —afirmó Simon—, justo al lado de la ballesta. ¿Y qué te ha parecido la rubia ésa?

Rose se mordió el labio. «La rubia ésa» había sido la antepenúltima aspirante. Notas mediocres y ninguna experiencia en absoluto, pero era espectacular.

—Creo que a algunos de los socios les habría encantado —espetó Simon. Entonces Rose dio un respingo. ¿Se refería a Jim?—. Sea como sea —dijo Simon metiendo sus papeles, cómo no, en una carpeta de Lewis, Dommel, and Fenick—, ¿qué te apetece cenar?

—Servicio de habitaciones —contestó Rose, y se puso de pie.

Simon parecía desanimado.

—¡Oh, no, no! ¡Tenemos que salir a cenar a algún sitio! ¡Chicago tiene restaurantes muy buenos!

Rose trató de mirarlo con amabilidad.

—Estoy realmente cansada —confesó, y era verdad. Además, tenía calambres en la barriga. Y quería estar en la habitación del hotel por Jim, que, en lugar de su presencia, le había ofrecido una llamada de teléfono como premio de consolación. ¿Era difícil el sexo por teléfono?, se preguntó. ¿Podría practicarlo sin sonar como uno de esos cutres anuncios que daban de madrugada en el canal satélite o, en su defecto, sin que diera la impresión de que estaba leyendo las declaraciones del caso Clinton/Lewinsky?

—Tú te lo pierdes —dijo Simon. Se despidió con la mano, introdujo la carpeta en una bolsa de tela de Lewis, Dommel, and Fenick (un hombre adulto, pensó Rose, no debería llevar esa clase de bolsas) y se fue mientras Rose volaba hacia la habitación del hotel, hacia el teléfono y hacia Jim.

19

Maggie hizo una apuesta consigo misma a que sería capaz de encontrar un empleo antes de que Rose regresara de Chicago. Se imaginaba que, si tenía trabajo, su hermana estaría contenta con ella y dispuesta a involucrarse en el Caso de la Abuela Perdida. De modo que dejó de servir en el bar y salió a la calle con su montón de currículums. Ese mismo día consiguió un trabajo en Pata Elegante, una refinada peluquería para mascotas que estaba volviendo la esquina de la calle de Rose, en una manzana que presumía de tener dos *bistrots* franceses, una taberna, una boutique de ropa de mujer y una perfumería llamada Besos y Maquillaje.

—¿Te gustan los perros? —le preguntó Bea, la dueña, que llevaba una bata y fumaba un Marlboro sin filtro mientras le secaba a un shih tzu el pelo con un secador.

—Me encantan —había contestado Maggie.

—Y veo que te gusta arreglarte —comentó Bea, reparando en los ajustados tejanos de Maggie y en su todavía más ceñido jersey—. Lo harás muy bien. Tienes que lavar a los perros, cortarles las uñas y el bigote, acondicionarles el pelo y secarlos. Te pagaré ocho dólares por hora —añadió, cogiendo al shih tzu por la cola y el collar, y metiéndolo en un transportín.

—De acuerdo —aceptó Maggie.

Bea le pasó una bata y un frasco de champú Johnson's baby, y asintió en dirección a un pequeño y sucio perro de lanas.

—¿Has oído hablar de las glándulas anales?

Maggie la miró fijamente, deseando no haber oído lo que había oído.

—¿Cómo dices?

Bea sonrió.

—Las glándulas anales —repitió—. Ahora te lo enseñaré. —Maggie había observado, asqueada, mientras Bea le levantaba la cola al perro—. ¿Ves esto? —Señaló la zona pertinente—. Pues hay que apretar. —Hizo una demostración. El olor era nauseabundo. A Maggie le entraron ganas de vomitar. Hasta el animal parecía avergonzado.

—¿Tengo que hacérselo a todos los perros? —había preguntado.

—Sólo a los que lo necesiten —afirmó Bea, como si eso lo aclarase todo.

—¿Y cómo sé cuándo lo necesitan? —insistió Maggie.

Bea se rió.

—Cuando veas que las glándulas están hinchadas —respondió. Maggie se estremeció, pero tragó saliva y se acercó vacilante a su primer perro, que parecía tan receloso de toda la operación como ella.

Al cabo de ocho horas, Maggie había lavado a dieciséis perros y tenía dieciséis tipos de pelo diferente pegados al jersey.

—Buen trabajo —la felicitó Bea, asintiendo en señal de aprobación mientras ataba un vistoso pañuelo con dibujos de bastoncitos de rayas rojas y blancas alrededor del collar de un sheltie—. La próxima vez ponte unos zapatos más adecuados. Sin tacón, o bien unas zapatillas deportivas. ¿Tienes zapatos de ese tipo?

Pues no tenía, pero Rose sí. Maggie salió a la calle cansada, e introdujo sus estropeadas manos en los bolsillos, contenta al menos de tener la casa para ella sola esa noche. Podría hacerse un bol de palomitas y beber algo sin que su hermana protestara porque la música estaba demasiado alta o llevaba demasiado perfume, y sin que le hiciera molestas preguntas acerca de adónde iba y cuándo volvería.

Echó un vistazo al sitio en el que había aparcado el coche de Rose... espacio que en ese momento sólo ocupaban un charco helado y unas cuantas hojas muertas.

«Está bien, tal vez no fuera éste el sitio exacto», dijo Maggie para sí, procurando tranquilizarse, pese a que el corazón le latía como un martillo. Pine Street. Seguro que había aparcado en Pine Street. Anduvo hasta la señal de stop que había a la altura de uno de los *bistrots*, cruzó hasta la otra esquina, recorrió la acera de enfrente, pasó de largo la taberna y Besos y Maquillaje, que por las noches cerraban, y fue de farola en farola, pasando de la luz a la más absoluta oscuridad, y el coche seguía sin aparecer.

Caminó hasta la esquina y volvió sobre sus pasos, bajo las farolas de la calle, decoradas con navideñas guirnaldas doradas, y sintiendo cómo el aire helado le mordía la nuca. Había aparcado en Pine Street, estaba convencida... Sólo que, ¿y si estaba equivocada? Maggie se dio cuenta de que tendría follón con Rose; se imaginó a su hermana llegando a casa desde Chicago y enterándose de que su coche había desaparecido. La echaría a patadas a la calle y la enviaría de vuelta a casa de Sydelle antes de que pudiera siquiera empezar a explicarse. ¿Acaso no era así como había funcionado siempre su vida? Un paso hacia delante y dos hacia atrás. Conseguía ir a una audición de MTV y fallaba en la lectura del teleprompter. Conseguía un empleo y acto seguido le robaban el coche. Metía un pie por una puerta y ésta se cerraba y le aplastaba los dedos. «¡Joder! —pensó, dando vueltas en círculo—. ¡Joder, joder, joder!»

—¿También se han llevado el tuyo? —Un hombre con chaqueta de piel caminaba en dirección a ella. Señaló con el dedo el cartel que a Maggie le había pasado desapercibido hasta entonces—. Están limpiando las calles —anunció, cabeceando—. No solían poner más que multas, pero nadie hacía caso, así que la semana pasada empezaron a llevarse vehículos.

Mierda.

—¿Y adónde se llevan los coches?

—Al depósito —contestó encogiéndose de hombros—. Te llevaría en mi coche, pero... —Y miró hacia el hueco donde, presumiblemente, había estado su coche aparcado con una expresión tan triste que Maggie no pudo por menos de reírse—. ¿Por qué no vienes conmigo? —sugirió. Ella lo miró, tratando de distinguir sus facciones, pero estaba oscuro y él llevaba puesta la capucha de la chaqueta—. Voy a tomar una cerveza mientras espero a mi colega y luego él nos acompañará. ¿Llevas el talonario encima?

—Mmm... —titubeó Maggie—. ¿Aceptan tarjetas de crédito?

El tipo se encogió de hombros.

—Lo sabremos cuando lleguemos —contestó.

El chico se llamaba Grant, y Tim era su colega, y la cerveza se convirtió en tres, más un café irlandés que Maggie sorbió lentamente al mismo tiempo que movía los hombros al compás de la música e intentaba no consultar la hora mientras hacía los movimientos necesarios. «Cruza las piernas, lámete los labios, enróllate un rizo de pelo con el dedo. Tienes que parecer fascinada, pero un poco misteriosa. Levanta la vista parpadeando, como si el tipo fuese el hombre más interesante que hubieras conocido jamás, como si lo que dice fuese lo más increíble que has oído en tu vida. Pon morritos como las modelos en un anuncio de pantys o de sostenes con refuerzo. Juguetea con la pajita. Míralos fijamente y luego aparta la vista con timidez.» Maggie podía hacerlo hasta dormida; cosa de la que, naturalmente, los tíos no tenían ni idea. Nunca se enteraban.

—¡Oye, Monique!, ¿te gustaría venir con nosotros a una fiesta cuando hayamos recuperado los coches?

Ella asintió sin pensarlo, se encogió levemente de hombros y volvió a cruzar las piernas. Grant puso una mano sobre su rodilla y la subió hacia el muslo.

—Eres tan dulce —le dijo. Ella se apoyó en él un segundo y se apartó de nuevo. Se acercó y luego se apartó.

—Vamos a buscar los coches primero y después ya veremos —dijo ella, sabiendo que en cuanto hubiese recogido el coche se iría directamente a casa. Estaba cansada y lo único que quería era recuperar el coche, darse una ducha y dejarse caer en la cómoda cama de su hermana.

Eran más de las diez cuando, por fin, se levantaron y se pusieron los abrigos. Grant le ofreció su brazo para sujetarse. Maggie soltó un leve suspiro de alivio y sonrió coqueta mientras consentía ser ayudada para bajar del taburete y subir a la camioneta de Tim. Cogieron la autopista, la dejaron, la volvieron a coger, estaban en algún punto del sur de Filadelfia, pensó Maggie. Le pareció ver el río Delaware centelleando en la oscuridad. Al fin, Tim giró hacia una larga carretera zigzagueante sin luces. Maggie sintió una fría punzada en el pecho mientras los hombres se reían y cantaban con la radio encendida, y se pasaban mutuamente la botella por encima de su cabeza. Las cosas podían ponerse feas, dijo Maggie para sí. ¿Dónde estaba? ¿Quiénes eran esos tipos? ¿Cómo podía haber sido tan tonta?

Trataba de idear un plan cuando Tim tomó bruscamente una curva a la derecha y traquetearon a lo largo de un solar lleno de coches, rodeado por una fantasmal cerca de estacas.

—Ya hemos llegado —anunció. Maggie escudriñó la oscuridad. Había coche tras coche tras coche... docenas de hileras de coches, chatarras calcinadas y lustrosos modelos nuevos, y ahí, justo enfrente, estaba el pequeño Honda plateado de Rose. Y, en el fondo, las imprecisas siluetas de unos perros guardianes (pastores alemanes, pensó Maggie), que se movían despacio de lado a lado de la cerca.

Tim abrió su puerta, masticando, a juzgar por el sonido, media caja de pastillas de menta para el aliento.

—La oficina está por ahí —dijo, señalando una caseta de ladrillos de escorias detrás de cuya ventana había luz—. Vosotros dos, ¿venís o no?

Maggie echó otro vistazo. La puerta de la cerca estaba abierta. Podía, simplemente, caminar hasta el coche, subir y salir por la puerta. Resbaló por el asiento de la camioneta hasta el suelo.

—Voy a buscar mi coche —advirtió.

—Ya, claro. Para eso te hemos traído hasta aquí —replicó Tim.

Maggie se mordió el labio. Lo cierto era que su permiso de conducir hacía seis meses que había caducado y su intención había sido renovarlo, pero siempre se olvidaba. Y, naturalmente, el coche estaba a nombre de Rose, no al suyo. Incluso aunque aceptaran la tarjeta de crédito, lo más probable era que no le dejaran llevarse el vehículo. Tendría que pensar en otra cosa.

Meneó las caderas y se enderezó con los pies en el suelo. Hacía tanto frío que le dolían las mejillas, tanto frío que tenía las aletas de la nariz congeladas y la piel de gallina. Y entonces empezó a andar como si caminara sobre brasas. Ni demasiado despacio ni demasiado deprisa.

—¡Eh! —exclamó Grant—. ¡Eh! —Notó, porque no lo vio, que él comenzaba a moverse y, de pronto, pudo visualizar a cámara lenta lo que estaba en su mente. Primero cogerían los coches, después volverían al bar, donde una copa se convertiría en tres, en cuatro o en cinco. Luego le dirían que no estaba en condiciones para conducir, que por qué no iba a su casa, se sentaba un rato y se tomaba un café. Y el piso olería a ropa sucia y a sudor, y habría cajas de *pizza* en la encimera y platos en el fregadero. ¿Quieres que veamos una película?, le preguntarían, y sería una peli porno con chicas desnudas, y habría una botella de algo, y uno de ellos la miraría despacio, con ojos vidriosos. «¡Oye, cariño! ¡Oye, nena!, ¿por qué no te pones cómoda? ¿Por qué no te acercas?»

Fue entonces cuando Maggie echó a correr.

—¡Eh! —gritó Grant una vez más; parecía muy enfadado. Podía oírlo jadear a sus espaldas mientras sus pies volaban sobre el suelo helado. Recordó una historia, la historia de Atalanta, que no quería casarse; Atalanta, a la que los dioses dejaron correr y recoger las manzanas de oro; Atalanta, que corría más rápido que todos los hombres y que habría ganado la carrera de no haber sido porque la engañaron. Pues bien, a ella nadie la engañaría.

A-ta-lan-ta, A-ta-lan-ta, golpeaban sus pies en el suelo, y su aliento eran jadeos de plata. Ya casi había llegado, casi, estaba tan cerca que si hubiera estirado los dedos de las manos, habría podido rozar la manivela de la puerta del conductor, pero Grant le rodeó la cintura con los brazos y la levantó del suelo.

—¿Adónde vas? —le dijo Grant resoplando, su aliento era acre y húmedo—. ¿Adónde vas tan deprisa? —Le metió una mano por dentro del jersey.

—¡Eh! —chilló ella y sacudió las piernas, y él la apartó un poco de sí, riéndose, oyendo a un perro que aullaba a lo lejos. Tim corría hacia ellos.

—Venga, tío, suéltala —ordenó.

—¡Suéltame! —gritó Maggie.

—Todavía no —repuso Grant, manoseándole el pecho—. ¿No quieres divertirte un rato con nosotros antes de irte?

«¡Oh, Dios! —pensó Maggie—. ¡Oh, no!» Recordó una noche como ésta, hacía mucho tiempo, una noche de bachillerato, una fiesta en el gran jardín de la parte posterior de la casa de alguien. Había bebido un poco de cerveza y luego había consumido un poco de hierba, y después alguien le había dado una copa de un asqueroso licor marrón, que también se había bebido, y las cosas habían empezado a ponerse borrosas. Había ligado con un chico y se habían tumbado en el césped, detrás de un árbol; él tenía la cremallera de los pantalones bajada y ella el jersey subido hasta el cuello. Y había mirado hacia arriba, y había visto a otros dos chicos ahí, de pie, mirándolos, con latas de cerveza en la mano. De pie, esperando su turno. Y en ese momento Maggie había entendido lo peligroso que era su propio poder, la rapidez con la que podía volverse contra ella, como un cuchillo con cuya hoja, aceitosa por el jabón, podía hacerse un rápido y profundo corte. Se había puesto de pie, tambaleándose, simulando unas convincentes arcadas. «Estoy mareada», había susurrado antes de echar a correr hacia la casa con la mano delante de la boca y esconderse en el cuarto de baño hasta las cuatro de la madrugada, cuando todo el mundo ya había perdido el conocimiento o se había ido a casa. Pero ¿qué iba a hacer ahora? No había ningún lavabo en el que esconderse, ninguna fiesta en la que desaparecer y nadie a su alrededor que pudiese ayudarle.

Maggie le dio patadas con todas sus fuerzas y notó que su tacón entraba en contacto con el blando músculo de la pierna de Grant. Éste se quedó sin respiración y ella se retorció hasta librarse de él.

—Pero ¿de qué coño vas? —chilló Maggie mientras Grant la miraba indignado y Tim clavaba la vista en el suelo—. ¡De qué COÑO vas! —repitió.

—Calientapollas —la insultó Grant.

—¡Imbécil! —replicó Maggie. Le temblaban tanto las manos que se le cayeron dos veces las llaves antes de que consiguiera abrir la puerta del coche.

—Tienes que pagar para llevarte el coche —advirtió Tim, andando lentamente hacia ella con las manos abiertas y levantadas—. Tienen el número de tu matrícula... Te enviarán una multa por correo y te harán pagar toda clase de impuestos...

—¡Que te jodan! —le espetó Maggie—. Aléjate de mí. Mi hermana es abogada. Te demandará por agresión.

—Mira —insistió Tim—, lo siento. Mi colega ha bebido demasiado...

—¡Que te jodan! —repitió Maggie. Puso el coche en marcha y las luces largas. Grant se tapó los ojos con las manos. Maggie apretó el acelerador y pensó durante unos instantes en lo que sentiría simplemente pisando a fondo el pedal y aplastando a Grant como a una ardilla. Sin embargo, respiró hondo, trató de sujetar el volante con firmeza y salió con el coche por la puerta de la cerca.

20

Si Maggie hubiese sido una compañera de piso normal, con la factura del teléfono se habría acabado todo, habría sido la gota que colmara el vaso. Pero Maggie no era una compañera cualquiera, se recordó Rose. Era su hermana. Cuando regresó a casa tras haber estado dos días en Chicago (el vuelo se había retrasado, habían perdido su maleta y el aeropuerto, aparte de la calefacción demasiado alta, estaba abarrotado de gente que viajaba porque se acercaba la Navidad) y se encontró la factura del teléfono en la encimera, le sorprendió comprobar que ascendía a más de trescientos dólares, un aumento significativo comparado con su habitual factura de cuarenta dólares. La causa: una llamada de doscientos veintisiete dólares a Nuevo México.

Se prometió a sí misma no decírselo a su hermana en cuanto entrara por la puerta. Dejaría que colgara el abrigo y se quitara los zapatos, y luego mencionaría de pasada que había llegado la factura, ¿tenía Maggie un nuevo amigo en Albuquerque? Sin embargo, cuando entró en su habitación para guardar sus cosas vio que su armario entero seguía en un montón en el suelo, y que sus sábanas y almohadas habían sido tiradas encima de la pirámide de ropa, lo que quería decir que Maggie había dormido en su cama. Y que andaba con sus zapatos, pensó Rose. Y que se habría comido sus gachas de harina, si hubiese tenido gachas para comer.

Rose se sentó en el sofá, indignada, hasta pasada la medianoche, cuando Maggie entró tranquilamente, oliendo a garito y con algo que se agitaba dentro del abrigo.

—¡Ya has vuelto! —exclamó Maggie.

—Sí —afirmó Rose—. Y la factura del teléfono también —declaró mientras Maggie lanzaba de una patada sus zapatos a una esquina y dejaba el bolso en el sofá.

—¡Te he traído un regalo! —anunció Maggie. Sus mejillas estaban sonrosadas y sus pupilas dilatadas, y olía a whisky—. De hecho, son dos —corrigió, levantando dos dedos en el aire y abriendo su abrigo con solemne ademán—. ¡Honey Bun Dos! —dijo, mientras una perrita marrón con forma alargada caía sobre el suelo. Tenía los ojos marrones llorosos, un collar de cuero marrón, y una cara que daba la impresión de que alguien se la hubiese aplastado con una sartén.

Rose miró atónita.

—Maggie, ¿qué es esto?

—Honey Bun Dos —repitió ella, dirigiéndose a la cocina—. ¡Es un regalo para ti!

—¡Aquí no puedo tener perros! —gritó Rose. Entretanto, la perrita marrón ya había dado una rápida vuelta por el piso de Rose y ahora estaba delante de la mesa de centro, mirando como una viuda de alcurnia que estuviera descontenta con su habitación de hotel.

—Tendrás que devolverlo —ordenó Rose.

—Vale, vale —accedió Maggie, paseando de nuevo hasta el salón—. De todas maneras, sólo estará aquí provisionalmente.

—¿Y de dónde la has sacado?

—De mi nuevo trabajo —contestó Maggie—. Ahora soy peluquera en la Pata Elegante. —Miró burlona a su hermana—. Me han contratado. Llevo dos días trabajando. ¿Contenta?

—Tenemos que hablar de la factura del teléfono —suplicó Rose, olvidando su intención de mostrarse calmada y razonable—. ¿Hiciste una llamada a Nuevo México?

Maggie sacudió la cabeza.

—No, creo que no.

Rose le pasó la factura a su hermana. Maggie clavó los ojos en ella.

—¡Ah..., sí!

—¿Ah, sí, qué?

—Me leyeron las cartas del tarot. Pero, bueno, ¡duró sólo una media hora! No pensé que costaría tanto.

—¿Las cartas del tarot? —repitió Rose.

—Fue justo antes de la audición —masculló—. ¡Tenía que saber si era un buen día para encontrar trabajo!

—No me lo puedo creer —repuso Rose mirando al techo.

—Rose, ¿es necesario que hablemos de esto ahora mismo? —inquirió Maggie—. Estoy realmente cansada. He tenido una noche muy dura.

—¡Oh, claro! —exclamó Rose—. Después de dos días de trabajo tienes que estar exhausta.

—¡Si tú lo dices! —replicó Maggie—. Ya te pagaré la factura.

La perrita la miró una vez más, y luego bufó con indiferencia y subió al sofá con esfuerzo, donde empezó a jugar con un cojín, arañándolo con las uñas.

—¡Para ya! —gritó Rose. La perrita la ignoró, y estuvo jugando y golpeando el cojín con las patas hasta que le pareció que estaba bien puesto, y después se hizo un ovillo encima de él y se durmió al instante.

—¡Maggie! —chilló Rose. No respondió. La puerta del baño seguía cerrada; podía oír el agua que corría y los ronquidos de la perra—. ¿Cuál es la otra sorpresa? —preguntó Rose. Tampoco obtuvo respuesta. Se quedó de pie frente a la puerta del cuarto de baño con la factura en la mano antes de desistir, asqueada. «Mañana por la mañana», se prometió a sí misma.

Sin embargo, la mañana siguiente empezó con lo que se había convertido en una rutina en casa de Rose: una llamada de algún cobrador.

«¿Hola, podría hablar con Maggie Feller? —empezaban las llamadas—. Soy Lisa y llamo de Lord and Taylor.» O Karen de Macy's, o Elaine de Victoria's Secret. Hoy era Bill, de Gap. Por las noches, Rose llegaba a casa y se encontraba el contestador automático repleto de mensajes de Strawbridge, Bloomingsdale's, Citibank, American Express.

—¡Maggie! —gritó Rose. Su hermana estaba acurrucada en el sofá y la perrita sobre un cojín en el suelo (un cojín que Rose vio que ahora estaba bordado con babas)—. ¡El teléfono!

Maggie no se giró ni abrió los ojos; se limitó a estirar un brazo hacia el teléfono. Rose le puso el auricular en la mano y se dirigió hacia el cuarto de baño, cerrando la puerta mientras Maggie, furiosa, alzaba cada vez más la voz, diciendo: «Sí» y «No», y «¡Ya les he enviado un talón!». Cuando salió de la ducha, Maggie seguía al teléfono y la perrita mordisqueaba lo que Rose creía casi con toda seguridad que era una de sus botas rojas de *cowboy*. «¡Dios!», susurró y dio un portazo lo más fuerte que pudo.

Rose bajó en ascensor al vestíbulo y cruzó la calle, esperando que el coche estuviese más o menos en la misma zona donde lo había dejado antes del viaje a Chicago. Sí que estaba, casi en la misma plaza donde lo había dejado ella. «Menos mal que no vienen todas las desgracias juntas», pensó, y se subió al coche cuando un anciano golpeó un cristal con la mano, y la asustó tanto que soltó un grito.

—Yo no me movería —sugirió él.

—¿Cómo?

—Te han puesto un cepo —anunció—. Mira.

Rose bajó del vehículo y lo rodeó hasta el lado del pasajero. Tenía razón, le habían puesto un cepo de hierro amarillo chillón en la rueda delantera, junto con una nota de color naranja fuerte. «¿Delincuente?» Leyó Rose. «Maggie —dijo para sí—. La culpa ha sido de Maggie.» Miró su reloj, pensando que tenía tiempo suficiente para subir corriendo a casa y exigirle algunas explicaciones a Doña Desastre. Entró en el vestíbulo como un huracán («¿Ha olvidado algo?», le preguntó el portero), llamó con brusquedad al ascensor, clavó furiosa los ojos en el espejo del techo mientras el ascensor subía y apretó el paso por el pasillo hasta su casa.

—¡Maggie! —gritó. No hubo respuesta. Se oía el agua de la ducha—. ¡Maggie! —chilló Rose, que aporreó la puerta del baño. Nada. Rose giró el pomo. El pestillo no estaba echado. Irrumpió en el lavabo con la intención de descorrer la cortina de la ducha, sin importarle que su hermana estuviese desnuda, y obtener algunas respuestas acerca de qué demonios había ocurrido. Dio un paso, estaba lleno de vaho, pero se detuvo. Podía distinguir la silueta de su hermana a través de la cortina de plástico de la ducha. Estaba de espaldas a la puerta con la frente apoyada en la pared alicatada. Es más —peor que eso—, pudo oír lo que decía Maggie. La misma palabra, repetida una y otra vez.

«Estúpida..., estúpida..., estúpida..., estúpida...»

Rose se quedó perpleja. Maggie le recordaba una paloma que había visto en cierta ocasión. Caminaba hacia el Wawa, el *drugstore* de la esquina, y estuvo a punto de pisar una paloma, que, en lugar de parecer asustada, había lanzado una mirada a Rose con sus diminutos ojos rojos llenos de odio. Había tropezado, había estado a punto de caerse, y cuando reinició la marcha se dio cuenta de lo que había pasado. La paloma tenía una pata completamente aplastada. Andaba sobre su otra pata buena, con la pata lesionada encogida y pegada al cuerpo.

Durante unos instantes Rose pensó que tenía que tratar de ayudarla. «¡Oh!», había dicho, y había alargado la mano pensando..., ¿pensando en qué? ¿En coger esa cosa inmunda con las manos y correr hasta el veterinario? El pájaro simplemente la había vuelto a mirar indignado antes de alejarse cojeando con una dignidad terrible y patéticamente herida.

Maggie era así, pensó Rose. También estaba dolida, pero eso no se podía decir en voz alta, no podía ofrecérsele ayuda, no podía decirse nada que pudiese insinuar que uno sabía que Maggie estaba ofendida, dolida o destrozada, que había cosas que ella sola no era capaz de entender o solucionar.

Rose salió del cuarto de baño sin hacer ruido y cerró la puerta con cuidado. «Maggie», dijo para sí, sintiendo esa mezcla tan familiar de pena y rabia que se confundían en su corazón. Volvió hasta el ascensor, recorrió el vestíbulo, salió a la calle, el día era soleado, y cogió un taxi en la esquina. El coche, pensó. La factura del teléfono. Los cobradores. La perra. La ropa del suelo, los potingues que inundaban el lavabo, las notificaciones de impagados que invadían su buzón. Rose cerró los ojos. Esto se tenía que acabar. Pero ¿cómo?

21

Ella tenía arena en los zapatos. Se los quitó y frotó cuidadosamente las plantas de los pies contra el suelo del coche, intentando que los granos de arena se despegaran antes de volvérselos a poner.

Cuando se detuvieron frente a un semáforo en rojo, Lewis la miró.

—¿Va todo bien? —le preguntó.

—Sí —aseguró Ella, ofreciendo una sonrisa como prueba. Habían ido a cenar tarde (tarde eran más de las siete) y después habían asistido a un concierto, pero no en el Club de Acres, sino en uno de verdad, en Miami, y habían ido en el coche grande de Lewis, que condujo despacio en esa noche fría y aromática.

Ahora, mientras Lewis cruzaba la puerta de los residentes de Golden Acres, Ella se preguntó qué pasaría. Si fuese más joven, probablemente habría contado sus citas (ésta era la sexta), habría calculado cuánto tiempo llevaban viéndose y habría concluido que lo más seguro era que Lewis quisiese Algo. Hace sesenta años se habría preparado para media hora de manos entrelazadas y sudorosas, y de torpes caricias antes de que el toque de queda finalizara su diversión. Pero ¿qué pasaría a su edad? ¡Después de todo lo que había vivido! Había creído que su corazón estaba muerto; un muñón marchito incapaz de sentir nada, incapaz de florecer. Al menos eso era lo que había creído durante los años que siguieron a la muerte de Caroline. Pero ahora...

Lewis estacionó en una plaza de aparcamiento delante de su casa.

—¿Te gustaría subir y tomar un café?

—¡Oh, es que entonces no podré dormir! —repuso ella, y se rió tontamente como una adolescente. Subieron juntos en el ascensor, en silencio. Ella pensó que a lo mejor había malinterpretado las cosas. A lo mejor él nada más quería que fuera a su casa para ofrecerle un té y atormentarla con fotografías de sus nietos. O lo más probable es que buscase una amiga, alguien que lo comprendiera, alguien que escuchara las historias sobre su mujer fallecida. El sexo estaba fuera de pronóstico. Lo más seguro es que se medicase, como todos los conocidos de Ella. Pero ¿y si tomaba Viagra? Ella se mordió el labio. ¡Qué tonta! Tenía 78 años. ¿Quién iba a morirse de ganas de acostarse con ella con lo flácida, arrugada y avejentada que estaba?

Lewis la miró con curiosidad mientras abría la puerta.

—Tengo la sensación de que estás bastante lejos de aquí —dijo.

—¡Oh, es que...! —empezó a decir Ella mientras entraba detrás de él, sin saber con exactitud lo que quería decirle. Reparó en que el apartamento de Lewis era mucho más grande que el suyo, y en que así como el de ella daba al aparcamiento y a la autopista interestatal que había detrás de éste, el de Lewis tenía vistas al mar.

—Siéntate —le ofreció. Ella se sentó en el sofá y experimentó un cosquilleo de... (¿De qué? ¿De miedo? ¿De excitación?) No había ninguna luz encendida.

Lewis regresó, se sentó a su lado y puso una taza de té caliente en sus manos. Luego se levantó otra vez y subió las persianas, y Ella vio el mar que resplandecía a la luz de la luna. Podía ver las olas arrastrándose hasta la pálida arena. Y las ventanas eran tan grandes, y se sentía tan cerca del agua; era como...

—¡Es como estar en un barco! —comentó. Lo era. Aunque hacía muchísimos años que no iba en barco, eso era lo que había sentido. Casi podía notar que se movía, el vaivén de las olas que la llevaban mar adentro, lejos, muy lejos de lo conocido, de sí misma. Y cuando Lewis le tomó de la mano, fue tan perfecto como todo lo que podía recordar, tan perfecto y natural como el movimiento del agua acercándose a la arena.

22

—Tiene que irse de mi casa —le dijo Rose a Amy. Estaban sentadas en un rincón del café favorito de Amy, sorbiendo té helado y esperando a que les sirvieran la comida. Rose había ido al despacho en taxi y se había pasado casi toda la mañana al teléfono con la Policía municipal de Filadelfia, intentando averiguar qué había pasado con su coche y cuánto le costaría la última broma de Maggie. Después había echado una mirada al reloj, había gruñido al caer en la cuenta de que aún no había empezado a trabajar, y había llamado a su casa. Maggie no había contestado. Rose le había dejado un escueto mensaje: «Maggie, llámame al despacho cuando oigas esto». A la una todavía no había dado señales de vida, y Rose y Amy habían quedado para tomar unas ensaladas y planear una estrategia.

—¿Te acuerdas de aquella vez que se quedó tres semanas en mi casa? ¿Te acuerdas de que yo tenía la sensación de que vivía en un infierno? ¿Te acuerdas de que juré que no volvería a pasar?

Amy asintió comprensiva.

—Me acuerdo.

Rose dio un respingo. Ella también recordaba que Amy había ido a su casa a ver una película, coincidiendo con la estancia de Maggie, y al día siguiente descubrió que le habían desaparecido del bolso dos barras de labios y cuarenta dólares.

—Escúchame —le pidió Amy—, has sido una buena hermana. Has sido muy paciente. ¿Ha encontrado trabajo?

—Eso dice.

—Eso dice —repitió Amy—. ¿Y te da dinero para el alquiler? ¿Para la comida o algo?

Rose sacudió la cabeza. La camarera, alta, negra y guapísima se aproximó con los platos, los dejó encima de la mesa y se alejó con afectación sin que, aparentemente, se diera cuenta de que el vaso de Rose estaba vacío.

—¿Por qué sigues viniendo aquí? —inquirió Rose, cogiendo el tenedor—. El servicio es nefasto.

—Me gusta que mi dinero revierta en la sociedad —repuso Amy.

—Amy —apuntó Rose con paciencia—, tú no formas parte de la sociedad. —Comió un poco de ensalada y luego apartó el plato—. ¿Qué voy a hacer con Maggie?

—Pararle los pies —soltó Amy con la boca llena de espinacas—. Dile que tiene que irse.

—¿Y adónde irá?

—No es tu problema —replicó Amy—. Mira, sé que suena duro, pero Maggie no se morirá de hambre en la calle. Además, no eres responsable de ella. Eres su hermana, no su madre.

Rose se mordió el labio. Amy suspiró.

—Lo siento —se lamentó Amy—. Siento que Maggie sea un desastre. Siento que Sydelle sea una pesadilla para ti. Siento lo de tu madre. Pero, Rose, lo que intentas hacer... no funcionará. No puedes hacer de madre.

—Lo sé —masculló Rose—. Pero es que no sé qué hacer. Quiero decir que sé lo que se supone que tengo que hacer, pero no sé cómo hacerlo.

—Repite conmigo: «Maggie, tienes que irte» —dijo Amy—. En serio. Se irá a casa de tu padre y de Sydelle, y si eso no le sirve para sentar la cabeza y espabilarse hasta que tenga suficiente dinero para independizarse, nada lo hará. Dale dinero, si quieres (y fíjate que hablo de «darle» y no de «prestarle»). Yo me ofrezco a ayudarte.

—Gracias —repuso Rose levantándose—. Tengo que irme.

—Maggie también tiene que irse —insistió Amy—. En este tema tienes que ser un poco egoísta. —Rose asintió abatida—. Llámame si necesitas ayuda. Llámame para lo que sea. Mantenme informada.

Rose prometió que así lo haría y volvió al despacho. Comprobó sus mensajes. No había noticias de Maggie, pero sí de Sydelle. «Rose, por favor, llámanos. Inmediatamente.»

De modo que quizá su hermana estuviese ahí. Rose respiró hondo y marcó.

—Soy Rose —anunció.

—Tienes que hacer algo con tu hermana —le instó Sydelle, procediendo a relatarle el más reciente y atroz escándalo de Maggie—. ¿Sabes que tenemos cobradores llamando a casa a las ocho de la mañana?

—Yo también —contestó Rose.

—Muy bien, ¿y no puedes hacer algo? —inquirió Sydelle—. Eres abogada, ¿no podrías decirles que llamar aquí es ilegal? Cariño, a tu padre esto no le conviene nada...

Rose quiso decirle que tampoco era nada conveniente para ella, que nada de lo que Maggie hacía era conveniente para nadie más que para la propia Maggie, pero se mordió la lengua y le dijo que haría lo que pudiese. Colgó el teléfono y volvió a llamar a casa. Seguía sin contestar. Ahora empezaba a preocuparse. Tal vez Maggie estuviese trabajando. Seguro, pensó con amargura. Y tal vez el jurado iría pronto a su casa para nombrarla Miss América. Rose conectó el ordenador y miró los *e-mails*. Había uno de un socio preguntándole, con bastante laconismo, cuándo tendría listo el borrador del informe. Otro de información general de Simon Stein titulado «Reunión pretemporada de sóftbol», que Rose eliminó sin leerlo.

Se puso de pie y comenzó a ir de un lado a otro del despacho. Necesitaba ver a Jim, decidió. Necesitaba verlo ahora. Necesitaba verlo, quisiera él o no. Miró hacia el suelo y para su disgusto se dio cuenta de que llevaba puestos dos mocasines negros completamente diferentes; era la consecuencia lógica de tener una hermana que amontonaba todos sus zapatos en el suelo. «¡Maggie!», dijo furiosa para sí y, corriendo por el pasillo, pasó volando por delante de la secretaria de Jim («¡Eh! ¡Está hablando por teléfono, Rose!») y entró directa en su despacho.

—¿Rose? ¿Qué pasa? —inquirió Jim, que colgó el teléfono y cerró la puerta.

Rose clavó los ojos en sus desparejados zapatos. Lo que pasaba era que su casa era una leonera, su vida se desmoronaba, le debía doscientos dólares a la Policía municipal, tenía un perro que vivía ilegalmente en su salón y, evidentemente, ya ni siquiera podía vestirse. Necesitaba que él la abrazara, que le cogiera la cabeza con las manos y le dijera que su historia acababa de empezar, y que a lo mejor había empezado a trompicones debido a la omnipresencia de Maggie, pero que pronto volverían a estar juntos.

—¡Ehhh! —dijo Jim, conduciéndola a la butaca de piel que había frente a su mesa, la destinada a los clientes, la inclinada silla de Eames que tenía las patas traseras más cortas para asegurarse, en todos los casos, de que él estaba siempre más alto que ellos.

No obstante, Rose tomó asiento e inspiró profundamente. «Resume», dijo para sí.

—Te echo de menos —confesó.

Jim parecía triste.

—Lo siento, Rose —se disculpó—, pero por aquí hemos tenido unos días de locura.

Rose tuvo la sensación de que estaba en una montaña rusa que tenía que coronar una colina con la que no había contado, y ahora el centro de su vida se desintegraba. ¿Acaso Jim no veía que lo necesitaba?

Él le rodeó los hombros con los brazos, pero mantuvo su cuerpo alejado.

—¿Cómo puedo ayudarte? —susurró—. ¿Qué puedo hacer por ti?

—Ven a casa esta noche —pidió Rose, apretando los labios contra su cuello, consciente de que acababa de hacer exactamente lo que una mujer jamás, bajo ningún concepto, tenía que hacer (es decir, suplicar)—. Necesito verte. ¡Por favor!

—Puede que salga tarde —repuso él—. Como a las diez más o menos.

—No me importa. Te esperaré. —«Siempre te esperaré», pensó y salió del despacho. La secretaria de Jim la miró indignada.

—No puedes entrar así como así —la reprendió—. Tengo que anunciarte.

—Lo siento —se disculpó Rose, que tenía la sensación de que no había hecho otra cosa en todo el día que disculparse—. De verdad, lo siento.

23

El teléfono de casa de Rose volvía a sonar. Maggie lo ignoró. Dejó que la toalla cayera en el suelo del salón y se metió en la ducha. Era su tercera ducha de la mañana. Al día siguiente de su brusco y personal encuentro con el dinámico dúo de Grant y Tim, se había duchado un montón de veces, dedicando diez, veinte y hasta treinta minutos a frotarse con su esponja de *loofah,* lavándose el pelo hasta que había crujido. Y todavía se sentía sucia. Sucia y furiosa. Todas estas semanas en el sofá de Rose, ¿y qué se había demostrado a sí misma? No tenía dinero, pareja ni fotografías de estudio. Nada de nada. Sólo idiotas que la llevaban a aparcamientos como si no valiese nada. Como si ni siquiera fuese real.

Oyó la voz de su hermana bramando en el contestador automático. «Maggie, ¿estás ahí? Descuelga, si estás ahí. Necesito hablar contigo, de verdad. Maggie...»

Se envolvió en una toalla, sacó con la mano el vaho del espejo, haciendo caso omiso de la voz de su hermana en el contestador automático, y se miró detenidamente. Su arma número uno, como siempre, era su cuerpo, más alargado que una pistola, más afilado que un cuchillo. Encontraría a esos tipos. Recorrería la ciudad hasta encontrarlos, en un bar o en un autobús. Donde fuese. Caminaría hasta ellos, con la cabeza erguida y sacando pecho, y sonreiría. Lo de la sonrisa sería la parte más difícil, pero estaba segura de que lo conseguiría. Era una actriz. Una estrella. Sonreiría y pondría la mano entre los omóplatos de Tim y le preguntaría qué tal estaba. Tomaría su copa a sorbos, dejando en el borde del vaso medios besos de pintalabios, y rozaría una rodilla contra la suya. Se inclinaría hacia él y le susurraría que aquella noche se lo había pasado muy bien, que lamentaba haberse ido corriendo, ¿qué le parecía si volvían a intentarlo? ¿Estaban libres esa noche? Y ellos la llevarían a su casa. Y entonces usaría su arma número dos. Tal vez un cuchillo. O una pistola, si daba con una. Algo que los hiriese para siempre, algo que les enseñara que con ella no se jugaba.

El teléfono sonó de nuevo. «Maggie, sé que estás ahí. ¿Podrías, por favor, coger el teléfono? Acabo de hablar otra vez con la policía y me han dicho que alguien se llevó el coche del depósito y que hay un montón de multas...»

Maggie ignoró el teléfono y subió el volumen de la música; era Axl Rose cantando «Welcome to the Jungle». *Do you know where you are?...*, chillaba la voz. Introdujo los pies en la última adquisición de Rose, un par de botas negras de piel hasta la rodilla que le ceñían las pantorrillas. Unas botas de 268 dólares, que su hermana podía comprarse sin pensárselo dos veces, porque a Rose las cosas nunca le salían mal. ¡Oh, no! Rose no se habría equivocado leyendo el teleprompter, Rose jamás estacionaría el coche en el lado prohibido de la calle, jamás tendría a un par de idiotas metiéndole mano en un aparcamiento y, desde luego, para ganarse la vida nunca tendría que aceptar un trabajo en el que hubiera que estrujar los culos de los perros. Rose lo tenía todo y Maggie no tenía nada. Absolutamente nada, exceptuando a la pequeña perra que llevaba meses abandonada a su suerte en la Pata Elegante hasta que Maggie la había rescatado y se la había llevado a casa.

Desnuda, únicamente con las botas puestas, deambuló por la casa, de la habitación al salón y a la cocina, y vuelta, mientras oía el ruido que hacían los tacones contra el parqué, olía el cuero, el jabón y el sudor de su cuerpo, y hervía de rabia. Visualizó el cuchillo. Vio su propio reflejo en el espejo mientras andaba majestuosamente por el cuarto de baño, con la piel sonrosada, húmeda y preciosa; un engañoso disfraz, una flor de suaves pétalos con largos tallos, sus piernas. Al verla nadie sospecharía jamás cómo era realmente.

Sonó el interfono. La perrita gimió.

—No pasa nada —le dijo Maggie, poniéndose una camiseta por la cabeza. Se le ocurrió ponerse unas medias, pero pensó: ¿para qué? Eran las ocho de la tarde; demasiado pronto para que Rose volviera y la sermoneara otra vez. Seguramente sería el idiota del vecino para decirle que bajara el volumen.

Apagó las luces y abrió la puerta de golpe, con los ojos chispeantes, dispuesta a cantarle a alguien las cuarenta, pero a quien se encontró fue al novio de Rose.

—¿Rose? —inquirió él, aguzando la vista en la oscuridad. Y Maggie se rió, al principio soltó una risilla, pero las carcajadas fueron creciendo en su garganta como el veneno, como si vomitara hacia dentro. No, no era Rose. Nunca lo sería. Carecía del talento de su hermana, de su facilidad para triunfar. Ella no sería nunca la que aconsejara, la que sobresaliera, aguijoneara, regañara y pusiera las reglas, la que mostrase una empalagosa comprensión que ocultara su impaciencia. Rose. ¡Ja! Echó hacia atrás la cabeza y dejó que saliera la risa.

—Creo que no —respondió al fin.

Jim la miró de arriba abajo, deteniendo los ojos en sus botas, en el trozo de pierna desnuda, en sus pechos.

—¿Está Rose? —preguntó.

Maggie sacudió la cabeza y, lentamente, le dedicó una insolente sonrisa. Un plan se estaba formando en su cerebro.

Venganza, pensó, con la sangre latiéndole con fuerza en las sienes. «Venganza.»

—¿Quieres entrar y esperarla? —le ofreció ella. Jim la miró fijamente, la repasó de arriba abajo con los ojos, y Maggie casi pudo leerle el pensamiento. Ella era Rose, pero mejorada, superada, digitalmente perfeccionada; era Rose, sólo que mil veces mejor que ella.

Jim cabeceó. Maggie se apoyó con insolencia en el marco de la puerta.

—Déjame adivinar —dijo con voz sugerente y provocativa—. Estás pensando en pasar del morcillo al solomillo.

Jim volvió a sacudir la cabeza, todavía mirándola con fijeza.

—O a lo mejor —prosiguió Maggie— nos quieres a las dos. ¿Es eso lo que quieres? ¿Un sándwich mixto?

Él intentó mirarla con cara de ofendido, pero por la fugaz expresión de su cara Maggie pudo adivinar lo atractiva que le había parecido la idea.

—Pues tendrás que esperar —dijo Maggie, que respondió a su propia pregunta—. No hay nadie en casa salvo la pequeña Maggie. —Alargó los brazos, agarró con las manos el borde de la camiseta y se la sacó por la cabeza, arqueando la espalda de tal modo que sus pechos casi rozaron el pecho de Jim. Él soltó un gemido. Ella avanzó un poco, acortando la distancia entre ambos. Él acercó las manos a sus pechos mientras ella le chupaba el cuello con su ardiente y ávida boca.

—No creo que... —susurró él, aunque rodeaba a Maggie con los brazos.

—No —repuso ella, poniendo una pierna alrededor de Jim y apretándose contra él.

—¿No, qué?

Y ahora levantó la otra pierna y se quedó enroscada a él como una serpiente, y él gimió mientras la cogía en el aire y la llevaba dentro.

—No me digas que no.

Cuando llegó a su casa eran casi las nueve y el ascensor iba lleno. Rose se apretujó en el último hueco que había disponible y trató de ignorar el sofocante perfume de la mujer que estaba a su lado.

—O me estoy volviendo loca o juraría que en este edificio hay un perro —anunció la mujer a todos los presentes.

Rose bajó la vista y la clavó en sus pies.

—No sé quién puede ser tan desconsiderado para tener una mascota en el edificio —prosiguió la mujer—. Hay vecinos con unas alergias terribles.

Rose lanzó desesperada una mirada a la pantalla indicadora. Tercera planta. Aún faltaban trece.

—La gente es increíble —continuó la mujer—. ¡Simplemente les da todo igual! Se les explica cuáles son las reglas y dicen: «¡Oh, ya! Pero esas reglas son para los demás, no para mí. Yo soy *especial*».

Finalmente, la mujer bañada en perfume salió del ascensor y Rose llegó finalmente a su planta. Mientras andaba por el pasillo deseó que su hermana estuviese en casa y empezó a ensayar su discurso. «Maggie, tenemos que hablar muy en serio. La perra tiene que irse. Las llamadas se tienen que acabar. Necesito que me devuelvas los zapatos. Necesito que mi casa vuelva a ser como antes. Que mi vida vuelva a ser como antes.»

Giró la llave, abrió la puerta, estaba todo a oscuras. Oyó voces, una risa entrecortada, los quejidos de la perra.

—¿Maggie? —dijo. Había un corbata tirada encima del sofá. «¡Oh, genial! —pensó desolada—. Ahora trae a tíos a mi casa para hacer con ellos en mi cama Dios sabé qué.» —¡Maggie! —gritó, y entró en su habitación. Y ahí estaba su hermana, en la cama, totalmente desnuda a excepción de las botas nuevas de Via della Spiga, debajo de un desnudo Jim Danvers.

—¡Oh, no! —exclamó Rose. Se quedó de pie, mirando, intentado entender lo que veía—. No —dijo en voz baja. Maggie salió de debajo de Jim y se desperezó lánguidamente, con lo que le proporcionó a su hermana una panorámica completa de su esbelta espalda, de su perfecto y pequeño trasero, de las largas y suaves piernas que empezaban donde acababan las botas de cuero negras, antes de coger la camisa de Jim del suelo, ponérsela por la cabeza y salir con arrogancia del dormitorio, al pasillo, como si estuviera en el teatro, como si hubiese un montón de público, con flashes y libretas, todos esperándola. Jim miró a Rose de lo más avergonzado y puso bien las sábanas.

Rose se tapó la boca con las manos, se volvió y corrió hacia el cuarto de baño, en cuyo lavabo vomitó. Dejó correr el agua hasta que los restos de su comida se fueron por el desagüe. Luego se mojó la cara, se pasó las manos húmedas y temblorosas por el pelo y regresó a la habitación. Jim se había puesto los bóxers y buscaba el resto de su ropa para vestirse. Rose vio su retenedor dental, que brillaba en su mesilla de noche.

—Vete —ordenó.

—Rose —repuso él tratando de cogerla de las manos.

—Vete y llévatela contigo. No quiero volveros a ver a ninguno de los dos.

—Rose —suplicó él.

—¡Vete! ¡Vete! ¡Vete! —Podía oír su propia voz, que subía en espiral hasta convertirse en un grito. Buscó algo para tirárselo (una lámpara, una vela, un libro). Agarró con una mano un frasco de aceite para masajes con aroma de sándalo. Estaba abierto. No había tapón. Lo acababan de usar, sin duda, y Maggie lo habría pagado con su tarjeta de crédito, otra factura que su hermana nunca pagaría. Lo lanzó tan fuerte como pudo, deseando que fuera de cristal, que se rompiera y que Jim se cortara. No obstante, sólo rebotó en su hombro, sin hacerle daño, y rodó por el suelo, goteando aceite mientras rodaba por debajo de su cama.

—Lo siento —musitó Jim, que rehuyó su mirada.

—¡LOO SIEENTOO! —repitió Rose—. Con que lo sientes, ¿eh? ¿Y te crees que con eso basta? —Lo miró fijamente; temblaba—. ¿Cómo has podido? ¿Cómo has podido?

Cruzó corriendo el salón, donde estaba Maggie sentada en el sofá, haciendo *zapping*, y entró en la cocina. Cogió una bolsa de basura y empezó a llenarla con todo lo que encontró de cualquiera de los dos. Metió el encendedor y los cigarrillos de Maggie que estaban en la mesa de centro. Arrojó con todas sus fuerzas el maletín de Jim contra la pared, contenta al oír que algo en su interior había hecho crac. Se dirigió al cuarto de baño, barrió los pantys y los sujetadores de Maggie (diminutas piezas de satén sintético negro y de color crema) que había colgados en la barra de la cortina de la ducha, y los metió también en la bolsa de basura. De vuelta en el dormitorio, Jim se estaba poniendo los pantalones. Rose lo ignoró y cogió la carpeta con los cincuenta magníficos currículums de Maggie. La laca de uñas de Maggie, y el quitaesmalte, sus tubos, frascos y cajas de colorete, su maquillaje, máscara de pestañas, crema suavizante, sus diminutos corpiños, sus tejanos ceñidos y sus Doc Martens de oferta de Payless.

—Fuera, fuera, fuera —dijo en voz baja, arrastrando la bolsa.

—¿Hablas sola, Rosie Posy? —le preguntó Maggie. Habló con frialdad, pero le temblaba la voz—. No deberías hacerlo. Parece que estés loca.

Rose cogió una zapatilla de deporte y se la lanzó a su hermana a la cabeza. Maggie se agachó. El zapato rebotó en la pared.

—Sal de mi casa —dijo Rose—. No te quiero aquí.

Maggie soltó un grito.

—¿En serio que no me quieres aquí? ¡Qué horror!

Rose se fue al lavabo. Jadeando, sudando, arrastró la bolsa hasta la habitación. Jim estaba vestido, pero seguía descalzo.

—Supongo que no servirá de nada que te diga que lo siento. —Había pasado de estar afligido a estar simplemente avergonzado.

—Guárdatelo para alguien a quien le importe —gruñó Rose.

—Está bien, pero de todas formas quiero disculparme. —Se aclaró la garganta—. Lo siento, Rose. Mereces algo mejor.

—¡Imbécil! —le insultó con una indiferencia que la sorprendió, y la asustó, y le recordó otra persona, hacía muchos, muchos años. Tenía la sensación de que esto ocurría lejos de aquí, de que no le estaba pasando a ella—. Con mi hermana —añadió—. ¡Mi hermana!

—Lo siento —repitió Jim. Maggie, que ahora estaba apoyada en una pierna en el pasillo, y que se había puesto unos tejanos teñidos y un estrecho top de tirantes, no dijo nada.

—¿Sabes qué es lo más patético de todo? Que yo podría haberme enamorado de ti. En cambio Maggie ni siquiera recordará cómo te llamas —le reprochó a Jim. Sintió que las palabras, las palabras prohibidas y llenas de odio, las palabras que hasta ahora no había pronunciado nunca, burbujeaban en su pecho. Pensó que tal vez debería reprimirlas, pero luego pensó: ¿por qué? ¿Acaso ellos dos se habían contenido?—. Porque Maggie es muy guapa, sí, pero no es muy lista. —Se volvió, despacio, y se puso el pelo detrás de las orejas—. De hecho, Jim, si tuviera que hacer una apuesta, diría que ni siquiera sabe cómo se escribe tu nombre. Son sólo tres letras —dijo, levantando tres dedos en el aire—, pero no sabe deletrearlo. ¿Quieres preguntárselo? ¿Eh? ¿Y tú qué dices, Maggie? ¿Quieres intentarlo?

Maggie, que estaba detrás de su hermana, soltó un grito sofocado.

—Eres un imbécil —continuó Rose con firmeza, volviéndose de nuevo a Jim con ojos reprobadores—. Y tú... —dijo, esta vez mirando a su hermana. La cara de Maggie estaba pálida y sus ojos desmesuradamente abiertos—. Siempre he sabido que no tenías cerebro; ahora sé que tampoco tienes corazón.

—Gorda asquerosa —musitó Maggie.

Rose se rió. Soltó la bolsa y se rió. Se inclinó hacia atrás sobre los tacones y se rió hasta que las lágrimas se agolparon en sus ojos.

—Está loca —dijo Maggie en voz alta.

—Gorda... asquerosa... —gritó Rose—. ¡Dios! —exclamó, señalando a Jim—. Tú eres un traidor, y tú... —Señaló a Maggie mientras buscaba la palabra adecuada—. Tú eres mi hermana —dijo finalmente—. Mi *hermana*. ¿Y el peor insulto que se te ocurre es «gorda asquerosa»?

Levantó la bolsa del suelo, le dio vueltas, hizo un nudo en su parte superior y la llevó con esfuerzo hasta la puerta.

—¡Fuera de aquí! —ordenó—. No quiero volver a veros en mi vida.

* * *

Rose se pasó gran parte de la noche a cuatro patas, frotando, intentando eliminar de su casa cualquier rastro de Maggie y de Jim. Sacó las sábanas, las fundas de las almohadas y el edredón de la cama, los arrastró hasta el lavadero y los lavó con dos dosis de detergente. Restregó el suelo de la cocina y el baño con Pine-Sol y agua caliente. Fregó el parqué del salón, de la habitación y del recibidor. Limpió la bañera con Lysol, y luego las paredes alicatadas de la ducha con un spray antibacterias y antihongos. La perra estuvo un rato observando, siguiéndola de habitación en habitación, como si Rose fuese la nueva asistenta y la perra una jefa desconfiada, y después bostezó y retomó su siesta en el sofá. A las cuatro de la mañana Rose todavía estaba dándole vueltas a la cabeza y lo único que veía con claridad cuando cerraba los ojos era la imagen de su hermana, con sus botas nuevas, moviendo el cuerpo hacia arriba y hacia abajo encima de Jim, echado en la cama, embelesado y con cara de felicidad.

Se puso un camisón limpio, se metió en la cama y tiró con rabia de las sábanas limpias para taparse hasta la barbilla. Después cerró los ojos; respiraba con fuerza. Creía que conseguiría agotarse, que podría dormir.

Sin embargo, al cerrar los ojos le vino inmediatamente a la memoria el recuerdo que sabía que estaba ahí, oculto, agazapado, esperándola. El recuerdo de la peor noche de su vida, que también había vivido Maggie.

Ese día había reunión de profesores y acababan antes las clases, eran justo pasadas las doce de la mañana de un día de fines de mayo cuando salieron de la escuela. Rose había recogido los libros de su taquilla y se había encontrado con Maggie en la puerta del aula de primer curso para asegurarse de que su hermana llevaba consigo su mochila. La llevaba. Y llevaba, además, un papel rosa en la mano que a Rose le resultaba familiar.

—¿Otra vez? —preguntó Rose, alargando el brazo para que su hermana le diera la nota de su profesora. La leyó mientras Maggie andaba delante de ella, en dirección hacia el camino que había detrás de la escuela de primaria y que las conduciría a casa.

—Maggie, no está bien que muerdas a la gente —la regañó Rose.

—Pero ha empezado ella —contestó su hermana malhumorada.

—Eso no importa —dijo Rose—. ¿Qué dice siempre mamá? Que las cosas hay que hablarlas.

Aceleró el paso para alcanzar a su hermana, que respolaba ligeramente por el peso de la mochila.

—¿Ha sangrado? —le preguntó a Maggie.

Maggie asintió.

—Se la habría arrancado de un mordisco —se jactó—, si Miss Burdick no hubiese estado delante.

—¿Y por qué querías arrancarle la nariz de un mordisco?

Maggie apretó aún más los labios.

—Porque me ha hecho enfadar.

Rose sacudió la cabeza.

—Maggie, Maggie, Maggie —dijo como le había oído decir a su madre—. ¿Qué haremos contigo?

Maggie puso los ojos en blanco y luego miró a su hermana.

—¿Me castigarán? —inquirió.

—No lo sé —contestó Rose.

Maggie frunció la boca.

—Es que Megan Sullivan da una fiesta y me había invitado a dormir a su casa.

Rose se encogió de hombros. Estaba perfectamente enterada de esa fiesta. Hacía días que Maggie había preparado su maleta rosa de Barbie.

—¿Has cogido algún libro de la biblioteca? —preguntó Rose, y Maggie asintió, sacando *Goodnight Moon* de su mochila.

—Ése es un libro para niños pequeños —declaró Rose.

Maggie miró indignada a su hermana. Era verdad, pero no le importaba.

—«Buenas noches, mitones de la silla. Buenas noches a todo el mundo» —susurró Rose y empezó a saltar por el camino.

El sendero finalizaba detrás del jardín de los McIlheneys. Rose y Maggie bordearon la piscina y el cobertizo, atravesaron el jardín de la parte delantera de la casa de los McIlheneys y luego cruzaron la calle en dirección a su casa, que era igual que la de los McIlheneys; en realidad, era igual que todas las casas de esa calle. Dos pisos, tres dormitorios, ladrillo rojo y persianas negras, y verdes jardines cuadrados; eran como las casas de un libro de colorear para niños.

—¡Espérame ahí! —gritó Rose mientras Maggie cruzaba la calle dando brincos y echaba a correr por el camino de gravilla de entrada a su casa hacia la puerta principal—. ¡No puedes cruzar sola la calle! ¡Me tienes que coger de la mano!

Maggie no le hizo caso y siguió corriendo, como si no hubiese oído nada.

—¡Mamá! —exclamó mientras dejaba la llave encima del mueble y olisqueaba para saber qué había para comer—. ¡Hola, mamá! ¡Ya estamos en casa!

Rose entró y dejó la mochila. La casa estaba silenciosa y supo que su madre no estaba incluso antes de que Maggie se lo dijera.

—¡Su coche no está aquí! —informó Maggie sin aliento—. Y he mirado en la puerta de la nevera y tampoco ha dejado ninguna nota.

—A lo mejor se ha olvidado de que salíamos antes —explicó Rose. Sólo que esa mañana se lo había recordado a su madre, se había colado en la lóbrega habitación y había susurrado: «¿Mamá? ¡Oye, mamá!» Su madre había asentido al decirle Rose que volverían antes, pero no había abierto los ojos. «Pórtate bien, Rose —le había pedido—. Y cuida de tu hermana.» Era lo mismo que le decía cada mañana, cuando decía algo.

—Tranquila —la calmó Rose—. Volverá a las tres. —Maggie parecía preocupada. Rose la cogió de la mano—. Ven —le dijo—, que te haré la comida.

Rose hizo huevos, lo que fue un detalle, aunque se suponía que no debía haberlos hecho, porque tenían prohibido usar el fogón.

—No te preocupes —le dijo Rose a Maggie—. Tú me vigilarás para comprobar que no me dejo el gas encendido.

Era la una y media. Maggie quiso salir por el jardín de atrás para ir a jugar a casa de su amiga Natalie, pero Rose pensó que sería mejor que se quedaran las dos y esperaran a que su madre volviera a casa. De modo que se sentaron delante de la televisión y vieron los dibujos de *Heckle and Jeckle* durante media hora (los había escogido Maggie), y luego el programa educativo *Barrio Sésamo* (elegido por Rose).

A las tres de la tarde su madre aún no había llegado.

—Seguramente se habrá olvidado —comentó Rose, que ahora también empezaba a preocuparse. El día anterior había oído a su madre hablar por teléfono: «¡Sí! —le había gritado a alguien—. ¡Sí!» Rose se había acercado a la habitación y había pegado la oreja a la puerta cerrada. Hacía meses que su madre hablaba mascullando soñolienta y aturdidamente. Pero ahora gritaba, vocalizaba cada palabra con la claridad del agua transparente. «Estoy. Tomando. La. Medicación —había dicho su madre—. ¡Por el amor de Dios, déjalo ya! ¡Déjame en paz! ¡Estoy bien! ¡Estoy bien!»

Rose había cerrado los ojos. Su madre no estaba bien. Lo sabía, al igual que su padre lo sabía, y probablemente también la persona a la que su madre gritaba.

—No pasa nada —le volvió a decir a su hermana—. ¿Podrías ir a buscar el listín de teléfonos rojo de mamá? Tenemos que llamar a papá.

—¿Por qué?

—Tú ve a buscarlo, ¿quieres?

Maggie vino corriendo con el listín. Rose dio con el número del despacho de su padre y lo marcó despacio.

—Sí, ¿podría hablar con el señor Feller, por favor? —preguntó en un tono de voz al menos una octava más alto que el suyo ronco habitual—. Soy Rose Feller, su hija. —Esperó, sin mover un solo músculo de la cara, presionando el auricular contra la oreja y con su hermana pequeña, de pie, a su lado—. ¡Oh! Entiendo. Muy bien. No. Dígale sólo que lo veremos luego. Gracias. De acuerdo. Adiós.

Colgó el teléfono.

—¿Qué? —inquirió Maggie—. ¿Qué?

—Ha salido —contestó Rose—. No saben cuándo volverá.

—Pero vendrá a cenar, ¿verdad? —quiso saber Maggie, levantando la voz en espiral, y soltando un gallo. Estaba pálida, tenía los ojos desmesuradamente abiertos, como si la idea de perder a su madre y a su padre a la vez fuese más de lo que podía soportar—. ¿Verdad?

—¡Claro que sí! —respondió Rose, y a continuación hizo algo que a Maggie le dio a entender que realmente había motivos para preocuparse; le dejó a su hermana el mando de la tele y se fue del salón.

Maggie fue detrás de ella.

—Vete —le ordenó Rose—. Tengo que pensar.

—Yo también puedo pensar —repuso Maggie—. Te ayudaré a pensar.

Rose se quitó las gafas y las limpió con el borde de la camisa.

—Podríamos ver si falta alguna cosa.

—¿Como una maleta?

Rose asintió.

—Como una maleta.

Las dos se apresuraron por la escalera, abrieron la puerta del cuarto de sus padres y miraron dentro. Rose se esperaba el desorden de cada día: las sábanas revueltas, las almohadas en el suelo, y una colección de vasos medio vacíos y tostadas a medio comer en la mesilla de noche. Pero la cama estaba perfectamente hecha. Los cajones de la cómoda estaban todos cerrados. Sobre la mesilla de noche encontró unos pendientes, una pulsera, un reloj y un sencillo anillo de oro. Se estremeció y se metió el anillo en el bolsillo antes de que Maggie lo viera y empezase a hacer preguntas acerca de por qué su madre había ordenado su habitación y se había quitado el anillo de boda.

—¡La maleta está aquí! —exclamó Maggie desde el vestidor dando brincos de alegría.

—Estupendo —comentó Rose, con el mayor entusiasmo de que fue capaz. Volvería a intentar localizar a su padre para contarle lo que había encontrado en cuanto consiguiera entretener a su hermana con otra cosa—. Vamos —dijo. Sacó a Maggie de la habitación y bajaron por la escalera.

* * *

Maggie pasó el rodillo de cocina una y otra vez por la bolsa de plástico llena de patatas. Rose miró el reloj de la pared por tercera vez en menos de un minuto. Eran las seis de la tarde. Procuraba fingir que todo iba bien, pero nada en absoluto iba bien. No había conseguido hablar con su padre, y su madre todavía no había llegado. Incluso aunque se hubiese olvidado de que la escuela acababa antes, debería haber vuelto a las tres y media.

«¡Piensa!», dijo Rose para sí mientras su hermana molía las patatas hasta convertirlas en polvo. Ya tenía bastante claro que su madre se había vuelto a ir FUERA. Supuestamente, Maggie y ella no sabían lo que era ese FUERA, no sabían dónde estaba ni que su madre había estado allí. Pero Rose lo sabía. El verano anterior, después de que su madre regresara de FUERA, Maggie le había enseñado un catálogo arrugado.

—¿Qué pone aquí? —quiso saber Maggie.

Rose leyó con detenimiento.

—«Instituto de Vida» —dijo mientras observaba la ilustración: la palma de una mano que sostenía los rostros de una mujer, un hombre y un niño.

—¿Y qué quiere decir?

—No lo sé —contestó Rose—. ¿Dónde lo has encontrado?

—En la maleta de mamá.

Rose ni siquiera le había preguntado a Maggie qué hacía revisando la maleta de su madre; a los seis años ya era una fisgona de consideración. Varias semanas más tarde, Rose volvía a casa de una excursión al colegio hebreo en el coche de los Schoen cuando pasaron a lo largo de un grupo de edificios, frente a los que había un cartel que tenía exactamente el mismo dibujo que había visto en el catálogo: los mismos rostros, la misma palma cóncava.

—¿Qué es eso? —había preguntado Rose como quien no quiere la cosa, porque el coche había pasado por delante del cartel demasiado rápido para intentar formarse una idea.

Steven Schoen había soltado una risita.

—El manicomio —había dicho. Y su madre había dado tal volantazo que el pelo se le fue hacia delante, y Rose olió a Aqua Net.

—¡Steven! —lo había regañado, y luego se volvió a Rose y le dijo con voz suave y almibarada—. Es un sitio que se llama Instituto de Vida —le explicó—. Es un tipo de hospital especial para la gente que necesita ayuda con sus sentimientos.

Bueno, así que eso era FUERA. Rose no se sorprendió demasiado; todo el mundo sabía que su madre necesitaba alguna clase de ayuda. Pero ¿dónde estaba ahora? ¿Estaría otra vez allí?

Rose miró de nuevo el reloj. Las seis y cinco. Llamó otra vez al despacho de su padre, pero el teléfono sonó y sonó. Colgó el auricular y fue hasta el cuarto de estar, donde ahora estaba Maggie sentada en el sofá y mirando por la ventana. Se sentó junto a ella.

—¿Ha sido culpa mía? —susurró Maggie.

—¿Qué?

—¿Se ha ido por mi culpa? ¿Se ha enfadado porque no me porto bien en el colegio?

—No, no —contestó Rose—. La culpa no es tuya. Y no se ha ido. Seguro que se ha confundido o algo, o a lo mejor ha tenido algún problema con el coche. ¡Puede haber pasado cualquier cosa! —Pero mientras tranquilizaba a Maggie, Rose metió la mano en el bolsillo para tocar el frío anillo de oro—. No te preocupes —insistió.

—Tengo miedo —dijo Maggie en voz baja.

—Lo sé —repuso Rose—. Yo también. —Permanecieron sentadas en el sofá, una al lado de otra, esperando mientras el sol se ponía.

Michael Feller apareció por el camino de entrada poco después de las siete, y Rose y Maggie se precipitaron a la puerta para saludarlo.

—¡Papi, papi! —exclamó Maggie, que al instante se lanzó sobre las piernas de su padre—. ¡Mamá no está en casa! ¡Se ha ido! ¡No ha vuelto!

Michael se volvió hacia su hija mayor.

—Rose, ¿qué pasa?

—Que hemos salido pronto del colegio... hoy había reunión de profesores, la semana pasada traje una carta a casa...

—¿Y no ha dejado ninguna nota? —quiso saber su padre, yendo tan deprisa hasta la cocina que Rose y Maggie tuvieron que correr para alcanzarlo.

—No —respondió Rose.

—¿Dónde está? —preguntó Maggie—. ¿Tú lo sabes, papi?

Su padre sacudió la cabeza y cogió el listín rojo y el teléfono.

—Pero no os preocupéis; seguro que no es nada grave.

Medianoche. Rose había obligado a Maggie a comer un poco de tallarines con atún e intentó también que su padre los probara, pero éste la había apartado con un gesto, sentado y encorvado, sin despegarse del teléfono, haciendo una llamada detrás de otra. A las diez, viendo que sus hijas todavía estaban despiertas, les puso a toda prisa los camisones y las acostó, olvidándose de decirles que se lavaran la cara y se cepillaran los dientes.

—A dormir —ordenó. Se habían pasado las dos últimas horas tumbadas la una al lado de la otra en la cama de Rose, a oscuras y con los ojos completamente abiertos. Rose le había contado cuentos a Maggie, *La Cenicienta* y *Caperucita Roja*, y la historia de la princesa y los zapatos encantados que bailaban, bailaban y bailaban.

Llamaron al timbre. Rose y Maggie se incorporaron automáticamente.

—Tendríamos que salir —sugirió Maggie.

—A lo mejor es ella —apuntó Rose.

Descalzas, bajaron corriendo la escalera cogidas de la mano. Su padre ya estaba en la puerta, y sin oír siquiera lo que decían, Rose supo que algo horrible había pasado, que su madre no estaba bien, que nunca nada volvería a estar bien.

En la puerta había un hombre alto, un hombre con uniforme verde y sombrero marrón de alas anchas.

—¿Señor Feller? —preguntó—. ¿Es ésta la casa de Caroline Feller?

Su padre tragó con dificultad y asintió. Del sombrero del hombre alto cayeron gotas de lluvia al suelo.

—Me temo que traigo malas noticias, señor —declaró.

—¿Ha encontrado a nuestra madre? —inquirió Maggie con un hilo de voz tembloroso.

El policía los miró apenado. Su cinturón de cuero crujió cuando alargó el brazo para apoyar la mano en el hombro de su padre. Sobre los pies descalzos de Maggie y Rose cayeron gotas de lluvia. El hombre las miró y miró de nuevo a su padre.

—Creo que tendríamos que hablar en privado, señor —observó. Y Michael Feller, con los hombros caídos y la cara descompuesta, le hizo pasar.

Y después de eso...

Después de eso vino su padre con el rostro desencajado. Después de eso vino lo del «accidente de coche», embalaron sus cosas de Connecticut, dejaron la escuela, su casa, a sus amigos, su calle de siempre. Su padre puso las cosas de su madre en cajas para los pobres; y Rose, Maggie y su padre se subieron a un camión U-Haul y viajaron hasta Nueva Jersey. «Para volver a empezar», les había dicho él. Como si eso fuera posible. Como si el pasado fuese algo que uno pudiera dejar atrás como el envoltorio de un caramelo o un par de zapatos que a uno le quedan pequeños.

En su cama, en Filadelfia, Rose se incorporó a oscuras, consciente de que esa noche no dormiría nada. Recordó el funeral. Recordó el vestido azul marino que había llevado, comprado hacía nueve meses para el primer día de clase, y cómo ya le iba demasiado corto, y las gomas de las mangas abullonadas, que le habían dejado marcas rojas en los brazos. Recordó la cara de su padre sobre el féretro, remota y distante, y a una señora mayor de pelo cobrizo sentada en el fondo de la sala, llorando en silencio con un pañuelo en la mano. Su abuela. ¿Qué había sido de ella? Rose no lo sabía. Después del funeral, habían sido raras las veces en que habían hablado de su abuela o de su madre. Vivían lejos del policía del sombrero lleno de lluvia y del camino de entrada en el que éste había estacionado su coche patrulla, con las luces azules todavía iluminando, quedas, la oscuridad, y lejos de la carretera que lo había traído hasta la casa de ellos. La resbaladiza y mojada carretera de peligrosas curvas, una cinta negra, como una lengua traicionera. Estaban lejos de la carretera, de la casa y del cementerio donde estaba enterrada su madre, debajo de un manto de desapacible hierba y una lápida con su nombre, el año de su nacimiento y de su muerte, y las palabras «Esposa y Amada Madre» cinceladas en ella. Y Rose jamás había vuelto a ir.

SEGUNDA PARTE

Aprendizaje continuo

24

Lo que necesitaba, pensó Maggie, era un plan.

Se sentó en un banco de la estación de la calle Trece, una grandiosa sala cavernosa llena de viejos periódicos y envases esparcidos de comida rápida, que olía a suciedad, a sudor y a abrigos de invierno. Era casi medianoche. Mujeres de aspecto atormentado arrastraban a sus hijos, a los que agarraban de los brazos. Gente sin hogar dormía tumbada en los bancos de madera tallada. «Yo podría ser uno de ellos», pensó Maggie, sintiendo cómo el pánico crecía en su interior.

«Piensa», dijo para sí. Llevaba una bolsa de basura llena de cosas, además de su bolso, su mochila y doscientos dólares, dos billetes nuevos de cien dólares cada uno, que Jim le había dado antes de dejarla. «¿Te puedo ayudar en algo?», le había preguntado con amabilidad, y ella había extendido la mano sin mirarle a los ojos. «Quiero doscientos dólares —le dijo—. Es un precio razonable.» Él había sacado el dinero de la cartera sin rechistar. «Lo siento...», había dicho... pero ¿qué sentía? ¿Y a quién iban dirigidas sus disculpas? A ella no. Maggie estaba segura de eso. Lo que ahora necesitaba era algún sitio donde dormir... y luego, finalmente, otro empleo.

Había que descartar a Rose. Y a su padre también. Maggie se estremeció, se imaginó arrastrando sus trastos por el césped mientras el idiota del perro aullaba, se imaginó la cara de falsa lástima y mal disimulado asco de Sydelle al abrir la puerta, y cómo sus ojos dirían: «Esto se veía venir», aunque sus labios estuvieran diciendo otra cosa. Sydelle querría detalles, querría saber lo que le había pasado con Rose y con su trabajo. Sydelle la asediaría con cientos de preguntas y su padre se quedaría ahí sentado, con la mirada tranquila y derrotada, sin preguntar nada en absoluto.

¿Qué le quedaba? Maggie no se veía a sí misma en un asilo de vagabundos. Todas esas mujeres, todas esas vidas fracasadas. Ella no era así. No había fracasado. No de esa manera. Ella era una estrella, ¡pero nadie se había dado cuenta!

«No eres una estrella —le susurró una voz dentro de su cabeza, y la voz se parecía a la de Rose, sólo que más fría de lo que la de su hermana sonaría nunca—. No eres una estrella, eres una zorra, una estúpida zorra. ¡Ni siquiera sabes cómo funciona una caja registradora! ¡Ni sabes cuadrar un talonario! ¡Te han desalojado! ¡Estás prácticamente en la calle! ¡Y te has acostado con mi novio!»

«Piensa», dijo Maggie para sí furiosa, tratando de acallar la voz. ¿Qué tenía? Su cuerpo. Eso sí. Jim le había dado los doscientos dólares sin problemas. Ciertamente, había hombres que pagarían para acostarse con ella y hombres que pagarían para verla bailar desnuda. Al menos eso era entretenido, porque actuaba. Y muchas de las estrellas actuales lo habían hecho como último recurso, para salir del paso.

Muy bien, pensó Maggie, sujetando con fuerza la bolsa de basura al ver que el vagabundo que dormía dos bancos más atrás profería un gemido. Estaba en la calle. Bien, tampoco era el fin del mundo. Pero eso no solucionaba el problema de su alojamiento. Era enero, el mes más frío del invierno. Se le había ocurrido coger un tren SEPTA hasta Trenton y después otro tren hasta Nueva York. Pero no llegaría allí hasta las dos de la mañana, y ¿qué haría luego? ¿Adónde iría?

Se puso de pie, con una mano agarró con fuerza la mochila y con la otra la bolsa de basura, y echó un vistazo al tablón del Transit de Nueva Jersey y a los nombres de las ciudades en las que paraban los trenes: Rahway, Westfield, Matawan, Metuchen, Red Bank, Little Silver. Ésta sonaba bien, pero ¿y si no le gustaba? Newark. Demasiado grande. Elizabeth. El blanco de los chistes de Jersey. Brick. ¡Ufff...! Princeton.

Había ido unas cuantas veces a Princeton a ver a Rose cuando tenía dieciséis y diecisiete años. Si cerraba los ojos, podía visualizarlo: edificios de piedra gris tallada cubierta de hiedra y con gárgolas que bordeaban los salientes. Recordaba los dormitorios con chimeneas, y bancos de madera frente a las ventanas, cuyos asientos se levantaban y servían para guardar las mantas que sobraban y los abrigos, y las ventanas de múltiples cristales emplomados. Recordaba las aulas gigantescas, los suelos inclinados llenos de angulosas sillas de madera con pupitres unidos, y una fiesta en un sótano, con un barril de cerveza en una esquina, y lo enorme que le había parecido la biblioteca, con tres pisos por encima y tres por debajo, cada uno tan largo como un campo de fútbol. El olor a madera quemada y a follaje otoñal, una bufanda de lana roja prestada que le abrigaba el cuello, mientras iba caminando por uno de los senderos apizarrados para ir a una fiesta, consciente de que sería incapaz de encontrar sola el camino de vuelta, porque había muchos senderos y todos los edificios eran casi iguales. «Aquí es muy fácil perderse —le había asegurado Rose para que no se sintiera mal—. Durante mi primer año de universidad me perdía constantemente.»

Tal vez sería un buen sitio para perderse ahora. Podía coger un tren hasta Trenton, el Transit de Nueva Jersey hasta Princeton, quedarse allí unos cuantos días y unirse a algún grupo de gente. Siempre le habían dicho que aparentaba menos años de los que tenía, y llevaba una mochila, el signo universal de los estudiantes. «Princeton», dijo en voz alta y anduvo hasta la taquilla, donde pagó siete dólares por un billete de ida. Siempre había querido volver a la universidad, pensó, mientras subía por la rampa hacia los trenes. ¿Qué más daba que ésta no fuera la forma más normal de hacerlo? ¿Cuándo había sido Maggie una chica normal?

A las dos de la madrugada Maggie avanzaba por el oscuro campus de la Universidad de Princeton. Tenía los músculos del hombro agarrotados por el peso de la mochila, y las manos entumecidas por cargar con la bolsa de basura llena de ropa, pero intentó avivar el paso cuando alcanzó a los grupos de estudiantes que caminaban por la acera, enderezó la espalda e irguió la cabeza como si supiera exactamente adónde iba.

Había bajado del tren en Princeton Junction, en medio de un gran aparcamiento con luces halógenas que iluminaban fríamente la penumbra. Tuvo un momento de pánico, se volvió y, en efecto, vio que había estudiantes —o al menos gente que tenía aspecto de serlo— desfilando por el andén y bajando para adentrarse en un túnel. Los siguió por debajo de las vías del tren y cruzó como ellos al otro lado, donde había otro tren mucho más pequeño esperando. Compró el billete en el mismo tren y al cabo de dos minutos llegaba al campus.

Mientras subía por la colina, estudió rápida pero detenidamente a sus compañeros de trayecto, jóvenes que, a juzgar por las conversaciones y la cantidad de equipaje, supuso que regresaban de sus vacaciones navideñas. Saltaba a la vista que acicalarse no era una prioridad para estas chicas, en cambio sí lo era comprarse lo que estaba de moda en Abercrombie & Fitch.

Ninguna llevaba mucho más que brillo de labios, y todas iban vestidas con algún modelo de tejanos desgastados, jerseys o sudaderas, abrigos de color camello y capas y capas de gorros, bufandas, mitones y botas forradas. «Vaya, por eso Rose viste como viste —pensó y repasó mentalmente su vestuario. Corpiños pequeños, no. Pantalones de cuero, seguro que tampoco. ¿Un *twinset* de cachemir?—. Ya, ¡si por lo menos tuviese uno!», dijo para sí, y se estremeció mientras el viento helado le mordía la nuca al descubierto. Necesitaba una bufanda. Y también un cigarrillo, aunque le daba la impresión de que ninguna de esas chicas estaba fumando. A lo mejor era porque hacía demasiado frío; no, probablemente fuera porque no fumaban. Probablemente, las modelos que anunciaban la ropa de Abercrombie & Fitch no eran fumadoras. Maggie suspiró y se acercó lo máximo que pudo a un grupo de chicas que conversaba, en busca de más información.

—No lo sé —dijo una de ellas, riéndose de manera entrecortada mientras pasaban de largo tablones de anuncios llenos de propaganda que anunciaba de todo, desde películas y conciertos hasta guitarras de segunda mano en venta—. Creo que le gusté, y le di mi número de teléfono, pero no he vuelto a saber nada de él.

«Entonces es que no le gustas, tonta», pensó Maggie. Si les gustas, te llaman. Así de sencillo. ¿Y se suponía que aquí estaban las chicas inteligentes?

—Quizá deberías llamarle —sugirió una de sus amigas. «¡Claro! —dijo Maggie para sí, que no había llamado a un chico desde que a los trece años dejó de hacer llamadas suicidas—. ¿Y por qué no ondeas una bandera delante de su habitación, por si no se ha enterado?»

El grupo se detuvo delante de un edificio de piedra de cuatro plantas con una pesada puerta de madera. Una de las chicas se sacó los mitones y marcó una clave junto al pomo de la puerta. Ésta se abrió, y Maggie entró detrás de ellas.

Estaban en una especie de sala común. Había media docena de sofás tapizados con una indestructible tela azul, varias mesas toscas de centro cubiertas de periódicos y revistas, y una televisión que emitía *It's a Wonderful Life*, lo que, por lo que concernía a Maggie, no era cierto. De ahí partía una escalera que, con toda probabilidad, conducía a las habitaciones individuales... y, por el ruido que se oía, debía de haber alguna fiesta. Maggie dejó las bolsas y sintió un hormigueo en los dedos cuando la sangre les volvió a llegar. «Ya estoy dentro», pensó, sintiendo una mezcla de alegría y ansiedad al preguntarse cuánto le costaría dar el siguiente paso.

El grupo de chicas subió por la escalera, tan gráciles como una manada de elefantes, enfundadas en sus pesadas botas. Maggie las siguió hasta el cuarto de baño («Y si le llamo, ¿qué le digo?», preguntó quejumbrosa la chica a la que no habían llamado). Esperó a que se fueran y luego se mojó la cara con agua caliente y se quitó los restos de maquillaje. Se recogió el pelo en una cola de caballo, al estilo de Rose (por lo que había visto hasta ahora era el peinado predilecto de Princeton), se puso más desodorante y un poco de perfume, y se enjuagó la boca con agua del grifo. Para que la siguiente parte del plan funcionara tenía que estar perfecta, o lo más perfecta posible después de todo lo que le había pasado.

A continuación regresó a la sala común y la examinó. Si dejaba las bolsas detrás del sofá, ¿se las robarían? No. Aquí todo el mundo tenía la ropa que quería, supuso Maggie, que se hizo un ovillo en un sillón que había en una esquina, rodeó sus piernas con los brazos y observó, esperando.

No tuvo que esperar mucho. Un grupo de chicos —debían de ser cuatro, o quizá cinco, con sudaderas y pantalones de color caqui, hablando en voz alta y oliendo a cerveza— pasaron a empellones por delante del vigilante, y por delante de Maggie, y se dirigieron hacia la escalera. Maggie los siguió con sigilo.

—¡Eh, hola! —la saludó uno de los chicos, escudriñándola como si la mirase con un telescopio—. ¿Adónde vas?

Maggie sonrió.

—A la fiesta —contestó como si fuese algo obvio. Y él le dedicó una abierta sonrisa, con los ojos entornados y una mano apoyada en la pared para no perder el equilibrio, y le dijo que tal vez hoy fuese su día de suerte.

La fiesta —porque, naturalmente, había una fiesta; aunque la universidad formaba parte del selecto grupo llamado la Ivy League, seguía siendo una universidad, lo que significaba que siempre había fiestas— era cuatro pisos más arriba en lo que a Maggie le pareció que era una suite. Había un salón con un sofá y una cadena de música, dos dormitorios con una litera en cada uno y, en medio de ambos, una bañera llena de hielo y el inevitable barril puesto encima.

—¿Te apetece una copa? —le ofreció uno de los chicos de la escalera; quizá fuese el que le había dicho que era su día de suerte o uno de sus amigos. Medio a oscuras y con todo ese ruido, y toda esa gente, no estaba segura, pero igualmente asintió y se inclinó hacia delante dejando que los labios rozaran su oreja mientras susurraba: «Gracias».

Cuando él regresó, haciendo eses y tirando media cerveza al suelo a medida que se acercaba, ella ya se había sentado en un extremo del sofá con sus largas piernas cruzadas.

—¿Cómo te llamas? —inquirió él. Era bajo, huesudo, y tenía unos rizos rubios más apropiados para una de esas reinas de la belleza que para un estudiante de universidad, una mirada observadora y cara de astuto.

Maggie ya había contado con esa pregunta.

—M —respondió. En el tren había decidido no volver a ser Maggie. Había fracasado como Maggie, había fracasado en su intento de fama y fortuna. A partir de ahora sería simplemente M.

El chico la miró con los ojos entornados.

—¿Eme? ¿Como tía Eme?

Maggie arqueó las cejas. ¿Tenía ella una tía Eme? ¿La tendría él?

—M a secas —contestó.

—Vale, vale —repuso el chico encogiéndose de hombros—. Es sólo que no te he visto nunca por aquí. ¿Cuál es tu especialidad?

—Subterfugio —respondió Maggie.

El joven asintió como si lo hubiese entendido. Bueno, pensó Maggie, a lo mejor el subterfugio era de verdad una especialidad en este sitio. Tendría que comprobarlo.

—Yo hago políticas —comentó el chico, al que se le escapó un gran eructo—. Perdona.

—No pasa nada —dijo Maggie, como si los gases intestinales fueran la cosa más fascinante y atractiva del mundo—. ¿Cómo te llamas?

—Josh —afirmó el chico.

—Josh —repitió Maggie como si esto también fuese fascinante.

—¿Quieres bailar? —le preguntó Josh. Maggie tomó con delicadeza un sorbo de cerveza y le dio a él el vaso, que apuró servicialmente. De pie, uno frente a otro, bailaron... o, para ser más exactos, Josh dio bruscos pasos hacia delante y hacia atrás como si su cuerpo estuviese recibiendo una pequeña descarga eléctrica, mientras que Maggie pegaba sus caderas a las de él.

—¡Guau! —exclamó Josh encantado. Le rodeó la cintura con las manos y la acercó presionándola contra el bulto de sus pantalones—. Eres una gran bailarina.

Maggie casi se echó a reír. Doce años yendo a clases de ballet, jazz y zapateado, y a esto lo llamaban bailar bien. Idiota. Inclinó la cabeza hacia delante, acercando una vez más la boca y su cálido aliento a la oreja de Josh, dejando que sus labios le rozaran el cuello ligeramente.

—¿Podemos ir a un lugar más tranquilo? —inquirió. Josh tardó unos instantes en registrar sus palabras, pero cuando lo hizo se le iluminaron los ojos.

—¡Por supuesto! —exclamó él—. Tengo una habitación para mí solo.

¡Bingo!, pensó Maggie.

—¿Tomamos otra cerveza antes? —preguntó con voz de niña pequeña. Él volvió con dos cervezas y se acabó bebiendo la suya entera, y también casi toda la de Maggie, antes de rodearla de nuevo por la cintura, colgarse su mochila en el hombro y conducirla otra vez hacia la escalera, y hacia la felicidad que creía le esperaba en su habitación individual, que tenía el nombre de Blair. «Blair», dijo Maggie para sí, mientras caminaba y él se tambaleaba. Tendría que empezar a hacerse una lista con los nombres de los sitios y los chicos. Tendría que ir con cuidado. Tendría que ser lista. Más lista que Rose incluso. Porque una cosa era sobrevivir en un lugar como éste cuando se suponía que uno tenía que estar ahí, pero hacerlo como infiltrada era un desafío que merecería toda su astucia y su destreza, toda la inteligencia que la señora Fried, dijeran lo que dijeran los tests, le había prometido tiempo atrás que tenía.

* * *

Josh abrió la puerta como si fuera un emperador revelando los muros con cedro y los suelos de oro de su palacio, y Maggie se dio cuenta de que ahora las cosas podían complicarse. Tenía que prepararse para la posibilidad de acostarse realmente con este chico. Dos chicos en una sola noche, pensó con tristeza. No era un promedio que se hubiese propuesto conseguir.

La habitación era un diminuto rectángulo lleno de libros, zapatillas de deporte y montañas de ropa por doblar, que olía a calcetines sudados y a *pizza* de hacía varios días.

—Éste es mi humilde hogar —declaró Josh observándola y lanzándole una penetrante mirada. Se tumbó encima de la cama y tiró al suelo un libro de química, una botella de agua, una barra con pesas de cinco kilos, y lo que a Maggie le pareció que era un macro bocadillo mixto fosilizado comido a medias. Extendió los brazos en cruz y le sonrió con la fría presuntuosidad de un niño que ha tenido siempre todos los juguetes que ha querido y que los ha roto para fastidiar—. Ven con papá —le dijo.

Sin embargo, Maggie le sonrió despacio, con picardía, y no se movió de los pies de la cama. Descendió con coquetería un dedo por su escote.

—¿Tienes algo para beber? —susurró. Josh señaló con el dedo.

—En la mesa —contestó. Maggie encontró una simple botella marrón. Licor de melocotón. ¡Pfff...! Tomó un trago, intentando no poner cara de asco mientras el empalagoso sabor a melocotón inundaba su boca, volvió la cabeza hacia Josh y lo miró provocativa. Al instante él estaba a su lado y puso sus labios fríos, y un tanto repulsivos, contra los de Maggie.

Ella le metió la lengua en la boca y la movió al ritmo de *Girls Just Want to Have Fun*, de Cyndi Lauper's, que cantó mentalmente, y dejó que el espeso líquido pasara de su boca a la de Josh.

When the working day is done, oía a Cyndi aullar en su cabeza mientras Josh la miraba, borracho, deseoso, claramente convencido de que había muerto y se había ido al cielo, o al menos a la sección X de su videoclub interno.

Maggie colocó una de sus pequeñas manos en medio de su pecho y lo empujó con suavidad. Josh cayó de espaldas sobre la cama como un tronco. Maggie tomó otro sorbo de licor y se sentó a horcajadas sobre él sobando su entrepierna contra el cuerpo de Josh, sonriendo. «Sé valiente», pensó. Se sentó sobre las nalgas y se sacó el top por la cabeza. Josh abrió los ojos atónito al contemplar sus pechos con el tenue resplandor de las farolas del exterior, que se filtraba a través de su ventana. Maggie trató de ponerse en el lugar de Josh, imaginándose lo que él veía: una chica ágil y medio desnuda, con la melena sobre los hombros, la piel blanca, su delgado torso y los duros pezones marrones, que apuntaban hacia él.

Josh alargó los brazos hacia ella. «Ahora», dijo Maggie para sí, y ladeó la botella de licor de forma que el líquido cayera sobre sus pechos, dejando un pegajoso rastro hasta la cinturilla de sus tejanos.

—¡Oh, Dios! —exclamó Josh—. ¡Estás tan buena!

Josh resopló y habló entrecortadamente, dijo cosas que Maggie no pudo entender; resolló sobre su piel y el licor, y sus manos forcejearon en vano con el cierre de los tejanos. Ella había supuesto que Josh estaría demasiado borracho para abrir un botón y, al parecer, había acertado.

—Espera —susurró, moviéndose deprisa y acostándose junto a él—. Yo cuidaré de ti.

—Eres increíble —dijo él, y se quedó quieto con los ojos cerrados. Maggie se acercó y le besó el cuello. Josh suspiró. Maggie le regaló un sendero de diminutos besos desde el lóbulo de su oreja hasta la clavícula, y le daba cada beso más despacio. Él volvió a suspirar y se tocó la parte delantera de los calzoncillos. Maggie empezó a arrastrar la lengua hacia su pecho. Despacio, se recordaba a sí misma, lamiéndole y besándolo al compás de los latidos de su corazón. Despacio...

Cada beso era más suave que el anterior. Cada beso tardaba más en llegar. Se detuvo, contuvo el aliento y se quedó tensa, a su lado, hasta que lo oyó respirar más lentamente con un ritmo regular, hasta que escuchó el sonido del primer ronquido. Levantó un poco la cabeza y le echó un vistazo para asegurarse. Josh tenía los ojos cerrados, la boca abierta, y una burbuja de saliva que se hinchaba y se deshinchaba entre los labios. Estaba dormido.

Dormido o desmayado. No sabía con certeza cuál de las dos cosas, pero no tenía importancia. Hasta ahora su plan había funcionado. Deslizó una mano en el bolsillo de Josh y sacó una tarjeta de plástico. Era su carné de estudiante. Perfecto. Después bajó sigilosamente de la cama, localizó su top y se lo volvió a poner mientras Josh roncaba. Encontró una toalla en el suelo; olía a humedad y estaba áspera, pero sería inútil buscar ropa limpia aquí, pensó, dando con una cubeta de plástico que contenía jabón y champú.

Su cartera estaba encima de la mesa. La miró, pensativa, y luego la cogió y la abrió. Había media docena de tarjetas de crédito y un buen fajo de billetes. Lo contaría más tarde, decidió, y se lo metió todo en el bolsillo antes de volverse al armario. ¿Se atrevería? Avanzó lentamente y abrió la puerta milímetro a milímetro. Josh no tenía una sino dos chaquetas de piel, además de toda suerte de camisas, jerseys, pantalones caqui, zapatillas deportivas y chirucas, tejanos y polos, anoraks, abrigos de invierno, e incluso un esmoquin envuelto en un plástico de la tintorería. Maggie cogió dos jerseys y después miró en el rincón. ¡Premio! Había un saco de pluma perfectamente introducido en una funda de tela y una linterna de cámping eléctrica al lado. Jamás echaría eso de menos, y de hacerlo, estaba segura de que quienquiera que le hubiese comprado todo aquello, le enviaría un talón para que comprara otro equipo.

Josh gimió ruidosamente y se giró, poniendo un brazo encima de la almohada sobre la que había estado la cabeza de Maggie. Maggie se quedó helada. Se obligó a sí misma a contar hasta cien antes de volverse a mover, entonces recogió su botín, y embutió el saco y la linterna dentro de su mochila. Abrió la puerta despacio y se dirigió hacia el pasillo. Eran las cuatro de la mañana. Maggie oía todavía el estruendo de la música, y las voces y gritos de la gente que volvía de las fiestas.

Los cuartos de baño estaban al final del pasillo, y tenían taquillas para las que se necesitaban claves secretas, pero, por suerte, la puerta del lavabo de las chicas se había quedado abierta gracias a que había una alumna desmayada en el suelo, boca abajo, con medio cuerpo dentro y medio fuera de uno de los lavabos. Maggie pasó por encima de sus piernas y se desnudó, colgando meticulosamente la ropa en uno de los colgadores y la toalla encima.

Se puso debajo del agua caliente y cerró los ojos. Muy bien, dijo para sí. Muy bien. Lo siguiente era la comida y un lugar donde instalarse. Había pensado en la biblioteca, porque en todas las universidades en las que había estudiado o a las que había ido, los vigilantes nunca eran muy escrupulosos con los carnés. Si uno tenía aspecto de ser de ahí, simplemente te dejaban pasar haciendo un gesto con la mano. De modo que primero cogería sus cosas, que estaban detrás del sofá, en la sala común, luego usaría el carné de estudiante de Josh para colarse en un comedor y comer algo, y luego...

Maggie miró hacia abajo y vio un clip de pelo de plástico blanco en la jabonera... el mismo tipo de objeto horrible que utilizaba su hermana para apartarse el pelo de la cara. «Rose», pensó, y de pronto una ola de arrepentimiento la sacudió de tal manera que se le hizo un nudo en la garganta. «Rose —dijo para sí—, lo siento.» Y en ese momento, desnuda y sola, se sintió más desdichada que en toda su vida.

25

«A lo mejor es esto lo que se siente cuando uno se vuelve loco», pensó Rose, girando sobre el otro lado y volviéndose a dormir.

En su sueño, estaba perdida en una cueva que se hacía más y más pequeña cada vez, y el techo bajaba y bajaba hasta que pudo sentir cómo las húmedas estalactitas —posiblemente fueran estalagmitas, Rose siempre las había confundido— le presionaban la cara.

Se despertó. La perrita que Maggie le había dejado estaba a su lado, sentada en una almohada, lamiendo sus mejillas.

—¡Ufff...! —exclamó Rose, que enterró la cara en la almohada y se apartó rodando. Durante unos instantes no recordó nada. Luego todo le vino violentamente a la memoria: Jim y Maggie. En la cama. Juntos—. ¡Oh, Dios! —se lamentó. La perrita colocó una pata sobre su frente, como si le tomase la temperatura, y soltó un curioso y sonoro gemido.

—Vete —le ordenó Rose. No obstante, la perrita dio tres vueltas sobre sí encima de la almohada, se acurrucó hasta parecer una mota de color y empezó a roncar. Rose cerró los ojos y se puso a dormir de nuevo como la perrita.

Cuando se volvió a despertar eran más de las once de la mañana. Se levantó tambaleándose, y estuvo a punto de resbalar con el charco tibio que había delante del cuarto de baño.

Se quedó mirando su pie en silencio y después miró a la perrita, que seguía echada en la cama.

—¿Esto lo has hecho tú? —le preguntó. La perrita se limitó a mirarla. Rose suspiró, cogió el Pine-Sol y un rollo de papel de cocina y arregló el desastre. No podía culpar al animal, supuso... el pobre no había salido desde ayer.

Caminó pesadamente hasta la cocina, preparó la cafetera, se sirvió un bol de cereales Bran Flakes con leche y los removió con la cuchara, hacia delante y hacia atrás. Se dio cuenta de que no quería cereales. No quería nada. Tenía la sensación de que nunca más volvería a tener hambre.

Clavó la vista en el teléfono. ¿Qué día era? Sábado. Lo que le daba el fin de semana de margen para recomponerse. O tal vez debería llamar ahora mismo y decir que estaba enferma, tal vez debería dejarle a alguien un mensaje diciendo que esta semana no iría. Pero ¿a quién? Si Maggie estuviese aquí, sabría qué decir. Maggie era la reina de las mentiras piadosas, las verdades a medias y los días libres para la salud mental, que para ella estaban completamente justificados. Maggie.

—¡Oh, Dios! —volvió a lamentarse Rose. Maggie estaría otra vez en casa de su padre, o escondida entre los arbustos, o en algún banco de la calle, convencida de que por la mañana Rose cambiaría de idea. Bueno, ¡pues ni en sueños!, pensó Rose furiosa, apartando el desayuno y dejando el bol al lado del fregadero.

La perrita, evidentemente, no compartía su desánimo ni su falta de apetito. Había aparecido junto a sus pies y miraba fijamente el bol de cereales con ojos tristones y ávidos. Rose se percató de que no tenía ni idea de lo que Maggie le había dado al animal para comer. No había visto comida para perros por ahí. Claro que no se había fijado en gran cosa. Salvo en Jim. O en la ausencia de éste. Con indecisión, puso el bol de cereales en el suelo. La perrita lo olisqueó, bajó el hocico, dio un pequeño lametazo de leche, luego bufó una vez con desdén y levantó la mirada hacia Rose.

—¿No te gusta? —le preguntó Rose. Revolvió en los armarios. Sopa de guisantes. Probablemente no le gustaría. Semillas de soja... No, mejor que no. ¡Atún! ¿O eso era para gatos? Decidió intentarlo, mezclándolo con salsa mayonesa y dejándolo delante de la perrita junto con una taza de agua. La perrita lo devoró mientras emitía pequeños gruñidos de felicidad, y con el hocico empujaba el bol a lo largo del suelo de la cocina, para intentar rebañar cualquier resto de mayonesa o trozo de atún.

—Muy bien —dijo Rose. Ya era la una de la tarde, increíble. El piso estaba inmaculado gracias a la limpieza de la noche anterior. Paseó hasta el cuarto de baño y se miró en el espejo durante bastante rato. Era una chica normal, con un pelo normal y unos ojos castaños normales. Sus labios, mejillas y cejas no tenían nada en especial.

«¿Qué me pasa?», le preguntó al rostro del espejo. La perrita se sentó junto a la puerta del baño y la miró fijamente. Rose se cepilló los dientes, se lavó la cara e hizo la cama desplazándose por la habitación lenta y pesadamente. ¿Salía? ¿Se quedaba? ¿Y si volvía a dormir?

La perrita se puso a rascar la puerta principal.

—¡Eh, para! —Miró a su alrededor, preguntándose si Maggie habría dejado una correa, entonces cogió una bufanda que se había comprado una tarde de poca inspiración en que había pensado que, sin duda, podía ser el tipo de persona que llevara bufandas; el tipo de mujer que usaba accesorios en lugar de que sus bufandas acabaran inevitablemente pilladas por la puerta del coche y metidas en la sopa.

Se arrodilló y pasó la bufanda por el collar del animal. Parecía contrariada y humillada, como si la perrita —como si ella— supiera que la bufanda era de poliéster y no de auténtica seda.

—Te pido mil perdones —se disculpó Rose con sarcasmo y buscó sus llaves, sus gafas de sol y sus mitones, y un billete de veinte dólares que se metió en el bolsillo para poder comprar comida para mascotas. Después se dirigió hasta el ascensor, cogió a la perrita y la escondió dentro de su abrigo, pasó con disimulo por delante del portero y fue hacia la puerta. Si mal no recordaba, había una franja de césped en la esquina de la calle. La perrita podría hacer allí sus necesidades, y luego cruzaría la calle hasta el Wawa, el *drugstore*, ataría el animal a un parquímetro como había visto hacer a otras personas, y compraría comida para el animalito, y un donut para ella, decidió Rose. Un donut de jalea. Posiblemente dos, y un café con crema, y tres sobres de azúcar. Engordaría... pero ¿qué más daba? ¿Quién iba a verla ahora desnuda? ¿A quién le importaría? Podía engordar; podía dejar que los pelos de las piernas le crecieran hasta que fueran lo suficientemente largos como para hacerse trenzas; podía ponerse todos los pantys con carreras que tuviese, sucios y con la goma rota. Nada de eso importaba ya.

En cuanto salieron del edificio, la perrita le lanzó a Rose una mirada de agradecimiento, trotó hasta el bordillo, se sentó en cuclillas y orinó durante lo que a Rose le pareció una eternidad.

—Siento haberte hecho esperar —confesó Rose. La perrita bufó. Rose no estaba segura de lo que eso quería decir, porque lo cierto era que el animal resoplaba mucho. A lo mejor no era más que un rasgo propio de la raza. A lo mejor esta raza resoplaba especialmente. Rose lo ignoraba. Después de *Honey Bun*, el perro que les duró un día, Maggie y ella no habían tenido ni siquiera un pez de colores. Demasiada responsabilidad añadida para su padre, para el que, saltaba a la vista, las dos niñas ya eran suficiente carga. Y luego, cuando Maggie y ella abandonaron la casa paterna, Sydelle adquirió su perro de diseño, un perro con pedigrí y papeles que lo atestiguaban. «Soy alérgico —había advertido su padre—. No digas tonterías», había sido la respuesta de Sydelle. Y eso fue todo. *Chanel*, el golden retriever idiota, se quedó. Y su padre se aguantó.

—¡Qué monada de perro faldero! —exclamó una mujer de pelo negro, arrodillándose para dejar que el animal le oliera la mano. Perro faldero, dijo Rose para sí. Muy bien, o sea, que era una perra faldera. Algo es algo.

—Vamos —ordenó Rose, envolviéndose la mano con la bufanda, y la perrita caminó tranquila a su izquierda mientras iban al Wawa, el *drugstore*—. Quédate aquí —le dijo Rose, y ató la bufanda a un parquímetro. La perra faldera levantó la vista hacia ella y la miró como una invitada que espera su plato de sopa—. Ahora vuelvo —aseguró Rose. Entró y se pasó diez minutos ante la confusa variedad de comida canina antes de decantarse por una bolsa de galletas para perros adultos pequeños. Asimismo compró un cuenco de plástico para poner la comida, dos donuts de jalea, café, dos tarrinas de helado de medio litro cada una, y una bolsa de ganchitos de queso que había cogido de un estante, y que prometían ser lo último en sabores de queso. El cajero arqueó las cejas al ver su compra. Rose venía mucho por aquí, pero siempre compraba periódicos, café solo y alguna que otra caja de Slim-Fast.

—Estoy de vacaciones —explicó Rose, preguntándose por qué sentía la necesidad de explicarle nada a un chico que trabajaba de cajero en el Wawa. Pero él le sonrió con amabilidad y, junto con el ticket, introdujo un paquete de chicles Bazooka en su bolsa.

—Disfrútalos —declaró él. Rose le devolvió una tímida sonrisa y salió a la calle, donde la perrita seguía sentada y atada al parquímetro.

—¿Cómo te llamas? —preguntó Rose en voz alta.

La perrita se limitó a mirarla.

—Yo soy Rose —afirmó Rose—. Soy abogada. —La perrita caminó a su lado. Había algo en la forma en que movía la cabeza y erguía las orejas que la hacía pensar que realmente la escuchaba—. Tengo treinta años. Me diplomé *cum laude* en Princeton, luego estudié en la Escuela de Derecho de Pensilvania, donde fui redactora de la revista *Law Review*, y...

¿Por qué le explicaba su currículum a la perrita? ¡Menuda estupidez! La perrita no iba a contratarla. Probablemente nadie más lo haría. Correría la voz de lo suyo con Jim. Quizá ya habría empezado a circular, pensó Rose abatida. Seguro que había empezado mientras ella trabajaba en la empresa, pero había estado demasiado atontada y ciega de amor para verlo.

—Tenía un ligue —explicó Rose, y se detuvo con la perrita frente a un semáforo en rojo. La joven que estaba a su lado en la acera y que llevaba un *piercing* de oro en el labio, la miró extrañada y se fue deprisa—. Estaba este chico... —Hizo un alto—. Bueno, siempre hay alguno ¿no? En realidad era como mi jefe y acabó siendo... —Tragó saliva—. Un desastre. Un completo desastre.

La perrita soltó un ladrido agudo.¿De desesperación? ¿De asentimiento? Rose no estaba segura. Quería llamar a Amy, pero no se veía con ánimos de hacer frente al dolor de decirle a su mejor amiga que tenía razón, que Jim había resultado ser tan imbécil como ella se había imaginado... y que Maggie, su hermana, a la que había acogido en su casa, su hermana, a la que había intentado ayudar, se había portado aún peor. La luz estaba en verde. La perra ladró de nuevo y tiró con suavidad de la bufanda.

—Se acabó —concluyó Rose, simplemente para decir algo, para terminar la historia de alguna forma, aunque sólo estuviese hablando con un perro y el perro no la estuviera escuchando—. Se acabó —repitió, y cruzó la calle. La perrita miró a Rose y luego otra vez hacia el suelo.

—Entonces, la chica que ha estado cuidándote se llama Maggie. Y es mi hermana —continuó mientras se aproximaban a su casa—. Habrá que darte de comer y comprarte una correa, e intentar averiguar de dónde has salido para devolverte. —Se paró en una esquina y volvió a observar a la perrita, pequeña, de color café, suponía que inofensiva. La perrita alzó la vista y después bufó enérgicamente, y Rose diría que con desdén—. Vale, desagradecida —le reprochó. Cruzó la calle y se dirigió a casa.

26

¿Quién ha contado alguna vez la verdad de un matrimonio? Desde luego Ella no lo había hecho nunca. Sus amigas y ella hablaban de sus maridos como si fueran niños o mascotas, extraños especímenes causantes de malos olores, ruidos raros y desastres que ellas tenían que arreglar. Reducían a sus maridos a frases hechas. Hablaban de ellos taquigráficamente, un código de ojos en blanco y pronombres. Él. Le. «Si él no come verdura, ¿cómo voy a obligar a los niños a comerla? Me encantaría hacer ese crucero, pero, como es normal, tendré que preguntárselo a él.»

Ella solía contribuir con su pequeña colección de anécdotas, las historias que hacían que Ira pareciera un simple dibujo de tira cómica para niños trazado a grandes rasgos. Con las mujeres sentadas alrededor de la mesa de bridge cacareaba sus historias acerca de cómo él no hacía viajes de más de treinta kilómetros sin un bote grande de salsa mayonesa vacío por si no le gustaba el estado de los lavabos de las gasolineras, o de los ochenta dólares que se había gastado en un equipo para hacerse sus propios yogures. «Nada de helados ni de cerveza —decía mientras las otras mujeres se reían tanto que tenían que enjugarse las lágrimas de las mejillas—, nada de lo que a mí me gustaría, sino yogures. Ira, el rey del yogur.»

Ésas eran las historias que contaba, pero nunca explicaba la verdad sobre su matrimonio. Nunca les decía a esas mujeres qué se sentía viviendo con un hombre que era más un compañero de habitación que un marido, como si a uno le hubiesen adjudicado a alguien para compartir casa hasta el final de un viaje. Nunca les hablaba de la hiriente cortesía, del modo en que Ira le daba las gracias cuando ella le servía el café, o la cogía del brazo cuando estaban en público, en bodas o en la cena de Navidad de su empresa, de cómo la cogía del brazo y la ayudaba a bajarse del coche como si fuese de cristal. Como si fuese una desconocida. Y ni mucho menos había mencionado nunca cómo, en silencio, habían dejado de dormir en la misma cama cuando Caroline empezó la escuela, y cómo Ira se había trasladado al cuarto de invitados la semana en que su hija se fue a la universidad. De esas cosas no se hablaba nunca, y Ella no habría siquiera sabido por dónde empezar la conversación.

Un fuerte golpe la despertó de su ensimismamiento. La señora Lefkowitz aporreaba su puerta.

—¿Bruja? ¿Está usted en casa? —Ella se apresuró a dejarla pasar, esperando que ninguno de sus vecinos la hubiese oído. La señora Lefkowitz caminó dificultosamente hasta la cocina de Ella, metió la mano en su enorme bolso de ganchillo rosa y puso un frasco de cristal sobre la encimera.

—Son pepinillos —anunció. Ella reprimió una sonrisa y volcó el tarro de Claussen's Finest en una fuente mientras su invitada escudriñaba su salón y olisqueaba—. ¿No ha llegado todavía?

—No, todavía no —gritó Ella mirando el horno. Nunca había entendido la cocina de Florida, si es que había algo así, y las pocas veces en que había tenido que cocinar para alguien que no fuera ella misma siempre había recurrido al puñado de recetas que solía usar en sus años de casada cuando tenía invitados. Hoy había hecho pechugas, tortitas de patata, un guiso judío llamado *tsimmes* de zanahorias y ciruelas pasas, con *challah,* pan judío de la pastelería, los pepinillos de la señora Lefkowitz, dos pasteles diferentes y una empanadilla dulce. Demasiada comida, pensó, demasiada sólo para ellos tres y demasiado copiosa para estas calurosas noches en Florida, pero el trabajo de ir a comprar al supermercado o correr de un lado a otro de su diminuta cocina le había servido para no pensar en lo nerviosa que estaba.

—Me gustaría conocer a tus amigas —le había comentado Lewis, ¿y cómo iba Ella a decirle que, en realidad, aquí no tenía amigas? La habría tomado por loca, o se habría pensado que le pasaba algo malo. Y la señora Lefkowitz se había mostrado, si cabe, más insistente.

—¡Ha venido un caballero! —había exclamado con risas entrecortadas después de que Ella cometiese el error de dejar que Lewis la acompañara un día en que tenía Comedor Móvil, siguiendo a Ella por toda la cocina, golpeando el suelo con su bastón—. ¿Es guapo? ¿Tiene dinero? ¿Está viudo, divorciado? ¿Lleva peluquín? ¿Marcapasos? ¿Conduce? ¿Conduce de noche?

—¡Basta ya! —había exclamado Ella entre risas, con las manos en el aire haciendo el gesto universal de «me rindo».

—Entonces ya está decidido —concluyó la señora Lefkowitz sonriendo de forma ladeada; parecía el famoso gato de Cheshire de *Alicia en el país de las maravillas.*

—¿Qué es lo que está decidido? —inquirió Ella.

—Que me invitará a cenar a su casa. Me irá muy bien salir —declaró la señora Lefkowitz con naturalidad—. Me lo ha dicho el médico. —Cogió de la mesa de centro lo que le había dicho a Ella que era una PalmPilot—. ¿Qué tal a las cinco?

Eso había sido tres días antes. Ella consultó su reloj. Las cinco y cinco.

—¡Llega tarde! —observó gentil la señora Lefkowitz desde el sofá del salón. Lewis llamó a la puerta.

—Hola, señoras —saludó. Llevaba un manojo de tulipanes, una botella de vino y algo en una caja de cartón cuadrada, escondida debajo del brazo—. ¡Huele de maravilla!

—He hecho demasiada comida —reconoció Ella con timidez.

—Entonces habrá restos —dijo él, y alargó los brazos hacia la señora Lefkowitz, a la que Ella había visto pintarse los labios de color rosa geranio.

—¡Hola, hola! —gorjeó ella, examinándolo mientras él la ayudaba a ponerse de pie.

—Usted debe de ser la señora Lefkowitz —comentó Lewis. En la cocina, Ella contuvo el aliento, suponiendo que, por fin, se enteraría del nombre de pila de la señora Lefkowitz. Sin embargo, ésta soltó una risita con coquetería y dejó que Lewis la acompañara a la mesa.

Después de la cena, del postre y de tomar café en el salón, la señora Lefkowitz suspiró satisfecha y se le escapó un pequeño eructo.

—Está a punto de pasar el tranvía —anunció, y salió cojeando hacia la noche. Lewis y Ella intercambiaron sonrisas.

—Te he traído una cosa —dijo Lewis.

—¡Oh! No tenías por qué hacerlo —replicó Ella pensativa al ver que Lewis sacaba la caja de cartón. Sintió que se le helaba el corazón al darse cuenta de lo que había traído. Un álbum de fotos.

—La otra noche te hablé de mi familia y he pensado que tal vez querrías ver algunas fotos —comentó Lewis, que se acomodó en el sofá como si esto no fuera nada extraño ni aterrador. Como si cualquiera pudiese hacerlo; abrir un álbum de fotos y mirar el pasado de frente. Ella se había quedado petrificada, pero se obligó a sonreír y se sentó junto a él.

Lewis abrió el álbum. Primero había fotos de sus padres, de pie, tiesos, con su ropa anticuada, y de Lewis y sus hermanos. Y aquí estaba Sharla, vestida de naranja, o rosa chillón, o turquesa (y, en algunas ocasiones, de los tres colores a la vez), y su hijo. Había fotos de la casa de Lewis y Sharla en Utica, una finca con tiestos de rosas que flanqueaban la puerta principal.

—Esto fue en la graduación de bachillerato de John, ¿o fue en la universidad?... Aquí estamos en el Gran Cañón, que seguramente sabrías reconocer tú sola... Esto fue en la cena de mi jubilación. —Fotos de bodas, de ceremonias judías, de la playa, de las montañas, de los nietos. Ella lo soportó todo con una sonrisa, asintiendo y diciendo lo políticamente correcto hasta que, al fin —Dios sea bendito—, Lewis cerró el álbum.

—¿Y qué me dices de ti?

—¿Qué te digo sobre qué? —preguntó Ella.

—Me gustaría ver fotos tuyas.

Ella cabeceó.

—No tengo muchas —se excusó. Y era verdad. Cuando Ira y ella vendieron la casa de Michigan y se trasladaron aquí, guardaron en un almacén toda clase de cosas: muebles y abrigos, y cajas y cajas de libros. Además de todas las fotos. Verlas era demasiado doloroso. Pero quizá...

—Espérame aquí —pidió Ella. Fue hasta el armario de la habitación del fondo y apartó las cajas de ropa y toallas de recambio, y buscó a tientas un viejo bolso que contenía un sencillo sobre blanco con un puñado de fotografías en el interior. Regresó al sofá y le enseñó a Lewis la primera del montón, una imagen de ella con Ira, de pie frente a la neblina de agua de las cataratas del Niágara en su luna de miel.

Lewis estudió la fotografía con detenimiento, moviéndola hacia un lado y otro debajo de la lámpara que había en la mesa contigua al sofá.

—Pareces preocupada —dijo al fin.

—Puede que lo estuviera —afirmó Ella mientras revolvía las fotos. Estaba Ira, posando junto a un letrero en el que ponía «vendido» frente a su casa de Michigan, Ira detrás del primer coche que tuvieron. Y, para terminar, al final del montón, había una foto de Ella y Caroline.

—Ten —dijo Ella y le dio la foto a Lewis. Se la había hecho el vecino de la casa de al lado el día que volvieron del hospital. Ella aparecía en segundo plano con su pequeña maleta e Ira estaba en la puerta, con Caroline en brazos, que tenía tres días de vida, iba envuelta en una manta rosa y miraba con recelo—. Ésta es mi hija —afirmó, armándose de valor para lo que se avecinaba—, Caroline.

—Era un bebé precioso —declaró Lewis.

—Era morena. Tenía la cabeza llena de pelo negro —recordó Ella—. Y se pasó como un año entero llorando sin parar.

Procedió a enseñarle las dos últimas fotos. Caroline con su padre posando en un bote, llevando idénticas gorras y chalecos de pesca. Y, para finalizar, Caroline el día de su boda y Ella delante, arreglándole el velo.

—¡Qué guapa! —exclamó Lewis. Ella no dijo nada. Hubo silencio—. Yo estuve meses sin querer hablar de Sharla —confesó Lewis—. De modo que si no quieres hablar, lo entenderé. Pero a veces es agradable hablar; para recordar los buenos tiempos.

¿Habían vivido buenos tiempos con Caroline? Tenía la sensación de que lo único que lograba recordar era la angustia y las interminables noches de preocupación, esperando, despierta en la oscuridad, a oír el rechinamiento de la puerta al abrirse o de la ventana (eso si Caroline volvía). Recordaba estar sentada en el sofá pequeño de terciopelo dorado del salón, un ataúd demasiado estrecho para echarse en él, esperando a que su hija llegase a casa.

—Era... —empezó Ella—. Era tan guapa. Alta, cabello castaño, con una piel preciosa, y estaba... llena de vida. Era divertida. —«Estaba loca», dijo para sus adentros—. Mentalmente enferma —declaró en cambio—. Era maníaco-depresiva. Ahora lo llaman trastorno bipolar. Lo supimos cuando estaba en bachillerato. Había sufrido... crisis. —Ella cerró los ojos, recordando cómo Caroline se había encerrado en su habitación durante tres días, sin querer comer y gritando desde el otro lado de la puerta que tenía hormigas en el pelo y que las notaba mientras dormía.

Lewis emitió un sonido para mostrar su compasión. Ella siguió hablando, las palabras emergían una detrás de otra como si las hubiese reprimido durante demasiado tiempo.

—Fuimos al médico. A toda clase de médicos. Y la medicaron, y en algunos aspectos mejoró, pero también se volvió más lenta. Decía que le costaba mucho pensar. —Ella se acordaba de la época del litio, de cómo a Caroline se le hinchó su pálida cara como un balón, y las manos se le inflaron como si llevara unos guantes de boxeo, de cómo se pasaba el día entero bostezando—. A veces tomaba la medicación y luego la dejaba, y nos decía que la seguía tomando. Fue a la universidad y durante un tiempo todo fue bien, pero después.... —Ella se estremeció y suspiró—. Se casó y creíamos que se encontraba bien. Tuvo dos hijas. Y murió a los veintinueve años.

Lewis habló con suavidad.

—¿Qué pasó?

—Tuvo un accidente de coche —contestó Ella. Y era verdad. Al menos una parte de la verdad. Caroline iba en coche. El coche se estrelló, y ella murió. Pero lo que había pasado antes de eso también formaba parte de la verdad, y era que Ella no había intervenido cuando tendría que haberlo hecho. Había cedido a las constantes súplicas de su hija de que la dejara en paz, de que la dejara vivir su vida, y sintió resignación y tristeza, y también un inmenso alivio del que se avergonzaba y del que nunca había podido hablar, ni con Ira ni con nadie. Llamaba a Caroline todas las semanas, pero sólo iba a verla dos fines de semana al año. Lo cierto es que se había creído su propia película: que su hija estaba bien en manos de su marido. Mostraba las fotografías como si de una mano ganadora de póquer se tratara: Caroline y su marido, Caroline con Rose, Caroline con Maggie. Sus amigas exclamaban ¡oh! y ¡ah!, pero Ella siempre había sabido la verdad: las fotos eran bonitas, pero la realidad de la vida de Caroline había sido muy distinta. Eran rocas picudas ocultas debajo de los bonitos rizos de las olas, un hielo negro que cubría el suelo.

—Un accidente de coche —repitió, como si Lewis la hubiese cuestionado, porque esa explicación se ajustaba bastante a la verdad, y daba igual la carta que habían recibido al día siguiente del funeral, la carta que había sido enviada desde Hartford el mismo día de la muerte de Caroline, la carta de dos líneas de extensión, escrita con letra borrosa y desigual en una hoja a rayas arrancada de una libreta escolar: «Ya no puedo más. Cuidad de las niñas».

—¿Y tus nietas? —preguntó Lewis cauteloso.

Ella se tapó los ojos con las manos.

—No las conozco —contestó.

Lewis acarició su espalda con la mano en agradables círculos.

—No tenemos por qué volver a hablar de esto —declaró. ¡Oh!, pero es que él no sabía nada y ella no podía explicárselo. ¿Cómo iba a entender que Caroline quería morir y que, a medida que pasaba el tiempo, a Ella le resultaba más fácil mantenerse al margen? Caroline dijo: «Dejadme en paz», y eso es lo que ella había hecho, y Michael Feller le había dicho: «Estamos mejor sin ti», y Ella había permitido que él la alejara, sintiendo una mezcla de tristeza y ese secreto alivio del que se avergonzaba. Y ahora ya nunca conocería a sus nietas. Era su justo merecido.

27

Rose se despertó el lunes por la mañana, y luego el martes, el miércoles y también el jueves, pensando que ése sería el día: el día en que se ducharía, se cepillaría los dientes, sacaría a la perrita a pasear, volvería a casa, se pondría un traje de chaqueta y unos pantys, cogería el maletín del armario del recibidor y se iría a trabajar como el resto del mundo.

Cada mañana se despertaba llena de buenas intenciones y los ánimos levantados. Se recordaba a sí misma en la ducha que el símbolo chino de la crisis era el mismo que el de la prosperidad. Paseaba con la perrita hasta Rittenhouse Square y miraba hacia el sur, hacia donde la fachada de fulgurante cristal del enorme edificio que albergaba a Dommel, Lewis, and Fenick se erigía como un reproche de cincuenta y dos plantas, y se le caía el alma a los pies. En realidad, todo se le caía a los pies: cada uno de sus órganos internos, el riñón, el hígado y lo que sea que hubiese por ahí, y todos se unían en una contracción universal, todos pensaban: «No», «No puedo» y «Hoy no».

De modo que volvía a casa y llamaba a Lisa, su secretaria, y le explicaba que todavía estaba enferma.

—Creo que tengo gripe —se había excusado el lunes con voz ronca.

—Tranqui —había repuesto Lisa; Lisa, que nunca usaba una palabra entera con Rose, si con parte de ella había suficiente. Pero al final de la semana Lisa no se había mostrado tan comprensiva; de hecho, le había regalado a Rose una frase completa:

—Vendrás el lunes ¿no?

—Por supuesto —había contestado Rose, tratando de sonar tajante, capaz y segura de sí—. Claro —había añadido—, desde luego. —Y a continuación se había sentado pesadamente en el sofá a ver *A Wedding Story*. Durante la semana que no fue al despacho, Rose se había enganchado por completo al programa. *A Wedding Story* duraba media hora y estaba tan escrupulosamente estructurado como un soneto o un examen de geometría. Primer segmento: Presentación de la Novia y el Novio. (Ayer la novia había sido Fern, una dependienta de un *drugstore*, y el novio, Dave, un camionero de largas distancias y espesa barba veinte años mayor que ella.) Segundo segmento: Cómo se Conocieron. («Entré a comprar Pepto-Bismol —había explicado Dave con voz grave—, y allí estaba, detrás del mostrador. La chica más guapa que había visto en mi vida.») Tercera parte: Planes de Boda. (Fern y Dave se casarían en Radisson. Después habría cena y baile, y los dos hijos de Dave, de dos matrimonios anteriores, serían los padrinos.) Segmento final: El Gran Día. (Fern recorrió el pasillo, una imagen llena de luz. Dave lloró. Rose, también.)

Había hecho lo mismo durante cuatro días seguidos. Comía donuts y lloraba con cada novia, cada novio, cada vestido, cada madre y cada suegra, con cada primer beso y cada primer baile; con los rechonchos asistentes sociales de Alabama, los profesores de Nueva Jersey, los ayudantes de soporte técnico de San José con bigotes dignos de mención, y las chicas de piel fea, permanente mal hecha y defectuosa gramática. «Todo el mundo se casa —pensaba Rose mientras la perrita se acomodaba sobre su regazo y le lamía las lágrimas—. Todo el mundo menos yo.»

El sábado por la mañana empezó a sonar el teléfono. Rose lo ignoró, le puso a la perrita la correa que, finalmente, había comprado y se apresuró a salir, sin darse cuenta de que todavía llevaba las zapatillas puestas. Sus peludas zapatillas con forma de conejillo. ¡Pues sí que...! Un vagabundo la miró con deleite. «¡Tía, estás estupenda!», gritó. «Bueno, gracias por los ánimos —dijo Rose para sí—. Estás gorda, ¡pero aun así estás buena!» ¡Vaya!, rectificó, eso ya no era tan alentador. Durante veinte minutos dejó que la perrita olisqueara setos, bocas de riego, las bases de los parquímetros y los traseros de otros perros, y cuando regresó a casa el teléfono seguía sonando, como si no hubiese parado en ningún momento. El teléfono seguía sonando mientras ella, tiesa como un palo, se duchaba dejando que el agua cayera sobre su cabeza, intentando hacer acopio de energía para lavarse el pelo. A las cinco de la tarde, al fin, Rose descolgó con brusquedad el teléfono.

—¿Qué? —espetó.

—¿Dónde demonios te habías metido? —inquirió Amy—. Te he dejado catorce mensajes en el despacho; te he mandado seis *e-mails*, la otra noche pasé por tu casa... —Su voz se apagó.

Rose recordaba vagamente que habían llamado a la puerta y que se había tapado la cabeza con la almohada hasta que pararon de llamar.

—Tu secretaria me ha dicho que estás enferma, y mi amiga Karen te ha visto deambulando por Rittenhouse Square en pijama y con zapatillas.

—No deambulaba. Y no iba en pijama —se defendió Rose con arrogancia, sin aludir por el momento a las zapatillas—. Eran pantalones de chándal.

—Lo que sea —repuso Amy—. ¿Qué ocurre? ¿Estás enferma?

Rose miró anhelante la televisión, pero se obligó a apartar la vista de ella.

—Necesito hablar contigo —admitió por fin.

—Nos vemos en La Cigale dentro de un cuarto de hora —ordenó Amy—. No, de media hora. Así podrás vestirte como Dios manda. No creo que te dejen entrar en pijama.

—¡No era un pijama! —repitió Rose, pero Amy había colgado. Dejó el teléfono sobre la encimera y se fue a buscar unos zapatos.

—¡A ver...! —empezó diciendo Amy, que ya había pedido dos cafés y un par de bollos más grandes que un campo de béisbol—. ¿Qué te ha hecho?

—¿Eh? —se sorprendió Rose.

—Jim —insistió Amy impaciente—. Sé que todo esto es por culpa de ese hijo de puta. Dime qué te ha hecho y pensaremos en la manera de vengarnos.

Rose esbozó una sonrisa. Amy, tras años de noviazgos que le habían salido rana, había perfeccionado su filosofía sobre las relaciones fallidas y sobre cómo había que comportarse al término de las mismas. Primer paso: laméntate durante un mes (dos semanas, si no se han acostado durante la relación). Segundo paso: si te han humillado o engañado, permítete una venganza sonora (su último novio, un vegetariano consumado, sin duda se había quedado boquiabierto y perplejo al enterarse de que se había inscrito en el Club de la Casquería). Tercer paso: supéralo. Sin arrepentimientos, sin desanimarte, sin pasar por delante de su casa en coche en plena madrugada o marcar su número de teléfono estando borracha. Hay que seguir adelante y pensar en la siguiente aventura.

—¿Qué es lo que ha hecho?

—Me ha engañado —confesó Rose.

Amy sacudió la cabeza.

—Lo sabía. —Entornó los ojos—. ¿Cómo podemos devolvérsela? ¿Con una humillación profesional? ¿Enviando una carta anónima al despacho? ¿Metiéndole algo asqueroso en el coche?

—¿Como qué? —preguntó Rose.

—Como pasta de anchoas —sugirió Amy—. Un par de cucharadas en la guantera y su Lexus nunca volverá a ser el mismo.

—Bueno, es que no ha sido él solo —añadió Rose.

—¿A qué te refieres?

—Maggie también —aclaró Rose.

Amy escupió un trozo de bollo.

—¿Qué?

—Sí —afirmó Rose—, entré en casa y los pillé. —Lo había dicho tantas veces para sus adentros, y a la perrita, que cuando articuló la historia tuvo la sensación de que recitaba una poesía memorizada tiempo atrás—. Los pillé en la cama. Y ella llevaba puestas mis botas nuevas.

—¿Las de Via della Spiga? —Cada minuto que pasaba Amy estaba más horrorizada—. ¡Oh, Rose! ¡Lo siento!

«Lo sientes, pero no te sorprende», pensó Rose.

—¡Oh, Dios! —exclamó Amy con aspecto apenado—. ¡Menuda arpía está hecha la pequeña Maggie!

Rose asintió.

—Pero ¿cómo ha podido hacerlo?

Rose se encogió de hombros.

—Después de que le has dado un techo y, probablemente, dinero, después de haber intentado ayudarla... —Amy puso los ojos en blanco y miró hacia el techo—. ¿Qué vamos a hacer?

—No verla nunca más —contestó Rose.

—Sí —repuso Amy—, supongo que será difícil celebrar el día de Acción de Gracias después de una cosa así. ¿Y dónde está Miss Devoradora de Hombres?

—No lo sé —respondió Rose abatida—. Me imagino que con mi padre y con Sydelle.

—Bueno, entonces sufrirá lo suyo —apuntó Amy—. Y tú, ¿cómo estás?

—¿Yo? Hecha polvo —confesó Rose, suspirando y apartando el bollo.

—¿Qué puedo hacer por ti? —quiso saber Amy.

Rose se encogió de hombros.

—Nada, supongo que es cuestión de tiempo —dijo.

—Y de terapia de consumo —agregó Amy, obligando a Rose a ponerse de pie—. El centro comercial nos espera. Te animará. ¡Andando!

Amy y Rose dedicaron toda la tarde a dar vueltas por el centro comercial King of Prussia. Finalmente, Rose logró llenar tres bolsas con cosas que no necesitaba, cosas que habían llamado su atención y que, durante unos segundos, le habían incluso dado la esperanza de que su vida —de que ella misma— podía rehacerse. Se compró cremas exfoliantes e hidratantes. Se compró velas con aroma de lavanda, un hueso de piel de vaca prensada, y un bolso de noche con lentejuelas de doscientos dólares. Se compró barras de labios, brillos y lápices de labios, tres pares de zapatos y una falda roja de cachemir hasta el tobillo que, la verdad, no se imaginaba llevando. Y, para finalizar, se dirigió a la librería.

—¿Autoayuda? —sugirió Amy—. *Mejora tus relaciones sexuales gracias al yoga, Los diez secretos para conseguir que míster Fabuloso caiga en tus garras.* —Rose se rió un poco, cabeceó y localizó la sección de ficción contemporánea. Al cabo de diez minutos había juntado un montón de diez libros en rústica de brillantes portadas sobre mujeres que encontraban el amor, lo perdían y lo volvían a encontrar.

—Por si cambias de opinión, acuérdate de que lo de la pasta de anchoas sigue en pie —dijo Amy mientras recorrían el aparcamiento—. Y si necesitas a alguien imparcial que le eche un rapapolvo a la casta de tu hermana...

—Tú no eres imparcial —objetó Rose.

—De acuerdo, no lo soy —concedió Amy—, sólo sé fingir de puertas afuera. —Consultó la hora—. ¿Quieres que vaya contigo a tu casa? ¿O prefieres venir conmigo? Hoy ceno en casa de mi madre...

Rose negó con la cabeza.

—Estoy bien —aseguró, pensando que podía prescindir de cenar en casa de la madre de Amy (la pasta de rigor, seguida de unas cuantas horas aguantando la pasión de aquella buena señora por las modelos y las joyas de QVC).

—Llámame —pidió Amy—. En serio.

Rose dijo que así lo haría. Como primer paso hacia una vida normal, obsequió a la perrita con el hueso y se obligó a sí misma a escuchar los cuarenta y tres mensajes que había en su contestador automático. Dieciséis eran de Amy, doce del despacho, tres de su padre, unos cuantos de telemarketing, media docena de cobradores, y una inexplicable llamada del director de la Casa Internacional de Crepes diciéndole a Rose que se pasase por ahí cuando quisiera para una entrevista. Le dejó un mensaje a su padre en el que le decía que estaba viva y se encontraba bien, borró el resto y durmió dieciocho horas de un tirón. El domingo por la mañana —había decidido que ése sería su último día de depresión— llamó a Amy para informarle de que estaba viva, si no bien. Se pintó los labios y estrenó la falda roja de cachemir, se metió uno de los libros en el bolsillo, le puso la correa a la perrita y caminó hasta su habitual banco del parque. Había llegado el momento de tomar una determinación.

—Los pros —dijo en voz baja—: soy abogada y el trabajo es bueno. Los contras —dijo mientras la perrita gimoteaba junto a sus pies—: cada vez que pienso que tengo que volver ahí me siento mal.

Abrió el libro, se sacó un bolígrafo del bolsillo y empezó a escribir al lado de las impactantes citas que decoraban las primeras páginas de todos los libros que compraba («¡Una joven ocurrente y sexy!»).

—Pros —anotó en la contracubierta del libro—: si voy a trabajar, ganaré dinero. Contras... —La perrita soltó un breve ladrido. Rose se volvió y vio que un segundo perro, un objeto extraño, moteado, tembloroso y del mismo tamaño que un gato, había saltado sobre el banco y estaba sentado a su lado, mirándola con sus osados ojos negros.

—Hola —saludó Rose, y dejó que el animal le olisqueara la mano—. ¿Cómo estás? —Miró de reojo la placa que llevaba el perro en el cuello y se preguntó qué clase de nombre era *Nifkin*. Seguramente sería extranjero—. Vete a casa —le ordenó a la cosa moteada, cuyos bigotes temblaban cada vez que respiraba—. Vete con tu familia. —El perro apenas se dignó mirar a Rose y no mostró intención alguna de irse. Rose decidió ignorarlo.

—Contras —continuó. Cerró los ojos de nuevo y sintió que le sacudían las náuseas nada más imaginarse que entraba en el vestíbulo, subía en ascensor hasta su planta y andaba por los pasillos en los que se había enamorado de Jim, confiando en que él también la quería.

—Contras —repitió y abrió los ojos. *Nifkin* seguía sentado a su lado, en el banco, y ahora delante de ella había una niña pequeña con un abrigo rojo. Llevaba mitones rojos y botas de goma rojas, y el pelo de color miel recogido en una delgada coleta con forma de zanahoria. «¡Dios santo! —dijo Rose para sí—. Pero ¿quién se creen que soy? ¿La jodida Blancanieves o qué?»

—¡Perro! —observó la niña señalando con la mano enguantada.

—Muy bien —repuso Rose mientras la perrita faldera bufaba nerviosa.

La niña se agachó y acarició la cabeza de la perrita, que se meneó contenta; mientras tanto, el pequeño y tembloroso *Nifkin* había saltado del banco para sentarse al lado de la niña, y los dos animales levantaron la mirada hacia Rose.

—Me llamo Joy —anunció la niña.

—¡Hola! —saludó Rose alegre y en voz alta—. Ésta es... —¡Oh, no! Todavía no tenía ni idea de cuál era el nombre de la perrita—. ¡Es la perrita que paseo!

La niña asintió como si fuera algo de lo más lógico, tiró de la correa de *Nifkin* y se alejó por el parque tambaleándose. Una mujer de pelo blanco y con gafas de sol los había estado observando.

—¿*Petunia*? —gritó—. ¿Es *Petunia*?

«*Petunia*», pensó Rose. La perra faldera se volvió para mirarla. A Rose le pareció detectar un asomo de vergüenza ajena en sus chatas facciones.

—¡Hola, *Petunia*! —exclamó la mujer mientras Petunia bufaba abiertamente.

—Entonces ¿Shirley ha vuelto ya de Europa? —preguntó la mujer.

—Mmm... —musitó Rose. No había contado con que se encontraría con los conocidos de la perrita.

—Tenía entendido que iba a dejarla en la perrera hasta el mes que viene —prosiguió la mujer.

Rose vio que aquella era su tabla de salvación y se aferró a ella.

—Y así es —afirmó—. En realidad, es un servicio nuevo que hacemos... un paseo diurno. De esta manera, los perros, ya me entiende, toman un poco el aire y ven su barrio de siempre, y a sus amigos...

—¡Qué buena idea! —exclamó la mujer mientras otros dos perros (un gran perro de color chocolate con una cola del grosor de una serpiente, y un perro de lanas negro que daba cabriolas y tenía la lengua roja colgando) se acercaron a ellas—. Así que trabajas en la perrera.

—En realidad, soy... *free-lance* —matizó Rose. Recordó que había leído un cuento de hadas en el que una princesa era hechizada, y cada vez que abría la boca, de su interior saltaban ranas y sapos. Rose decidió que ella padecía algo similar; cuando abría la boca, de ésta no salían verrugosos anfibios sino mentiras—. Paseo perros de la perrera, pero también, ya sabe, visito a domicilio...

—¿Tienes una tarjeta? —preguntó el hombre que estaba al otro extremo de la correa del perro de lanas.

Rose hizo la pantomima de rebuscar en los bolsillos; no tenía tarjetas.

—Lo siento —se disculpó—. Me parece que me las he olvidado en casa...

El hombre sacó papel y bolígrado de su bolsillo, y Rose garabateó el número de teléfono de su casa y debajo añadió las palabras *Rose Feller, Cuidadora canina*. Y pronto estaba de pie, como un mayo, rodeada de un enjambre de correas, pelajes y dueños que parloteaban, al parecer, todos en busca de cuidadores responsables para sus mascotas.

Sí, les decía Rose, también se ocupaba de gatos. No, decía, no adiestraba, pero estaría encantada de acompañar a los perros a sus clases de adiestramiento.

—¡Es una canguro de mascotas! —exclamó una mujer que llevaba un holgado jersey verde. Su perro estaba tan cerca del suelo como *Petunia,* pero quizá fuese el doble de grande, tenía la cara tremendamente arrugada y le caía baba de las anchas mandíbulas—. ¿Y para el *Memorial Day*?* —preguntó.

—Estaré aquí —aseguró Rose. *Petunia* y el perro arrugado se olisquearon mutuamente con seriedad y solemnidad, como si fueran miembros del mismo club que intercambiaran el saludo secreto.

—¿Tienes licencia? —inquirió la mujer con el tono entrecortado de un antiguo sargento instructor—. ¿Licencia o seguro?

—Mmm... —titubeó Rose. La gente contuvo el aliento—. Estoy ultimando la tramitación. La semana que viene la tendré —respondió, y anotó mentalmente que tenía que averiguar cuánto le costaría sacarse la licencia y darse de alta como paseadora de perros.

—¿Y cuánto cobras?

«¿Cuánto?», pensó Rose.

—Mmm... diez dólares por paseo y veinticinco por cuidar del perro un día entero. —Por las caras de los dueños de los animales Rose dedujo que aquello estaba regalado—. Es mi oferta para los clientes nuevos —añadió—. Y, por supuesto que, si prefieren que el animal se aloje en la perrera, yo puedo

---

* *Memorial Day:* día en que en Estados Unidos se recuerda a los soldados muertos en campaña. *(N. de la T.)*

recogerlo allí y pasearlo cada día por el parque. Así obtendrán lo mejor de ambas cosas. ¡Llámenme! —Se despidió con un gesto despreocupado y se apresuró a marcharse del parque—. ¿Quién es Shirley? —le preguntó a la perrita, que no respondió—. ¿En serio te llamas *Petunia*? —inquirió. El animal siguió sin prestarle atención mientras Rose se dirigía a la Pata Elegante. Cuando Rose abrió la puerta, sonó un timbre y la mujer que había detrás del mostrador se levantó de un salto.

—¡*Petunia*! —gritó, apagando el cigarrillo. *Petunia* soltó un ladrido y empezó a agitar no sólo la cola sino su lomo entero—. ¡Gracias a Dios! ¡Nos hemos vuelto locos buscándote!

—¡Hola! —saludó Rose, y la mujer salió a toda prisa de detrás del mostrador, se arrodilló en el suelo y acarició a *Petunia* desde la cabeza hasta la cola.

—¿Dónde la has encontrado? —quiso saber la mujer—. ¡Dios, estábamos desesperados! Su dueña no volverá hasta dentro de tres semanas, pero no hemos querido llamarla... ya me entiendes. ¿Te imaginas que dejas a tu perro en la perrera, te vas de viaje a Europa, y te llaman por teléfono para decirte que se ha perdido? —La mujer se irguió y se alisó el mono de algodón, y miró fijamente a Rose a través de su maraña de tirabuzones grises—. ¿Dónde estaba? —preguntó de nuevo.

—En el parque —contestó Rose, que había decidido llenar su cupo de mentiras de todo el mes (incluso de todo el año) en un solo día—. No parecía perdida ni nada, pero la conozco... Bueno, no es que la conozca, pero la había visto alguna que otra vez por el parque y pensé que tal vez usted también la conociera...

—¡Gracias a Dios! —repitió la mujer, y cogió a *Petunia* en brazos—. Estábamos realmente preocupados. Los perros falderos son muy delicados, ¿sabes? Siempre se constipan, padecen infecciones respiratorias, lo cogen todo... No sé quién habrá cuidado de ella durante estas semanas, pero por lo que veo han hecho un buen trabajo. —Miró a Rose—. Como es lógico, tendrás una recompensa...

—No, no —repuso Rose—. Para mí es suficiente que la perrita haya vuelto a su sitio...

—Insisto —dijo la mujer, corriendo detrás del mostrador y abriendo la caja registradora—. ¿Cómo te llamas? ¿Vives por aquí?

—Mmm... —vaciló Rose—, sí, la verdad es que sí. Vivo en Dorchester y soy asociada de Lewis, Dommel, and Fenick. Pero la historia es que voy a empezar un negocio nuevo, una empresa dedicada al paseo de perros.

—Bueno, ya hay varias empresas de este tipo en la ciudad —objetó la mujer y le tiró una galleta a *Petunia,* que ésta cazó al vuelo y mascó ruidosamente.

—Lo sé —afirmó Rose—, pero la mía es diferente. Yo pasearé perros que estén en la perrera para que puedan tomar el aire y hacer un poco de ejercicio.

Ahora la mujer la miró con cierto interés.

—¿Y cuánto cobras?

—Cobraré diez dólares por paseo —anunció. Y, justo cuando la mujer empezaba a arquear las cejas, dijo—: Pero iríamos a medias; así el negocio arrancaría.

—Entonces ¿te pagarían diez y tú me darías cinco?

—Exacto —respondió Rose—. Al menos durante los primeros meses. Después veríamos cómo va todo. —Ya había empezado a sumar y hacer sus cálculos mentalmente. «Cinco dólares por paseo y pongamos que sean diez perros de la perrera, y tal vez otros tres o cuatro a diez dólares el paseo...»—. También haré encargos para los propietarios —continuó Rose, pensando enseguida en todas las cosas para las que le hubiese gustado tener tiempo en su vida anterior de abogada—: tintorería, la compra, pedir hora a médicos y dentistas, elegir regalos... Si quiere hacerme una prueba, pasearé a *Petunia* gratis.

—Te diré lo que haremos —sugirió la mujer—. Te daré una oportunidad, siempre y cuando el percance con *Petunia* quede entre nosotras.

—Trato hecho —convino Rose, y la mujer se alejó de la caja registradora y se acercó para darle la mano.

—Mi nombre es Bea Maddox.

—Yo soy Rose Feller.

La mujer entornó los ojos.

—¿Tienes alguna relación con Maggie?

Rose sintió que se le congelaba la sonrisa del rostro.

—Es mi hermana, pero no soy como ella —declaró. Notaba la mirada de Bea. Rose se enderezó, bajó los hombros e intentó dar la impresión de que era responsable, digna de confianza, madura... En resumen, de que no se parecía en nada a Maggie.

—Pues tu hermana aún tiene mis llaves —comentó Bea.

—No sé dónde está ahora mismo —explicó Rose—. Pero le pagaré lo que le costaron las llaves.

La mujer la miró fijamente y luego se encogió de hombros.

—Haremos la prueba. No creo que tenga nada que perder. Y, además, has encontrado a *Petunia*. —Le dio a Rose su tarjeta y le dijo que fuese a la imprenta de la esquina para encargar unos cuantos letreros con su nombre, lo que cobraba y los servicios que ofrecía.

Rose se acercó a la imprenta, después dejó en la Pata Elegante un folleto recién impreso y se fue corriendo a casa, donde cambió el mensaje del contestador automático:

«Soy Rose Feller, cuidadora de mascotas. Por favor, deja tu mensaje con tu nombre y número de teléfono, el nombre de tu mascota y los días que necesitarás mis servicios, y me pondré en contacto contigo lo antes posible.» «Ha llegado el momento de descansar —dijo para sí, y escuchó otra vez el mensaje. Tenía la sensación de que su vida se había convertido en una película y que una desconocida interpretaba su papel—. Tengo que descansar», repitió con firmeza. Nunca había hecho más de una semana de vacaciones seguida. Había empalmado unos estudios con otros casi sin tener tiempo para poner una lavadora entre una cosa y otra. Ya era hora, decidió.

Siguiente paso, el bufete. Lo primero que hizo el lunes por la mañana, sentada en el sofá y tras respirar hondo, fue marcar no el número de Lisa, sino directamente el de Don Dommel. Su secretaria pasó la llamada de inmediato. Rose no sabía con certeza si eso era una buena señal o una muy mala. Se preparó para la bronca y las insinuaciones que con toda seguridad Don Dommel haría: «¡Bebe cebada, haz pesas o ve en MBX!».

—¡Rose! —exclamó Don con cordialidad—. ¿Cómo te encuentras?

—La verdad es que mucho mejor —respondió ella. Sentada en el sofá, apartó a un lado el montón de ejemplares de las revistas sobre perros *Dog Fancy* y *Dogs for Dummies* y se dio cuenta de lo vacío que estaba el piso sin *Petunia*—. Mira, me he planteado... lo cierto es que estoy pasando por un momento personal difícil...

—¿Te gustaría coger una baja temporal? —preguntó Don con tal rapidez que Rose estaba convencida de que lo había estado pensando desde el primer día en que Jim había ido a trabajar y ella no—. Ya sabes que la empresa tiene un sistema flexible... naturalmente, sería una baja sin sueldo, pero conservarías todos tus beneficios, y al reincorporarte tendrías el mismo puesto. Eso cuando te encontraras bien, claro. A menos que... —Hizo una pausa. Rose le leyó el pensamiento durante el breve silencio que siguió. «Vete —pensaba Don Dommel con tal intensidad que Rose pudo prácticamente oír sus palabras—. Eres un estorbo, un escándalo, el foco de suculentos chismorreos, la comidilla del bufete. Vete y no vuelvas.»

—¿Qué tal seis meses? —inquirió Rose, pensando que en medio año tendría las ideas claras y podría retomar las cosas donde las había dejado.

—¡Magnífico! —convino Don—. Y, si necesitas referencias, no dudes en ponerte en contacto con nosotros...

—¡Por supuesto! —repuso Rose. Estaba asombrada de lo fácil que había resultado, de lo fácil que había sido decirlo una vez que lo había decidido. El trabajo que tanto la había obsesionado... suponía que se lo darían a algún otro asociado joven y lleno de ambición. Era totalmente injusto. Jim era tan culpable como ella. Lo sabía. Pero Jim se quedaba; él tenía sus acciones, sus aumentos de salario, sus bonos de vacaciones, su despacho apartado con vistas al Ayuntamiento. Y a ella le daban una baja temporal sin sueldo y cartas de recomendación como pura formalidad. Da igual, pensó. Bien. Estaría bien. De una manera o de otra, estaría bien.

—... pasa —continuó Don, que, evidentemente, todavía no había acabado.

—¿Perdona? —dijo Rose.

—Que algunas veces pasa —contestó Don, que había dado por finalizada su reprimenda y su discurso sobre los cursos de *coaching,* y ahora le hablaba con amabilidad—. No siempre se encaja en las empresas.

—Tienes toda la razón —concedió Rose con seriedad.

—Mantente en contacto —pidió Don. Rose prometió hacerlo y colgó el teléfono. Entonces se reclinó y reflexionó. «Nada de leyes», dijo para sí. —Al menos por ahora —comentó en voz alta y se percató de que las palabras no le daban siquiera una momentánea punzada de tristeza—. Mascotas —dijo y se rió, porque se le hacía extraño verse a sí misma de este modo. Rose Feller, un ser lleno de ambición, Rose Feller, la eterna luchadora, tomando un atajo para convertirse en una recogedora de cacas. «Será sólo un descanso», pensó. Después puso agua a calentar para hacerse un té, se sentó de nuevo en el sofá, cerró los ojos y se preguntó qué demonios había hecho.

28

Maggie recordó que, en cierta ocasión en que su hermana había vuelto a casa de la universidad para pasar el día de Acción de Gracias, le había oído decir por teléfono, y melodramáticamente: «Vivo en la biblioteca». Pues bien, ahora tendría que verla a ella, su hermana pequeña.

En su primera semana en Princeton, Maggie durmió en diversos sitios: había dormitado unas cuantas horas en un sofá de la sala común de una residencia, había dormido en un banco del lavadero de un sótano y, mientras tanto, había inspeccionado cuidadosamente las últimas plantas de la Biblioteca Firestone en busca de un alojamiento más estable. Lo encontró en la planta C, el tercer piso por debajo del nivel del suelo, en el extremo sureste, un sitio al que Maggie llamó la Habitación de los Libros Enfermos. Eran libros con páginas arrancadas y tapas rotas, libros cuyos lomos se habían despegado y cuyo pegamento había cedido, un montón de antiguos ejemplares del *National Geographic* en un rincón, otro montón de libros escritos en un alfabeto ensortijado que no había visto en su vida, y tres libros de química a cuyas tablas daba la impresión de que les faltaban algunos elementos de descubrimiento reciente. Durante toda una tarde, Maggie observó la puerta con atención. Por lo que vio, de la Habitación de los Libros Enfermos no salía nunca ningún libro... ni tampoco entraba ninguno nuevo. Y lo que era aún mejor, había un cuarto de baño de señoras, escasamente utilizado, justo en la esquina, que albergaba no sólo retretes y lavabos, sino también una ducha. El alicatado de mármol estaba cubierto de polvo, pero Maggie abrió los grifos y el agua salía limpia.

Así pues, en su séptimo día en el campus, en el cuarto sin ventanas de los libros olvidados, Maggie estableció su campamento. Se escondió en el lavabo para minusválidos hasta que no quedó ningún estudiante dentro de la biblioteca y cerraron las puertas con llave. Entonces fue con sigilo hasta la habitación, extendió su saco de dormir entre dos enormes estanterías de viejos libros polvorientos, encendió la linterna robada y se tumbó encima del saco. ¡Bueno! Era cómodo. Y también seguro, había cerrado la puerta y escondido bien todas sus cosas debajo de una de las estanterías. Si, por casualidad, alguien pasaba por ahí, no se daría ni cuenta de su presencia a menos que supiese exactamente dónde mirar y qué buscar. Ése era justo el objetivo de Maggie. Estar ahí, pero no del todo; estar presente, pero ser invisible a la vez.

Metió la mano en el bolsillo de los tejanos que llevaba puestos desde su llegada. Estaba el fajo de billetes, los tres carnés de estudiante conseguidos durante los días que había estado rebuscando y robando en la biblioteca. Estaban las tarjetas de crédito de Josh y también una de Rose, y una llave que había encontrado y se había guardado, aunque lo más probable era que nunca supiese qué puerta abría. Y una vieja tarjeta de cumpleaños. «Que pases un gran día», leyó, y luego dejó la tarjeta en un estante donde pudiese verla.

Cruzó los brazos sobre su pecho y respiró en la oscuridad. Había silencio ahí, tres pisos por debajo del suelo, bajo el peso de miles de libros; el mismo silencio que se imaginaba que reinaba en una tumba. Podía oír cada chasquido de su lengua contra los dientes, el crujido del saco de dormir cada vez que se movía.

Bueno, pensó, por lo menos dormiría. Pero aún no estaba cansada. Rebuscó en su mochila hasta dar con el libro en rústica que había cogido después de que alguien lo dejara abierto en un sillón. *Their Eyes Were Watching God*, se titulaba, pero por la ilustración de la cubierta no parecía un libro de religión. En el dibujo había una mujer negra (en realidad, la reproducción había resultado un tanto purpúrea, pero Maggie dio por sentado que habían pretendido que fuese negra), y estaba echada boca arriba debajo de un frondoso árbol, mirándolo con cara alegre y soñadora. No sería tan bueno como la revista *People*, pensó, pero sin duda mejor que esas revistas de derecho que Rose tenía por casa, o los anticuados libros de medicina que había en el estante más cercano a su saco de dormir. Maggie abrió el libro y empezó a leer.

29

—¿Ella? —preguntó Lewis—. ¿Estás bien?

—Sí —contestó ella, y asintió para enfatizar.

—Estás muy callada —comentó él.

—Estoy bien —aseguró ella, y le sonrió. Estaban sentados en la terraza con mosquitera de Ella, escuchando tranquilamente el canto de los grillos y el croar de las ranas, y a Mavis Gold hablar con entusiasmo del capítulo de *Everybody Loves Raymond* de la noche anterior.

—Entonces dime una cosa —le pidió Lewis—. ¿De qué te arrepientes?

—Ésa es una pregunta muy rara —apuntó Ella.

—Y eso no es una respuesta —replicó Lewis.

Ella reflexionó. ¿Por dónde podía empezar? Decidió no hacerlo por aquello que lamentaba de verdad.

—¿Sabes de qué me arrepiento? De no haberme bañado nunca en el mar.

—¿En serio no te has bañado nunca en el mar?

—No desde que me trasladé aquí. No desde que era una niña. Fui un día con mi toalla y mi gorro de baño, con todo, pero es que me resultó tan... —Había tardado media hora en encontrar un sitio donde estacionar el coche, la playa estaba atestada de chicas con bikinis asombrosamente pequeños, y chicos con calzones de baño de colores chillones. Había doce radios diferentes que emitían doce estruendosas canciones diferentes, el ambiente estaba lleno de estrepitosas voces de adolescentes, le pareció que el sol brillaba demasiado y que el mar era demasiado grande, de modo que había dado media vuelta y se había subido de nuevo al coche antes incluso de poner un pie en la arena—. Creo que soy demasiado vieja —dijo.

Lewis se levantó y sacudió la cabeza.

—¡De eso nada! ¡Vamos!

—¡Lewis! ¿Ahora? Pero ¡si es tardísimo!

—La playa no cierra —replicó él.

Ella alzó la vista y lo miró; en su cabeza había un millón de razones para no ir a la playa. Era tarde, tenía una cita a la mañana siguiente temprano, estaba oscuro, y vete a saber a quién se encontrarían por ahí. Lo de ir en coche a la playa a medianoche era propio de los jóvenes o los recién casados, no de los ancianos con artritis y audífonos.

—¡Vamos! —insistió él, tirando de sus manos—. Te gustará.

—No, creo que será mejor que lo dejemos para otra ocasión —repuso ella. Pero, sin saber cómo, se había puesto de pie, habían salido por la puerta y pasado de puntillas por delante del silencioso piso de Mavis Gold como conspiradores o niños a punto de hacer alguna gamberrada.

La playa estaba sólo a diez minutos de distancia. Lewis detuvo el vehículo justo frente a la arena, le abrió la puerta a Ella y la ayudó a bajar del coche.

—Quítate los zapatos —le dijo.

Y ahí estaba, el agua que había visto un centenar de veces desde el coche, desde una ventana de un piso alto, en las postales y en los folletos de brillantes fotografías que la habían traído a Golden Acres como primera opción. Ahí estaba, agitándose inquieta, con espumosas olas que crecían y corrían hasta la arena, lo bastante cerca para hacerle cosquillas en los pies descalzos.

—¡Oh! —exclamó y dio un pequeño brinco—. ¡Qué fría está!

Lewis se agachó, se arremangó sus pantalones, y a continuación los de Ella. La cogió de la mano y se metieron en el agua hasta que ésta les llegó por encima de los tobillos, casi hasta las rodillas. Ella se quedó inmóvil, sintiendo cómo las olas tiraban de ella y la empujaban mientras lamían la arena. Podía oír el bramido de las olas y oler el humo de la hoguera, hecha a lo lejos por algún pescador. Soltó la mano de Lewis.

—¿Ella? —preguntó él.

Siguió adentrándose, dos pasos, luego tres, y el agua estaba por encima de las rodillas, de sus muslos. Su camisa suelta de algodón flotaba a su alrededor y se abultaba cada vez que las olas retrocedían. El agua estaba asombrosamente fría, más fría que los lagos de su niñez, y le castañetearon los dientes hasta que su cuerpo se adaptó a la temperatura.

—¡Eh! Ten cuidado —gritó Lewis.

—Lo tendré —contestó ella. De repente, sintió miedo. ¿Recordaría cómo se nadaba? ¿Era la clase de cosa que uno olvidaba? ¡Oh! Debería haber esperado a que se hiciera de día, o al menos haberse traído una toalla...

«Se acabó», pensó. Se acabó. Había tenido miedo durante veinte años —o incluso más, si contaba esas noches horribles en las que Caroline había salido y ella no sabía dónde estaba—, pero aquí no quería tener miedo. Ahora no. Durante muchos años de su infancia y su juventud nadar había sido su pasión. En el agua se había sentido invencible, y libre, como si fuese capaz de cualquier cosa, como si pudiese ir hasta el infinito, nadar hasta China. «Se acabó», pensó de nuevo y movió los pies para impulsarse hacia delante. Una ola le dio de lleno en la cara. Tragó agua salada, la escupió y siguió avanzando, sus manos se extendían en el agua oscura, los pies se agitaban inseguros antes de recuperar el ritmo. Y sucedió. El agua la sostenía y ella volvía a nadar.

—¡Oye! —gritó Lewis. Ella casi esperaba mirar hacia atrás y ver a su hermana pequeña, Emily, de pie en la orilla, pálida y con la carne de gallina, chillando: «¡Ella! ¡Estás demasiado lejos! ¡Ella, vuelve!»

Se volvió y casi se rió al ver a Lewis chapotear hacia ella, con los dientes apretados y la cabeza erguida (supuso que para que no se le mojara el audífono). Flotó boca arriba y su pelo ondeó con cada ola hasta que Lewis la hubo alcanzado; entonces alargó un brazo hacia él, rozándole la mano con las yemas de los dedos y volviendo a poner los pies sobre la arena.

—Si llego a saber que íbamos a nadar —jadeó él—, me habría traído el bañador.

—¡Es que no lo sabía! —repuso Ella—. ¡Ha sido un impulso!

—Bien, ¿y has tenido suficiente ya?

Ella levantó los pies, pegó las piernas a su pecho y dejó que el agua la sostuviese. Se sentía como un huevo flotante en un cazo de agua caliente, completamente rodeado de agua.

—Sí —contestó al fin, remó con los brazos para dar la vuelta y chapoteó al lado de Lewis de regreso hacia la orilla.

Más tarde, sentada encima de una mesa de picnic en la playa, envuelta en una toalla con olor a húmedo que Lewis había sacado del maletero de su coche, dijo:

—Antes me has preguntado de qué me arrepiento.

—¿Cuándo? ¿Antes del baño? —inquirió Lewis, como si el agua del mar le hubiese anulado la memoria.

—Sí —contestó Ella—, antes. Pero ahora quiero ser del todo sincera. —Respiró profundamente y recordó la sensación de estar flotando rodeada de agua, el agua que le daba valor. Recordó que cuando era pequeña nadaba hasta más lejos que cualquier otro niño, más que cualquiera de los adultos, tan lejos que Emily juraría más tarde que apenas era un punto en el mar—. Lamento haber perdido a mis nietas.

—¿Perdido? —repitió Lewis—. ¿Por qué?

—Cuando Caroline murió, su padre se las llevó. Se trasladó con ellas a Nueva Jersey y no quiso que yo siguiese teniendo contacto. Estaba muy enfadado... conmigo, con Ira, con todo el mundo. También con Caroline, pero ella no estaba allí para desahogarse, y nosotros sí. Yo sí. —Se envolvió aún más con la manta—. Y no le culpo por ello. —Se miró las manos—. Una parte de mí se sentía... —Volvió a respirar profundamente—. Aliviada, supongo. Era tan difícil tratar a Caroline, y Michael estaba tan enfadado, y me resultó más cómodo no tener que tratar con ninguno de ellos. Así que cogí el camino fácil. Dejé de intentarlo, y ahora las he perdido.

—Tal vez deberías volverlo a intentar —sugirió Lewis—. A lo mejor les gustaría saber de ti. ¿Qué edad tienen?

Ella no contestó, aunque conocía la respuesta. Maggie tendría veintiocho años, y Rose treinta. Puede que se hubiesen casado y tuviesen maridos e hijos, y apellidos diferentes; ¿de qué serviría que una vieja, una extraña, irrumpiera en sus vidas con un corazón lleno de recuerdos tristes y pronunciando el nombre de su madre fallecida?

—A lo mejor sí —repitió Ella, porque Lewis la miraba, sentado con las piernas cruzadas en el respaldo del banco de picnic, con el pelo todavía húmedo tras el baño. Y Lewis asintió, y le sonrió, y ella supo que esa noche no tendría que contestar más preguntas.

30

Princeton no sería un problema, pero el dinero sí. Maggie era consciente de que sus habilidades matemáticas no eran las mejores, pero doscientos dólares, menos los veinte que aproximadamente se había gastado en comida en el Wawa durante los días en que no había podido colarse en un comedor o en un descanso de las clases que ofrecían *pizza* o helado Thomas Sweet gratis, más las tarjetas de crédito que le daba demasiado miedo usar, no eran igual a lo necesario para empezar una nueva vida. No era suficiente ni siquiera para un billete de avión a California, y menos aún para hacer un depósito de un piso o para hacerse un juego de fotos.

«Tiene que haber más dinero», dijo Maggie para sí. Era una frase de un relato corto que había leído en otro libro abandonado, una historia sobre un niño, que, si se subía en un caballito balancín, podía predecir quiénes serían los ganadores de las carreras de caballos de verdad; y cuanto más rápido se balanceaba, más alto parecía que le susurraba el caballo. «Tiene que haber más dinero.»

Consideró sus opciones sentada en el Centro de Estudiantes, sosteniendo una taza de té de noventa centavos. Necesitaba un empleo en el que le pagaran en efectivo, y la única posibilidad que tenía estaba impresa en un anuncio que había arrancado de la pared de la biblioteca. Apartó la taza y desdobló con cuidado el papel amarillo. «Busco a alguien que se ocupe de mi casa —ponía—. Que limpie un poco y haga algunos recados. Una vez por semana.» Y después había un teléfono que empezaba por el prefijo 609.

Maggie sacó su móvil —el que su padre le había comprado y cuyas facturas iban directas a su oficina— y marcó. Sí, le informó una voz que parecía de señora mayor, el puesto seguía libre. Una vez a la semana, el trabajo era fácil, pero si Maggie estaba interesada, tendría que pagarse el transporte.

—Podrías coger el autobús —anunció—. Sale de Nassau Street.

—¿Le importaría pagarme al contado? —inquirió Maggie—. Es que aquí no he abierto ninguna cuenta bancaria. Tengo una en casa... —Su voz se apagó.

—Está bien, te pagaré al contado —repuso la mujer tajante—. Eso, si lo haces bien.

De modo que el jueves por la mañana Maggie se levantó algo más temprano, moviéndose con sigilo en el silencio reinante en la biblioteca antes de que se encendieran las luces, y se aseguró de que sus cosas no estuvieran a la vista. Se escondió en el lavabo del primer piso y oyó a los vigilantes abrir las puertas principales. Diez minutos después de que la biblioteca se pusiera en funcionamiento Maggie salió por la puerta y se dirigió a Nassau Street.

—¡Eh, hola! —exclamó la mujer desde el porche. Era baja y delgada, el pelo blanco le caía por los hombros y llevaba lo que parecía una camisa de hombre de cuadros de vichy con unos *legging* debajo, y gafas de sol, pese a que fuera estaba nublado.

—Debes de ser Maggie —dijo, inclinando la cabeza en dirección a ella. Se apoyó con una mano en la barandilla para sujetarse y le ofreció la otra a Maggie. Era ciega, se fijó Maggie, y le dio la mano con cuidado—. Me llamo Corinne. Pasa

—ordenó, y Maggie entró en una gran casa victoriana que daba la impresión de que ya estaba escrupulosamente limpia y meticulosamente organizada. En el recibidor había un sobrio banco de madera a la derecha y un casillero encima con un par de zapatos en cada casilla. Un impermeable y un abrigo colgaban de unos ganchos contiguos; el paraguas, el sombrero y los mitones habían sido colocados con esmero sobre un estante que había encima de los ganchos. Y junto al perchero vacío había un bastón blanco.

—No creo que el trabajo te resulte demasiado difícil —comentó Corinne mientras tomaba pequeños sorbos de café en una taza de color limón—. Hay que barrer y fregar suelos —empezó a decir repasando las tareas con los dedos—. Me gustaría que clasificaras lo que es para reciclar, sobre todo el cristal y el papel. Habría que doblar y guardar la ropa, vaciar el lavavajillas y...

Maggie esperó.

—¿Sí? —preguntó al fin.

—Flores —dijo Corinne, que levantó la barbilla desafiante—. Me gustaría que compraras algunas flores.

—De acuerdo —accedió Maggie.

—Supongo que te preguntarás para qué las quiero —siguió Corinne. Maggie, que no se lo había preguntado, no dijo nada—. No puedo verlas —explicó Corinne—, pero sé qué aspecto tienen. Y, además, las puedo oler.

—¡Oh! —exclamó Maggie. Y a continuación, dado que ¡oh!, en cierta manera, le había parecido insuficiente, añadió—: ¡Guau!

—La chica anterior decía que traía flores —le contó Corinne con la boca fruncida—, pero no eran de verdad. —Torció los labios—. Eran de plástico. Se pensó que me daría igual.

—Compraré flores de verdad —aseguró Maggie.

Corinne asintió.

—Te lo agradecería —repuso.

Maggie tardó menos de cuatro horas en hacer todo lo que Corinne le había pedido. No era una ama de casa experimentada, porque Sydelle nunca había creído que ellas pudiesen hacer nada bien y había contratado un ejército anónimo de limpieza para que mantuvieran el estado prístino de sus habitaciones repletas de cristal y metal. Pero Maggie hizo un buen trabajo, barrió cada mota de polvo del suelo, dobló la ropa limpia, y colocó los platos y la cubertería de plata en sus estantes y cajones.

—Heredé la casa de mis padres —explicó Corinne mientras Maggie trabajaba—. Aquí es donde crecí.

—Es preciosa —declaró Maggie; y era cierto. Pero también era triste. Seis habitaciones, tres cuartos de baño, una amplia escalera de caracol en el centro de la casa, y la única ocupante era una mujer ciega que dormía en una estrecha cama individual con una delgada almohada, y que jamás podría valorar todo ese espacio o contemplar cómo el sol entraba a través de los ventanales y bañaba los suelos de parqué.

—¿Estás lista para ir al mercado? —inquirió Corinne.

Maggie asintió, pero recordó que eso a Corinne no le servía de nada.

—Estoy lista —respondió.

Corinne usó las yemas de los dedos para extraer un billete de su monedero.

—¿Es de veinte dólares? —quiso saber.

Maggie echó un vistazo al billete y dijo que sí, que era de veinte.

—El cajero sólo da billetes de veinte —comentó Corinne. «Entonces ¿para qué lo pregunta?», pensó Maggie. Y se percató de que a lo mejor la había puesto a prueba de nuevo. Esta vez, había conseguido aprobar a la primera—. Puedes ir a Davidson, está subiendo por la calle.

—¿Quiere flores aromáticas? —preguntó Maggie—. ¿Como las lilas, por ejemplo?

Corinne cabeceó.

—No hace falta que sean aromáticas —contestó—. Compra las que tú quieras.

—Y de paso, ¿necesita alguna cosa más?

Corinne reflexionó unos instantes.

—Sí, sorpréndeme —dijo.

Maggie fue andando al mercado, pensando en qué podía comprar. Para empezar, estarían bien unas margaritas, y nada más entrar tuvo la suerte de encontrar ramilletes enteros metidos en un florero de plástico verde. Paseó por los pasillos, considerando y descartando ciruelas, medio kilo de fresas, un manojo de olorosas espinacas verdes, una botella de grueso cristal de dos litros de leche. ¿Qué le gustaría a Corinne? Algo que oliese resultaría demasiado obvio, especialmente después de que hubiese rechazado tan deprisa las flores aromáticas; no, Maggie quería algo... Buscó la palabra y sonrió contenta al encontrarla: *sensual*. Algo que tuviera una textura, un volumen, que pesara, como la botella de leche o la textura satinada de los pétalos de las margaritas. Y, de pronto, ahí estaba, justo enfrente, un frasco también de cristal, sólo que éste era de un intenso color ámbar. Miel. «Miel de azahar. Elaboración local», rezaba la etiqueta. Y pese a los 6.99 dólares que costaba el frasco más pequeño, Maggie lo metió en la cesta junto con un pan artesanal de doce semillas. Más tarde, de vuelta en la casa, grande y limpia, cuando Corinne se sentó frente a

Maggie a la mesa de la cocina, mascando despacio una rebanada tostada de pan con una gruesa capa de miel extendida encima y asegurando que era perfecto, Maggie supo que aquello no era un cumplido hueco. Había aprobado el segundo examen del día al comprar exactamente lo adecuado.

31

—Me preocupa tu hermana —dijo Michael Feller sin preámbulos. Rose suspiró y clavó la vista en su taza de café, como si el rostro de Maggie fuese a aparecer en su interior. ¿Alguna novedad más?

—Han pasado ocho semanas —continuó su padre, como si, en cierta manera, Rose hubiese perdido la noción del tiempo. Su cara estaba tan pálida y parecía tan vulnerable como un huevo duro pelado, la frente alta y los pequeños ojos tristes sobre un clásico traje de banquero gris y una discreta corbata granate—. No sabemos nada de ella. ¿Y tú tampoco...? —comentó levantando la voz al final de la frase hasta convertirla en una pregunta.

—No, papá, no sé nada —repuso Rose.

Su padre suspiró —un suspiro típico de Michael Feller— y empujó a un lado su plato de helado medio derretido.

—Bueno, ¿y qué crees que deberíamos hacer?

«O sea, ¿qué crees que debería hacer yo?», pensó Rose.

—¿Has llamado a todos sus ex novios? Porque para eso habrás necesitado una o dos semanas —dijo Rose. Su padre estaba callado, pero en su silencio Rose oía el reproche—. ¿La has llamado al móvil? —preguntó.

—¡Pues claro! —exclamó Michael—. Y me sale el buzón de voz. Le he dejado mensajes, pero no me ha devuelto las llamadas.

Rose puso los ojos en blanco. Su padre fingió no darse cuenta.

—Estoy realmente preocupado —prosiguió Michael—. Es mucho tiempo sin tener noticias suyas. Me pregunto... —Su voz se apagó.

—¿Si se habrá muerto? —completó Rose la frase—. No creo que tengamos esa suerte.

—¡Rose!

—Lo siento —se disculpó ella sin mucha sinceridad. No le importaba que Maggie estuviese muerta. Bueno... Sacó un puñado de servilletas del servilletero. No era verdad. No quería que la bruja de su hermana pequeña muriese, pero creía que sería perfectamente feliz si jamás volviese a verla o a hablar con ella.

—Y, Rose, tú también me preocupas.

—Pues no hay nada de qué preocuparse —replicó Rose, y empezó a doblar una servilleta para hacer un abanico—. Todo va bien.

Su padre titubeó mientras arqueaba sus cejas grises.

—¿Estás segura? ¿Estás bien? ¿No tendrás...?

—¿No tendré qué?

Su padre hizo una pausa. Rose esperó.

—¿Qué? —preguntó otra vez.

—Algún tipo de problema. ¿No quieres, hmmm..., hablar con alguien o algo así?

—No estoy loca —habló Rose con contundencia—. Así que no te preocupes.

Su padre alzó las manos, se le veía indefenso y enfadado.

—Rose, no me refería a eso...

Pero, obviamente, dijo Rose para sí, eso era justo lo que había querido decir. Su padre nunca hablaba de ello, pero Rose sabía que era lo que había pensado al observar cómo crecían sus hijas —sobre todo Maggie— hasta convertirse en mujeres. «¿Acaso te has vuelto loca, has perdido la cabeza? ¿Acaso esos malos genes que tenéis han empezado a manifestarse? ¿No se te ocurrirá coger esa curva cerrada y resbaladiza a toda velocidad?»

—Estoy bien —insistió Rose—. Es sólo que no estaba contenta en ese bufete y voy a cogerme un tiempo para pensar en lo que quiero hacer. Mucha gente lo hace. Es muy normal.

—Muy bien, si estás segura... —admitió su padre, y dirigió de nuevo la atención a su helado; Rose sabía que el helado era todo un lujo, ya que desde principios de los noventa Sydelle no había permitido que entrara en su casa nada que fuese más calórico que la leche helada y el Tofutti, un helado de grasa vegetal.

—Estoy bien —repitió Rose—. No te preocupes por mí —dijo, recalcando la palabra *mí* para dejarle claro a su padre por quién sí debía preocuparse.

—¿Podrías llamarla? —inquirió Michael.

—¿Y qué le digo?

—Conmigo no hablará —comentó apenado—, pero puede que contigo sí lo haga.

—No tengo nada que decirle.

—Rose. ¿Por favor?

—De acuerdo —gruñó Rose.

Esa noche puso el despertador a la una de la madrugada, y cuando sonó, buscó a tientas el teléfono, a oscuras, y marcó el número del móvil de Maggie.

Un pitido. Dos. Y luego oyó a su hermana, que habló en voz alta y alegre.

—¿Diga?

¡Dios! Rose soltó un ruido de disgusto. A lo lejos se escuchaba el sonido de una fiesta: música y otras voces.

—¡Hola! —canturreó Maggie—. ¿Quién es?

Rose colgó. Su hermana era como un jodido tentetieso, dijo para sí. Aunque se tambaleara o estuviera al borde del abismo, aunque le robara los zapatos, el dinero y el novio, jamás se vendría abajo.

A la mañana siguiente, después de su primer turno de paseos caninos, llamó a su padre al despacho.

—Está viva —informó.

—¡Oh, gracias a Dios! —exclamó su padre ridículamente aliviado—. ¿Dónde está? ¿Qué te ha dicho?

—No he hablado con ella —contestó Rose—. Sólo he oído su voz. La hija pródiga está sana y salva, y ha vivido para irse de juerga una noche más.

Su padre estaba callado.

—Deberíamos intentar encontrarla —sugirió.

—Haz lo que creas conveniente —replicó Rose—. Dale recuerdos de mi parte cuando la encuentres. —Colgó el teléfono. «Que sea mi padre el que busque a su díscola hija. Que sean Michael y Sydelle los que intenten persuadirla de que vuelva a casa. Deja que, por una vez, Maggie Feller sea el problema de alguien más.»

Salió por la puerta en dirección al mundo que había descubierto desde que ya no trabajaba a jornada completa y pasaba los días recorriendo las calles de la ciudad, a menudo con un ramillete de correas en las manos. De nueve a cinco la ciudad difícilmente era el mundo fantasmal que ella se había imaginado. Había gente de lo más variopinta, una ciudad secreta de madres y bebés, trabajadores por turnos, estudiantes y repartidores, jubilados y gente en paro, que se desplazaban por calles y rincones de la ciudad que, pese a sus años en la Escuela de Derecho y en el bufete, ella ni siquiera conocía. ¿Por qué iba una abogada soltera y sin hijos a conocer Three

Bears Park, un diminuto parque infantil entre Spruce Street y Pine Street? ¿Cómo iba a saber una mujer, que todos los días seguía la misma ruta para ir a trabajar, que en cada una de las casas de la manzana quinientos de Delancey ondeaba una bandera distinta? ¿Cómo iba a imaginarse el bullicio que había a la una de la tarde en las tiendas y comercios de comestibles, atestados de gente vestida con pantalones caqui y sudaderas en lugar de ir trajeada y con maletines? ¿Quién hubiera dicho que podía llenar fácilmente sus horas con los asuntos que tenía que solucionar de prisa y corriendo en unos pocos minutos de tiempo libre?

Sus días empezaban con los perros. Tenía su propia llave de la Pata Elegante, y cada mañana, a la hora en que estaría comprándose un gran vaso de café solo y yendo al despacho, abría la puerta de la perrera, les ponía la correa a dos, tres o cuatro perros, se llenaba los bolsillos de galletas, y de bolsas de plástico para recoger los excrementos, y se iba a Rittenhouse Square. Allí se pasaba tres cuartos de hora, en el parque cuadrado, rodeada de tiendas de ropa y librerías, y restaurantes de lujo y altos edificios de pisos, dejando que los animales que custodiaba oliesen arbustos, setos y otros perros. Después dedicaba la mañana a hacer recados. Se acercaba al *drugstore*, recogía ropa de la tintorería, volando enérgica por las aceras y callejuelas con los bolsillos cargados por el peso de las llaves, y abriendo puertas a decoradores, paisajistas, fumigadores, cocineros particulares e incluso deshollinadores.

Por las tardes hacía otra tanda de paseos, y regresaba a Rittenhouse Square para su cita diaria con la niña, el perro moteado y la mujer que iba con ellos.

Durante las ocho semanas que llevaba como paseadora canina se había fascinado con la niña, Joy, con el perro, *Nif-*

kin, y con la mujer que deducía que era la madre de la niña. Iban cada tarde al parque entre las cuatro y las cuatro y media. Rose se pasaba una hora tirándoles una pelota de tenis a los perros e inventándose una vida para la mujer, la niña y el perro. Se imaginaba un marido, guapo pero que fuera un buen chico. Una casa grande con chimeneas y alegres alfombras tejidas, y un baúl de madera con todo tipo de juguetes y muñecos de peluche para la pequeña. Los visualizaba viajando en familia a la costa, de excursión por los Poconos. Se los imaginaba bajando de un avión: al padre arrastrando una gran maleta de ruedas, a la madre, una mediana, y a la niña con una bolsa apropiadamente pequeña. Papá Oso, Mamá Osa, Bebé Oso y el perro, que se movía garboso detrás de ellos. En su mente tenían una vida tranquila y feliz: buenos trabajos, suficiente dinero, cenas en casa entre semana, los tres solos, los padres instando a la niña a que se bebiera la leche, y la niña dándole a escondidas la verdura al perro llamado *Nifkin*.

Ya había logrado pasar del asentimiento de cabeza a modo de saludo al gesto con la mano y a pronunciar la palabra «Hola». Con el tiempo, pensó Rose, quizá las cosas derivaran en una conversación de verdad. Se sentó y observó a la niña, que perseguía al perro moteado en dirección a la fuente, y a la madre, alta, de hombros y caderas anchas, que hablaba por el móvil.

«No, no me gusta el hígado —oyó que decía la mujer—. Eso es a Lucy. ¿Te acuerdas? ¿Es tu otra hija?» Puso los ojos en blanco hacia Rose y movió los labios: *mi madre*. Rose trató de asentir comprensiva e hizo un leve gesto con la mano. «No, mamá, no creo que a Joy le guste el hígado tampoco. —Hizo una pausa, escuchó y sacudió la cabeza—. No, a Peter no le gusta el hígado. De hecho, no creo que le guste a nadie, ni siquiera sé por qué lo venden.» Rose se echó a reír. La mujer le sonrió, seguía escuchando. «¡A *Nifkin* le gusta el hígado! —declaró—. ¿Por qué no se lo damos a él? —Otra pausa—. Bueno, pues no sé qué decirte. Yo ya te he dado una idea. Úntalo en galletas saladas o algo y diles a los del club del libro que es paté. Vale. De acuerdo. Hasta luego. Sí. Adiós.»

Colgó el teléfono y lo introdujo en su bolsillo.

—Mi madre se cree que no trabajo —empezó a decir.

—¡Oh! —repuso Rose, que maldijo sus oxidados recursos para la conversación.

—Pero sí que trabajo —aseguró la mujer—. Lo que pasa es que trabajo desde casa, y por lo visto para mi madre eso es como si no diera golpe, y se piensa que puede llamarme cuando le apetezca para hablarme de hígados y cosas por el estilo.

Rose se rió.

—Me llamo Rose Feller —se presentó.

La mujer extendió la mano,

—Y yo Candace Shapiro. Cannie.

—¡Mami! —De repente, la niña había reaparecido y sujetaba la correa de *Nifkin*.

Cannie se rió.

—Mejor dicho —rectificó—, pronto dejaré de ser Candace Shapiro y seré Krushelevansky. —Su cara era expresiva—. Intenta meter eso en una tarjeta de visita.

—Entonces, ¿está casada? —preguntó Rose. Hizo una mueca de disgusto, cerró la boca y se preguntó qué le pasaba. Llevaba dos meses sin ir al despacho, dos meses en los que sobre todo había estado entre perros y repartidores, y ya no recordaba cómo se hablaba con la gente.

Pero no le dio la impresión de que Cannie hubiese notado nada extraño.

—Prometida —anunció—. Nos casaremos en junio.

«¡Vaya!», dijo Rose para sí. Bueno, si las estrellas de Hollywood podían tener hijos antes de casarse, suponía que los ciudadanos de a pie también podían.

—¿Y será una boda grande?

Cannie cabeceó.

—No, pequeña. En el salón de casa. El rabino, la familia, unos cuantos amigos, mi madre y su compañero, su equipo de sóftbol... *Nifkin* llevará los anillos y Joy será la madrina de boda.

—¡Oh! —exclamó Rose—. Mmm... —No se parecía en nada a las bodas que había visto en la tele—. ¿Cómo...? — Rose empezó la pregunta, pero se detuvo, insegura, antes de volver a formular la más banal de las preguntas que se hacían en los cócteles—. ¿Cómo conoció a su futuro marido?

Cannie se rió y se sacudió el pelo, que le caía sobre los hombros.

—Pues a ver —respondió—, es una historia larga y complicada. Todo empezó con una dieta.

Rose miró de reojo a Cannie y decidió que la dieta no debía de haber dado muy buenos resultados.

—En realidad, cuando conocí a Peter estaba embarazada de Joy, pero yo aún no lo sabía. Él hacía un estudio sobre la pérdida de peso, y yo pensé que si adelgazaba, el chico con el que había roto volvería conmigo. —Le dedicó a Rose una sonrisa—. Pero ya sabes cómo son las cosas. Vas detrás del chico equivocado hasta la saciedad, y luego te das cuenta de que el que te conviene está delante de tus narices. Los senderos del amor son misteriosos. ¿O son los del Señor? Nunca me acuerdo.

—Creo que son los del Señor —confirmó Rose.

—Si tú lo dices —replicó Cannie—. ¿Y qué me dices de ti? ¿Estás casada?

—¡No! —contestó Rose enfática—. Quiero decir, no —repitió en un tono más moderado—. Es sólo que... verás, acabo de terminar una relación. Bueno, no es que yo la haya terminado. Mi hermana... da igual. Es una larga historia. —Se miró las manos, miró a *Petunia,* acurrucada junto a sus pies, y luego en dirección a Joy y a *Nifkin,* que jugaban a lanzar y coger un mitón rojo, y a la media docena de perros que había en medio del triángulo de hierba—. Supongo que intento averiguar lo que voy a hacer con mi vida.

—¿Te gusta lo que haces ahora? —quiso saber Cannie.

Rose miró a *Petunia,* a los demás perros del parque, a la pelota de tenis grisácea que tenía en las manos y al montón de bolsas de plástico que había a su lado.

—Sí —afirmó. Y era verdad. Le gustaban todos sus perros: los bufidos de la desdeñosa Petunia; el golden retriever que siempre se alegraba tanto de verla que giraba contento en círculos en cuanto oía la llave en la cerradura; los serios bulldogs; los ariscos schnauzers y el cocker spaniel con narcolepsis llamado *Sport,* que algunas veces se había dormido en los semáforos en rojo.

—¿Y qué más te gusta? —inquirió Cannie.

Rose cabeceó y sonrió con pesar. Sabía lo que le gustaba a su hermana: los pantalones de cuero de la talla 34, las cremas hidratantes francesas de 60 dólares, hombres que le dijeran que era guapa. Sabía lo que hacía feliz a su padre: los mercadillos gigantes, cobrar dividendos, un ejemplar recién editado de *The Wall Street Journal* y las infrecuentes ocasiones en que Maggie había conseguido aguantar en un trabajo. Y sabía lo que hacía feliz a Amy: los discos de Jill Scott, pantalones de Sean Jean y la película *Fear of a Black Hat*. Sabía lo que le gustaba a Sydelle Feller: Mi Marcia, los granos ecológicos, las inyecciones de Botox y, cuando Rose tenía catorce años, darle gelatina dietética de postre mientras los demás tomaban helado. Hubo un tiempo en que incluso había sabido lo que hacía feliz a su madre, como las sábanas limpias y las barras de labios de color rojo fuerte, y los broches de bisutería que Maggie y ella elegían para su cumpleaños. Pero ¿qué era lo que la hacía feliz a ella, aparte de los zapatos, de Jim, y de lo que le gustaba y no debía comer?

Cannie le sonrió y se puso de pie.

—Bueno, ya me lo dirás —dijo alegremente. Silbó para avisar a *Nifkin*, que vino corriendo, seguido de Joy, que tenía las mejillas sonrosadas y la cola de caballo deshecha—. ¿Te veremos mañana?

—¡Claro! —exclamó Rose. Se metió la pelota de tenis en el bolsillo y empezó a reunir a los perros a su cargo, sujetando cinco correas con la mano izquiera y una, la de un galgo gruñón, con la derecha. Repartió a los perros hasta que sólo quedó *Petunia*. La perrita faldera trotaba unos cuantos pasos por delante de ella como un cruasán relleno con patas. *Petunia* la hacía feliz, aunque había tenido que devolvérsela a su dueña, una recta señora de 72 años que vivía en el centro de la ciudad y que había accedido encantada a que Rose la paseara cada día. ¿Qué más? La ropa, no, la verdad. Ni el dinero, porque lo máximo que había hecho con su exorbitante sueldo de seis cifras era pagar el alquiler, los créditos de estudios universitarios, invertir un razonable porcentaje en un fondo de pensiones y dejar que el resto, por instrucción expresa de Michael Feller, le diese intereses en una cuenta de valores.

Entonces, ¿qué?

—¡Ojo! —gritó un mensajero en bicicleta. Rose cogió a *Petunia* en brazos y se apartó de un salto mientras la bici pasaba zumbando. Su conductor llevaba una mochila colgada en el hombro y un *walkie-talkie* en la cintura que chirriaba debido a las interferencias. Rose lo observó mientras pedaleaba calle abajo y recordó que cuando era pequeña había tenido una bicicleta. Una Schwinn azul, con un sillín azul y blanco, un cesta blanca de paja, y borlas rosas y blancas en el manillar. En la parte posterior de la casa de sus padres en Connecticut había habido un camino para ir en bici, un sendero que conducía a los campos de golf y de fútbol de la ciudad. Asimismo bordeaba un huerto de manzanos silvestres hasta donde, en otoño, Rose solía ir en bici; las ruedas crujían al aplastar las manzanas caídas y susurraban al pisar las hojas rojas y doradas. Algunas veces su madre iba con ella, en su propia bici, que era como la de Rose pero para adultos, una Schwinn de tres marchas, con una sillita para bebés encima de la rueda trasera, en la que tiempo atrás Maggie y ella se habían sentado.

¿Qué había pasado con su bicicleta? Rose intentó recordar. Al trasladarse a Nueva Jersey habían vivido en una zona residencial que estaba justo al salir de la autopista, lo que equivalía a aparcamientos y calles sin aceras ni bordillos. Probablemente, mientras vivieron allí, la bicicleta se le quedó pequeña, y luego, cuando se fueron a casa de Sydelle, no le compraron otra. No obstante, sí se sacó el carné de coche, tres días después de cumplir los dieciséis, y al principio se había sentido feliz ante la idea de ser libre, hasta que se dio cuenta de que la mayoría de sus desplazamientos consistirían en llevar a su hermana a fiestas, recogerla tras las clases de baile y en ir a comprar.

Dejó a *Petunia* en casa de Shirley y decidió que ese fin de semana se compraría una bicicleta; una de segunda mano, para empezar y ver si le gustaba. Se compraría una bici, y quizá pondría un cesto pequeño para *Petunia* en el manillar, y se iría a... a alguna parte. Tenía entendido que en Fairmount Park había senderos para ir en bici, y un camino de sirga que iba desde el museo de arte hasta Valley Forge. Se compraría una bicicleta, pensó, ahora sonriente y dando saltitos mientras andaba. Se compraría una bicicleta y un mapa, y se iría de picnic: se llevaría pan, queso, uvas, minibizcochos de chocolate y nueces, y la mejor lata de comida canina para *Petunia*. Se iría a la aventura.

32

La señora Lefkowitz no quería dar el paseo semanal.

—Puedo hacer ejercicio aquí —le había dicho a Ella, agitando su bastón en su salón de 3,50 x 5,25 metros, en el que había embutido un sofá, dos sillones grandes, una butaca con tapetes que decoraban sus brazos y una enorme pantalla de televisión.

—Pero no el tipo de ejercicio que le conviene —repuso Ella paciente.

—Quiero ver *La vista* —objetó, y señaló la tele, en cuya pantalla había cuatro mujeres que se gritaban unas a otras—. ¿No le gusta *La vista*?

—¿Se refiere al mar? —preguntó Ella con inocencia—. Me encanta ver el mar. ¡Salgamos y vayamos a verlo!

—Es que tengo que hacerle una propuesta —explicó la señora Lefkowitz, jugando claramente su última carta—. He estado pensando en usted. En su problema.

—Después —replicó Ella con firmeza.

—¡Ah..., me rindo! —exclamó la señora Lefkowitz. Se puso sus gigantescas gafas de sol de cristales cuadrados, se untó la nariz con su crema de cinc y se ató los cordones de sus Nike—. Vamos, Bruce Jenner. Acabemos con esto.

Bajaron por el paseo hacia las pistas de tenis, en las que el mes pasado alguien había disparado un fortísimo golpe en lugar de un blando revés, y la pelota había atravesado la red y la valla, dándole de lleno a una pobre mujer llamada Frieda Mandell, que, por casualidad, jugaba un aburrido partido de dobles y que terminó estrellada contra el capó de un Cadillac, con la raqueta todavía en la mano. Lo que, anunció la señora Lefkowitz mordaz, era un signo evidente de que, si no se tenía cuidado, el deporte y el ejercicio —concretamente el tenis— podían matar.

Pero su médico le había insistido en que caminara, de modo que cada martes a las diez, Ella y la mujer que había tomado a su cargo caminaban despacio hasta el Club, comían y volvían a casa en tranvía. En algún momento dado, Ella incluso había empezado a disfrutar de la compañía de esa anciana.

El paso de la señora Lefkowitz tenía un ritmo. Apoyaba el bastón, suspiraba, daba un paso con el pie derecho y luego arrastraba el izquierdo hacia delante. Bastón, suspiro, paso firme, arrastre. Era realmente relajante, dijo Ella para sí.

—¡A ver...! Novedades —pidió la señora Lefkowitz—. ¿Sigue viéndose con aquél?

—Con Lewis —precisó Ella.

La señora Lefkowitz asintió.

—Es un buen elemento. Me recuerda a mi primer marido.

Ella estaba sorprendida.

—¿A su primer marido? ¿Acaso tuvo dos?

Bastón, suspiro, paso firme, arrastre.

—¡Oh, no! Es sólo que a Leonard le llamo mi primer marido. Así parece que yo haya corrido mundo.

Ella ahogó una carcajada y se apoyó suavemente con una mano en el codo de la señora Lefkowitz mientras esquivaba una grieta que había en la acera.

—¿Tiene dinero Lewis?

—Sí, creo que sí —afirmó Ella.

—¡Creo que sí, creo que sí! —se burló la señora Lefkowitz—. No lo crea. ¡Averígüelo! ¡Podría dejarla sin nada! ¡Como ése Charles Kuralt!

Ella estaba confusa.

—¿Le dejaron sin nada?

—No, no, no. A él, no. Pero, como recordará, tenía aquella otra novia que sí se quedó sin nada.

—¿Ni siquiera con la caravana Winnebago?

—Usted ríase —contestó la señora Lefkowitz con malicia—. Ya verá qué gracia le hace cuando se tenga que conformar con la porquería que le dé el Gobierno.

—Siga caminando —ordenó Ella.

—¿Y a los hijos de él? —preguntó la señora Lefkowitz—. ¿Les ha hablado ya de usted?

—Me parece que sí —respondió Ella.

—Pues asegúrese —aconsejó la señora Lefkowitz—. Ya sabe lo que le pasó a Florence Goodstein, ¿verdad?

Ella sacudió la cabeza.

—Resulta —empezó a explicarle la señora Lefkowitz— que Abe Meltzer y ella festejaban. Iban juntos al cine, a cenar, y Flo acompañaba a Abe a sus visitas médicas. Un buen día los hijos de Abe la llamaron para saber cómo estaba su padre y ver qué tal andaba, y Flo simplemente comentó que estaba cansada. En cuanto oyeron la palabra «cansada» se pensaron que Flo ya no quería ocuparse de él. Así que al día siguiente —dijo la señora Lefkowitz, que hablaba más despacio a medida que el relato iba *in crescendo*— cogieron un avión, recogieron sus cosas, se lo llevaron a vivir a Nueva York y le pusieron un enfermero a su cuidado.

—¡Oh, Dios! —exclamó Ella.

—Flo estaba fuera de sí —continuó la señora Lefkowitz—. Era como la operación relámpago sobre Entebbe.

—Lo siento mucho por ella. Siga caminando —ordenó Ella.

La señora Lefkowitz se levantó las gafas y miró fijamente a Ella.

—¿Está preparada para escuchar mi propuesta?

—¡Claro! —repuso Ella—. ¿De qué se trata?

—De sus nietas —contestó la señora Lefkowitz, que reanudó su pesada marcha.

Ella gruñó para sus adentros. No podía creerse que le hubiese hablado a la señora Lefkowitz de sus nietas. Claro que un año antes no se hubiese imaginado que sería capaz de contárselo a nadie; y, ahora, por lo visto, era incapaz de cerrar la boca.

—¿Tienen Emil? —preguntó la señora Lefkowitz.

—¿Emil? —repitió Ella.

—Emil, Emil —insistió impaciente la señora Lefkowitz—. En el ordenador.

—¡Oh! *E-mail* —dijo Ella.

—Lo que yo he dicho —replicó la señora Lefkowitz, suspirando resignada.

—No lo sé.

—Pues tendremos que averiguarlo. En Internet podemos averiguar un montón de cosas sobre ellas.

A Ella le dio un vuelco el corazón.

—¿Tiene usted ordenador? —inquirió casi sin atreverse a hacerse ilusiones.

La señora Lefkowitz hizo un gesto de indiferencia con su mano buena.

—¿Y quién no? —se extrañó—. Mi hijo me compró un iMac por mi cumpleaños. De color naranja. Se sentía culpable —comentó en respuesta a las preguntas «¿de qué color?» y «¿por qué?» no formuladas por Ella—. Como no viene mucho a verme, me envía ordenadores, me manda por *e-mail* fotos de mis nietos... ¿Quiere que volvamos y busquemos a sus nietas? —preguntó esperanzada.

Ella se mordió el labio. Oía una voz en su interior que gritaba «¡búscalas!», y que estaba en guerra con otra más insistente, y que le era mucho más familiar, que le decía «¡déjalo estar!»; podía sentir su frágil esperanza atravesada por el pánico.

—Tengo que pensármelo —dijo finalmente.

—No piense —le aconsejó la señora Lefkowitz, que irguió su cuerpo de metro cincuenta de estatura y golpeó el suelo con su bastón, que por poco aplastó el pie izquierdo de Ella—. No piense, sólo actúe.

—¿Cómo?

—Es lo que dice el maestro Yoda —contestó la señora Lefkowitz, que inició el laborioso proceso de dar la vuelta—. Ya sabe, el de la *Guerra de las Galaxias*. ¡Vamos!

33

—Sal por la puerta y piérdete en la niebla como un fantasma —dijo un chico vestido con una arrugada camisa blanca de lino mientras Maggie abandonaba la Biblioteca Firestone a las diez de una mañana en absoluto neblinosa.

Maggie reparó en que el chico empezaba a caminar a su lado; llevaba la mochila colgada en los hombros, pero suelta; en cierto modo, colgada con estilo. Tenía la cara alargada y pálida, el pelo castaño y rizado que le caía por encima de las orejas, y su forma de vestir —la camisa de lino y unos pantalones de lino planchados de color crema— era significativamente distinta del uniforme no oficial del campus de tejanos y camiseta.

—No hay niebla fuera —dijo Maggie—. Oye, ¿esa frase no es de una canción?

—Pues sí —afirmó él. Señaló el ejemplar de *Mi Antonia* que Maggie llevaba debajo del brazo—. ¿Las mujeres en la literatura?

Maggie se encogió de hombros, un gesto que bien podía ser un sí o un no, pensando que cuanto menos hablara, mejor. Durante las semanas que llevaba en el campus, a excepción de la primera noche en la fiesta, a los estudiantes no les había dicho mucho más que «gracias» o «con permiso». Lo que estaba bien, dijo Maggie para sí. Para hablar ya tenía a Corinne. Y los libros. Tenía una cómoda silla en la soleada sala de lectura de la biblioteca, y una pequeña mesa, su predilecta, en el Centro de Estudiantes, adonde iba cuando quería cambiar de escenario. Había terminado un libro de Zora Neale Hurston, había terminado *Grandes esperanzas*, de Dickens, y ahora estaba a media lectura de *Historia de dos ciudades*, estaba releyendo *Mi Antonia* y había empezado a leer, con gran dificultad, *Romeo y Julieta*, de lectura mucho más ardua de lo que se había imaginado al ver la película de Baz Luhrmann. Conversar con los estudiantes sólo implicaría preguntas, y las preguntas no podían traerle sino problemas.

—Te acompaño —anunció el chico.

—De acuerdo —repuso Maggie, que intentó apartarse un poco de él.

—Tranquila —dijo el chico alegremente—, vas a McCosh, ¿verdad?

Maggie ignoraba dónde se reunían las mujeres en la literatura y dónde podía estar McCosh, pero asintió de nuevo y apretó el paso. Al chico no le costó seguirla. Tenía las piernas largas, observó Maggie con desánimo.

—Me llamo Charles —se presentó el joven.

—Lo siento —dijo ella al fin—, no me interesas, ¿vale?

Charles se detuvo y le sonrió. Tenía un cierto parecido a un retrato de Lord Byron que Maggie había visto en uno de los libros que había robado: una nariz larga y afilada, y los labios curiosamente torcidos. No bebía cerveza, de eso no le cabía duda, ni tenía bíceps que agarrar. No era su tipo.

—Pero ¡si todavía no has escuchado mi propuesta! —protestó el chico.

—¡Ah...! ¿O sea, que tienes una propuesta? —repuso Maggie disgustada.

—Naturalmente —contestó Charles—. Verás, hmm... Te resultará extraño, pero da la casualidad que necesito una mujer.

—Como todos los hombres —espetó Maggie, que aminoró el paso hasta que sus pies prácticamente se arrastraban, pensando que, dado que no podía librarse de él, tal vez pudiese ahuyentarlo para que se fuese a su clase.

—No, no, no me refiero a eso —negó el chico con una sonrisa y aminorando también la marcha—. Estudio dramaturgia y tenemos que representar escenas en clase; y para mi escena necesito una actriz que haga el papel de ingenua.

Maggie lo miró.

—¿Hablas de actuar? —Se detuvo; seguía mirándolo. Se fijó en que era alto. Y tenía unos bonitos ojos grises.

Charles asintió.

—Exactamente. Me gustaría —explicó mientras Maggie y él reanudaban la marcha hacia la sala McCosh— encargarme de uno de los actos del Teatro Intime de esta primavera. —Pronunció *Ohn-Tim,* y durante unos instantes Maggie no supo con seguridad qué quería decir eso. Habría pasado unas cien veces por delante de ese edificio y siempre había pensado que se pronunciaba tal como se escribía: *In Time* [In Taim]. Y se asustó (¿cuántas cosas más habría entendido mal, aunque estuviesen sólo dentro de su cabeza?)—. Así que, si la escena me sale bien, será, ya me entiendes, un buen primer paso. ¿Qué te parece? —concluyó—. ¿Quieres ayudar a un colega?

—No eres mi colega —soltó Maggie—. ¿Y qué te hace pensar que sé actuar?

—Pero ¿a que sí sabes? —preguntó Charles—. Es que tienes cara de actriz.

—¿Y qué cara es ésa?

—De dramatismo —contestó él de inmediato—. Pero me he precipitado, ni siquiera sé cómo te llamas.

—Maggie —dijo Maggie, que momentáneamente había olvidado su propósito de que la llamaran M.

—Yo soy Charles Vilinch. Pero ¿a que no me he equivocado? —inquirió el joven—. Eres actriz, ¿verdad?

Maggie se limitó a asentir con la esperanza de que no le preguntara nada más, ya que no creía que su breve paso por el grupo *Whiskered Biscuit* como cantante suplente ni la aparición de su cadera en el vídeo de Will Smith fuesen a impresionarle demasiado.

—Mira, me gustaría ayudarte, pero... bueno, es que no creo que pueda... —se excusó Maggie con auténtico pesar, porque protagonizar una obra (aunque no fuese más que un acto dirigido por un miserable estudiante) le resultaba tremendamente apetecible. Tal vez, pensó, sería un comienzo. Princeton no estaba tan lejos de Nueva York. Quizá guión y protagonista llegasen a la ciudad. Quizás algún director de *casting* o de escena cogería un tren e iría a echar un vistazo. Quizá...

—¿Por qué no te lo piensas a lo largo del día? —propuso Charles—. Te llamaré esta noche.

—No —objetó Maggie pensando con rapidez—. No, es que... no me funciona el teléfono.

—Entonces nos veremos para tomar un café —sugirió él con naturalidad.

—No puedo...

—Pues un té sin teína —insistió Charles—. A las nueve en el Centro de Estudiantes. Te veré allí. —Y se fue a paso ligero, dejando a Maggie frente a la sala de conferencias, por cuyas puertas entraban un montón de alumnos (en su mayoría chicas, algunas de las cuales llevaban, igual que ella, un ejemplar de *Mi Antonia*). Maggie se quedó quieta unos segundos y pensó ¿por qué no?, mientras los cuerpos que la rodeaban entraban en la sala en manada. Sería más difícil dar media vuelta que, simplemente, seguir a la multitud. Se sentaría en una de las últimas filas, decidió. Nadie se fijaría en ella. Además, sentía curiosidad por saber lo que diría el profesor acerca del libro. Puede que incluso aprendiese alguna cosa.

34

—¿Qué tal estás? —le preguntó Amy a Rose una mañana mientras comían crepes de arándanos en el Morning Glory Diner. Amy, vestida con pantalones negros y blusa azul oscura, iba después al aeropuerto para un viaje por trabajo que la llevaría hasta la Georgia rural y el extremo sur de Kentucky, donde hablaría sobre las instalaciones para el tratamiento de las aguas residuales («porque no te puedes imaginar lo mal que llegan a oler», le había asegurado a Rose). Rose, con los pantalones holgados de color caqui militar que ahora solía vestir, se acercaría a la biblioteca para cambiar las diez novelas románticas que acababa de leer por otras diez, y luego pasearía a un schipperke llamado *Skip*.

Rose masticó reflexiva.

—Bien —contestó despacio mientras con sus largos y delgados dedos apartaba del plato un molesto trozo de beicon.

—¿No echas de menos el trabajo?

—A quien echo de menos es a Maggie —farfulló Rose con la boca llena. Era la verdad. El bar Morning Glory estaba en el antiguo barrio de Maggie, justo a la vuelta de la esquina en donde estaba el piso del que la habían desahuciado poco antes de que se fuese a vivir con Rose. Durante los años en que Rose estudió en la Escuela de Derecho, Maggie iba a visitarla una o dos veces al semestre, y más tarde, cuando Rose empezó a trabajar, se desplazaba hasta el sur de Filadelfia y se veían para desayunar, para tomar algo, o para irse a dar una vuelta por el centro comercial King of Prussia. Rose recordaba con cariño todos los pisos por los que Maggie había pasado. Viviera donde viviera, las paredes siempre acababan pintadas de rosa, y Maggie colocaba su secador de pelo de anticuario en un rincón, e instalaba un bar provisional en alguna parte, con una coctelera para hacer martinis comprada en un rastrillo y siempre a punto para ser utilizada.

—¿Dónde está? —inquirió Amy, que limpió un cuchillo para la mantequilla con una servilleta y lo usó para darle un vistazo a sus labios pintados.

Rose cabeceó, sintiendo cómo las habituales sensaciones de rabia, frustración, ira y lástima, que Maggie provocaba en ella, ascendían por su pecho.

—Ni lo sé ni sé si quiero saberlo —declaró.

—Bueno, conociendo a Maggie, aparecerá —comentó Amy—. Necesitará dinero o un coche, o un coche lleno de dinero. Sonará el teléfono y dará señales de vida.

—Lo sé —dijo Rose, y suspiró. Echaba de menos a su hermana... sólo que *echar de menos* no era la expresión adecuada. Echaba de menos su compañía, tener a alguien con quien desayunar y compartir pedicuras, y excursiones por el centro comercial. Incluso se había dado cuenta de que echaba de menos el ruido que hacía Maggie, su desorden, la forma en que subía el termostato a veintisiete grados hasta que su casa parecía un viaje al trópico, y cómo, contada por Maggie, incluso la historia más mundana se convertía en una aventura de tres capítulos. Recordaba a Maggie tratando de tirar al recalcitrante váter de Rose un montón de kleenex manchados de maquillaje, mientras le gritaba a la taza: «¡Trágatelos, coño!»; a Maggie rabiosa en el pasillo de champús y geles del *drugstore* porque se les había acabado el tipo de suavizante concreto y específico para su pelo teñido; el chasquido de dedos que hacía para darle a entender a Rose que le dejara más sitio en el sofá, y la canción que su hermana cantaba en la ducha: «Tenía que ser yo... tenía que ser yo...».

Impaciente, Amy tamborileaba con el cuchillo sobre el borde del plato.

—Rose, aterriza.

—Sí, perdona —se disculpó Rose, gesticulando con desánimo. Más tarde, esa misma mañana, se fue en bici hasta una cabina de teléfono, extrajo un puñado de monedas de su bolsillo y marcó otra vez el número del móvil de su hermana. Un tono, dos tonos.

—¿Diga? —preguntó Maggie con descaro y seguridad—. ¿Diga? ¿Quién es?

Rose colgó el teléfono y pensó en si Maggie habría visto el prefijo 215, y se preguntaría si era ella; y si le importaría.

35

Si algo había aprendido Maggie Feller en los catorce años que llevaba tratando con miembros del sexo opuesto era esto: los deslices amorosos siempre te persiguen. Si había un chico al que nunca habías visto antes, todo lo que tenías que hacer para garantizar que lo verías en todas partes era pasar un buen rato a solas con él en un asiento trasero, en una habitación o encerrada en un cuarto de baño. Y luego aparecía de sopetón en la cafetería, por los pasillos, sentado detrás de la barra del restaurante en el que habías empezado a trabajar, y cogiendo de la mano a otra chica en la fiesta del viernes siguiente por la noche. Era la ley de Murphy de las relaciones: resultaba imposible evitar al chico que no deseabas volver a ver. Y Josh, por desgracia, desde su primera noche en el campus no había sido ninguna excepción.

Maggie no creía que fuese a reconocerla: él estaba completamente borracho, y era tarde, y ella acababa de bajarse del tren y aún no había tenido tiempo para perfeccionar su camuflaje en Princeton. Pero Josh estaba en todas partes, como si estuviese a punto de relacionar su cara con el dinero, el saco de dormir, la linterna de cámping y la ropa que le habían desaparecido.

Levantaba la vista del libro, en la biblioteca, y vislumbraba su sudadera y el perfil de su rostro. Se servía otro café en el comedor, y lo veía detrás del bufé de ensaladas, examinándola. En realidad, empezó a hablar con ella un sábado por la noche cuando Maggie, erróneamente convencida de que a esas horas no habría nadie lavando su ropa, arrastraba hasta el lavadero una funda de almohada robada llena de ropa sucia.

—¡Eh! —exclamó él con naturalidad mientras la observaba introduciendo sus sujetadores y braguitas en la lavadora.

—Hola —saludó ella sin mirarlo.

—¿Qué tal? —inquirió Josh. Maggie se encogió levemente de hombros y vertió el detergente encima de la ropa con uno de esos pequeños dosificadores de cartón que había comprado en la máquina expendedora.

—¿Quieres ponerle suavizante? —le preguntó él con una sonrisa y enseñándole el frasco. Pero sus ojos no le sonreían; registraban con detalle su cara, su pelo y su cuerpo para comparar lo que veía con lo que recordaba de aquella noche en su cama.

—No, gracias. No me hace falta —dijo Maggie. Metió veinticinco centavos en la ranura. Justo en ese momento sonó el móvil. Se imaginó que sería su padre; había llamado antes y ella no había contestado, pero ahora agarró el teléfono como si fuese un salvavidas y ella se estuviera ahogando—. ¡Hola! —saludó alegremente y se volvió para esquivar los ojos escrutadores de Josh.

No hubo respuesta, sólo se oía a alguien respirar.

—¡Hola! —repitió Maggie, que se apresuró escaleras arriba, pasando por delante de un grupo de estudiantes que compartía una botella de champán y cantaba una especie de canción como las que cantaban en los partidos de rugby—. ¿Quién es? —Seguía sin haber respuesta. Se oyó sólo un chasquido y luego silencio. Se encogió de hombros, se guardó el teléfono en el bolsillo y salió precipitadamente al aire fresco y primaveral. Las farolas iluminaban el sendero a intervalos irregulares y había bancos de madera tallada a lo largo de él y junto a los edificios. Maggie eligió un banco lejos de la luz y se sentó en un extremo. «Tenía que irse —dijo para sí—. No es un campus grande y ese chico está en todas partes; será sólo cuestión de tiempo que descubra quién eres y qué hiciste, eso si no lo sabe ya. Ha llegado el momento de largarse, de poner las cartas boca arriba, de coger el siguiente autobús con destino a otro lugar.»

Sólo que lo extraño era que no quería irse. Era... ¿qué? Maggie acercó las piernas al pecho y miró hacia las ramas de los árboles, cargadas de capullos verdes cerrados, y el cielo nocturno estrellado. Divertido. Bueno, no exactamente divertido, no era divertido como una fiesta o como arreglarse y estar impresionante, y notar la celosa mirada de la gente recorriendo el cuerpo de una. Era un desafío, el tipo de desafío que sus numerosos trabajos sin porvenir de salario mínimo no le habían proporcionado nunca. Era como ser la protagonista de su propia serie de detectives.

Y no se trataba únicamente de que nadie la descubriera. Aquí estaban los jóvenes más capacitados, los que se licenciaban, los finalistas del Mérito Nacional, la crema, la flor y nata. Si Maggie lograba pasar desapercibida entre ellos, ¿no demostraba eso lo que la señora Fried siempre le había dicho? Si lograba sobrevivir en Princeton, si podía sentarse en la última fila de doce aulas diferentes y seguir todas las clases de verdad, ¿no quería decir aquello que ella también era lista?

Maggie se limpió el rocío de la parte posterior de los tejanos y se puso de pie. Además, estaba lo de la obra de teatro de Charles, su debut como director en un acto de Beckett en el

Teatro Intime. Y ella era la protagonista. Se había reunido con él bastantes veces para ensayar, había repasado su papel en el Centro de Estudiantes o en una clase vacía del edificio de Bellas Artes, en Nassau Street.

—Yo vivo en Lockhart —le había dicho él en su último encuentro cuando la acompañó al volver de Nassau 185—. Me acuesto tarde. Vivo con otros dos compañeros —añadió antes de que Maggie pudiese arquear las cejas—. Te garantizo que conmigo tu honor estará a salvo.

Lo cierto es que ahora era tarde. Se preguntó si estaría despierto. Rodeándose el cuerpo con los brazos, se preguntó si le importaría dejarle un jersey. Corrió por el campus. Si no recordaba mal, Lockhart estaba junto a la tienda de la universidad. La habitación de Charles estaba en el primer piso, y cuando Maggie golpeó la ventana, él subió la persiana sonriente y se apresuró a abrirle la puerta.

La habitación de Charles era totalmente distinta a como se la había imaginado. Era como entrar en otro país. Cada centímetro de la pared estaba cubierto con tapices indios y docenas de espejos con marcos de plata. Una alfombra oriental, de color carmín, dorado y azul, cubría el suelo y, en el centro, en lugar de una mesa había un arcón viejo y destartalado, un baúl de los tesoros, pensó Maggie. Sus compañeros y él habían colocado las mesas contra las paredes y rodeado el baúl con cojines: rojos con flecos dorados, morados con flecos rojos, y uno de color verde salvia con bordado dorado y lentejuelas.

—Siéntate —le dijo Charles señalando los cojines—. ¿Te apetece beber algo? —Había una pequeña nevera en una esquina con una máquina para café capuchino encima.

—¡Guau! —exclamó Maggie—. Pero ¿tú qué tienes, un harén o qué?

Charles se rió y sacudió la cabeza.

—¡Qué va! —repuso—. Es sólo que nos gusta variar. El semestre pasado Jasper viajó a África y decoramos esto en plan safari, pero las cabezas de animales en las paredes me desquiciaban. Esto me gusta más.

—Es muy bonito —reconoció Maggie, que recorrió lentamente toda la habitación para examinarlo todo. Había una magnífica minicadena de música en un rincón, con los discos compactos clasificados por géneros: jazz, rock, world beat, música clásica, y luego por orden alfabético. En otro rincón había una mesilla alta con un montón de libros de viajes: Tíbet, Senegal, Machu Picchu. Al respirar hondo percibió el aroma del incienso, a colonia y a cigarrillos. La pequeña nevera tenía varias botellas de agua, limones, manzanas y mermelada de albaricoque. No había ni una sola cerveza o botes de aliño.

Era gay, decidió Maggie, cerrando la puerta de la nevera. Era gay, pensó con cierto alivio. Sin duda alguna era gay. Cogió una foto que había encima de la mesa de Charles. Aparecía él rodeándole los hombros con el brazo a otra chica que se reía.

—¿Es tu hermana? —inquirió.

—Mi ex novia —contestó él. «¡Oh!», pensó Maggie.

—No soy gay —declaró Charles. Entonces se rió como excusándose—. Es que todas las personas que vienen aquí lo piensan, y tengo que estar los tres meses siguientes esforzándome para ser lo más heterosexual posible.

—¿Y qué es lo que haces, rascarte cada cinco minutos en lugar de cada diez? Eso tampoco cuesta tanto —dijo Maggie, que se dejó caer en los cojines y abrió un libro sobre México. Casas encaladas que contrastaban fuertemente con el intenso cielo azul, vírgenes llorosas en patios alicatados, olas espumosas que se encrespaban hacia la dorada arena. Estaba decepcionada. Sólo había conocido tres tipos de hombres en su vida: los gays, los viejos, y la tercera categoría, cien veces mayor que las dos primeras, los que la deseaban. Si Charles no era gay, y desde luego tampoco era un viejo, quería decir que a lo mejor la deseaba. Lo que entristeció a Maggie y la defraudó un poco. Nunca había tenido a un chico que sólo fuese un amigo, y había pasado suficiente tiempo con Charles para saber que ella le gustaba a él por su inteligencia, su rapidez y sus recursos, y no por lo único que solía gustarles al resto de los chicos.

—Bueno, me alegro de que hayamos aclarado todo esto. Y me alegro también de que estés aquí. Tengo una poesía para ti.

—¿Para mí? ¿La has escrito tú?

—No. La estudiamos la semana pasada en clase de Historia de la poesía. —Charles abrió la *Norton Anthology* y empezó a leer:

* Margaret, ¿lloras a causa de
ese Bosque Dorado sin hojas?
Te preocupas por las hojas, como por las cosas humanas,
con tus frescos pensamientos, ¿no es así?
¡Ay! A medida que envejece el corazón
tales percepciones serán más frías,
poco a poco, sin escatimar suspiros, aunque
mientan los mundos de tristes bosques sin hojas;
y, sin embargo, llorarás y sabrás por qué.
Ahora no importa, pequeña, el nombre:
las fuentes del pesar son las mismas.
Ni boca ni mente han expresado
lo que escuchó el corazón, lo que barruntó el alma:

El hombre ha nacido para el infortunio,
es por Margaret por quien lloras.

Cerró el libro. Maggie respiró hondo. Tenía la piel de gallina.

—¡Guau! —exclamó—. ¡Qué triste! Pero yo no soy Margaret.

—¿Ah..., no?

—No —insistió ella—. Soy sólo Maggie. Maggie May, de hecho. —Se rió avergonzada—. Por el célebre poeta, Rod Stewart. A mi madre le gustaba esa canción.

—¿Cómo es tu madre? —quiso saber Charles.

Maggie lo miró y luego desvió la mirada. Normalmente, cuando llegaba el momento del intercambio de información con el chico de turno, Maggie se inventaba su propia versión del trágico relato del fallecimiento de su madre y se lo soltaba al chico con toda la naturalidad del mundo. Algunas veces decía que su madre se había muerto de cáncer de mama, y otras sí que explicaba que el coche había quedado destrozado, pero siempre con profusión de detalles y dramatismo. ¡La quimioterapia! ¡La policía en casa! ¡El funeral y las dos niñas que lloraban sobre el ataúd! Pero no le apetecía contarle a Charles esa versión de la historia. Tenía ganas de contarle algo que se ajustara más a la verdad, lo que le daba miedo por-

---

**Márgarét, áre you gríeving / Over Goldengrove unleaving? / Leáves, líke the things of man, you / With your fresh thoughts care for, can you? / Áh! Ás the heart grows older / It will come to such sights colder / By and by, nor spare a sigh / Though worlds of wanwood leafmeal lie; / And yet you will weep and know why. / Now no matter, child, the name: / Sórrow's spríngs áre the same. / Nor mouth had, no nor mind, expressed / What heart heard of, ghost guessed: / It ís the blight man was born for, / It is Margaret you mourn for.* (En el original. *N. de la T.*)

que, si le contaba la verdad sobre esto, ¿qué más estaría tentada de confesarle?

—No hay mucho que explicar —respondió con indiferencia.

—¡Oh, no! Sé que eso no es verdad —objetó él. Maggie notó los ojos de Charles encima. Sabía lo que vendría a continuación. «¿Por qué no te acercas un poco?» o «¿Te sirvo una copa?» Y enseguida notaría los labios de él sobre su cuello o un brazo alrededor de sus hombros, con la mano que se alargaría hacia su pecho. Era un ritual por el que había pasado demasiadas veces.

Sólo que Charles no pronunció esas palabras ni le besó el cuello; se quedó exactamente donde estaba.

—Bueno, pues no me lo cuentes —concluyó él sonriente; era una sonrisa amigable, pensó Maggie, aliviada. Maggie echó un vistazo al reloj, que parecía de anticuario y que estaba encima de su mesa. Era más de la una.

—Debo irme —anunció—. Tengo que ir a recoger la ropa.

—Te acompañaré —se ofreció Charles.

—No, no hace falta.

Pero él cabeceó y cogió su mochila.

—Es peligroso que vayas sola por ahí.

Maggie estuvo a punto de reírse. Princeton era el lugar más seguro en que había estado jamás. Era más seguro que una piscina para niños, más seguro que una sillita de bebé. Lo peor que había visto era que a alguien se le cayera la bandeja en el comedor.

—No, en serio —continuó él—. Además, estoy hambriento. ¿Has estado alguna vez en P.J.'s?

Maggie sacudió la cabeza. Charles fingió un gesto de horror absoluto.

—Es una tradición de Princeton. Hacen unas crepes con trocitos de chocolate que son deliciosas. Vamos —ordenó, mientras aguantaba la puerta para que Maggie pasara—, invito yo.

36

Rose Feller sabía que ese día llegaría.

Después de pasear perros durante tres meses y recoger ropa de la tintorería, de hacer viajes al *drugstore*, a la tienda de comestibles y al videoclub, supuso que estaba más que preparada para tropezar con algunas de las caras conocidas de sus menos que apacibles días en Lewis, Dommel, and Fenick. De modo que un soleado día de abril, con una temperatura de 16 grados, cuando Shirley, la dueña de *Petunia*, le dio un sobre con la conocida dirección impresa en el exterior y le dijo como si tal cosa: «¿Podrías llevar esto al despacho de mi abogado?», Rose tragó saliva, metió el sobre en el bolso que llevaba colgado en el hombro y se montó en la bicicleta, pedaleando en dirección a Arch Street y a la centelleante torre en la que una vez había trabajado.

Cabía la posibilidad, reflexionó mientras pedaleaba, de que nadie la reconociese. A Lewis, Dommel, and Fenick había ido a trabajar con pantalones de traje y zapatos de tacón (*y enamorada*, insistía en recordarle su ocurrente cerebro). Y hoy llevaba *shorts*, calcetines hasta media pierna con motivos de sartenes, huevos fritos y tazas de café (un pequeño recuerdo que le había dejado Maggie), y unas zapatillas de suela dura para ir en bici. El pelo, que le había crecido, le llegaba por debajo de los hombros y se había hecho dos trenzas; a fuerza de intentos y errores, Rose se había dado cuenta de que era el único peinado que podía llevar debajo del casco. Y, aunque no había perdido peso desde su desagradable abandono del mundo de los litigios, su cuerpo era distinto. Tras muchos días de bici y paseos tenía músculos en brazos y piernas, y la sempiterna palidez que lucía en el despacho había sido sustituida por el bronceado. Sus mejillas rosas resplandecían y su pelo trenzado brillaba. Así que al menos eso estaba a su favor. «Adelante —dijo para sí mientras salía del ascensor y caminaba hacia la recepción con las pantorrillas desnudas, brillantes y tostadas, y las zapatillas, que chacoloteaban sobre el suelo embaldosado—. Adelante.» No sería difícil. Dejaría el paquete, obtendría una firma, y...

—¿Rose?

Contuvo el aliento, medio esperando que lo que había oído fuese producto de su imaginación y no hubiese salido de uno de los despachos que había al otro lado del vestíbulo. Se volvió, y ahí, de pie, estaba Simon Stein, el instigador del sóftbol en pista cubierta, con su pelo rojizo deslumbrante bajo los focos del techo, y su apagada corbata roja y dorada, que acentuaba la suave curva de su barriga.

—¿Rose Feller?

Bueno, pensó ella, esbozando una sonrisa y saludando fugazmente con la mano, podría haber sido peor. Podría haber sido Jim. ¡Si ahora pudiese simplemente dejar el sobre y largarse de aquí...!

—¿Cómo estás? —inquirió Simon, que había cruzado a toda prisa el vestíbulo y ahora estaba justo a su lado, mirándola de arriba abajo como si hubiese mutado en una especie aún desconocida. Quizás eso era lo que le había pasado, pensó irónica. La ex abogado. ¿A cuántos como ella habría conocido Simon Stein?

—Estoy bien —respondió ella en voz baja, y le dio el sobre a la recepcionista, que observaba a Rose sin disimular su curiosidad, intentando casar a la chica bronceada y con *shorts* con la joven seria que vestía trajes de chaqueta.

—Nos dijeron que estabas de baja —explicó Simon.

—Y así es —se limitó a decir Rose mientras cogía el albarán firmado que le había dado la recepcionista y se volvía al ascensor. Aunque rezó para que no lo hiciera, Simon la siguió.

—¡Oye!, ¿has comido ya? —le preguntó.

—De verdad, tengo que irme —se excusó Rose mientras se abría la puerta de uno de los ascensores y emergía de él un enjambre de socios. Rose escudriñó furtivamente en busca del rostro de Jim y no volvió a respirar hasta comprobar que no estaba.

—Comerás gratis —aseguró Simon Stein dedicándole una seductora sonrisa irónica—. Venga, algo tendrás que comer. Iremos a un sitio de postín y fingiremos ser importantes.

Rose se rió.

—Imposible si voy vestida así.

—¡Pero si nadie te dirá nada! —repuso Simon, y se metió en el ascensor con Rose como si fuese uno de los perros que ella paseaba a diario—. Tranquila.

Al cabo de diez minutos estaban sentados a una mesa para dos en el restaurante Oyster House de Sansom Street, y tal como Rose se había temido, era la única mujer que no llevaba medias y tacones.

—Dos tés helados —pidió Simon Stein mientras se aflojaba la corbata y se arremangaba la camisa dejando al descubierto sus pecosos antebrazos—. ¿Te gusta la sopa de almejas? ¿Comes fritos?

—Por supuesto, algunas veces —fue la respuesta de Rose, que se soltó las trenzas y trató de ponerse bien el pelo con naturalidad.

—Dos platos de sopa de almejas de Nueva Inglaterra, y una fuente de pescado y marisco —le dijo a la camarera, quien asintió aprobatoriamente.

—¿Siempre pides por los demás? —inquirió Rose, que había decidido que lo de su pelo era una causa inútil y ahora intentaba tirar de los *shorts* para taparse las costras que tenía en la rodilla derecha.

Simon Stein asintió satisfecho de sí mismo.

—Siempre que puedo —contestó—. ¿Alguna vez has tenido envidia gastronómica?

—¿Y eso qué es? —preguntó Rose.

—Cuando vas a un restaurante y pides algo, y luego ves que lo que le han traído a otra persona tiene un aspecto diez veces mejor que lo que tú has pedido.

Rose asintió.

—¡Pues claro! Me ha pasado un montón de veces.

Simon estaba encantado. Lo cierto era que con esos rizos pelirrojos y esa sonrisa se parecía un poco al payaso de la Fundación Infantil Ronald McDonald.

—Pues a mí no me pasa nunca —declaró.

Rose lo miró con fijeza.

—¿Nunca?

—Bueno, casi nunca —corrigió Simon—. Soy un experto en pedir. Un maestro de las cartas.

—Maestro de las cartas —repitió Rose—. Tendrías que salir en la tele, o en el canal satélite al menos.

—Sé que suena absurdo —siguió Simon—, pero es verdad. Pregúntale a quienes han salido alguna vez conmigo. Nunca me equivoco.

—Muy bien —dijo Rose, que aceptó el desafío y pensó en el mejor restaurante en el que había estado recientemente, entendiendo «recientemente» como hacía seis meses, adonde había ido con Jim una noche en que habían salido tarde del despacho, ambos convencidos de que no tropezarían con ningún conocido—. London.

—¿La ciudad o el restaurante?

Rose reprimió su impulso de poner los ojos en blanco.

—El restaurante. Está por la zona del Museo de Arte.

—Lo sé, lo sé —repuso Simon—. Hay que tomar calamares salpimentados, pato asado con jengibre dulce y el pastel de queso con chocolate blanco de postre.

—¡Asombroso! —exclamó Rose con cierto sarcasmo.

Simon se encogió de hombros y levantó sus pequeñas manos hacia el cielo.

—Mira, chica, yo no tengo la culpa de que lo único que comas sean patatas asadas y pescado a la parrilla.

—¿Y tú cómo sabes eso? —preguntó Rose, que, si mal no recordaba, cuando estuvo en el London pidió salmón a la parrilla.

—Cuestión de suerte —respondió Simon—. Además de que es lo que comen siempre la mayoría de las mujeres. ¡Una lástima! ¡A ver...! Dime otro.

—Un *brunch* en el Striped Brass —propuso Rose; era uno de los mejores restaurantes de la ciudad. Su padre las había llevado, a Maggie y a ella, como algo especial. Rose había tomado rodaballo. Maggie, aún lo recordaba, tres copas de ron con Coca-Cola y, finalmente, el número de teléfono del sommelier.

Simon Stein cerró los ojos.

—¿No es en esa carta donde tienen los huevos Benedict con langosta escalfada?

—No lo sé, porque la verdad es que nunca he ido a tomar un *brunch*.

—Pues deberíamos —comentó Simon.

«¿Deberíamos?», pensó Rose.

—Porque eso es lo que te dan —continuó—. Empiezas con ostras, si te gustan... Te gustan, ¿no?

—Naturalmente —contestó Rose, que nunca las había probado.

—Y luego te dan los huevos Benedict con langosta escalfada. Están exquisitos. —Le sonrió—. Siguiente.

—*Penang* —dijo Rose. *Penang* era el nuevo restaurante malasio de cocina fusión picante que acababan de abrir en Chinatown. Lo conocía porque lo había leído en alguna parte, pero Simon Stein no lo sabía.

—Arroz con coco apelmazado, alitas de pollo asadas, *rendang* de ternera (plato indondesio de carne cocida en especias y leche de coco), y los rollitos de primavera con gambas frescas.

—¡Guau! —exclamó Rose mientras la camarera les ponía la sopa delante. Hundió la cuchara en ella, la probó y cerró los ojos notando cómo su boca se llenaba con la textura de la crema y el ligero sabor a sal del mar, a almejas frescas y dulces, y a patatas cocinadas hasta que se deshacían en la lengua—. Ésta es mi dosis de grasa para toda la semana —apuntó en cuanto se recuperó.

—No cuenta, si es otro quien paga —replicó Simon Stein, que le ofreció a Rose una galleta salada—. Prueba una.

Rose se comió medio plato de sopa antes de que se le ocurriera volver a hablar.

—Esto está delicioso —confesó.

Simon asintió como si no esperara otra cosa que el elogio de la sopa.

—Bueno, ¿por qué no me cuentas algo más de la baja?

Rose tuvo dificultades para tragar una pelota de almeja y patata.

—Verás..., mmm...

Simon Stein la miraba con aire zumbón.

—¿Estás enferma? —inquirió—. Porque ése era uno de los rumores.

—¿Uno de los rumores? —repitió Rose.

Simon asintió y apartó a un lado el plato de sopa vacío.

—Lo primero que se rumoreaba era alguna misteriosa enfermedad, luego que te habían hecho una oferta en Pepper, Hamilton. El tercer rumor...

Justo entonces reapareció la camarera con una fuente llena de dorado marisco frito y pescado. Simon se entretuvo exprimiendo un limón por encima y echando a las patatas un generoso pellizco de sal.

—¿Cuál era el tercer rumor? —quiso saber Rose.

Simon Stein se metió dos vieiras fritas en la boca y la miró con sus ojos azules muy abiertos, cándidos debajo de sus pestañas rojizas rizadas.

—Qtnías navntura —contestó mientras engullía las vieiras—. Con uno de los socios.

Rose se quedó boquiabierta.

—Yo...

Simon alzó una mano.

—No hace falta que digas nada. Ni siquiera tenía que haber sacado el tema.

—¿Alguien lo cree de verdad? —preguntó Rose tratando de ocultar su sorpresa.

Simon se sirvió salsa tártara y sacudió la cabeza.

—No. La mayoría apuesta por un lupus o problemas de lumbalgia.

Rose comió unas cuantas almejas e intentó aparentar indiferencia y no sentirse ridícula. Pero, naturalmente, era ridícula. Había dejado su trabajo, su novio la había abandonado, iba vestida como una colegiala sin serlo, y ahora un chico al que apenas conocía le salaba las patatas fritas. Y lo peor de todo era que la gente sabía lo suyo con Jim. Y ella había creído que era un secreto. ¿Se podía ser más tonta?

—¿Se barajaba algún nombre concreto? —inquirió como si tal cosa mientras hundía una gamba en la salsa tártara y deseaba con ahínco que al menos parte del secreto siguiese a salvo.

Simon Stein se encogió de hombros.

—No presté atención —contestó—. Eran sólo chismorreos, nada más. Ya sabes cómo son los abogados. Les gusta tener respuestas para todo, así que cuando de repente desaparece alguien, pues quieren una explicación.

—No he desaparecido. Estoy de baja, ya lo sabes —insistió Rose con terquedad y comió un trozo de lenguado que, bien considerado, era muy sabroso. Tragó y se aclaró la garganta—. Entonces, mmm... ¿Qué tal en el bufete? ¿Qué tal te va?

Él se encogió de hombros.

—Igual que siempre. Ahora tengo un caso propio. Por desgracia, el del Estúpido del Bentley.

Rose asintió comprensiva. El caso del Estúpido del Bentley era el de un cliente que había heredado los millones de su padre pero, al parecer, no su inteligencia. El cliente se había comprado un Bentley de segunda mano, y se había pasado los dos años siguientes intentando que el concesionario le devolviera el dinero. Argumentaba que desde el primer día que fue por la autopista salió del coche una nube de aceitoso humo negro. Lo que el concesionario sostenía —y que, lamentablemente para el cliente, apoyaba su ahora ex mujer— era que el humo era el resultado de que el cliente hubiese conducido el Bentley por la autopista con el freno de mano puesto. Mientras Simon le contaba algunos detalles, Rose vio cómo éste intentaba sonar aburrido y cínico —asqueado de que la empresa tuviera un cliente tan bobo, asqueado por un proceso que había dejado que el caso hubiese llegado tan lejos dentro del sistema—, pero el aburrimiento y el cinismo eran una fina pátina fácilmente movible que ocultaba el obvio entusiasmo de Simon Stein por su trabajo. Por supuesto que era un caso pequeño, y por supuesto que el cliente era un idiota, y no, decía con ojos brillantes y agitando las manos, este caso no sentaría precedente, pero aun así Rose intuyó que Simon se divertía hablando de conciliaciones, de la sorprendente citación del barriobajero mecánico llamado Vitale. Rose suspiró mientras escuchaba, deseando todavía sentir eso respecto al mundo de la abogacía y preguntándose si, realmente, se había sentido así alguna vez.

—Pero ya hemos hablado bastante del caso Bentley —concluyó Simon, que se metió la penúltima gamba frita en la boca y le pasó la última a Rose—. Por cierto, que tienes un aspecto magnífico. Se te ve muy relajada.

Rose se miró de arriba abajo con tristeza, desde su camiseta ligeramente sudada hasta sus pantorrillas tatuadas con la grasa de la cadena de la bicicleta.

—Eres demasiado amable.

—¿Te gustaría cenar conmigo el viernes? —propuso Simon.

Rose se quedó helada.

—Sé que he sido un poco brusco —reconoció Simon—. Supongo que es el resultado de facturar cada hora; te limitas a soltar lo que tienes que decir, porque el tiempo corre.

—¿No tenías novia? —inquirió Rose—. ¿No se fue a Harvard?

—Tenía —contestó Simon—. Aquello no funcionaba.

—¿Por qué no?

Simon reflexionó.

—No tenía mucho sentido del humor, y el asunto ése de Harvard... en fin, supongo que no me veía a mí mismo al lado de una mujer que llamaba a su periodo la marea carmesí.

Rose resopló. La camarera se llevó sus platos y les puso delante las cartas de los postres. Él apenas si les echó un vistazo.

—Tarta de manzana tibia —anunció—. ¿Nos la partimos?

Simon le sonrió y ella se percató de que, pese a que era bajo y suavemente ovoide, y a que estaba más o menos tan lejos de parecerse a Jim como lo estaba Saks, en la Quinta Avenida, de Kmart, tenía que reconocer que era divertido. Y también simpático. En cierto modo, atractivo. Aunque no le atraía, claro que no, pensó enseguida, pero aun así...

Mientras tanto, Simon la miraba fijamente, expectante, tarareando el estribillo de lo que Rose reconoció como *Lawyers In Love*.

—Entonces ¿qué? ¿Cenamos?

—¿Por qué no? —repuso Rose.

—Esperaba una respuesta un poco más efusiva que ésa —protestó Simon Stein con frialdad.

Rose le sonrió.

—Entonces bueno.

—¡Pero si hasta sonríe! —exclamó Simon; y cuando la camarera trajo la tarta, dijo—: Necesitaremos un poco de helado para poner encima. ¡Estamos de celebración!

37

Ella se sentó frente al teclado del ordenador de la señora Lefkowitz, respiró hondo y miró fijamente la pantalla en blanco.

—No creo que pueda hacerlo —comentó.

—¿Qué? —gritó la señora Lefkowitz desde la cocina—. ¿Se ha vuelto a congelar la imagen? Reinicie. Todo irá bien.

Ella cabeceó. No creía que aquello fuese a ir bien en absoluto. Estaba en casa de la señora Lefkowitz, en una habitación que hacía las veces de despacho y trastero, con el iMac de color naranja colocado sobre una gran mesa de nogal con patas terminadas en forma de garra, al lado de la cual había un sofá de terciopelo rojo con el relleno medio salido, que estaba debajo de una cabeza disecada de alce, y junto a un paragüero de cobre y bambú que albergaba el bastón de la señora Lefkowitz. «No creo que pueda hacerlo», repitió Ella... pero nadie la oyó. Lewis y la señora Lefkowitz estaban en la cocina, cortando madalenas con pepitas de chocolate y fruta fresca, y por la televisión del salón, que estaba a todo volumen, daban *Days of Our Lives*.

Ella cerró los ojos con fuerza, tecleó «ROSE FELLER» y pulsó *intro* antes de arrepentirse.

Cuando abrió los ojos, la señora Lefkowitz y Lewis estaban de pie detrás de ella, y la pantalla aparecía llena de nombres.

—¡Guau! —exclamó Lewis.

—Debe de ser un nombre corriente —observó la señora Lefkowitz.

—¿Cómo voy a saber cuál es ella? —inquirió Ella.

—Prueba uno —propuso Lewis. Ella hizo clic en uno de los *links* y descubrió que las palabras «Rose» y «Feller» la habían llevado a Floristería Feller, en Tucson, Arizona. Suspiró, volvió a la página anterior e hizo clic en otro *link*. Éste era una relación de las alianzas matrimoniales en Wellville, Nueva York, de una Rose Feller nacida en 1957. No era su Rose. Retrocedió, hizo clic otra vez y, finalmente, la cara de su nieta, con veintidós años más que la última vez que Ella la vio, llenó la pantalla.

—¡Oh! —gritó, y tan rápido como pudo leyó lo que ponía en la página—. Es abogada —anunció con una voz que no parecía suya.

—Tampoco es que sea una tragedia —dijo la señora Lefkowitz, riéndose entrecortadamente—. ¡Por lo menos no está en la cárcel!

Ella clavó los ojos en la imagen. Tenía que ser Rose. Eran los mismos ojos, la misma expresión seria, las mismas cejas que dibujaban en su frente una línea recta y que Ella recordaba de cuando era pequeña. Ella se levantó y se dejó caer en el sofá. Lewis ocupó su sitio y empezó a desgranar el texto.

—Universidad de Princeton... Escuela de Derecho de Pensilvania... especializada en Derecho Procesal Mercantil... vive en Filadelfia...

—¡Era tan lista! —murmuró Ella.

—Pues mándale un *e-mail* —sugirió Lewis.

Ella se cubrió la cara con las manos.

—No puedo —dijo—. Todavía no. No estoy preparada. No sabría qué decirle.

—¿Qué tal si empiezas por un «hola»? —apuntó la señora Lefkowitz, que se rió de su propia broma.

—¿Dónde está su hermana? —logró preguntar Ella—. ¿Dónde está Maggie?

Lewis la miró tranquilizador y ella sintió que su mirada era como su mano cálida sobre el hombro.

—La estoy buscando —contestó—. Aún no he encontrado nada.

Pero lo haría, Ella lo sabía. Sus nietas estaban ahí fuera, viviendo vidas que ni siquiera imaginaba. Y ahora eran adultas. Podían tomar sus propias decisiones acerca de si la dejaban o no entrar en sus vidas. Ella podía escribirles; podía llamarlas. Pero ¿qué les diría?

La señora Lefkowitz se dejó caer en el sofá junto a ella.

—¡Puede hacerlo! —la animó—. Vamos, Ella. ¿Qué tiene que perder?

«Nada —dijo Ella para sí—. Todo.» Sacudió la cabeza y cerró los ojos.

—Hoy no —dijo—. Aún no.

38

Para su gran sorpresa, Maggie Feller descubrió que en Princeton estaba obteniendo un cierto tipo de instrucción.

Ciertamente, no lo había planeado, pensó mientras andaba por el campus con un brazo cargado de libros. Pero la verdad era que la primera clase la había fascinado. Y Charles, también, con sus libros de monólogos, sus conversaciones sobre cosas que ningún chico había querido discutir con ella nunca, como prototipos de carácter, estados de ánimo y motivación, los libros y la vida real, y cómo estas dos cosas eran lo mismo sin dejar de ser diferentes. Incluso su única molestia, Josh, su desdichado y de pronto ubicuo desliz, era más una distracción que un verdadero peligro. Le gustaba ser una estudiante, pensó con tristeza. Debería haberse dado una oportunidad hacía diez años.

«Coge poesía.» Para Maggie, leer cualquier cosa, empezando por la frase más sencilla, implicaba una especie de labor de detective. Primero tenía que separar y descifrar cada una de las letras de cada palabra. En cuanto las había separado, tenía que volverlas a unir, los nombres, los verbos y el florido jeroglífico de adjetivos, y leerlas una y otra vez antes de entender el significado; era como un trozo de nuez metido en una cáscara retorcida.

Era consciente de que para la mayoría de la gente era distinto. Era consciente de que Rose podía echar un vistazo a un párrafo o a una página y saber lo que quería decir, como si su piel hubiese absorbido el significado; ésa era la razón por la que podía devorar extensas novelas románticas, mientras que Maggie no pasaba de las revistas. Pero Maggie había descubierto que la poesía era igual para todos, porque no se escribía para ser obvia a simple vista y cualquier lector, desde un lumbrera de Princeton hasta un alumno que abandonara los estudios, tenía que pasar por el proceso de descifrar las palabras y luego las frases, y luego las estrofas, y desmenuzar la poesía, y recomponerla antes de que ésta revelara su significado.

Tres meses y medio después de su aterrizaje en el campus, Maggie asistió a «su» clase sobre Poetas Modernos y se sentó en la última fila, asegurándose de que dejaba un asiento libre a cada lado del suyo. La mayoría de los estudiantes se apiñaban en la parte de delante, atendiendo sin pestañear a todo lo que decía la profesora Clapham, y prácticamente se dislocaban el hombro al levantar la mano para contestar a una pregunta, lo que quería decir que Maggie estaba bien situada en el fondo. Se sentó, abrió su libreta y copió de la pizarra la poesía del día mientras susurraba cada una de las palabras.

* Un arte

No es difícil ser un maestro del arte de perder;
son tantas las cosas que parecen contener la intención
de ser perdidas, que su pérdida no es ningún desastre.

Pierde algo a diario. Acepta la confusión
que producen unas llaves perdidas, la hora malgastada.
No es difícil ser un maestro del arte de perder.

Entonces practica perder más, perder más rápido:
lugares y nombres, y adónde pensabas
ir de viaje. Nada de eso es un desastre.

Perdí el reloj de mi madre. ¡Y mira! Tres
casas adoraba y la última, o penúltima, se ha ido.
No es difícil ser un maestro del arte de perder.

Perdí dos ciudades muy queridas. Y, aún más,
algunos reinos que poseía, dos ríos, un continente.
Los añoro, pero no fue ningún desastre.

—Incluso si te perdiera (la voz jocosa, un gesto
que adoro), no mentiría. Es evidente que no es
demasiado difícil ser un maestro del arte de perder
aunque pueda parecer (*¡escríbelo!*) un desastre.

**One Art*

The art of losing isn't hard to master; / so many things seem filled with the intent / to be lost that their loss is no disaster.

Lose something every day. Accept the fluster / of lost keys, the hour badly spent. / The art of losing isn't hard to master.

Then practice losing farther, losing faster: / places, and names, and where it was you meant / to travel. None of these will bring disaster.

I lost my mother's watch. And look! my last, or / next-to-last, of three loved houses went. / The art of losing isn't hard to master.

I lost two cities, lovely ones. And, vaster, / some realms I owned, two rivers, a continent. / I miss them, but it wasn't a disaster.

—Even losing you (the joking voice, a gesture / I love) I shan't have lied. It's evident / the art of losing's not too hard to master / though it may look like (Write it!) like disaster.

(En el original. *N. de la T.*)

—«Perdí el reloj de mi madre» —susurró Maggie mientras escribía a toda prisa la poesía. El arte de perder. Podría escribir un libro al respecto. Lo que encontraba en las diversas cajas de objetos perdidos de la universidad la seguía sorprendiendo, y al mismo tiempo la mantenían perfectamente equipada. Con sus libros de texto y sus sudaderas, gorros y mitones de J. Crew o Gap, parecía una princetoniana. Y empezaba a creerse su propia película. El semestre se acercaba a su fin y Maggie tenía la sensación de que no le faltaba mucho para convertirse en una estudiante auténtica y como Dios manda. Sólo que el verano estaba al llegar. ¿Y qué hacían los alumnos durante el verano? Se iban a casa. Y ella no podía. Todavía no.

—«No es difícil ser un maestro del arte de perder» —escribió mientras la profesora Clapham, rubia, rozando la cuarentena y embarazadísima, anadeaba hasta la parte frontal del aula.

—Esto es una villanesca —comentó, dejó sus libros encima de la mesa y se sentó con cuidado en la silla mientras encendía su puntero de láser—. Una de las estructuras rítmicas más exigentes. ¿Por qué creéis que Elizabeth Bishop adaptaba esta estructura concreta a su tema? ¿Por qué creéis que encajaba tan bien?

Silencio. La profesora Clapham exhaló un suspiró.

—De acuerdo —dijo con amabilidad—, empecemos por el principio. ¿Quién puede decirme de qué va esta poesía?

Las manos se alzaron.

—¿De la pérdida? —ofreció una elegante chica rubia de la primera fila.

«¡Bah!», pensó Maggie.

—¡Claro está! —contestó la profesora en un tono sólo un poco más amable que el ¡bah! que Maggie había pensado—. Pero ¿de qué pérdida exactamente?

—De la pérdida del amor —aventuró un chico, que llevaba unos *shorts* que dejaban al descubierto sus peludas piernas, y una sudadera desteñida por la lejía propia de alguien que aún no se ha acostumbrado a lavarse la ropa.

—¿Del amor de quién? —inquirió la profesora. Se puso las manos sobre los riñones y se irguió como si le doliera la espalda o, tal vez, como si la ignorancia de sus alumnos le causara dolor físico—. ¿Ya está perdido este amor, o el poeta ubica esa pérdida, a diferencia del resto, en el reino de lo teórico? ¿Habla Elizabeth Bishop de esta pérdida como una posibilidad? ¿Como una probabilidad?

Miradas vacías y cabezas gachas.

—Como una probabilidad —soltó Maggie, que permaneció inmóvil, ruborizada y avergonzada como si se le hubiese escapado una ventosidad.

Pero la profesora le dirigió una mirada alentadora.

—¿Por qué?

A Maggie le temblaban las manos y las rodillas.

—Mmm... —titubeó en voz baja, con un hilo de voz. Y luego pensó en la señora Fried, inclinada sobre ella, con las gafas que se balanceaban colgadas de una cadena de cuentas, y que le susurraba: «Inténtalo, Maggie. Si te equivocas, no importa. Tú inténtalo»—. Bueno —empezó Maggie—, al principio de la poesía habla de cosas reales, de cosas que todo el mundo pierde u olvida como las llaves o los nombres de la gente.

—¿Y luego qué ocurre? —le alentó la profesora. Maggie lo supo, casi como si hubiese cazado al vuelo una cometa del cielo.

—Pasa de lo tangible a lo intangible —contestó; sus labios pronunciaron las largas palabras como si las hubiese dicho toda su vida—. Y entonces el poeta se vuelve... —Mierda.

Había una palabra para esto. ¿Cuál era?—... Grandilocuente —logró decir Maggie al fin—. No sé, habla de una casa y mucha gente se cambia de casa; pero luego dice que ha perdido un continente...

—Lo que suponemos que no pudo perder porque no era suyo —dijo con frialdad la profesora—. De modo que aquí tenemos otro giro.

—Exacto —convino Maggie; las palabras brotaban deprisa de sus labios, tropezando unas con otras—. Y la forma que tiene de escribir sobre ello, como si no importase mucho...

—Te refieres al tono empleado por Bishop —apuntó la profesora—. ¿Cómo lo llamarías? ¿Irónico? ¿Indiferente?

Maggie reflexionó mientras dos chicas de la primera fila alzaban sus manos. La profesora Clapham las ignoró.

—Creo —contestó Maggie con lentitud, clavando la vista en las palabras de la poesía—, creo que su intención es mostrar indiferencia. Como si no le importara, ¿no? No sé, las palabras que usa, por ejemplo. *Confusión*. Una confusión no es nada grave. O incluso el verso que repite, el que dice que no es difícil ser un maestro en el arte de perder. Es como si se riera de sí misma al llamarlo arte. —De hecho, el tono de la poesía le recordaba a Maggie el modo en que su hermana hablaba de sí misma. Se acordó de cuando vio con Rose el concurso de Miss América y le preguntó cuál sería su mayor talento, y cómo Rose había pensado en ello y luego había dicho, muy seria: «Aparcar en batería»—. Yo diría que intenta que parezca una broma; pero después, al final...

—Observemos de nuevo la estructura —dijo la profesora y aunque sus palabras iban dirigidas al resto de la clase, seguía mirando a Maggie—. A B A. A B A. Estrofas de tres versos hasta que llegamos al final, el cuarteto final, ¿qué pasa ahí? —asintió hacia Maggie.

—Bueno, hay cuatro versos en lugar de tres, o sea, que es diferente. Y está la interrupción «¡escríbelo!», es como si intentara mantenerse apartada, alejada, pero piensa en lo que pasará cuando pierda...

—¿Cuando pierda qué? —inquirió la profesora Clapham—. ¿O a quién? ¿De qué crees que habla la poesía? ¿De un amante? ¿A qué «tú» se refiere?

Maggie se mordió el labio.

—No, de un amante no creo —respondió—. Pero no sé por qué. Creo que más bien habla de perder... —«Una hermana —dijo para sí—. Una madre.»—. Una amistad, quizá —dijo en voz alta.

—Muy bien —la felicitó la profesora mientras Maggie se ruborizaba de nuevo, esta vez de satisfacción y no de vergüenza—. Muy bien —repitió la profesora antes de volverse a la pizarra, a la clase y de centrarse en la estructura de la rima y las exigencias formales de una villanesca. Maggie apenas si oyó nada. Todavía estaba sonrojada. Ella, que nunca se ruborizaba, ni siquiera cuando se había tenido que disfrazar de gorila durante tres días para hacer publicidad al tiempo que cantaba, se había puesto colorada como un tomate maduro y jugoso de Jersey.

Esa noche, acurrucada sobre su saco de dormir, pensó en su hermana y se preguntó si Rose habría asistido a esa misma clase de poesía y habría leído esa poesía en concreto, y si Rose podría creerse que había sido Maggie, entre todos los demás alumnos, la que mejor había entendido la poesía. Se preguntó cuándo podría explicárselo a Rose, y empezó a inquietarse en la oscuridad mientras trataba de averiguar qué tendría que hacer para conseguir que su hermana volviese a dirigirle la palabra; qué tendría que hacer para que Rose la perdonara.

A la mañana siguiente, subida en el autobús que la llevaría a casa de Corinne, con el resplandeciente sol primaveral, el remordimiento afloró. Toda la historia ésa de estar en Princeton era para intentar ser... ¿cuál era la palabra?... *Intersticial*. No era una expresión que hubiese aprendido en el campus, sino que era de Rose. Si cerraba los ojos, aún veía a Rose señalando los anuncios amontonados en media pantalla del televisor mientras los créditos del programa que acababa de terminar rodaban por la mitad superior. *Intersticial* significaba, básicamente, lo que había en medio de una cosa; lo que sucedía a la vez que el acontecimiento principal, mientras uno prestaba atención a otra cosa.

Y ahora Maggie se había ido a Princeton y se dedicaba a responder a preguntas en clase. Pero ¿en qué pensaba? Alguien se fijaría en ella. Alguien se acordaría. Alguien empezaría a preguntarse dónde vivía exactamente, cuál era su especialidad, en qué curso estaba y qué hacía ahí.

Mientras pasaba la fregona por los ya relucientes suelos de Corinne se preguntó si tal vez querría que la descubrieran, si estaba cansada de ser invisible. Estaba haciendo algo... bueno, en realidad, nada importante, pero sí algo que requería cierto grado de valentía, astucia y destreza, y quería ser reconocida por ello. Quería contarle a Charles, a Rose o a alguien, todo lo que había conseguido. Cómo había aprendido a ser cauta para no caer en comportamientos previsibles que la delataran. Cómo había conseguido nada más y nada menos que seis sitios diferentes donde ducharse (el gimnasio Dillon, la ducha del sótano de la biblioteca, y cuatro residencias que sabía a ciencia cierta que tenían las cerraduras de las puertas rotas), cómo conocía la única lavadora que funcionaba sin monedas, y la única máquina de refrescos que, si se se le daba un golpe en el sitio adecuado, expedía rutinariamente una lata de Coca-Cola gratis.

Quería explicarles cómo había descubierto los comedores: cómo, si a primera hora de la mañana te colabas en la vaporosa cocina vestida como si trabajaras allí, con zapatillas zarrapastrosas, tejanos y una sudadera, todo el mundo daba por sentado que eras uno de los alumnos empleados que, simplemente, picaba algo antes de ocupar su puesto detrás de las mesas de baño maría o en la sección de los platos. Quería explicarles lo fácil que era meter comida en la mochila: sándwiches de mantequilla de cacahuete y piezas de fruta ocultos entre servilletas.

Quería hablarles de las comidas de los jueves en el Centro Internacional de Estudiantes, donde por un par de dólares le daban un plato gigante lleno de arroz con verduras salteadas y pollo al curry con leche de coco (en algunas ocasiones pensaba que era lo mejor que había comido nunca), y ese té que servían con sabor a canela, del que bebía una taza detrás de otra con varias cucharadas de miel y que le apagaba el ardor de la comida en la boca, y de cómo nadie le preguntaba nunca nada, porque la mayoría de los que comían allí eran licenciados que casi no hablaban inglés; de manera que lo máximo que obtenía era una tímida sonrisa, un asentimiento de cabeza y cambio para su billete de cinco dólares.

Usó Windex para limpiar los armarios de cristal de Corinne y se imaginó presentándole Charles a Rose, y a Rose asintiendo en señal de aprobación. «Estoy bien —se imaginó que le decía a su hermana—; no tendrías que haberte preocupado tanto por mí, porque estoy bien». Y luego le diría que lo lamentaba... y, en fin, después, ¿quién sabe? Quizá Rose lograra encontrar la forma de que a Maggie le validaran los créditos de las asignaturas a las que había asistido como oyente. Quizá Maggie pudiese incluso tener algún día un título, si perseveraba, porque se había dado cuenta de que, con calma, hasta el libro más grueso no era tan terrible. Y protagonizaría todas las obras de Charles, y le daría a Rose entradas para el estreno, además de algo magnífico que ponerse; porque Dios sabía que, si lo dejaba a su albedrío, sería capaz de aparecer vestida como un adefesio, con uno de esos jerseys con hombreras con los que parecía un armario, y...

—¿Hola? —saludó Corinne. Maggie se sobresaltó y casi se cayó del taburete plegable.

—Hola —contestó—. Estoy aquí arriba. No la he oído entrar.

—Me muevo tan sigilosamente como un gatito. Como la niebla.

—Carl Sandburg —adivinó Maggie.

—¡Excelente! —repuso Corinne. Deslizó las yemas de los dedos por las superficies de las encimeras y luego se sentó en una silla de la mesa de comedor, que Maggie había limpiado—. ¿Qué tal las clases?

—Muy bien —aseguró Maggie. Saltó del taburete, lo plegó y lo colgó en su gancho dentro del armario. Y le iban bien. A excepción hecha de que, en realidad, era una instrusa. A excepción de Rose, de eso tan horrible que le había hecho y de la sensación que tenía de que nada que pudiese aprender en la universidad la ayudaría a averiguar la manera de enderezar aquello.

39

Durante la semana que siguió a su paseo con la señora Lefkowitz, Ella logró encontrar un montón de cosas acerca de su nieta Rose, pero casi nada sobre Maggie.

—¡Esta Rose —había comentado la señora Lefkowitz— está en todas partes!

En realidad, el ciberespacio estaba repleto de referencias a Rose, desde el directorio de la Sociedad de Honor Nacional en secundaria hasta un artículo publicado en el *Daily Princetonian* sobre la captación de personal en el campus. Ella se enteró de la escuela a la que había ido Rose, de la especialidad del derecho que ejercía, e incluso extrajo su número de teléfono de un buscador *on line*.

—No le ha ido nada mal —dijo la señora Lefkowitz mientras, lentamente, pasaban por el costado de las pistas de tenis.

—He leído que está de baja indefinida —apuntó Ella, recordando el adusto rostro de su nieta, que parpadeaba en la pantalla del ordenador—. Y eso no suena muy halagüeño.

—¡Bah! —repuso la señora Lefkowitz—. Seguro que está de vacaciones.

Por el contrario, seguir el rastro de Maggie resultó mucho más difícil. La señora Lefkowitz, Ella y Lewis habían intentado todas las combinaciones posibles de MAGGIE FELLER y MAGGIE MAY FELLER, e incluso MARGARET

FELLER, pese a que no era correcto, y no dieron con ninguna referencia a su nieta pequeña, ni siquiera una mísera mención o un número de teléfono.

—Es como si no existiera —había dicho Ella con las cejas fruncidas—. A lo mejor... —Su voz se apagó, incapaz de articular el horrible pensamiento que la había asaltado.

La señora Lefkowitz sacudió la cabeza.

—Si estuviese muerta, aparecería en el obituario.

—¿Seguro? —inquirió Ella.

—¿Cómo cree, si no, que les sigo la pista a mis amigas? —replicó la señora Lefkowitz. Cogió su riñonera rosa y extrajo un teléfono móvil naranja—. Tenga. Llame a Rose. Dese prisa antes de que se eche atrás.

Ella cabeceó, recordando la cara de su nieta.

—No sé —titubeó—, quiero hacerlo, pero... tengo que pensarlo. Quiero hacerlo bien.

—¡Qué manía con pensar! —exclamó la señora Lefkowitz—. Piensa demasiado. ¡Hágalo y ya está! Algunos no tenemos la intención de vivir eternamente.

Ella se pasó la noche en vela, tumbada, sola, sobre la colcha mientras las ranas croaban, las bocinas sonaban y, al fin, amanecía. Cuando se levantó de la cama se obligó a sí misma a decirlo en voz alta. «Hoy —le dijo al piso vacío—. Hoy la llamaré.»

Aquella mañana, en el hospital, Ella dejó a un bebé dormido en su incubadora y se apresuró por el pasillo. Delante del quirófano había varios teléfonos públicos. Ella se colocó frente al que estaba más lejos de las puertas y buscó con torpeza su tarjeta. Golpeteó el teclado, marcó el número de su tarjeta de teléfono y a continuación el del despacho de Rose. «Que salte el contestador automático —dijo para sí. A pesar de no haber rezado desde la última noche en que su hija había desaparecido, de repente se había convertido en la mejor amiga de Dios—. Por favor, Señor, que salte el contestador.»

Y así fue... sólo que no oyó lo que esperaba. «Ha llamado a un número no operativo de Lewis, Dommel, and Fenick —anunció la incorpórea voz computerizada—. Por favor, marque cero para conectar con la operadora.» Pulsó el cero y al cabo de un minuto una recepcionista le dijo:

—¡Hace un día magnífico en Lewis, Dommel, and Fenick!

—¿Cómo dice? —se extrañó Ella.

—Nos obligan a decir esto en lugar de «hola» —contestó la recepcionista con un susurro—. ¿En qué puedo ayudarla?

—Intento localizar a Rose Feller —respondió Ella.

—Le paso —dijo la recepcionista canturreando. A Ella le palpitó el corazón... pero la mujer que se puso al teléfono no era Rose, era sólo una mujer aparentemente aburrida que se identificó como Lisa, la antigua secretaria de Rose.

—Está de baja —explicó Lisa.

—Lo sé —afirmó Ella—, pero me preguntaba si podía dejarle un mensaje. Soy su abuela —dijo, notando cómo nada más pronunciar las palabras *su abuela* la había inundado el miedo, y el orgullo.

—Lo lamento —se excusó Lisa—, pero no llama para que le demos los mensajes. Hace meses que no viene por aquí.

—¡Oh! —repuso Ella—. Bueno, tengo el número de su casa; probaré ahí.

—Muy bien —dijo Lisa.

—Gracias —se despidió Ella. Colgó el auricular y se dejó caer en una silla que había enfrente del quirófano; se sentía alegre y asustada al mismo tiempo. Había dado un primer paso, y si había algo que Ira repetía era: «Incluso el viaje más largo empieza con un primer paso». Es cierto que solía decirlo antes de empezar a comerse una tanda de yogures recién hechos, pero aun así, pensó Ella. Era verdad, y eso es lo que había hecho. No se había amedrentado, dijo para sí, descolgando otra vez el teléfono para llamar enseguida a Lewis y darle la impresionante noticia. Se había lanzado. Había empezado.

40

Rose tenía que reconocer que, si algo caracterizaba a Simon Stein, era su persistencia.

Al día siguiente de haber comido juntos recibió en su casa una docena de rosas rojas con una tarjeta que decía: «Estoy deseando volverte a ver. Posdata: No comas mucho a mediodía». Ella puso los ojos en blanco al leerlo con la esperanza de que él no se hubiese llevado una impresión equivocada y metió las rosas en un jarrón poco apropiado, que colocó sobre la encimera de la cocina, desde donde rápidamente empezaron a hacer que, en comparación, el resto de sus pertenencias parecieran viejas y poco románticas. La verdad es que era un chico bastante simpático, pero jamás podría sentirse atraída por él. Además, pensaría más tarde mientras se subía a la bicicleta para dirigirse a Pine Street e iniciar el turno de paseos matutinos, no quería saber nada del amor; y para cambiar de idea necesitaría algo más que un hombre que era como la guía de restaurantes Zagat, sólo que con patas.

—He abierto un paréntesis en el amor —le explicó a *Petunia* mientras daban su paseo diario con la luz de la mañana. Rose tenía que admitir que, si bien le gustaban todos los perros que cuidaba, siempre había tenido cierta debilidad por la ceñuda perrita faldera.

Petunia se puso en cuclillas, orinó brevemente en la cuneta, bufó unas cuantas veces y emprendió su búsqueda de sushi callejero: cortezas de *pizza*, charcos de cerveza, huesos de pollo desechados.

—Creo que de vez en cuando está bien hacer un descanso —declaró Rose—. Así que eso es lo que voy a hacer.

Esa noche Rose se afeitó las piernas con esmero, se quitó la toalla y examinó la ropa que había dispuesto encima de la cama. Por supuesto que no había nada que le quedara bien. La falda roja que tanto le había gustado en el centro comercial le hacía extrañas bolsas en las caderas. El vestido sin mangas verde estaba irremediablemente arrugado, a la falda tejana le faltaba un botón, y con la falda negra larga una de tres: o parecía que acababa de llegar del despacho, o que iba de luto, o que había ido de luto a trabajar. ¡Dios! ¿Dónde estaba Maggie cuando la necesitaba?

—¡Mierda! —protestó Rose. Pese a que acababa de ponerse desodorante, estaba sudando y ya llegaba cinco minutos tarde—. ¡Mierda, mierda, mierda! —Se puso la falda roja y una camiseta blanca por la cabeza con brusquedad, y buscó en el armario sus sandalias de tacón y piel de serpiente, pensando que aunque el conjunto rozara el desastre, sus zapatos, como siempre, serían impecables.

Buscó a tientas en el estante. Botas, botas, mocasines, tacones, las sandalias rosas, las negras, las desacertadas Tevas de suela de caucho que había adquirido una semana en que había pensado que podía convertirse en una de esas chicas de rostro lozano y mejillas rosadas de L. L. Bean, que recorrían el Appalachian Trail durante las vacaciones de primavera... ¿Dónde demonios estaban los zapatos que quería?

«Maggie —gruñó con las manos aún revolviendo el embrollo de tirillas y hebillas—. Maggie, si te has llevado los zapatos, te juro por Dios que...» Y entonces, antes de que pudiese jurar lo que le haría a su hermana si algún día volvía a verla, las yemas de sus dedos rozaron la parte superior de las sandalias en cuestión. Las sacó del estante, metió en ellas sus pies descalzos, cogió el bolso y se dirigió hacia la puerta. Apretó el botón del ascensor, se apoyó en una pierna y luego en la otra, asegurándose de que sus llaves estaban dentro del bolso e intentando evitar ver su reflejo en las puertas del ascensor, convencida de que no le gustaría lo que viese. «La ex abogada», dijo para sí y se miró con tristeza las piernas recién afeitadas, pero todavía rasposas.

Simon Stein la esperaba delante del edificio; llevaba una camisa azul con botones de arriba abajo, unos pantalones de color caqui y mocasines marrones, el uniforme de Lewis, Dommel, and Fenick para los días en que no se requería un jersey de la empresa. Por desgracia, desde la última vez que lo había visto, no había crecido dos palmos ni se había vuelto guapo ni era ancho de hombros. Pero le había abierto la puerta de un taxi con muy buenos modos.

—¡Hola! —la saludó y la examinó con aprobación—. Bonito vestido.

—Es una falda —repuso Rose—. ¿Adónde vamos?

—Es una sorpresa —contestó Simon, asintiendo con seguridad. Un practicadísimo y breve asentimiento propio de un abogado que significaba «está todo controlado». Un útil asentimiento que la misma Rose había desplegado en el pasado—. No te preocupes. No te secuestraré ni nada parecido.

—Ni nada parecido —repitió Rose, todavía sorprendida tras haber visto a Simon Stein asentir como ella. El taxi se detuvo junto al bordillo, en una manzana de aspecto sospechoso de South Street. Había una valla de eslabones que albergaba una maraña de crecidas malas hierbas a un lado de la calle, y al otro una casa con aspecto de haberse quemado y con las ventanas tapiadas, y en la esquina, una pequeña construcción de cemento, pintada de verde y con un escaparate en cuya ventana aparecían las palabras *La cabaña espasmótica* con luces de neón.

—¡De modo que es de aquí de donde han salido todos mis novios! —comentó Rose. Simon Stein resopló, honroso, al estilo de *Petunia* y le abrió la puerta a Rose para que bajara del taxi; sus ojos azules brillaban, bien porque se divertía, bien por la emoción que le producía la cena, pensó Rose. Se fijó en que llevaba una bolsa de papel marrón escondida debajo de un brazo. Rose miró a su alrededor, incómoda, y reparó en un grupo de hombres apoyados en el edificio tapiado, que se pasaban unos a otros una botella, y en los cristales que había esparcidos por la acera.

—No temas —la tranquilizó Simon, sujetándola por el codo y conduciéndola hacia el escaparate... lo pasaron de largo, llegaron a una puerta de madera pintada, que estaba en el centro de la acera, sin nada a ninguno de sus lados salvo la descuidada maraña de hierba. Puso la mano en la puerta y miró a Rose—. ¿Te gusta la comida jamaicana?

—¿Tengo alguna opción? —inquirió Rose, mirando de reojo hacia atrás para ver al grupo de hombres mientras el taxi se alejaba.

De no ser por las lustrosas piedras cuadradas y grises de granito que formaban un sendero entre la confusión de despojos urbanos —cascos de botellas, un periódico medio deshecho, algo muy parecido a un condón usado—, a Rose no le habría cabido duda de que deambulaban por otro terreno abandonado. La hierba, visiblemente descuidada, llegaba a la altura de las rodillas, y a lo lejos le pareció oír unos tambores acerados.

Entonces doblaron una esquina, y Rose vio una plataforma detrás del pequeño escaparate, cubierta por un toldo naranja y llena de diminutas bombillas blancas como estrellas. En los bordes había antorchas encendidas, y en un altillo una charanga de tres instrumentos. Olía a clavo, a chile y a humo de madera quemada que ascendía de la parrilla formando volutas, y sobre su cabeza, incluso en esta asquerosa manzana de South Street, el cielo estaba repleto de estrellas.

Simon condujo a Rose a una mesa de madera debajo del toldo y le apartó la silla para que se sentara.

—¿A que es genial? —dijo aparentemente satisfecho—. ¿A que nunca hubieras dicho que aquí podía haber un sitio como éste?

—¿Cómo lo has encontrado? —preguntó Rose en voz baja, todavía mirando al cielo.

—Por instinto —contestó Simon—. Y porque salió una crítica en el periódico. —Extrajo un paquete de seis cervezas de la bolsa de papel marrón y la acribilló a preguntas. ¿Le gustaba la comida picante? ¿Era alérgica a las nueces o al marisco? ¿Tenía algún reparo filosófico o gustativo para comer cabrito? Era como elaborar un historial médico, pero centrado únicamente en la comida, pensó Rose, con una sonrisa y diciéndole que sí, que le gustaba la comida picante, que no, que no era alérgica, y que suponía que podía probar la carne de cabrito.

—Estupendo —concluyó Simon cerrando la carta. Rose se sintió aliviada, como si hubiese aprobado una especie de examen. Lo que era ridículo, dijo para sí. ¿Quién era Simon para ponerla a prueba, y qué más daba si pasaba o no el examen?

Después del cabrito al curry y las gambas picantes, después de las empanadas de ternera, las alitas de pollo desecadas y el arroz con coco, y de que Rose, algo sin precedentes, se hubiese bebido tres cervezas, además de tomar un sorbo de una cuarta, Simon le hizo una pregunta:

—Dime algo que te guste —le pidió.

Rose tenía hipo.

—¿Una persona —replicó con evasivas— o una cosa? —Se imaginaba que él diría «una persona» y ella le contestaría «tú», y entonces, supuso, él decidiría que podía besarla. En algún momento dado después de la tercera cerveza había reproducido en su mente el escenario de un beso con Simon, y había concluido que, si la velada acababa con un beso de Simon Stein, estaría bien. Había cosas peores, reflexionó, que estar sentada bajo las estrellas en una cálida noche primaveral de un sábado y que un hombre la besara, aunque ese hombre midiese un palmo menos que ella y estuviese obsesionado con la comida y el equipo de sóftbol de la empresa. Era simpático. Realmente simpático. De modo que lo besaría.

Pero Simon Stein la sorprendió.

—Una cosa —respondió—. Algo que te guste.

Rose consideró sus opciones. ¿Tu sonrisa? ¿Este lugar? ¿La cerveza? Sin embargo, rebuscó en el bolso y sacó el llavero, el llavero nuevo que se había comprado en la tienda de todo a un dólar de Chestnut Street cuando empezó a acumular las llaves de la gente.

—Esto me gusta —declaró, y le enseñó que, en el extremo de la cadenilla, había una diminuta linterna no más grande que el corcho de una botella de vino. Hizo varios intentos, porque sus dedos eran gruesos y estaban algo torpes debido a la cerveza, pero logró encenderla e iluminarle la cara—. Me ha costado un dólar.

—Una ganga —repuso Simon Stein. Rose arqueó las cejas. ¿Se estaría riendo de ella? Tomó otro trago de cerveza y se sacudió el pelo.

—Algunas veces —explicó— me entran ganas de coger la bici y recorrer el país.

—¿Sola?

Rose asintió. También podía visualizar el viaje: compraría un par de bolsas para colgarlas a cada lado de la rueda trasera, y uno de esos pequeños remolques que los cicloturistas enganchaban a las bicicletas, compraría una tienda de campaña para una persona y un saco de dormir, pondría a *Petunia* dentro del remolque y... se iría. Iría en bici por las mañanas, pararía para comer en una cafetería o un restaurante barato, pedalearía unas cuantas horas más y luego montaría la tienda de campaña junto a un arroyo, escribiría en su diario (aunque en la vida real no lo hacía, en esta fantasía escribía un diario), leería una de sus novelas románticas y se quedaría dormida bajo las estrellas.

Era como la fantasía que había tenido durante los años siguientes a la muerte de su madre de comprar una caravana, una de esas Winnebagos que medían un carril y medio de ancho, y que estaban dotadas de todas las comodidades. Debía de haber visto una fotografía en alguna parte, o puede que incluso hubiese estado en una. Recordó que eran como pequeños mundos independientes, con camas que salían de las paredes, y una diminuta cocina de dos quemadores, una ducha en la que apenas si se cabía, y la televisión escondida en el techo. Su sueño había sido irse con su padre y con Maggie. Dejar su casa de Nueva Jersey e irse a algún sitio más cálido, algún sitio donde no hubiese ninguna carretera mojada, ninguna lápida gris ni ningún policía en la puerta. Phoenix (Arizona); San Diego (California); Albuquerque (Nuevo México). Algún lugar soleado, donde siempre fuese verano y oliese a naranjo.

Rose, tumbada despierta en la cama, pronunciaba esos nombres, imaginándose la caravana, imaginándose a Maggie bien arropada en la litera inferior y a ella lo bastante valiente para dormir en la de arriba, y a su padre al volante, guapo y feliz a la luz del salpicadero iluminado. Volverían a tener a *Honey Bun*, su perro, y su padre dejaría de ser alérgico, y *Honey Bun* dormiría en una almohada en el asiento del copiloto, y su padre ya no lloraría más. Conducirían hasta que estuvieran lejos, hasta que dejaran atrás el recuerdo de su madre, a los niños que la habían atormentado en el recreo, y a los profesores que cabeceaban al ver a Maggie. Y encontrarían un lugar donde establecerse, cerca del mar. Y Maggie y ella serían íntimas amigas. Nadarían cada día, cocinarían la comida en una hoguera, y por las noches dormirían cómodamente en la casa rodante.

«Gracias —le diría su padre—. ¡Qué idea tan estupenda, Rose! Nos has salvado.» Rose percibiría la sinceridad de esas palabras, como percibía la luz del sol, su propia piel y el peso de sus huesos. Los salvaría a todos, pensaba antes de quedarse, al fin, dormida, y soñar con literas, ruedas que giraban y el mar que nunca había visto.

—¿Te irías sola? —inquirió Simon.

—¿Sola? —repitió Rose. Durante unos instantes no supo muy bien de qué hablaba. Seguía perdida en la fantasía de la casa rodante, que con el paso de los años había perfeccionado y agrandado, incluso cuando se dio cuenta de que nunca se haría realidad. La única vez que había visto anunciada una Winnebago de segunda mano en la circular de objetos en venta del barrio y se la había enseñado, titubeante, a su padre, éste se la había quedado mirando como si hubiese empezado a hablar marciano antes de decirle amablemente: «Creo que no».

—¿No crees que echarías de menos a la gente? —preguntó Simon.

Rose sacudió la cabeza al instante.

—No necesito... —Respiró hondo, haciendo una pausa antes de empezar a hablar. De pronto tenía calor, un calor insoportable y desgradable. La música estaba demasiado fuerte y su cara, sonrosada, y la comida picante formaba una molesta pelota en su estómago. Bebió agua del vaso y volvió a comenzar—. Soy muy independiente —comentó—. Me gusta estar sola.

—¿Qué te pasa? —se preocupó Simon—. ¿Estás bien? ¿Quieres una tónica? Aquí tienen una gaseosa con jengibre casera; va bien cuando se tiene el estómago revuelto...

Rose lo apartó con un gesto y luego hundió la cara en sus manos. Si cerraba los ojos, aún podía ver la Winnebago tal como se la había imaginado, los tres debajo de un toldo que se extendería desde el lateral del vehículo, haciendo perritos calientes en una hoguera, en la playa, sentados sobre sus sacos de dormir, seguros y cómodos en su pequeño y perfecto hogar como las orugas en sus capullos. ¡Había deseado tan intensamente que se hiciese realidad!; por el contrario, había perdido a su padre, que estaba con Sydelle y en su mundo de puntuaciones de partidos y cierres diarios de bolsa; sólo se sentía seguro hablando de temas como los porcentajes de tiros libres y la estabilidad de la renta fija, y las únicas sensaciones que se permitía eran la emoción cuando los Eagles ganaban, y la desilusión cuando sus inversiones bajaban. Y Maggie...

—¡Oh! —se lamentó, consciente de que a lo mejor estaba asustando a Simon Stein, pero incapaz de evitarlo. Maggie. Había creído que podría salvar a Maggie. Pero ¿cómo habían acabado las cosas? Ni siquiera sabía dónde vivía su hermana, su propia hermana.

—¡Oh! —volvió a exclamar en voz baja, y ahora Simon Stein le había rodeado los hombros con un brazo.

—¿Qué te ocurre? —quiso saber—. ¿Crees que te ha sentado algo mal? —Se mostró tan solícito que Rose se echó a reír—. ¿Por qué no bebes agua? —Metió la mano en el bolsillo—. Tengo Pepcid, Alka-Seltzer...

Rose levantó la cabeza.

—¿Te pasa esto a menudo en tus citas?

Simon Stein frunció la boca.

—No con frecuencia —contestó al fin—, pero sí de vez en cuando. —La miró con detenimiento—. ¿Estás bien?

—En lo que respecta a la comida, sí —dijo Rose.

—Entonces, ¿qué te pasa? —insistió él.

—Es que... sólo pensaba en alguien.

—¿En quién?

Y Rose soltó lo primero que le vino a la cabeza:

—En *Petunia,* la perra que cuido. —Y Simon Stein, algo que le honraría eternamente, no se rió ni hizo una mueca, ni la miró como si estuviese loca. Se limitó a levantarse, doblar su servilleta, dejar una propina de diez dólares encima de la mesa y decirle:

—Vayamos entonces a buscarla.

—Esto es una locura —susurró Rose.

—¡Chsss...! —exclamó Simon Stein.

—Podríamos meternos en un buen lío —insistió Rose.

—¿Por qué? —repuso Simon—. ¿Acaso no tienes que pasear a la perra los sábados? Pues es sábado.

—Es viernes por la noche.

—Son las doce y cinco —puntualizó Simon, que consultó la hora en su reloj.

Rose puso los ojos en blanco. Estaban en el ascensor del edificio en el que vivía *Petunia* y no había nadie más excepto ellos dos.

—¿Siempre tienes que tener razón?

—Lo prefiero —fue la respuesta de Simon, que a Rose le pareció de lo más hilarante. Se empezó a reír, pero Simon le tapó la boca con la mano.

—¡Chsss...! —ordenó. Rose buscó a tientas su llavero con linterna, encontró la llave cuya etiqueta, pegada con cinta adhesiva, rezaba: «*Petunia*» y se la dio a Simon.

—Muy bien —dijo Simon—, lo haremos de la siguiente manera. Yo abriré la puerta. Tú apagas la alarma. Yo cojo a la perra. ¿Dónde crees que debe de estar?

Rose reflexionó. No podía pensar con claridad. Después de las cervezas en La cabaña espasmótica habían ido a un bar para perfeccionar la Operación Petunia y habían tomado vodka.

—No lo sé —contestó Rose finalmente—. Cuando vengo a buscarla suele estar en el sofá, pero no sé dónde duerme cuando hay gente en casa.

—Bueno, eso déjamelo a mí —la tranquilizó Simon. Justo lo que Rose tenía intención de hacer. No es que hubiese contado el número de copas, pero estaba casi convencida de que él no había tomado tanto vodka como ella.

—¿La correa? —preguntó Simon, y Rose metió la mano en el bolsillo, y extrajo los dos cordones de los zapatos de Simon, que habían unido en el bar—. ¿El premio? —Rose rebuscó en su bolso y sacó una empanada de ternera envuelta en una servilleta manchada por la propia grasa—. ¿La nota? —Rose sacó otra servilleta. Después de tres borradores, habían decidido que «Querida Shirley, pasaba por aquí y se me ha ocurrido pasear a *Petunia* temprano» era lo más razonable.

—¿Estás lista? —inquirió Simon, agarrando a Rose por los hombros y mirándola directamente a los ojos, con una sonrisa—. ¿Preparada? —preguntó, y Rose asintió. Simon se inclinó hacia delante y la besó en los labios—. Pues adelante —dijo, sólo que Rose estaba tan impresionada por la intensidad del beso que se quedó ahí, petrificada, mientras Simon abría la puerta y la alarma se disparaba, aullando, en la noche.

—¡Rose! —musitó. Ella entró precipitadamente en el piso y clavó el dedo en el teclado de la alarma mientras *Petunia* corría hacia el salón, ladrando furiosa antes de deslizarse sobre el parqué, detenerse y empezar a mover la cola.

Shirley corrió tras la perra, con el teléfono portátil en la mano.

—¡Oh! —exclamó y los miró a los dos fijamente—. Simon. ¿Es que ya no llamas?

Rose se quedó boquiabierta; miró a Simon, a Shirley y a *Petunia*, que en ese momento intentaba saltar a los brazos de Simon. Y Simon le sonreía:

—Rose —le dijo—, ésta es mi abuela. Nanna, conoces a Rose, ¿verdad?

—¡Por supuesto que la conozco! —replicó Shirley impaciente—. ¡*Petunia*, para! —Y la perra, obediente, dejó de saltar y se sentó en el suelo, pero su cola se movía en frenéticos círculos y la lengua rosa le colgaba de la boca. Rose se quedó de pie, congelada, mirando y tratando de entenderlo, pero no lo lograba.

—Entonces..., ¿conoces a *Petunia*? —preguntó por fin.

Simon asintió.

—Desde que era así —respondió, y puso sus manos en forma de taza.

—Y tú conoces a Simon —constató Shirley.

—Trabajábamos juntos —explicó Rose.

—¡Magnífico! —exclamó Shirley—. Y ahora que todos nos conocemos, ¿puedo volver a la cama?

Simon avanzó y besó a su abuela en la frente.

—Gracias, Nanna —se despidió cariñoso—. Lamento que te hayamos despertado.

Shirley asintió, dijo algo que Rose no pudo oír del todo y los dejó solos en el recibidor. *Petunia,* que aún estaba sentada y agitaba contenta la cola, miró a Simon y a Rose alternativamente.

—¿Qué ha dicho? —preguntó Rose en voz baja.

Simon le sonrió.

—Creo que ha dicho: «¡Cómo has tardado!»

—¿Qué quería... cómo...?

Simon sacó la correa de *Petunia* del cajón en que Shirley la guardaba y le dedicó a Rose una sonrisa.

—Demos un paseo —sugirió. Cogió la correa con una mano y con la otra la mano de Rose, y fueron a su casa, donde *Petunia* se hizo un ovillo a los pies de la cama, y Rose y Simon se tumbaron juntos encima de la colcha azul, susurrando y besándose hasta el amanecer, y en ocasiones riéndose tan fuerte que *Petunia* se despertó y bufó.

41

Maggie salió de la ducha, se secó apresuradamente y se puso la ropa limpia tan rápido como pudo. Se cepilló el pelo, se hizo una cola de caballo, miró por última vez hacia atrás y cerró la puerta; se movía deprisa, por si se acobardaba. Iba a contarle la historia a Charles. Lo plantearía como una obra que pensaba escribir. «Érase que se era una chica que se refugió en una universidad.» Escucharía lo que le dijera, observaría su cara mientras se lo explicaba, y si lo veía receptivo, le diría que era verdad. Empujó la puerta para abrirla y tropezó con un chico. Josh. Josh, el de su primera noche en Princeton, de pie en la oscuridad, con mirada iracunda y sujetando la mochila con las manos.

Se quedó sin aliento, se tambaleó hacia atrás y chocó contra una pared. Josh no parecía borracho o aturdido, ni atontado o con intención de ligar. Daba la impresión de que quería matarla o, en su defecto, y como gran concesión, herirla. «Los deslices amorosos siempre vuelven», dijo Maggie para sí, y reculó poco a poco, preguntándose qué querría, preguntándose cómo había logrado entrar allí, porque la biblioteca estaba cerrada. Debía de haberla esperado, lo que significaba que estaban solos en el sótano de la biblioteca...

«¡Oh, Dios!», pensó Maggie mientras retrocedía e intentaba fundirse con la pared. Esto iba en serio. Muy en serio.

—¡Vaya, hola! —saludó él en voz baja y frotó el pulgar contra su tatuaje, el que decía «MADRE», el que dedujo que él había recordado, por fin, de aquella única noche en su cama—. Pequeña M. Me debes algo.

—Te devolveré el dinero —susurró Maggie mientras él se acercó tanto a ella que sus narices se rozaban—. Lo tengo en el bolso; ni siquiera lo he gastado; te lo daré ahora mismo... —Se estremeció cuando él la cogió y ahogó un grito. «Desastre», pensó con tristeza. Como en la poesía, un desastre. Se retorció para librarse de él, creyendo que podría correr, que a lo mejor entonces tendría una oportunidad, pero la había agarrado con demasiada fuerza y seguía diciéndole al oído cosas horribles.

—¿Qué has venido a hacer aquí? —la increpó—. Tú no estudias aquí, no tendrías que estar aquí. ¡Así que ya estás hablando!

—Te daré el dinero, pero suéltame —protestó Maggie, que trató de escabullirse, pero él la había arrinconado, la había empujado contra el frío granito de la pared de la biblioteca. Continuaba hablando con ella; más bien insultándola, escupiéndole las palabras en la cara mientras ella se resistía. Su voz era constante, pero a medida que hablaba su tono pasó de amenazante y acusatorio a ser empalagoso.

—A lo mejor podrías compensarme de otra forma —propuso, y la repasó de arriba abajo de una manera que ella se sintió como si Josh le hubiese tirado ácido por la blusa—. No recuerdo exactamente qué ocurrió esa noche, pero me parece que no acabamos lo que empezamos. Y aquí estamos solos. Podríamos acabarlo ahora.

Maggie gimió y se revolvió contra él desesperada.

—¡Suéltame! —suplicó.

—¿Por qué debería hacerlo? —preguntó Josh. Su cara pálida se había sonrosado. El pelo rubio le caía sobre la frente y la rociaba con saliva al hablar—. Estás metida en un lío. En un buen lío. He registrado tu mochila. Tienes tres carnés de estudiante. Muy bonito. Mis tarjetas de crédito, por supuesto, y un montón de dinero. ¿De quién es todo eso? ¿A cuántos chicos has robado? ¿Vives aquí abajo? ¿Te imaginas lo que pasaría si llamara a los vigilantes del campus? ¿O a la poli?

Maggie bajó los ojos y empezó a llorar en silencio. No pudo evitarlo. En cierto modo, esa forma de hablar y esas manos que sujetaban sus caderas eran casi tan horribles como lo que había vivido con los tipos que la habían agredido en el depósito de vehículos... y estaba tan asustada como lo había estado allí. Era igual de humillante, las palabras caían sobre ella como el granizo, le quemaban la piel. Y era tan injusto. ¿Qué crimen había cometido? ¿Qué había robado? Un poco de comida, que abundaba en la zona. Unos cuantos libros, que sus propietarios habían sido lo bastante estúpidos, perezosos o ricos para, simplemente, dejarlos por ahí, desatendidos. Algo de ropa de los cestos de objetos perdidos, algunos asientos vacíos en las aulas en las que los profesores, sea como sea, daban clase.

Maggie alzó la barbilla y abrió los ojos.

—De acuerdo —dijo—. Ya está bien. —Forzó una sonrisa y se soltó el pelo, que cayó sobre sus hombros—. Me tendrás —musitó—. Me tendrás ahora mismo, si eso es lo que quieres. —Hizo acopio de todos sus encantos, de todo el *sex-appeal* que durante el semestre había estado enterrado bajo sudaderas y le dedicó una sonrisa tan provocativa y seductora como una capa de caramelo encima de una cucharada de helado de vainilla—. ¿Quieres explorarme? —le preguntó, notando el temblor de su voz y rezando para que no llegara hasta el final, para que su cuerpo fuera suficiente distracción.

Josh se limpió las manos en los tejanos. Eso fue todo lo que Maggie necesitó. Cogió su mochila por una de las correas y la lanzó contra él, golpeándole una mejilla. Él se tambaleó hacia atrás. Ella le propinó una patada en la espinilla con tanta fuerza como fue capaz. Él gritó y se dobló, y Maggie huyó.

Subió corriendo tres tramos de escalera, empujó las pesadas puertas de cristal, oyendo cómo la alarma se disparaba a su paso mientras corría por el patio, con la mochila sujeta por la correa que se había roto cuando él la había agarrado, la mente en blanco, los pies que volaban y la sangre que hervía por la adrenalina. Era una magnífica noche de primavera. Estudiantes con *shorts* y camisetas recorrían los caminos, paseaban a sus anchas debajo de los sauces llorones y se llamaban unos a otros desde las ventanas abiertas. Maggie se sentía como si estuviera desnuda o llevara un letrero en el que ponía: «SOY UNA INTRUSA». Corrió más y más deprisa, sentía un calambre en la caja torácica, y salió del campus, hasta la acera en dirección a la parada de autobús de Nassau Street. «Por favor, Señor, por favor, Señor, por favor», suplicó, y vislumbró un autobús. Subió de un salto, sacó unas monedas del bolsillo, que dejó en la bandeja, y luego se sentó abrazando la mochila. El corazón aún le latía.

«Vete a casa de Corinne —dijo para sí—. Vete a casa de Corinne y piensa en algo para que te deje entrar en plena noche, cuando se supone que no tienes que ir hasta mañana por la mañana.» Se reclinó en el asiento y cerró los ojos con fuerza, pensando que estaba en una caja, en otra caja, como cuando había llegado allí, y tendría que pensar en la manera de salir de ella, igual que había hecho antes. Entonces extrajo el teléfono móvil del bolsillo, tragó saliva y marcó el número de su hermana. Era tarde y entre semana. Rose estaría en casa. Sabría qué hacer.

Pero Rose no estaba en casa. «Hola, soy Rose Feller, cuidadora de mascotas —dijo la máquina. ¿Qué?—. Por favor, deja tu mensaje con tu nombre y número de teléfono, el nombre de tu mascota y los días que necesitarás mis servicios, y me pondré en contacto contigo lo antes posible.» «Debo de haber marcado mal», pensó Maggie. Tenía que ser un error. Marcó de nuevo y escuchó lo mismo, aunque en esta ocasión habló después de oír la señal:

—Rose —dijo con voz ronca—, estoy... —¿Estoy qué? ¿Estoy otra vez metida en un lío? ¿Necesito que me saques otra vez de un apuro? Maggie cerró los ojos y colgó. Lo resolvería sola.

—¿Maggie? —preguntó Corinne, que estaba de pie, en la puerta, con aspecto desconcertado—. ¿Qué hora es? ¿Qué haces aquí?

—Es tarde —contestó Maggie—. Es que... He tenido... —Respiró profundamente—. Me preguntaba si podía quedarme en su casa unos cuantos días. Le pagaré un alquiler o le limpiaré gratis...

Corinne aguantaba la puerta abierta con la cadera.

—¿Qué ha pasado?

Maggie sopesó las posibilidades. ¿Y si le decía que se había peleado con una compañera de habitación? ¿Le había explicado que compartía habitación? No lograba acordarse. ¿Y si el chico en cuestión, su pesadilla, la había seguido hasta allí? Porque si había sabido que vivía en la biblioteca, tal vez sabría también que trabajaba allí.

—¿Maggie? —preguntó Corinne con la frente arrugada. No llevaba puestas las gafas de sol, y Maggie pudo ver que sus ojos azules se movían de un lado a otro, como un pez extraviado.

—Es que ha pasado algo —explicó Maggie.

—Creo que eso ya está claro —la interrumpió Corinne, dejando pasar a Maggie y caminando hacia la cocina mientras acariciaba la pared con las yemas de los dedos. Maggie se sentó frente a la mesa y Corinne llenó la tetera, encendió el fuego, y sacó dos tazas y dos bolsitas de té del estante que había junto al fogón—. ¿Qué te ha pasado?

Maggie inclinó la cabeza.

—Es que... —susurró.

—¿Drogas? —espetó Corinne, y Maggie se sobresaltó tanto que se rió.

—No —aseguró—. No es eso. Es que necesito estar tranquila una temporada. —Se dio cuenta de que eso la hacía parecer una criminal consumada, pero era todo lo que se le había ocurrido en tan poco tiempo—. Estoy un poco estresada —añadió sin convicción—. ¡Y aquí se está tan bien!

Sin duda, había dicho las palabras mágicas. Corinne sonrió. Puso azúcar en el té y acercó las tazas a la mesa.

—Son duros los exámenes finales, ¿verdad? —comentó—. Recuerdo cuando estudiaba. ¡Las residencias eran tan ruidosas! ¡Y la biblioteca estaba tan llena! No te preocupes —le dijo a Maggie—, puedes instalarte en cualquiera de las habitaciones del tercer piso. Están todas limpias, ¿no?

—Sí —contestó Maggie. Ella misma las había limpiado. Tomó un sorbo de té e intentó que su pulso se tranquilizara. Un plan. Un plan. Necesitaba otro plan. Se quedaría aquí unos cuantos días. Tendría que comprarse algunas cosas; tenía ropa de recambio para un día y un par de mudas en la mochila, pero el resto de sus cosas estaban en la biblioteca y no podía ir a buscarlas. ¿Y luego, qué? ¿Podría volver con su padre, con Rose? ¿La aceptarían? ¿Quería volver con ellos?

Cerró los ojos y se vio a sí misma sentada en la última fila de la clase de poesía, explicándole a la profesora el significado de «Un arte». Visualizó la cara de Charles, el pelo que le caía sobre la frente mientras hablaba de Shakespeare y Strindberg, y le contaba que en cierta ocasión había visto a John Malkovich sobre el escenario. Nadie en Princeton se había dado cuenta de que era una fracasada, un fiasco, la deshonra familiar, su oveja negra. Nadie en Princeton se había percatado de que era diferente de los demás. Hasta su encuentro en la biblioteca con ese chico. Hasta ahora.

Parpadeó con fuerza. No lloraría. Saldría de ésta. «Tranquila —pensó—. Ya te irás.» No podía quedarse aquí mientras ese chico estuviera en el campus, y cuando los alumnos se fuesen a sus casas, tampoco podría quedarse, porque no podría camuflarse con la gente. Y entonces ¿qué?

—¿Maggie? —inquirió Corinne. Maggie la miró fijamente—. ¿Tienes familia? ¿Quieres que llame a alguien?

Maggie aspiró por la nariz y se mordió el labio. Quería llorar, pero ¿qué arreglaría llorando?

—No —respondió. Le temblaba la voz—, no tengo. No tengo a nadie.

Corinne levantó la cabeza.

—¿Estás segura?

Maggie pensó en su mochila, en el dinero que había guardado con una goma y escondido en uno de sus bolsillos interiores con cremallera. Oyó la voz de Josh. «He registrado tu mochila.» La cogió y la abrió con brusquedad. El dinero había desaparecido. Los carnés de estudiante y las tarjetas de crédito habían desaparecido. No había nada más que la ropa, los libros y... Sus dedos acariciaron el reblandecido sobre de la tarjeta de cumpleaños. Lo sacó, lo abrió y leyó la tarjeta por enésima vez, la felicitación, la firma y el número de teléfono.

—Una abuela —contestó con voz temblorosa—. Tengo una abuela.

Corinne asintió como queriendo decir: «¡Solucionado!»

—Vete a la cama —ordenó—. Usa la habitación que te apetezca y mañana por la mañana llamas.

De modo que a la mañana siguiente, Maggie, con el móvil en la mano y de pie en el centro de la cocina de Corinne, bañada por el sol, marcó el número que su abuela había anotado en la tarjeta hacía casi veinte años. El teléfono sonó y sonó. Maggie cruzó los dedos de ambas manos. «Por favor», deseó sin estar segura de lo que quería salvo que alguien cogiera el teléfono.

Y así fue.

Rose Feller se despertó a las cinco de la mañana en otra cama y con el pulso acelerado. «Maggie», pensó. Había soñado con Maggie.

—Maggie —dijo en voz alta, pero incluso mientras lo decía, a caballo entre el sueño y la vigilia, no estaba segura de que hubiera sido Maggie. Había visto a una mujer correr por un bosque. Eso era todo. Una mujer de mirada aterrada, con la boca abierta a punto de gritar, que corría entre unas ramas verdes, largas como brazos, que intentaban atraparla.

—Maggie —repitió. *Petunia* alzó la vista y miró a Rose, antes de decidir que ni había una emergencia ni comida a mano, por lo que volvió a cerrar los ojos. Rose sacó las piernas de la cama. Simon le puso una mano en la cadera.

—¡Chsss...! —susurró, y la acercó de nuevo hacia sí, acurrucándose contra ella y besando su nuca—. ¿Qué ocurre? —Se arrimó a ella y Rose notó que los firmes rizos de su pelo acariciaban su cuello—. ¿Has tenido una pesadilla?

—He soñado con mi madre —contestó Rose susurrando, más despacio y con voz más grave que habitualmente; era una voz somnolienta y ronca. Pero ¿era eso cierto? Su madre. Maggie. Quizá fuese ella la que corría entre esos árboles y saltaba por encima de las plantas, cayendo de rodillas y manos para luego levantarse, y seguir corriendo. ¿De quién huía? ¿Y hacia dónde iba?—. Verás, mi madre murió. ¿Te lo había dicho? Pero no me acuerdo de nada, porque sucedió cuando yo era pequeña.

—Enseguida vuelvo —musitó Simon, que se levantó de la cama. Ella oyó sus lentos pasos en la cocina y que volvían al cabo de un minuto con su ridículo pijama a rayas y un vaso de agua en la mano. Rose bebió agradecida mientras él se tumbaba otra vez y apagaba la luz. Luego se volvió a acurrucar contra ella y colocó una mano sobre su frente y la otra en la base de su nuca, como si fuese algo delicado y valioso.

—Siento lo de tu madre —comentó—. ¿Te apetece hablar de ello?

Rose sacudió la cabeza.

—Sabes que puedes contarme lo que quieras —le dijo Simon—. Yo cuidaré de ti, te lo prometo. —Pero Rose no le contó nada aquella noche. Simplemente, cerró los ojos, se apoyó en él y se quedó dormida.

Ella estaba sentada frente a la mesa, mirando su agenda y tratando de elaborar una lista de Centros de revisión médica gratuitos para la *Golden Acres Gazette* de la semana entrante cuando sonó el teléfono.

—¿Diga? —dijo.

No hubo respuesta... sólo se oía a alguien respirar.

—¿Diga? —repitió—. Señora Lefkowitz, ¿es usted? ¿Se encuentra bien?

La voz de una chica contestó a su pregunta.

—¿Es usted Ella Hirsch?

«Telemarketing», dijo Ella para sí.

—Sí, yo misma.

Otra pausa.

—¿Tenía usted una hija llamada Caroline?

Ella contuvo el aliento.

—Sí, es mi hija —respondió sin pensar—. Bueno, lo fue.

—Verá —explicó la voz juvenil—, usted no me conoce. Me llamo Maggie Feller.

—Maggie —repuso Ella de inmediato, sintiendo cómo la acostumbrada mezcla de esperanza, alivio, alegría y miedo la inundaba al volver a pronunciar el nombre de su nieta—. Maggie. Te he llamado. Bueno, he llamado a tu hermana... ¿Sabes si ha recibido mi mensaje? ¿Te ha dicho que he llamado?

—No —contestó Maggie e hizo una pausa—. Mire —empezó de nuevo—, no me conoce y no tiene por qué ayudarme, pero en este momento estoy metida en un lío, en un buen lío...

—Te ayudaré —se apresuró a decir Ella, que cerró los ojos con fuerza, deseando ansiosa que Maggie le contara cómo podía ayudarle.

TERCERA PARTE

Llevo tu corazón

42

Rose Feller nunca había deseado tanto tener a una madre como lo hizo desde que se comprometió con Simon Stein. Su primera cita había sido en abril. En mayo se veían cuatro y cinco días a la semana. En julio Simon se había trasladado al piso de Rose, y en septiembre la había vuelto a llevar a La cabaña espasmótica. De repente se había agachado debajo de la mesa, supuestamente para recoger la servilleta que se le había caído, y había aparecido con un estuche de terciopelo negro en la mano. «Es demasiado pronto», había objetado Rose todavía sin creerse del todo que eso estuviese pasando, y Simon la había mirado con fijeza y le había dicho: «Lo tengo muy claro».

La boda estaba prevista para mayo y ya estaban en octubre, lo que significaba, como se habían apresurado a señalar esa tarde las dependientas, que Rose se había retrasado en la elección del vestido de novia. «¿Sabes cuánto tardan en enviarnos los vestidos?», la había increpado la vendedora de la primera tienda. Rose había pensado en responderle: «¿Sabes tú cuánto he tardado en encontrar marido?», pero decidió no abrir la boca.

—Esto es una tortura —comentó, esforzándose por ceñirse las medias, en las que se había hecho una carrera de dos centímetros de ancho nada más meter un pie en ellas.

—¿Quieres que llame a Amnistía Internacional? —inquirió Amy. Rose sacudió la cabeza y tiró las zapatillas de deporte hacia un rincón del probador, pintado de color melocotón y con cortinas de encaje, de una tienda de novias, donde el ambiente olía a perfumes de lavanda y los altavoces sólo emitían canciones de amor. Estaba metida en un estrecho corpiño que le subía los pechos prácticamente hasta la barbilla y que, como descubriría más tarde, le dejaba en el costado molestas ronchas, además de una faja que la dependienta había tratado de explicarle que, en realidad, era un «reductor de silueta», sólo que Rose reconocía una faja en cuanto la veía, y ésta le impedía respirar bien. Pero la dependienta había insistido. «Es crucial que las prendas básicas sean las adecuadas —le había dicho mirando a Rose como diciendo—: y todas mis clientas lo entienden.»

—No te imaginas por lo que estoy pasando —protestó Rose. La dependienta llevaba un vestido en los brazos, que sostuvo para Rose.

—¡Adentro! —ordenó. Rose pegó los brazos al cuerpo, se inclinó, haciendo una mueca de dolor porque se le clavaba la faja de dobles varillas, e introdujo la cabeza por la abertura, a tientas. La amplia falda del vestido le cayó a los tobillos mientras Rose metía los brazos en las mangas y la dependienta trataba de cerrarle la cremallera de la espalda.

—¿Cuál es el problema? —quiso saber Amy.

Rose cerró los ojos y pronunció el nombre que la atormentaba desde que se había comprometido hacía dos meses, y que, no le cabía ninguna duda, seguiría acosándola a medida que el día de la boda se acercara.

—Sydelle —contestó.

—¡Uf! —exclamó Amy.

—Uf no es ni la mitad de mi sufrimiento —repuso Rose—. La malvada de mi madrastra ha decidido ahora que quiere ser mi mejor amiga. —Lo que era cierto. Cuando Simon y ella habían viajado a Nueva Jersey para comunicarles a Michael Feller y a su mujer la buena noticia, Michael había abrazado a su hija y le había dado palmadas en la espalda a Simon, mientras que Sydelle, sentada en el sofá, parecía afligida. «¡Qué maravilla! —logró decir al fin, unas palabras que habían salido forzadas entre sus finos labios perfectamente pintados, mientras sus enormes aletas se habían inflado como si intentase inhalar la mesa de centro—. ¡Cómo me alegro por vosotros!» Y al día siguiente había llamado a Rose a casa para insistirle en celebrarlo tomando un té juntas y ofrecerle sus servicios como organizadora de la boda. «No quisiera sonar pretenciosa, pero la gente aún habla de la boda de Mi Marcia», le había dicho. Rose supuso que eso era comprensible, dada la inclinación de Sydelle a mencionar la boda de Marcia en cualquier conversación, pero tan desprevenida la pilló que Sydelle hiciera algo que no incluyese una crítica a su ropa, su pelo o sus dietas, que accedió. Con su anillo nuevo, que todavía no se había acostumbrado a llevar, se fue al Ritz-Carlton para tomar un té con Sydelle.

—Fue horrible —recordó mientras Amy asentía y se alisaba los guantes de encaje hasta los codos que acababa de probarse. Rose había localizado a su madrastra al instante. Sydelle estaba sentada sola a una mesa con una tetera y dos tazas de cantos dorados. Estaba igual de espantosa que siempre. Su pelo, secado con secador, estaba rígido, y tenía la piel brillante y tersa como el papel celofán. Iba impecablemente maquillada, con imponentes accesorios de oro, y con la chaqueta de cuero marrón del escaparate de Joan Shepp en la que Rose había puesto los ojos camino hacia el hotel.

—¡Rose —había exclamado—, estás fantástica! —Aunque la mirada que lanzó a la falda de color caqui de Rose y a su cola de caballo indicaban lo contrario—. ¡A ver...! —dijo tras unos cuantos minutos de charla—, hablemos de los detalles. ¿Has pensado en alguna combinación de colores?

—Mmm... —vaciló Rose. Y eso fue todo lo que necesitó Sydelle Feller.

—Una combinación marina —decretó—. Es lo último; muy, muy chic. Muy moderno. Me imagino... —Y cerró los ojos, con lo que Rose tuvo un segundo para maravillarse ante la pastosa sombra de ojos marrón y gris parduzca hábilmente mezclada sobre sus párados—... a las damas de honor con sencillos vestidos de color azul marino...

—No tendré damas de honor. Sólo a Amy. Amy será mi dama de honor —anunció Rose. Sydelle levantó una ceja perfectamente depilada.

—¿Y Maggie?

Rose clavó la vista en el mantel de lino rosa. Había recibido un extraño mensaje de Maggie meses atrás. Un mensaje de nada más dos palabras, el nombre de Rose y la palabra «soy». Desde entonces no había vuelto a tener noticias suyas, aunque cada pocas semanas Rose la llamaba a su móvil y colgaba cuando su hermana decía: «¿Diga?»

—No estoy segura —contestó.

Sydelle suspiró.

—Hablemos de las mesas —continuó—. Me imagino los manteles azules con las servilletas blancas, muy náutico, muy fresco; y, por supuesto, habría que poner *delphiniums* y esas maravillosas margaritas gerbera... o no. No —rectificó Sydelle sacudiendo la cabeza una vez, como si Rose hubiese objetado algo—, rosas de color rosa. ¿Qué te parece? ¡Montones y montones de rosas rosadas, que rebosen de centros de plata! —Sonrió, visiblemente satisfecha de sí misma—. ¡Rosas para Rose! ¡Naturalmente!

—¡Suena genial! —comentó Rose. Sí, suponía que sí—. Pero, mmm..., lo de las damas de honor...

—Me imagino —prosiguió Sydelle como si Rose no hubiese dicho nada— que, como es lógico, también querrás que Mi Marcia sea una de ellas.

Rose se quedó sin habla. No quería a Mi Marcia. En absoluto.

—Sé que para ella sería un honor —añadió Sydelle con dulzura.

Rose se mordió el labio.

—Mmm... —empezó diciendo—. La verdad es que... Creo que... «¡Venga!» —se exigió a sí misma—. En realidad, sólo tendré a Amy. Es lo que me hace ilusión.

Sydelle frunció la boca e infló las aletas de la nariz.

—Tal vez Marcia podría hacer una lectura —propuso Rose, tratando, desesperada, de salvar la dignidad de su madrastra.

—Lo que tú digas, cariño —repuso Sydelle con frialdad—. Es tu boda, eso está claro —que fue la frase que aquella noche Rose le repitió a Simon.

—Es nuestra boda, eso está claro —dijo, y hundió la cara en las manos—. Es que tengo la horrible sensación de que voy a acabar con Mi Marcia y cinco de sus mejores amigas acompañándome por el pasillo con idénticos vestidos azules.

—¿No quieres que Mi Marcia sea una de las damas de honor? —preguntó Simon con inocencia—. ¡Pero si es elegantísima! Me contaron que para su boda se compró un vestido de Vera Wang de la talla treinta y seis, y se lo tuvo que estrechar.

—Yo también oí ese rumor —musitó Rose.

Simon le cogió de las manos.

—Mi amor —le dijo—, es nuestra boda y será como nosotros queramos. Tendrás tantas damas de honor como quieras. O ninguna, si no quieres.

Aquella noche, Rose y Simon hicieron una breve lista de lo querían (buena comida y una orquesta de impacto) y lo que no querían («una fiesta por todo lo alto», lanzar el liguero y Mi Marcia).

—¡Y nada de «El baile del pollo»! —añadió Simon a la mañana siguiente.

—¡Pondremos rosas! —le gritó Rose a Simon cuando se iba con su traje azul—. ¡Centros de mesa de plata llenos de rosas rosadas! ¿No crees que quedará precioso?

Simon chilló una palabra alarmante por encima de su hombro, algo que se parecía a «alérgico», y corrió a coger el autobús. Rose suspiró y entró para llamar a Sydelle. Al término de su conversación había accedido a decorar el banquete con tonos marinos, a vestir las mesas de blanco, a dejar que Mi Marcia leyese una poesía a su elección, y a quedar con la florista predilecta de Sydelle la semana siguiente.

—¿Qué clase de mujeres hablan de «mi florista»? —le preguntó Rose a Amy mientras ésta inspeccionaba la caja de cristal con tocados y, finalmente, se decantaba por una almohadilla decorada con perlas que se puso en la cabeza.

—Las pretenciosas —respondió Amy, fijando en la cabeza de Rose un velo largo hasta los tobillos y con diminutos cristales titilantes—. ¡Ohhh, qué guapa! —Luego dio con otro velo igual y se lo probó—. Ven —le ordenó a Rose y la arrastró hasta el espejo.

Rose se vio con el séptimo y último vestido que había escogido. Largas cintas se enrollaban alrededor de sus piernas. Una rutilante faja, más rígida si cabe con miríadas de brillantes cristales, le encajonaba aproximadamente dos tercios de su cintura y quedaba abierta por la espalda. Unas rígidas mangas bordadas le oprimían los brazos. Rose se observó con desesperación.

—¡Oh, Dios! —se lamentó—. ¡Parezco un carro alegórico de carnaval!

Amy rompió a reír. La dependienta las miró con fijeza.

—¿Qué tal si ponemos unos zapatos? —sugirió.

—Lo que habría que poner es una barcaza —murmuró Amy.

—Creo que... —empezó Rose. ¡Dios!, necesitaba una madre. Una madre sabría cómo llevar esta situación, sabría ver un vestido y descartarlo con un breve pero irrefutable movimiento de cabeza. Una madre diría: «A mi hija le gustan las cosas sencillas» o «Le sentaría bien un vestido ceñido por arriba y con la falda abultada», o un vestido de noche, una cintura entallada, o cualquiera de esos desconcertantes tipos de vestidos. Incluso después de varias semanas de búsqueda, Rose no había sido capaz de entender qué diferencias había entre ellos, y menos aún de saber cuál la favorecía más. Una madre la sacaría de este inquietante torbellino de vestidos, del corsé con hierros, de las fiestas organizadas en honor de la novia, los tés, los cócteles y las cenas por las que ya no podía navegar como no podía tampoco remar sola remontando el río Schuylkill. Y, sin duda, una madre sabría cómo decirle educadamente a Sydelle Feller que se metiese su montón de sugerencias por su diminuto y prieto culo.

—Es espantoso —soltó Rose al fin.

—¡Vaya, lo lamento! —repuso la dependienta, cuyos sentimientos saltaba a la vista que Rose acababa de herir.

—¿Y algo un poco menos recargado? —tanteó Amy. La dependienta frunció la boca y desapareció en el cuarto ropero de la tienda. Rose se dejó caer en una silla y oyó el silbido del vestido, que se desinfló al sentarse.

—Tendríamos que fugarnos y casarnos por ahí —comentó.

—Bueno, yo te quiero mucho, pero no de esa manera —bromeó Amy—. Y no pienso dejar que te fugues. No podría lucir mi lazo en el trasero. —Al día siguiente de que Rose le dijera a su mejor amiga que se casaba (antes de que Sydelle decretara la decoración náutica), Amy se había ido de excursión al rastrillo más grande de Filadelfia y se había comprado un vestido de encaje de color salmón con capas de tul, enormes hebillas de diamantes de imitación en los hombros y un lazo en el trasero del tamaño de un autobús, y, además, como regalo de compromiso, un cirio de color marfil, de quince centímetros de grosor, decorado con perlas falsas y, en dorado, las palabras «Hoy me caso con mi mejor amiga» escritas alrededor. «Me tomas el pelo», había sido la reacción de Rose, y Amy la había abrazado, y le había dicho que entendía su papel de dama de honor, que el día de la boda la que tenía que lucirse era la novia, y que, si se compraba este vestido (con zapatos teñidos de color salmón a conjunto), era porque así se aseguraba de que sería la ganadora del Baile Anual de Damas de Honor de Filadelfia, en el que las mujeres competían por saber cuál era el peor vestido. «Además, da la casualidad de que estoy imponente con un lazo en el culo», había añadido.

Ahora rodeó los hombros de Rose.

—No te preocupes —la tranquilizó—. Encontraremos el vestido apropiado. ¡Acabamos de empezar! Si fuese fácil, ¿crees que publicarían tantísimas revistas sobre cómo encontrar el vestido de novia?

Rose suspiró y se puso de pie. Por el rabillo del ojo vio a la dependienta acercarse con los brazos repletos de seda y satén.

—Puede que este vestido no sea tan horroroso —susurró Rose.

—No —repuso Amy mirándola de arriba abajo—, no, en realidad es feísimo.

—Por aquí, por favor —pidió la dependienta lacónicamente, y Rose se recogió la falda y arrastrando la cola la siguió.

43

Ella Hirsch soportó el silencio de su nieta casi todo el verano antes de que decidiera no aguantarlo un minuto más.

Maggie había llegado en mayo, al día siguiente de su confusa y atropellada conversación, durante la cual Ella tuvo que pedirle que le repitiera las cosas una y otra vez para asegurarse de que entendía lo que su recuperada nieta le explicaba, que era Maggie, no Rose, y que estaba en Princeton, pero no exactamente. Sí, le dijo Maggie, Rose y su padre estaban bien, pero no podía llamarlos. No, no estaba lesionada ni enferma, pero necesitaba un sitio adonde ir. En este momento no tenía trabajo, pero era trabajadora y encontraría algo. Ella no tendría que preocuparse de mantenerla. Ella quiso haberle preguntado mil cosas más, pero se limitó a lo básico, al quién, al qué y al dónde, y a organizar cómo harían para sacar a Maggie del aparcamiento de un supermercado de Nueva Jersey y traerla a Florida. «¿Sabrías ir hasta Newark? —le preguntó, recordando, sin saber cómo, el nombre del mayor aeropuerto que había en Nueva Jersey—. Avísame cuando llegues. Yo llamaré a las líneas aéreas, averiguaré cuál tiene un vuelo directo, y me encargaré de que haya un billete esperándote en la puerta de embarque.»

Ocho horas después Ella y Lewis habían ido en coche hasta el aeropuerto de Fort Lauderdale, y allí, sujetando una mochila y con aspecto fatigado, desaliñado y asustado, estaba Caroline.

Ella se había quedado boquiabierta y había cerrado los ojos con fuerza, y al volverlos a abrir, vio que se había equivocado. Esta chica no era Caroline, ciertamente no. Ella se dio cuenta de ello en cuanto parpadeó..., pero el parecido era asombroso. Sus ojos castaños, la manera en que su pelo caía sobre su frente, sus mejillas, sus manos e incluso, en cierto modo, sus clavículas, eran como las de Caroline. Pero su mirada decidida, la forma agresiva de su barbilla, la forma en que sus ojos se habían posado sobre ellos dos, analizándolos, no le decían lo mismo, y desde luego pronosticaban un final diferente del que había vivido su hija. Ella supo que esta chica no sucumbiría a la tentación de una carretera resbaladiza por la lluvia. Esta chica mantendría las manos en el volante.

Hubo un primer momento algo incómodo —¿se abrazarían?— que Maggie había solucionado abrazando la mochila como si fuese un bebé mientras Ella, titubeante, se había ocupado de las presentaciones. Desde ahí hasta el aparcamiento, Maggie no había dicho gran cosa. Había rechazado el ofrecimiento de Ella de sentarse delante y se sentó erguida en el asiento trasero mientras Lewis conducía y Ella procuraba esforzarse para no acribillarla a demasiadas preguntas. Aun así, tenía que informarse, aunque fuera por su propia seguridad, por su tranquilidad de conciencia.

—Cuéntame en qué lío te has metido y seguro que podremos arreglarlo —dijo Ella.

Maggie había suspirado.

—Estaba... —Hizo una pausa. Ella la observó por el retrovisor; vio que su nieta intentaba buscar cuál era la palabra para su transgresión—. Estaba en casa de Rose, pero no funcionó y he vivido unos cuantos meses en el campus...

—¿Con amigos? —tanteó Lewis.

—No, en la biblioteca —contestó Maggie—. Vivía en la biblioteca. Era... —Miró por la ventana—. Era como un polizón. Un polizón —repitió; daba la impresión de que había vivido una gran aventura en alta mar—. Pero había alguien vigilándome y podía causarme muchos problemas; por eso me he tenido que ir.

—¿Quieres volver a Filadelfia? —quiso saber Ella—. ¿Con Rose?

—¡No! —repuso Maggie con tal vehemencia que Ella dio un pequeño respingo en el asiento y Lewis tocó la bocina sin querer—. No —repitió—, no sé adónde quiero ir. La verdad es que en Filadelfia no tengo casa. Estaba en un piso, pero me echaron, y no puedo volver con mi padre, porque su mujer me odia, y no puedo volver con Rose... —Y había suspirado lastimera, y se había abrazado las rodillas con un leve estremecimiento para darle mayor dramatismo—. Supongo que quizá podría irme a Nueva York. Conseguiré un trabajo, ahorraré y me iré a Nueva York. Y allí buscaré alguien con quien compartir piso o... algo —había concluido.

—Puedes quedarte conmigo todo el tiempo que necesites —le dijo Ella. Pronunció las palabras antes de pensarlas, antes de preguntarse si era o no una buena idea. A juzgar por la expresión del rostro de Lewis, la respuesta, probablemente, era que no. Maggie había sido desahuciada. Después se había ido a vivir con su hermana, lo que, por algún motivo, no había funcionado. No se sentía bienvenida en casa de su padre. Y se había metido de polizón —a saber qué querría decir eso— en una universidad en la que no estaba matriculada, donde había vivido en la biblioteca. ¿Cómo iba a terminar todo eso sino en un problema?

Mientras Lewis conducía entre el tráfico del aeropuerto, de regreso a Golden Acres, Maggie había suspirado, había apoyado la barbilla en la palma de la mano, y se había puesto a mirar las palmeras y los coches por la ventana.

—Florida —dijo—. Es la primera vez que vengo.

—¿Cómo está...? —empezó Ella—. ¿Qué me cuentas de tu hermana?

Maggie estaba en silencio. Ella insistió:

—La he buscado en Internet, en su despacho de abogados...

Maggie sacudió la cabeza, con los ojos clavados en el paisaje como si estuviera viendo el rostro de su hermana reflejado en el cristal.

—Es la peor foto del mundo. Siempre le decía que tenía que hacerse otra, y ella me decía: «No importa, Maggie. No seas superficial». Pero yo le insistía en que esa foto la ve el mundo entero y en que no es superficial querer estar lo más favorecida posible, pero, naturalmente, no me escuchó. Nunca me escucha —protestó Maggie, y luego cerró la boca como si temiese haber hablado demasiado—. ¿Adónde vamos exactamente? ¿Dónde vivís?

—En un sitio llamado Golden Acres. Es...

—... una comunidad de jubilados dinámicos —recitaron Lewis y ella al unísono.

En el espejo retrovisor, los ojos de Maggie se abrieron alarmados.

—¿Es una residencia?

—No, no —contestó Lewis—. Tranquila, es sólo un lugar para ancianos.

—Es una urbanización —precisó Ella—. Tenemos tiendas, un club, y un tranvía para la gente que ya no conduce...

—Suena de fábula —dijo Maggie, que, obviamente, no era eso lo que pensaba—. ¿Y qué hacéis todo el día?

—Yo trabajo como voluntaria —respondió Ella.

—¿Dónde?

—¡Oh! En mil sitios. En el hospital, en la perrera, el rastrillo, el Comedor Móvil, y luego está esta señora a la que ayudo, porque el año pasado sufrió un derrame cerebral... Estoy muy ocupada.

—¿Crees que podría encontrar un trabajo ahí?

—¿Qué clase de trabajo? —se interesó Ella.

—He hecho de todo —explicó Maggie—. De camarera, de peluquera de perros, de azafata...

¿Azafata? Ella se preguntó qué significaría eso.

—He servido cafés, copas —prosiguió Maggie—, he trabajado de canguro, en una heladería, en un puesto de frituras...

—¡Guau! —exclamó Ella. Maggie no había terminado.

—Estuve un tiempo cantando en un grupo. —Maggie decidió que no le diría a su abuela el nombre del grupo por si cabía la remota posibilidad de que supiera lo que quería decir galleta con barba, una alusión al mundo de las drogas—. He hecho telemarketing, he rociado a la gente con perfume, he trabajado en T. J. Maxx, Gap, Limited... —Maggie hizo un alto y dio un enorme bostezo—. Y en Princeton he ayudado a una señora ciega. Le limpiaba la casa y le hacía la compra.

—Pues... —Una vez más, Ella se había quedado sin habla.

—Así que creo que aquí todo irá bien —concluyó Maggie. Bostezó, rehízo su cola de caballo y luego se hizo un ovillo en el asiento y se durmió al instante. En el siguiente semáforo en rojo, Lewis le lanzó una mirada a Ella.

—¿Todo irá bien? —preguntó.

Ella se encogió levemente de hombros y sonrió. Maggie estaba aquí y fuese cual fuese la verdad, eso era lo importante.

Cuando Lewis estacionó en su plaza de aparcamiento, Maggie seguía dormida en el asiento trasero, con un rizo castaño pegado a su sudorosa mejilla. Sus dedos, cuyas uñas estaban mordidas, eran tan idénticos a los de Caroline que a Ella se le encogió el corazón. Maggie abrió los ojos, se desperezó, cogió su mochila y bajó del coche, mirando atónita. Ella miró en la misma dirección. Vio a Irene Siegel empujando su andador por el aparcamiento y a Albert Gantz sacando con cuidado del maletero una bombona de oxígeno.

—*El hombre ha nacido para el infortunio* —comentó Maggie en voz baja y resignada.

—¿Qué has dicho, chata? —preguntó Lewis.

—Nada —repuso Maggie. Se puso la mochila a los hombros y entró detrás de Ella.

Tal como había augurado, Maggie encontró un empleo en una panadería que estaba a ochocientos metros de Golden Acres. Hacía el primer turno, de modo que salía con sigilo de casa a las cinco de la mañana y trabajaba hasta después de comer. ¿Y qué hacía luego? Ella se lo había preguntado, porque Maggie raras veces volvía antes de las ocho o las nueve de la noche. Su nieta se había encogido de hombros. «Me voy a la playa —había asegurado—. O al cine, o a la biblioteca.» Durante varias semanas Ella le había ofrecido cenar, pero, invariablemente, Maggie había rehusado el ofrecimiento. «Ya he comido», decía, aunque, con lo delgada que estaba, en algunas ocasiones Ella se preguntaba si de verdad habría comido. Rehusaba el ofrecimiento de Ella de ver la tele, de ir al cine, de acompañarla al club a jugar al bingo. Lo único que había despertado en ella un mínimo de interés fue el carné de la biblioteca que le ofreció Ella. Maggie había ido con su abuela a la pequeña biblioteca de una planta, había rellenado el formulario con la dirección de Ella y había desaparecido en la sección de literatura y ficción, regresando al cabo de una hora con los brazos cargados de libros de poesía.

Y eso fue todo durante los meses de mayo, junio, julio y agosto. Por las noches Maggie llegaba a casa, saludaba con un movimiento de cabeza y desaparecía. Salía para darse una ducha, pero después se recluía, silenciosa, en el cuarto del fondo y cerraba la puerta, llevando su única toalla, su champú, su cepillo y su pasta de dientes como si fuese una invitada pasajera, a pesar de que Ella le había asegurado que podía dejar sus cosas donde quisiera. En la habitación de Maggie había un pequeño televisor, pero Ella nunca oyó que estuviese encendido. También había un teléfono, pero Maggie no llamó nunca a nadie. Ella sabía que leía: cada tres o cuatro días veía un libro nuevo de la biblioteca en su mochila, gruesas novelas, biografías, libros de poesía, el tipo de poemas extraños, fragmentados y sin rima que Ella nunca había entendido; pero daba la impresión de que Maggie nunca hablaba con nadie, y a Ella empezaba a preocuparle que nunca lo hiciera.

—No sé qué voy a hacer —confesó. Eran las ocho de la mañana, estaban casi a treinta grados, y se había acercado a casa de Lewis después de haber visto a Maggie deslizarse detrás de ella y salir otra vez por la puerta de calle.

—¿Lo dices por el tiempo? Espera, porque cambiará.

—Lo digo por mi nieta —le corrigió Ella—. Por Maggie. ¡No habla conmigo! Ni siquiera me mira. Se mueve descalza por la casa... Nunca la oigo entrar... Vuelve a unas horas intempestivas, cuando me despierto ya se ha ido... —Ella hizo una pausa, respiró hondo y sacudió la cabeza.

—Bueno, normalmente te diría que le dieras tiempo...

—Lewis, han pasado meses y aún no sé qué le ha pasado con su hermana o con su padre. ¡Ni siquiera sé lo que le gusta comer! Tú tienes nietos...

—Pero son chicos —replicó Lewis—. Sí, creo que tienes razón. La situación requiere medidas drásticas. —Asintió y se puso de pie—. Necesitamos la artillería pesada.

Afortunadamente, la señora Lefkowitz estaba en casa.

—Empecemos con unas cuantas preguntas —propuso, moviéndose de un lado a otro del recargado salón con su habitual bastón, suspiro, paso firme, arrastre—. ¿Tiene ciruelas en la nevera?

Ella la miró con fijeza.

—Ciruelas —insistió la señora Lefkowitz.

—Sí —afirmó Ella.

La señora Lefkowitz asintió.

—¿Y Metamucil en la encimera de la cocina?

Ella asintió. ¿Acaso no lo tenía todo el mundo?

—¿A qué revistas está suscrita?

Ella reflexionó.

—*Prevention,* lo que envía la AARP (Asociación Estadounidense de Gente Jubilada)...

—¿Tiene HBO o MTV?

Ella negó con la cabeza.

—No tengo canal satélite.

La señora Lefkowitz puso los ojos en blanco y se dejó caer en un sillón excesivamente mullido, sobre un cojín bordado a mano en el que ponía: «Soy una princesa».

—Los jóvenes tienen su propio mundo. Su música, sus programas de televisión, su...

—¿Cultura? —apuntó Lewis.

La señora Lefkowitz asintió.

—Aquí no tiene a nadie —explicó—. A nadie de su edad. ¿Cómo se sentirían ustedes si tuvieran veintiocho años y estuviesen encerrados en un sitio como éste?

—No tenía adónde ir —se justificó Ella.

—Los prisioneros tampoco —repuso la señora Lefkowitz—, y eso no significa que les guste estar en la cárcel.

—¿Y qué podemos hacer? —inquirió Ella.

La señora Lefkowitz se levantó no sin esfuerzo.

—¿Tiene dinero? —quiso saber.

Ella asintió.

—Pues vamos —anunció—. Usted conduce —ordenó, con un movimiento de barbilla en dirección a Lewis—. Nos vamos de compras.

Persuadir a Maggie de que saliera de su habitación fue una empresa costosa. Primero fueron las revistas, por un valor de casi cincuenta dólares, cada una más gruesa y vistosa, y más llena de muestras de perfumes y tarjetas para atraer a suscriptores que la anterior. «¿Cómo conoce todo esto?», preguntó Ella mientras la señora Lefkowitz colocaba un ejemplar de *Movieline* encima del último número de *Vanity Fair*. Su amiga agitó su brazo bueno con indiferencia. «¿Qué tiene de sorprendente?», replicó.

Su siguiente parada fue en una tienda gigante de electrodomésticos. «Pantalla plana, pantalla plana», repetía la señora Lefkowitz mientras volaba por los pasillos en la sillita motorizada que usaba para sus jornadas de compras. Dos horas y varios miles de dólares después, el coche de Lewis estaba cargado con una televisión con pantalla plana, un reproductor de DVD y una docena de películas, incluida la primera temporada de *Sexo en Nueva York*, con la que, según la señora Lefkowitz, las jóvenes estaban apasionadas.

—Lo he leído en la revista *Time* —dijo ufana, y se sentó en el asiento contiguo al de Lewis—. Gire por aquí a la izquierda —le pidió—. Iremos al supermercado y la licorería —explicó, sonriéndose—. Daremos una fiesta. —En la tienda abordó al dependiente de rostro granujiento y con delantal de poliéster—. ¿Sabe usted cómo se hace un cóctel cosmopolitan?

—Con Cointreau... —contestó el dependiente.

La señora Lefkowitz señaló a Lewis.

—¡Ya lo ha oído! —exclamó.

Más tarde, con los brazos cargados de cointreau y vodka, las delicias de queso y maíz frito, los perritos calientes en miniatura y los rollitos congelados de carne y verduras, además de frascos de esmalte de uñas (uno rojo y otro rosa) y cajas de cartón llenas de aparatos electrónicos, Ella, Lewis y la señora Lefkowitz se metieron en el ascensor para subir a casa de Ella.

—¿Cree realmente que esto funcionará? —preguntó Ella mientras Lewis guardaba los congelados en su congelador.

La señora Lefkowitz retiró una silla de la mesa de la cocina y sacudió la cabeza.

—No hay ninguna garantía —declaró, y extrajo de su bolso un papel de color rosa chillón, en cuyo margen superior ponía «¡Estás invitada!» con letras plateadas.

—¿De dónde ha salido eso? —quiso saber Ella, que miró por encima del hombro.

—De mi ordenador —contestó la señora Lefkowitz, que inclinó la invitación de tal manera que Ella pudo leer que la señorita Maggie Feller estaba invitada a una sesión de *Sexo en Nueva York* el viernes por la noche en casa de Ella—. Puedo hacer mil cosas: invitaciones, calendarios, permisos de estacionamiento...

—¿Qué es eso? —inquirió Lewis, que había estado guardando el aperitivo.

De pronto la señora Lefkowitz se concentró mucho en el contenido de su bolso.

—¡Oh, nada! No tiene importancia.

Lewis la miró fijamente.

—¿Sabe que uno de mis reporteros me contó que había gente que se dedicaba a imprimir permisos falsos de estacionamiento? Quiere indagar y escribir un artículo.

La señora Lefkowitz alzó la barbilla desafiante.

—No pretenderá entregarme, ¿verdad?

—No, si su plan funciona, no —prometió.

La señora Lefkowitz asintió y le dio la invitación a Ella.

—Páselo por debajo de su puerta cuando se vaya.

—Pero... ¿quién vendrá a la fiesta?

La señora Lefkowitz la observó con fijeza.

—¡Pues los amigos de ustedes, claro está!

Ella le lanzó a Lewis una mirada de impotencia y la señora Lefkowitz miró a Ella de reojo.

—Porque tiene usted amigos aquí, ¿verdad?

—Bueno —contestó Ella—, tengo colaboradores.

—Colaboradores —repitió la señora Lefkowitz clavando los ojos en el techo—. En fin, no importa. En ese caso, estaremos sólo nosotros tres. —Se levantó de la mesa—. ¡Hasta el viernes! —se despidió, golpeando el suelo con el bastón al andar hacia la puerta.

—Me siento como la bruja de *Hansel y Gretel* —confesó Ella, que introdujo en el horno una bandeja con diminutos rollitos de carne y verduras. Era viernes por la noche, pasadas las nueve, lo que quería decir que Maggie podía aparecer en cualquier momento, eso si venía a casa. «¿Has visto la invitación», le había preguntado a Maggie por la mañana cuando ya cerraba la puerta para irse a trabajar. La chica había contestado con un vago gruñido afirmativo antes de que la puerta se cerrara.

—¿Por qué? —quiso saber Lewis. Ella señaló el cebo: los montones de revistas, los boles de patatas y salsas, las bandejas con huevos rellenos y alitas de pollo, y la restante media docena de apetitosos tentempiés que era consciente de que le causarían una acidez tremenda, si se arriesgaba a tomar más de un bocado.

La señora Lefkowitz le tiró de la manga.

—Una cosa más —dijo—. El arma secreta.

—¿Qué? —preguntó Ella, consultando la hora en su reloj.

—Su hija —aclaró la señora Lefkowitz.

Ella la miró atónita.

—¿Qué?

—Su hija. Caroline, ¿verdad? —precisó la señora Lefkowitz—. Este asunto —movió la mano majestuosamente hacia el salón de Ella, en el que Lewis manipulaba el DVD con torpeza y devoraba con deleite la bandeja de delicias de espinacas— es probable que funcione, pero, por si no funciona, ¿qué tiene usted que Maggie pueda querer?

—¿Dinero? —adivinó Ella.

—Sí, puede que sí —respondió la señora Lefkowitz—. Pero el dinero lo puede conseguir de muchas formas. Ahora bien, ¿cómo puede enterarse de la historia de su madre?

«La historia de su madre», dijo Ella para sí, que deseó de todo corazón que hubiese sido más larga y feliz.

—Información —concluyó la señora Lefkowitz—. Eso es lo que nosotros tenemos y quieren los jóvenes. Información. —Reflexionó—. Y, en mi caso, los recursos de Microsoft. Pero, en el suyo, con la información tendría que bastar. —Asintió cuando oyó a Maggie abrir la puerta—. ¡Empieza el espectáculo! —susurró. Ella contuvo el aliento. Maggie entró en el piso como si llevase un antifaz, no miró a su izquierda y a la cocina repleta de tentaciones, ni a su derecha, donde estaba el nuevo televisor encendido y aparecía una mujer hablando de... no. Debía de haberlo oído mal, pensó Ella mientras la actriz parloteaba: «¡No quiero ser yo a la que den por culo!» y la señora Lefkowitz se reía, y bebía su cosmopolitan. A mitad del pasillo Maggie se detuvo.

—¿Maggie? —gritó Ella. Casi sentía la turbación de su nieta (¿querría hablar, querría irse?). «Por favor, no dejes que lo estropee», rezó Ella. Maggie se volvió—. ¿Te apetece...? —¿Qué? ¿Qué podía ofrecerle a esta joven circunspecta de observadores ojos castaños tan parecidos pero tan diferentes de los de su propia hija desaparecida? Alargó el brazo con la bebida que tenía en la mano—. Es un cosmopolitan. Lleva vodka y zumo de arándanos...

—Sé lo que lleva un cosmopolitan —replicó Maggie con desdén. Era una de las frases más largas que Ella le había oído decir a su nieta. Maggie cogió la copa y se tomó la mitad de un solo trago—. No está mal —confesó, se volvió y entró a zancadas en el salón. La señora Lefkowitz le ofreció el bol de patatas chips, palomitas de maíz y similares. Maggie se sentó en el sofá con abandono, se bebió la otra mitad de su copa y cogió un ejemplar de *Entertainment Weekly*—. Este capítulo ya lo he visto —declaró.

—¡Oh! —exclamó Ella. Por una parte, eso eran malas noticias; por otra, era la segunda frase que su nieta decía voluntariamente. Y Maggie estaba ahí ¿no? Algo es algo, ¿verdad?

—Pero es bueno —añadió Maggie. Devolvió con brusquedad la revista a la mesa de centro y miró a su alrededor. Ella, desesperada, le lanzó una mirada a Lewis, que se apresuró a salir de la cocina con una jarra llena de cóctel. Rellenó la copa de Maggie. Maggie cogió con delicadeza una alita de pollo de la bandeja y se reclinó con los ojos clavados en la pantalla. Ella sintió que se relajaba por momentos. No era una victoria, dijo para sí, ver cuatro capítulos seguidos en los que aparecían mujeres diciendo cosas por las que hacía sesenta años le habrían lavado la boca con jabón. Pero era un comienzo. Le dirigió una mirada a su nieta. Maggie tenía los ojos cerrados. Sus pestañas reposaban sobre sus mejillas como un fleco erizado. Y en su barbilla había un resto de queso. Y tenía la boca fruncida como si en sus sueños estuviese esperando un beso.

Depués de cuatro cosmopolitans, tres alitas de pollo y un puñado de palomitas, Maggie les dio las buenas noches a Ella y compañía. Se tumbó en el delgado colchón del sofá-cama y cerró los ojos, pensando que quizá tendría que reconsiderar su plan en Florida.

Al principio había decidido simplemente observar, esperar, no interferir hasta tener las cosas claras. Eso podría llevar su tiempo, había admitido Maggie. Todo lo que sabía de la tercera edad lo había aprendido, en gran parte, de la tele y de los anuncios, que hablaban de mucho azúcar en la sangre, de vejigas demasiado activas, y de que necesitaban pulsar botones de alarma cuando se caían y no podían levantarse. Se relajaría y se centraría en la abuela, que, sin duda alguna, tenía dinero. Y se sentía culpable. Fuera lo fuera lo que Ella Hirsch hubiera hecho o dejado de hacer, saltaba a la vista que se sentía tremendamente culpable. Lo que significaba que, si Maggie era paciente, podría convertir esos horribles sentimientos en dinero, dinero que añadiría al montón que aumentaba poco a poco en la caja que había debajo de su cama. En Bagel Bay tenía un sueldo mínimo, pero Maggie se imaginó que con unas cuantas escenas melodramáticas y varias historias tristes acerca de cómo había echado de menos a su madre y de lo mucho que le habría gustado recibir el amor de una abuela o, en realidad, de cualquier figura maternal, en su corta pero complicada vida, podría salir de la sala de espera de la muerte —alias Golden Acres— con bastante dinero para comprarse lo que quisiera.

El problema era que conseguir cosas de Ella resultaba hasta demasiado fácil. Después de todos los desafíos por los que Maggie había pasado, aquello no era un gran reto. En cierto modo, era... decepcionante. Era como prepararse para atravesar un muro de ladrillos con el puño y, en vez de eso, acabar dándole un puñetazo a uno de gelatina. La abuela era tan absolutamente patética que Maggie, a la que le afectaban muchas cosas, se sentía un tanto despreciable por pretender desplumarla. Ella Hirsch estaba ávida de pasar ratos con Maggie, de tener su atención, de escuchar cada palabra que decía, como si hubiese estado en el desierto, hambrienta, y Maggie fuese un buen helado. Y ahora había una televisión nueva, un reproductor de DVD, toda esa comida, además del ofrecimiento constante de Ella para que cenara, fuese al cine o a la playa con ella, o la acompañase a pasar el día a Miami. Ella se esforzaba tanto que a Maggie se le revolvían las tripas. Y lo único que le había pedido era que Maggie llamase a su padre por teléfono para decirle que estaba bien. No había aludido al alquiler o a que le diese dinero para el gas o el seguro del coche, o la comida ni nada. Así que ¿por qué iba a tener prisa por irse?

«Observa y espera», dijo para sí, poniéndose bien la almohada debajo de la mejilla. Tal vez consiguiese que Ella la llevara a Disney World. Y se subiría en las tazas de té gigantes. Y enviaría una postal a casa: «Me encantaría que estuvierais aquí».

44

—Explícame otra vez por qué hacemos esto —susurró Rose.

—Porque, normalmente, cuando dos personas deciden casarse lo tradicional es que sus padres se conozcan —le explicó Simon también susurrando—. Todo saldrá bien —aseguró—. Mis padres te adoran, y estoy convencido de que tu padre les gustará, y en cuanto a Sydelle... ¿qué es lo peor que podría pasar?

En la cocina, la madre de Simon, Elizabeth, miraba el libro de cocina con las cejas fruncidas. Era una mujer baja y rechoncha, de pelo rubio platino y la piel tan blanca como su hijo. Vestida con una falda larga de estampado floreado, una blusa blanca arrugada y un delantal amarillo cuyos amplios bolsillos destacaban con sus rosas de tela, en cierto modo se parecía a una Tammy Faye Bakker (la ex mujer del televisivo evangelista Jim Bakker), aunque judía, de andar por casa y sin las pestañas. Sin embargo, en ese caso, su aspecto engañaba. Enseñaba filosofía en Bryn Mawr con las mismas faldas floreadas y chaquetas de cachemir que llevaba en casa. Era dulce, divertida y de trato fácil..., pero, desde luego, no había sido de ella de quien Simon hubiera heredado su talento culinario ni su apreciación de la comida.

—Chalotas —murmuró—. No creo que tenga. De hecho —comentó con una sonrisa mientras su hijo entraba y le daba un beso en la mejilla—, me parece que no sé ni qué es.

—Es una especie de cruce entre una cebolla y un diente de ajo —explicó Simon—. ¿Por qué? ¿Te ha salido en el crucigrama?

—Simon, estoy cocinando —repuso ella con firmeza—. Sé cocinar, ¿sabes? —añadió en tono ligeramente ofendido—. Cuando cocino, soy una excelente cocinera. Lo que pasa es que no suelo hacerlo.

—¿Y has decidido intentarlo esta noche?

—Es lo mínimo que puedo hacer para darle la bienvenida a la familia de Rose —declaró sonriendo a Rose, que le devolvió la sonrisa y se relajó, apoyándose en una encimera; mientras tanto, Simon olisqueaba el aire con suspicacia.

—¿Qué estás preparando?

Su madre ladeó el libro de cocina para que él pudiera leer.

—Pollo asado relleno con albaricoques acompañado de arroz silvestre —leyó Simon, visiblemente impresionado—. ¿Te has acordado de limpiar los pollos?

—Son de la tienda ecológica —contestó ella—. Seguro que estaban bien.

—Sí, pero ¿les has quitado las vísceras? ¿El cuello, el hígado y todo eso? ¿Lo que llevan en el interior envuelto en plástico?

Ahora fue Rose la que olisqueó, también... y notó que la cocina olía intensamente a plástico quemado. La señora Stein parecía preocupada.

—Ya decía yo que había mucha cosa ahí dentro cuando he puesto el relleno —declaró mientras se inclinaba para abrir el horno.

—No te preocupes —la tranquilizó Simon, que extrajo con habilidad la cazuela humeante de pollo visiblemente crudo.

—Se está quemando un paño de cocina —observó el padre de Simon, que entró con precipitación en la cocina.

—¿Qué? —inquirió Simon, cuya atención estaba embargada por el pollo. Alto y delgado, con mechones pelirrojos como Simon, el señor Stein se tragó con calma el queso y las galletas saladas que tenía en la boca y señaló el trapo que había encima de la cocina y que, ciertamente, ardía.

—El paño —repitió—. Fuego. —Se acercó a los quemadores, tiró hábilmente el paño al fregadero, donde silbó y humeó, y le dio un abrazo a su mujer—. ¡Cariño, eres un desastre! —comentó cariñoso. Ella le dio una palmada, todavía concentrada en su libro de cocina.

—No se te ocurrirá comerte todo el queso y las galletas, ¿verdad?

—¡Qué va! —repuso el señor Stein—. Ahora he pasado a las almendras. —Se volvió a Rose, ofreciéndole el plato de queso y galletas saladas—. Un consejo —sugirió en voz baja y tono cómplice—, come hasta hincharte.

Rose le sonrió.

—Gracias —dijo.

La madre de Simon puso los ojos en blanco y se limpió las manos.

—Dime, tu... mmm..., ¿Sydelle cocina bien?

—Normalmente le obliga a mi padre a hacer alguna que otra extraña dieta —explicó Rose—. Muchos carbohidratos, pocas grasas, muchas proteínas, dieta vegetariana...

—¡Oh! —exclamó Elizabeth, arqueando las cejas—. ¿Crees que podrán comer esto? Quizá debería haberte preguntado...

—Lo comerán sin problemas —contestó Rose, consciente de que en cuanto Sydelle llegase, la comida sería en lo último que pensaría. Resulta que los Stein vivían en una casa grande, irregular y un tanto desordenada, ubicada en un terreno de casi una hectárea de enmarañada hierba verde, en una calle llena de viviendas más o menos igual de impresionantes. El señor Stein era un ingeniero que inventaba piezas de avión. Simon le había dicho que hacía muchos años había patentado dos, y de ahí venía gran parte de su fortuna. Ahora tenía casi setenta años, estaba semijubilado, y pasaba mucho tiempo en casa buscando sus gafas, el teléfono inalámbrico, el mando y las llaves del coche. Lo que, probablemente, fuera debido a que la señora Stein, al parecer, pasaba mucho tiempo en casa moviendo cosas de una pila de trastos a otra. Eso, atender el huerto cubierto de malas hierbas y leer el mismo tipo de novelas con heroínas protagonistas de violentas escenas de sexo que Rose siempre había leído en secreto; libros cuyos títulos estaban siempre formados por tres palabras. *Her Forbidden Desire* lo tenía normalmente encima del microondas, y Rose también había visto *Passion's Tawny Flame* boca abajo en el sofá del salón. Simon le había contado a Rose que en secundaria le dio a su madre un vale de regalo falso de un libro que no existía y que él había titulado *Los pantys húmedos del amor*. «Pero ¿estaba loca o qué?», Rose le había preguntado. Simon reflexionó. «Lo que creo es que más bien la decepcionó que el libro no existiera.»

Ahora Simon olisqueó de nuevo el aire con aspecto precupado.

—Mamá, las nueces —comentó.

—No les pasa nada —afirmó Elizabeth con serenidad, sacando los panecillos del interior de una bolsa de papel y colocándolos en una cesta cubierta con una servilleta, uno de cuyos lados estaba abollado como si le hubiesen propinado una patada—. ¡Oh, Dios! —murmuró—. Está ladeada.

Esto, también, era típico. En lo que concernía a la mesa, los padres de Simon tendían a despreocuparse de las formas. A Rose no la sorprendió ver la mesa con un mantel de lino hecho a mano y platos mezclados. Contó tres platos de la vajilla buena de porcelana con ribete dorado y otros tres de su vajilla de diario, que compraron a piezas sueltas en Ikea. Para el agua había cuatro vasos y dos tazas grandes de café, y para el vino tres vasos de vino, dos copas de coñac y una de champán; y en cada plato una servilleta de papel diferente, en una de las cuales ponía «FELIZ ANIVERSARIO». Sydelle se moriría, decidió Rose y sonrió, porque todo lo encontraba estupendo.

Simon se acercó a ella por detrás con una jarra llena de agua con hielo y dos botellas de vino.

—¿Te puedo dar un consejo? —preguntó mientras le ofrecía un vaso—. Empieza a beber ya.

Apareció un coche por el camino de entrada. Rose distinguió el rostro de su padre, esa frente alta, que tan familiar le resultaba, y su calva, y a Sydelle sentada a su lado, resplandeciente con los labios pintados y perlas. Cogió a su prometido de la mano.

—Te quiero —le susurró.

Simon la miró extrañado.

—Lo sé.

Las puertas del coche se cerraron. Rose oyó saludos, educados «hola», y los tacones de Sydelle golpeteando el parqué rayado de los Stein. «Familia», dijo para sí. Tragó saliva, apretó la mano de Simon y anheló algo a lo que no podía ponerle nombre, anheló desenvoltura y tranquilidad, una broma oportuna y naturalidad, y el traje perfecto. En otras palabras, añoraba a Maggie. Ser Maggie por una noche, o al menos contar con los consejos de su hermana y su presencia. Ésta era su familia, la antigua y la nueva, y Maggie debería estar allí.

Simon la miró con curiosidad.

—¿Estás bien?

Rose se sirvió medio vaso de vino tinto y se lo bebió apresuradamente.

—Sí —respondió y lo siguió hasta la cocina—, estoy bien.

45

—¡Rosenfarb! —le gritó Maggie al vigilante. Éste asintió lentamente (lo cual no era de extrañar, porque Maggie no había tardado en darse cuenta de que en Golden Acres todo el mundo hacía las cosas despacio) y ella apretó el acelerador mientras la verja del aparcamiento se levantaba hacia el cielo. Durante los meses que llevaba en Golden Acres, Maggie había hecho en secreto un experimento para ver si era suficiente gritarles a los guardas cualquier apellido que sonara judío para que la dejaran entrar. Hasta el momento había probado con *Rosen, Rosenstein, Rosenblum, Rosenfeld, Rosenbluth*, y en cierta ocasión, de madrugada, *Rosenpenis*, en su particular homenaje a uno de los personajes de la serie de *Fletch*. Los vigilantes (si podía llamárseles vigilantes a las reliquias con viejos uniformes de poliéster) la habían dejado entrar con un gesto sin siquiera parpadear sus grises pestañas.

Maggie condujo el Lincoln gigante de Lewis hasta el edificio donde vivía su abuela, lo estacionó en la plaza estipulada y subió la escalera en dirección a su habitación, un cuarto de paredes blancas y un sofá-cama beige que bien podría haber sido el hermano pequeño del que Maggie recordaba de casa de Rose. La habitación era tan austera y estaba tan limpia que Maggie se preguntó si Ella la había utilizado alguna vez, si había tenido invitados a pasar la noche en alguna ocasión.

Eran las tres de la tarde. Decidió que subiría, cogería el traje de baño que había encontrado en el armario de Ella y se iría a la playa a perder el tiempo antes de la cena. Tal vez cenase con ella. Tal vez pondrían otro de los DVD que Ella había traído a casa la semana pasada. Sólo que, cuando abrió la puerta, se sorprendió al ver a su abuela sentada frente a la mesa de la cocina, con las manos entrelazadas delante de sí, como si la hubiese estado esperando.

—¡Hola! —saludó Maggie—. ¿No se supone que tenías que estar en el hospital? ¿O en el hospicio? ¿O en algún sitio que empiece por «hosp»?

Ella sacudió la cabeza y esbozó una sonrisa. Enfundada en unos pantalones negros y una blusa blanca, y con el pelo arrollado detrás de la cabeza como habitualmente, su abuela tenía el aspecto de una andrajosa y parecía pequeña, un ratón monocromo acurrucado en una esquina.

—Tenemos que hablar —dijo Ella.

«¡Oh, no! —pensó Maggie—. Ya empezamos.» Había oído este discurso o una versión del mismo de boca de compañeras de habitación y novios, y, por supuesto, de Sydelle. «Maggie, abusas. Maggie, tendrías que colaborar. Maggie, tu padre no se va a pasar la vida cuidando de ti.»

Pero el discurso que Ella tenía en mente era distinto.

—Te debo una explicación. Llevo mucho tiempo queriendo hablar contigo, pero... —Su voz se apagó—. Sé que es probable que te hayas preguntado dónde he estado todos estos años...

«¡Ah...!», pensó Maggie. De modo que de esto era de lo que pretendía hablar. No de la dependencia de Maggie, sino del propio sentimiento de culpa de Ella.

—Nos escribiste postales —dijo Maggie.

—Así es —repuso Ella, asintiendo—. Y también os llamé. ¿No lo sabíais? —Formuló la pregunta, aunque ya conocía la respuesta—. Tu padre estaba muy enfadado con nosotros. Conmigo y con mi marido. Luego, cuando Ira murió, sólo conmigo.

Maggie retiró una silla de la mesa y se sentó.

—¿Enfadado? ¿Por qué? —quiso saber.

—Porque consideró que yo le había hecho una cosa terrible —confesó la abuela—. Creyó que tenía, bueno, que mi marido y yo teníamos que haberle contado más cosas sobre Caroline. Tu madre.

—Sé cómo se llama —espetó Maggie irritada. El tema de su madre (el nombre de su madre de labios de esta anciana) le escocía como una vieja herida. No estaba preparada para esto. No quería oír hablar de su madre; no quería pensar en su madre; no quería saber la verdad, o cualquiera que fuese la versión de la verdad de su abuela. Su madre estaba muerta, la primera pérdida de su vida, y eso era una verdad que ninguna hija debería soportar.

Ella continuó hablando.

—Debería haberle dicho a tu padre que estaba... —No le salían las palabras—... mentalmente enferma.

—Mientes —soltó Maggie—. No estaba loca, estaba bien, lo recuerdo.

—Pero no siempre estaba bien, ¿a que no? —replicó Ella. Maggie cerró los ojos, oyendo nada más que fragmentos de lo que su abuela le decía: «episodios maníacos, depresión clínica, medicación y tratamiento de choque».

—Y si estaba tan loca como dices, ¿por qué dejaste que se casara? —inquirió Maggie—. ¿Por qué la dejaste tener hijos?

Ella suspiró.

—No pudimos impedírselo —contestó—. Tuviera los problemas que tuviera, Caroline era una mujer adulta. Tomaba sus propias decisiones.

—Seguro que te alegraste de librarte de ella —murmuró Maggie, pronunciando uno de sus mayores temores, pues no le costaba imaginarse lo felices que Sydelle, Rose y también su padre estarían de librarse de ella, de que se juntara con algún chico ingenuo y enamorado hasta los tuétanos para que Caroline se convirtiese en su problema y no en el de ellos.

Ella negó con la cabeza.

—¡Por supuesto que no! ¡Nunca me alegré de librarme de ella! Y cuando la perdí... —Tragó saliva—. Fue la peor de las pesadillas. Porque la perdí a ella, y también a ti y a Rose. —Se miró las manos, entrelazadas sobre la mesa—. Lo perdí todo —confesó. Y levantó los ojos anegados en lágrimas para mirar a Maggie—. Pero ahora estás aquí y espero que...

Alargó el brazo hacia el suelo.

—Ten —le ofreció, y deslizó una caja por la mesa—. Estaban en Michigan, guardadas. Las he hecho traer. Pensé que quizá te gustaría verlas.

Maggie destapó la caja. Estaba llena de álbumes de fotos, álbumes viejos. Abrió el que estaba encima de todos, y ahí estaba Caroline. Caroline de joven, con un jersey negro ceñido y un montón de *eyeliner* negro. Caroline el día de su boda con un entallado vestido de encaje y un velo largo. Caroline en la playa con un traje de baño azul y los ojos entornados por la luz del sol, con Rose agarrada a su pierna y ella, que era un bebé, en los brazos.

Maggie pasó las páginas cada vez más rápido, observando cómo su madre cumplía años y sabiendo que dejaría de haber fotos, que su madre nunca rebasó la treintena, que en ese mundo Rose y ella quedarían para siempre congeladas en la infancia. *No es difícil ser un maestro del arte de perder*. Su abuela la miraba fijamente con los ojos llenos de esperanza. «No —dijo Maggie para sí—. Me niego.» No podía soportarlo. No quería ser la esperanza de nadie. No quería reemplazar a la hija fallecida de nadie. No quería nada, pensó con firmeza, nada, nada en absoluto excepto un poco de dinero y un billete de avión para largarse de allí. No quería ver a su abuela sólo como un medio para conseguir un fin, un monedero y una triste historia. No quería sentir lástima por ella, y lo que por todos los diablos no quería era compadecerse de otra persona.

Cerró el álbum con un chasquido y se frotó las manos contra los *shorts* como si estuviesen sucias.

—Me voy a dar una vuelta —anunció mientras pasaba por el lado de Ella en dirección a la habitación para coger el traje de baño de señora mayor que había encontrado en el armario del cuarto del fondo, su toalla, su protector solar y una libreta vacía, y se precipitó a la puerta.

—Maggie, espera —suplicó Ella. Pero Maggie no se detuvo—. ¡Maggie, por favor! —gritó Ella, pero Maggie ya se había ido.

Maggie atravesó Golden Acres, pasó de largo Crestwood, Farmington y Lawndale, pasó de largo todas las calles con nombres inventados y que sonaban a pueblos ingleses, y los edificios, idénticos unos a otros. «Véngate de ella», dijo para sí.

La gente estaba en deuda con ella: todos aquellos que se habían burlado de ella en secundaria, todos los que la habían menospreciado, los que se habían confabulado para que fuese invisible y se mantuviese oculta. ¡Por Dios! Tenía casi treinta años y ningún papel de actriz en su haber, y lo más cerca que había estado de Beverly Hill 90210 era cuando había visto reposiciones en televisión de esa serie.

«Véngate», pensó. Llegó a la piscina, desierta a excepción de unos cuantos viejos que tomaban el sol, leían y jugaban tranquilamente a cartas. Maggie se puso en el lavabo el bañador de señora, después arrastró una de las tumbonas hasta donde le daba el sol completamente, extendió la toalla encima, se tumbó sobre ella y se quedó mirando la libreta. ¿Cuánto dinero necesitaría para irse de allí? Quinientos dólares para el avión, anotó. Otros dos mil para la fianza de un alquiler, el alquiler del primer y último mes. Eso era más de lo que tenía ahorrado. Maggie gruñó, arrancó la hoja, la estrujó y la puso en el suelo, junto a la silla.

—¡Eh! —exclamó un anciano que llevaba la camisa desabrochada, dejando al descubierto un pecho de espeso vello blanco que parecía una alfombra de baño—. ¡Nada de tirar cosas al suelo!

Maggie lo miró indignada, se metió el papel arrugado debajo de los *shorts* y siguió escribiendo.

—Fotos de estudio —anotó. ¿Cuánto costarían?

—¡Jovencita! —gritó una voz desconocida—. ¡Oh, jovencita!

Maggie alzó la vista. Esta vez era una anciana con un gorro de baño ribeteado de rosa.

—Lamento molestarte —se excusó mientras se aproximaba a Maggie. La carne flácida de sus muslos y brazos bamboleaba con cada paso—, pero si no te pones protección te quemarás.

En silencio, Maggie agitó su tubo de Bain de Soleil para que la mujer lo viera, pero ésta no parecía nada convencida. ¿Y soñaba, o el resto de viejos caminaba hacia ella, acercando las sillas centímetro a centímetro cada vez que cerraba los ojos, como una especie de *El amanecer de los muertos*, pero con ancianos?

—Sí, sí, ya la veo —aseguró la mujer—. Factor quince, está bien, muy bien, aunque el treinta estaría mejor, o incluso el cuarenta y cinco, y debería ser resistente al agua, en realidad... —Hizo un alto, esperando una respuesta. Pero Maggie la ignoró. La mujer siguió hablando—. Y me he fijado en que no te has puesto crema en la espalda. ¿Quieres que te ayude? —inquirió, inclinándose hacia Maggie. La idea de que un carcamal desconocido la tocara hizo que Maggie diera un respingo, cabeceara y dijera:

—No, gracias, no se preocupe.

—Bueno, si me necesitas —repuso la mujer alegremente mientras andaba hacia su silla bamboleándose— estaré aquí. Mi nombre es Dora —dijo en respuesta a la pregunta que Maggie no había formulado—. ¿Tú cómo te llamas, querida?

Maggie suspiró.

—Maggie —contestó, pensando que sería demasiado difícil recordar un nombre falso. «Vuelvo a ser Maggie», dijo para sí con pesar y se centró de nuevo en su libreta, subrayando las palabras «fotos de estudio». Le explicaría a su abuela lo que eran y por qué las necesitaba, cuánto deseaba ser actriz, cómo siempre había deseado convertirse en actriz, y cómo, sin el amor de una madre que hiciese esos sueños realidad, se había visto forzada a confiar en su ingenio y su suerte, sólo que ahora...

—¡Perdona!

«¡Oh, por Dios!», pensó Maggie, que, con los ojos entornados por los rayos del sol, miró en dirección a unos tipos de edad vestidos con *shorts*, sandalias y calcetines.

—Queremos que nos ayudes a resolver una discusión —empezó diciendo el líder de ambos. Era alto, delgado, calvo y su piel bronceada era de color salmón.

—Estoy un poco ocupada —objetó Maggie, que señaló su libreta con la esperanza de que así la dejaran en paz.

—No molestes a la chica, Jack —intervino el otro hombre; era bajo, gordo como un tonel, llevaba un casquete blanco y unos abominables *shorts* de cuadros rojos y negros.

—Es una pregunta muy rápida —insistió el hombre que probablemente se llamaba Jack—. Me preguntaba, bueno, estábamos hablando de... —Maggie lo miró fijamente con impaciencia—. Es que tu cara nos suena —declaró—. ¿Eres actriz?

Maggie se sacudió el pelo y les regaló a esos tipos su mejor sonrisa.

—He salido en un vídeo musical —explicó—. Con Will Smith.

El hombre alto la miró con los ojos muy abiertos.

—¿En serio? ¿Y lo conociste?

—Bueno, no exactamente —reconoció Maggie, que se apoyó en los codos—. Pero lo vi a la hora de comer. Durante el refrigerio matutino —matizó utilizando la terminología que había escuchado y agitando sus rizos cobrizos. Y, de repente, se encontró rodeada de cuatro ancianos, Jack y su amigo, Dora, la cotorra, y el tipo que le había gritado por lo del papel en el suelo. Maggie vio manchas en la piel y protectores solares, shorts con olor a naftalina, arrugas, barbas y peluquines que salían volando.

—¡Dios mío! ¡Una actriz! —dijo Jack sorprendido.

—¡Guau! —exclamó el hombre tonel.

—¿De quién eres nieta? —farfulló Dora, que había vuelto a aparecer—. ¡Oh! Tus abuelos deben de estar muy orgullosos de ti.

—¿Vives en Hollywood?

—¿Tienes representante?

—¿Te dolió cuando te hiciste ese tatuaje? —preguntó con voz ronca el amigo de Jack.

Dora le lanzó una mirada de reprobación.

—Herman, ¿a quién le importa eso?

—A mí —respondió Herman con agresividad.

Jack golpeteó la silla de Maggie con impaciencia y le dijo lo que para Maggie fueron las palabras mágicas:

—Cuéntanos tu historia —pidió—. Queremos saberlo todo.

46

Simon dejó el maletín en el suelo de la casa de Rose y abrió los brazos.

—¡Novia electa! —gritó. Había leído el término por casualidad en un diario de una ciudad pequeña cuando había viajado al centro de Pensilvania para un acto de conciliación y desde entonces llamaba así a Rose.

—¡Un segundo! —repuso Rose desde la cocina, donde estaba sentada en una silla hojeando los prospectos de tres empresas de *catering* distintas que habían llegado ese día por correo. Simon la rodeó con los brazos—. ¿Te importa mucho lo de las costillas de cabrito? —le susurró al cuello—. Porque debo decirte que son caras.

—Olvídate del dinero —comentó Simon con solemnidad—. Tenemos que celebrar nuestro amor con gran pompa y ceremonia, y con costillas de cabrito.

Rose puso delante de él una caja envuelta.

—Esto ha llegado hoy y no he logrado saber qué es.

—¡Pues un regalo de compromiso! —exclamó Simon frotándose las manos y leyendo la dirección del remitente—. ¡Es de tía Melissa y tío Steve! —Abrió la caja y contemplaron juntos el regalo que había en el interior. Al cabo de un minuto, Simon miró a Rose y se aclaró la garganta—. Creo que es para colocar una vela.

Rose extrajo el bloque de cristal de su envoltorio de papel de seda y lo sostuvo debajo de la luz.

—No hay vela.

—No, pero hay un agujero para ponerla —dijo Simon, que señaló la hendidura poco profunda que había en uno de sus lados.

—No creo que sea suficientemente hondo para una vela —objetó Rose—. Y, si fuese un candelero, ¿no lo habrían enviado con una vela para que lo supiésemos?

—Tiene que ser un candelero —aseguró Simon sin convicción—. ¿Qué más podría ser?

Rose clavó de nuevo los ojos en el bloque de cristal.

—¿Un recipiente para servir?

—Pero para alimentos muy pequeños —dijo Simon.

—No, no, por ejemplo, para nueces o bombones.

—En este agujero no caben ni nueces ni bombones.

—Pero, en cambio, ¿una vela sí?

Se miraron el uno al otro unos instantes. Luego Simon cogió una tarjeta de agradecimiento y empezó a escribir: «Queridos tía Melissa y tío Steve: Gracias por vuestro precioso regalo. Quedará...». Simon se detuvo y miró al techo.

—¿Precioso?

—Lo acabas de poner —puntualizó Rose.

—¡Maravilloso! —rectificó Simon—. Quedará maravilloso en nuestra casa, y en años venideros nos permitirá pasar horas contemplándolo mientras intentamos averiguar qué narices es. Gracias por acordaros de nosotros. Esperamos veros pronto. —Simon firmó sus nombres, cerró la estilográfica y se volvió a Rose con una sonrisa—. ¡Ya está!

—No habrás escrito eso, ¿verdad? —le preguntó Rose.

—Claro que no —contestó Simon—. ¿Cuántas quedan por escribir?

Rose consultó la lista.

—Cincuenta y una.

—¿Me tomas el pelo?

—La culpa es tuya —le acusó Rose— y sólo tuya.

—Yo no tengo la culpa de que mi familia nos haga regalos...

—Ni yo de que la mía no sea ridículamente enorme...

Simon se levantó, rodeó a Rose por la cintura y resopló contra su cuello.

—Retíralo —ordenó.

—¡Ridículamente enorme!

—Retíralo —le dijo al oído— o te obligaré a hacer todo lo que te mande.

Rose se revolvió para mirarlo.

—¡No pienso escribir sola todas las tarjetas de agradecimiento! —exclamó jadeando.

Simon la atrajo hacia sí y la besó mientras le acariciaba el pelo.

—Las tarjetas pueden esperar —dijo.

Más tarde, tumbada en la cama, abrigada y desnuda debajo del edredón de plumas, Rose se puso de lado y, finalmente, empezó a hablar de aquello que se había reservado desde el momento en que él había llegado a casa.

—Tengo que contarte una cosa —comentó—. Hoy ha llamado mi padre. Es sobre Maggie.

Simon se mostró indiferente.

—¿Y? —se interesó.

Rose se puso boca arriba y miró al techo.

—Ha dado señales de vida —declaró—. Lo único que mi padre me ha dicho por teléfono es que está bien. Me ha dicho que quiere verme. Para contarme el resto.

—Muy bien —afirmó Simon.

Rose cerró los ojos y sacudió la cabeza.

—No estoy segura de querer saber el resto. Sea lo que sea. Simplemente no... —Su voz se apagó—. Lo que ocurre con Maggie es que es terrible.

—¿Por qué dices eso? —inquirió Simon.

—Porque es... no sé, es que... —Rose hizo una mueca de disgusto. ¿Cómo se suponía que tenía que hablarle de su hermana al hombre que amaba? Su hermana, que robaba dinero, robaba zapatos e incluso novios, y que después desaparecía durante meses?—. Hazme caso. Es un desastre. Tiene problemas de aprendizaje... —Y entonces hizo una pausa. En realidad, los problemas de aprendizaje no eran más que la punta del iceberg. ¿Y no era típico de su hermana reaparecer justo cuando Rose se comprometía, cuando había la posibilidad de que, para variar, fuese ella el centro de atención?—. Arruinará nuestra boda.

—Creía que era Sydelle la que iba a arruinarla —repuso Simon.

Rose sonrió sin ganas.

—Bueno, Maggie la arruinará aún más. «¡Dios!, dijo para sí. Las cosas habían estado tan tranquilas desde que Maggie se había ido a Dios sabe dónde. No había cobradores que interrumpieran el silencio matutino con sus llamadas, ni ex novios o novios potenciales que la despertaran a ella y a Simon. Las cosas se quedaban donde ella las dejaba. No desaparecían sus zapatos, ni su ropa, ni su dinero. El coche lo encontraba donde lo había estacionado». —Te diré algo —continuó Rose—, no quiero que sea dama de honor. Tendrá suerte si la invito.

—De acuerdo —convino Simon.

—Tendrá suerte si le doy de cenar —añadió Rose.

—Doble ración para mí —bromeó Simon.

Rose miró al techo un rato más.

—Sigo creyendo que la cosa ésa de cristal es para servir comida.

—Pues ya he cerrado el sobre con saliva —repuso Simon—. Así que déjalo estar.

—¡Pfff...! —exclamó Rose. Cerró los ojos y deseó tener una familia normal como la de Simon. Y no una madre fallecida, una hermana pequeña que no acababa de esfumarse, y un padre que reservaba casi toda su pasión para los informes de bolsa matutinos, y desde luego no una Sydelle. Apoyó la cara unos instantes en la fresca funda de algodón de su almohada, y entonces se levantó, fue al salón y cogió una tarjeta de agradecimiento; una tarjeta de grueso papel de color crema en el que estaban sus nombres, *Rose* y *Simon,* a ambos lados de una ese gigante, de *Stein,* que no iba a ser el apellido de Rose. Pero a pesar de haberle aclarado eso a su monstruastra, Sydelle había seguido adelante y había encargado tarjetas de agradecimiento con el monograma, que daban a entender que Rose, le gustase o no, iba a ser Rose Stein.

«Querida Maggie —pensó Rose—. ¿Cómo pudiste hacerme lo que me hiciste? ¿Cuándo vas a volver a casa?»

47

Ella anduvo hasta la valla que rodeaba la piscina y presionó la cara contra ella.

—Ahí —dijo, dotando a esa sola palabra de toda la tristeza y decepción que sentía—, ahí está.

Lewis se puso a su lado, y la señora Lefkowitz se acercó como un rayo con su nueva sillita motorizada. Juntos, los tres permanecieron frente a la valla, mirando a través de los agujeros con forma de diamante. Mirando a Maggie.

Su nieta estaba echada en una tumbona al lado de la zona profunda de la piscina, resplandeciente con un nuevo bikini rosa y una cadena de plata, delgada como un pelo, que colgaba de su ombligo. Su piel brillaba por la crema bronceadora. Llevaba el pelo recogido encima de la cabeza, aunque le colgaban algunos rizos, y los ojos escondidos detrás de unas pequeñas y redondas gafas de sol. Y a su alrededor había cuatro personas: una señora mayor con un descolorido gorro de baño rosa de goma, y tres ancianos con *shorts*. Mientras Ella observaba, uno de los hombres se inclinó hacia delante, hacia Maggie, como si estuviese haciéndole una pregunta. Su nieta se apoyó en un codo, con aspecto meditabundo. Al mover los labios, su público estalló en risas.

—¡Vaya! —comentó Lewis—. Parece que ha hecho nuevas amistades.

A Ella se le heló el corazón en tanto que Maggie continuaba entreteniendo a sus nuevos conocidos: nunca la había visto así de relajada y cómoda; mientras, los principiantes de la clase de aeróbic acuático chapoteaban enérgicamente al ritmo de una mala grabación de la canción *Runaround Sue*. Durante toda la semana —todos los días desde que Ella había intentado hablar con Maggie de su madre— ésa había sido la rutina de su nieta. Maggie regresaba del trabajo, desaparecía en la habitación del fondo, se cambiaba el uniforme de Bagel Bay por el traje de baño y los *shorts*, y venía aquí. «Me voy a nadar», decía. Ella no estaba nunca invitada. Y sabía adónde iría a parar todo esto. Maggie se trasladaría: a un piso, por su cuenta, o quizá con una de sus nuevas amigas, alguna anciana encantadora que le ofreciera todas las ventajas que tenía una abuela sin ninguna oscura complicación o historia dolorosa. ¡Oh!, se lamentó, no era justo. ¡Había esperado tanto tiempo! ¡Había albergado tantas esperanzas! Y ahora tenía que presenciar cómo Maggie se le escapaba de entre las manos.

—¿Qué voy a hacer? —susurró.

La señora Lefkowitz retrocedió la sillita motorizada y condujo a toda velocidad en dirección hacia la entrada a la piscina.

—¡Espere! —gritó Ella—. ¿Adónde va?

La señora Lefkowitz no se volvió, no se detuvo y no contestó. Ella le lanzó una mirada de desesperación a Lewis.

—Iré... —empezó Lewis.

—Será mejor... —dijo Ella.

Ella notaba el pulso en la garganta mientras corría detrás de la señora Lefkowitz, que cruzó la entrada aprisa, directamente hacia Maggie, sin que hubiera indicios de que fuese a aminorar la marcha.

—¡Eh! —protestó uno de los hombres cuando la señora Lefkowitz pasó volando junto a él y chocó contra la mesa en la que había colocada una mano de cartas. Lo ignoró y detuvo la sillita frente a la tumbona de Maggie. Maggie se bajó las gafas de sol y la miró fijamente. Respirando con dificultad, Ella y Lewis se apresuraron detrás de la señora Lefkowitz, y durante unos grotescos instantes aquello le recordó a Ella una docena de *spaghetti westerns* y la escena que había en cada una de ellos, en la que los buenos se enfrentaban con el enemigo en una calle convenientemente desierta o en medio de un corral vacío. Lo único que le faltaba a la escena, pensó, era algunas hojas que pasaran volando junto a la sillita de la señora Lefkowitz. Incluso los que aprendían a nadar habían dejado de chapotear y se habían quedado inmóviles en la parte baja de la piscina, con el agua que goteaba de sus brazos tostados y arrugados, esperando para ver qué sucedería a continuación.

Maggie miró fijamente a la señora Lefkowitz y los nuevos amigos de Maggie observaron a Ella y luego a Lewis, y Ella escudriñó el agrietado cemento que había debajo de sus pies, deseando tener un sombrero de *cowboy* y, aún con más ahínco, un guión. ¿Qué era aquí? ¿De los buenos o de los malos? ¿Era el héroe que había venido a rescatar a la doncella en peligro, o el villano que había venido a atarla a las vías del tren?

El héroe, decidió, justo cuando la señora Lefkowitz avanzó la sillita otro palmo, rozando el extremo de la tumbona de Maggie. A Ella le recordó un cachorro empujando con el hocico una puerta cerrada.

—Maggie, cariño —dijo la señora Lefkowtiz—, necesitaría que me ayudaras a hacer algo.

Maggie arqueó las cejas mientras uno de los ancianos miraba con indignación a la señora Lefkowitz.

—Está cansada —protestó combativo el anciano y agarró su bastón con ambas manos—. Ha tenido un día muy largo. Y justo nos iba a explicar cómo estuvo a punto de trabajar en MTV.

La señora Lefkowitz no se inmutó.

—Adelante, pues, cuéntanoslo.

Maggie miró más allá de la señora Lefkowitz y se dirigió directamente a Ella:

—¿Qué quieres?

Las palabras se agolparon espontáneamente en la boca de Ella y amenazaron con salir. «Quiero que me quieras. Quiero gustarte. Quiero que dejes de huir.»

—Verás... —logró decir.

—Está ocupada —objetó el hombre bajo y rechoncho como un tonel, que se colocó delante de la tumbona de Maggie para protegerla.

—¿Es usted la abuela de Maggie? —inquirió la mujer del gorro rosa—. ¡Oh! Debe de estar muy orgullosa de ella. ¡Es tan guapa y tiene tanto talento!

Maggie se mordió el labio, y el anciano del bastón emitió un desagradable sonido mientras Lewis acercaba un par de sillas al círculo que rodeaba a Maggie, y le indicaba a Ella con un gesto que se sentara.

—¿Así que en MTV? —preguntó la señora Lefkowitz, que asintió con cara de entendida, como si se hubiese inventado el nombre del canal de televisión—. ¿Ibas a entrar en calidad de concursante de uno de sus programas?

—No, de presentadora —musitó Maggie.

—¡Como Carson Daly! —exclamó la señora Lefkowitz, que puso las manos sobre su deformada cadera y levantó los ojos, ocultos por sus gafas de sol de cristales cuadrados, hacia el sol—. ¡Qué guapo es!

Los dos grupos formaron un tenso círculo alrededor de la tumbona de Maggie. Ella, Lewis y la señora Lefkowitz estaban en un lado, y los nuevos amigos de Maggie en el otro. Maggie miró con detenimiento a un grupo y después miró al otro. Entonces se encogió de hombros, de manera casi imperceptible, metió la mano en la mochila y extrajo una libreta. Ella sintió que se relajaba un poco. Esto no era exactamente un logro, pero al menos Maggie no había huido ni les había pedido que se marcharan.

—Usted es Jack, ¿verdad? —le preguntó Lewis al hombre del bastón. El hombre, Jack, soltó un gruñido en señal de afirmación. Lewis le ofreció la mano. La mujer parlanchina empezó a hacerle un interrogatorio a la señora Lefkowitz acerca de su sillita motorizada. Los otros dos hombres reanudaron su juego de cartas. Ella cerró los ojos, respiró tranquilamente y rezó.

En su tumbona, Maggie también tenía los ojos cerrados, pensaba en lo que haría y en cómo enderezar las cosas, aunque una parte de ella se rebelaba porque arreglar las cosas no era su cometido. En Florida nadie la conocía. Aquí nadie sabía cómo había echado a perder su vida. Nadie conocía a Rose, ni sabía que era su hermana la que se ocupaba de todo, como tampoco sabían que Maggie era siempre la que necesitaba ayuda, que la sacaran de apuros o que le solucionaran las cosas. Tenía trabajo, alojamiento y gente que se preocupaba por ella. Había llegado el momento de empezar a enmendar el daño ocasionado, de empezar con la persona a la que más daño había hecho: Rose.

Apretó los ojos con fuerza. Tenía miedo, una parte de ella quería levantarse y salir corriendo por la valla, sentarse al volante del gran coche de Lewis e irse a algún sitio donde nadie la conociera, donde nadie supiese quién era, qué había hecho o de dónde venía. Pero ya había huido a Princeton y después hasta aquí. No quería seguir huyendo.

En la parte baja de la piscina los principiantes habían empezado los estiramientos. Su abuela, que estaba sentada en la silla de al lado, se aclaró la garganta.

—Supongo que echarás de menos estar con gente de tu edad —comentó Ella—. Tiene que ser difícil ser la única persona joven de aquí.

—Estoy bien —repuso Maggie.

—Está bien —refunfuñó Jack.

Maggie abrió los ojos y luego la libreta. «Querida Rose», escribió. Ella miró el papel, pero enseguida apartó la vista. Dora, la mujer del gorro de baño rosa, no fue tan discreta.

—¿Quién es Rose? —inquirió.

—Mi hermana —contestó Maggie.

—¿Tienes una hermana? ¿Cómo es? —Jack dejó las cartas y Herman su revista *Mother Jones*—. ¡Tiene una hermana!

—Es abogada en Filadelfia —explicó Ella, que no dijo nada más y miró a Maggie pidiendo ayuda. Maggie la ignoró, cerró su libreta, se puso de pie, dejó atrás al grupo de ancianos y se aproximó al borde de la piscina para introducir las piernas en el agua.

—¿Está casada? —quiso saber Dora.

—¿Qué especialidad del derecho ejerce? —preguntó Jack—. Por casualidad no hará testamentos, ¿verdad?

—¿Vendrá a verte? —inquirió Herman—. ¿Se parece a ti? ¿Lleva tatuajes?

—No está casada —explicó Maggie—. Tiene un novio... «O por lo menos lo tenía hasta que yo lo estropeé todo.» Maggie clavó los ojos con tristeza en el fondo clorado de la parte honda de la piscina.

—¡Cuéntanos más cosas! —pidió Dora.

—¿Lleva algún *piercing*? —preguntó Herman.

Maggie sonrió y sacudió la cabeza.

—No se parece a mí. Bueno, tal vez un poco. Tenemos los ojos y el pelo del mismo color, pero ella es mayor que yo. Y tampoco lleva tatuajes. Es muy tradicional. Siempre lleva el pelo recogido.

—¡Como tú! —intervino Ella.

Maggie quiso protestar, pero al tocarse la cola de caballo cayó en la cuenta de que era verdad. Se metió de un salto en el agua, se puso boca arriba y flotó.

—Rose puede ser divertida —explicó. Ella se apresuró al borde de la piscina para escuchar. Los demás amigos de la piscina de Maggie la siguieron, dándose codazos para coger los mejores sitios a lo largo del borde de la parte profunda—. Y algunas veces cruel. Cuando éramos pequeñas compartíamos habitación. Dormíamos en camas separadas, y entre medio había un espacio, y ella se echaba a leer en su cama, y yo solía saltar por encima de ella. —Maggie empezó a sonreír mientras recordaba—. Ella estaba echada y yo saltaba de una cama a otra y le decía: «¡El veloz zorro gris saltó sobre el perro holgazán!»

—Así que tú eras el zorro veloz —dijo Ella.

Maggie le dirigió una mirada de obviedad que rápidamente imitaron Jack, Dora y Herman.

—Saltaba hasta que me pegaba —siguió hablando.

—¿Te pegaba? —preguntó Ella.

—Yo saltaba de una cama a la otra y veía que ella se ponía realmente nerviosa, pero no paraba hasta que estiraba el brazo en el aire y me enviaba abajo. —Maggie asintió y salió del agua, era extraño, pero el recuerdo de su hermana pegándole e interrumpiendo su salto parecía que la alegraba.

—Cuéntanos más cosas de Rose —pidió Dora mientras Jack le pasaba una toalla y su tubo de Bain de Soleil.

—No le preocupa mucho su aspecto ni la ropa —continuó Maggie, que se volvió a repantigarse en la tumbona mientras recordaba cómo Rose se miraba de soslayo en el espejo, o se ponía un pegote de máscara de pestañas en los ojos para salir luego por la puerta con dos medias lunas negras en las mejillas.

—¡Oh! Me encantaría conocerla —confesó Dora.

—¿Por qué no la invitas a venir? —sugirió Jack, lanzándole una mirada a Ella—. Estoy convencido de que a tu abuela le encantaría teneros a las dos juntas.

Maggie sabía que Jack tenía razón. A Ella le encantaría conocer a Rose. ¿A qué abuela no? Una nieta inteligente, licenciada en derecho y con éxito. Pero Maggie no estaba segura de estar preparada para volver a ver a Rose, aunque Rose tuviese intención de perdonarla. Desde que se marchó de Filadelfia aquella horrible noche, las cosas le iban mejor que nunca. Por primera vez en su vida su hermana no le hacía sombra, no era la segunda hermana, la que no era tan lista, la que no tenía tanto éxito, la que, simplemente, era guapa en una época en que daba la impresión de que la belleza importaba cada día menos. Corinne y Charles no habían sabido nada de su historia, de sus luchas, de sus clases de recuperación, de todos los trabajos que había dejado o de los que la habían despedido, de las amigas que había tenido. Dora, Jack y Herman no la consideraban estúpida o despreciable. Les caía bien. La admiraban. La escuchaban. Y si Rose aparecía, lo estropearía todo. «¿En una panadería?», preguntaría en un tono que daría a entender que una panadería era lo máximo a lo que Maggie podía aspirar; una panadería, una habitación de invitados, un coche prestado y la amabilidad de unos desconocidos.

Maggie abrió de nuevo su libreta. «Querida Rose», escribió una vez más, y se detuvo. No sabía cómo hacer esto, cómo continuar la carta.

«Soy Maggie, por si no has reconocido mi letra —escribió—. Estoy en Florida con nuestra abuela. Se llama Ella Hirsch y la...» ¡Uf! ¡Qué difícil era esto! Había una palabra para lo que quería decir. Casi la tenía, la tenía prácticamente en la punta de la lengua, y esa sensación le aceleró el pulso, al igual que le sucediera en las clases de Princeton cuando, sentada en la última fila, tenía las respuestas adecuadas esperando para brotar de su boca.

—¿Cómo se dice cuando una persona quiere estar con otra, pero no están juntas debido a alguna pelea o algo? —inquirió.

—¿En yiddish? —preguntó Jack.

—¿A quién quieres que escriba en yiddish? —replicó Herman, devolviendo su atención a *Mother Jones*.

—No, en yiddish no —respondió Maggie—. Necesito saber cómo se llama cuando hay dos familiares o dos personas, pero otros miembros de la familia están enfadados por lo que sea y entonces esos dos familiares no llegan a conocerse.

—Apartar —contestó Lewis. Jack lo miró airadamente, pero, al parecer, Maggie no se dio cuenta.

—Gracias —dijo.

—Me alegro de ser útil en mi vejez dorada —comentó Lewis.

«Se llama Ella Hirsch y la apartaron de nosotras», escribió Maggie, y clavó los ojos en la página. Ahora venía lo más difícil... pero lo había practicado en Princeton; allí había trabajado con las palabras, eligiendo las mejores del mismo modo en que un cocinero meticuloso elige las mejores manzanas de la cesta, el pollo más grande de la carnicería.

«Siento lo que pasó el invierno pasado —escribió, decidiendo que, problabemente, ésta era la mejor manera de enfocarlo: de frente, dando la cara—. Siento haberte hecho daño. Quiero...» Y volvió a hacer una pausa, consciente de que todos la observaban, como si fuese una extraña criatura acuática recién traída para vivir en cautividad, algún animal del zoo que acababa de aprender a hacer algo gracioso.

—¿Cómo se dice cuando uno quiere enderezar alguna cosa?

—*Reconciliarse* —contestó Ella en voz baja, y la deletreó, y Maggie la escribió dos veces para asegurarse de que la anotaba bien.

48

—Muy bien —dijo Rose mientras se sentaba en el asiento del pasajero de su coche—, muy bien, ¿o sea que juras y afirmas so pena de perjurio, como recoge el Código de Pensilvania, que en esta boda no habrá nadie de Lewis, Dommel, and Fenick? —Esta información era importante. Había hablado de muchas cosas con Simon (su madre fallecida, su hermana desaparecida, su abominable madrastra), pero nunca había mencionado el tema de Jim Danvers. Y Rose estaba decidida a no hacerlo en la boda de dos compañeros de clase de Simon de la Escuela de Derecho pocos meses antes de su propio enlace matrimonial.

—Que yo sepa, no —contestó Simon, ajustándose la corbata y poniendo el coche en marcha.

—Que tú sepas, no —repitió Rose. Bajó la visera, se examinó el maquillaje frente al espejo y empezó a extender con la mano el pegote de corrector que llevaba debajo del ojo derecho—. Entonces tendré que estar atenta por si veo algún monopatín.

—¿No te lo he contado? —replicó Simon con ingenuidad—. Don Dommel se cayó del monopatín, se golpeó la cabeza en la barandilla y vio las estrellas. Nada de deportes de riesgo. Ahora le ha dado por la meditación. Hay clases de yoga todos los días a la hora de comer. El despacho entero huele a incienso, y las secretarias tienen que saludar con la palabra yoga *Namasté* cuando cogen el teléfono.

—¿Qué? —se extrañó Rose.

—Rose —dijo Simon—, que vamos a una boda, no a un combate. Tranquilízate.

Rose empezó a revolver el bolso en busca de su pintalabios, pensando que para Simon era muy fácil decir eso. Él no tenía que explicarse. Ahora entendía por qué Maggie había estado tan a la defensiva. Moverse por el mundo con un título —médico, abogado, universitario— era como ir blindado. Pero tratar todo el rato de encontrar la manera de explicarle a la gente quién era uno —lo que, en realidad, equivalía a decirles a qué se dedicaba uno—, resultaba difícil, si no se encajaba en ninguna de las casillas en las que el mundo estaba perfectamente dividido. «Bueno, soy aspirante a actriz, pero en este momento trabajo de camarera», o «Era abogada, pero llevo diez meses paseando perros».

—Todo irá bien —le aseguró Simon—. Sólo tienes que alegrarte por mis amigos, beber champán y bailar conmigo...

—No me habías comentado lo de bailar —dijo Rose, que se miró los pies desconsoladamente, ahora apretujados en el primer par de zapatos de tacón alto que se ponía desde que abandonó su vida en el bufete. «Ánimo —dijo para sí—. ¡Seguro que lo pasaremos bien!» Tragó saliva. Seguro que iba a ser horrible. No se le daban bien los grandes acontecimientos; ésa era una de las razones por las que su propia boda le inspiraba cierto temor. Tenía demasiados recuerdos de fiestas *bar y bat mitzvah,* de tardes como ésta en sinagogas y salas de baile de clubes campestres, donde siempre se había sentido la chica más alta y más fea, y de cómo se quedaba en un rincón cerca del hígado troceado y los hojaldres de perritos calientes en miniatura, pensando que si nadie la veía, no le dolería que nadie la sacara a bailar, y allí pasaba horas sola, comiendo y viendo cómo Maggie ganaba el concurso de limbo.

Dieciocho años después y prometida, y aquí estaba otra vez, pensó, entrando detrás de Simon en la iglesia, con sus puertas adornadas con guirnaldas gigantes de lilas y lazos blancos de satén. Sólo que en lugar de hígado troceado y minihojaldres habría *crudités* y champán, y no estaría su hermana bailando limbo para distraerla.

Rose cogió un programa de los cánticos.

—¿La novia se llama Penélope?

—En realidad la llamamos Lopey —matizó Simon.

—De acuerdo, Lopey.

—Te presentaré a algunos colegas —anunció Simon. Y enseguida Rose conoció a James y a Aidan, y a Leslie y a Heather. James y Aidan también habían sido compañeros de universidad de Simon. Leslie trabajaba en publicidad; Heather estaba en el departamento de compras de Macy's. Ambas eran menudas y llevaban vestidos tubo de lino (el de Heather era de color crema y el de Leslie, amarillo), y un chal de cachemir colocado con soltura sobre los hombros. Rose echó un vistazo a su alrededor y la desesperación se apoderó de ella al percatarse de que todas las mujeres —¡todas y cada una de ellas!— llevaban un vestido de corte sencillo, un chal y unas pequeñas y exquisitas sandalias; y aquí estaba ella, con un vestido inapropiado, un color inapropiado, con zapatos de salón y no con sandalias, con un collar de grandes cuentas en lugar de perlas y, probablemente, su pelo era una maraña de rizos que se habían soltado de las peinetas de colores que se había puesto hacía una hora. Mierda. Maggie habría sabido cómo tenía que vestirse, se lamentó Rose. ¿Dónde estaba su hermana cuando la necesitaba?

—¿A qué te dedicas? —inquirió Heather. O tal vez fuese Leslie. Las dos eran rubias; pero una de ellas llevaba el pelo hasta los hombros con las puntas peinadas hacia dentro, y la otra lo llevaba elegantemente sujeto en un moño a la altura de la nuca; y las dos tenían un tipo de piel translúcida, resultado de una excelente cuna y una exposición regular al aire que había en los probadores de Talbot.

Rose jugueteó con su collar de cuentas, preguntándose si podría esconderlo en el bolso durante la ceremonia sin que nadie se fijase.

—Soy abogada.

—¡Oh! —exclamó Leslie o quizá fuera Heather—. Entonces ¿trabajas con Simon?

—Pues... en realidad... —Rose le lanzó a Simon una mirada de socorro, pero él estaba enzarzado en una conversación con los chicos. Se enjugó la frente y al hacerlo cayó en la cuenta de que a lo mejor acababa de estropearse el maquillaje—. Estuve en Lewis, Dommel, and Fenick, pero digamos que ahora mismo me he tomado un descanso.

—¡Oh! —exclamó Leslie.

—Eso está bien —afirmó Heather—. Y te casas dentro de poco, ¿verdad?

—¡Sí! —convino Rose, que gritó demasiado y agarró a Simon del antebrazo, asegurándose de que el anillo de compromiso estuviese centrado y a la vista, por si acaso pensaban que mentía.

—Yo cogí tres meses de baja para organizar mi boda —explicó Heather—. Aún recuerdo aquella época. Todos los preparativos... los menús, las flores...

—Yo hice media jornada —intervino Leslie—. Naturalmente, la Junior League me mantenía muy ocupada, pero me dediqué sobre todo a la boda.

—¿Me perdonáis un segundo? —musitó Rose, consciente de que en cualquier momento empezarían a hablar de los vestidos de novia y ella se vería obligada a confesar la verdad, que no había ido a ver más vestidos desde aquella desastrosa tarde con Amy. «Sin vestido, sin trabajo —dirían sus miradas—, y tampoco eres socia de la Junior League. ¿Qué clase de novia eres?»

Rose se apresuró por el pasillo, cruzó el atrio y salió al sendero pavimentado, donde había un hombre alto y trajeado, de pie, como si la estuviese esperando. Rose se detuvo y clavó la vista en su camisa blanca y almidonada, su corbata estampada de color rojo y dorado, su mandíbula de ángulo recto, su piel bronceada y sus brillantes ojos azules. Jim Danvers.

—Hola, Rose —saludó.

Estaba exactamente igual. Pero ¿qué esperaba? ¿Que se marchitase y se muriese sin ella? ¿Que se quedase calvo, que le saliese acné y pelo en las orejas?

Rose hizo un gesto de asentimiento con la esperanza de que él no viese cómo le temblaban las piernas y las manos, que incluso en el cuello sentía también temblores. Pensándolo bien, Rose se fijó en que sí tenía pelo en las orejas. No mucho, la verdad, no la desagradable cantidad de pelo tieso que había visto en las orejas de otros hombres, pero aun así... tenía pelo. Pelo en las orejas. La irrefutable prueba de que no era perfecto. Claro que el hecho de que se hubiese acostado con su hermana también podía interpretarse como una prueba de su falta de perfección; sin embargo, que tuviese pelo en las orejas resultaba reconfortante.

—¿Qué te trae por aquí? —preguntó Jim. Su voz era más aguda de lo que ella recordaba. ¿Era posible que Jim Danvers estuviese nervioso?

Rose se sacudió el pelo.

—¡Oh! Mi relación con Lopey se remonta a hace muchos años. Montábamos juntas a caballo y luego cantamos juntas en un grupo *a capella* de la universidad. Formábamos parte del mismo club de estudiantes, salimos juntas con nuestros novios...

Jim cabeceó.

—Lopey es vegetariana, y me parece que cree que montar a caballo es un abuso. Además, en la universidad era una lesbiana como la copa de un pino, así que, si salisteis con vuestras parejas, debían de ser únicamente mujeres.

—¡Vaya, me habré confundido con el novio! —exclamó Rose.

Jim soltó una carcajada forzada.

—Rose —empezó—, tenía la intención de hablar contigo.

—¡Qué suerte tengo! —repuso Rose.

—Te he echado de menos —confesó él.

—¡No me digas! —dijo ella—. Ven, te presentaré a mi prometido.

Los ojos de Jim se abrieron de forma casi imperceptible.

—¿Por qué no paseamos primero? —pidió Jim.

—Me parece que no.

—¡Venga! Hace un día precioso.

Ella sacudió la cabeza.

—Estás guapísima —murmuró él.

Ella se volvió y lo miró indignada.

—Mira, Jim. Te divertiste un buen rato a mi costa, así que ¿por qué no lo dejas ya? Estoy segura de que hay un montón de mujeres a las que impresionarías con tus cualidades.

Ahora Jim parecía afligido.

—Rose, lo siento. Siento haberte hecho daño.

—Te acostaste con mi hermana —replicó ella—. Estoy algo más que dolida.

Jim la cogió de un brazo y la arrastró hasta un banco de madera, se sentó a su lado y la miró seriamente a los ojos.

—Hace tiempo que quiero hablar contigo. La forma en que acabó todo... Lo que hice... —La agarró de las manos—. Quería portarme bien contigo —dijo con dificultad—. Fui débil. Fui un idiota. Tiré por la borda lo que podría haber habido entre nosotros, y durante meses me sentí fatal conmigo mismo...

—Por favor —pidió Rose—, llevo prácticamente toda mi vida sintiéndome mal conmigo misma. No pretenderás darme pena, ¿verdad?

—Quiero arreglar las cosas —declaró—. Quiero compensarte.

—Olvídalo —repuso ella—. Aquello terminó. Mi vida siguió adelante. Ahora estoy prometida...

—Felicidades —celebró Jim con tristeza.

—¡Oh, venga ya! —exclamó Rose—. No me digas que llegaste a pensar que entre tú y yo... que podríamos...

Él parpadeó. ¿Eran lágrimas eso que tenía en los ojos? «Increíble —dijo Rose para sí, que tuvo la sensación de que estaba observando un espécimen en la platina de un microscopio—. Me pregunto si será capaz de llorar siempre que se lo propone.»

Ahora él la cogió de las manos, y ella pudo predecir cada uno de sus movimientos, cada palabra que diría.

—Rose, lo siento —se disculpó, y ella asintió, porque se había imaginado que esto era sólo el principio—. Lo que hice es imperdonable —reconoció— y si hubiese alguna manera de poder compensarte...

Ella negó con la cabeza y se puso de pie.

—No la hay —espetó—. Lamentas lo que pasó. Y yo también. No sólo porque me demostraste qué tipo de hombre eras, sino... —De repente, sintió una opresión en la garganta, como si estuviera intentando tragarse un calcetín—. Porque arruinaste... —«¿Mi vida?», pensó Rose. No, no era cierto. Su vida iba bien, o es probable que fuese bien en cuanto reorientara su carrera; y ahora estaba con Simon, que era tan cariñoso y le producía tanta ternura, y que la hacía reír. El breve y estrepitosamente fallido romance que había tenido con Jim no le parecía más que una lejana pesadilla. No había arruinado su vida, pero había destrozado otra cosa que tal vez no tuviese arreglo—. Por Maggie —admitió al fin.

Y ahora él la conducía de nuevo hacia el banco y le hablaba de su futuro, de lo mal que se había sentido cuando ella se había ido de Lewis, Dommel, and Fenick, y de lo innecesario de aquello —él era un sinvergüenza, sí, lo reconocía, pero al menos era discreto y no le habría pasado nada, si ella hubiese vuelto al despacho—; y ¿qué había sido de su vida? ¿Necesitaba ayuda? Porque él podía ayudarla, era lo mínimo que podía hacer después de lo que había pasado, y...

—¡Basta! ¡Por favor! —suplicó Rose. Los acordes de un cuarteto de cuerda llegaron hasta el jardín y las puertas de la iglesia se cerraron con un chirrido—. Tenemos que entrar.

—Lo siento —insistió él.

—Acepto tus disculpas —aceptó Rose con solemnidad. Y luego, porque Jim parecía tan triste (y porque pese a su hermana ausente, su malvada madrastra y su inexistente carrera profesional, ella era tan feliz) se inclinó hacia él y le dio un suave beso en la mejilla—. No pasa nada —dijo—. Te deseo lo mejor.

—¡Oh, Rose! —gimió él y la abrazó.

Y, de repente, apareció Simon, con los ojos muy abiertos. Estaba atónito.

—Ya ha empezado —anunció en voz baja—. Deberíamos entrar.

Rose lo miró. La cara pálida de Simon estaba aún más pálida que habitualmente.

—Simon —dijo Rose—. ¡Oh, Dios!

—¡Vamos! —ordenó él, en voz baja y fría, y fue con ella hacia la iglesia, donde el cortejo de pajes había comenzado ya a recorrer el pasillo y a esparcir a su paso pétalos de rosa de color melocotón claro.

Simon estuvo toda la ceremonia sentado y en silencio. Estuvo callado durante la cena. Cuando la orquesta empezó a tocar se fue directamente a la barra y se quedó ahí, de pie, bebiendo cerveza, hasta que, por fin, Rose lo convenció de que tenían que hablar, de que tenían que hablar en privado. Simon le abrió la puerta del coche —un gesto que siempre le había parecido encantador, pero que ahora le parecía irónico, incluso cruel.

—Bueno —dijo él—, ¡qué tarde tan interesante! —Miraba al frente y los pómulos de sus pálidas mejillas estaban sonrojados.

—Simon, siento que hayas presenciado eso —comentó Rose.

—¿Sientes que haya sucedido o que yo lo haya visto? —replicó Simon.

—Deja que te lo explique —pidió ella—. Quería contártelo...

—Le has besado —observó Simon.

—Ha sido un beso de despedida —puntualizó Rose.

—¿De despedida de qué? —preguntó Simon—. ¿Qué hay entre vosotros?

Rose suspiró.

—Salimos.

—¿Un socio con una asociada? ¡Menuda osadía! —exclamó Simon.

Rose cerró los ojos con fuerza.

—Lo sé. Fue una auténtica estupidez. Un gran error por parte de ambos.

—¿Y cuándo empezó vuestra asociación?

—¿Nuestra asociación? —repitió Rose—. ¡Simon, que no era una fusión de empresas!

—No, de empresas salta a la vista que no —dijo él—. ¿Por qué no funcionó?

—Infidelidad —respondió Rose en voz baja.

—¿Tuya o suya? —repuso Simon.

—¡Suya! ¡Suya, naturalmente! Venga, Simon, que me conoces mejor que eso. —Rose lo miró. Él la ignoró—. ¿O no?

Simon no dijo nada. Rose miró por la ventana, hacia la mezcla de árboles y edificios, hacia los coches. ¿Cuántas parejas habría discutiendo en otros coches?, se preguntó. ¿Y cuántas mujeres habría explicándose mejor de lo que ella lo hacía?

—Verás, lo importante es que se ha terminado —dijo ella mientras Simon estacionaba el coche delante de su casa—. Se ha acabado completa, total, auténtica y absolutamente, y siento que vieras lo que has visto, pero no significa nada. Créeme, Jim Danvers es lo último que quiero en mi vida. Y eso es lo que le estaba diciendo cuando tú has aparecido.

Simon espiró con fuerza.

—Te creo —aseguró—, pero quiero saber qué pasó. Quiero entenderlo.

—¿Por qué? ¿Te pregunto yo por tus ex novias?

—Esto es distinto.

—¿Por qué? —Rose lo siguió hasta la habitación, donde, por fin, se sacó el collar de cuentas.

—Porque lo que sea que pasó entre vosotros, fue lo bastante malo para que no hayas querido volver a pisar un bufete.

—No son todos los bufetes —protestó Rose—. En realidad, sólo hay uno que me resulte especialmente problemático.

—No cambies de tema. Tienes esta... esta historia, y no sé nada de ella.

—¡Todo el mundo tiene historias! Tú tienes una amiga llamada Lopey, de la que podrías haberme hablado antes...

—¡Pero si no sé nada de tu pasado!

—¿Qué quieres saber? —inquirió ella—. ¿Por qué te importa tanto?

—¡Porque quiero saber quién eres!

Rose sacudió la cabeza.

—Simon, no soy ningún misterio. Tuve una... —Buscó la palabra menos ofensiva—. Una relación con ese tío, que no acabó bien. Que se terminó y ya está.

—¿Cómo acabó? —insistió Simon.

—Hizo algo —contestó Rose—. Hizo algo con alguien... —Tragó saliva.

—Cuando quieras contármelo —dijo Simon con frialdad— estaré encantado de escucharte.

Entró en el cuarto de baño. Rose oyó el portazo y el agua, que corría. Volvió al salón y se agachó para recoger el montón de cartas que ambos habían esquivado al entrar en casa. Facturas, facturas, oferta de tarjeta de crédito, y una carta de verdad con su nombre, con su nombre escrito con una caligrafía grande y enlazada que le resultaba muy familiar.

Rose se sentó con abandono en el sofá. Le temblaban las manos mientras abría el sobre y desplegaba la solitaria hoja de papel de libreta que había en el interior.

Querida Rose —leyó. Las palabras saltaban de la carta—. *Abuela... Lo siento... Florida... Ella... Reconciliarse...*

—¡Oh, Dios mío! —susurró Rose. Se obligó a leerlo todo un par de veces y luego corrió a la habitación. Simon estaba de pie frente a la cama con una toalla atada a la cintura y expresión seria. Sin decir palabra, Rose le dio la carta.

—Mi... abuela —comentó. Se sentía muy extraña pronunciando esa palabra—. Es de Maggie. Está en casa de mi abuela.

Ahora Simon parecía incluso más enfadado.

—¿Tienes una abuela? ¿Ves a qué me refiero, Rose? ¡Ni siquiera sabía que tenías una abuela!

—Yo tampoco lo sabía —contestó Rose—. Quiero decir que supongo que lo sabía, pero no sabía absolutamente nada de ella. —Se sentía como si de pronto la hubiesen sumergido debajo del agua, como si todo fuese raro y lento—. Tengo que... —dijo—. Debería llamarlas. —Se dejó caer en la cama, estaba aturdida. Una abuela. La madre de su madre, quien, evidentemente, no vivía en un extraño geriátrico, como Rose siempre había creído, a menos que en esos sitios también dejaran entrar a vagabundos veinteañeros—. Debería llamarlas. Debería...

Simon la miraba sin pestañear.

—¿De verdad no sabías que tenías una abuela?

—Bueno, no sé, sabía que mi madre venía de algún sitio. Pero pensaba que estaba... No sé. Vieja o enferma. En un geriátrico. Mi padre me dijo que estaba en una residencia de ancianos. —Rose clavó los ojos en la carta, sintió un retortijón de tripas. Su padre le había mentido. ¿Por qué habría mentido sobre algo tan importante como esto?

—¿Dónde está el teléfono? —preguntó, poniéndose de pie de un salto.

—¡Eh! Espera un momento. ¿A quién vas a llamar? ¿Y qué le vas a decir?

Rose dejó el teléfono y cogió las llaves de su coche.

—Tengo que irme.

—¿Irte? ¿Adónde?

Rose lo ignoró, se precipitó a la puerta y avivó el paso hasta el ascensor con el corazón latiéndole mientras corría por la calle hacia el coche.

Veinte minutos después, Rose estaba en el mismo sitio en que había estado con su hermana hacía casi un año, en los escalones de casa de Sydelle, esperando a que le abrieran la puerta. Pulsó el timbre. El perro aulló y, finalmente, las luces se encendieron.

—¿Rose? —Sydelle estaba en la puerta, parpadeando—. ¿Qué haces aquí? —Bajo la deslumbrante luz, el rostro de su madrastra tenía un aspecto un tanto extraño. Rose miró con detenimiento antes de decidir que era por lo mismo de siempre: se había vuelto a retocar los ojos. Le dio a su madrastra la carta de Maggie.

—Explícame esto —exigió.

—No llevo las gafas —replicó Sydelle hábilmente mientras se ajustaba la bata adornada con encaje y fruncía la boca al ver el espacio vacío que había en el camino de entrada a la casa, donde en noviembre pasado Maggie había arrancado un arbusto.

—Pues te lo contaré yo —resolvió Rose—. Es una carta de Maggie. Dice que se ha ido a vivir con mi abuela. Mi abuela, que yo no sabía que aún está en su sano juicio.

—¡Oh! —exclamó Sydelle—. Bueno, mmm...

Rose la miró con fijeza. No recordaba haber visto nunca a su madrastra sin palabras. Pero aquí estaba, perpleja y con la cara incómodamente crispada debajo de su crema y de los puntos.

—Déjame entrar —ordenó Rose.

—¡Por supuesto! —dijo Sydelle con voz rara y temerosa, apartándose.

Rose pasó por su lado andando a zancadas y se quedó al pie de la escalera.

—¡Papá! —gritó.

Sydelle apoyó la mano en el hombro de Rose, pero ésta se la sacudió de encima.

—Esto fue idea tuya, ¿verdad? —preguntó y miró indignada a su madrastra—. «¡Oh, Michael! No necesitan a su abuela, ya me tienen a mí.»

Sydelle retrocedió como si Rose le hubiese pegado una bofetada.

—Las cosas no fueron así —explicó con voz temblorosa—. Nunca fue mi intención sustituir todo... todo lo que habíais perdido.

—¿Ah, no? Entonces, ¿cómo fue? —inquirió Rose. Se sentía como si todas las células de su cuerpo hirviesen hasta estallar de ira, como si fuesen a explotar—. ¡Ilústrame!

Michael Feller se precipitó por la escalera, vestido con unos pantalones de chándal y una camiseta, y limpiándose las gafas con el pañuelo. Su fino pelo flotaba como la niebla sobre su calva cabeza.

—¿Rose? ¿Qué pasa?

—Pues pasa que tengo una abuela, que no está en un geriátrico, pasa que Maggie está en su casa y que nadie creyó que fuese necesario contarme nada de esto —soltó Rose.

—Rose —intervino Sydelle, alargando un brazo hacia ella.

Rose se revolvió.

—No me toques —ordenó. Sydelle reculó.

—¡Ya basta! —exclamó Michael.

—No —replicó Rose. Le temblaban las manos y tenía el rostro encendido—. No, de eso nada. Esto no ha hecho más que empezar. ¿Cómo pudiste? —chilló mientras Sydelle se encogía en una esquina del vestíbulo recién empapelado—. Sé que nunca te hemos caído bien, pero ¡tanto como para esconder a una abuela! Incluso viniendo de ti, Sydelle, ¡te has pasado!

—No fue ella —confesó Michael Feller cogiendo a Rose de los hombros—. No fue idea suya, sino mía.

Rose se quedó boquiabierta.

—Tonterías —dijo—. Tú nunca... —Miró fijamente a su padre, sus acobardados ojos grises y su blanca y alta frente, miró a su padre triste, bueno y con cara de perro abandonado—. Tú no...

—Sentémonos —propuso Michael Feller.

Sydelle le lanzó una mirada a Rose.

—No fui yo —aseguró con voz abatida y débil—. Lo siento... —Su voz se apagó. Rose contempló a su madrastra, que nunca le había parecido menos monstruosa, ni más patética. A pesar de que llevaba el contorno de los labios tatuado y de que tenía la piel tirante, su rostro parecía pequeño y vulnerable. Rose la observó, tratando de recordar si había oído esas palabras alguna vez, si Sydelle se había lamentado de algo alguna vez. Y decidió que, si en alguna ocasión su madrastra le había pedido disculpas, no se acordaba.

—No te imaginas... —Sydelle suspiró—. No te imaginas lo que era vivir en esta casa. No te imaginas lo que era vivir sin hacer nunca bien las cosas. Siendo plato de segunda mesa, sin que nadie me quisiera realmente. Sin acertar nunca.

—¡No sabes cuánto lo siento! —se compadeció Rose en un tono de mofa que podría haber sido de su hermana pequeña.

Sydelle alzó la vista y miró a Rose indignada.

—Nunca os parecía bien lo que hacía —declaró, parpadeando con sus pestañas recién puestas—. Nunca me disteis una oportunidad. Ninguna de las dos.

—Sydelle —intervino Michael con suavidad.

—Adelante —le dijo Sydelle a su marido—, cuéntaselo. Cuéntaselo todo. Es hora de que lo sepa.

Rose miró fijamente a su madrastra y por primera vez vio la vulnerabilidad que se escondía detrás del maquillaje, del Botox, de los consejos de adelgazamiento y los aires de superioridad. Miró y vio a una mujer con sesenta años a sus espaldas, cuyo delgado cuerpo era desgarbado y desagradable, y cuyo rostro se asemejaba a una cruel caricatura, un desafortunado dibujo grabado al agua fuerte de una mujer y no de una cosa real. Miró y percibió la tristeza que Sydelle había sentido todos los días de su vida: un marido todavía enamorado de su primera mujer, un ex marido que la había abandonado, y una hija adulta que había salido del nido.

—Rose —dijo su padre. Rose lo siguió al salón de Sydelle. Los sofás de piel habían sido sustituidos por otros de ante con fundas, pero aún eran de un blanco resplandeciente. Se sentó en un extremo y su padre hizo lo propio en el otro.

—Siento lo de Sydelle —empezó diciendo su padre, que miró en dirección al vestíbulo. Esperaba que entrara, pensó Rose. Estaba esperando que viniese e hiciese el trabajo sucio por él.

—Está pasando un mal momento —le explicó su padre—. Marcia le da muchos quebraderos de cabeza.

Rose se encogió de hombros; no le producían excesiva lástima ni Sydelle ni Mi Marcia, que nunca tuvo mucho tiempo ni demostró mucho interés en sus hermanastras, salvo para asegurarse de que no le tocaran sus cosas mientras estaba en la universidad.

—Ha dejado de ser judía y ahora cree en Jesús —apuntó y apartó la vista.

—¡No lo dirás en serio!

—Bueno, eso es lo que pensamos al principio, que era una broma.

—¡Oh, Dios! —exclamó Rose, suponiendo que para Sydelle, que tenía *mezuzahs** en todas las puertas de la casa, incluidos los cuartos de baño, y que fruncía el entrecejo ante cada Papá Noel que veía por los centros comerciales, tenía que ser un suplicio—. ¿Así que ahora es cristiana?

Su padre sacudió la cabeza.

—El fin de semana pasado fuimos a verla y tenía una gran guirlanda en la puerta.

—¡Caramba! —dijo Rose alegremente.

—Rose —advirtió su padre. Ella levantó los ojos y lo miró con rabia.

—Vale, volvamos al tema que nos ocupa. Mi abuela.

Michael Feller tragó saliva.

—¿Te ha llamado Ella?

—Maggie me ha escrito una carta —le informó Rose—. Dice que vive en casa de esta... de Ella. ¿Qué pasó?

Su padre no dijo nada.

—¿Papá?

—Me avergüenzo de mí mismo —admitió Michael al fin—. Tendría que haberte hablado de esto, de Ella, hace mucho tiempo. —Entrelazó las manos alrededor de sus rodillas y se balanceó hacia delante y hacia atrás, claramente deseando escuchar un informe bursátil anual o al menos tener el *Wall Street Journal* para que le ayudase a sobrellevar esto—. La madre de tu madre —empezó a decir—, Ella Hirsch, se fue a

---

**Mezuzah:* Cajita que contiene un rollo de pergamino con versos del Deuteronomio, que los judíos colocan en el umbral de su casa. *(N. de la T.)*

vivir a Florida hace muchos años. Después de... —Hizo un alto—. Después de que muriera tu madre.

—Nos dijiste que estaba en un hogar para ancianos —espetó Rose.

Michael Feller cerró los puños y los colocó sobre los muslos.

—Y lo estaba —repuso él—, sólo que no en el tipo de hogar que probablemente os imaginasteis.

Rose se quedó mirando a su padre.

—¿Qué quieres decir?

—Que estaba en un hogar, en su hogar. —Tragó con dificultad—. Con Ira, supongo.

—Nos mentiste. —Rose fue categórica.

—Fue una mentira por omisión —precisó su padre. Saltaba a la vista que esta estrategia la había pensado hacía mucho tiempo, que la había ensayado en su cabeza durante años. Michael respiró hondo—. Después de que tu madre... —Su voz se apagó.

—Muriese —completó Rose la frase.

—Eso, muriese —repitió Michael—. Tras su muerte yo me enfadé. Me sentía... —Hizo una pausa y clavó la vista en la mesa de centro de cristal y metal de Sydelle.

—¿Te enfadaste con los padres de mamá? ¿Con Ella?

—Intentaron hablarme de Caroline, pero no quise escuchar. La quería tanto... —Rose dio un respingo al percibir el dolor en la voz de su padre—. La quería tanto. Y estaba indignado con ellos. Cuando la conocí, tu madre tomaba litio. Estaba estable. Pero detestaba los efectos que producía en ella la medicación. Y yo procuré que se la tomara, y Ella, su madre, también, y durante una temporada se encontró bien, pero luego... —Suspiró y se sacó las gafas como si no pudiese soportar su peso sobre la cara—. Vuestra madre os quería. Nos quería a todos. Pero no pudo... —A Michael se le estranguló la voz—. Aunque da igual, porque no cambió lo que yo sentía por ella.

—¿Cómo era mamá? —preguntó Rose.

Su padre parecía sorprendido.

—¿No te acuerdas?

—No es que hicieses precisamente un relicario en casa ni nada por el estilo. —Hizo un gesto con la mano hacia el inmaculado salón de Sydelle (las paredes blancas, la alfombra blanca, la estantería en la que nunca había habido libros, sino sólo objetos de cristal y un marco de 20 x 27 cm con una fotografía de Mi Marcia el día de su boda)—. No hay fotos de ella. Nunca hablabas de mamá.

—Me dolía —confesó Michael—. Me dolía recordar. Me dolía ver su rostro. Y creí que a Maggie y a ti también os dolería.

—No lo sé —titubeó Rose—. ¡Ojalá...! —Se miró los pies sobre la blanca alfombra de fibra—. ¡Ojalá no hubiese sido un secreto!

Michael estaba tranquilo.

—Recuerdo la primera vez que la vi. Empujaba su bicicleta por el campus de la Universidad de Michigan y estaba riéndose, era como el sonido de una campana en mi cabeza. Era lo más bonito que había visto nunca. Llevaba un pañuelo rosa atado al pelo... —La voz de su padre se desvaneció.

Rose podía recordar imágenes, momentos, fragmentos de escenas, una voz dulce y aguda, una mejilla suave que presionaba la suya. «Que tengas dulces sueños, pequeña. Que duermas bien, Honey Bun.» Ya por lo que habían dicho, ya por lo que habían mantenido en secreto, todos habían mentido. Ella le había mentido a su padre sobre Caroline; o más bien le había contado la verdad, pero él no había querido escucharla. Y su padre les había mentido a sus hijas acerca de Ella; o les había explicado una pequeña parte de la verdad, omitiendo el resto.

Rose se levantó, había cerrado las manos. Mentiras, mentiras y más mentiras. ¿Dónde estaba la verdad de todo esto? Su madre estaba loca y luego murió. Su padre se había unido a una bruja malvada a cuyo cuidado le había entregado a sus hijas. Su abuela había desaparecido en una madriguera, y Maggie se había ido a buscarla. Y Rose no se había enterado de nada, de absolutamente nada.

—Lo que hiciste fue librarte de ella. No recuerdo haber visto una sola foto suya ni ninguna de sus cosas en toda mi infancia...

—Era demasiado doloroso —se limitó a decir Michael—. Ya era bastante duro tener que veros a vosotras dos.

—¡Guau! Gracias.

—¡Oh, no! No me refería... —Cogió la mano de Rose, un gesto que la dejó sin habla. Excepto algún que otro beso en la mejilla, no recordaba que su padre la hubiese tocado desde aquel catastrófico día en que, con doce años, menstruó por primera vez y al salir del baño anunció en voz baja que era mujer—. ¡Es que las dos me recordabais tanto a ella! Cada cosa que hacíais... era como tener que recordar a vuestra madre todo el rato.

—Y después te casaste con ella —le reprochó Rose, señalando con la cabeza en dirección al vestíbulo, donde, probablemente, estaba aún su madrastra.

Su padre suspiró.

—Sus intenciones eran buenas.

Rose soltó una estrepitosa carcajada.

—¡Sí, seguro! Es maravillosa. Sólo nos odia a Maggie y a mí.

—Tenía celos —manifestó Michael.

Rose se había quedado sin respiración.

—¿Celos? ¿De qué? ¿De mí? Me tomas el pelo. Pero si Mi Marcia lo hace todo mejor. Y aunque estuviese celosa, era terrible, y tú dejaste que se saliera con la suya.

Su padre parecía abatido.

—Rose...

—Rose, ¿qué?

—Necesito darte algo. Sé que es demasiado tarde, pero aun así...

Subió apresuradamente por la escalera y volvió con una caja de zapatos en las manos.

—Son suyas, de tu abuela —declaró—. Está en Florida —comentó—. Intentó durante muchos años ponerse en contacto conmigo, con vosotras. Pero no le dejé hacerlo. —Metió la mano en la caja, y sacó un sobre arrugado y amarillento en cuyo exterior decía «Señorita Rose Feller»—. Ésta es la última carta que envió.

Rose deslizó los dedos por la solapa, cuya goma, después de quince años, se soltó con facilidad. En el interior había una tarjeta con un *bouquet* de flores en la parte delantera. Las flores eran rosas y moradas, y habían sido espolvoreadas con purpurina dorada que brillaba tenuemente debajo de las yemas de los dedos de Rose. «FELIZ Y BONITO DECIMOSEXTO CUMPLEAÑOS», rezaban las letras plateadas que había encima de las flores. Y en su interior... Rose abrió la tarjeta. Había un billete de veinte dólares y una fotografía, que cayó sobre su regazo. «PARA MI NIETA —ponía con letras oblicuas—. TE DESEO MUCHO AMOR Y TODA LA FELICIDAD EN UN DÍA TAN ESPECIAL.» A continuación, una firma. Seguida de una dirección, un número de teléfono y una posdata que decía: «Rose, me gustaría tener noticias tuyas. Por favor, ¡llámame cuando quieras!!!» Fueron sobre todo los tres signos de exclamación los que le partieron el corazón, pensó Rose. Contempló la fotografía. Era la imagen de una niña pequeña, de cara redonda, ojos castaños, con flequillo y dos impecables coletas atadas con lazos rojos de hilo, y expresión seria en su rostro, sentada en la falda de una anciana. La mujer se reía. La niña, no. Rose giró la foto. «Rose y abuela, 1975», ponía con la misma tinta azul, la misma letra oblicua. Mil novecientos setenta y cinco; ella debía de tener seis años.

Rose se puso de pie.

—Ahora tengo que irme —anunció.

—¡Rose! —gritó su padre, inútilmente, pero ella ya se había vuelto. Lo ignoró y salió de la casa. Después, sentada al volante del coche, con la tarjeta todavía en las manos, cerró los ojos y recordó la voz de su madre, la sonrisa de labios pintados de rosa de su madre, un brazo bronceado que se alargaba detrás de una cámara de fotos. «¡Sonríe, tesoro! ¿A qué viene esa cara de pena? Dedícame una sonrisa, Rosie Posy. Una gran sonrisa, muñeca.»

49

—¡Sigue leyendo! —suplicó Maggie.

—No, no puedo —insistió Lewis, que le lanzó una mirada de lo más serio desde el otro lado de la mesa del comedor de Ella—. Me saltaría la ética periodística.

—¡Oh, venga! —intervino Ella—. Sólo las primeras frases, ¡por favor!

—Eso estaría muy, muy mal —repuso él, sacudiendo tristemente la cabeza—. Ella, me sorprende que seas tú la que quiera que haga algo así.

—Soy una mala influencia —comentó Maggie orgullosa—. Al menos dinos qué es lo que pidió Irving.

Lewis agitó las manos en el aire con afectada resignación.

—Está bien —convino—, pero tenéis que jurarme que guardaréis el secreto. —Se aclaró la garganta—. «A Irving y a mí no nos gusta la comida francesa —seguía la carta de la señora Sobel—. Condimentan demasiado los platos. También nos hemos fijado en que muchos restaurantes franceses son ruidosos y tienen poca luz, lo que se supone que debe de ser romántico, pero dificulta la lectura de la carta, por no hablar de lo difícil que resulta ver la comida.»

—Pobre señora Sobel —murmuró Ella.

Lewis cabeceó en dirección a Ella y continuó leyendo.

—«La mayoría de los cocineros no saben hacer bien una tortilla. Las tortillas deberían ser esponjosas y blandas, con el queso ligeramente fundido. Y lamento decir que el Bistro Bleu no es una excepción. Mi tortilla estaba demasiado hecha, parecía de plástico. Las patatas no estaban lo bastante calientes y las habían cocinado con romero, que a Irving no le gusta.»

—Otra vez con Irving —dijo Ella.

—¿Es problemático este hombre? —inquirió Maggie.

—Es alérgico. A todo —explicó Lewis—. Es alérgico a cosas a las que yo no sabía que se podía ser alérgico. La harina blanca, el marisco, todas las semillas, los frutos secos... La mitad de las reseñas críticas de esa mujer hablan de cuánto le costó encontrar algo que Irving pudiese comer, y luego hay otro punto del artículo reservado a la narración de cómo lo que sea que Irving acabó comiendo no le sentó bien...

—¿Hablan de Irving Sobel? —preguntó la señora Lefkowitz, que se acercó a la mesa arrastrando los pies—. ¡Uf! ¡Vino a una fiesta que hice un día y no probó bocado!

Maggie puso los ojos en blanco. La señora Lefkowitz, su invitada a cenar, no estaba de buen humor. Llevaba una sudadera rosa, porque según les explicó, si se tiraba la sopa *borscht* por encima, no se notaría, y pantalones de poliéster de color tostado. No dio ninguna explicación acerca de sus pantalones, pero Maggie supuso que, si se los manchaba con algo, no haría sino mejorarlos.

La señora Lefkowitz se sentó profiriendo un leve gemido, cogió un pepinillo *kosher* y comenzó a relatar detalladamente cuál era el estado del centro comercial que había en la zona.

—¡*Hooligans!* —exclamó con la boca llena. Maggie guardó sus libros de texto de la clase de «Maquillaje en el teatro» a la que se había matriculado en la academia del barrio, y colocó los platos y la cubertería de plata en la mesa.

—Creo que el centro comercial se llama *Houlihan's* —apuntó.

—No, no, son *hooligans* —aseguró la señora Lefkowitz—. ¡Granujas! ¡Maleantes! ¡Adolescentes! ¡Están en todas partes! El centro comercial está lleno, y toda la ropa que he visto es diminuta y tiene... volantes en las mangas —dijo—. ¡Minifaldas! ¡Camisas transparentes! Pantalones —continuó, mirando indignada a Maggie— de piel. ¿Sabías que existía algo así?

—En realidad... —empezó Maggie. Ella reprimió una sonrisa. Sabía con certeza que Maggie tenía unos pantalones, y también una minifalda, de cuero.

—¿Qué necesita? —preguntó Ella, en cambio—. ¿Qué quería comprar?

La señora Lefkowitz agitó una mano con desdén sobre los boles de sopa *borscht*.

—¿Se acuerda de mi hijo? ¿El actuario de seguros? ¿Con sentido del humor? Bueno, pues me llamó y me dijo: «Mamá, me caso». Y yo le dije: «¿A tu edad? Necesitas una mujer tanto como yo necesito ir a clases de zapateado». Me contó que la decisión ya estaba tomada y que era una chica estupenda. Y yo le dije que a los cincuenta y tres años ya no tenía edad para ir con chicas, pero me dijo que no me preocupara, porque ella tenía treinta y seis años, pero era muy madura para su edad. —Miró furiosa a Ella y a Maggie como si ellas fueran las responsables de que su hijo se hubiese enamorado de una chica muy madura de treinta y seis años—. No quisiera perdérmelo —concluyó, y se sirvió una rebanada de pan de centeno—. Así que necesito un vestido, que, naturalmente, no he logrado encontrar.

—¿Qué es lo que busca? —se interesó Maggie.

La señora Lefkowitz levantó sus grises cejas.

—¡Pero si la princesa habla!

—¡Claro que hablo! —replicó Maggie, ofendida—. Y da la casualidad de que soy una compradora experta.

—Muy bien, entonces, ¿qué me sugieres que me ponga para la tercera boda de mi hijo?

Maggie examinó con detenimiento a la señora Lefkowitz: su casquete de enredados rizos grises oscuros, sus ojos, de un azul intenso e inquisidores, y el pintalabios rosa que se ponía hasta en las caídas comisuras de sus labios. No estaba gorda, exactamente, pero tampoco tenía muchas formas. Su cintura se había ensanchado y sus pechos estaban caídos.

—Mmm... —titubeó Maggie en voz alta mientras sopesaba las posibilidades.

—Me mira como si fuese un proyecto científico.

—¡Chsss...! —ordenó Ella, que había visto a Maggie así con anterioridad, acurrucada por la noche en el sofá, absorta en sus libros de poesía bajo el halo de luz de la lámpara, con una concentración que casi daba la impresión de que se estuviese autohipnotizando.

—¿Qué es lo que más le gusta? —preguntó Maggie de pronto.

—El helado de dulce de leche y nueces —soltó la señora Lefkowitz—, pero ya no me dejan comerlo. Sólo puedo tomar yogur helado —explicó, frunciendo la cara para demostrar cómo le disgustaba el yogur helado—, y el dulce de leche bajo en calorías, que no sé ni cómo se atreven a llamarlo así, porque aquello de dulce de leche no tiene nada. ¡Dulce de leche! —repitió, y sacudió la cabeza claramente preparada para dar un discurso sobre los defectos del dulce de leche. Pero Maggie se lo impidió.

—Me refería a su prenda de ropa favorita.

—¿De ropa? —La señora Lefkowitz se miró de arriba abajo como si le sorprendiera hasta ir vestida—. ¡Oh! Pues me gusta ir cómoda, supongo.

—¿Qué es lo más bonito que ha llevado nunca? —preguntó Maggie, mientras se hacía una cola de caballo con su pelo. Ella se sentó en el borde de una silla del comedor, ansiosa por ver en qué desembocaría todo eso.

Cuando la señora Lefkowitz abrió la boca Maggie alzó una mano.

—Piénselo primero —propuso—. Piénselo bien. Piense en todos los conjuntos que se ha puesto a lo largo de su vida y dígame cuál es su favorito.

La señora Lefkowitz cerró los ojos.

—Mi conjunto previaje de novios —declaró.

—¿Cómo?

—Mi conjunto previaje de novios —repitió creyendo que Maggie no la había oído.

—El que se pone una al irse de la boda hacia el aeropuerto para empezar la luna de miel —aclaró Ella.

—Exacto, exacto —afirmó la señora Lefkowitz, asintiendo—. La chaqueta era de cuadros blancos y negros, y la falda, muy ajustada de aquí —dijo mientras deslizaba las manos por las caderas—. Llevaba unos zapatos de salón negros... —Cerró los ojos, recordando.

—¿Cómo era la chaqueta? —quiso saber Maggie.

—¡Oh! Corta, si no me equivoco —contestó la señora Lefkowitz, que daba la impresión de que estaba en otro mundo—. Con botones de azabache en la parte de delante. ¡Era preciosa! Me pregunto qué hice con ella...

—¿Qué le parece...? —empezó Maggie—. ¿Qué le parece si vamos juntas a comprar?

La señora Lefkowitz hizo una mueca de disgusto.

—¿Otra vez a ese centro comercial? No creo que pudiese soportarlo.

Maggie tampoco estaba segura de poder soportarlo y de recorrer las tiendas con la señora Lefkowitz a paso de tortuga.

—No, mejor aún —se le ocurrió a Maggie—. Usted me dice qué talla tiene...

—¡Oh! Entramos en el terreno de lo personal.

—...y me da su tarjeta...

Ella intuía que la señora Lefkowitz estaba a punto de negar con la cabeza. Contuvo el aliento y confió.

—... y yo le busco el conjunto. Es más, varios conjuntos. Le daré opciones. Haremos un pase de modelos en casa, se probará la ropa, escogerá lo que más le guste y yo devolveré el resto a la tienda.

Ahora la señora Lefkowitz miraba a Maggie con curiosidad.

—¿Como un comprador personal?

—Eso es —respondió Maggie mientras, despacio, daba una vuelta alrededor de la señora Lefkowitz—. ¿Tiene un presupuesto? —inquirió.

La señora Lefkowitz suspiró.

—¿Qué tal doscientos dólares?

Maggie dio un respingo.

—Intentaré encontrarle algo —fue su respuesta.

50

Maggie se pasó dos días enteros buscando el atuendo para la boda que tenía la señora Lefkowitz. Y eso estaba bien, pensó. Le impedía sentarse junto al teléfono preguntándose si Rose había recibido ya su carta y si llamaría.

El encargo de la señora Lefkowitz era un reto, sin duda alguna, dijo Maggie para sí. Era imposible enfundarla en un traje ajustado, como ella había descrito, pero lo que sí podía hacer, pensó, era encontrar algo que a la señora Lefkowitz la hiciera sentirse como si llevase otra vez aquel conjunto. Un traje de chaqueta le sentaría bien, y quizá la falda pudiese incluso quedarle por encima de la rodilla; por lo que había visto, las piernas de las señora Lefkowitz no estaban mal, pero la chaqueta corta había que descartarla. Algo largo, a lo mejor hasta la cadera, pero con algún adorno para que fuese más elegante, algo que le recordase aquellos botones de azabache. Lo había visto en alguna parte. ¿En Macy's? ¿En Sacks? Finalmente, se acordó de que no había sido en ninguno de esos dos sitios, sino en el armario de Rose. Rose tenía una chaqueta como ésa.

Maggie tragó saliva y siguió por las tiendas, estuvo en grandes almacenes, en tiendas de ropa de segunda mano, en rastrillos, también en mercadillos y en el departamento de disfraces de la academia, después de prometerle a su director que le ayudaría en los maquillajes del próximo estreno de *Hedda*

Gabler. Al final eligió tres opciones. La primera era un conjunto que había encontrado rebajado en Nordstrom, donde vendían restos de stocks: una falda hasta las rodillas, ajustada pero no demasiado, de lino rosa pálido y laboriosamente bordada con hilos de color fucsia y rojo, y con un sencillo top a juego y una chaqueta de punto bordada encima. La señora Lefkowitz tocó la tela vacilante.

—No se parece a mi conjunto previaje de novios —objetó—. ¿Y una falda con un jersey? No sé. Yo había pensado tal vez en un vestido.

—Lo que buscamos no es el aspecto externo —matizó Maggie—, sino la sensación.

—¿La sensación?

—La sensación de que lleva puesto aquel traje —explicó—. Porque ya no se lo puede volver a poner, ¿verdad?

La señora Lefkowitz asintió.

—Entonces lo que necesitamos es un conjunto que la haga... —se esforzó por encontrar las palabras— que la haga sentirse igual que cuando llevó ese traje. —Le dio la ropa a la señora Lefkowitz, todavía en la percha, además de un sombrero rosa de ala ancha que había cogido del departamento de disfraces de la academia—. Usted pruébeselo —ordenó Maggie, que acompañó a la señora Lefkowitz a su habitación, donde había colocado un espejo de cuerpo entero.

—¡Me siento ridícula! —gritó la señora Lefkowitz mientras Ella y Lewis se sentaban en el sofá, esperando a que empezara el desfile.

—Déjeme verlo —pidió Maggie.

—¿En serio tengo que llevar este sombrero? —se escuchó.

—Salga de una vez —rogó Ella.

Lentamente, la señora Lefkowitz salió de la habitación. La falda era demasiado larga, Maggie se dio cuenta al instante. Las mangas de la chaqueta le llegaban más allá de las yemas de los dedos y el top le iba grande.

—Hoy en día hacen ropa para gigantes —se quejó y agitó hacia Maggie un puño cubierto de tela—. ¿Has visto esto?

Maggie retrocedió, valorando el resultado. Entonces caminó hasta la señora Lefkowitz y arremangó la cinturilla de la falda para subirla justo por encima de las rodillas. Dobló las mangas de la chaqueta, cogió y metió el top hasta que pareció debidamente ajustado y le puso a la señora Lefkowitz el sombrero en la cabeza.

—Ya está —conluyó, y la acompañó hasta el espejo—. ¿Qué tal ahora?

La señora Lefkowitz abrió la boca para protestar, para decir que el traje era horrible y que esto no había sido una buena idea. Pero la cerró.

—¡Oh! —exclamó.

—¿Le gusta? —preguntó Maggie.

La señora Lefkowitz asintió despacio.

—El color —dijo.

—¡Exacto, exacto! —repuso Maggie, que estaba más emocionada, más animada y más feliz de lo que Ella la había visto nunca—. No le va perfecto de talla, pero el color... pensé que con sus ojos... y sé que le gusta el rosa.

—No está mal, no está mal —aprobó la señora Lefkowitz, y su tono no fue mordaz, ni hosco ni nada; la embargaba su propia imagen, ese rosa pálido que realzaba sus ojos azules. ¿Qué estaría viendo?, se preguntó Maggie. Tal vez a sí misma de joven, de recién casada, de pie en la escalera de la sinagoga, con su ya marido y cogidos de la mano.

—Bueno, ésta es la primera opción —explicó Maggie, y alejó con suavidad a la señora Lefkowitz del espejo.

—¡Me lo quedo! —anunció.

—No, no —repuso Maggie, riéndose—, tiene que ver los otros conjuntos.

—¡Pero yo quiero éste! —insistió la señora Lefkowitz sujetando el sombrero sobre su cabeza—. No quiero probarme nada más. ¡Quiero este traje! —Se miró los pies descalzos—. ¿Qué zapatos tendría que llevar? ¿Podrías ayudarme a encontrar unos también? Y puede que un collar. —Se acarició las clavículas—. Mi primer marido un día me regaló un collar de perlas...

—Siguiente opción —ordenó Maggie, que empujó a la señora Lefkowitz de vuelta a la habitación. El segundo conjunto era un vestido tubo, largo y sin mangas, de una tela acrílica negra, suficientemente gruesa para tener una buena caída. Lo había encontrado rebajado en Marshalls y lo había complementado con un chal negro y plateado que tenía flecos negros en sus extremos.

—¡Oh, *là, là*! —exclamó la señora Lefkowitz mientras se ponía el vestido por la cabeza y salía desfilando de la habitación, agitando los extremos del chal de una manera ligeramente sugerente—. ¡Es muy atrevido! ¡Me siento como si fuese una veinteañera!

—¡Magnífico! —celebró Ella.

—Es bonito —afirmó Maggie, que la observaba con detenimiento. El vestido caía como una columna e insinuaba el contorno de la cintura y caderas sin ser demasiado ceñido, y daba la impresión de que la señora Lefkowitz tenía ciertas curvas. Aunque, naturalmente, para completarlo serían necesarios unos tacones y Maggie no estaba segura de que fuese una gran idea que una anciana de 87 años llevase tacones. ¿Y unas zapatillas de ballet?, se preguntó Maggie.

—¿Qué más? —preguntó Ella, palmeando.

El tercer conjunto era el favorito de Maggie, probablemente porque había sido el más difícil de encontrar. Había dado con la chaqueta en un perchero medio oculto de una tienda de ropa de segunda mano, en un barrio irrespirable, por sofisticado, de South Beach. «Está tejida a mano», le había asegurado la dependienta, lo que Maggie supuso que lo había dicho para justificar los ciento sesenta dólares que ponía en la etiqueta del precio. Al principio le pareció una chaqueta negra hasta la cadera de lo más normal; nada especial. Pero las mangas estaban adornadas con bordados negros en ondas, y los bolsillos —también bordados— los habían cosido en un ángulo original, que servían para crear la ilusión de una cintura donde realmente no la había. Aunque lo mejor de todo era que el forro de la chaqueta era de color violeta, por eso Maggie la había combinado con una larga falda violeta y un top negro.

—Tenga —dijo, y le dio las tres piezas juntas en una sola percha para que la señora Lefkowitz pudiera hacerse una idea.

Pero la señora Lefkowitz apenas si le echó una mirada, se limitó a arrancárselo a Maggie de los brazos y corrió hacia la habitación... ¿y eran imaginaciones de Ella, o estaba canturreando?

Cuando salió del cuarto prácticamente saltaba; al menos, tanto como puede saltar alguien que ha sufrido hace poco un derrame cerebral.

—¡Lo conseguiste! —exclamó y besó suavemente a Maggie en la mejilla, y Ella sonrió desde el sofá. Maggie la observó. La falda no era ninguna maravilla (no se le ajustaba bien y no era exactamente el mismo negro que el de la chaqueta) y la blusa estaba bien, pero nada más; sin embargo, la chaqueta era fabulosa. Daba la impresión de que la señora Lefkowitz era más alta, de que tenía más curvas y...

—Estoy magnífica —reconoció la señora Lefkowitz mientras se examinaba frente al espejo, al parecer, sin darse cuenta de cómo le caía la comisura izquierda de la boca o del hecho de que su mano izquierda seguía encogida y pegada a su cuerpo de una forma extraña. Reflexionó unos instantes y luego cogió el sombrero rosa del primer conjunto, y se lo puso de nuevo en la cabeza.

—No, no —dijo Maggie, riéndose.

—¡Pero si me va bien! —se defendió la señora Lefkowitz—. Lo quiero. ¿Puedo quedármelo?

—Es de la escuela —contestó Maggie.

—¡Oh, de la escuela! —repuso la señora Lefkowitz, y puso tal cara de tristeza que Ella se echó a reír.

—Entonces, ¿con cuál se queda? —inquirió Maggie. La señora Lefkowitz, aún con la chaqueta bordada a mano puesta, la miró como si estuviese loca.

—Pues, con todos, naturalmente —contestó—. Llevaré el rosa en la ceremonia, y el vestido negro largo en el convite, y éste —añadió, observándose— lo llevaré en mi próxima visita al doctor Parese.

Ella rompió a reír.

—¿Qué? —preguntó—. ¿Por qué?

—¡Porque es encantador! —confesó la señora Lefkowitz.

—¿Está soltero? —quiso saber Maggie.

—¡Oh! Tendrá unos doce años —explicó la señora Lefkowitz, que agitó la mano, pero a medio gesto se detuvo para admirar el bordado de la manga—. Gracias, Maggie. Has hecho un trabajo magnífico. —Regresó a la habitación para cambiarse. Maggie se dispuso a colgar la ropa en las perchas.

Ella la contempló unos instantes.

—Tengo una idea —declaró—. Creo que deberías hacer esto para otra gente.

Maggie, que estaba guardando la chaqueta de punto rosa, hizo un alto.

—¿A qué te refieres?

—Bueno, hay un montón de señoras mayores que tienen muchas dificultades para moverse por los centros comerciales y a las que, una vez dentro, les cuesta más todavía encontrar algo. Pero todo el mundo tiene compromisos: bodas, graduaciones, fiestas de aniversario...

—Bueno, esto ha sido sólo un favor —manifestó Maggie—. Estoy bastante ocupada con la academia, la panadería...

—Estoy convencida de que la gente te pagaría —insistió Ella.

Maggie se quedó en silencio, con los brazos a medio cruzar.

—¿En serio?

—¡Pues claro! —respondió Ella—. ¿Qué quieres, trabajar gratis?

—¿Cuánto crees que podría cobrar haciendo esto?

Ella se puso un dedo sobre el labio superior y miró al techo.

—¿Qué tal un porcentaje del coste total? —sugirió.

Maggie arqueó las cejas.

—No se me dan muy bien los cálculos —reconoció.

—O una tasa fija —rectificó Ella—. Sí, creo que sería lo mejor, porque si les cobraras un tanto por ciento de lo que costara el vestido, las tacañas de aquí pensarían que intentas hacerles comprar cosas más caras. ¿Cuánto has tardado en comprar los tres conjuntos?

Maggie se mordió el labio, su aspecto era reflexivo.

—¿Diez horas tal vez?

—Pues podrías cobrar, digamos, unos quince dólares la hora.

—¿De verdad? Eso es mucho más de lo que gano en la panadería...

—También es un poco más difícil que cortar y tostar, ¿no te parece? —inquirió Ella.

—Y, créeme, las señoras que viven aquí, pueden pagar —aseguró la señora Lefkowitz, que se había vuelto a poner su sudadera rosa y estaba sonrosada y visiblemente satisfecha—. Aunque se quejen de que sus rentas son escasas, por un conjunto tan bonito como éste, pagarán.

Y ahora Ella vio que a su nieta le brillaban los ojos y que sonreía.

—¿Crees que podría hacerlo? —titubeó—. ¿Crees que funcionaría? Tendría que darme a conocer... y necesitaría un coche propio...

—Empieza poco a poco —propuso Ella—. No te lances de golpe. Primero pruébalo para saber si te gusta.

—¡Eso ya lo sé! —exclamó Maggie—. Me gusta ir de tiendas, me gusta elegirle la ropa a otras personas... ¡No me lo puedo creer! ¿De verdad estás segura de que la gente me pagaría por hacer esto?

La señora Lefkowitz sonrió, abrió su bolso, que era tan grande como una maleta, sacó su talonario y, con su letra minuciosa y temblorosa, le extendió a Maggie Feller un talón por un total de ciento cincuenta dólares.

—Yo diría que sí —afirmó.

51

Repasando lo sucedido, pensó Rose, el cóctel mimosa había sido un error.

Intentó decírselo a Amy, pero al querer decir «no tendríamos que haber tomado mimosas» la lengua se le trabó como si hubiese bebido champán. «Tendríamosh tmado mimoshas», balbució. Amy, que evidentemente, la había comprendido a la perfección, asintió con energía y llamó al camarero.

—Dos mimosas más —ordenó.

—Enseguida, señoritas —dijo él.

¿Cuándo se había torcido todo?, se preguntó Rose. Probablemente al recibir la invitación para la fiesta en su honor con la que Sydelle Feller había decidido agasajarla semanas antes de que le llegara la carta de Maggie, del descubrimiento de su abuela, de la invitación impresa en el grueso papel de color crema y cantos dorados, y con una letra tan elaborada que casi era ilegible.

—Pero ¿quién hace esta fiesta? —preguntó Amy—. ¿Los marqueses de no-sé-cuánto?

—No me apetece nada ir —repuso Rose—. Lo que en realidad querría es irme a Florida a conocer a mi abuela.

—¿La has llamado? —inquirió Amy.

—Todavía no —respondió Rose—. Aún no sé muy bien qué decirle.

—Bueno, si contesta tu abuela, dices «hola» —propuso Amy—, y si contesta Maggie, le dices que como vuelva a acostarse con tu novio, le darás tal patada en su miniculo que la mandarás de aquí a Elizabeth, Nueva Jersey. Pero asegúrate de que no le dices esto a tu abuela.

—Primero la fiesta de Sydelle y luego lo de mi abuela —comentó Rose.

El día en cuestión Rose hizo acopio de todo su valor, se afeitó las piernas y acudió al restaurante señalado a la hora acordada, donde ya la esperaban una de sus amigas y tres docenas de amigas de Sydelle para brindar por la futura novia.

—Rose —dijo Sydelle con solemnidad, levantándose para saludarla. Cualquier indicio de vulnerabilidad que Rose hubiese detectado en el rostro de su madrastra había desaparecido, enterrado debajo de sus habituales capas de maquillaje, del habitual desdén de Sydelle y su arrogante estilo—. Ven a saludar a mis amigas —le dijo, y la condujo hasta donde estaban sus colegas, todas ellas, al parecer, con idénticos peinados y accesorios de pelo, y los párpados recién estirados.

«Deben de compartir cirujano y peluquero», pensó Rose mientras Sydelle hacía las presentaciones.

—Y aquí está Mi Marcia —anunció su madrastra, acompañando a Rose hasta su hermanastra, con cara de avinagrada, el pelo fino y largo, y llevando una enorme cruz de oro y diamantes. Marcia saludó a Rose con un desganado movimiento de mano y siguió interrogando a la camarera sobre si las crepes estaban hechas con azúcar procesado, mientras Jason y Alexander, sus gemelos de cuatro años, se peleaban debajo de la mesa.

—¿Cómo estás? —preguntó Rose con educación.

—Encantada de la vida —respondió Mi Marcia. Sydelle dio un respingo. Rose engulló su mimosa, aceptó otra copa y se fue corriendo a ver a Amy. «Sálvame», le susurró mientras Sydelle parloteaba («Habría invitado a más amigas de Rose —le oyó decir a su madrastra—, ¡pero me parece que no tiene!).

Amy le dio otra copa. «Sonríe», le ordenó. Rose forzó una sonrisa. Sydelle abrazó contra su repugnante pecho a los torbellinos de sus nietos, se levantó y anunció:

—¡Todos los que conocemos a Rose estamos felices de que este día haya llegado! —Y, en honor de Rose, aparecieron dos camareros empujando un televisor sobre una mesa de ruedas.

—¿Qué es esto? —le susurró a Amy, que se encogió de hombros. Sydelle le dedicó una sonrisa radiante y orientó el mando a distancia hacia la pantalla. Y ahí estaba Rose, en sexto curso, mirando ceñuda a la cámara, con el pelo grasiento y centelleantes *brakets* en los dientes. Por la sala se extendieron incómodas carcajadas. Rose cerró los ojos.

—Teníamos nuestras dudas —continuó Sydelle con una amplia sonrisa—. La vimos durante toda la secundaria y la universidad con el pelo en los ojos y la cara enterrada en un libro. —Pulsó otra vez el mando, y ahí estaba Rose en sus primeras vacaciones de la universidad, con sus 8 kilos conseguidos con el paso del hogar al nuevo ambiente, que pugnaban por desbordarse de unos tejanos demasiado ajustados.

—Naturalmente, Rose tuvo algunos novios... —Le dio de nuevo al mando; era Rose en el baile de gala de secundaria, con un desafortunado vestido tubo de encaje rosa, y un joven, del que ya ni se acordaba, que la agarraba de la cintura con una sonrisa babosa—. Pero por razones que nunca pudimos comprender, ninguna de esas relaciones funcionó. —Otro clic. Rose en la ceremonia *bar mitzvah* de alguien, introduciéndose un pastelillo de crema en la boca. Rose con jugo de hamburguesa que se deslizaba por sus antebrazos. Rose de perfil, con las hombreras típicas de fines de los ochenta, aproximadamente tan grande como un defensa de la liga de rugby. Rose en Halloween, disfrazada de Vulcano, y con los dedos extendidos saludando a lo míster Spock.

—¡Oh, Dios! —musitó Rose—. Mis fotos «de antes».

—¿Qué? —repuso Amy en voz baja.

Rose sintió que una risa histérica le hervía en el pecho.

—Me da la impresión de que Sydelle se ha pasado años coleccionando un montón de fotos para poderlas contrastar y comparar conmigo, si algún día yo hacía régimen y adelgazaba de verdad.

—¡No me puedo creer que haga esto! —exclamó Amy, en tanto que Sydelle repasaba deprisa una serie de imágenes de Rose con aspecto regordete, Rose con aspecto malhumorado, Rose con un grano especialmente grande en la punta de la nariz.

—Mami, ¿qué le pasa a esa chica? —preguntó Jason o Alexander mientras Marcia lo hacía callar.

—¡Mátame! —le suplicó Rose a su mejor amiga.

—¿Qué tal si te golpeo y te dejo inconsciente unas cuantas horas? —sugirió Amy con un susurro.

—¡Así que levantemos nuestras copas y brindemos por el milagro del amor! —concluyó Sydelle.

Más risas incómodas seguidas de fríos aplausos. Rose lanzó una mirada al montón de regalos, deseando desesperadamente que uno de ellos fuese el set de cuchillos que Simon había pedido, para poderse suicidar en el lavabo de señoras.

—¿Rose? —inquirió Sydelle, con la sonrisa congelada. Rose se puso de pie y se situó delante de los regalos, donde permaneció durante la hora siguiente intentando fingir excitación ante los boles de ensalada y los robots de cocina, la vajilla de porcelana y los vasos de vino, y el novamás en básculas de cocina regalado por Sydelle junto con una nota que decía: «Espero que te resulte útil», con la palabra *útil* subrayada dos veces.

—¡*Tupperwares!* —exclamó Rose, en un tono de voz que daba a entender que llevaba toda la vida esperando a que alguien le regalara quince recipientes de plástico con tapas—. ¡Qué maravilla!

—¡Qué útiles! —apuntó Sydelle con una sonrisa, mientras le entregaba a Rose otra caja.

—¡Un escurridor de ensalada! —gritó Rose, que sonrió tanto que la cara le dolió. «No saldré de ésta con vida», pensó.

—Escurridor de ensalada —repitió Amy, anotando el nombre del regalo y de quién era, y pegando el lazo a una tira de papel para la diadema de lazos que Rose ya había decidido que no quería llevar.

—¡Magnífico! —dijo Sydelle. Otra mirada penetrante, otra caja muy bien envuelta. Rose tragó saliva y continuó desenvolviendo. Al cabo de media hora había acumulado tres moldes para hacer pasteles, una tabla de cortar, cinco servicios de mesa, dos jarrones de cristal, y les había dicho a seis mujeres distintas en seis ocasiones diferentes que Simon y ella no tenían intención de ser padres en un futuro inmediato.

Finalmente, abierto el último regalo y pegado el último lazo a la diadema de papel, a Rose le ataron a la cabeza el objeto en cuestión.

Amy se escapó al cuarto de baño y regresó a la mesa con cara de haber visto un fantasma en uno de los lavabos.

—¿Qué ocurre? —preguntó Rose mientras se desenredaba la diadema del pelo. Amy agarró a Rose por la manga, cogió un par de copas de mimosa bien fría y arrastró a su amiga hasta un rincón.

—Esa tía —afirmó Amy— todavía da el pecho.

—¿Qué tía?

—¡Marcia!

Rose miró a Marcia, que acababa de volver del cuarto de baño y a la que seguían Jason y Alexander.

—¿Me tomas el pelo? ¡Pero si tienen cuatro años!

—Sé lo que he visto —insistió Amy.

—¿Y qué hacía? ¿Echarles la leche en los cereales?

—En primer lugar, dudo mucho que esos niños hayan visto en su vida una caja de cereales —repuso Amy—. Jesús no lo aprobaría. Y en segundo lugar, sé cómo se da de mamar. Pecho. Niño. Boca.

Rose tomó otro sorbo de zumo de naranja y champán.

—Bueno, al menos tendrá la seguridad de que es ecológica.

Y en ese preciso instantes apareció Sydelle.

—Gracias por haber organizado todo esto —dijo Rose. Sydelle le rodeó los hombros y le habló al oído.

—Podrías procurar ser amable para variar —susurró.

Rose reculó.

—¿Qué? —se extrañó.

—Espero que tengas la boda que mereces —deseó Sydelle, que se volvió deprisa y se dirigió hacia la puerta. Rose anduvo hasta su silla con paso vacilante; estaba completamente abatida y un tanto asustada.

—¡Oh, Dios! —musitó—. Debe de habernos oído hablar de Marcia la lechera.

—¡Oh, no! —se lamentó Amy—. Lo siento mucho.

Rose se cubrió los ojos con las manos.

—¡Jo! Esto no es ni mucho menos lo que ponía en *New Jewish Wedding* que me diría la gente en mi fiesta prenupcial.

—No le hagas caso —recomendó Amy mientras cogía la báscula de cocina—. ¡Oye! ¿Sabes que mi dedo pulgar pesa ciento veinte gramos?

Habían acabado llenando un taxi con los regalos de Rose, y después los habían apilado en el salón, para luego ir a un bar que había debajo de su casa, donde ahogaron sus penas con frías mimosas y especularon con la cantidad de tiempo que Sydelle debía de haber invertido en guardar esas horribles fotografías de su hijastra, y con la posibilidad de que preparara una sesión similar de diapositivas, si Maggie se casaba algún día. Cuando Rose volvió a su apartamento, estaba vacío. Simon había dejado una nota que decía que había ido a pasear a *Petunia* y a comprar algo para cenar. Se quedó de pie en medio de la cocina y cerró los ojos.

«Echo de menos a mi madre», susurró. Y, en cierto modo, era verdad. No es que echara de menos a su madre, sino a una madre, a una madre cualquiera. Con una madre a su lado, ese fiasco de fiesta en su honor no habría sido ni mucho menos tan desastroso. Una madre habría abrazado a Rose y habría devuelto a Sydelle a las sulfúreas profundidades de las que había emergido. Una madre habría tocado a Rose una vez en la cabeza con su varita mágica, y su desaliñado vestido se habría transformado en un vestido de novia perfecto. Una madre habría sabido cómo manejarlo todo.

«Echo de menos a mamá», volvió a decir. Sin embargo, al decirlo en voz alta, se percató de que aún echaba más de menos a Maggie. Es posible que Maggie no tuviese una varita mágica o un vestido de novia, pero al menos la habría sabido hacer reír. Rose esbozó una sonrisa al imaginarse a Maggie brindando con un cóctel mimosa o preguntándole a Mi Marcia si podía darle un poco de su leche para el café. Maggie sabría cómo llevar esta situación. Y Maggie, ¡bendito sea Dios!, era lo único que tenía.

«Tengo que salir de aquí», musitó. Sacó su maleta del armario y la llenó con cosas que creyó que necesitaría en Florida: *shorts* y sandalias, un traje de baño y una gorra de béisbol, y el libro *Chastity's Voyage* que le había pedido prestado a la madre de Simon. Diez minutos en Internet y consiguió un billete a Fort Lauderdale por doscientos dólares. Después descolgó el auricular y marcó el número de teléfono que aparecía en la carta de Maggie (número que, sin darse cuenta, se había aprendido de memoria). Cuando su hermana cogió el teléfono, se olvidó de la perorata que Amy y ella habían ensayado, y simplemente dijo: «¿Maggie? Soy yo».

52

—Muy bien —afirmó Maggie—. ¡Todos a sus puestos!

La señora Lefkowitz se colocó a la izquierda de la puerta de salida. Lewis se quedó en el centro, y Ella a su lado. Maggie iba de un lado a otro en la sillita motorizada de la señora Lefkowitz, controlándolos.

—¡Carteles! —ordenó. Los tres alzaron sus pancartas hechas a mano. La de la señora Lefkowitz decía: «BIENVENIDA», en rosa. En la de Lewis ponía: «A FLORIDA». La de Ella, que la propia Maggie había supervisado, decía: «ROSE», y Maggie llevaba un cartel con un *collage* de rosas hecho con fotos que había recortado de las revistas de jardinería de la señora Lefkowitz.

«Acaba de tomar tierra el vuelo cinco uno dos procedente de Filadelfia», anunció la voz del sistema de megafonía. Maggie apretó el freno con tanta fuerza que estuvo a punto de caerse de la sillita.

—Se me ocurre una idea —comentó—. Creo que sería mejor que la esperarais en entrega de equipajes.

—¿Por qué? —quiso saber Ella.

—¿Qué pensaría Rose? —preguntó la señora Lefkowitz.

Maggie enrolló su cartel y habló deprisa:

—Es que... antes de irme... Rose y yo tuvimos una especie de discusión. Y quizá sería mejor si hablara con ella primero. A solas.

—De acuerdo —concedió Ella, que condujo a Lewis y a la señora Lefkowitz hacia el lugar de entrega de equipajes. Maggie inspiró profundamente, recolocó los hombros y levantó el *collage* mientras escudriñaba a los pasajeros que salían del avión.

«Vieja dama... vieja dama... Mamá y bebé caminan despacio por el pasillo...», ¿dónde estaba Rose? Maggie bajó el cartel y se frotó las manos contra los *shorts*. Cuando levantó la vista, Rose salía por la puerta, parecía más alta de lo que Maggie recordaba, y estaba morena, con el pelo suelto que le caía sobre sus hombros y sujeto con dos pasadores esmaltados, que le mantenían la cara despejada. Llevaba una camiseta rosa de manga larga y *shorts* de color caqui, y mientras atravesaba la sala, Maggie se fijó en que las piernas de su hermana tenían músculos en movimiento.

—¡Hola! —saludó Rose—. ¡Bonito cartel! —exclamó mirando por encima de la cabeza de Maggie—. ¡A ver...! ¿Dónde está esa abuela misteriosa?

A Maggie le dio una punzada. ¿Acaso Rose no quería saber qué tal estaba ella? ¿No le importaba?

—Ella está en entrega de equipaje. Ya te llevo yo la bolsa —se ofreció—. ¿No traes nada más? Estás realmente estupenda. ¿Qué has hecho?

—Montar en bici —explicó Rose. Recorrió el pasillo tan deprisa que Maggie tuvo que ir a paso ligero para seguirla.

—¡Eh, más despacio!

—Quiero ver a la abuela —dijo Rose sin mirar a su hermana.

—Pues no se irá a ninguna parte —aseguró Maggie. Miró hacia abajo para comprobar qué zapatos llevaba Rose, y vio en su mano izquierda algo que brillaba (un anillo de platino con un brillante)—. ¡Dios mío! ¿Eso es un anillo de compromiso?

—Sí —contestó Rose con los ojos clavados aún al frente.

A Maggie le dio un vuelco el corazón. Habían pasado muchas cosas desde que se fue... ¡y ella sin tener ni idea!

—¿Se trata de...?

—Es otro chico —la interrumpió Rose. Llegaron a la terminal de equipajes. Ella, Lewis y la señora Lefkowitz miraron a Maggie fijamente, vacilantes. Lewis alzó su cartel.

—¡Ahí está! —gritó Ella, que corrió hacia sus nietas mientras Lewis y la señora Lefkowitz le iban pisando los talones.

Rose dio un paso adelante y asintió, estudiando detenidamente el rostro de Ella.

—¡Hola! —saludó.

—¡Ha pasado tanto tiempo! ¡Demasiado! —exclamó Ella. Avanzó y Rose, incómoda, se dejó abrazar mientras se quedaba quieta, tiesa—. Bienvenida, cariño. ¡Cuánto me alegro de que estés aquí!

Rose asintió.

—Gracias. Todo esto es un poco raro...

Ella escudriñó a su nieta; mientras tanto, Maggie había retomado su posición al volante de la sillita motorizada de la señora Lefkowitz y conducía en pequeños círculos; parecía un jovencísimo miembro de una sociedad secreta mientras acribillaba a su hermana a preguntas y comentarios:

—¿Con quién te casas? —inquirió—. ¿De dónde has sacado esos pasadores? ¡Me encanta tu pelo! —Se detuvo justo delante de Rose y clavó la vista en sus zapatillas de deporte—. ¡Eh! ¿No son mías? —preguntó.

Rose miró hacia abajo y esbozó una sonrisa.

—Te las dejaste en mi casa —contestó—. Pensé que no las necesitarías. No sabía adónde enviártelas y, además, me van bien.

—¡Vamos! —ordenó Maggie, que se bajó del vehículo y acompañó a su hermana hacia la salida del aeropuerto—. Cuéntame, novedades. ¿Quién es el afortunado en cuestión?

—Se llama Simon Stein —respondió Rose. Se acercó a su abuela y pegó su cabeza a la de ella, dejando que Maggie, Lewis y la señora Lefkowitz las siguieran mientras trataban de captar fragmentos de su conversación. ¡Qué distinta estaba Rose! No estaba pálida; no parecía una remilgada; no daba la impresión de que alguien le hubiese metido un bicho por el culo y de que tuviese prisa por encontrar el lavabo más cercano para quitárselo. La ropa que llevaba bien podría haberla elegido ella, y sus zancadas eran rápidas, pero relajadas. Rose no parecía más delgada, pero sí más fuerte, como si sus carnes se hubiesen redistribuido y recolocado. Quizá por primera vez en su vida se la veía absolutamente cómoda con su cuerpo, y Maggie se preguntó qué habría producido semejante transformación. ¿Sería Simon Stein? Le sonaba ese nombre. Maggie se estrujó la cabeza y, al fin, evocó una imagen de una noche en Dave and Buster's, una instantánea de un chico de pelo rizado trajeado y con corbata, que intentaba que su hermana se interesase por el equipo de sóftbol de la empresa.

—¡Oye, Rose! —chilló mientras le daba alcance. Las cabezas de Rose y Ella estaban muy juntas, y hablaban en voz baja. Maggie no tardó en sentir una puñalada de celos. Tragó saliva—. Este chico con el que vas a casarte trabaja en tu bufete, ¿verdad?

—En mi antiguo bufete —contestó Rose.

—¿Cómo? ¿Has cambiado de despacho?

—¡Oh! He cambiado más que eso —repuso Rose, mirando de nuevo al frente y caminando junto a Ella. Maggie las observó alejarse, se sentía triste y frustrada...; sentía que se lo merecía. Después de lo que le había hecho a Rose, ¿creía realmente que su hermana volvería corriendo, dispuesta a perdonarla y a olvidar? Suspiró, cargó con la maleta de su hermana y empezó a cruzar el vestíbulo.

53

Rose Feller se sentía como se imaginaba que se sentiría un astronauta que hiciese un aterrizaje de emergencia en un planeta desconocido e inexplorado. Planeta Abuela, dijo para sí, y se enjugó la frente. Debían de estar a más de 32 grados. ¡Aquello no había quien lo aguantara!

Suspiró, se reajustó la visera que Ella le había prestado y salió por la puerta detrás de Maggie.

—¡No os olvidéis el protector solar! —gritó Ella.

—¡No lo haremos! —repuso Maggie, y se metió la mano en el bolsillo para enseñarle a Rose el tubo de crema que llevaba. Resultaba extraño, pensó Rose mientras se disponían a recorrer la ardiente acera que bordeaba el césped verde perfectamente cortado (puede que demasiado) de Golden Acres. Pues en los meses que habían transcurrido desde la última vez que la vio, su hermana pequeña se había convertido de algún modo en un razonable facsímil de mujer adulta y responsable. Y, lo que todavía era más desconcertante, había trabado amistad con miembros de la tercera edad. Algo que Rose no entendía en absoluto. Su propia experiencia con el sector de población que superaba los 65 años se había limitado a las ocasionales reposiciones de *Las chicas de oro*, y su recién descubierta abuela la hacía sentirse un tanto incómoda: su forma de mirarla y de resollar, y el hecho de que parecía permanentemente a punto de llorar, cuando no la acribillaba con un millón de preguntas sobre su vida. ¿Cómo era su casa? ¿Cómo había conocido a Simon? ¿Cuál era su plato favorito? ¿Le gustaban los gatos o los perros, ambos, o ninguno? ¿Qué película que le hubiese gustado de las que había visto en los últimos tiempos? ¿Qué libros había leído? Era como estar en una cita a ciegas sin promesa de romance, dijo Rose para sí. Era emocionante y también agotador.

Una anciana menuda se acercó a ellas pedaleando en un enorme triciclo.

—¡Maggie! —exclamó.

—¡Hola, señora Norton! —saludó su hermana—. ¿Qué tal su cadera?

—¡Oh! Bien, bien —contestó la anciana. Rose parpadeó cegada por la luz del sol e intentó comprender lo que estaba viendo y oyendo, pero la explicación más sensata que se le ocurrió tenía que ver con un lavado de cerebro a su hermana, o una abducción. ¿Y cómo había logrado sobrevivir aquí sin un ininterrumpido desfile de hombres que no tuviesen marcapasos o biznietos? ¿Quién ligaría con ella, quién la invitaba a copas y le daba dinero para sus manicuras, y confirmaba con asiduidad la opinión que tenía Maggie de su propia valía y belleza? Rose sacudió la cabeza, incrédula, asintió en dirección a la señora Norton, asintió al oír hablar de su cadera, y siguió a su hermana hasta la piscina. Su intención había sido estar furiosa con Maggie, pero ahora se sentía confusa; era como si la chica a la que no hubiese dudado en matar ya no existiese.

—Vale, vuélvemelo a explicar —pidió Rose.

—Aquí están mis amigos de la piscina —anunció Maggie—. Bueno, Dora es muy fácil, porque es la única mujer que hay y la verdad es que no calla un minuto.

—Dora —repitió Rose.

—Fue una de mis primeras clientas —continuó Maggie.

—¿Clientas? —preguntó Rose—. ¿Qué haces, masajes?

—No, no —replicó Maggie—. Soy compradora personal. —Metió la mano en el bolsillo y sacó una de las tarjetas que la señora Lefkowitz había diseñado en su ordenador. «Maggie Feller, Compradora personal, Sus Cosas Favoritas», rezaba—. Éste es mi eslogan —explicó Maggie—. A todas mis clientas les pregunto cuál es su prenda de ropa favorita y luego, cuando compro algo para ellas intento que vuelvan a sentirse como cuando llevaron aquello. Por ejemplo, si tu prenda favorita es un vestido sin mangas de lino azul, no te compraré necesariamente un vestido así de lino, pero intentaré encontrar algo que te haga sentir como te sentiste llevándolo.

—¡Genial! —celebró Rose. Y tenía que reconocer que sonaba bien. Si había algo que a Maggie siempre se le había dado bien era elegir ropa—. Entonces, ¿a quién más conoceré?

—Sí, está Jack, que yo diría que está enamorado de Dora, porque la insulta todo el rato. Éste es el que era contable, así que me ayudará con Sus Cosas Favoritas. Luego está Herman —prosiguió Maggie—, que no habla mucho, pero que es muy simpático... y está obsesionado con los tatuajes.

—¿Por qué? ¿Lleva alguno? —inquirió Rose.

—No lo creo —respondió Maggie—. Tampoco me he fijado demasiado. Pero a todos les he hablado de ti.

Rose se preguntó qué querría decir eso exactamente. ¿Qué les habría contado de ella?

—¿Qué les has dicho?

—Ya sabes, dónde vives, a qué te dedicas. Les habría dicho que estás comprometida —apuntó—, pero resulta que me acabo de enterar. ¿Cuándo es la boda?

—En mayo —contestó Rose.

—¿Y cómo van los preparativos? ¿Todo bajo control?

Rose notó que se ponía tensa.

—Sí, bien —fue su lacónica respuesta. Maggie parecía dolida, pero en lugar de coger una rabieta y largarse enfadada o haciendo pucheros, se limitó a encogerse levemente de hombros.

—Bueno, si necesitas ayuda —sugirió—, aquí tienes a una profesional.

—Lo tendré en cuenta —dijo Rose. Y entonces llegaron a la piscina, y Jack, que era alto y se había quemado por el sol, las miró con los ojos entornados, y Dora, que era baja, gorda y decía mil frases por minuto, las saludó frenéticamente mientras Herman examinaba con minucia los brazos y piernas desnudos de Rose, pensando, sin duda, que le convendría algún tatuaje. Maggie los saludó con la mano y se dirigió hacia ellos. Rose, que no daba crédito, cabeceó y extendió la toalla sobre una de las tumbonas de chirriante hierro. «Relájate», pensó con firmeza, arreglándoselas para sonreír y cruzando el ardiente cemento para conocer a los nuevos amigos de Maggie.

—¿Estaréis bien aquí? —preguntó Ella. El sofá camá, que para Maggie había sido más que suficiente, de pronto parecía demasiado pequeño para que lo compartieran sus dos nietas.

—Estaremos bien —contestó Rose mientras extendía una sábana limpia sobre la cama. Todavía estaba aturdida y desorientada (y ligeramente quemada por el sol) tras su primer día en Florida. Maggie y ella habían estado en la piscina y luego, temprano, habían ido a cenar con Lewis, que era muy simpático, y Ella, que había seguido mirando a Rose de manera absolutamente desconcertante. Después de la cena habían visto una hora de televisión, y ahora estaban en el pequeño cuarto del fondo. Rose se fijó en que Maggie había invadido el espacio, igual que hiciera en casa de Rose, convirtiendo la habitación y la terraza en un despacho-tocador provisional. Había una mesa de cartas cubierta con bocetos, libretas y manuales sobre cómo empezar y dirigir un pequeño negocio. Había un maniquí que Maggie había comprado de ocasión a una señora que subastaba sus objetos personales, y adornado con telas de diversos tejidos: un trozo de satén de color marfil con flecos, una tela de seda de color ciruela. Y montones de ropa y cosméticos, que a Rose le resultaban familiares, junto a pilas de libros no tan familiares. Rose cogió uno. *Travels*, de W. S. Merwin. Lo recordaba de la escuela, y hojeó las manoseadas páginas, muchas de ellas decoradas con los garabatos de Maggie.

—¿Lees poesía? —inquirió Rose.

Maggie asintió con orgullo.

—Me gusta —dijo. Sacó un libro del montón—. Éste es de Rilkee.

—Rilke —corrigió Rose.

Maggie agitó una mano.

—Eso. —Se aclaró la garganta—. Es una poesía de buenas noches —explicó, y empezó a recitar:

> * Me gustaría cantarle a alguien hasta que se durmiera,
> sentarme a su lado, y quedarme quieto.
> Me gustaría acunarte y susurrarte una canción
> estar contigo en las orillas del sueño,

---

* *I'd like to sing someone to sleep, / By someone sit, and be still. / I'd like to rock you and murmur a song / Be with you on the fringes of sleep / Be the one and only awake in the house / Who would know that the night is cold. / I'd like to listen both inside and out, / Into you, and the world, and the woods. / The clocks call out with their toiling bells, / And you can see to the bottom of time. / Down in the street a stranger goes by / And bothers a passing dog. / Behind come silence, I've laid my eyes / On you like an open hand, / And they hold you lightly and let you go, / When something moves in the dark.*
(En el original. *N. de la T.*)

ser el único despierto en casa
que supiera que la noche es fría.
Me gustaría escuchar tanto dentro como fuera,
a ti, y al mundo, y a los bosques.
Los relojes dan, cansinos, las campanadas,
y puedes vislumbrar el fin de los tiempos.
Abajo, un desconocido pasa por la calle
y perturba a un perro agonizante.
Después viene el silencio, he puesto los ojos
en ti como una mano extendida,
y te sostienen con suavidad y te dejan ir,
cuando algo se mueve en la oscuridad.

Asintió, satisfecha, mientras Rose la miraba boquiabierta.

—¿Cómo has...? ¿Dónde...? —Estaba atónita. Abducción, pensó otra vez Rose. De algún modo, la avidez de Maggie y su obsesión por robar zapatos, y su búsqueda ansiosa de la fama se habían esfumado para ser sustituidas por Rilke.

—Me gusta especialmente el verso del perro agonizante —comentó Maggie—. Me recuerda a *Honey Bun*.

—A mí me recuerda a *Petunia* —dijo Rose—. La perra faldera que dejaste en mi apartamento.

—¡Oh, sí, sí, sí! —exclamó Maggie—. ¿Cómo está?

—Bien —contestó Rose escuetamente, que recordó cómo Maggie le encasquetó la perra, y el desorden, y la imborrable imagen mental de su hermana copulando con Jim Danvers. Se cepilló los dientes, se lavó la cara y se metió en la cama, pegándose al borde del colchón y de espaldas a su hermana.

—No me des patadas —advirtió Maggie—. Es más, intenta no establecer ninguna clase de contacto físico conmigo.

—Descuida, no te preocupes —repuso Rose—. Buenas noches —dijo.

—Buenas noches —deseó Maggie.

Reinó el silencio, a excepción de las ranas que croaban. Rose cerró los ojos.

—¡Vaya, así que te casas con Simon Stein! —exclamó Maggie con alegría.

Rose soltó un gruñido. Se había olvidado de esto; se había olvidado de que Maggie siempre decía que se iba a dormir, se acostaba, apagaba las luces, bostezaba, se estiraba y decía buenas noches, dando totalmente la impresión de que de verdad quería dormir y, luego, justo cuando uno estaba a punto de dormirse, entablaba una conversación.

—¿No hemos hablado de esto en la cena?

Maggie la ignoró.

—Lo recuerdo de aquella fiesta —explicó—. ¡Era encantador! Bajito, pero encantador. Cuéntame, ¿qué tipo de boda queréis?

—Sencilla —contestó Rose, que había decidido que cuanto más concisas fuesen las respuestas mejor—. Sydelle me está ayudando.

—¡Oh, no! Se avecina el desastre. ¿No te acuerdas de la boda de Mi Marcia?

—Vagamente —respondió Rose—. Sólo fui a la ceremonia. —Sydelle, tan considerada como siempre, había organizado la boda de Mi Marcia para la semana en que Rose tenía los exámenes de fin de carrera. Se había quedado al intercambio de las solemnes promesas de matrimonio y después se había ido a casa a estudiar.

—¡Oh, Dios mío! —exclamó Maggie—. Podrían haberlo retransmitido en el canal Fox. *Las peores bodas de Estados Unidos*.

—Pues vi las fotos y eran bonitas. —Pero Rose empezaba a sospechar que algo había pasado en la boda de Mi Marcia, algo de lo que ni su padre ni Sydelle habían querido hablar.

—¿No te fijaste —preguntó Maggie— en que en las fotos no se veían los pies de nadie?

Rose no se acordaba.

—Te diré por qué —dijo Maggie respondiendo a su propia pregunta—. El convite se celebró en el jardín que hay detrás de aquel lujoso club de campo, ¿lo recuerdas?

—Sí, Silver Glen.

—Silver Glen, Silver Lake o Silver lo-que-sea —replicó Maggie con impaciencia—. Y era realmente precioso: jardines, césped y demás. Sólo que los aspersores automáticos no funcionaban bien, la carpa no tenía suelo y había como un palmo de barro en el suelo. Todas las mesas se empezaron a hundir y hacía un frío horrible...

—¡Me tomas el pelo! —repuso Rose.

—¡De verdad que no! —insistió Maggie alegremente—. Mi Marcia estaba en el cuarto de baño llorando a lágrima viva. —Maggie alzó la voz y gritó—: ¡Mi gran día se ha ido al traste! ¡Al traste!

—¡Oh, Dios! —se lamentó Rose, que comenzaba a estar mareada y a sentir cierta compasión por Mi Marcia.

—Espera, que hay más —anunció Maggie—. Sydelle se olvidó de contratar aparcacoches, por lo que todo el mundo tuvo que salir a mover su coche. Entonces, en mitad del primer baile, los aspersores volvieron a dispararse y la gente salió corriendo. Y —añadió— como se olvidaron de reservarme un sitio en las mesas, tuve que sentarme con la orquesta. Nos dieron un tentempié en envases de plástico en lugar de platos con carne y marisco.

Rose decidió que la ausencia de Maggie en las listas de las mesas probablemente no fuera accidental, pero prefirió no decirlo.

—Fue un espectáculo bochornoso —finalizó Maggie alegremente—, pero había barra libre; lo único que valió la pena, y tomé un montón de cócteles.

—De eso no me cabe ninguna duda —repuso Rose.

—Hubo un desfile de todos los jóvenes y yo fui la maestra de ceremonias —continuó Maggie.

—¿Tenías ya los veintiuno por aquel entonces?

—Aún no —confesó Maggie—. Bueno, ¿qué más,qué?

—No hay mucho que contar —dijo Rose despacio. Sabía que no era verdad, pero ¿para que iba a contarle a Maggie lo de la desastrosa fiesta de Sydelle, su discusión con su padre y su encuentro con Jim Danvers? Todavía no era el momento. Tenía que averiguar qué había causado la milagrosa transformación de su hermana en una ciudadana responsable que no quería ser el centro de atención, trabajadora y que simpatizaba con los ancianos de Golden Acres.

—Cuéntame más cosas de la boda. ¿Tendrás damas de honor?

Hubo un breve e incómodo silencio.

—Creo que sólo a Amy —respondió Rose—. Y supongo que a ti también. Si quieres.

—¿Quieres que sea dama de honor?

—La verdad es que me da bastante igual —soltó Rose—. Pero, si te hace ilusión, puedes serlo.

—Pues es tu boda —comentó Maggie—, debería importarte.

—Eso me dice todo el mundo.

—Bueno —dijo Maggie con frialdad—, buenas noches.

—Buenas noches —deseó Rose.

—Buenas noches —repitió Maggie. Silencio.

—¿Rose? —volvió a hablar Maggie—. ¡Oye, Rose!, ¿podrías traerme un vaso de agua con un cubito de hielo, por favor?

—Puedes ir tú a buscarte el agua —espetó Rose. Pero mientras decía eso, sacó las piernas de la cama y cayó en la cuenta de que también había olvidado esto: siempre iba a buscarle el agua a Maggie. Lo había hecho desde que eran pequeñas. Durante los meses que su hermana había estado en su casa le había traído agua casi todas las noches. Y, probablemente, cuando tuviesen ochenta años, estuviesen viudas, se hubiesen jubilado y trasladado a vivir al Golden Acres allá por el 2060 y algo, seguiría yéndole a buscar a su hermana pequeña vasos de agua con un cubito de hielo.

Cuando Rose regresó a la cama vio encima de su almohada algo que centelleaba. Lo miró detenidamente, pensando que se trataba de algún insecto. Pero no era un insecto. Era un bombón cuadrado envuelto en papel de aluminio.

—Como en los hoteles de lujo —declaró Maggie.

—A dormir —ordenó Rose.

—Está bien, está bien —dijo Maggie. Pero antes de cerrar, por fin, los ojos, dejó el bombón en la mesilla de noche para que fuera lo primero que viese su hermana por la mañana.

En su propia habitación, Ella liberó la respiración que, sin darse cuenta, había contenido y se metió en la cama. La cabeza le daba vueltas, tenía mil preguntas. ¿Cuál era la historia con Sydelle? ¿Quién era Mi Marcia? ¿Cuál era el verdadero motivo de que Rose no se hablara con Maggie? ¿Por qué Maggie parecía tan desesperada por contentar a su hermana mayor? ¿Se casaría realmente Rose sin contar con Maggie? ¿Invitaría a su abuela?

Se mordió el labio y cerró los ojos. Aquí había una historia. Ella estaba convencida de ello. Había alguna razón para que Maggie se hubiese largado de casa de Rose y se hubiese ido a Princeton, una razón para que hubiese estado diez meses sin hablarse con su única hermana. «Date tiempo» —le había aconsejado Lewis—. «Lo intentaré», susurró ella, y tiró dos besos hacia la pared de la habitación de sus nietas.

54

Rose introdujo una mano enguantada en un frasco lleno de muslos de pavo hervidos, extrajo uno y se dispuso a arrancar la carne del hueso.

—Muchísimas gracias por haber venido a ayudar —le dijo Ella, que estaba de pie al lado de Rose, pelando zanahorias, en la sala de esparcimiento de la sinagoga donde cada viernes daban de comer a los vagabundos—. ¿Seguro que no te importa hacer esto?

—Seguro —contestó Rose—. Es mejor que pelar cebollas, ¿no?

—¡Oh, desde luego! —exclamó Ella, que se sobresaltó por lo mucho que había gritado, por el excesivo entusiasmo de su respuesta. Se concentró en las zanahorias, esforzándose para no mirar a su nieta mayor.

Rose llevaba tres días en Florida y seguía siendo un gran misterio para Ella. Contestaba con educación absolutamente a todas sus preguntas, y también hacía muchas preguntas, la mayoría de las cuales estaban tan bien formuladas que Ella dedujo que preguntar formaba parte de su profesión. De la que había sido su profesión, ya que Rose le había explicado que se había tomado un descanso del mundo de la abogacía.

—¿Qué quiere decir que te has tomado un descanso? —había inquirido Maggie.

—Quiere decir lo que he dicho. Que me he tomado un descanso —había repetido Rose sin mirar a su hermana. Ella sabía que algo horrible había pasado entre sus nietas, pero no podía adivinar qué era, y Maggie no había mencionado el tema mientras se dedicaba a seguir a su hermana por Golden Acres como un cachorro perdido.

Rose se sacó los guantes, apoyó las manos en las caderas y se estiró, girando el cuello. Incluso con una malla en el pelo era guapa, decidió Ella. Rose era como su abuela se había imaginado que eran las heroínas bíblicas: alta, fuerte y firme, en cierto modo, de hombros anchos y hábiles manos.

—¿Qué tal? —le preguntó.

Rose suspiró.

—Ya he acabado con el pavo.

—Pues hagamos un descanso —sugirió Ella. Fueron hasta una mesa de cartas que había en un rincón, donde estaba sentada la señora Lefkowitz leyendo la última edición de *Hello!* (porque, como había dicho, los cotilleos de Inglaterra eran siempre mucho más interesantes).

—¡La futura novia! —saludó a Rose, que esbozó una sonrisa y se sentó en una silla plegable.

—Cuéntanos cómo será la boda —pidió la señora Lefkowitz—. ¿Tienes ya el vestido?

Rose titubeó.

—La boda. Mmm... pues... Sydelle ayuda.

—¿Qué es un Sydelle?

—Mi madrastra —declaró Rose—. La *Cruella de Vil*, de Cherry Hill. —Miró a Ella—. ¿Cómo fue la boda de mamá, cómo la recuerdas?

—Fue sencilla —contestó Ella—. La organizaron ellos solos. Se casaron en el despacho del rabino un jueves por la tarde. Yo quise ayudarla... organizarle una boda... pero Caroline no quería grandes celebraciones, y tu padre no quería nada que ella no quisiese.

—Eso me suena —interrumpió Rose—. Mi padre no tiene... —Su voz se apagó—. No tiene mucha fuerza de voluntad.

«Excepto para apartarme de vuestras vidas», pensó Ella; sin embargo, dijo:

—Adoraba a tu madre. Lo sabía cualquiera que los viese juntos. Intentó cuidarla y hacerla feliz.

—¡A mí lo que me interesa es tu boda! —protestó la señora Lefkowitz, dejando a un lado la lectura del último flirteo de Fergie—. ¡Quiero saberlo todo!

Rose suspiró.

—La verdad es que no hay mucho que contar. La está organizando un monstruo, que me ignora por completo cuando le digo lo que Simon y yo queremos, y no para de meternos sus ideas con calzador.

—Un limón —dijo la señora Lefkowitz, asintiendo.

—¿Qué?

—Piensa en una fruta —prosiguió la señora—. Cuando exprimes una naranja, ¿qué pasa?

Rose sonrió.

—Que te manchas.

—No, no, señorita lumbrera. Obtienes zumo de naranja y no zumo de pomelo, ni de manzana ni leche. Lo que obtienes es zumo de naranja. Siempre. Y la gente es así. Sólo puede darte lo que lleva en su interior. De modo que si el carácter de Sydelle te causa tantos problemas, es porque en su interior es problemática. No hace más que exteriorizar al universo lo que hay en su corazón. —Y la señora Lefkowitz se reclinó, visiblemente satisfecha.

—¿De dónde ha sacado eso? —preguntó Ella.

—Del doctor Phil —respondió la señora Lefkowitz.

Ella anotó mentalmente averiguar quién era el doctor Phil.

—¡A ver...! —dijo Rose—. ¿Qué clase de fruta es Maggie?

—Una fruta dulce —contestó la señora Lefkowitz.

Rose se echó a reír.

—Si eso es lo que piensa, entonces es que no conoce muy bien a mi hermana.

—¿No es dulce? —inquirió Ella.

Rose se puso de pie.

—Coge cosas —declaró.

«¡Al fin! —dijo Ella para sí mientras Rose empezaba a caminar—. Al fin llegaremos al fondo de la cuestión y averiguaré lo que ocurrió.»

—Lo coge todo —continuó Rose con voz temblorosa—. ¿No lo has notado? Mi hermana se cree que tiene todo el derecho de hacer ciertas cosas. Por ejemplo, considera que tiene derecho de coger todo lo que sea tuyo. Ropa, zapatos, dinero, el coche... y más cosas.

«Más cosas», pensó Ella.

—No me digas que en todo el tiempo que lleva contigo no ha desaparecido nada.

—Yo diría que no —repuso Ella.

—Tampoco tenemos nada que pudiera ser de su interés —apuntó la señora Lefkowitz.

Rose sacudió la cabeza.

—Se imaginó que en cuanto acabara conmigo podría ir a por la siguiente víctima —comentó.

«Más cosas», pensó Ella de nuevo, y se esforzó al máximo para tratar de llegar al corazón del problema.

—¿Qué te cogió Maggie? —quiso saber.

Rose se volvió de golpe.

—¿Cómo?

Ella repitió la pregunta.

—Intuyo que te quitó algo muy importante para ti. ¿Qué fue?

—Nada —contestó Rose. Y ahora no sonaba simplemente enfadada, sino furiosa. Estaba furiosa con Maggie, pensó Ella. Y tal vez también con ella—. Nada demasiado importante.

—Cariño —dijo Ella mientras alargaba el brazo. Rose hizo caso omiso—, a mí me parece que Maggie está bien. —Pero Ella prosiguió, lo que fue un desacierto total—. Sé que ahorra dinero y que la idea del negocio es buena. Ha encontrado ropa para un montón de conocidos míos. Para su amiga Dora, para Mavis Gold, mi vecina...

—Tú ten cuidado —advirtió Rose—. Que aún no te haya quitado nada no significa que no vaya hacerlo. Quizá parezca dulce, pero no lo es. No siempre. —Y Ella se sentó, boquiabierta y petrificada, mientras Rose salía por la puerta.

55

Dos días más tarde, Maggie observó a Rose mientras dormía en la tumbona contigua a la suya.

—Está cansada —constató Dora.

—Tu agudeza es sorprendente —dijo Jack.

—Parece simpática —apuntó Herman, haciendo un comentario extrañamente no relacionado con los tatuajes.

—Lo es —afirmó Ella.

Maggie suspiró.

—Creo que se irá pronto —anunció. Había oído a Rose hablar por teléfono aquella mañana, al salir de la ducha; hablaba en voz baja con alguien que debía de ser Simon, al que le pedía disculpas susurrando y que le mirara qué vuelos había a Filadelfia.

Pero Rose no podía marcharse. No de esta manera. No sin que Maggie la hubiese convencido de que ella realmente había cambiado, de que realmente se portaría mejor y de que lamentaba mucho lo que había pasado.

Se puso de lado, reflexiva. Rose necesitaba paz y tranquilidad, y Maggie se había asegurado de que cada día durmiera una siesta, tuviese un rato de tranquilidad en la piscina y paseara por las noches antes de cenar. Se había asegurado de que Ella comprara algunos de los alimentos predilectos de su hermana, incluyendo los ganchitos de queso y los helados que, secretamente, a Rose le encantaban. Le había dejado tener el mando cada vez que veían la tele, y no se quejaba cuando Rose toqueteaba sus libros de la biblioteca en busca de las poesías que recordaba de la escuela. Pero daba la impresión de que nada surtía efecto. Rose se pasaba el día entero con Ella, le hacía preguntas sobre su madre, miraba fotografías y acompañaba a su abuela a pasear. Las dos eran uña y carne, un tándem perfecto. Y Rose no parecía tener intención de hacerle sitio a ella. Estaba claro que todavía no la había perdonado. Y tampoco tenía ni idea de cómo lograrlo, si no era pidiéndole perdón directamente. Lo que ya había hecho una y otra vez, en vano. Tenía que haber algo que pudiese darle a Rose, algo que pudiese hacer para convencer a su hermana de que estaba arrepentida y de que, en adelante, se portaría bien.

Bueno, pensó mientras se ponía boca abajo, al menos Rose tenía otro novio. Un futuro marido. Una boda que, probablemente, estaría organizando con la misma eficacia implacable que había desplegado durante su carrera. Maggie se imaginaba la lista de invitados en una hoja de cálculo, un esquema de las mesas hecho por ordenador, y a una florista cultivando las flores perfectas para el *bouquet*. ¿Y qué había del vestido de novia? Maggie se incorporó tan deprisa que salpicó a los demás con gotas de agua de su cuerpo, lo que provocó que Dora soltase un grito, que Jack la reprendiera y Ella le pasase una toalla.

—¡Oye, Rose! —chilló. Rose se despertó sobresaltada y la miró somnolienta—. ¿Tienes ya el vestido de novia?

Su hermana volvió a cerrar los ojos.

—Todavía lo estoy buscando —contestó.

—Sigue durmiendo —dijo Maggie. ¡Genial! Si pudiese encontrarle a Rose el vestido de novia perfecto... Bueno, no lo solucionaría todo, pero sería un comienzo. Más que un comienzo, sería una señal, una señal de que ella era sincera y de que sus intenciones eran buenas.

Además, cuanto más pensaba en ello, dar con el vestido perfecto para su hermana sería algo simbólico. Lo recordaba de su asignatura llamada «Creación de los Mitos», cuando el profesor había hablado de las búsquedas sagradas, de cómo los héroes tenían que viajar al mundo y traer algo de vuelta consigo: una espada, un cáliz, una chinela de cristal o unas monedas encantadas. «*Sir Gawain y el Caballero Verde* —había dicho el profesor—. *Jack y las judías mágicas. El Señor de los anillos.* ¿Y cuál era el objetivo de un símbolo? —había preguntado el profesor—. El conocimiento. En cuanto el héroe había adquirido este conocimiento, podía vivir felizmente en el mundo.» Pues bien, Maggie no era una heroína, y no estaba segura de entender completamente toda esta historia del autoconocimiento y el simbolismo, pero era una magnífica compradora. Sabía de moda y, es más..., conocía a su hermana y podría encontrarle un vestido.

Abrió su agenda. Estaba bastante ocupada: tenía que comprarle algo a la señora Lieberman para la fiesta de sus bodas de oro, y la señora Gantz iba a hacer un crucero, pero reorganizaría su planificación. ¿Por dónde empezaría? Primero por el departamento de novias de Saks, para inspirarse. Probablemente no habría nada de la talla de Rose, pero al menos vería lo que tenían. Y entonces, cuando tuviese una idea de lo que quería, iría a sus tres tiendas de ropa de segunda mano favoritas. Había visto vestidos de novia en todas ellas y, como buscaba otras cosas, no les había prestado atención, pero sabía que estaban ahí, y...

—¡Oye! —gritó Maggie—. ¡Oye, Rose!, ¿cuánto tiempo más crees que te quedarás?

—Hasta el lunes —contestó Rose, que se levantó de la tumbona, caminó despacio hasta la piscina y se metió en el agua. Tenía cuatro días. ¿Podría Maggie dar con un vestido de novia (el vestido de novia adecuado) en cuatro días? No las tenía todas consigo, así que empezaría de inmediato.

—¿Cuál es tu prenda de ropa favorita? —le preguntó Maggie a su hermana—. Lo que más te gusta ponerte.

Rose nadó hasta el borde de la piscina y apoyó en él los brazos.

—Mi sudadera azul con capucha. ¿La recuerdas?

Maggie asintió, y el alma se le cayó a los pies. Recordaba perfectamente la sudadera con capucha, porque Rose la había llevado casi sin interrupción durante todo el sexto grado. «Me gusta», decía con tozudez cuando su padre intentaba que se la quitara para poderla lavar.

—La llevaste hasta que se hubo caído a pedazos —repuso Maggie.

Rose asintió.

—Mi querida sudadera —comentó Rose con cariño como si hablase de un perro o una persona y no de un jersey. A Maggie aún se le cayó más el alma a los pies. ¿Cómo diantres iba a reproducir un vestido de novia a partir de una zarrapastrosa sudadera azul con cremallera en la parte frontal?

Tendría que empezar de cero. Y, dado que no tenía más que cuatro días, necesitaría ayuda. Mientras Rose hacía largos de piscina, Maggie llamó con señas a Dora, Ella y Lewis:

—Chicos, necesito que me ayudéis a llevar a cabo un plan —susurró.

Dora acercó un poco su silla, los ojos le brillaban.

—¡Eso sí que son buenas noticias! —exclamó.

—¿Ni siquiera queréis saber de qué se trata? —inquirió Maggie.

Dora miró a Lewis. Lewis miró a Ella. Y los tres miraron a Maggie mientras asentían con solemnidad.

—Estamos aburridos —explicó Dora—. Danos algo que hacer.

—Deja que te ayudemos —pidió Ella.

—De acuerdo, pues —dijo Maggie mientras pasaba las hojas de su libreta hasta encontrar una en blanco y trazaba mentalmente la estrategia del plan—, esto es lo que haremos.

56

—¿Estás listo? —preguntó Ella, manoseando las hojas mecanografiadas que llevaba en su carpeta—. ¿No quieres sentarte?

—Soy viejo —replicó Lewis—. Siempre quiero sentarme. —Retiró una silla de su mesa del despacho de *Golden Acres Gazette* y miró a Ella expectante. Ella se aclaró la garganta y lanzó una mirada a Maggie. Maggie le dedicó una alentadora sonrisa, y Ella empezó a leer el poema que habían escrito juntas y que habían titulado «Lamento senil».

He visto a las mejores mentes de mi generación
destrozadas por momentos seniles,
dispépticas, amnésicas y vestidas con poliéster,
arrastrándose a las cuatro
hasta las plazas de aparcamiento para minusválidos
para asegurarse un sitio.

—¡Dios mío! —exclamó Lewis, procurando no reírse—. Veo que ya habéis descubierto a Allen Ginsberg.

—Así es —afirmó Maggie con orgullo—. Naturalmente, quiero que mi nombre aparezca en el artículo.

—Como coautora —matizó Ella.

—Muy bien, lo que tú digas —se conformó Maggie.

—¿Qué tal va la misión de alto secreto? —inquirió Lewis.

A Maggie se le cambió la cara.

—Es más difícil de lo que me había imaginado —contestó—. Pero creo que todo saldrá bien. Cuento contigo, ¿no?

—¡Por supuesto! —replicó Lewis. Maggie asintió, bajó de un salto del borde de la mesa y cogió su bolso.

—Me tengo que ir —anunció—. La señora Gantz me espera para ir a comprarse bañadores. Nos vemos en casa a las cuatro.

Ella, sonriente, la observó mientras se alejaba.

—Dime, querida —dijo Lewis—, ¿cómo va eso de ser abuela?

—Bien —respondió Ella—. Bueno, mejor, la verdad. Maggie está encantada. El negocio empieza a despegar; no para un minuto.

—¿Y Rose? —se interesó Lewis.

—Pues me parece que esto de la boda la desquicia un poco y que Maggie también la vuelve un poco loca. ¡Se preocupan tanto la una por la otra! Al menos sé que se quieren. —Ella recordó cómo, meses antes de la llegada de Rose, Maggie aludía a ella repentinamente en diversos momentos de una conversación (nunca decía su nombre, se había fijado Ella, sino nada más «mi hermana»). Decía, por ejemplo, «mi hermana y yo solíamos ir con mi padre a ver partidos de rugby», o «mi hermana y yo compartíamos habitación, porque el monstruo de Sydelle me obligó a salir de mi cuarto y dormir con Rose cuando redecoró la casa». Ella guardaba como un tesoro en la memoria cada alusión, cada fragmento de conversación, cada imagen fugaz que recordaba de sus nietas cuando eran pequeñas, y sobre todo durante los primeros días tras la llegada de Maggie a Florida, en que apenas decía palabra. A veces hasta las visualizaba en su habitación con literas, Rose tumbada en el suelo boca abajo enfrascada en...¿En qué? En un libro de

Nancy Drew, decidió Ella. Sí, ¿por qué no? Y Maggie, todavía una niña, vestida con...¿Con qué? Con un pelele rojo, pensó Ella. Maggie saltaba de un lado a otro, sin parar, hasta que sus piernas rojas y su pelo tostado se confundían mientras gritaba: «¡El veloz! ¡Zorro! ¡Marrón! ¡Saltó! ¡Sobre el perro holgazán!»

—Me gustaría... —dijo Ella, pero cerró la boca. ¿Qué le gustaría? ¿Qué quería?—. Me gustaría que hicieran las paces. Me gustaría poder darle a Maggie la vida que desea, y decirle a Rose cómo habérselas con su madrastra, y simplemente... —levantó la mano izquierda, que agitó como si tuviese una varita mágica— arreglar las cosas. Solucionarles la vida.

—Te entiendo, pero eso no es lo que un abuelo tiene que hacer —explicó Lewis.

—¿Ah, no? —repuso Ella malhumorada.

Lewis sacudió la cabeza.

—¿Y qué hacen entonces los abuelos? —preguntó Ella melancólica y apesadumbrada por no haber podido aprender la respuesta durante todos esos años.

Lewis clavó los ojos en el techo y reflexionó.

—Creo que tenemos que querer a los nietos incondicionalmente, apoyarles y de vez en cuando darles dinero. Ofrecerles un hogar cuando no tengan adónde ir e intentar no decirles lo que tienen que hacer, porque para eso ya están sus padres. Hay que dejar que lo averigüen por sí mismos.

Ella cerró los ojos.

—Me pregunto si Rose me odia —dijo Ella en voz tan baja que Lewis casi no lo oyó. No se lo había dicho ni a él ni a Maggie, ni a nadie, pero la primera vez que había visto a Rose había sentido una mezcla de felicidad y angustia; parte de ella seguía esperando a que Rose le hiciese esas preguntas para las que no tenía respuestas.

—¿Por qué dices eso? —preguntó Lewis con cariño—. Te preocupas demasiado. Esas niñas son muy listas. No te culparán de no haber estado, porque no fue culpa tuya; y no pueden pretender que les arregles la vida, porque eso no lo puede hacer nadie.

—Pero ¿está mal que quiera intentarlo? —insistió Ella.

Lewis le sonrió y la cogió de la mano.

—No —dijo—, sólo hace que te quiera más.

57

El primer problema que planteaba la búsqueda de un vestido de novia *prêt-à-porter*, como Maggie descubrió a la mañana siguiente, era que sólo había dos tallas, y creía que ninguna de ellas era la de Rose. «Lo que tenemos son modelos de prueba —le había explicado la aburrida dependienta cuando Maggie le pidió si tenía algo que no fuera de las tallas 38 o 40—. Te los pruebas, nos dices cuál te gusta y lo encargaremos en tu talla.»

—Pero ¿y si no tienes una treinta y ocho o una cuarenta? —inquirió.

—Si es demasiado grande, lo prendemos con alfileres —respondió la chica.

—¿Y si es demasiado pequeño? —preguntó Maggie mientras tocaba los vestidos, consciente de que su hermana no cabría en ellos. La dependienta se había encogido de hombros y había garabateado un nombre y una dirección en un trozo de papel.

—Aquí encontrarás tallas grandes —dijo.

Y era verdad que la siguiente tienda —una sucursal de una cadena gigante de vestidos de novia— tenía tallas grandes expuestas en un departamento de atrevido nombre, Diva.

—¿Los venden con todos los complementos? —había preguntado Ella. Maggie no estaba segura, pero lo que sí tenía claro es que los vestidos eran espantosos.

—¿Qué te parece éste? —propuso Ella, enseñándole a Maggie el enésimo vestido de corte imperio y abultada falda que veían. Éste tenía abundantes racimos de flores de seda en el pecho.

—Está bien —respondió Maggie—. Es correcto, sí, pero quiero encontrar algo que sea perfecto, y no sé si aquí lo encontraremos. —Suspiró y se apoyó en un recipiente de cristal que contenía ligueros que estaban rebajados de precio—. Ni siquiera estoy segura de lo que busco. Tengo la sensación de que lo sabré en cuanto lo vea, ¡pero lo que no sé con seguridad es si lo llegaré a ver!

—Veamos... ¿Qué le gusta a Rose? —se interesó Ella.

—No tiene ni idea de lo que le gusta —explicó Maggie—. Su prenda de ropa favorita es una sudadera azul con capucha y una cremallera en la parte delantera. —Volvió a suspirar—. Me parece que sería mejor que fuésemos directamente a una modista. —Cabeceó—. Puede que tengamos suerte, aunque, desde luego, aquí no será —añadió, y echó un vistazo a su alrededor—. ¿Dónde está Lewis?

Resultó que Lewis estaba en los probadores haciendo útiles críticas a las futuras novias.

—No sé —comentó una diminuta cabeza pelirroja que llevaba un abultado merengue—, ¿cree que es demasiado exagerado?

Lewis la observó detenidamente.

—Ponte otra vez el tercero, el de la espalda escotada —sugirió—. Sigue siendo mi favorito.

Una chica negra con conchas y cuentas en sus trenzas le tocó a Lewis en el hombro y dio unas cuantas vueltas.

—¡Éste sí que te queda bien! —celebró Lewis, que asintió en señal de aprobación.

—¡Lewis! —gritó Maggie—. ¡Nos vamos ya!

Se oyó un coro de protestas procedente de media docena de probadores. «¡No! ¡Aún no! ¡Sólo un vestido más!»

Lewis sonrió.

—Por lo visto esto se me da bien. Maggie, a lo mejor deberías contratarme.

—Hecho —accedió Maggie—. Pero nos quedan dos días hasta que Rose se vaya y todavía no tenemos el vestido, así que hay que seguir mirando tiendas. ¡Vámonos!

Aquella misma noche, más tarde, Maggie y Ella regresaron a Golden Acres en coche; el aire nocturno era espeso y húmedo, se oía el chirrido de las cigarras y las dos estaban desanimadas. El vestido que habían ido a ver era desastroso: la mezcla de poliéster y satén demasiado brillante, el escote redondo era excesivamente pronunciado, y las lentejuelas de los bajos estaban tan mal cosidas que algunas cuentas se soltaron y cayeron tintineando en el suelo de falso linóleo de la cocina de la supuesta vendedora. Cuando Maggie le dijo a la mujer que no les convencía, ésta insistió en que le harían un favor llevándose el vestido.

—¿Es su vestido de novia? —quiso saber Maggie.

—Estuvo a punto de serlo —contestó.

De modo que ahora volvían a casa con el vestido, que colgado en su percha se balanceaba en el asiento trasero como un fantasma, y Maggie estaba enfadada y preocupada.

—¿Qué voy a hacer? —preguntó. Y le sorprendió la respuesta de Ella:

—¿Sabes qué? Creo que éste es realmente uno de esos casos en los que es la intención lo que cuenta.

—¿Y cómo narices va a ir Rose hasta el altar con una intención puesta? —replicó Maggie.

—Evidentemente, eso es imposible, pero el mero hecho de que hagas esto y de que pongas tanto empeño, demuestra lo mucho que la quieres.

—Sólo que ella no sabe que lo estoy haciendo —declaró Maggie—. Y quiero encontrarle un vestido, en serio. Para mí es importante, muy importante.

—Está bien... pero no es necesario que lo encuentres antes de que Rose se vaya. Tienes cinco meses. Siempre puedes dar con algo que te guste y mandarlo hacer. O coserlo tú misma.

—No sé coser —confesó Maggie de mal talante.

—Tú no —repuso Ella—, pero yo sí. O eso creo, porque ha pasado mucho tiempo. Solía hacer toda clase de cosas: manteles, cortinas, vestidos para tu madre cuando era pequeña...

—Pero un vestido de novia... en fin, ¿no te sería difícil?

—Mucho —confirmó Ella—, pero podríamos hacerlo juntas en cuanto sepas lo que te gusta.

—Me parece que ya lo sé —anunció Maggie. De hecho, después de haber visto más de cien vestidos diferentes y fotografías de tal vez unos quinientos más, empezaba a tener una idea de lo que le quedaría perfecto a Rose. No es que hubiese visto el vestido en realidad. Había pensado en un vestido de noche, porque Rose tenía una figura lo bastante bonita y suficiente cintura para que le sentara bien. Tal vez vestido de noche con escote en «u», abierto pero no indecente, quizá con los bajos ribeteados de lentejuelas o perlas, nada demasiado llamativo, y desde luego tampoco demasiado incómodo. Las mangas tres cuartos serían las más favorecedoras, sin duda alguna mejor que la manga corta, que, en cierto modo, producía un efecto de mayor gordura, y un vestido sin mangas, que sabía que Rose no se pondría jamás. Y una falda voluminosa, como las de los cuentos de hadas, una falda que a Rose le recordase a Glinda, la bruja buena de *El Mago de Oz*, sólo que no tenía que ser exactamente igual, y, cómo no, una cola, aunque no demasiado larga—. Y creo que Rose se fiaría de mí. —Lo que no era del todo cierto, dijo Maggie para sí. Esperaba que Rose confiase en ella. Lo *esperaba*.

Condujo mientras pensaba y se imaginaba el vestido en su mente.

—Cuando coses —le preguntó a su abuela—, ¿necesitas encontrar un patrón exacto de lo quieres hacer?

—Sí, así es como se suele hacer.

—¿Y si quieres hacer algo que no se ajusta a ningún patrón?

—Mmm... —titubeó Ella, que se dio unos golpecitos en el labio inferior—. En ese caso, supongo que lo que haría es intentar encontrar partes de patrones distintos y juntarlas. Claro que unir todos esos metros de tela sería complicado, además de caro.

—¿Como varios cientos de dólares? —inquirió Maggie con un hilo de voz.

—Me parece que más que eso —contestó Ella—. Pero lo puedo pagar yo.

—No —rechazó Maggie—. No, lo quiero pagar yo. Quiero regalárselo yo. —Condujo en la impenetrable oscuridad, oyendo truenos que retumbaban en la lejanía mientras los cielos se preparaban para la ducha nocturna de Florida. Todas las inseguridades de antaño, todas las burlas de secundaria, todos los jefes que la habían despedido y propietarios que la habían desahuciado, todos los chicos que la habían llamado estúpida se agolparon en su interior como una ola. «No podrás —le decían—. Eres tonta, nunca lo conseguirás.»

Sus manos agarraron con fuerza el volante. «¡Sí podré!», pensó. Recordó las tardes que había dedicado a repartir propaganda por todo Golden Acres, un dibujo de un vestido colgado en una percha y las palabras *SUS COSAS FAVORITAS, MAGGIE FELLER, COMPRADORA PERSONAL*, y cómo durante las dos siguientes semanas el teléfono había sonado con tal insistencia que, finalmente, se había hecho instalar una línea privada. Se le ocurrió repasar de nuevo su presupuesto con Jack; recordó cómo Jack le había explicado una y otra vez, sin perder nunca la paciencia, que para poder ahorrar y tener su propia tienda era preciso que se imaginara que su dinero era un pastel, y que para sobrevivir necesitaría comerse la mayoría del pastel —es decir, pagar el alquiler, la comida, el gas, etcétera—, pero que si cada mes podía reservar un pequeño trozo, por diminuto que fuese, a la larga («no enseguida —había advertido—, pero sí a la larga») tendría dinero suficiente para sus grandes proyectos. Volvería a repasar los números y sacaría un pedacito para el vestido de Rose.

Y pensó en el pequeño local que había visto a la vuelta de la esquina de la panadería, que llevaba tres meses desocupado y tenía un bonito toldo a rayas verdes y blancas, y un escaparate cuyo cristal estaba lleno de mosquitos muertos. Pensó en cómo pasaría por delante en su rato de descanso y se imaginó a sí misma limpiando el cristal, se imaginó pintando las paredes de color crema y dividiendo el espacio en cubículos con la ayuda de telas blancas de algodón y gasa. Pondría bancos con cojines en cada probador para que las clientas pudieran sentarse y estantes donde dejar sus bolsos, compraría espejos antiguos de segunda mano, y todos los precios estarían redondeados, con el IVA incluido. No sería como estar en Hollywood, pero era lo que se le daba bien. Lo que se le daba mejor de todo. Su actividad favorita. Y estaba triunfando, lo que quería decir que no había razón por la que esto tuviera que salir mal. No se caería de morros para que alguien tuviese que venir a rescatarla; ella misma se rescataría.

—¿Podemos intentarlo? —le preguntó al fin a Ella. El vestido del asiento trasero se balanceaba suavemente, hacia un lado y el otro, como si bailase.

—Sí —afirmó Ella—. Sí, cariño, ¡claro que sí!

58

—Casa Stein, Simon al habla.

—¿Sabe la gente que dices esto cuando coges el teléfono? —inquirió Rose, dándose la vuelta en la cama. Eran las diez de la mañana. Ella se había ido al hospital a acunar a bebés enfermos que habían estado expuestos al efecto de las drogas dentro del útero, y Maggie había salido en una de sus misiones de alto secreto, lo que significaba que Rose tenía la casa entera para ella sola.

—Sabía que eras tú. Tenemos identificador de llamadas —dijo Simon—. ¿Qué tal van las cosas? ¿Estás relajada?

—Más o menos —contestó Rose.

—Sol, risas, cócteles con frutas, ¿algún apuesto chico playero?

Rose suspiró. Simon bromeaba, como siempre, y era divertido, también como siempre, pero todavía no era el mismo. Debía de ser por lo de Jim. Y por la historia de la abuela secreta, y el repentino viaje de Rose a Florida. Tendría que volver pronto a casa y empezar a arreglar las cosas.

—Los únicos chicos playeros que hay por aquí tienen ochenta años y llevan marcapasos.

—Pues no los pierdas de vista —advirtió Simon—. Los ancianos suelen dar sorpresas. ¿Estás bien?

—Sí, y Ella también. Y Maggie... —Rose frunció las cejas. Maggie había cambiado, pero Rose no estaba segura de que fuese un cambio verdadero. Se levantó de la cama, llevándose el teléfono mientras paseaba hasta el salón de Ella—. Maggie se ha convertido en una mujer de negocios —comentó—. Es una «compradora personal», algo de lo más lógico, porque la verdad es que tiene un gusto exquisito. Siempre sabe cómo vestirse y lo que les sienta mejor a los demás. Y los que viven aquí... muchos ya no conducen, e incluso a los que lo hacen les cuesta moverse por los centros comerciales...

—A mí también me cuesta —apuntó Simon—. Es genético. La última vez que mi madre estuvo en Franklin Mills llamó a la policía porque creía que le habían robado el coche, cuando en realidad se había olvidado de dónde lo había estacionado.

—¡Uf! —exclamó Rose—. ¿Por eso puso veinte muñecos de peluche en el asiento trasero y ató todos esos lazos a la antena?

—No —contestó Simon—, lo de los lazos y los peluches es porque le gustan. —Hubo una pausa—. Me enfadé un poco cuando te fuiste. Lo sabes, ¿verdad?

—¿Por lo de Jim Danvers? —Rose tragó saliva, a pesar de que ya había contado con esto.

—Sí —afirmó Simon—, aunque quiero que sepas que no me enfadé porque hubiese ocurrido; sólo que me gustaría que me contases las cosas. Que me lo contases todo. Voy a ser tu marido y quiero que te apoyes en mí. Quiero que te despidas antes de irte a algún sitio. —Desde el otro lado de la línea, Rose oyó que Simon tragaba con dificultad—. Cuando llegué a casa y vi que no estabas...

Rose cerró los ojos. Recordaba perfectamente esa sensación; la sensación de encontrarse la casa vacía y que la persona a la que uno quiere haya desaparecido sin decir ni mu.

—Lo siento —se disculpó Rose—. No lo volveré a hacer. —Tragó saliva y anduvo hasta la librería, repleta de fotografías de ella, Maggie y su madre vestida de novia, con una sonrisa que indicaba que tenía toda la vida por delante y que ésta iba a ser dichosa—. Siento haberme marchado como lo hice y no haberte contado lo de Jim. No tendrías que haberte enterado de esa manera.

—Probablemente no —repuso Simon—. Pero también fui demasiado duro contigo. Sé lo estresada que has estado con todo lo de la boda.

—Bueno —concedió Rose—, también soy la que tiene más tiempo libre.

—¡Oh! —exclamó Simon—. Por cierto que ayer por la noche te llamó un cazatalentos.

A Rose se le aceleró el pulso. Cuando estuvo en Lewis, Dommel, and Fenick recibía varias llamadas de cazatalentos a la semana, gente que había visto su nombre y su currículum en algún directorio de abogados y que le telefoneaban para intentar que cambiara de bufete, donde, indudablemente, habría acabado trabajando incluso más horas. Pero desde que estaba de baja, el teléfono no había vuelto a sonar.

—Era para la Asociación de Mujeres para la Igualdad de Oportunidades.

—¿En serio? —Rose trató de recordar si el nombre de la asociación le sonaba de algo y a qué se dedicaban—. ¿Cómo me han encontrado?

—Necesitan un abogado en nómina —dijo Simon, evitando la pregunta, lo que le dio a Rose la respuesta: era Simon el que había llamado—. Se ocupan de defender a mujeres con bajos ingresos. Custodias, protección de los hijos, visitas y demás. Mucho trabajo en juzgados, supongo, y el sueldo no es nada del otro mundo porque al principio sería un trabajo de media jornada, pero me pareció interesante. —Hizo un alto—. Aunque, si todavía no estás preparada...

—¡No, no! —replicó Rose, que procuró no chillar—. Suena... No sé, me parece muy... ¿Dejaron algún número de contacto?

—Sí —afirmó Simon—, pero les dije que estabas de vacaciones, así que no hay prisa. ¡Tú disfruta! Ponte el bañador y vete a provocarle un infarto a algún anciano.

—Antes tengo que llamar a Amy. No ha parado de dejarme mensajes desde que estoy aquí y nos echamos de menos.

—¡Ah...! —exclamó Simon—. Amy X.

Rose se echó a reír.

—¡Pero si sólo se hizo llamar así durante tres semanas en la universidad!

—Tenía entendido que en la universidad se hacía llamar Ashante.

—No, lo de Ashante fue en secundaria —le corrigió Rose, que recordó que su mejor amiga había renunciado a su «nombre de esclava» durante la clase de historia de Estados Unidos para alumnos avanzados con el señor Halleck.

—Pues dale recuerdos —pidió Simon—, aunque seguramente no le parecerá suficiente.

—A Amy le caes bien.

—Amy cree que nadie es lo bastante bueno para ti —objetó Simon—. Y tiene razón, pero, en general, no estoy mal. ¿Y sabes qué?

—¿Qué?

Simon susurró:

—Que te quiero mucho, prometida mía.

—Yo también te quiero —se despidió Rose. Colgó el auricular, sonriendo al imaginarse a Simon frente a su desordenada mesa, y marcó el número de su mejor amiga.

—¡Niña! —gritó Amy—. ¡Cuéntamelo todo! ¿Cómo es tu abuela? ¿Te gusta?

—Sí —contestó Rose sorprendida—. Es profunda, simpática y... feliz. Creo que estuvo muy triste durante muchos años, pero ahora que Maggie y yo estamos aquí, está realmente feliz. Lo único es que me mira constantemente.

—¿Por qué?

—¡Oh! Pues imagínate —dijo Rose incómoda—, es que no nos ha visto crecer a ninguna de las dos... Pero ya le he dicho que no se perdió gran cosa.

—*Au contraire*, querida. Se perdió todos los premios que ganaste en los concursos de ciencias naturales. Se perdió los tres años seguidos en que te disfrazaste de Vulcano para los desfiles de Halloween...

Rose dio un respingo.

—Se perdió vernos con calentadores en las piernas y sudaderas cochambrosas —añadió Amy—. Bueno, admito que no me hubiese importado perdérmelo yo también.

—¡Íbamos a la última moda! —bromeó Rose.

—Éramos patéticas —la corrigió Amy—. ¡Pásame a tu abuela que le contaré un par de anécdotas!

—¡De eso nada! —replicó Rose riéndose.

—Entonces, ¿vendrá Maggie a la boda o no?

—Creo que sí —respondió Rose.

—¿Y me sustituirá? —inquirió Amy.

—¡Ni hablar! —contestó Rose—. Tranquila, que podrás lucir tu lazo en el trasero.

—¡Genial! —exclamó Amy—. Tómate una piña colada por mí.

—Y tú no la líes en mi ausencia —le dijo Rose. Colgó el auricular y pensó en el día que tenía por delante. No había perros que pasear ni ninguna crisis prenupcial que resolver. Deambuló por el salón de su abuela y cogió el primer álbum de fotos que había en un montón de la mesa de centro. «Caroline y Rose», rezaba la etiqueta que había pegada en la cubierta. Abrió el álbum y ahí estaba ella, con un día de vida, envuelta en una manta blanca. Tenía los ojos cerrados y su madre miraba a la cámara, sonriendo insegura. «¡Dios! —dijo Rose para sí—, ¡qué joven era!» Pasó las páginas. Rose cuando era bebé, Rose cuando empezó a andar, cuando aprendió a ir en bici, con su madre detrás, que empujaba un cochecito en el que estaba Maggie, todavía bebé, sentada como Cleopatra en su barco. Rose sonrió, pasando las páginas despacio, observando su propio crecimiento y el de su hermana.

59

Maggie se reclinó, se retocó la cola de caballo con aires de empresaria, y asintió.

—¡Vale! —dijo—. Creo que ya lo tenemos. —Avisó a Ella y a Dora, que se acercaron a la mesa que había en el fondo de la tienda de telas—. Esta falda —anunció, y les enseñó el patrón—, este top —dijo, y colocó cuidadosamente el segundo patrón encima—, y estas mangas —continuó, poniendo ahora el tercer patrón—, pero tres cuartos, no largas.

—Empezaremos a hacerlo de muselina —comentó Ella—. Lo haremos con calma; todo irá bien. —Cogió los patrones—. Empezaremos mañana por la mañana y veremos qué tal.

Maggie se reclinó en la silla y sonrió con orgullo.

—¡Quedará fantástico! —aseguró.

Esa noche, cuando Maggie regresó a casa después del trabajo en la panadería y de pasar un momento por la tienda, justo antes de que cerrara, para devolver tres de los bañadores que la señora Gantz había desechado, encontró el equipaje de su hermana perfectamente amontonado junto a la puerta. Había fracasado. Rose se marchaba, y ni siquiera sabía lo mucho que Maggie se había esforzado para encontrarle un vestido. No sabía lo arrepentida que estaba. Su hermana apenas le dirigía la palabra todavía, apenas la miraba. Sus planes no habían funcionado en absoluto.

Maggie se aproximó al cuarto del fondo y oyó las voces de Rose y Ella desde la terraza con mosquitera.

—Da la impresión de que los perros pequeños son más fáciles de manejar —decía Rose—, pero, en realidad, son los más tozudos de todos. Y los que ladran más fuerte.

—¿Habéis tenido perro alguna vez?

—Sí, una vez —contestó Rose—. Un solo día.

Maggie se dirigió hacia la cocina, pensando en que podía hacerle la cena a su hermana; que, al menos, algo era algo, un gesto pequeño pero significativo, un acto con el que Rose vería que a su hermana le importaba. Sacó unos filetes de pez espada de la nevera, cortó cebollas, un aguacate y tomates para preparar una ensalada, y dejó los panecillos dentro de una cesta y al lado del plato de Rose. Cuando los vio, Rose sonrió.

—¡Hidratos de carbono! —celebró.

—Todos tuyos —repuso Maggie, y le pasó la mantequilla a su hermana.

Ella las miró con curiosidad.

—Mi monstruastra —explicó Rose con la boca llena. Tragó—, Sydelle, odiaba los hidratos de carbono.

—Excepto cuando hizo aquel régimen de boniatos —puntualizó Maggie.

—Exacto —convino Rose, que asintió en dirección a su hermana—. Aunque entonces odiaba la carne roja. Pero hiciese el régimen que hiciese, nunca me dejó comer pan.

Maggie apartó la cesta del pan e infló las aletas de la nariz tanto como pudo.

—¡Rose, si tomas pan no comerás! —exclamó.

Rose sacudió la cabeza.

—¡Imposible! —replicó.

Maggie retiró su silla y se dispuso a comer su ensalada.

—¿Te acuerdas del pavo viajero?

Rose cerró los ojos y asintió.

—¿Cómo iba a olvidarlo?

—¿Qué es eso del pavo viajero? —preguntó Ella.

—Verás... —empezó Rose.

—Era uno de los... —empezó también Maggie.

Sus sonrisas se cruzaron.

—Explícalo tú —le ofreció Rose.

Maggie asintió.

—Está bien —aceptó—. Estábamos las dos en casa por las vacaciones de primavera y Sydelle estaba a dieta.

—Una de tantas —observó Rose.

—¡Oye!, ¿quién lo cuenta? —protestó Maggie—. Así que llegamos a casa y ¿qué había para cenar? Pavo.

—Pavo sin piel —matizó Rose.

—Sólo pavo —continuó Maggie—. Sin patatas, ni relleno ni salsa...

—¡Horroroso! —exclamó Rose.

—Simplemente pavo. Al día siguiente desayunamos huevos escalfados, y para comer... pavo. El mismo pavo.

—Era un pavo enorme —intervino Rose.

—Aquella noche también lo tomamos para cenar, y al día siguiente para comer. Pero esa noche teníamos que ir a cenar a casa de una amiga de Sydelle y estábamos encantadas, porque creíamos que, por fin, comeríamos algo distinto; sólo que al llegar nos dimos cuenta de que Sydelle...

—...¡se había llevado el pavo a casa de su amiga! —concluyeron Rose y Maggie a coro.

—No —rectificó Rose mientras untaba mantequilla en un panecillo—, resulta que su amiga estaba haciendo el mismo régimen que ella.

—Y todos tomamos pavo —dijo Maggie.

—Pavo viajero —bromeó Rose. Y Ella se reclinó en la silla, sintiendo que una ola de alivio recorría su cuerpo al oír cómo sus dos nietas se reían.

Esa noche, por última vez, Maggie y Rose se tumbaron una junto a la otra en el sencillo sofá-cama, mientras escuchaban el croar de las ranas, el cálido viento que hacía crujir las palmeras y el ocasional chirrido de frenos de algún (o alguna) residente de Golden Acres que volvía inseguro a casa.

—Estoy llenísima —se lamentó Rose—. ¿Dónde has aprendido a cocinar así?

—Mirando a Ella —contestó Maggie—. Me he fijado en cómo lo hace. Estaba bueno, ¿verdad?

—Delicioso —confesó Rose, que bostezó—. ¿Qué vas a hacer? ¿Piensas quedarte aquí?

—Sí —afirmó Maggie—, bueno, no es que Filadelfia no me gustara. Y a veces sigo pensando en irme a California. Pero esto me encanta. Ahora tengo trabajo, ¿sabes? Quiero que mi negocio prospere y Ella me necesita.

—¿Para qué?

—No sé, tal vez no me necesite —reconoció Maggie—, pero me parece que le gusta verme por aquí. Y lo cierto es que a mí este sitio me gusta. Ya me entiendes, no esto concretamente —dijo haciendo un gesto con el que se refería a la habitación, la urbanización, la Comunidad de Jubilados de Golden Acres—, sino Florida. Aquí todo el mundo es de fuera, ¿te has fijado?

—Creo que sí.

—Y eso me parece que es bueno. Si todo el mundo ha estudiado secundaria en una ciudad distinta, no te pasas la vida tropezando con gente que te recuerda tal como eras en la escuela, en la universidad o donde sea. Así, si quieres, puedes cambiar.

—Puedes cambiar en cualquier parte —declaró Rose—. Mírame a mí.

Maggie se apoyó en el codo y observó a su hermana, ese rostro tan familiar, el pelo que llegaba hasta la almohada; y no vio en Rose una amenaza o a alguien que fuese a sermonearle, o a decirle que hacía las cosas mal, sino una aliada. Una amiga.

Echadas una al lado de otra, reinó el silencio durante unos instantes. En su habitación, Ella aguzó el oído y contuvo la respiración, escuchando.

—Lo conseguiré, ¿sabes? —dijo Maggie—. Sus Cosas Favoritas. Algún día abriré una tienda. Incluso sé dónde será.

—Y yo vendré para la gran inauguración —aseguró Rose.

—Quería decirte...

—Que lo sientes —terminó Rose la frase— y que has cambiado.

—¡No! Bueno, sí, quiero decir, que es verdad.

—Lo sé —repuso Rose—. Sé que has cambiado.

—Pero no es eso lo que iba a decirte. Lo que quería decirte es que no te compres el vestido.

—¿Qué?

—Que no te compres el vestido. Será mi regalo de boda.

—¡Oh, Maggie!... No creo que...

—Confía en mí —suplicó Maggie.

—¿Pretendes que me case con un vestido que ni siquiera habré visto? —A Rose se le escapó una risita nerviosa mientras visualizaba la clase de vestido con el que Maggie aparecería: escotado, con un pronunciado corte en la pierna, sin mangas, con la espalda al descubierto y con flecos.

—Confía en mí —insistió Maggie—. Sé lo que te gusta. Te enseñaré fotos y te lo dejaré probar primero. Iré a verte y haremos pruebas.

—Ya veremos —titubeó Rose.

—Pero ¿me dejas intentarlo? —inquirió Maggie.

Rose suspiró.

—De acuerdo —concedió—. Adelante, sorpréndeme.

Volvió a reinar el silencio.

—Sabes que te quiero, ¿verdad? —dijo una de las chicas, pero Ella no supo con seguridad cuál de ellas había sido. ¿Rose? ¿Maggie?

—¡Oh, por favor! —protestó la otra hermana—. ¡No te emociones tanto!

Ella esperó en su habitación, conteniendo el aliento, esperando oír más. Pero no hubo más. Y, horas más tarde, cautelosamente, cuando abrió con sigilo la puerta y entró en su cuarto, las dos hermanas dormían acurrucadas sobre su lado izquierdo, con la mano izquierda escondida debajo de la mejilla. Se inclinó, casi sin atreverse a respirar y las besó a ambas en la frente. «Suerte —dijo para sí—. Te quiero.» Eran su mayor alegría. Y, con el mayor cuidado posible, dejó en la mesilla de noche dos vasos de agua con un cubito de hielo cada uno y anduvo de puntillas hasta la puerta.

60

—Cálmate —ordenó Maggie por milésima vez, y se inclinó hacia Rose, que dio un respingo—. Si no te relajas, me será imposible hacer esto.

—No puedo relajarme —protestó Rose. Llevaba un grueso albornoz de rizo blanco. Su pelo, gracias a las horas de ayuda de Michael, de Pileggi, era un elaborado recogido de tirabuzones, horquillas y diminutas flores blancas. Llevaba el maquillaje puesto y los labios perfilados. Amy, resplandeciente con un sencillo vestido tubo azul marino que había adornado con un lazo trasero del tamaño de una almohada, iba y venía en busca de los encargados del *catering* y la bandeja de sándwiches que habían prometido, mientras en ese momento Maggie intentaba, sin éxito, rizarle las pestañas a su hermana.

—¡Hola! —Michel Feller, magnífico en su nuevo esmoquin, con su fino pelo diestramente ordenado sobre su calva, asomó la cabeza por la puerta—. ¿Va todo bien por aquí? —Cuando Maggie colocó el rizador de pestañas en su lugar, su padre se sobresaltó—. ¿Qué es eso? —preguntó con voz de asustado.

—Un rizador de pestañas —explicó Maggie—. Rose, no te haré daño. Te lo prometo. ¡A ver...! Mírame a los ojos... No muevas la cabeza... ¡ya está! ¡Lo conseguí!

—¡Ay! —exclamó Rose, encogiéndose al máximo mientras tenía las pestañas atrapadas en las pinzas del rizador—. ¡Uf! Me duele...

—¡No le hagas daño a tu hermana! —objetó Michael Feller con firmeza.

—No... due...le —repuso Maggie, que deslizó el rizador por las pestañas de Rose—. ¡Ya está! ¡Perfecto! ¡Ahora a por el otro ojo!

—¡Socorro! —dijo Rose, y se miró los pies. Tenía que reconocer que habían quedado estupendos; había tenido sus dudas acerca de todo el tema de la pedicura. «A mí las pedicuras no me van», había afirmado. Pero Maggie, que se había vuelto extremadamente mandona desde que meses atrás Sus Cosas Favoritas hubiese aparecido publicado en el *Fort Lauderdale Sun-Sentinel,* no había aceptado un no por respuesta. «Pero ¡si nadie me verá los pies!», había protestado Rose, pero Maggie le había dicho que Simon sí los vería, ¿verdad? De modo que Rose cedió.

Maggie colocó el rizador en el otro ojo, rizó con cuidado las pestañas y retrocedió para examinar el resultado.

—¿Has visto el chico con el que he venido? —preguntó—. Bueno, ya sé que hoy es tu gran día, pero... —Hizo una pausa y miró a su hermana.

—¡Maggie! —exclamó Rose—. ¡Te has ruborizado!

—¡Qué va! —replicó Maggie—. Lo que pasa es que soy consciente de que es complicado invitar a alguien a una boda...

—Charles parece muy agradable —declaró Rose. De hecho, Charles le pareció perfecto, el tipo de chico que siempre había deseado que Maggie encontrase en cuanto hubiese dejado atrás su debilidad por los bajistas y camareros de medio pelo. Era más joven que ella y lo había conocido en Princeton, aunque Maggie había rehusado dar detalles—. Y está loco por ti.

—¿Tú crees? —preguntó Maggie.

—Estoy convencida —contestó Rose, y justo entonces Amy llegó con una bandeja de sándwiches encima de la cabeza, y Maggie salió por la puerta.

—¡Encontré la comida! —anunció.

—¿Dónde estaba? —quiso saber Rose mientras con la mano le decía adiós a su padre, que se iba.

—La tenía Sydelle, ¿quién si no? —repuso Amy, que envolvió con cautela medio sándwich de pavo en una servilleta y se lo pasó a Rose—. Estaba sacando la mayonesa del pan. Y Mi Marcia, preguntándole al rabino si podía rezar el Padrenuestro.

—¿Qué? Me tomas el pelo.

Amy asintió. Rose pegó un único mordisco y dejó a un lado el sándwich.

—No puedo comer. Estoy nerviosa —confesó mientras Maggie volvía a entrar rápidamente en la habitación llevando un gran bulto, vagamente parecido a un vestido, envuelto en un plástico blanco.

—¿Preparada para ver el vestido, Cenicienta? —inquirió.

Rose tragó con dificultad y asintió. Por dentro se derretía de impaciencia. ¿Y si no le iba bien el vestido? Se imaginó a sí misma recorriendo el pasillo, arrastrando el hilo por el suelo y con las costuras mal cosidas abriéndose. «¡Oh, Dios!», pensó. ¿Cómo había sido tan estúpida de dejar esto en manos de Maggie?

—Cierra los ojos —ordenó Maggie.

—No —repuso Rose.

—¡Por favor!

Rose suspiró y cerró los ojos poco a poco. Maggie alargó un brazo hacia la funda de plástico, bajó la cremallera despacio y sacó con cuidado el vestido de Rose de la percha.

—¡Ta-tán! —exclamó Maggie, que giró el vestido hacia un lado y hacia el otro en el aire.

Al principio Rose no vio más que la falda: capas y capas de tul. Después, como Maggie sostenía el vestido en el aire, pudo ver lo bonito que era en realidad: el cuerpo de satén de color crema lleno de perlas diminutas, las mangas entalladas y el escote justo. Fiel a su palabra, Maggie había mandado fotografías y había volado a Filadelfia para hacer una prueba. Pero el producto final era más bonito de lo que Rose hubiese podido desear.

—¿Cuánto tiempo habéis tardado Ella y tú en hacerlo? —se interesó Rose mientras metía los pies en la falda.

—No es de tu incumbencia —espetó Maggie, abrochando las docenas de botones que había cosido a mano en la espalda.

—¿Cuánto os ha costado? —insistió Rose.

—Eso tampoco es de tu incumbencia. Es nuestro regalo —manifestó Maggie, que ajustó el escote y volvió a su hermana hacia el espejo.

—¡Oh! —exclamó Rose, observándose—. ¡Oh, Maggie!

Y entonces Amy se acercó a ellas con el *bouquet* de rosas rosas y lilas blancas en la mano, y el rabino asomó la cabeza por la puerta, le sonrió a Rose y le dijo que había llegado el momento, y Ella entró aprisa detrás de él, con el top torcido y una caja de zapatos en las manos.

—Estás preciosa —dijeron Ella y Maggie al unísono; y Rose se observaba, consciente de que llevaba el vestido adecuado, consciente de que nunca volvería a estar tan guapa o tan feliz como en este momento, con su hermana a su derecha y su abuela a su izquierda.

—Ten —le ofreció Ella, abriendo la caja—. Son para ti.

—¡Oh! Ya tengo zapatos... —Rose echó una ojeada y vio los zapatos más maravillosos del mundo (satén de color marfil, con tacones bajos y bordados con el mismo hilo que el vestido)—. ¡Oh, Dios mío! ¡Qué bonitos! ¿De dónde los has sacado? —Miró fijamente a Ella y procuró adivinarlo—: ¿Eran de mamá?

Maggie miró a Ella y contuvo el aliento.

—No —contestó su abuela—, eran míos. —Se enjugó los ojos con un pañuelo—. Sé que lo habitual es prestar pendientes, un collar o algo así, y, si los necesitas, te los dejo, pero...

—Son perfectos —le interrumpió Rose mientras se los ponía—. ¡Y me van bien! —celebró.

Ella sacudió la cabeza con los ojos llenos de lágrimas.

—Lo sé —susurró.

—No llores ya —le dijo Lewis, que se había acercado a la habitación—, que esto ni siquiera ha empezado. —Le dedicó a Rose una mueca—. Estás preciosa. Y me parece que están listos, cuando quieras.

Rose abrazó a Ella y luego a su hermana.

—Gracias por el vestido. ¡Es increíble! ¡Es lo más bonito que he visto en mi vida!

—De nada —repuso Ella.

—¡Oh! No hay de qué —dijo Maggie.

—¿Qué? ¿Preparadas, chicas? —inquirió Rose, y Maggie y Ella asintieron. El organizador del evento abrió las puertas y los invitados miraron a Rose, y sonrieron. Los flashes de las cámaras se dispararon. La señora Lefkowitz resopló. Michael Feller le levantó a Rose el velo y le habló al oído:

—¡Estás maravillosa! Y estoy muy orgulloso de ti.

—Te quiero —le contestó Rose. Se volvió. Al final del pasillo, Simon le sonreía con sus cálidos y brillantes ojos azules, y el *yarmulke* sobre sus rizos minuciosamente cortados; sus padres sonreían a su lado. Ella cogió a Maggie de la mano y se la apretó.

—¡Lo conseguiste! —musitó, y Maggie asintió feliz, y las dos miraron a Rose deseando que ella hiciese lo propio. «Te queremos», dijo Ella para sí, y sonrió, enviando por el aire sus mejores deseos... y, en ese instante, Rose les lanzó una mirada a través del velo y les devolvió la sonrisa.

—Y ahora —anunció el rabino—, Maggie Feller, hermana de la novia, leerá un poema.

Maggie notó la tensión cuando se puso de pie, se alisó el vestido (verde grisáceo, sin mangas y sin el corte en la falda o el pronunciado escote que sabía que su hermana mayor había temido) y avanzó. Estaba convencida, pensó mientras se aclaraba la garganta, de que Sydelle y su padre se esperaban que empezara diciendo algo así: «Érase una vez una niña de Nantucket...»; pues bien, estaba a punto de darles una sorpresa.

—¡En este momento me siento muy feliz por mi hermana! —declaró Maggie—. A lo largo de nuestra infancia, Rose siempre cuidó de mí. Siempre me defendió y deseó lo mejor para mí. Y me siento feliz porque sé que Simon hará lo mismo por ella y que la una siempre formará parte de la vida de la otra, y viceversa. Siempre nos querremos, porque eso es lo que hacen las hermanas. Están para eso. —Le dedicó una sonrisa a Rose—. Así que, Rose, esto es para ti.

Maggie respiró hondo y, pese a que había ensayado el poema una docena de veces en el avión y ya se lo sabía de memoria, sintió que un escalofrío le subía por la espalda. Ella levantó la barbilla, tenía exactamente la misma expresión que algunas veces tenían Rose y Maggie, y Charles le sonrió con orgullo desde su asiento de atrás. Maggie soltó el aire y asintió en dirección a Ella. Luego miró con fijeza a Rose, que llevaba el precioso vestido que su abuela y ella habían hecho, y empezó:

Llevo tu corazón conmigo (lo llevo en
mi corazón), nunca viajo sin él (adonde quiera
que voy tú vas, mi amor; y lo que sea que
yo haga lo haces conmigo, cariño).

No temo el destino (pues mi destino eres tú, querida),
no quiero otro mundo (pues, preciosa, tú eres mi mundo,
mi verdad),
y sea lo que sea lo que signifique, la luna eres tú,
y cante lo que cante el sol, siempre serás tú.*

A Maggie se le hizo un nudo en la garganta. En la primera fila, Lewis asintió y Ella sonreía anegada en lágrimas, y su padre se subía las gafas para secarse rápidamente los ojos, y los invitados congregados la miraban expectantes. Debajo de la *chuppah*, Rose tenía los ojos bien abiertos y los labios temblorosos. Y Maggie también se imaginó a su madre, un fantasma en la última fila, el brillo de su pintalabios rojo y sus pendientes de oro, observando a sus hijas, consciente de que, pese a todo, las dos se habían convertido en mujeres valientes, listas y guapas, de que serían buenas hermanas además de amigas, y de que Rose siempre querría lo mejor para Maggie, y Maggie lo mejor para Rose. «Respira», dijo Maggie para sí, y reanudó la lectura:

**I carry your heart with me(i carry it in / my heart)i am never without it(anywhere / i go you go,my dear;and whatever is done / by only me is your doing,my darling) / i fear / no fate(for you are my fate,my sweet)i want / no world(for beautiful you are my world,my true) / and it's you are whatever a moon has always meant / and whatever a sun will always sing is you.*
(En el original. *N. de la T.*)

Hete aquí el mayor de los secretos que nadie conoce
(hete aquí la raíz de la raíz y la semilla de la semilla
y el cielo del cielo de un árbol llamado vida; que crece
más de lo que el alma pueda desear o la mente ocultar);
hete aquí el milagro que sostiene a las estrellas en su sitio.

Llevo tu corazón (lo llevo en mi corazón).*

Sonrió a la multitud y le sonrió a su hermana, y era como si pudiese ver el futuro: la casa y los hijos que Rose y Simon tendrían, las vacaciones en que irían a Florida a verlas a ella y a su abuela; y nadarían juntos, Rose, Maggie, Ella y los niños de Rose, en una gran piscina azul, al sol, y por las noches se acurrucarían juntas en la cama de Ella, una al lado de otra hasta dormirse.

—E. E. Cummings —concluyó, consciente de que lo había logrado, de que había sido el centro de atención de todas las miradas y de que había leído perfectamente cada palabra; ella, Maggie Feller, lo había hecho bien.

**Here is the deepest secret nobody knows / (here is the root of the root and the bud of the bud / and the sky of the sky of a tree called life; which grows / higher than the soul can hope or mind can hide) / and this is the wonder that's keeping the stars apart'*

I carry your heart(i carry it in my heart)
(En el original. *N. de la T.*)

Agradecimientos

Este libro no existiría sin la ayuda y el esfuerzo de tres mujeres increíbles. Mi agente, la divina y benefactora Joanna Pulcini, es un apoyo incondicional y una brillante lectora. La pasión y el compromiso de Liza Nelligan (junto con sus propios relatos de *Sister Zone*) me han ayudado más de lo que puedo expresar. Greer Kessel Hendricks no sólo me protegió bajo sus alas y accedió a publicarme, sino que además se convirtió en la reina no oficial de mi club de fans y en mi relaciones públicas *de facto*. Ningún escritor podría desear lectores más meticulosos ni defensores más enérgicos; me considero afortunada y feliz por tenerlas como compañeras y amigas.

Teresa Cavanaugh y Linda Michaels contribuyeron a la creación de Rose y Maggie. La ayudante de Joanna, Anna deVries, así como la de Greer, Suzanne O'Neill, fueron muy eficaces con mis llamadas por teléfono. Laura Mullen de Atria es una maravillosa además de formidable trabajadora. Gracias a todas ellas.

Para dar las gracias a todos los escritores que me han servido de inspiración, que me han animado y que se han mostrado increíblemente generosos conmigo tendría que escribir un libro entero, así que me conformaré con mencionar a Susan Isaacs, Anna Maxted, Jennifer Cruise, Jonh Searles, Suzanne Finnamore y J. D. McClatchy.

Gracias a todos los miembros de mi familia por su amor, su apoyo y por proporcionarme material. En especial a mi hermana, Molly Weiner, el veloz zorro marrón, por su simpatía y su buen humor.

Gracias a mis amigas por su cariño y su aliento, por reírse cuando oyeron fragmentos de este libro, por haber tenido el tacto de evitar mencionar el deplorable estado de mi casa y de mi higiene personal cuando me enfrasqué en las revisiones, y por dejarme robarles partes de sus vidas, sobre todo a Susan Abrams, Lisa Maslankowski, Ginny Durham y Sharon Fenick.

Quiero que el mundo entero sepa que *Wendell*, el rey de los perros, sigue siendo mi musa; y que mi marido, Adam, sigue siendo mi compañero de viaje, mi principal lector y un tipo fabuloso allá donde los haya.

Finalmente, y lo más importante, no tengo palabras para darle las gracias a todos los lectores que han asistido a mis conferencias o me han escrito para decirme que les gustó *Bueno en la cama* y que me diera prisa en terminar el presente libro. Gracias por su simpatía y su incondicional apoyo, y por tomarse el tiempo para decirme que lo que había escrito les había llegado al corazón; espero contarles más historias en el futuro. Mi página Web es www.jenniferweiner.com, ¡y estáis todos invitados a visitarla y decir hola!

Gracias por leerme,

JEN

Jeff Lindsay
El oscuro pasajero
Querido Dexter

James Patterson
Luna de miel
El tercer grado
Perseguidos

Alan Furst
Reino de sombras
La sangre de la victoria

David Benioff
Descalza sobre el trébol y otros relatos

Jane Jensen
El despertar del milenio

Eric Bogosian
En el punto de mira

Andreu Martin
Jaume Ribera
Con los muertos no se juega